Tochter der Schuld

RICARDA MARTIN

Tochter der Schuld

ROMAN

Weltbild

Besuchen Sie uns im Internet:
www.weltbild.de

Genehmigte Lizenzausgabe für Verlagsgruppe Weltbild GmbH,
Steinerne Furt, 86167 Augsburg

Ein Unternehmen der Droemerschen Verlagsanstalt
Th. Knaur Nachf. GmbH & Co. KG, München
Umschlaggestaltung: Atelier Seidel – Verlagsgrafik, Teising
Umschlagmotiv: Mauritius Images, Mittenwald (© mauritius images / Cultura)
Gesamtherstellung: CPI Moravia Books s.r.o., Pohorelice
Printed in the EU
ISBN 978-3-8289-9651-9

2013 2012 2011 2010
Die letzte Jahreszahl gibt die aktuelle Lizenzausgabe an.

Prolog

Gloucestershire, England,
Februar 2007

Auf das langgestreckte, zweistöckige Haus fiel die fahle und kalte Morgensonne. Rauhreif überzog die Reste der Dachschindeln, während sich das Licht in den wenigen verbliebenen Fensterscheiben spiegelte.

»Eine Schande ist es, das Haus einzureißen.« Der ältere Mann fischte eine Zigarette aus der Jackentasche und zündete sie an. Tief inhalierte er den Rauch.

Ein etwas jüngerer Mann lehnte, die Arme vor der Brust verschränkt, an dem großen Bagger und nickte zustimmend.

»Das Haus muss sehr alt sein, bestimmt schon über hundert Jahre, oder?«

Der Ältere nickte und inhalierte erneut den Rauch.

»Soviel ich weiß, war hier bereits Anfang des achtzehnten Jahrhunderts eine Poststation, die später zu einem Wirtshaus umgebaut wurde. Ich erinnere mich noch gut daran, dass mein Vater jeden Sonntag nach der Kirche im Crown Inn sein Bier getrunken hat. Manchmal musste ich ihn holen, und Mutter war verärgert, weil das Essen schon auf dem Tisch stand und kalt wurde.«

»Ja, und meine Großeltern haben im Crown Inn ihre goldene Hochzeit gefeiert. Damals war ich noch ein kleiner Junge, kann mich aber noch gut an die gemütliche Atmosphäre mit den zwei offenen Kaminen, in denen fast immer das Feuer brannte, erinnern.«

Der Ältere warf die Kippe auf den Boden und trat sie mit der Schuhspitze aus.

»Es geht mir gegen den Strich, das Wirtshaus abzureißen, aber das ist nun mal unser Job, und wir müssen tun, was man uns sagt. Ich verstehe die Behörden allerdings nicht. Als meine Frau und ich letztes Jahr einen Wintergarten anbauen wollten, mussten wir monatelang von einem Amt zum nächsten rennen und stapelweise Anträge ausfüllen, um die Genehmigung dafür zu bekommen. Das Amt für Denkmalschutz achtet streng darauf, dass an unserem Haus nichts umgebaut wird, was gegen die Bestimmungen verstößt. Sam, ich frage dich, wo ist hier der Denkmalschutz? Warum wird der Abbruch dieses historischen Gebäudes genehmigt?«

Sam zuckte mit den Schultern.

»Hier soll eine vierspurige Umgehungsstraße entstehen, und der Pub steht mitten auf der geplanten Fahrbahn. Da vergessen die Behörden recht schnell den historischen Wert von Gebäuden. Soviel ich weiß, steht das Haus seit zwanzig Jahren leer. In der letzten Zeit haben sich hier nur noch Gesindel und Landstreicher herumgetrieben. Das Haus ist mittlerweile in einem erbärmlichen Zustand. Abgesehen von dem Neubau der Straße, wäre eine Restaurierung des Pubs wahrscheinlich eh viel zu teuer.«

»Es ist trotzdem schade, aber Job ist Job.« Der Ältere sah zu dem Mann mit dem gelben Helm hinüber, der jetzt die Hand hob und damit das Zeichen gab. »Es geht los. Tun wir unsere Pflicht.«

Die beiden Männer schwangen sich auf die Bagger, starteten die Motoren und begannen mit ihrem zerstörerischen Werk.

Drei Stunden später war von dem einstigen Gasthaus nur noch ein Trümmerberg mit zerbröckelten Mauersteinen und zersplitterten Holzbalken übrig. Der Aufräumtrupp hatte bereits begonnen, den Schutt auf Lastwagen zu laden, als plötzlich Unruhe unter den Männern entstand, ein Mann entsetzt aufschrie und auf die Trümmer zeigte. Sam stoppte den Bagger, sein Kollege tat es ihm gleich. Als sie die Männer erreichten, die aufgeregt zusammenstanden und auf den Haufen Steine starrten, stellten sich Sam vor Grauen die Haare auf:

Eine skelettierte Hand ragte aus dem Schutt hervor. Unweit davon lag ein bleicher Totenschädel, der aus leeren Augenhöhlen die Männer anzustarren schien.

1. Kapitel

Gloucestershire, England,
März 2007

Bereits zum zweiten Mal klingelte es ungeduldig an der Tür.

»Carren, kannst du mal aufmachen!« Da keine Reaktion erfolgte, wischte sich Alayne Sanderson notdürftig die teigverschmierten Hände an einem Geschirrtuch ab und ging zur Tür. Mit dem Ellbogen drückte sie auf die Klinke. »Jaja, ich komme ja schon.«

Der Briefträger sah sie entschuldigend an, als er Alaynes klebrige Hände bemerkte.

»Guten Morgen, Mrs. Sanderson, und verzeihen Sie die Störung, aber ich habe ein Einschreiben für Carren Sanderson.«

»Für meine Tochter?« Alayne war erstaunt. Wer schickte der Neunzehnjährigen ein Einschreiben? »Einen Moment, bitte, Carren scheint noch zu schlafen.«

»Na, schließlich ist Samstag, und mein Sohn geht freitags auch immer auf die Piste, wie er es nennt. So sind die jungen Leute eben.« Er deutete auf Alaynes Schürze. »Sie sind beim Backen?«

Alayne nickte. »Die Ostertorte, wissen Sie? Irgendwie gehört sie ebenso zum Fest wie der Lammbraten.«

Der Briefträger lachte.

»Sprechen Sie ja nicht weiter, sonst läuft mir das Wasser im

Mund zusammen. Sie brauchen Ihre Tochter nicht zu wecken. Wenn Sie vielleicht unterschreiben würden, ich kenne Sie schließlich und weiß, dass Sie den Brief an Ihre Tochter weitergeben werden.«

»Hm … ja …« Alayne rieb die Hände an der Schürze, bis die rechte Hand so weit vom Teig befreit war, dass sie die erforderliche Unterschrift leisten konnte, ohne das Papier mit allzu vielen Fettflecken zu verzieren. Der Briefträger tippte an seine Mütze und sagte:

»Danke, und ein schönes Osterfest, Mrs. Sanderson.«

»Das wünsche ich Ihnen auch«, antwortete Alayne freundlich und warf dabei einen Blick auf den Brief. *University of California, Los Angeles (UCLA)* prangte als Absender oben links. Alayne stutzte. An dieser Universität studierte Bradley, der Freund ihrer Tochter, der letzten Herbst als Austauschstudent für ein Jahr nach England gekommen war. Aber warum schrieb die *UCLA* an Carren, und dann noch per Einschreiben? Alayne wagte nicht, die logische Schlussfolgerung, die sich daraus ergab, zu Ende zu denken.

Sie ging zur Treppe und rief nach oben:

»Carren, bist du schon wach? Komme bitte runter, ich muss mit dir reden.«

Ein leises Murren war zu hören, das entfernt an ein Ja erinnerte, und zwei Minuten später kam ein offensichtlich sehr müdes Mädchen mit zerzausten blonden Locken im Pyjama in die Küche.

»Musst du mitten in der Nacht einen solchen Krach machen, Mama?«

»Mitten in der Nacht? Es ist zehn Uhr vorbei, junge Dame. Selbst schuld, wenn man erst gegen Morgen nach Hause kommt.«

Carren tappte auf nackten Füßen zum Wasserkocher und schaltete ihn ein, um sich einen Kaffee zu machen.
»Ich habe schließlich Ferien«, murmelte sie, während sie gefriergetrocknetes Kaffeepulver in einen großen Becher füllte. »Was gibt es denn so Wichtiges?«
Alayne deutete auf den Tisch, auf den sie den Brief gelegt hatte.
»Es ist Post für dich gekommen. Ich habe für dich unterschrieben.«
Zuerst warf Carren nur beiläufig einen Blick auf den schlichten, weißen Umschlag, dann war sie plötzlich hellwach. Vor Aufregung errötete sie, und ihre Augen begannen zu leuchten. Verschwunden war jedes Anzeichen von Müdigkeit, und vergessen war das Kaffeewasser, das inzwischen sprudelnd kochte.
»Endlich!«, rief sie, griff nach dem Brief und rannte aus der Küche. Noch im Laufen riss sie den Umschlag auf. Alayne eilte ihr nach und sah, wie sie auf dem Treppenabsatz die Zeilen überflog. »Ja! Ja!« Dann hörte sie, wie Carren eine Nummer auf ihrem Handy wählte und kurz darauf regelrecht in das Telefon brüllte: »Bradley, hör zu … Ja, wünsch ich dir auch. Ich weiß, es ist noch früh, aber ich muss dir unbedingt etwas sagen …«
Rums! Die Tür zu Carrens Zimmer flog hinter dem Mädchen zu, und Alayne stand verwirrt am Fuß der Treppe. Natürlich würde sie nicht hingehen und heimlich an der Tür lauschen. Vertrauen wurde in ihrer Familie großgeschrieben, und bisher war Carren auch immer mit ihren großen und kleinen Sorgen und Nöten zu ihr gekommen. Sogar, als sie sich im letzten Oktober in den zwei Jahre älteren Bradley Winston verliebt und ihn schon nach kurzer Zeit den Eltern vorgestellt hatte. Zuerst war Alayne skeptisch gewesen gegenüber dem gutaussehenden,

braungebrannten Jungen aus Kalifornien, der wie ein Surfermodel aussah. Sie musste aber bald erkennen, dass Bradley ein gewissenhafter junger Mann war, der sein Studium sehr ernst nahm.

»Oxford gehört zu den Eliteuniversitäten der Welt«, hatte er gesagt. »Wo kann man mittelalterliche Geschichte besser studieren als in England? Und Oxford ist schließlich die älteste Uni des Landes und zudem die drittälteste der ganzen Welt. Hier wird Geschichte nicht nur gelehrt, sondern regelrecht gelebt.«

Alayne konnte von solchen Worten nicht unbeeindruckt bleiben, und seitdem war Bradley ein gerngesehener Gast im Hause der Sandersons. Carren studierte im zweiten Semester in Oxford Kunst und Architektur. Genau wie ihre Mutter, denn Alayne war früher ebenfalls in Oxford für Kunstgeschichte eingeschrieben gewesen, aber als sie nach drei Semestern schwanger wurde, musste sie ihr Studium abbrechen. Alayne hatte es nie bereut, zugunsten der Familie auf eine eigene berufliche Karriere verzichtet zu haben. Sie war gerne Hausfrau und Mutter. Seit Carren eigene Wege ging, arbeitete Alayne zwei-, dreimal die Woche in einem Antiquitätengeschäft in der Innenstadt, was ihr viel Freude machte.

Sie seufzte und widmete sich wieder dem Teig, den sie ein letztes Mal durchknetete und dann in die bereits gefettete Springform drückte. Von Anfang an hatte sie sich davor gefürchtet, was geschehen würde, wenn Bradleys Semester vorbei sein würde und er wieder in die Staaten zurückkehren musste. Konnte eine so junge Liebe diese Distanz wirklich überstehen? Nie im Leben wäre Alayne auf den Gedanken gekommen, dass Carren nicht bereit war, ihren Freund allein über den großen Ozean ziehen zu lassen.

Als die Backform im Ofen war und Alayne sich die Hände gewaschen hatte, griff sie zum Telefon und drückte die Taste, unter der die Handynummer ihres Mannes gespeichert war. Er meldete sich nach dem zweiten Klingeln.

»Michael, weißt du schon, dass Carren nach L.A. gehen will?«, platzte Alayne heraus. »Das vermute ich jedenfalls, denn heute ist da ein Brief gekommen, der …«

»Nein … ja … also … das ist jetzt ganz schlecht.« Michaels Stimme klang gehetzt. »Ich habe gerade einen Termin mit einem Kunden …«

»Du hast es also gewusst?«, rief Alayne. »Und warum hat mir niemand etwas gesagt …«

»Bitte, Alayne, lass uns heute Abend darüber sprechen. Es geht jetzt wirklich nicht.«

Das Knacken in der Leitung signalisierte Alayne, dass Michael einfach aufgelegt hatte. Obwohl es Ostersamstag war, arbeitete er. Alayne konnte zwar verstehen, dass man sich als Immobilienmakler nach den Terminwünschen der Kunden richten musste, aber seit Monaten war Michael ständig unterwegs, wenn sie ihn einmal brauchte. Auch an Sonn- und Feiertagen hatte er oft Kundentermine, oder er zog sich zu Hause in sein Arbeitszimmer zurück und wollte nicht gestört werden. Gut, nach zwanzig Jahren Ehe musste man nicht mehr jede freie Minute miteinander verbringen, aber manchmal wünschte sich Alayne doch mehr Zweisamkeit. Aus ihrer Ehe war schon länger die Luft raus, wie man so schön sagt. Michael arbeitete beinahe Tag und Nacht, und Carren war fast auch nur noch zum Schlafen zu Hause und brauchte die Mutter immer weniger. Beim Gedanken an ihre Tochter zog es Alayne das Herz zusammen. Vielleicht interpretierte sie das Einschreiben ja doch falsch? Gerade als sie nach oben gehen wollte, um mit Carren zu sprechen, kam diese die Treppe herunter. Sie hatte inzwischen geduscht und sich angezogen, und ihre Augen strahlten. Alayne sah sie schweigend, aber fragend an.

»Ich wollte es dir erst sagen, wenn es geklappt hat.« Sofort ging Carren in die Offensive. »Ab dem nächsten Semester werde ich in Kalifornien studieren. Der Brief war die Zusage, und bevor du mir jetzt mit Kosten und so kommst … da kann ich dich beruhigen. Ich habe für ein Jahr ein Stipendium bekommen. Wohnen kann ich bei Bradley und seinen Eltern, die sind nämlich nicht so spießig wie du. Du erlaubst ja nicht mal, dass Bradley hier übernachtet.«

Beinahe trotzig verschränkte Carren die Arme vor der Brust und stand ihrer Mutter herausfordernd gegenüber. Alaynes schlimmste Befürchtungen bewahrheiteten sich in diesem Augenblick. Sie hatte zwar immer gewusst, dass Mütter ihre Kinder irgendwann einmal ziehen lassen müssen, aber gleich bis nach Amerika?

»Du willst also hier wirklich alles aufgeben wegen einem jungen Mann, den du kaum kennst? Ihr seid doch noch …«

»Sag jetzt nicht, dass ich zu jung für eine solche Entscheidung bin!«, unterbrach Carren ihre Mutter. »Darf ich dich daran erinnern, wie alt du warst, als du Dad geheiratet hast? Und damals warst du sogar schon mit mir schwanger.« Lachend warf sie ihre noch feuchten Locken zurück. »Keine Sorge, Ma, Bradley und ich haben so schnell nicht vor, dich zur Großmutter zu machen oder zu heiraten. Aber du musst verstehen, dass Bradley und ich uns nicht trennen möchten.«

Wie sie sich so mit blitzenden Augen und roten Wangen ereiferte und ihre Argumente vorbrachte, erinnerte sie Alayne an ihre

Mutter, Blanche. Leider lebte Carrens Großmutter seit vielen Jahren in Frankreich, und sie sahen sich nur selten.

»Warum hast du mir nicht gesagt, dass du dich in L.A. beworben hast?« Alayne versuchte, nicht verletzt zu klingen, aber ein leichter Tadel schwang in ihren Worten mit.

»Ach, Ma, ich weiß doch, wie sehr du dich dann aufgeregt hättest. Vielleicht hätte es ja nicht geklappt. Ich wollte dich damit nicht unnötig belasten.« Sie trat zu ihrer Mutter und umarmte sie. »Es fällt mir ja auch schwer, euch und England zu verlassen, aber mein Platz ist an der Seite von Bradley. Ich verspreche euch, in allen Ferien nach Hause zu kommen, und du und Dad, ihr könnt uns ja im Sommer besuchen.«

Alayne verdrängte ihre Traurigkeit. Sie liebte ihre Tochter, und gerade deswegen musste sie sie ihren Weg gehen lassen.

»Wann fliegt ihr?«, fragte sie.

Carren zögerte, dann sagte sie schnell: »In drei Wochen.«

Alayne löste sich aus ihren Armen und bemühte sich um ein Lächeln.

»Nun, dann gibt es ja noch viel zu tun, nicht wahr? Aber zuerst muss ich mich um den Kuchen kümmern, sonst können wir morgen nur verbrannte Krümel essen. Hilfst du mir bei der Füllung?«

»Äh … sorry, aber ich treffe mich gleich mit Bradley. Du verstehst doch, dass wir feiern wollen, nicht wahr?«

Ja, Alayne sah das ein, aber sie stand trotzdem am Fenster und sah ihr nach, als Carren das Haus verließ und die Auffahrt regelrecht hinunterhüpfte. Sie setzte sich in ihr kleines Auto, das ihr die Eltern zum achtzehnten Geburtstag geschenkt hatten, und brauste davon. Nun löste sich doch eine Träne aus Alaynes Augenwinkel. Warum mussten Kinder bloß erwachsen werden?

Bevor sie jedoch weiter in Selbstmitleid zerfließen konnte, lief sie rasch zum Backofen, um ihn abzuschalten. Gerade noch rechtzeitig, aber die obere Schicht des Kuchens war bereits etwas dunkler als beabsichtigt. Alayne nahm die Form aus dem Ofen und stürzte den Kuchen zum Abkühlen auf das Gitter. In diesem Augenblick klingelte das Telefon.

»Sanderson«, meldete sie sich, noch einen Topflappen in der Hand.

»Alayne, Gott sei Dank, du bist zu Hause!«

»Diana, ist was passiert?«

Alaynes Herz begann zu rasen. Diana war eine Nachbarin ihrer Großmutter Edith, die einige Meilen nördlich von Cheltenham in einem kleinen Dorf lebte und dreimal in der Woche bei der Achtundachtzigjährigen nach dem Rechten schaute und die Wohnung sauber hielt.

»Edith ... als ich heute Morgen kam ... zum Glück hab ich einen Schlüssel ... Sie lag im Bett und rührte sich nicht. Wahrscheinlich ein Schlaganfall, hat der Notarzt gesagt. Sie haben Edith ins Krankenhaus nach Cheltenham gebracht.«

Alayne durchfuhr ein kalter Schauer, ihre Stimme zitterte.

»Ich fahr sofort los. Danke, Diana, ich ruf dich an, sobald ich etwas weiß, ja?«

Binnen einer Minute hatte sich Alayne umgezogen. Kurz überlegte sie, Michael zu informieren, verwarf den Gedanken aber wieder. Er hatte ohnehin keine Zeit, ins Krankenhaus zu kommen, denn er würde niemals einen Kunden wegen Alaynes Großmutter stehenlassen und riskieren, ein gutes Geschäft zu verlieren.

»Bitte, Gott, wenn es dich gibt, nimm mir nicht auch noch Edith!«, betete Alayne im Stillen, während sie ihren Wagen durch den Verkehr lenkte. Erst teilte ihr Carren mit, dass sie in drei Wochen Tausende von Meilen fortgehen würde, und jetzt war ihre Großmutter im Krankenhaus. Alayne machte sich keine Illusionen, was ein Schlaganfall – wenn es tatsächlich einer war – bei einer so alten Frau bedeutete. Sie hoffte nur, wenigstens noch ein Mal mit Edith sprechen und ihre Hand halten zu können.

Alayne hasste Krankenhäuser. Sie hatte sich in dieser sterilen Atmosphäre schon immer unwohl gefühlt, aber seit ihr Vater vor zehn Jahren an Prostatakrebs erkrankt und zwei Jahre später gestorben war, wurde ihr beinahe übel, wenn ihr der Geruch, der allen Krankenhäusern anhaftete, in die Nase stieg. Zwar waren hier die Wände nicht in einem sterilen Weiß, sondern in hellen Pastellfarbtönen gestrichen und mit bunten Kunstdrucken geschmückt, dennoch hatte Alayne das Gefühl, keine Luft mehr zu bekommen, als sie durch die Glastür die Intensivstation betrat. Die freundliche Schwester vom Empfang hatte sie bereits telefonisch angemeldet, und so schlüpfte Alayne in einen Kittel und legte den Mundschutz an, bevor sie in das Zimmer ging, in dem ihre Großmutter lag. Edith war nicht bei Bewusstsein, einzig die zahlreichen Apparate am Kopfende des Bettes zeigten mit ihrem Piepsen und Blinken von Kontrolllämpchen an, dass sie noch am Leben war. Ein Arzt trat neben Alayne. Sie konnte nur seine Augen erkennen, da er ebenfalls einen Mundschutz trug, aber sein Blick war aufmunternd.
»Mrs. Gordon ist Ihre Großmutter, nicht wahr? Und Sie sind ihre einzige Verwandte?«
Alayne nickte und antwortete: »Meine Mutter, ihre Tochter, lebt in Frankreich. Ich muss sie noch anrufen.«

Mit leichtem Druck legte der Arzt eine Hand auf Alaynes Schulter.

»Ich bin Doktor Caine und habe Mrs. Gordon eingehend untersucht. Sie brauchen Ihre Mutter nicht zu beunruhigen. Es besteht keine Lebensgefahr für Mrs. Gordon. Natürlich können wir zum jetzigen Zeitpunkt noch nicht sagen, welche Teile des Gehirns durch die Apoplexie geschädigt wurden und welche Beeinträchtigungen daraus entstehen können, aber Ihre Großmutter hat erstaunliches Glück gehabt. Beinahe ein Wunder bei einer Frau in einem solch hohen Alter.«

Erleichtert schloss Alayne die Augen und atmete tief durch.

»Wann kann ich mit ihr sprechen, Doktor?«

Er zuckte kurz mit den Schultern.

»Heute nicht mehr, Mrs. Sanderson, wir sollten sie schlafen lassen. Kommen Sie morgen Vormittag wieder, ich denke, dann wird sie wach sein, und wir haben dann auch die Ergebnisse weiterer Untersuchungen vorliegen. Wir werden heute Abend auf jeden Fall noch eine Kernspintomographie machen.« Er sah sie erneut eindringlich an. »Machen Sie sich keine Sorgen, Ihre Großmutter ist bei uns in den besten Händen.«

»Danke, Doktor.«

Alayne trat näher ans Bett, griff die schmale, knochige Hand Ediths und drückte sie leicht. Erfreut bemerkte sie, dass diese warm und voller Leben war. Natürlich musste sie jederzeit bei einer Frau in Ediths Alter mit deren Tod rechnen, aber diesen Gedanken schob Alayne weit von sich. Vor vier Jahren bereits hatte sie Edith vorgeschlagen, zu ihr und Michael zu ziehen. Sie hatten in ihrem Haus ein Zimmer frei, aber Edith hatte lachend abgelehnt.

»Nein, nein, meine Kleine, das würde nicht gutgehen. Mir ist es lieber, du besuchst mich hin und wieder. Dann verstehen wir uns besser, als wenn ich dir den ganzen Tag im Weg bin und du mich mit der Zeit ans Ende der Welt wünschst. Alt und Jung unter einem Dach – das tut nicht gut.«

Edith Gordon ließ sich nicht überzeugen, ihr kleines Haus in Bishop's Cleeve, vier Meilen nördlich von Cheltenham, aufzugeben. Zum Glück wohnte die praktisch veranlagte und zupackende Diana in der Nachbarschaft und schaute bei Edith nach dem Rechten. Zudem erledigte Diana die Arbeiten, zu denen Edith nicht mehr in der Lage war. Auch wenn es Edith niemals zugeben würde, aber Tätigkeiten wie Fensterputzen, Böden schrubben oder Wäsche aufhängen gingen ihr nur noch schwer von der Hand. Edith Gordon hatte ihren Mann im Zweiten Weltkrieg verloren und ihre damals erst wenige Monate alte Tochter Blanche allein großgezogen. Einen zweiten Mann hatte es nie gegeben, ihr Leben hatte immer nur aus Blanche und harter Arbeit bestanden.

Während Alayne am Krankenbett ihrer schlafenden Großmutter saß und sie liebevoll betrachtete, erinnerte sie sich an ihre erste Begegnung mit der zierlichen und dennoch kräftigen Frau. Erst mit neun Jahren hatte sie von der Existenz ihrer Großmutter erfahren. Als Tochter eines Diplomaten war Alayne auf Malta zur Welt gekommen. Ein Jahr später waren die Eltern mit ihr erst nach Zypern, dann nach Spanien, Portugal und schließlich nach Frankreich gezogen. Als Kind hatte sie ihre Eltern wenig gesehen und wurde hauptsächlich von Kindermädchen erzogen, die natürlich bei jedem Umzug in ein anderes Land wechselten. Ein Hauslehrer war für ihre Schuldbildung verantwortlich gewesen, der Alayne alles Notwendige lehrte, aber Freundinnen hatte sie nie gehabt. Es hatte zwar hin und wieder

Kontakte zu den Kindern anderer Diplomaten gegeben, was aber eher selten war, da diese Kinder meistens auf Internate gingen. Alayne hatte sich davor gefürchtet, auch eines Tages in ein Internat geschickt zu werden, denn sie war eher eine Einzelgängerin und wollte in der Nähe ihrer Eltern bleiben. Als Alayne acht Jahre alt gewesen war, hatte sie unbeabsichtigt ein Gespräch zwischen ihren Eltern belauscht, in dem ihre Mutter Blanche ihren Unwillen darüber geäußert hatte, dass sie ständig in Europa wären.

»Vince, du solltest dich wirklich um einen Posten in Kanada oder Australien bemühen! Von mir aus auch Südafrika, aber es wird langsam Zeit, dass du eine bessere Position erhältst.«

Immer wenn Alayne an ihre Mutter dachte, dann sah sie eine elegante, stets perfekt gekleidete und geschminkte, aber kühle Frau vor sich. Nie löste sich ein Haar aus ihrer Frisur, nie war eine Falte in ihrer Bluse, die dort nicht hingehörte. Schon früh hatte Alayne gelernt, nicht auf ihre Mutter zuzustürmen und sie zu umarmen, sondern darauf zu warten, dass sie ihr ihre kühle Wange hinhielt, auf die sie dann einen Kuss hauchen durfte. Natürlich nur mit trockenen Lippen, um das Make-up nicht zu ruinieren.

Ihr Vater Vince war anders gewesen. Alayne durfte auf seinen Knien reiten und mit ihm durch das Haus toben. Aber leider war er selten zu Hause und wenn, dann musste er arbeiten. Wenige Wochen nach dem Gespräch ihrer Eltern wurde Vince Lyneham tatsächlich ein Posten in der britischen Vertretung in Canberra in Australien in Aussicht gestellt. Die Eltern wurden sich schnell einig, ihre Tochter nicht mitzunehmen, sondern sie in einem Internat in der Schweiz unterzubringen, und Alaynes schlimmsten Befürchtungen wurden wahr. Obwohl es äußerst exklusiv und teuer war, war Alayne unglücklich und erkrankte so ernsthaft, dass ihre Mutter vom anderen Ende der Welt anreisen und sie aus der Schule nehmen musste. Damals hörte Alayne zum ersten Mal den Namen Edith Gordon und dass es sich bei der Frau um ihre Großmutter, die in England lebte, handelte.

»Ich kann unsere Tochter doch nicht bei einer Kneipenwirtin lassen!«, hatte Blanche gesagt, aber Alaynes Vater hatte sie beschwichtigt.

»Wenn sich das Kind dort wohler als im Internat fühlt, sollten wir es zumindest versuchen. Außerdem ist Alayne Britin, und es wird langsam Zeit, dass sie ihr Heimatland kennenlernt.«

So kam Alayne zu ihrer Großmutter Edith Gordon. Als sie sich zum ersten Mal in die Augen sahen, spürten beide eine starke Verbundenheit, und Alayne war sofort klar, dass sie sich in dem alten, verwinkelten Gasthaus in der lieblichen Landschaft der Cotwolds heimisch fühlen würde. Edith bestand darauf, dass Alayne sie beim Vornamen nannte.

»Großmutter klingt so alt«, hatte sie mit ihrem typischen kehligen Lachen gesagt. »Außerdem hatte ich nicht wie andere Frauen in meinem Alter die Zeit, mich daran zu gewöhnen, Oma zu sein. Schade, dass wir uns erst jetzt kennenlernen, aber besser spät als nie, nicht wahr?«

Es war Edith Gordon zu verdanken, dass Alayne lernte, geliebt zu werden und Liebe zu geben, denn in den folgenden Jahren war Edith mehr eine Mutter für sie, als es Blanche je gewesen war. Bei den gelegentlichen Besuchen der Eltern und den zwei Reisen Alaynes nach Australien merkte Alayne, dass sie sich nicht viel zu sagen hatten. Das änderte sich erst, als ihr Vater an Krebs erkrankte und zum Sterben nach England kam. In seinen letzten Monaten war Alayne ihm näher als in den ganzen Jahren zuvor.

Ediths Hand zuckte in der ihren, und Alayne schreckte aus den Gedanken an die Vergangenheit auf. Sie beugte sich über das faltige Gesicht Ediths und küsste sie auf die Wange.
»Schlaf dich gesund, ich komme morgen wieder.«
Auf dem Flur wechselte Alayne noch ein paar Worte mit der Schwester, die die Aussage des Arztes bestätigte und versicherte, es bestünde keine Lebensgefahr für Edith.

Es war bereits nach dreiundzwanzig Uhr, als Michael Sanderson das gepflegte Einfamilienhaus am Rande Cheltenhams betrat und seine Frau dösend im Sessel vor dem Fernseher vorfand. Als er das Licht anknipste, fuhr sie in die Höhe.
»Entschuldige, ich wollte dich nicht wecken«, murmelte Michael und warf sein Jackett achtlos über eine Stuhllehne. »Warum bist du nicht im Bett?«
»Wir müssen unbedingt miteinander reden, Michael.« Ernst sah Alayne ihren Mann an. Er sah müde aus. Kein Wunder, hatte er doch über zwölf Stunden gearbeitet. »Ich hoffe, dein Termin war erfolgreich?«
Er nickte und unterdrückte ein Gähnen.
»Ich denke, es wird zum Kaufabschluss kommen. Bitte, lass uns morgen über alles reden, ich sehne mich nach einer heißen Dusche und dann nach meinem Bett. Ich bedauere es ebenfalls, dass Carren ins Ausland gehen wird, aber das Mädchen ist erwachsen …«
»Edith hatte einen Schlaganfall«, fiel ihm Alayne ins Wort. Als sie sah, dass Michael ehrlich erschrocken war, fuhr sie schnell

fort: »Es geht ihr den Umständen entsprechend gut, sie wird es überleben. Allerdings wissen die Ärzte noch nicht, ob und welche Schäden zurückbleiben werden.«
Michael trat zu ihr und zog sie an seine Brust.
»Das tut mir so leid.« Er wusste, wie sehr seine Frau an ihrer Großmutter hing, auch wenn er mit Edith nie richtig warmgeworden war. »Warum hast du mich nicht angerufen?«
»Ich wollte dich nicht stören.«
Michael erwiderte nichts, aber sein schlechtes Gewissen regte sich.
»Wir werden Edith zusammen besuchen, ja? Ich bin morgen und am Montag den ganzen Tag zu Hause.«
Alayne unterdrückte die Bemerkung, dass es ja noch schöner wäre, wenn er an den Osterfeiertagen arbeiten müsste. Doch es war sinnlos, mit Michael über seine Arbeitszeiten zu diskutieren. Er lebte, um zu arbeiten, aber sie machte sich allmählich Sorgen um ihn, schließlich musste er auch mal ausspannen. Seit einem halben Jahr hatte er kaum noch Freizeit und wirkte oft abgespannt und gestresst. Doch heute war es tatsächlich zu spät zum Reden, vor ihnen lag ja ein langes Osterwochenende.

Bereits am Montag konnte Edith die ersten Worte sprechen, und die Ärzte waren zuversichtlich.
»Wir werden Mrs. Gordon noch zwei, drei Wochen hierbehalten, um sie gründlich durchzuchecken, aber es ist beinahe unfassbar, welche Konstitution diese Frau in ihrem Alter hat.«
»Sie war schon immer eine Kämpferin«, erwiderte Alayne mit einem Lächeln. »So leicht lässt sie sich nicht unterkriegen.«
Alayne telefonierte mir ihrer Mutter Blanche, die sichtlich erleichtert war, dass es Edith gutging und sie nicht nach England

kommen musste. Sie bereitete gerade eine dreimonatige Mittelmeerkreuzfahrt vor, die Ende der Woche beginnen sollte. Als Alaynes Vater starb, hatten sich ihre Eltern schon längst auseinandergelebt und waren nur noch auf dem Papier verheiratet. Blanche zeigte sich zwar über die Krebserkrankung betroffen und war bei Vince' Tod erschüttert, aber nach knapp zwei Jahren heiratete sie einen sehr vermögenden französischen Geschäftsmann, der neben einer eleganten Pariser Wohnung nicht nur ein weitläufiges Landhaus an der Côte d'Azur, sondern auch eine mit allen Schikanen ausgestattete Jacht besaß.
»Ich weiß, dass Edith bei dir in den besten Händen ist«, hatte Blanche in den Hörer geflötet. »Im Herbst werden wir nach England kommen und euch besuchen.«
Alayne war über das Verhalten der Mutter nicht enttäuscht, denn sie kannte es nicht anders. Blanche war immer noch eine sehr schöne und attraktive Frau, der man das Alter nicht ansah. Sie selbst hatte zwar das dichte dunkelbraune Haar der Mutter geerbt, aber während Blanche sanfte Wellen hatte, war Alaynes glatt wie Spaghetti, und mit den blaugrauen Augen, den hohen Wangenknochen und dem etwas spitzen Kinn schlug sie eher ihrem Vater nach. Da Alayne es nicht nur liebte, zu kochen und zu backen, sondern auch zu essen, und für Sport noch nie zu begeistern war, war sie zwar nicht dick, hatte aber auch nicht die grazile Gestalt ihrer Mutter. Wahre Schönheit kam sowieso von innen – das war Alaynes Devise, zudem führte sie eine glückliche Ehe und hatte eine wunderbare Tochter. Nun ja, sah man von Michaels Arbeit und der Tatsache, dass Carren in drei Wochen England verlassen würde, mal ab.
Montags, mittwochs und donnerstags arbeitete sie in einem Antiquitätengeschäft in Cheltenham, und die Besitzerin, Mari-

lyn Preston, war längst mehr als eine Chefin, sie und Alayne waren Freundinnen. Marilyn hatte den Laden von ihren Eltern geerbt und führte ihn gewissenhaft und mit großem Kunstverstand. Oft trafen sich die beiden Frauen auch privat und plauderten dann bei einer, oder manchmal auch zwei Flaschen Wein über Gott und die Welt.

Als Alayne an diesem Donnerstag von der Arbeit nach Hause kam, stiegen zwei Männer aus einem Wagen, der vor ihrer Tür geparkt hatte, und kamen auf sie zu. Alayne kannte sie nicht und befürchtete, es würde sich um Vertreter handeln. Während sie überlegte, wie sie die Fremden möglichst schnell abwimmeln konnte, sagte der Ältere: »Sind Sie Mrs. Sanderson? Alayne Sanderson, die Enkelin von Edith Gordon?«

Ein eisiger Schreck durchfuhr Alayne.

»Ist etwas mit meiner Großmutter? Geht es ihr schlechter?«

»Nicht dass ich wüsste«, antwortete der Mann und deutete auf die Eingangstür. »Wir hätten da nur ein paar Fragen. Können wir vielleicht ins Haus gehen?«

Alayne zögerte, und der Mann interpretierte ihr ablehnendes Schweigen richtig.

»Verzeihen Sie, wir haben uns noch nicht vorgestellt.« Er nestelte aus der Innentasche seiner Jacke einen Ausweis. »Ich bin Inspektor Grant, und das ist mein Kollege Harvey.«

»Polizei?« Alayne war ernsthaft erschrocken. »Was hat meine Großmutter mit der Polizei zu tun?«

Mr. Harvey lächelte beruhigend und sagte freundlich: »Wir möchten Ihnen nur ein paar Fragen stellen, Mrs. Sanderson. Von einer Nachbarin erfuhren wir, dass Mrs. Gordon im Krankenhaus ist, dort lassen die Ärzte uns aber nicht mit ihr sprechen. Ich hoffe, es ist nichts Ernstes?«

»Ein Schlaganfall«, sagte Alayne knapp und ohne zu erwähnen, dass Edith auf dem Weg der Besserung war. Ganz gleich, was die Herren wollten, sie sollten nur wissen, dass Edith schwerkrank war, und sie in Ruhe lassen. Sie schloss die Tür auf. »Kommen Sie herein, meine Herren.«

Alayne überlegte kurz, ob sie den Männern etwas anbieten sollte. Sie hatte ja keine Erfahrung im Umgang mit der Polizei, aber in Filmen sah man immer, dass die Polizisten nichts trinken durften, wenn sie im Dienst waren. Ob das auch für Tee oder Kaffee galt, wusste Alayne nicht, aber sie hatte keine Lust, die beiden länger als nötig in ihrem Haus zu dulden.

»Also, um was geht es?« Abwartend blieb Alayne stehen und bot den Männern keinen Platz an.

»Wir sind von der Mordkommission und da ...«

»Mordkommission?« Alaynes Herz schlug schneller, und das Blut schoss in ihr Gesicht. »Ich kann mir beim besten Willen nicht vorstellen, was Edith oder ich mit der Mordkommission zu tun haben.«

»Nur ein paar Routinefragen, Mrs. Sanderson.« Inspektor Grant holte einen Notizblock aus der Tasche und schlug ihn auf. Unwillkürlich erinnerte er mit dieser Geste Alayne an den Filminspektor Columbo. »Mrs. Edith Gordon war einst die Inhaberin des Crown Inn, einem Gasthaus an der Straße nach Evesham, nicht wahr?«

Alayne nickte verwundert.

»Das ist Jahre her. Meine Großmutter hat das Haus bereits vor zwanzig Jahren aufgegeben.«

»Wissen Sie, dass das Gebäude letzte Woche abgerissen wurde?«, hakte der Inspektor nach.

»Nein, das war mir nicht bekannt, und ich weiß auch nicht, warum es wichtig sein sollte.«

Die dunklen Augen des Inspektors bohrten sich in Alaynes Gesicht und sahen sie beinahe lauernd an. Er wollte ihre Reaktion ganz genau beobachten, als er die nächsten Worte aussprach.

»Bei den Abbrucharbeiten wurde eine Leiche in den Trümmern gefunden, oder vielmehr das, was von dem Skelett noch übrig war. Die Gerichtsmedizin konnte feststellen, dass es sich um einen Mann gehandelt haben muss, der offenbar im alten Keller vergraben war.«

Nun sehnte sich Alayne nach einem Drink, aber sie beherrschte sich.

»Das ist sicher furchtbar, aber ich sehe immer noch keinen Zusammenhang mit meiner Großmutter. Wie ich bereits sagte, das Gasthaus wurde vor langer Zeit geschlossen. Seitdem haben sich immer wieder Landstreicher dort herumgetrieben, um in kalten Nächten ein Dach über dem Kopf zu haben.«

Der Inspektor kratzte sich grübelnd am Kopf.

»Tja, Mrs. Sanderson, das Problem bei der Sache ist, dass der Tote seit vielen Jahren im Keller des Hauses vergraben zu sein scheint. Unseren Spezialisten der Kriminaltechnik ist es zwar noch nicht gelungen, das Skelett zu identifizieren, aber eines haben sie herausgefunden: Der Mann starb vor ungefähr fünfzig Jahren, also zu einer Zeit, in der sich das Crown Inn im Besitz von Edith Gordon befand. Das veranlasst uns natürlich dazu, Fragen zu stellen.«

Nun musste sich Alayne doch setzen. Vor fünfzig Jahren! Das war lange vor ihrer Geburt gewesen. Ein kalter Schauer lief über ihren Rücken. Wenn der Tote tatsächlich all die Jahre im Keller gelegen war, dann auch zu der Zeit, als Alayne im Gasthaus gelebt hatte. Wie oft war sie in den Keller gegangen, nicht ahnend, welch grausiges Geheimnis er barg.

Der Jüngere, Harvey, ergriff nun das Wort.

»Sie werden verstehen, Mrs. Sanderson, dass wir so bald wie möglich mit Mrs. Gordon sprechen müssen.«

»Ja, das ist mir klar«, sagte Alayne immer noch fassungslos. »Sie wird Ihnen aber sicher nichts sagen können, was zur Klärung des Falles beiträgt, denn ich bin überzeugt, dass meine Großmutter nichts von der Existenz einer … Leiche in ihrem Keller wusste.«

Die beiden Herren wandten sich zur Tür, Inspektor Grant drückte Alayne seine Visitenkarte in die Hand.

»Rufen Sie mich an, wann wir Mrs. Gordon im Krankenhaus besuchen können. Ich habe nichts dagegen, wenn Sie dabei sind, aber es sollte so bald wie möglich geschehen. Ich mag es nicht, die Akten von ungeklärten Todesfällen auf meinem Schreibtisch zu haben.«

Verwirrt blieb Alayne zurück. Das war ja eine tolle Geschichte! Sie überlegte, ob sie ins Krankenhaus fahren und mit Edith darüber sprechen sollte, dann fiel ihr aber ein, dass Carren und Bradley in einer Stunde zum Abendessen kommen würden, und sie hatte noch nichts vorbereitet. Das Essen absagen wollte Alayne nicht, denn wenn sie ihre Tochter schon einem Mann anvertraute, dann wollte sie ihn besser kennenlernen. Sie war sich aber ganz sicher, dass Edith über den Fund ebenso schockiert sein würde wie sie selbst. Daher musste sie zuerst allein mit dem Arzt sprechen, ob man der alten Dame eine solche Belastung überhaupt zumuten konnte.

Carren und Bradley erzählte sie nichts von dem Besuch der

Polizei, und Michael, der wie immer erst mitten in der Nacht nach Hause kam, zeigte sich wenig beunruhigt.

»Wird sich schon eine Erklärung finden«, murmelte er, rollte sich auf seiner Seite des Bettes zusammen und war binnen einer Minute eingeschlafen. Alayne indes fand keinen Schlaf, denn sie beschlich eine starke innere Unruhe, als ahnte sie, dass in ihrem Leben bald nichts mehr so sein würde wie bisher.

2. Kapitel

Alayne konnte Edith erst wieder am kommenden Dienstag besuchen. Michael hatte schon wieder einen Termin, und Carren wollte zusammen mit Bradley in die Stadt, um sich noch ein paar schicke Klamotten für Kalifornien zu kaufen.
»Grüße Omimi von mir«, bat sie Alayne. »Ich werde mich auf jeden Fall noch von ihr verabschieden, bevor wir fliegen, und ich hoffe, es geht ihr bald wieder so gut, dass sie wieder nach Hause kann.«
Das hoffte Alayne ebenfalls, aber sie würde Edith auf jeden Fall das Angebot machen, zu ihr und Michael zu ziehen. So ganz uneigennützig war der Gedanke nicht. Obwohl Carren seit langem schon selbständig war, würde es Alayne fehlen, sich täglich um jemanden kümmern zu können. Zudem fand sie, dass eine Frau in Ediths Alter die Tage nicht mehr allein verbringen sollte. Sicher war sicher.
Alayne verbarg ihr Erschrecken über Ediths eingefallene Wangen und ihren gelblichen Teint mit einem forschen: »Was machst du nur für Sachen?«, als sie das Krankenzimmer betrat. Man hatte Edith in ein normales Zweibettzimmer verlegt, die andere Patientin war aber im Moment nicht anwesend. Edith fiel es schwer, sich aufzurichten, trotzdem lächelte sie und streckte die Hand ihrer Enkelin entgegen.
»Es tut mir leid, dir Sorgen bereitet zu haben.«

»Ach, Edith!« Vorsichtig umarme Alayne Edith und drückte sie leicht. Vor Erleichterung, dass der Schlaganfall offenbar keine bleibenden Schäden, wie eine Lähmung oder eine Störung des Sprachzentrums, hinterlassen hatte, wurden Alaynes Augen feucht.

»Wie geht es dir? Ich konnte heute noch nicht mit dem Arzt sprechen.«

»Diese Weißkittel!« Edith verdrehte die Augen. »In eine Rehaklinik wollen sie mich schicken. Dabei fühle ich mich gut und möchte so schnell wie möglich wieder nach Hause. Die Krankenhausluft macht mich krank, außerdem schnarcht meine Bettnachbarin.«

Alayne lachte, nahm Ediths faltige Hand und streichelte sie.

»Du weißt noch gar nicht, dass Carren zu Bradley in die Staaten geht, um dort ihr Studium fortzusetzen.«

Überrascht hoben sich Ediths Augenbrauen, und Alayne erzählte ihr die Neuigkeit und auch, dass Carren bald abfliegen würde. Dann sprach sie vorsichtig ihre Idee an, Edith solle zu ihr und Michael ziehen. Aber sie konnte nicht ausreden, denn Edith wehrte den Vorschlag sofort vehement ab.

»Einen alten Baum verpflanzt man nicht mehr. Ich fühle mich in meinem Cottage wohl, und dort möchte ich auch sterben. Alt und Jung unter einem Dach – das geht selten gut. Du hättest es bald satt, mich bedienen zu müssen, außerdem würde mir mein Rosengarten fehlen.«

»Aber Edith, wäre es nicht besser …?«

»Nein, wäre es nicht«, unterbrach Edith. »Ich sehe ein, dass ich künftig wohl jemanden brauche, der ein Mal am Tag nach mir sieht. Diana in allen Ehren, aber sie hat nicht so viel Zeit.«

Alayne wurde einer Antwort enthoben, denn eine Schwester trat ein und bat sie, für einen Augenblick herauszukommen.

»Ich komme gleich wieder, Edith.« Auf dem Flur erwartete sie der behandelnde Arzt und begrüßte sie mit einem Lächeln.

»Mrs. Gordon hat großes Glück gehabt. Hätte man sie nur eine Stunde später gefunden, wäre der Schaden wohl irreparabel gewesen. So aber denke ich, dass sie in vier, fünf Wochen wieder ein ganz normales Leben führen wird.«

»Meine Großmutter ist von einer Rehamaßnahme wenig begeistert«, sagte Alayne und sah den Arzt erwartungsvoll an. »Könnte diese nicht auch ambulant erfolgen? Sie würde so gerne wieder nach Hause.«

Zweifelnd schüttelte der Arzt den Kopf.

»Bei einer jüngeren Patientin vielleicht, aber bei Mrs. Gordon sollten wir kein Risiko eingehen. Nun, wir werden sie auf jeden Fall noch sieben, acht Tage hierbehalten, dann machen wir eine neue Kernspintomographie. Sollte diese zu unserer Zufriedenheit ausfallen, sprechen wir noch mal über die Reha.«

Erleichtert nickte Alayne. Sie wollte wieder zu Edith ins Zimmer zurückgehen, als der Arzt fortfuhr: »Übrigens, Mrs. Sanderson, vor ein paar Tagen waren zwei Herren von der Polizei hier und wollten Mrs. Gordon sprechen. Es ist doch hoffentlich nichts Schlimmes geschehen?«

Alayne verneinte mit einem grimmigen Gesichtsausdruck.

»Ich weiß, Doktor, sie waren inzwischen auch bei mir. Es geht um ein Haus, das früher im Besitz meiner Großmutter war, aber es hat nichts mit ihr zu tun. Ich werde sie fragen, ob sie sich kräftig genug für ein solches Gespräch fühlt.«

»Seien Sie aber bitte vorsichtig, Mrs. Sanderson, Ihre Großmutter darf sich unter keinen Umständen aufregen.«

Edith sah Alayne erwartungsvoll an, als sie ins Zimmer zurückkam.
»Na, hast du den Quacksalber überzeugt, dass ich heimgehen darf?«
Alayne lachte.
»Ganz so schnell geht es nicht. Du musst schon noch ein wenig Geduld haben.« Sie setzte sich auf die Bettkante, ergriff ihre Hand und sah ihr in die Augen. »Edith, da gibt es etwas, über das ich mit dir sprechen muss. Es geht um deinen früheren Pub, den Crown Inn.«
»Was ist damit?«
»Hast du gewusst, dass das Gebäude vor einigen Tagen abgerissen worden ist?« Alayne sah, wie sich Ediths Gesicht verschloss. Bildete sie es sich ein, dass für einen Moment Angst in ihren Augen aufflackerte? Edith schüttelte den Kopf, und Alayne fuhr fort: »Man hat dabei … nun, in den Trümmern wurde ein Skelett gefunden, das schon Jahrzehnte dort gelegen haben muss, darum war die Polizei bei mir. Sie würden in den nächsten Tagen gern mit dir sprechen, aber ich sagte ihnen bereits, dass du dazu nichts aussagen kannst.«
Ediths Augen weiteten sich, dann zog ein milchiger Schleier über die Pupillen, und sie stöhnte laut.
»Edith?«, rief Alayne und merkte, wie Ediths Hand und dann ihr ganzer Körper zu zittern begann. »Was ist mit dir?« Hektisch tastete Alayne nach der Klingel und drückte mehrmals auf den roten Knopf. Ediths Körper bäumte sich auf, sie röchelte, und ihre Lippen verfärbten sich blau. Alayne sprang auf, rannte auf den Flur und rief nach Hilfe, aber da kamen auch schon eine Schwester und der Arzt, mit dem sie eben gesprochen hatte, herbeigeeilt.

»Was ist geschehen?«

»Edith ... Mrs. Gordon ... etwas stimmt nicht mit ihr ...«

Alayne wurde zur Seite gedrängt, die beiden beugten sich über das Krankenbett, und der Arzt prüfte Ediths Pupillen.

»Sofort zur Computertomographie!«

Die Schwester rannte zum Telefon, und nur wenige Minuten später erschienen ein weiterer Arzt und zwei Schwestern. Einer gab Edith eine Spritze, während das Bett den Gang entlanggerollt wurde. Alayne stand wie eine Zuschauerin daneben, unfähig, sich zu bewegen oder etwas zu tun. Es schien eine Ewigkeit zu dauern, bis eine Schwester kam und Alayne mitleidig ansah.

»Es war ein zweiter Schlaganfall, Mrs. Gordon ist noch in der radiologischen Abteilung. Eventuell muss sie operiert werden.«

»Aber wie ...? Warum ...? Es ging ihr doch gut ...«, stammelte Alayne. »Kann ich zu ihr?«

»Das ist unmöglich. Am besten warten Sie unten in der Cafeteria. Sobald ich etwas weiß, werde ich Sie informieren.«

Weil es ihr plötzlich übel wurde, ging Alayne auf die Toilette und benetzte ihr Gesicht mit kaltem Wasser. Im Spiegel sah sie, dass sie wachsbleich war, auch zitterten ihre Hände. Was war geschehen? Edith schien auf dem Weg der Besserung gewesen zu sein, bis ... ja, bis sie, Alayne, von dem Skelett im *Crown Inn* zu sprechen begonnen hatte. Sie schloss die Augen, lehnte sich an die kühlen Kacheln und versuchte, ruhig zu atmen. Sie trug die Schuld an Ediths Anfall! Es war zu früh gewesen, um ihr davon zu erzählen, sie hätte noch ein paar Tage warten müssen. Selbst für einen jüngeren, gesunden Menschen war es ein Schock, zu erfahren, dass in einem Haus, in dem man lange gelebt hatte, eine Leiche im Keller lag. Wie hatte sie nur so gedankenlos sein können, eine alte Frau, die gerade einen Schlaganfall überstanden hatte, mit einer solch schrecklichen Nachricht zu konfrontieren.

»Wenn Edith stirbt, bin ich schuld!«

Alayne sprach die Worte in den leeren Raum und erkannte mit aller Deutlichkeit, dass sie sich das niemals würde verzeihen können.

Sie wartete Stunde um Stunde. Die Zeiger der Uhr schienen stillzustehen, denn jedes Mal, wenn Alayne einen Blick darauf warf, waren nur wenige Minuten seit dem letzten Mal vergangen. Alayne war dem Rat der Schwester gefolgt und hatte sich in der Cafeteria einen großen Becher Cappuccino geholt. Obwohl sie seit dem Frühstück nichts mehr gegessen hatte – und jetzt war es früher Nachmittag –, hatte sie keinen Hunger. Sie holte sich einen frischen Kaffee, dann einen weiteren und schließlich einen vierten Becher Kaffee. Irgendwann hielt sie es nicht mehr aus und ging in die Station hinauf. Dort erhielt sie aber nur Auskunft, dass Edith gerade operiert wurde. Nach der Computertomographie war zur Sicherheit noch eine Kernspintomographie gemacht worden, und beide zeigten ein Blutgerinnsel im Gehirn, das nur operativ beseitigt werden konnte. Niemand brauchte Alayne zu sagen, was eine Operation für eine Frau in Ediths Alter bedeutete. Alayne verließ kurz das Krankenhausgebäude, um Michael anzurufen. Wie gewohnt erreichte sie nur die Mailbox, sicher hatte er gerade ein Kundengespräch. Kurz schilderte sie die Umstände und dass sie nicht wisse, wann sie nach Hause kommen würde. Bei Carren hatte sie mehr Glück. Die Tochter ging an ihr Handy.

»Soll ich kommen, Mama?« Deutlich war die Sorge in ihrer

Stimme zu hören. Alayne war über ihren Vorschlag dankbar, lehnte aber ab.

»Du kannst nichts tun, wir müssen warten.«

Es war gegen sechs Uhr am Abend, als der Arzt Alayne zu sich in sein Sprechzimmer rufen ließ. Er sah besorgt aus und machte daraus auch keinen Hehl.

»Der zweite Schlaganfall war um einiges heftiger als der erste. Wir haben Mrs. Gordon operiert, das Blutgerinnsel entfernt und sie in ein künstliches Koma versetzt. Allerdings darf ich Ihnen nicht verschweigen, dass Teile des Gehirns unwiderruflich zerstört worden sind, außerdem muss ich so ehrlich sein und Ihnen sagen, dass die Chance, dass Mrs. Gordon noch einmal aufwacht, unter zwanzig Prozent liegt.«

Alayne schloss die Augen und atmete durch. Der Arzt schenkte ihr ein Glas Wasser ein, das sie durstig trank, bevor sie sagte: »Ich wollte das nicht, Doktor. Ich habe meiner Großmutter von der Polizei erzählt und dachte, sie wäre kräftig genug, um es zu ertragen. Warum habe ich das nur getan?«

Mitfühlend sah der Arzt sie an.

»Sie dürfen sich keine Vorwürfe machen, Mrs. Sanderson. Ein zweiter Anfall hätte jederzeit auftreten können. Daher hatte ich ja die Rehamaßnahme vorgeschlagen. Ihre Großmutter ist alt ...«

Den Rest des Satzes ließ er unausgesprochen, und Alayne verstand. Edith hatte ein langes Leben gehabt. Wahrscheinlich war es auch glücklich gewesen, zumindest hatte sie sich nie beklagt oder gejammert. Gut, ihr Mann – Alaynes Großvater – war im Krieg gefallen, und es hatte keinen neuen Mann für Edith gegeben. Aber sie hatte nie den Eindruck gemacht, dass sie eine zweite Ehe vermisste.

»Sie sollten jetzt nach Hause gehen und sich ausruhen.« Der Arzt unterbrach ihre Gedanken. »Wir melden uns, sobald sich der Zustand von Mrs. Gordon ändert – zum Positiven oder auch zum Negativen.«
»Darf ich morgen wiederkommen?«
»Selbstverständlich, kommen Sie, wann Sie möchten.«

Ziellos fuhr Alayne durch die Stadt. Sie mochte nicht nach Hause, wo sie sicher schon von Michael erwartet werden würde. Sie wollte seine Kommentare, dass es für Edith an der Zeit war, zu sterben, nicht hören. Instinktiv hatte sie ihren Wagen in die Straße gelenkt, in der sich Marilyns Geschäft befand. Obwohl es schon spät war, brannte noch Licht. Alayne parkte, ging zur Tür und schloss diese mit ihrem eigenen Schlüssel auf.
»Marilyn? Bist du noch hier?«
Aus dem hinter dem Verkaufsraum liegenden Büro trat eine große, schlanke Blondine. Sie sah Alayne erstaunt an.
»Was machst du hier? Du sehnst dich wohl nach Arbeit, was? Kein Problem, du kannst mir gerne helfen, ein paar verstaubte Dinge, die ich heute Nachmittag erhalten habe, zu putzen.«
Marilyns unbekümmerte Art tat gut. Als Alayne näher kam und zu lächeln versuchte, rief Marilyn: »Du meine Güte, wie siehst du denn aus? Ist etwas passiert?«
Mit knappen Worten schilderte Alayne die Ereignisse des Tages. Marilyn drückte sie auf das breite Ledersofa im Büro und kochte eine Kanne Tee, während sie Alayne zuhörte.
»Ich würde jetzt gerne sagen: ›Mach dir keine Sorgen, sie wird es schaffen‹, aber wir wissen beide, dass das gelogen wäre. Aber du darfst dir keine Vorwürfe machen, es war nicht deine Schuld. Das hat der Arzt ja auch bestätigt.«

»Danke, Marilyn.« Seufzend strich sich Alayne eine Haarsträhne hinters Ohr. Plötzlich merkte sie, wie hungrig sie war. »Du hast nicht zufällig etwas zu essen hier?«
Marilyn zuckte bedauernd mit den Schultern.
»Ich kann aber kurz was beim Chinesen holen, ich selbst habe seit dem Mittag nichts mehr gegessen. Ente süßsauer für dich, wie immer?«
Alayne nickte und merkte, wie sie sich zu entspannen begann. Marilyn Preston war im Moment der einzige Mensch, mit dem sie sprechen wollte. Sie war darüber glücklich, dass sie und Marilyn eine so schöne Freundschaft verband, die weit über das Geschäftliche hinausging. Während Marilyn zum *Chinese-take-away* ging, betrachtete Alayne das Geschirr, das sie heute Nachmittag erworben hatte. Mit einem Blick erkannte sie, dass es ausnahmslos aus dem neunzehnten Jahrhundert stammte, allerdings waren die meisten Teller angeschlagen, und bei zwei Tassen fehlten die Henkel. Es musste wohl lange auf einem Dachboden oder in einem Keller gelagert worden sein, denn die feinen, einst weißen Rillen am Rand waren grau vor Schmutz. Marilyn war gerade dabei gewesen, diese vorsichtig mit einem feinen Pinsel und einer speziellen Tinktur zu reinigen, als sie gekommen war. Eine Arbeit, die viel Geduld und Fingerspitzengefühl erforderte, aber Marilyn Preston verfügte über beides. Alayne wunderte sich manchmal, warum die Freundin unverheiratet war, und es gab auch seit Monaten keinen Freund in ihrem Leben. Im letzten Jahr war da mal ein Mann gewesen, aber nach ein paar Treffen hatte Marilyn seinen Namen nicht mehr erwähnt, und damals waren sie noch nicht so eng befreundet gewesen, als dass Alayne nachgefragt hätte. Marilyn Preston war eine sehr schöne Frau mit ebenmäßigen Gesichts-

zügen, einem makellosen Teint und blonden Locken, die ihr über die Schultern fielen. Meistens trug sie das Haar aber aufgesteckt.

»Es gibt Männer, die denken, sie hätten ein naives Dummchen, das von Antiquitäten und von geschäftlichen Dingen nichts versteht, vor sich, wenn ich mich entsprechend schminke, anziehe und die Haare offen trage.« Sie hatte verschmitzt gelächelt. »Sie merken aber schnell, dass sie sich getäuscht haben. Allerdings erst, wenn ich ein gutes Geschäft unter Dach und Fach gebracht habe.«

Marilyn kehrte zurück, und sie ließen sich das Essen schmecken. Danach holte Marilyn eine Flasche Wein aus dem Schrank und wies Alaynes Einwand, sie müsse noch fahren, mit dem Hinweis, sie könne sich auch ein Taxi rufen, zurück.

Nach dem zweiten Glas sagte Marilyn plötzlich ernst:

»Ich nehme mal an, du möchtest bei deiner Großmutter bleiben und nicht am Montag nach Lancaster fahren?«

Lancaster? Vor Schreck verschluckte sich Alayne beinahe. Das hatte sie ja völlig vergessen! In der nordenglischen Stadt wurde der Haushalt eines Herrensitzes aufgelöst, der versprach, alte und kostbare Stücke zu enthalten. In den letzten Monaten hatte Alayne ihren Kunstverstand bewiesen und mehrfach gezeigt, dass sie Möbel relativ genau der Zeit ihrer Entstehung zuordnen konnte, darum bat sie Marilyn häufig, solche Termine wahrzunehmen.

»Daran habe ich gar nicht mehr gedacht.« Verlegen schaute Alayne ihre Chefin an.

Marilyn legte ihre Hand auf Alaynes Arm.

»Ich verstehe, dass du jetzt in der Nähe bleiben möchtest. Man weiß ja nie … Ich fahre gerne, wenn du dann hier im Geschäft sein könntest?« Alayne nickte erleichtert, und Marilyn lächelte versonnen. »Vielleicht sollte ich einen Tag früher hoch nach Lancaster fahren, mir ein kleines, hübsches Hotel suchen und einfach mal die Seele baumeln lassen.«

»Das täte dir gut, Marilyn. In den letzten Monaten hast du zu viel gearbeitet, meistens sogar auch noch am Wochenende.«

Marilyn nickte, und so war es abgemacht, dass sie zu der Haushaltsauflösung im Norden fahren und Alayne derweil im Laden bleiben würde, wo sie binnen weniger Minuten im Krankenhaus sein konnte, wenn es nötig werden würde.

Dieses Mal ging es Michael nahe, als Alayne von Ediths neuem Anfall berichtete.

»Sie wird doch überleben, oder?« Besorgt sah er Alayne an, doch diese konnte nur mit den Schultern zucken.

»Es ist zwar eine unerträgliche Vorstellung für mich, Edith zu verlieren, aber irgendwann müssen wir alle sterben. Und Edith ist in einem Alter …«

Den Rest ließ sie unausgesprochen und schmiegte sich dankbar in Michaels Arme.

Wie lange war es her, seit sie sich so nahe gewesen waren? Meistens bestanden ihre Zärtlichkeiten nur noch aus einem flüchtigen Kuss am Morgen, bevor er zur Arbeit fuhr. Abends kam er oft so spät nach Hause, dass Alayne bereits schlief. Sollte Ediths Krankheit dazu führen, dass sie und Michael einander wieder näherkamen, dann hätte sie wenigstens ein wenig Positives.

»Ich muss am Montag nicht nach Lancaster fahren.« Alayne löste sich aus einer Umarmung. »Marilyn fährt. Sie versteht, dass ich lieber in Ediths Nähe bleiben möchte.«

»Lancaster?« Grübelnd zog Michael die Stirn kraus. »Warum wolltest du nach Lancaster?«
Alayne seufzte innerlich, der Moment der Nähe verflog. Bereits vor drei Wochen hatte sie Michael erzählt, dass sie zu einer Haushaltsauflösung wollte und wahrscheinlich über Nacht bleiben müsse, aber er hatte ihr wieder einmal nicht zugehört. Eigentlich interessierte er sich überhaupt nicht für ihre Arbeit. Alayne hatte sich zwar daran gewöhnt, trotzdem tat es weh, dass er kaum an ihrem Leben teilnahm. Sie erklärte mit einem Satz, worum es ging, dann sagte Michael zusammenhangslos: »Ich werde am Wochenende verreisen müssen. Rauf nach Stoke-on-Trent.«
»Übers Wochenende?« Alayne war überrascht. Die Stadt lag nicht so weit von Cheltenham entfernt, dass Michael über Nacht bleiben musste.
»Das Büro hat einen Besitz mit einem alten Farmhaus und viel Land zum Verkauf bekommen«, erklärte Michael. »Nach dem Tod des früheren Eigentümers ging alles an eine Erbengemeinschaft. Diese Leute leben aber in ganz England verstreut und arbeiten, so dass sie nur am Wochenende Zeit haben. Aus diesem Grund hat Ben die Besichtigungstermine auf Samstag und Sonntag gelegt.«
Enttäuscht wandte sich Alayne ab, füllte den Wasserkocher und schaltete ihn ein. Sie brauchte jetzt eine starke Tasse Kaffee. Es kam häufig vor, dass Michael am Wochenende Termine wahrnahm, nur gerade jetzt wäre es ihr lieber gewesen, wenn er bei ihr geblieben wäre. Es bestand die Gefahr, dass Edith jeden Tag starb. Obwohl Alayne eine starke Frau war, gab es auch für sie Situationen, wo sie sich gerne an die starke Schulter eines Mannes anlehnte.

Alayne fuhr täglich ins Krankenhaus und saß an Ediths Bett, deren Zustand sich nicht verbesserte, aber auch nicht verschlechterte. Das nahm Alayne als gutes Zeichen. Stundenlang hielt sie die schmale Hand und erzählte Edith belanglose Sachen. Sie war überzeugt, dass komatöse Menschen die Stimmen der Anwesenden wahrnehmen konnten.

Michael kam am Sonntagabend zurück. Offenbar war der Termin erfolgreich verlaufen, denn er war ausgesprochen gut gelaunt. Auch die Haushaltsauflösung in Lancaster war gut verlaufen, und drei Tage später trafen verschiedene Boxen, Kartons und diverse Möbelstücke, die Marilyn erworben hatte, im Geschäft ein. Alayne half, die Sachen auszupacken und zu katalogisieren. Es war nichts Spektakuläres darunter, nichts, was wirklich wertvoll war, aber viele kleine Dinge, wie zum Beispiel Puder- und Pillendosen, Frisierbestecke und Nippes aus dem neunzehnten Jahrhundert. Waren, die von Marilyns Kundschaft gerne gekauft wurden.

Als Alayne Marilyn half, ein sperriges Chaiselongue in den hinteren Raum, in dem die Möbel standen, zu tragen, blieb sie mit dem Ellenbogen an Marilyns Handtasche hängen. Diese fiel zu Boden, öffnete sich, und das Schminktäschchen, ein Feuerzeug, ihr Handy, zwei Kugelschreiber und ein Prospekt fielen heraus.

»Oh, das tut mir leid!« Alayne setzte das Sofa ab und bückte sich, um die Sachen wieder aufzusammeln. Marilyn tat es ihr gleich, aber da hatte Alayne bereits das farbige Faltblatt in der Hand und las:

Romantic Castle Hotel, Lancaster

Alayne pfiff anerkennend, als sie die Fotos der mittelalterlichen Burganlagen und der Zimmer mit Himmelbetten anschaute.

Und sie erkannte die fünf goldenen Sterne unter der Rubrik *Kategorie*.

»Das sieht aber nicht nach einer kleinen, günstigen Pension aus«, sagte sie und schmunzelte.

Marilyn schoss das Blut in die Wangen. Beinahe grob entriss sie Alayne den Prospekt.

»Man darf sich ja wohl mal ein schönes Hotel ansehen, oder?«, sagte sie harsch und steckte das Faltblatt hektisch in ihre Hosentasche.

Überrascht wich Alayne zurück. Auf Marilyns Stirn hatte sich eine Falte gebildet, und sie wich ihrem Blick aus. Alayne vermutete, dass die Freundin mit einem Mann in Lancaster gewesen war, und sie gönnte ihr eine neue Liebe von Herzen. Darum hakte sie auch nicht weiter nach. Wenn Marilyn etwas erzählen wollte, dann würde sie das früher oder später tun. Vorausgesetzt, es handelte sich um eine ernsthafte Beziehung. Sollte das nicht der Fall sein, verstand Alayne, wenn sie nicht darüber sprechen wollte. Den Rest des Tages blieb Marilyn ungewöhnlich schweigsam, und Alayne erledigte ihre Arbeit. Erst als sie die Jacke anzog und sich zum Gehen wandte, sah Marilyn sie entschuldigend an.

»Verzeih, dass ich vorhin so barsch war, das wollte ich nicht. Ich wünsche dir für morgen alles Gute!«

Alayne stutzte. Woher wusste Marilyn, dass Carren und Bradley morgen abfliegen würden? Sie konnte sich nicht erinnern, der Freundin den Tag genannt zu haben.

»Ich danke dir«, sagte sie und nickte ihr freundlich zu. »Manchmal beneide ich dich, weil du keine Kinder hast. Da bleibt dir ein solcher Abschied erspart.«

Marilyn lächelte, aber Alayne meinte, einen gequälten Ausdruck in ihren Augen zu sehen. Im Augenblick konnte sie sich aber nicht mit Marilyn und ihren eventuellen Problemen beschäftigen. Ediths Krankheit und die Trennung von Carren – das war genug Belastung.

Carren hatte darauf bestanden, einen Mietwagen nach Heathrow zu nehmen, obwohl Alayne angeboten hatte, sie und Bradley zu fahren.

»Mama, wenn ich etwas nicht mag, so sind das Abschiedsszenen und Tränen am Flughafen.« Ihr Lachen klang nicht so unbekümmert, wie sie Alayne glauben machen wollte. »Lass uns hier Good-bye sagen, und im Sommer kommen du und Paps nach Kalifornien, nicht wahr?«

Alayne unterdrückte die Tränen. Auf keinen Fall wollte sie wie eine heulende Glucke an der Tür stehen und ihrer Tochter tränenüberströmt nachwinken.

»Wenn Michael Urlaub bekommt, werden wir euch ganz bestimmt besuchen.«

Carren öffnete die Haustür in dem Moment, als Bradley vorfuhr. Bei der Verabschiedung drückte Alayne Bradley fest die Hand und verkniff sich die Worte: »Pass gut auf mein Mädchen auf!« Carren drückte sie nur kurz an sich, dann ging sie ins Haus, schloss die Tür und schaute nicht zurück. Jetzt aber ließ sie ihren Tränen freien Lauf, denn es sah sie ja niemand. Von Michael, der unmöglich freinehmen konnte, hatte sich Carren bereits am Morgen verabschiedet. Alayne wusste, nun begann in ihrem Leben ein neuer Abschnitt. Wie anders sich dieser jedoch gestalten sollte, konnte sie in diesem Moment nicht ahnen.

Zwanzig Stunden später schickte Carren erst eine SMS, dass der Flug gut verlaufen wäre, und später rief sie an, um euphorisch zu berichten, welch herrliches und warmes Wetter in Los Angeles herrschte und wie nett sie von Bradleys Familie aufgenommen worden war. Alayne freute sich mit ihrer Tochter. Sie hatte gerade wieder aufgelegt, als das Telefon erneut klingelte. Es war Michael.

»Alayne, hast du meinen petrolblauen Anzug in die Reinigung gebracht? Mir ist beim Essen etwas Soße auf das Jackett getropft.«

Alayne schüttelte den Kopf, erinnerte sich dann aber daran, dass Michael die Geste nicht sehen konnte.

»Ich wusste nicht, dass der Anzug verschmutzt ist.«

»Ich hatte dich doch vor vier Tagen ausdrücklich darum gebeten!« Michaels Stimme klang genervt. »Du weißt, es ist mein bester Anzug. Übermorgen habe ich ein wichtiges Geschäftsessen, dazu wollte ich ihn tragen.«

Alayne unterdrückte ihren aufsteigenden Ärger. Es mochte wohl stimmen, dass Michael sie gebeten hatte, den Anzug in die Reinigung zu bringen, aber in den letzten Tagen war so viel geschehen, da hätte sie sich von ihrem Mann etwas mehr Verständnis gewünscht.

»Ich bringe ihn sofort in die Expressreinigung, dann ist er morgen Abend fertig.« Alaynes Stimme klang ruhig, aber ein wenig gepresst.

»Gut, mach das.« Ohne ein Wort des Abschieds legte er auf.

Seufzend ging Alayne ins Schlafzimmer, in dem Michael den Anzug achtlos über eine Stuhllehne gehängt hatte. Auf und neben dem Revers prangten zwei fettige, dunkle Flecke. Alayne warf die Jacke auf das Bett, um sie zusammenzufalten und in eine Tüte zu stecken, als in der Innentasche etwas knisterte. Es war nicht Alaynes Art, in den Taschen ihres Mannes herumzusuchen, aber nun musste sie es tun, um nicht ein vielleicht wichtiges Geschäftsschreiben mit in die Reinigung zu geben. Als sie nun den Bogen aus der Tasche nahm und ihn entfaltete, geschah das, was sonst nur in kitschigen Filmen passierte, aber es war bittere Realität.

Romantic Castle Hotel, Lancaster

Alayne erkannte den Schriftzug, der gleiche wie auf Marilyns Prospekt. In ihren Händen hielt sie eine Rechnung für das letzte Wochenende, als Marilyn in Lancaster und Michael in Stoke-on-Trent war. An dem Michael *angeblich* in Stoke-on-Trent gewesen war – das Blatt Papier in ihren Händen zeigte Alayne die Wahrheit. Ausgestellt war die Rechnung auf *Mrs. und Mr. Sanderson*, und sie – Alayne – war zweifelsohne nicht in Lancaster gewesen. Der Preis des Zimmers war schwindelerregend, aber das nahm Alayne nur am Rande wahr. Sie war völlig ruhig und überlegte, warum sie jetzt weder weinen noch schreien konnte und wollte. Weil es sie vielleicht nicht überraschte? Weil sie vielleicht schon länger geahnt hatte, dass es in Michaels Leben eine andere Frau gab? Die vielen Überstunden und Termine an Wochenenden hätten sie stutzig machen sollen, aber sie hatte Michael vertraut.

Vertrauen … Das Wort hämmerte hinter ihren Schläfen. Sie hatte auch Marilyn vertraut. Der Frau, die ihre Freundin und gleichzeitig die Geliebte ihres Mannes war. Jetzt verstand sie Marilyns Erschrecken, als sie den Prospekt gesehen hatte, verstand, warum sie in den letzten Wochen nicht mehr nach

Ladenschluss zusammen etwas trinken gegangen waren, was sie am Anfang ihrer Freundschaft ein- oder zweimal in der Woche getan hatten.

Äußerlich immer noch ruhig, ging Alayne in Michaels Arbeitszimmer, schaltete den Computer an und – als das Programm gestartet war – tippte ein paar Zeilen. Sie druckte sie aus, setzte ihre Unterschrift darunter, faltete den Bogen und steckte ihn in ein Kuvert. Dann zog sie sich eine Jacke über, nahm die Autoschlüssel und fuhr auf direktem Weg zu Marilyns Geschäft. Das goldene Glockenspiel bimmelte, als sie die Tür aufstieß. Marilyn sah sie erstaunt an.

»Alayne, was machst du hier? Ist dir so langweilig, dass du an deinem freien Tag zur Arbeit kommst?«

Das Lächeln auf Marilyns perfekt geschminkten Lippen erstarb, als sie in Alaynes versteinertes Gesicht blickte. Alayne nahm den Umschlag aus der Jackentasche und drückte ihn Marilyn in die Hand.

»Meine Kündigung. Und zwar fristlos.«

Marilyn zuckte zurück.

»Kündigung? Warum willst du kündigen? Und wenn, dann gibt es Zeiten, die einzuhalten sind …«

»Ich glaube, in diesem Fall ist es auch in deinem Interesse, wenn ich nie wieder einen Fuß hier hereinsetze. In deinem und in Michaels Interesse. Dann brauchst du mir nicht mehr die Unschuldige vorzuspielen, Marilyn Preston.«

Alles Blut entwich aus Marilyns Gesicht. Sie zitterte und lehnte sich haltsuchend an ein Regal.

»Du weißt …?«

Alayne lächelte bitter.

»Ja, ich weiß, dass du mit meinem Mann schläfst. Wahrschein-

lich wissen es bereits viele, und ich – die betrogene Ehefrau – erfahre es zuletzt. Ich möchte nur noch eines wissen: Wie lange geht das schon?«
Marilyn machte keinen Versuch, den Vorwurf zu entkräften. Jetzt, da Alayne von ihrem Verhältnis wusste, war sie beinahe erleichtert, dass das Versteckspiel endlich vorbei war. Daher sagte sie fast provozierend: »Seit sechs Monaten. Es ist einfach so passiert. Michael und ich lieben uns und möchten zusammenbleiben. Wir wollten es dir vor Carrens Abreise nicht sagen.«
Alayne nickte und runzelte die Stirn.
»Wie rücksichtsvoll von euch! Nun, es tut mir leid, dass ihr nicht länger hinter meinem Rücken über mich lachen könnt. Adieu, Marilyn. Ich hoffe, dich nie wiedersehen zu müssen.«
»Alayne, so warte doch!« Marilyn lief zu ihr und fasste nach ihrem Arm. Alayne schüttelte die Hand ab, als wäre sie ein lästiges Insekt.
»Spar dir weitere Worte«, sagte sie kalt und trat auf die Straße. Erst als sie wieder hinter dem Steuer ihres Wagens saß, löste sich ihre Anspannung, und sie ließ ihren Tränen freien Lauf.

3. Kapitel

Alayne fuhr zu Edith ins Krankenhaus. Hier, am Bett ihrer Großmutter, konnte sie überlegen, was sie jetzt tun sollte. Alayne war zwar eine modern denkende Frau, aber in manchen Dingen machte sie keine Kompromisse. Dazu gehörte eheliche Treue. Gut, Michael und sie hatten sich in letzter Zeit voneinander entfernt und einige Probleme gehabt. Diese löste man aber nicht, indem man mit der Freundin der Ehefrau ins Bett stieg. Hatte Michael je mit ihr gesprochen? Hatte er jemals gesagt: »Komm, Alayne, lass uns gemeinsam sehen, wie wir wieder das verliebte Paar, das wir einst waren, werden können?«

Nein, das hatte er nicht, und vielleicht stimmte es ja, was Marilyn gesagt hatte. Dass sie für Michael mehr als nur ein sexuelles Verhältnis war und dass er sie liebte.

»Ach, Edith, was soll ich nur tun?«, flüsterte sie in den Raum, der vom gleichmäßigen Signalton der Maschinen, die Edith am Leben erhielten, erfüllt war. »Bist du eigentlich jemals von einem Mann so betrogen und enttäuscht worden?«

Natürlich erhielt sie keine Antwort, und Alayne versank in Gedanken. Wie war Edith eigentlich als junge Frau gewesen? Wie ihre Ehe? Alayne wurde bewusst, dass sie so gut wie nichts über ihren Großvater wusste. Als sie damals zu Edith nach England kam, hatte sie natürlich nach ihrem Opa gefragt. Edith hatte nur kurz geantwortet: »Er ist in den ersten Kriegswochen gefal-

len. Deine Mutter war damals noch ein Säugling gewesen.«
Alayne wusste, die Eltern ihres Vaters waren beide bei einem Autounfall vor ihrer Geburt ums Leben gekommen. Irgendwann hatte sie dann nach einem Foto gefragt, aber auch hier hatte Edith nur gesagt: »Als Blanche und ich damals in London ausgebombt wurden, konnten wir nur das retten, was wir am Leib trugen.«
Alayne hatte danach nie wieder über ihren Großvater gesprochen. Jetzt jedoch fiel ihr auf, dass Edith niemals von ihm erzählt hatte, ganz so, als hätte er keine Rolle in ihrem Leben gespielt. Gut, als der Krieg ausbrach, konnten sie noch nicht lange verheiratet gewesen sein, aber dachte man nicht trotzdem immer wieder an den Mann, den man einst geliebt hatte? Nie hatte Edith erwähnt, wie sie ihn kennengelernt hatte, wer er gewesen war, und selbst seinen Vornamen kannte Alayne nicht. Vielleicht hatte es auch keine Liebe zwischen ihnen gegeben? Alayne wusste nicht viel über die Lebensumstände in den dreißiger Jahren des vergangenen Jahrhunderts. Hatten Edith und ihr Mann vielleicht nur eine flüchtige Affäre gehabt, war Edith schwanger geworden, und er sie notgedrungen geheiratet? Ediths Verhalten in späteren Jahren ließ diesen Schluss zu.
»Edith, du musst aufwachen!« Alayne beugte sich über ihre Großmutter und flüsterte die Worte eindringlich in ihr Ohr. »Es gibt so vieles, das ich dich fragen muss. Was soll ich denn jetzt nur machen? Michael verzeihen? Um ihn kämpfen? Ich glaube, das kann ich nicht. Ach, Edith, komm doch zurück zu mir.«
Die einzige Antwort, die Alayne erhielt, war der monotone Signalton des Elektrokardiogramms und das dumpfe Zischen der Beatmungsmaschine.

Seufzend stand Alayne auf, warf einen letzten Blick auf Ediths Gesicht und verließ das Zimmer. Auf dem Flur traf sie den Arzt, der sie zu einem Gespräch in sein Zimmer bat.

»Mrs. Sanderson, es hat keinen Sinn, die Dinge zu beschönigen. Darf ich darum offen sprechen?«

Alayne senkte den Kopf.

»Ich bitte darum, Herr Doktor.«

Der Arzt legte die Fingerspitzen aneinander und sah auf seine Nägel, dann sagte er: »Wir wissen nicht, ob Mrs. Gordon überleben wird. Derzeit ist ihr Zustand stabil, allerdings erwacht sie nicht aus dem Koma, obwohl wir die Medikamente abgesetzt haben. Aber selbst wenn sie aufwachen würde, besteht kein Zweifel, dass Mrs. Gordon schwerstbehindert sein wird. Ich sage Ihnen das heute, Mrs. Sanderson, damit Sie sich nach einem geeigneten Pflegeheim umsehen können.«

»Das kommt nicht in Frage!« Alayne fuhr in die Höhe, beruhigte sich sofort wieder und fuhr freundlicher fort: »Ich werde meine Großmutter bei mir zu Hause pflegen.«

In dem Moment, als sie das sagte, wurde ihr bewusst, dass ihr Zuhause am Zerbrechen war. Zuhause – das hieß, weiter mit Michael unter einem Dach zu wohnen. Das war jedoch eine Entscheidung, die sie im Augenblick nicht treffen konnte.

»Ich verstehe Ihre Beweggründe, Mrs. Sanderson«, antwortete der Arzt freundlich. »Und ich finde sie sehr löblich, aber Sie dürfen Ihre Kräfte und Ihre Kenntnisse von Krankenpflege nicht überschätzen. Mrs. Gordon wird professionelle Hilfe in Form von geeigneten Pflegekräften benötigen.«

»Ist es denn nicht möglich, dass sie sich wieder völlig erholt?« Voller Hoffnung richtete Alayne ihren Blick auf den Arzt. Er schüttelte bedauernd den Kopf.

»Völlig ausgeschlossen, Mrs. Sanderson. Wenn es Dinge gibt, die Sie für Ihre Großmutter regeln können, wie zum Beispiel die Auflösung des Haushalts, rate ich Ihnen, damit zu beginnen. Sonst prasselt später alles gleichzeitig auf Sie ein.«
Er erhob sich und zeigte damit, dass er das Gespräch für beendet erachtete. Alayne verstand, schließlich war Edith nicht seine einzige Patientin. Sie ergriff die Hand des Arztes und drückte sie.
»Ich danke Ihnen für Ihre Offenheit.«
Während sie das Klinikum verließ und zu ihrem Wagen ging, wusste sie plötzlich, was sie zu tun hatte.

Michael würde frühestens in zwei oder drei Stunden nach Hause kommen, somit musste Alayne sich nicht beeilen. Im Bad lag sein blauer Anzug immer noch auf dem Boden. Alayne holte aus dem Putzschrank eine fast vollständig gefüllte Flasche Chlorreiniger und goss den Inhalt über den Anzug. Sie wusste, dass ihr Verhalten kindisch und von dem Gefühl, Michael zu verletzen, geprägt war, aber es war ihr egal. Michael wollte ja, dass sie den Anzug reinigte – eine bessere Reinigung würde er nicht erhalten. Nicht nur die Flecken, sondern auch die blaue Farbe war an den Stellen, die mit dem Chlorreiniger durchtränkt wurden, auf immer und ewig verschwunden. Dann nahm Alayne die Rechnung des Hotels, die sie vorhin zornig ins Waschbecken geworfen hatte, und schrieb mit einem dicken roten Farbstift *Ich kündige!!!* quer darüber. Mit diesem Vermerk machte sie die Möglichkeit zunichte, dass Michael eventuell auf die Idee kommen könnte, die Rechnung als Arbeitskosten anzugeben oder sich gar von seinem Chef den Betrag als Spesen auszahlen zu lassen. Das war die zweite Kündigung des Tages, und damit kündigte sie ihre Ehe mit Michael. Alayne war überzeugt, dass er schon längst von Marilyn informiert worden war, deswegen hatte sie auch ihr Handy ausgeschaltet. Sie fühlte sich nicht in der Lage, mit ihm zu sprechen.

Binnen einer Stunde hatte sie zwei Reisetaschen mit Kleidung und ihren Schminkkoffer mit notwendigen Toilettenartikeln gepackt und war nach Bishop's Cleeve gefahren. Als sie aber durch die niedrige Holztür ins Cottage trat, fühlte sie sich wie ein Eindringling. Zwar besaß Alayne seit Jahren einen eigenen Schlüssel für Ediths Haus, aber sie war nie einfach so hineingegangen. Meistens hatte Edith ihr die Tür geöffnet, weil sie das Gartentürchen hatte quietschen hören. Schon oft wollte Alayne die Türangeln ölen, aber Edith hatte lachend abgelehnt.

»So weiß ich sofort, wenn ich Besuch bekomme, und es kann sich niemand ungehört anschleichen.«

Alayne hatte auf den Hinweis, dass ein Einbrecher wohl kaum durch das Tor, sondern mit einem Satz über den niedrigen Gartenzaun kommen würde, verzichtet.

Die Luft in den niedrigen Räumen roch abgestanden. Als Erstes öffnete Alayne die kleinen Sprossenfenster im Wohnzimmer und in der Küche. Eine leichte Staubschicht lag auf den Möbeln, und in der Spüle lagen noch ein Teller, Besteck und eine Teetasse von dem Abend, bevor Edith in der Nacht den Schlaganfall erlitten hatte. Alayne wusch das Geschirr ab und stellte es in den Schrank, denn Edith achtete sehr auf Ordnung und Sauberkeit. Ihr Hals wurde eng bei dem Gedanken, dass Edith wahrscheinlich niemals wieder in das Haus zurückkommen würde. Das Cottage war nicht groß – im Erdgeschoss waren das Wohnzimmer, die kleine Küche und eine Speisekammer, im ersten Stock Ediths Schlafzimmer, das angrenzende Badezimmer und ein kleinerer Raum mit einem schmalen Bett, in den Alayne ihre Reisetasche trug. Hier hatte sie, als sie noch bei ihrer Großmutter lebte, geschlafen. Im Vergleich zu Alaynes und Michaels Haus in einer der besten Wohngegenden Cheltenhams war das Cottage sogar winzig, aber für Alayne der einzige Platz auf der Welt, an dem sie derzeit sein wollte. Am schönsten war der Garten, in den man von der Küche aus durch eine Glastür gelangte. Edith war immer sehr stolz auf ihre Rosen gewesen, und Alayne sah mit Freude, dass die ersten bereits zu knospen begannen. Hortensienbüsche und dichte Rhododendronhecken begrenzten den Garten von drei Seiten und machten ihn zu einer Oase der Ruhe. Alayne brühte sich eine Tasse Tee auf und setzte sich dann auf die Gartenbank. Während sie vorsichtig an dem heißen Tee nippte, wurde sie sich der Stille, die um sie herum herrschte, bewusst. Bishop's Cleeve war ein kleines Dorf, nicht viel mehr als eine Kirche, zwei Pubs, ein kleiner Supermarkt, der zugleich als Poststation fungierte, und ein Metzger- und ein Bäckerladen. Verließ man die Hauptstraße, an der sich alte, kunstvoll restaurierte Häuser, die zum Teil aus dem Spätmittelalter stammten, aneinanderreihten, gab es nur ein kleines, überschaubares Wohngebiet mit Cottages aus den für die Cotswolds typischen gelben Sandsteinen. Obwohl Cheltenham nur vier Meilen entfernt war, fühlte man sich hier wie in einer einsamen, ländlichen Gegend. Das war genau das, was Alayne jetzt brauchte.

Das schrille Läuten des Telefons zerstörte die Ruhe. Alayne fuhr auf, ging ins Wohnzimmer, nahm jedoch den Hörer nicht ab. Sie wusste, es war Michael, der anrief. Ihr Handy hatte sie ausgeschaltet, und wer sonst würde versuchen, Edith zu erreichen? Michael musste jetzt zu Hause sein und festgestellt haben, dass sie fort war. Wo sonst als in Ediths Haus konnte er sie vermuten? Nein, entschied sie, sie würde nicht mit ihm sprechen. Nicht heute und auch nicht morgen. Nicht, bevor sie nicht wusste, wie es weitergehen sollte. Alayne hoffte nur, dass Michael nicht nach Bishop's Cleeve kommen und sie persönlich aufsuchen würde.

Ein vernehmliches Knurren ihres Magens lenkte Alaynes Gedanken in eine andere Richtung. Nach einer kurzen Inspektion des Kühlschranks und des Brotfachs, in dem nur noch ein paar angeschimmelte Scheiben Toastbrot lagen, nahm sie den Korb und verließ das Haus, um ein paar Lebensmittel einzukaufen. Auf der Straße traf sie Diana, die freundliche Nachbarin, und informierte sie über Ediths Zustand und dass sie wohl nicht wieder in ihr Haus zurückkommen würde.

»Ach, das tut mir so leid!« Das Mitgefühl in Dianas Augen war echt, denn sie hatte Edith wirklich gern. »Wenn du Hilfe beim Ausräumen brauchst …«

Den Rest des Satzes ließ sie unvollendet, aber Alayne verstand und lächelte traurig.

»Das ist sehr nett von dir, Diana, und ich werde wahrscheinlich auf dein Angebot zurückkommen. Aber ich brauche noch Zeit, denn tief in mir ist noch die Hoffnung, dass Edith wieder gesund wird. Ich danke dir für alles, was du in den letzten Jahren für sie getan hast.«

»Das war selbstverständlich«, sagte Diana schlicht, und Alayne war ihr dankbar, dass sie nicht fragte, warum sie in das Cottage gezogen war. »Wenn du möchtest, kannst du gerne heute Abend auf ein Glas Wein zu uns rüberkommen.«

Alayne lehnte dankend ab, versprach aber, in den nächsten Tagen mal zusammen mit Diana Kaffee zu trinken. Dann setzte sie ihren Weg in die Dorfmitte fort, um sich etwas zum Abendessen zu kaufen, obwohl sie keinen Appetit verspürte.

Wider Erwarten schlief Alayne tief und traumlos. Sie hatte sich keinen Wecker gestellt, wachte aber trotzdem kurz nach sieben Uhr auf. Die ersten Sonnenstrahlen schienen schon durch das Fenster und malten bunte Kringel auf den beigen Läufer vor Alaynes Bett. Plötzlich wurde sich Alayne bewusst, welcher Tag heute war, und sie stöhnte. Durch die Aufregungen der letzten Wochen war ihr Zeitgefühl durcheinandergeraten, und sie hatte nicht mehr daran gedacht, dass heute ihr vierzigster Geburtstag war. Vierzig Jahre! Vor dem Badezimmerspiegel betrachtete sie eingehend ihr Gesicht. Gut, da waren einzelne Fältchen rund um die Augen, besonders, wenn sie lachte, aber sonst konnte sie mit ihrem Aussehen recht zufrieden sein. Seit drei Jahren tönte sie ihre Haare, um das erste Grau zu verdecken. Abwartend stand Alayne im Bad und war überrascht, als sie keine Panik verspürte, nun vierzig Jahre alt zu sein. Für die meisten ihrer weiblichen Bekannten war dieses Alter eine beinahe magische Zahl, nach der man in Geschäften nicht mehr nach schicker Mode, sondern nach Inkontinenzartikeln, Haftcreme für Zahnprothesen und Gehhilfen Ausschau hielt. Bei diesen Gedanken lachte Alayne laut auf und streckte ihrem Spiegelbild die Zunge heraus.
»Galgenhumor«, murmelte sie dann und verdrängte die Vorstellung, dass Michael sie für heute Abend ursprünglich in ein exklusives Restaurant in Gloucester eingeladen hatte, um ihren Geburtstag zu feiern. Der Tisch war seit zwei Wochen bestellt, und wahrscheinlich hatte Michael auch schon ein Schmuckstück – ein Armband oder eine Halskette – für sie besorgt. Es

wäre wohl ein harmonischer Abend geworden, und Alayne hätte nicht bemerkt, dass Michael in Gedanken eigentlich bei Marilyn war.
Sie hatte gerade die erste Tasse Kaffee getrunken, als das Telefon klingelte. Erneut ignorierte Alayne es, schaltete aber ihr Handy ein, denn es könnte sein, dass sich das Krankenhaus meldete. Prompt fand sie acht SMS und drei Mitteilungen auf ihrer Mailbox vor. Die SMS waren alle von Michael, der fragte, wo sie wäre, und bat, sie möge sich unbedingt bei ihm melden. »Wir müssen reden … Es ist nicht so, wie es aussieht …«
Ha! Alayne warf das Handy auf den Tisch. Der Standardspruch der Männer, wenn die Ehefrau ihre Affäre entdeckte. Alayne war enttäuscht, sie hätte Michael mehr Fantasie zugetraut. Sie hörte ihre Mailbox ab, aber sobald sie Michaels Stimme hörte, löschte sie die Nachricht. Das Krankenhaus hatte sich nicht gemeldet, also würde sie nach dem Frühstück hinfahren.

Gegen Mittag zogen Wolken auf. Als Alayne aus dem Krankenhaus zurückkam, begann es zu regnen. Der Nachmittag zeigte sich grau und düster, und Alayne musste im Cottage das Licht einschalten. Sie goss sich ein Glas Wein ein und prostete ihrem Spiegelbild zu.
»Herzlichen Glückwunsch zum Geburtstag, Alayne Sanderson.« Sie nahm einen Schluck. »Sagte nicht mal jemand: Für eine Frau fängt mit vierzig das Leben erst an? Na, dann prost auf dein neues Leben!«
Alayne wusste, sie musste sich mit etwas beschäftigen, um sich nicht in Grübeleien zu verlieren. Ursprünglich hatte sie vorgehabt, im Garten Unkraut zu jäten, aber der Regen machte das Vorhaben zunichte. Dann würde sie eben nach Ediths Papieren

schauen, auch wenn es ihr widerstrebte, in den Sachen der Großmutter zu stöbern. Am Vormittag hatte sie ein längeres Gespräch mit der Leiterin einer Sozialstation gehabt und sich über die Möglichkeiten einer eventuellen Unterbringung von Edith informiert. Man hatte Alayne eine Menge Formulare zum Ausfüllen gegeben, und seufzend machte sie sich ans Werk. Als sie die Fragen, die sie ohne weiteres beantworten konnte, in die Felder eingetragen hatte, ging sie zu der Kommode im Wohnzimmer, in der Edith ihre persönlichen Unterlagen aufbewahrte. Alayne brauchte Ediths Geburtsurkunde, ihren Trauschein und den Rentenbescheid. In der oberen Schublade fand Alayne zwei Fotoalben, und sie lächelte in wehmütiger Erinnerung. Die Bilder zeigten fast ausschließlich sie selbst – als Kind, als Teenager und junge Frau. Als sie eine Seite umblätterte und auf ein Hochzeitsfoto von sich und Michael stieß, klappte sie das Album zu und legte es wieder in die Schublade. Alayne fand Quittungen von bezahlten Rechnungen, Notizzettel und Gebrauchsanweisungen der wenigen technischen Geräte, die Edith besaß, aber nicht die benötigten Unterlagen. Weder einen Pass noch sonstige Urkunden mit Ediths persönlichen Daten. Einzig die Geburtsurkunde ihrer Mutter lag in einer hölzernen Schachtel. Als Alayne das Papier ansah, las sie zum ersten Mal den Namen von Ediths Mann – Wayne Gordon. Wayne … Was für ein schöner und außergewöhnlicher Name für die damalige Zeit. Er klang amerikanisch, aber Edith hätte doch bestimmt erwähnt, wenn er Amerikaner gewesen wäre. Außerdem wäre er dann nicht Soldat in der britischen Armee gewesen. Erneut tauchten bei Alayne Fragen über Fragen über ihren Großvater auf. Als er gefallen war und Edith mit einem Säugling zurückgelassen hatte – hatte es da keine Angehörigen gegeben, an die sich Edith hätte wenden können? Seine Eltern, Geschwister oder sonstige Verwandte? Oder war er, ebenso wie Edith, ganz allein? Edith hatte mal erwähnt, dass ihre eigene Mutter starb, als sie achtzehn Jahre alt gewesen war, ihr Vater war schon früher gestorben.

»Wayne Gordon …« Alayne ließ sich den Namen auf der Zunge zergehen. Sie spürte einen so großen Drang, mehr über diesen Menschen in Erfahrung zu bringen, wie nie zuvor in ihrem Leben. Wahrscheinlich weil ihre eigene, kleine Familie zerbrach, wollte sie wissen, woher sie kam. Wo ihre Wurzeln mütterlicherseits waren. Die meisten Frauen verspüren eher den Wunsch, etwas über die Vorfahren ihrer Mütter und Großmütter als über die des Vaters zu erfahren. Obwohl Alayne in allen Schränken im Haus nachsah, fand sie nichts von Ediths persönlichen Dokumenten. Wie sie ihre Großmutter kannte, hatte diese die Papiere sicher nicht unter einem losen Dielenbrett versteckt. Wozu auch? Und einen Safe gab es in dem Haus auch nicht, denn Edith besaß nichts, was sich zu stehlen lohnte. Selbst in Ediths Handtasche, in der sich neben der Geldbörse nur ein Notizblock und ein Taschentuch befanden, war kein Pass.

»Das gibt es doch gar nicht!« Alayne brauchte jetzt erst mal eine Tasse Tee. Es schien ihr unmöglich, dass ein Mensch ohne Ausweispapiere leben konnte. Andererseits – wenn Edith das Land nicht verließ – was sie nach Alaynes Erinnerung auch nie getan hatte –, war ein Ausweis nicht unbedingt nötig. Es konnte durchaus sein, dass Edith ihre Papiere bei der Bombardierung verloren hatte und sich damals keine neuen ausstellen ließ. Plötzlich durchschoss eine Idee Alaynes Kopf, und sie ging nach oben. Das Cottage hatte einen kleinen, niedrigen Dachboden.

Die Luke befand sich im Flur, und man konnte nur mit einer Leiter hinaufsteigen. Als Edith damals mit Alayne in das Haus gezogen war, hatte Alayne gerne dort oben gespielt, aber Edith hatte es ihr verboten, weil es zu gefährlich war. Irgendwann war der Dachboden dann in Vergessenheit geraten.
Alayne schwitzte trotz der kühlen Temperaturen, als sie die Leiter aus dem Geräteschuppen im Garten ins Haus schleppte. Auf dem Dachboden gab es kein elektrisches Licht, darum nahm sie eine Taschenlampe aus der Küche mit. Sie stellte die Klappleiter auf, stieg hinauf und versuchte, die Luke aufzudrücken, doch die bewegte sich keinen Millimeter, und Alayne stöhnte. Bestimmt war die Luke seit Jahren nicht mehr geöffnet worden, denn ein Schloss gab es nicht, das verschlossen sein könnte. Sie drückte mit ihrer Schulter dagegen, und endlich gab die Luke nach. Auf Alaynes Gesicht rieselte Staub. Sie hustete und schrie vor Ekel auf, als eine dicke haarige schwarze Spinne über ihren Unterarm lief. Schnell schnippte sie sie fort. Alayne war zwar auf dem Land aufgewachsen und fürchtete sich daher nicht vor Ungeziefer und Spinnen, wollte sie aber nicht unbedingt auf ihrem Körper haben. Sie kletterte die letzten Sprossen hinauf, schob sich durch die Luke und knipste die Taschenlampe an. Der Dachboden war so niedrig, dass sie nicht aufrecht stehen konnte, daher kniete sie sich in den Staub. Plötzlich musste sie lachen. Die Vorstellung, dass Edith hier hinaufgeklettert war und etwas deponiert hatte, war lächerlich. Warum hätte sie das tun sollen, von der Anstrengung und dem Schmutz mal abgesehen. Tatsächlich befand sich außer Staub, Spinnweben und zwei Pappkartons nichts auf dem Dachboden. Alayne robbte auf den Knien zu den Kartons und öffnete die Deckel. In dem einen lagen alte Zeitschriften, in dem anderen eine sorgfältig mit Kle-

beband verschlossene Plastiktüte. Alaynes Finger fühlten etwas Weiches in der Tüte, auf keinen Fall waren Papiere darin. Trotzdem klemmte sie sich die Tüte unter den Arm und kletterte die Leiter wieder hinunter. Zuerst wischte sie sich die Spinnweben aus dem Gesicht und sah im Spiegel, dass ihr Haar staubbedeckt war.

»Jetzt hast du wirklich graue Haare«, sagte sie laut und bürstete sich den ärgsten Schmutz über der Badewanne vom Kopf. Im Wohnzimmer öffnete sie den schwarzen Plastiksack und war nicht wenig erstaunt, Säuglingsbekleidung darin zu finden. Zwei Strampelhosen, drei Jäckchen, zwei Lätzchen und eine Mütze waren sorgfältig zusammengelegt und verwahrt worden. Alayne wusste, es handelte sich nicht um ihre Kleidung, denn diese existierte schon längst nicht mehr, als sie zu Edith nach England kam. Wahrscheinlich waren es ein paar Stücke, die Edith von Blanche, Alaynes Mutter, aufbewahrt hatte. Sie nahm die einzelnen Teile in die Hand und betrachtete sie genau. Unvorstellbar, dass ihre hochgewachsene, stolze Mutter einst in eine so kleine Jacke gepasst hatte. Die Kleidung roch zwar muffig, war aber sonst gut erhalten. Die Plastiktüte hatte Motten oder sonstige Schädlinge ferngehalten. Allerdings bemerkte Alayne erstaunt, dass die Sachen von erlesener, einst bestimmt sehr teurer Qualität waren. Sie vermutete Seidengewebe, und die Stickereien sahen aus, als wären sie in Handarbeit gefertigt worden. Und was war das? Auf jedem Teil war ein Emblem, einem Wappen ähnlich, eingestickt. Alayne erkannte deutlich zwei rote Schlangen, die sich um einen Kelch wanden, und die Blüte einer ihr unbekannten Blume. Das waren keine Kleidungsstücke, die man in einem Ladengeschäft kaufte, sondern sie mussten einzeln angefertigt worden sein. In den Krägen der

Jäckchen fand Alayne jeweils eine weitere Stickerei – die beiden miteinander verschlungenen Buchstaben G und P.

»G und P?«, murmelte Alayne. »Was kann das bedeuten?«

Ihre Mutter hieß Blanche, ihre Geburtsurkunde wies auch keinen zweiten Namen aus. Zwar lautete ihr Nachname vor der Heirat Gordon, aber das erklärte nicht das P. Folglich musste die Bekleidung einem anderen Kind gehört haben. Aber warum bewahrte sie Edith dann auf dem Dachboden auf? Alayne war sich sicher, dass der Karton nicht vom Vorbesitzer des Cottage stammte, denn als sie mit Edith eingezogen war, war der Dachboden leer gewesen.

Sie brühte sich einen neuen Tee auf, und plötzlich hatte sie die Erklärung für die kostbare Kleidung mit dem Wappen: Edith und ihre kleine Tochter Blanche hatten nach der Zerstörung des Hauses in London nichts mehr besessen. Bestimmt hatte es damals ein Lager gegeben, in dem solche Leute gebrauchte Kleidung günstig, wenn nicht sogar umsonst erhielten. Secondhand also. Und so war Edith zu den Sachen gekommen. Das schien eine vernünftige Erklärung zu sein, trotzdem wunderte sich Alayne, dass solch erlesene Kleidung einfach hergegeben wurde. Erneut befühlte sie den Stoff und schätzte, dass er bereits Jahrzehnte alt sein musste.

Sie packte die Sachen wieder in die Tüte. Eine weitere Frage, die sie mit Edith klären wollte. Hoffentlich gab ihr das Schicksal noch die Gelegenheit dazu.

Das Klingeln ihres Handys riss sie aus ihren Gedanken. Beim Blick auf das Display sah sie, dass es nicht Michael war, darum nahm sie das Gespräch entgegen. Es war Inspektor Grant, der fragte, wann er endlich mit Edith sprechen könne.

»Es tut mir leid, Inspektor, aber meine Großmutter hat einen zweiten Schlaganfall erlitten und liegt im Koma. Man weiß nicht, ob sie überhaupt wieder aufwachen wird.«

Für einen Moment schwieg Grant betroffen, murmelte seine Anteilnahme und sagte dann: »Die gerichtsmedizinische Untersuchung des Toten hat inzwischen eindeutig ergeben, dass er vor vierundvierzig bis achtundvierzig Jahren ums Leben gekommen sein muss. Die Todesursache ist allerdings unklar, an dem Skelett wurden jedoch keine Verletzungen festgestellt. Das Alter wird auf ungefähr vierzig Jahre geschätzt, plus/minus drei Jahre. In den letzten Tagen haben wir alle ungeklärten Vermisstenanzeigen aus dieser Zeit durchgesehen, aber keine Spur gefunden. Sie hatten wohl nicht die Gelegenheit, mit Mrs. Gordon über den Fall zu sprechen?«

»Nein, Inspektor, der Zustand meiner Großmutter ließ es bisher nicht zu.« Alayne unterdrückte den Anflug eines schlechten Gewissens bei dieser Lüge. Tatsächlich hatte sie es Edith gegenüber zwar angesprochen, aber keine Informationen von ihr erhalten, sondern damit nur den zweiten Schlaganfall ausgelöst.

»Nun, ja, da kann man nichts machen.« Inspektor Grants Stimme ließ eine Spur von Unwillen erkennen. »Wir bleiben in Kontakt, Mrs. Sanderson, und Sie halten uns bitte auf dem Laufenden, wenn es die Möglichkeit zu einem Gespräch mit Mrs. Gordon geben sollte.«

Alayne versprach, ihn zu informieren, wenn Edith aus dem Koma erwachen sollte, verschwieg aber, dass dafür nur eine geringe Hoffnung bestand. Das Gespräch mit dem Inspektor hatte sie aufgewühlt, denn es hatte sie daran erinnert, dass es in Ediths Leben Geschehnisse gegeben haben musste, von denen sie keine Ahnung hatte. Sie nahm eines der Babyjäckchen in die Hand und betrachte erneut das eingestickte Wappen. Es wäre interessant, zu erfahren, welche Familie dieses Wappen trug. Edith hatte weder einen Computer noch einen Internetanschluss, und da Alayne auf keinen Fall nach Hause wollte, steckte sie kurzentschlossen das Jäckchen in die Tasche und fuhr zu einem Internet-Café in die Stadt. Eigentlich war es ja gleichgültig, wem das Wappen gehörte, aber es würde Alayne vielleicht ein wenig von ihren Gedanken über Michael, Marilyn und Edith ablenken.

Laute Hip-Hop-Musik dröhnte ihr entgegen, als sie das Café betrat. Rund ein Dutzend Jugendlicher saß vor den Computern oder stand, eine Cola in der Hand, am Tresen. Ein großer, schlaksiger Jeanstyp mit langen, im Nacken zusammengebundenen Haaren und einer Nickelbrille kam auf sie zu.
»Tachchen, kann ich dir helfen?«
»Ich suche eine Info im Internet.« Alayne musste schreien, weil die Musik so laut war. Der Typ deutete auf die linke Seite.
»Die vier ist frei. Du weißt, wie du ins Web kommst?«
Alayne schluckte. Da war sie gerade mal vierzig Jahre alt, und schon traute ihr ein junger Schnösel nicht zu, mit den Kommunikationsmitteln der heutigen Zeit umzugehen.
»Das ist mir sehr wohl klar«, gab sie schnippisch zurück. »Auch wenn ich in deinen Augen eine alte Oma zu sein scheine, kann ich sehr wohl einen Rechner bedienen. Kannst du mir bitte eine Cola rüberbringen?«
Der Junge machte tatsächlich ein betroffenes Gesicht und meinte, er würde die Cola gleich bringen. Alayne ließ sich mittels einer Suchmaschine entsprechende Heraldikseiten anzeigen und klickte sich durch jede einzelne. Leider gab es nur spärliche Informationen. Auf den meisten Seiten musste man sich zuerst

anmelden, um mehr zu erfahren, einige verlangten sogar bei erfolgreicher Suche eine Gebühr. Auf den wenigen Seiten, auf denen Wappen abgebildet waren, konnte sie keines finden, das dem gesuchten auch nur entfernt ähnlich war. Sie seufzte und strich genau in diesem Moment über das Jäckchen, das sie auf den Tisch gelegt hatte, als der junge Mann neben sie trat.

»Findest du, was du suchst?« Er sah sie freundlich an, wahrscheinlich tat ihm seine vorherige Bemerkung leid.

»Leider nicht, ich habe es mir leichter vorgestellt.«

Der junge Mann sah auf die von Alayne aufgerufene Seite und dann auf das Jäckchen.

»Du suchst nach dem Wappen?« Alayne war über seine Neugier nicht böse und nickte. »Es sieht alt aus, wahrscheinlich schon einige Jahrhunderte.«

»Woher willst du das wissen?«, fragte Alayne erstaunt.

Er grinste.

»Mein Alter ist Heraldiker, sogar Professor, und soll ganz gut in seinem Job sein. Da ist es unvermeidlich, dass man das eine oder andere mitbekommt. Darf ich mich setzen?« Er wartete Alaynes Antwort nicht ab, zog einen Stuhl vom Nebentisch heran und setzte sich neben Alayne. »Also, sieh mal – die Schlangen weisen darauf hin, dass die Familie, die das Wappen einst gestaltet hat, eine alte englische Familie ist. Schlangen waren nämlich schon immer das Zeichen von königlicher Würde, und sie gehen zurück bis zu Zeiten von König Uther Pendragon. Der soll der Vater des Sagenkönigs Artus gewesen sein.«

»Du weißt sehr viel.« Alayne war überrascht, offenbar hatte sie den jungen Mann unterschätzt. »Hast du auch mit Heraldik zu tun?«

Er schüttelte den Kopf.

»Das ist mir zu trocken, immer in alten Geschichten rumzuwühlen. Nee, ich studiere Jury. Nebenbei jobbe ich, um meinem Alten nicht unnötig auf der Tasche zu liegen. Übrigens, ich heiße Gawin, und bevor du jetzt lachst: Meine Eltern haben ein Faible für die Artussage.«

»Alayne«, sagte sie überrascht. Man sollte Menschen wirklich nicht nach ihrem Äußeren beurteilen, denn hinter seiner pickligen Stirn schien sich ein wacher Verstand zu verbergen.

»Wenn es dir wichtig ist, kopier ich das Wappen und faxe es meinem Alten kurz rüber. Er müsste jetzt im Büro sein. Vielleicht kennt er es?«

»Das geht?« Alayne sah ihn erstaunt an. »Und was würde das kosten?«

Gawin zog in gespielter Empörung die Augenbrauen hoch.

»Willst du mich beleidigen? Das mach ich doch gern. Magst du vielleicht so lange noch eine Cola oder einen Kaffee?«

Alayne nahm das Angebot an und entschied sich für einen Milchkaffee. Genüsslich löffelte sie den Schaum, während Gawin das Jäckchen kopierte, die Kopie ins Faxgerät legte und gleichzeitig kurz telefonierte. Offenbar informierte er seinen Vater. Dann kam er an den Tresen zurück und meinte:

»Jetzt müssen wir warten. Ich hoffe, du findest mich nicht zu aufdringlich, aber ich habe dir angesehen, wie wichtig es dir ist, den Besitzer des Wappens zu finden.«

»So?« Alayne nahm einen Schluck, um ihr Erstaunen zu verbergen. War es ihr wirklich wichtig, zu wissen, woher ein Teil der Babybekleidung ihrer Mutter stammte? Wäre es nicht viel wichtiger, sich um einen Pflegeplatz für Edith zu kümmern und zu überlegen, wie es mit Michael und ihrer Ehe weitergehen sollte? Deutlich erkannte sie, dass sie die wirklichen Probleme in ihrem

Leben einfach wegen einer Nichtigkeit zur Seite schob, um sich vor der Konfrontation mit unangenehmen Dingen zu drücken. Sie beschloss, die Recherche abzubrechen und ein Pflegeheim zu besichtigen, als Gawins Handy klingelte und er ihr mit einem Zeichen zu verstehen gab, dass sein Vater Erfolg gehabt hatte.
»Moment, ich schreibe es mir auf, Paps.« Gawin angelte nach einem Zettel und einem Kugelschreiber, und Alayne sah, wie er einen Namen notierte, dann legte er auf.
»Pencarron, meinte mein Alter.« Er sah Alayne freudestrahlend an. »Das war für ihn gar kein Problem. Wenn du willst, können wir mal im Web schauen, was über den Namen zu finden ist.«
Eben noch hatte Alayne gehen wollen, doch jetzt hatte die Entdeckungslust sie gepackt. Sie und Gawin setzten sich wieder vor einen Computer, und binnen weniger Sekunden hatte Gawin eine Seite aufgerufen, auf der der Name Pencarron erwähnt wurde.

Pencarron Manor, drei Meilen südwestlich von St. Agnes, wurde im 15. und 16. Jahrhundert im Tudorstil erbaut und war der Landsitz der Grafen von Pencarron. Die Grafenwürde wurde im 17. Jahrhundert unter Oliver Cromwell aberkannt, da die Familie royalistisch war und auf der Seite von König Charles I. gegen das Parlament kämpfte. Das Gebäude und der Besitz wurden während der Restauration unter König Charles II. an die Erben zurückgegeben, der Titel allerdings nicht, und die Familie verlor an Macht. Daraufhin zog sich der damalige Lord Pencarron aus der Politik zurück und lebte fortan als Landadliger.
Die verwinkelten Gebäude aus Granit, die im Laufe der Jahrhunderte mehrfach umgebaut und erweitert wurden, sind mit kostbaren Kunstschätzen aus verschiedenen Epochen ausgestattet. Der

auf mehreren Ebenen angelegte Garten weist eine subtropische Üppigkeit auf und beherbergt einen kunstvoll restaurierten mittelalterlichen Taubenschlag. Zwischen April und September sind die Gärten jeden Sonntagnachmittag gegen Gebühr zu besichtigen. Das Herrenhaus ist für die Öffentlichkeit nicht zugänglich, da es sich im Privatbesitz des letzten Lords Pencarron befindet.

»Na, das ist doch was.« Gawin lachte und druckte den Artikel aus. »Soll ich mal sehen, ob ich noch mehr finde?«
Alayne schüttelte den Kopf, steckte den Ausdruck in die Handtasche und stand auf.
»Danke, das ist nicht nötig. Eigentlich ist es auch gar nicht wichtig, was das für ein Wappen ist.«
Sie war nicht überrascht, dass die Kleidung offenbar aus Cornwall stammte. Damals war die Grafschaft weitgehend vom Krieg verschont geblieben. Sicher hatten die Adligen Spenden in die Hauptstadt geschickt, um den Ausgebombten zu helfen. Alayne meinte, sich zu erinnern, in der Schule gelernt zu haben, dass man während der Kriegsjahre Kinder von London aufs Land, unter anderem nach Cornwall, schickte, um sie vor den Angriffen in Sicherheit zu bringen. Edith hätte aber ihre Tochter niemals allein gelassen, zumal Blanche damals erst wenige Monate alt gewesen war. Allerdings hatte sie nie erzählt, dass sie selbst nach Cornwall gefahren war. Nun, das war ein weiterer Punkt, über den sie gerne mit Edith gesprochen hätte.
Alayne bezahlte die Cola und die Nutzung des Internets, zum Kaffee lud Gawin sie ein.
»Hat mir Spaß gemacht. Vielleicht ist Heraldik doch nicht so trocken?«
»Nun ja, mehr als Jura gewiss nicht.« Alayne zwinkerte ihm zu

und dankte für seine Hilfe. Als sie ins Auto stieg, hatte sie den Namen Pencarron schon wieder vergessen.

Alayne sah Michaels Wagen, als sie in die schmale Straße, die zu Ediths Cottage führte, einbog. Für einen Moment dachte sie daran, einfach vorbeizufahren, aber Weglaufen war keine Lösung. Früher oder später musste sie sich einer Konfrontation mit Michael stellen, warum also nicht jetzt gleich? Dann hatte sie es hinter sich.
Er stieg aus, als sie den Wagen verließ. Alayne sah sofort, dass er unrasiert war, und das Hemd hatte er seit gestern nicht gewechselt. Ein solch ungepflegtes Äußeres kannte sie an Michael nicht, der im Bad beinahe genauso lange wie sie selbst brauchte. Abwartend blieb sie stehen, verschränkte die Arme vor der Brust und sah ihm entgegen.
»Alayne, ich wusste, dass du hier bist!« Mit ausgestreckten Händen kam er auf sie zu, verharrte aber im Schritt, als er ihre ablehnende Haltung bemerkte. »Warum gehst du nicht ans Telefon? Und dein Handy ist auch immer ausgeschaltet.«
Der leise Vorwurf in seiner Stimme ärgerte Alayne.
»Das ist wohl meine Angelegenheit. Was willst du?«
»Alayne, wir müssen reden.« Eindringlich sah er sie an. »Wollen wir nicht hineingehen?«
Alayne lachte spöttisch.
»Es gibt nichts, was wir nicht auch hier draußen besprechen können.« Sie musterte ihn von oben bis unten. »Marilyn scheint wohl kein Bügeleisen zu besitzen, oder will sie etwa deine Sachen nicht waschen und bügeln? Ach, ich vergaß, eine Geliebte hält man sich nicht für die grobe Hausarbeit, dafür ist ja die ahnungslose Ehefrau da.«

Alayne wusste, dass ihre Stimme vor Ironie troff und dass sie Michael nicht mitten auf der Straße eine Szene machen durfte, aber ihre Verletzung war zu groß.

»Bitte, Alayne, lass uns reden.« Michael setzte seinen Dackelblick auf, dem Alayne früher nie widerstehen konnte, heute ließ er sie jedoch kalt. »Die Sache mit Marilyn und mir … es war ein Fehler … es ist aus zwischen uns.«

Für einen kleinen Moment glomm ein Funken Freude über diese Nachricht in Alayne auf, aber sie kämpfte ihn nieder. Nein, so leicht würde sie es Michael nicht machen, denn in den letzten zwei Tagen hatte sie gemerkt, dass er ihr eigentlich gar nicht gefehlt hatte.

»Ich habe an einem Tag nicht nur meinen Mann, sondern auch meinen Job verloren«, sagte sie kühl. »Ausgerechnet kurz nachdem meine Tochter das Land verlassen hat und meine Großmutter im Sterben liegt. Jedes Ereignis einzeln wäre schlimm genug, aber alles zusammen ist mehr, als ich im Augenblick ertragen kann. Darum lass mich einfach in Ruhe.«

Michael legte eine Hand auf Alaynes Unterarm, aber sie schüttelte diese wütend ab.

»Ich bitte dich, wir sind doch zwei erwachsene Menschen, und so sollten wir auch miteinander umgehen. Alayne, ich wusste ja nicht, dass du die kleine Affäre so ernst nimmst.«

»Kleine Affäre?« Alayne sah ihn ungläubig an. »Marilyn meinte, ihr würdet euch lieben, und du hättest nur gewartet, bis Carren fort ist, um mir mitzuteilen, dass du die Trennung möchtest. Und weißt du was, Michael? Ich glaube Marilyn. Sie ist keine Frau, die sich leichtfertig auf eine Affäre mit einem verheirateten Mann einlässt, ohne dass dieser nicht gewisse Hoffnungen in ihr geweckt hat.« Sie wandte sich dem Haus zu und nahm den Schlüssel aus der Tasche. »Und jetzt bitte ich dich zu gehen. Zu gegebener Zeit werden wir die notwendigen Formalitäten klären. Im Moment fühle ich mich wie in einer schmierigen Liebesschnulze, und darauf habe ich absolut keine Lust.«

Michael machte einen Schritt auf sie zu.

»Hast du Carren angerufen?«

»Und ihr von deinem schändlichen Verhalten erzählt?«, vollendete Alayne seine Frage. Bitter fuhr sie fort: »Nein, und wenn es dich beruhigt – ich werde es auch nicht machen. Aber nicht, um dich zu schützen, sondern weil ich fürchte, sie könnte sich verpflichtet fühlen, nach Hause zu kommen. Unsere Tochter wird früh genug von der Scheidung erfahren.«

»Scheidung?« Michaels Augen weiteten sich. »Das ist nicht dein Ernst …«

»Ach, halt den Mund.« Abwehrend hob Alayne beide Hände und wandte sich von Michael ab. Obwohl ihre Beine zitterten, ging Alayne mit sicheren Schritten ins Haus und schloss die Tür hinter sich. So ruhig, wie sie sich nach außenhin präsentiert hatte, war sie bei weitem nicht, aber auf keinen Fall sollte Michael merken, wie es wirklich in ihr ausschaute. Sie lehnte sich mit dem Rücken gegen die Tür. Halb hoffte sie, Michael würde ihr nachkommen und erneut versuchen, mit ihr zu sprechen, doch nach wenigen Augenblicken hörte sie, wie sein Auto startete und er wegfuhr.

Alaynes Knie gaben nach, und sie rutschte an der Tür entlang zu Boden. Ihre Michael gegenüber krampfhaft aufrechterhaltene Selbstbeherrschung fiel in sich zusammen wie ein Ballon, aus dem die Luft entwich.

4. Kapitel

Nach der Rechtskurve verringerte Alayne die Geschwindigkeit und fuhr langsam durch die schmale, abfallende Hauptstraße von St. Agnes. Aufmerksam ließ sie ihren Blick über die Häuser schweifen, bis sie das weißgetünchte Haus mit der Aufschrift St. Agnes Hotel auf der linken Seite entdeckte. Sie parkte vor dem Haus und stieg aus. Es war eine spontane und wahrscheinlich auch verrückte Idee gewesen, nach Cornwall zu fahren. Vor zwei Tagen hatte Alayne zufällig den Ausdruck mit den Informationen über Pencarron Manor aus der Tasche genommen und plötzlich das Gefühl gehabt, sie müsse dorthin fahren. Kurzentschlossen war sie wieder in das Internet-Café gegangen und hatte über das Web ein Bed-&-Breakfast-Zimmer im St. Agnes Hotel für vier Nächte gebucht. Im Krankenhaus hatte sie Bescheid gegeben, dass sie die nächsten Tage verreisen würde, übers Handy aber jederzeit zu erreichen war, sollte sich an Ediths Zustand etwas ändern. Die Fahrt von Cheltenham nach St. Agnes dauerte nur knappe vier Stunden, außerdem konnte sie derzeit nichts anderes tun, als an Ediths Bett zu sitzen und abzuwarten.

Alayne hatte sich schon lange gewünscht, einmal nach Cornwall zu reisen, oder auch Schottland. Obwohl sie und Michael regelmäßig in Urlaub geflogen waren, hatten sie diesen nie in England verbracht. Michael wollte stets dem kühlen, regnerischen Wetter entfliehen, daher waren sie schon mehrfach in der Karibik, auf den Malediven oder auch im Senegal und in Namibia gewesen. Es war nicht so, dass Alayne diese Ferien nicht gefallen hätten, aber ebenso glücklich wäre sie in Cornwall gewesen. Sie vertrat den Standpunkt, dass es kein schlechtes Wetter gibt, sondern nur unpassende Kleidung. Aber bei Michael und auch bei Carren war sie auf Granit gestoßen – die beiden zogen die südliche Sonne vor.

Alayne wusste, es war verrückt, hierherzukommen. Es hatte keine Bedeutung, woher die Babykleidung stammte. Und vor allen Dingen würde das alles nichts an ihrer Ehekrise ändern – außer vielleicht, dass sie ein paar Tage Abstand bekam, um in Ruhe nachdenken zu können. Nun war sie sowieso hier, und als sie die frische, würzige Meerluft einatmete, war es, als würde tatsächlich ein Teil der Sorgen von ihr abfallen.

Das St. Agnes Hotel war ein dreihundert Jahre altes Gebäude, und seit über zweihundert Jahren befand sich in den kleinen, winkligen Räumen mit den niedrigen Balkendecken eine Gastwirtschaft. Alaynes Zimmer lag im ersten Stock, war in hellen Farben, die mit der Bettwäsche und den Vorhängen harmonierten, gestrichen, und auch die Einrichtung im Bad ließ nichts zu wünschen übrig. Mit wenigen Handgriffen packte sie ihre Reisetasche aus, dann trat sie ans Fenster und sah hinaus. Von hier konnte man das Meer nicht sehen, aber der Herr an der Rezeption hatte gesagt, dass es nur ungefähr fünfzehn Gehminuten zu den Klippen oberhalb der Trevaunance Cove, dem alten Hafen der Stadt, war. Zuerst würde Alayne aber etwas essen, denn ihr Magen knurrte vernehmlich.

Da es mitten in der Woche war, war der Gastraum fast leer, als Alayne eintrat. Lediglich ein Mann in Jeans und einem schmuddligen T-Shirt saß an der Stirnseite der Bar. Er sah weder auf, noch erwiderte er Alaynes Gruß, sondern starrte in sein Bierglas. Alayne trat an die Bar, bestellte ein Bitter Lemon und ein hausgemachtes Krabbensandwich mit Salatgarnitur bei dem freundlichen Wirt, dann setzte sie sich an den Tisch in einer Nische. An den holzvertäfelten Wänden um sie herum hingen Dutzende von Schwarzweißfotografien, die Maschinenhäuser und Minenarbeiter zeigten. Im Internet hatte Alayne gelesen, dass in der Gegend um St. Agnes herum einst das Zentrum der cornischen Zinnförderung gewesen war. Heute jedoch zeugten nur noch Ruinen der Maschinenhäuser und ein Museum von der ruhmreichen Vergangenheit.

Als der Wirt das Essen brachte, fragte Alayne: »Kennen Sie den Herrensitz Pencarron Manor? Er soll hier ganz in der Nähe sein.«

Der Wirt nickte.

»Drei Meilen an der Straße nach Redruth, aber das Haus ist für Besucher nicht zugänglich. Die Gärten können Sie auch erst am Sonntag ansehen.«

»Ich habe gelesen, dass Lord Pencarron dort wohnt. Ich hätte ihn gerne in einer … geschäftlichen Angelegenheit gesprochen.«

»Den alten Knochen wollen Sie wirklich sprechen?« Der Wirt war sichtlich erstaunt. »Es geht mich ja nichts an, aber ich kann mir nicht vorstellen, was Sie mit dem für Geschäfte haben.«

»Das würde mich auch interessieren. Der alte Sam hat seit Jahren mit niemandem mehr gesprochen.« Der Mann an der Bar rutschte vom Hocker und kam näher. Da er ein wenig schwankte und haltsuchend nach einer Stuhllehne greifen musste, vermutete Alayne, dass er schon einige Biere intus hatte. Er kniff die Augen zusammen und musterte Alayne von oben bis unten. Ein Lächeln umspielte seine Lippen. »Er hat aber auch seit Jahren keinen so hübschen Besuch mehr bekommen. Ich denke, bei Ihnen wird er eine Ausnahme machen.«

Alayne wusste nicht, ob sie über das Kompliment erfreut oder verärgert sein sollte. Auf jeden Fall schien es hier so wie überall auf dem Land zu sein: Sie war eine Fremde, und sofort interessierten sich alle dafür, was sie hier zu suchen hatte. Nun, Alayne sah keinen Grund, ein Geheimnis aus ihrem Interesse für die Familie Pencarron zu machen, darum sagte sie: »Geschäftlich war vielleicht etwas übertrieben. Ich habe Grund zur Annahme, dass es zwischen den Pencarrons und meiner Familie vor vielen Jahren einmal eine Verbindung gab. Dem würde ich gerne nachgehen, darum bin ich nach Cornwall gekommen.«

Der Wirt zuckte desinteressiert mit den Schultern und meinte: »Dann viel Glück, Lady. Kann ich Ihnen noch etwas bringen? Einen Kaffee vielleicht?«

»Ja, gerne, das wäre sehr freundlich.«

Kaum war der Wirt hinter dem Tresen verschwunden, setzte sich der andere Mann ungefragt zu Alayne an den Tisch und rief: »He, Dick, mir noch ein Bier.«

»Ich glaube, du hast für heute genug, Oliver. Außerdem bezahlst du erst mal die Rechnung vom vergangenen Monat, bevor ich dir noch was ausschenke. Und belästige die Lady nicht länger.«

Die Worte des Wirts schienen Oliver nicht peinlich zu sein. Im Gegenteil. Vertraulich zwinkerte er Alayne zu.

»Wenn Sie mir noch ein Gläschen spendieren, dann erzähle ich Ihnen etwas über den Lord.«

Abrupt stand Alayne auf.

»Danke, das ist nicht nötig, ich werde mir mein eigenes Bild machen.« Sie ging zum Tresen und öffnete ihre Geldbörse, um die Rechnung zu bezahlen. »Ich nehme den Kaffee mit hinauf in mein Zimmer.«

Der Wirt sah sie um Entschuldigung bittend an und senkte seine Stimme.

»Oliver Kirby ist ganz harmlos, eigentlich ist er ein armes Schwein. Kann die Finger halt nicht vom Alkohol lassen und wird dann leicht aufdringlich.«

Alayne zuckte mit den Schultern. Die Probleme des Mannes interessierten sie nicht. Morgen würde sie nach Pencarron gehen und hoffen, von dem Lord empfangen zu werden. Dann würde sie ihm ein Jäckchen vorlegen und fragen, ob er wisse, wie das Kleidungsstück in Ediths Hände gelangt ist. Darum war sie gekommen, und nicht, um sich irgendwelchen Dorftratsch anzuhören. Am Nachmittag machte sie einen langen Spaziergang und schaute sich die kleine Stadt an, besichtigte die alte Kirche und ging dann auf die Klippen. Es war ein langer, etwas beschwerlicher Anstieg, aber oben angekommen, wurde Alayne mit einem atemberaubenden Ausblick belohnt. So weit das Auge reichte, lag vor ihr der rauhe Atlantik, dessen Wellen rhythmisch gegen die Felsen donnerten und Alayne das Gefühl gaben, völlig frei zu sein. Trevaunance Cove hatte einen schmalen Sandstrand, auf dem ein paar Ruderboote lagen. Der Kai, an dem einst große Schiffe anlegten, die das Zinn von hier aus in alle Welt transportierten, war von Wind und Wetter zerstört und nicht mehr begehbar. Wenn Alayne sich umschaute, erkannte sie nicht weniger als fünf Ruinen alter Maschinenhäuser, die Kamine mit Efeu überwuchert, die Dächer eingefallen und die Fensterscheiben zerstört. Die Klippenlandschaft um

St. Agnes war rauh und ohne Baumbewuchs. Lediglich niedriges Heidekraut, in dem vereinzelte kleine blaue und gelbe Blumen blühten, trotzte den starken Winden der Küste.
Als Alayne ins Hotel zurückkam, saß Oliver Kirby schon wieder – oder immer noch? – am Tresen und trank Bier. Offenbar hatte er seine Schulden bezahlt, oder beim Wirt hatte das Mitleid die Oberhand gewonnen. Da Alayne nicht hungrig war, ging sie gleich in ihr Zimmer, brühte sich dort einen Tee auf und beschloss, früh zu Bett zu gehen.

An der Straße gab es keinen Hinweis auf den Landsitz Pencarron Manor. Alayne war schon fast in Redruth, als sie bemerkte, dass sie die Zufahrt wohl übersehen haben musste. Sie wendete, aber auch dieses Mal fand sie den Weg nicht. Aus einem Seitenweg kam ein Farmer auf einem Traktor. Alayne hielt an und fragte ihn, wie sie nach Pencarron Manor käme. Auch dieser Mann war über ihr Ansinnen erstaunt, erklärte dann aber, dass sie den vierten Feldweg rechter Hand nehmen müsse, dann würde sie sich bald auf dem Besitz von Pencarron befinden.
»Allerdings fürchte ich, dass Sie nicht bis zum Haus durchkommen werden«, fügte er hinzu. »Das Tor ist immer geschlossen, und eine Klingel gibt es nicht.«
Konzentriert fuhr Alayne weiter und fand die besagte Einfahrt. Tatsächlich war es nur eine knappe halbe Meile, bis sie zu einem verfallenen Pförtnerhaus und einem hohen, schmiedeeisernen Tor kam, an dem ein verwittertes Holzschild mit der Aufschrift *Pencarron Manor* hing. Wie der Farmer gesagt hatte, war das Tor mit einer Kette und einem Sicherheitsschloss versperrt. Links und rechts davon erhob sich eine ungefähr drei Meter

hohe Backsteinmauer. Alayne beschloss, zuerst nach rechts an der Mauer entlangzugehen. Vielleicht gab es irgendwo eine kleine Pforte? Nach ein paar hundert Metern musste sie aufgeben, denn das Gelände wurde so sumpfig, dass sie bis zu den Knöcheln in den Schlamm einsank. Aber so leicht ließ sich Alayne nicht entmutigen, und auf der linken Seite hatte sie Glück. Sie fand eine niedrige unverschlossene Pforte und trat hindurch. Von dem Haus war noch nichts zu sehen, und Alayne ging entschlossen weiter. Es musste sich um einen weitläufigen Besitz handeln, denn sie ging über eine halbe Stunde durch einen völlig verwilderten Garten, bis sie zwischen den Bäumen hindurch graue Mauern schimmern sah. Auf den ersten Blick sah das Gebäude verlassen aus. Putz bröckelte an vielen Stellen von der Fassade, die Fenster waren schmutzig, und Unkraut überwucherte das Kiesrondell vor dem Haupteingang. Alayne sah jedoch aus einem der Kamine Rauch aufsteigen, folglich musste jemand im Haus sein. Sie umrundete den Ostflügel, doch bevor sie das Portal erreichte, preschten zwei große, dunkle Hunde laut bellend auf sie zu. Alayne erschrak und wich unwillkürlich mit dem Rücken an die Wand zurück. Einen Meter vor ihr kamen die Hunde zum Stehen, bellten und knurrten und sahen wenig freundlich aus. Sie hatte kaum Erfahrung mit Hunden, wusste aber, dass es besser war, sich nicht zu rühren. Es waren zwei sehnige, kräftige Rottweiler, und Alayne zitterte vor Angst, denn die Hunde sahen aus, als würden sie ihr jeden Augenblick an die Kehle springen.

»Hilfe!« Sie schrie, so laut sie konnte, aber ihr Ruf verhallte ungehört, lediglich die Rottweiler schienen dadurch noch aggressiver zu werden. Alayne angelte nach ihrem Handy, das in der Innentasche ihrer Jacke war, aber als sie eine Hand hob, duckte sich der eine Hund und knurrte bedrohlich. Zitternd presste sich Alayne gegen die Hauswand. Panik stieg in ihr auf. Was sollte sie jetzt tun? Sie hatte keinen Zweifel, dass die Tiere angreifen würden, wenn sie sich auch nur einen Schritt bewegte. Erneut schrie sie um Hilfe. Verflixt, wer immer da im Haus war, er musste sie und das Bellen der Hunde doch hören!

Es schien eine unendlich lange Zeit vergangen zu sein, als endlich die Tür geöffnet wurde und ein Mann heraustrat. Er war sehr alt, und in seinen Händen trug er ein Gewehr. Dünnes, gelblich weißes Haar hing ihm bis auf die eingefallenen Schultern, und er war unrasiert.

»Orpheus, Eurydike – Platz!« Die Hunde gehorchten sofort, blieben aber wachsam und ließen Alayne nicht aus den Augen. Sie war über seine kräftige Stimme überrascht und unendlich erleichtert über sein Auftauchen. Aber diese Erleichterung machte sofort Angst Platz, denn der Alte richtete den Lauf des Gewehrs direkt auf Alaynes Brust. »Was wollen Sie hier?«

»Würden Sie bitte die Hunde wegbringen?«, bat sie mit zitternder Stimme.

»Ich wüsste nicht, warum. Orpheus und Eurydike sind darauf abgerichtet, Eindringlinge zu stellen. Ein Befehl von mir, und sie gehen Ihnen an die Kehle.« Kalt musterten seine dunklen Augen, die in dem bleichen, eingefallenen Gesicht wie Kohlen zu glühen schienen, Alayne von oben bis unten. »Verschwinden Sie sofort, oder mein kleiner Freund hier wird nachhelfen.« Beinahe zärtlich strich er über den Lauf der Waffe, die unverändert auf Alayne gerichtet war.

»Ich habe nichts Unrechtes getan.« Alayne schöpfte ein wenig Mut und trat einen Schritt auf den Alten zu. Sofort erhoben sich die Hunde und begannen zu knurren. »Mein Name ist

Alayne Sanderson, und ich würde gerne mit Lord Pencarron sprechen. Sind Sie das?«

»Nein, ich bin der Gärtner, der Lord ist nicht hier.«

Trotz der angespannten Situation musste Alayne lächeln.

»Sie sind ganz sicher nicht der Gärtner, denn wenn Sie es wären, hätte der Lord Sie bestimmt schon längst entlassen, so ungepflegt wie der Garten ist.«

Für einen Moment glomm so etwas wie Belustigung in seinen Augen auf, aber sofort sagte er harsch: »Wer oder was ich bin, geht Sie nichts an. Sie sind ungebeten hier eingedrungen. Ich könnte die Polizei rufen, aber ich halte nichts von diesen Sesselfurzern. Auf meinem Grund und Boden gelten meine Gesetze, und wenn Sie nicht sofort verschwinden, können Sie entscheiden: entweder die Hunde oder eine Ladung Schrot.«

»Ich möchte doch nur mit Ihnen sprechen, Mylord.« Alayne gab ihrer Stimme einen devoten Klang. »Dafür bin ich extra aus Cheltenham gekommen. Es kostet nur wenige Minuten Ihrer Zeit. Es geht nämlich um ein paar Kleidungsstücke, die Sie …«

»Verschwinden Sie, sonst drücke ich ab!« Der Lord hob den Lauf, und Alayne sah ein, dass es besser war, zu gehen. Die Sache, warum sie gekommen war, war es keinesfalls wert, ihre Gesundheit, wenn nicht sogar ihr Leben zu riskieren. Mit einem Blick auf die Hunde sagte sie: »Halten Sie die Tiere zurück, ich werde gehen.«

Er nickte grimmig.

»Sie gehorchen mir aufs Wort. Wenn ich Sie oder jemand anderen noch einmal hier sehe, werde ich nicht so rücksichtsvoll sein.«

Alayne stolperte über den unebenen Weg, auf dem sie gekommen war. Ihre Beine zitterten so sehr, dass sie stürzte. Dabei riss sie den Ärmel ihrer Jacke ein und schlug sich ein Knie auf. Hinter sich hörte sie den Alten hämisch lachen und befürchtete, jeden Moment würden ihr die Hunde nachsetzen und sie zerfleischen. Alayne konnte sich nicht erinnern, dass sie jemals zuvor in ihrem Leben eine solche Angst gehabt hatte. Als sie endlich die Pforte sah, rannte sie so schnell, dass sie erneut stürzte und in den Matsch fiel. Erst als sie in ihrem Auto saß und die Tür hinter sich geschlossen hatte, begann sie, sich zu beruhigen.

»Was fällt dem Typen ein?«, schimpfte sie laut und hieb auf das Lenkrad ein. »Ich werde ihn anzeigen! Jawohl! Das kann er doch nicht machen!«

Erst nach zwanzig Minuten war sie in der Lage, den Wagen zu starten und loszufahren. Der Weg nach St. Agnes schien ihr endlos, aber schließlich erreichte sie das Hotel. Als sie den Gastraum betrat, richteten sich die Blicke aller Anwesenden auf sie.

»Du meine Güte, wie sehen Sie denn aus?« Oliver Kirby saß mit einem Bier vor sich an seinem gewohnten Platz am Tresen.

Alayne taumelte auf die Bar zu und sagte zum Wirt, der sie nicht minder entsetzt musterte: »Geben Sie mir einen Whisky, schnell! Am besten einen doppelten.«

Oliver Kirby grinste.

»Lassen Sie mich raten: Sie waren in Pencarron, nicht wahr?«

Überrascht fuhr Alayne zu ihm herum und starrte ihn an. »Und der alte Sam hat die Hunde auf Sie gehetzt.«

Alayne riss dem Wirt das Glas aus der Hand und stürzte den Whisky in einem Zug herunter.

»Wenn Sie das wussten, warum haben Sie mich nicht gewarnt?« Verärgert funkelte sie ihn an. »Ich habe große Lust, den Mann anzuzeigen, denn er hat mein Leben bedroht.«

Der Wirt griff über den Tresen und legte beruhigend eine Hand auf Alaynes Unterarm.

»Das haben schon andere vor Ihnen getan, Mrs. Sanderson, und Lord Pencarron musste sich schon oft mit den Gesetzeshütern auseinandersetzen. Das kümmert ihn aber wenig. Er lebt nach dem Motto: *My home is my castle*, und zweifelsohne hat er das Hausrecht. Ich nehme mal an, Sie haben das Grundstück betreten, ohne vom Lord dazu aufgefordert zu werden, oder?«

Alayne nickte schwach und verwarf den Gedanken einer Anzeige. Es war eine Schnapsidee gewesen, hierherzukommen. Was bedeutete es schon, ob und wann die Pencarrons irgendwelche Kleidung für die Kriegsopfer gespendet hatten? Sie rutschte vom Barhocker und sagte: »Ich brauche jetzt ein heißes Bad und werde mich umziehen. Kann ich dann bitte etwas zu essen haben?«

Der Wirt nickte, und Oliver Kirby bemerkte: »Gestern wollten Sie nichts über Pencarron hören, Mrs. Sanderson. Vielleicht darf ich Ihnen heute beim Essen Gesellschaft leisten und Ihnen ein paar Dinge erzählen, die Sie sicher interessieren werden.«

»Warum nicht?« Alayne hatte nicht die Nerven, ihn abzuweisen. Bestimmt würde Kirby ihr irgendwelchen Tratsch berichten, der sie nicht interessierte. Sobald sie gegessen hatte, würde sie sowieso abreisen. Eigentlich hatte sie vorgehabt, sich die Gegend anzusehen, aber durch ihr Erlebnis bei Pencarron Manor war ihr jegliche Freude an Cornwall gründlich verdorben.

Alayne konnte es nicht vermeiden, Oliver Kirby zum Essen einzuladen. Nachdem sie gebadet, sich die Haare gewaschen und eine frische Jeans und eine Baumwollbluse angezogen hatte, fühlte sie sich besser und war auch nicht mehr über Kirbys Aufdringlichkeit verärgert. Nach dem Essen bestellte sich Alayne eine Kanne Tee, Kirby natürlich ein weiteres Bier. Obwohl es erst früher Nachmittag war, musste er mindestens schon drei oder vier Pints getrunken haben, aber es konnte Alayne egal sein, ob Kirby ein Alkoholproblem hatte. In einer Stunde würde sie fahren und weder St. Agnes, Pencarron noch den Alkoholiker jemals wiedersehen.

»Mein Großvater hat den Lord gekannt, als er noch ein Junge war«, begann Kirby zu erzählen, und Alayne fragte: »Wie alt ist er eigentlich? Er sieht uralt aus, macht aber noch einen agilen Eindruck. Einen sehr agilen sogar.«

Kirby sah sie freundlich an.

»Nun können Sie schon wieder lächeln. Das freut mich, Mrs. Sanderson, denn Sie sind sehr hübsch, wenn Sie lächeln.«

Sofort gefror das Lächeln auf Alaynes Lippen.

»Ich dachte, Sie wollten mir etwas über die Familie erzählen?« Die Schärfe in ihrer Stimme ließ keinen Zweifel daran, dass sie nicht gewillt war, auf Kirbys Schmeicheleien einzugehen. Er nahm einen großen Schluck Bier, lehnte sich entspannt zurück und fuhr fort:

»Also, mein Großvater hat mir erzählt, dass der junge Samuel immer das schwarze Schaf der Familie war. Bereits in jungen Jahren war er selten auf Pencarron, meistens hielt er sich irgendwo in Europa auf. Eines Tages – es war vor dem Zweiten Weltkrieg – kam er für längere Zeit nach Cornwall zurück, und jeder dachte, nun würde er bleiben. Seine Eltern waren beide bereits gestorben, und sein älterer Bruder trug den Titel und kümmerte sich um den Besitz. Dann aber verließ Samuel überstürzt England, gerade in der Zeit, als sein Bruder heiratete. Mein Großvater sagte, dass gemunkelt wurde, er hätte sich wohl selbst in seine künftige Schwägerin verliebt, und manche dichteten ihm sogar eine Affäre mit ihr an. Darum musste er das Land verlassen. Nun, er kam erst zurück, als die furchtbare Tragödie geschehen war und er Lord Pencarron wurde.«

Zuerst hatte Alayne gelangweilt Kirbys Ausführungen gelauscht, doch jetzt war ihr Interesse geweckt.

»Was für eine Tragödie? Ist sein Bruder gestorben?«

Kirby nickte.

»Aber die Umstände, die dazu führten, waren sehr tragisch. Der Lord und seine Frau hatten nämlich ein Kind. Als dieses erst wenige Monate alt war, wurde es entführt, um Lösegeld zu erpressen. Offenbar hatte da jemand den Fall der Entführung des Lindbergh-Babys einige Jahre zuvor als Vorbild genommen. Lady Pencarron war außer sich, der Lord wie versteinert. Selbstverständlich war er zur Zahlung jeglicher Summe bereit, aber bevor es dazu kam, brach ein Feuer im Haus aus. Beim Versuch, seine Frau zu retten, kam der Lord in den Flammen um, seine Frau überlebte zwar, aber sie wurde verrückt. Binnen weniger Tage hatte sie ihr Kind und ihren Mann verloren. Sie nahm sich wenig später das Leben.«

Kirby machte eine Pause und holte sich ein weiteres Bier am Tresen. Alayne schwieg. Die Geschichte hatte sie traurig gemacht. Als Kirby sich wieder an den Tisch setzte, fragte sie: »Was ist mit dem Kind geschehen? Haben es die Entführer zurückgebracht?«

»Eben nicht, das ist ja das besonders Tragische an der Geschichte. Man hat nie wieder etwas von ihnen gehört, auch das Kind wurde nie gefunden. Selbstverständlich durchkämmte eine Hundertschaft der Polizei die ganze Grafschaft. Die allgemeine Meinung ging dahin, dass der oder die Entführer sich des Kindes entledigt hatten, als kein Geld mehr zu erwarten war, und die Leiche ins Meer geworfen haben. Der Atlantik ist hier an der Nordküste sehr rauh, was er verschlingt, gibt er niemals wieder frei.«

»Warum hat Lord Samuel nicht bezahlt?«

Kirby zuckte mit den Schultern.

»Die Behörden brauchten mehrere Monate, um ihn aufzuspüren. Das Ganze geschah ja in den Wirren des Zweiten Weltkrieges, und niemand wusste genau, wo Samuel sich aufhält. Erst ein knappes Jahr später kam er nach Cornwall, ließ den abgebrannten Flügel des Hauses neu errichten und meldete sich zur Armee. In den folgenden Jahrzehnten wurde Pencarron verwaltet, der Lord ließ sich nur selten blicken. Bis er dann vor ungefähr fünfzehn Jahren beschloss, den Rest seines Lebens als Eremit zu verbringen. Sie haben vorhin gefragt, wie alt er ist. Nun, da er und mein Großvater ungefähr gleich alt waren, muss er die neunzig deutlich überschritten haben.«

»Aber er lebt nicht allein in dem großen Haus?«, fragte Alayne erstaunt. »Es muss doch jemand für ihn einkaufen, waschen, putzen und kochen?«

»Man sagt, er bewohne nur zwei Zimmer, eine Zugehfrau kommt zweimal in der Woche, aber meistens lässt sich der Alte dann nicht blicken. Einmal im Monat gibt er telefonisch eine Bestellung für Lebensmittel und sonstige Dinge im örtlichen Supermarkt auf, die dann geliefert werden. Mehr sieht und hört man nicht von ihm. Außer natürlich, wenn jemand versucht, in sein Reich einzudringen.«

Kirby zwinkerte ihr zu, und wider Willen musste Alayne lächeln. »Nun, es wird mir eine Lehre sein, ich werde es sicher kein zweites Mal versuchen.«

»Was wollten Sie eigentlich von dem alten Griesgram?«

Alayne zögerte.

»Das ist nicht so wichtig, und Sie haben mit Ihrer Erzählung meine Fragen beantwortet. Ich habe Säuglingskleidung mit dem Wappen von Pencarron gefunden und wollte wissen, wie es in den Besitz meiner Großmutter gelangt ist. Die Erklärung ist, dass wohl Lord Samuel die Sachen gespendet hat, nachdem das Kind seines Bruders verschwunden ist. Was war es eigentlich? Ein Junge oder ein Mädchen?«

»Ein Mädchen, gerade mal vier Monate alt. Man kann nur hoffen, dass das arme Ding nicht hat leiden müssen.«

Alayne erkannte ehrliches Mitgefühl in seinen Augen, und zum ersten Mal fiel ihr auf, dass diese in einem warmen Sherrybraun mit kleinen, grünen Sprenkeln schimmerten. Sie wurde durch das Klingeln ihres Handys einer Antwort enthoben.

»Sie entschuldigen mich?«, sagte sie und griff nach dem Handy. Auf dem Display erkannte sie die Nummer des Krankenhauses.

»Ja? Sanderson«, meldete sie sich atemlos.

»Doktor Caine hier, gut, dass ich Sie erreiche. Mrs. Gordon ist aufgewacht und fragt nach Ihnen.«

»Edith ist wach?« Alayne schloss für einen Moment die Augen. »Wie geht es ihr?«

»Es ist wie ein Wunder, Mrs. Sanderson. Das Gehirn und die Sprachfähigkeit Ihrer Großmutter scheinen völlig in Ordnung zu sein. Lediglich ihre Beine sind gelähmt. Wir werden gleich ein paar Tests durchführen. Wann können Sie hier sein?«

»Ich fahre sofort los, gegen Abend bin ich im Krankenhaus. Ich danke Ihnen, Doktor, und grüßen Sie Edith von mir.«

Kirby sah sie eindringlich an.

»Gute Nachrichten, nicht wahr? Ihre Augen leuchten.«
Alayne nickte, steckte das Handy ein und stand auf.
»Ich muss sofort nach Hause, Mr. Kirby.« Spontan streckte sie ihm ihre Hand hin. »Es hat mich gefreut, Sie kennenzulernen, und danke für Ihre Informationen.«
Sie meinte es ehrlich, und auch wenn dieser Mann ein Trinker war, empfand sie dennoch Sympathie für ihn. Er drückte ihre Hand und sagte: »Eine gute Fahrt, Mrs. Sanderson. Vielleicht kommen Sie ja mal wieder in unser schönes Cornwall.«
Alayne zuckte mit den Schultern, dann ging sie in ihr Zimmer, um zu packen.

Als sie wenig später wieder in den Gastraum kam, um ihre Rechnung zu begleichen, war Kirby gegangen. Als sie bezahlte, sagte der Wirt: »Danke, dass Sie Oliver zum Essen eingeladen haben. Es tut ihm gut, ab und zu mal was Anständiges im Magen zu haben, meistens trinkt er nämlich nur. Er ist arm dran und tut mir furchtbar leid.«
Obwohl Alayne in Eile war, fragte sie: »Warum trinkt er denn? Er machte auf mich nicht den Eindruck einer verkrachten Existenz.«
»Das ist eine tragische Geschichte. Sie müssen wissen, dass Oliver Chirurg ist. Er war Chefarzt im Hospital von Bodmin, und er hatte begnadete Hände. Vor ungefähr sechs Jahren gab es auf der A 30 eine Massenkarambolage im Nebel, bei der Menschen starben und viele verletzt wurden. Darunter auch Olivers Frau und sein damals achtjähriger Sohn. Während der Junge noch an der Unfallstelle starb, kam die Frau ins Hospital. Durch die Vielzahl der Verletzten war keine Zeit einzuteilen, wer sich um wen kümmerte, und Oliver musste seine eigene Frau operieren.

Sie verblutete jedoch unter seinen Händen. Er gibt sich die Schuld dafür, aber die Nachuntersuchung hat gezeigt, dass kein Arzt der Welt das Leben der Frau hätte retten können. Seitdem hat er kein Skalpell mehr angerührt und sucht Trost im Alkohol.«

Alayne war ehrlich betroffen. Zum zweiten Mal an diesem Tag erfuhr sie von einem Schicksal, das von einem Augenblick auf den anderen das Leben von Menschen unwiderruflich zerstörte. Plötzlich erschienen ihr ihre eigenen Probleme von sehr geringer Wichtigkeit, zumal Edith aus dem Koma aufgewacht war.

Es war schon dunkel, als Alayne Cheltenham erreichte. In Ediths Zimmer brannte nur die Notbeleuchtung. Alayne trat leise ein, um sie nicht zu wecken, aber Edith war wach.

»Alayne … schön, dass du da bist.«

Ediths Stimme klang zwar schwach, aber artikuliert. Glücklich drückte Alayne ihre Hand.

»Du musst jetzt schlafen«, flüsterte sie. »Werde ganz, ganz schnell wieder gesund.«

Edith nickte und schloss die Augen. Alayne wartete, bis sie eingeschlafen war, dann verließ sie das Zimmer. Erleichtert lehnte sie sich im Flur gegen die Wand. Das Schicksal schien es noch einmal gut mit ihr und Edith zu meinen. Sie hatte kurz mit Doktor Caine gesprochen, der zwar immer noch skeptisch war, was Ediths Zustand betraf, aber Alayne dennoch Hoffnungen machte, dass Edith nicht mehr in akuter Lebensgefahr war.

Eine Schwester trat auf sie zu.

»Sie sehen erschöpft aus, Mrs. Sanderson. Fahren Sie nach Hause, heute können Sie nichts mehr machen.«

Alayne nickte, nahm ihre Handtasche und meinte, sie würde

am nächsten Vormittag wiederkommen, dann fuhr sie nach Bishop's Cleve in Ediths Cottage. Dort schrieb sie Carren eine SMS, dass es Edith besserging, und versuchte, ihre Mutter zu erreichen, aber Alayne erhielt keine Verbindung. Blanche und ihr Mann befanden sich irgendwo auf dem Mittelmeer, aber beim letzten Telefonat hatte Blanche Alayne die Telefonnummern der Häfen durchgegeben, in denen sie Station machen würden. Alayne beschloss, sich am nächsten Tag darum zu kümmern, denn sie war sehr müde und wollte nur noch schlafen.

Am nächsten Morgen erlebte Alayne eine Überraschung, mit der sie nie gerechnet hatte. Sie war gerade aufgestanden und trank noch im Pyjama die erste Tasse Kaffee, als es an der Tür klopfte. Schnell zog sie sich den Morgenmantel über und öffnete.

»Mutter!« Wie angewurzelt blieb Alayne auf der Türschwelle stehen.

»Willst du mich nicht hereinlassen?« Blanche schob sie zur Seite und trat in das Cottage. »Von Michael musste ich erfahren, dass du ausgezogen bist. Kind, was ist los? Habt ihr euch gestritten?«

Verwirrt strich Alayne sich eine Haarsträhne aus dem Gesicht.

»Das ist eine lange Geschichte, Mutter, aber was in aller Welt machst du hier? Ich dachte, du bist auf irgendwo auf dem Mittelmeer unterwegs.«

Blanche sah sie vorwurfsvoll an.

»Hältst du mich für so herzlos, unbeschwert reisen zu können, wenn meine eigene Mutter im Sterben liegt?« Alayne biss sich auf die Lippen und schwieg, denn genau das waren ihre Gedanken gewesen. Sie betrachtete ihre Mutter. Wie immer war sie elegant und teuer gekleidet und perfekt geschminkt und frisiert.

»Wann bist du angekommen?«, fragte sie statt einer Antwort.

»Heute Morgen, ich bekam noch in der Nacht einen Flug von Mallorca. In Heathrow habe ich einen Wagen gemietet. Natürlich bin ich erst zu euch nach Cheltenham gefahren und musste erfahren, dass du deinen Mann verlassen hast. Michael scheint ziemlich sauer auf dich zu sein.«

»Er ist sauer auf mich?« Alayne lachte zwar, aber ihre Mundwinkel zogen sich nach unten. »Er hat dir sicher nicht gesagt, dass er mich seit Monaten betrügt und hintergeht.« Sie wandte sich um und ging in die Küche. »Ich möchte jetzt nicht darüber sprechen, Mutter. Möchtest du auch einen Kaffee?«

Blanche nickte.

»Das wäre schön, und dann erzählst du mir von Edith. Wie geht es ihr?«

Mit ein paar Sätzen berichtete Alayne, dass Edith gestern aus dem Koma erwacht war, verschwieg aber ihren Ausflug nach Cornwall. Das war eine sinnlose Angelegenheit gewesen, die sie selbst am liebsten vergessen würde. Auch erzählte sie ihrer Mutter nichts von dem Toten im Gasthaus. Der Inspektor hatte sich nicht wieder bei ihr gemeldet, somit betrachtete Alayne die Sache als erledigt.

»Ich hatte vor, Edith nachher zu besuchen. Möchtest du mich begleiten? Du musst müde sein, Mutter, wenn du die ganze Nacht geflogen bist.«

»Ich habe im Flieger geschlafen.«

Alayne wunderte sich, wie Blanche so perfekt aussehen konnte, wenn sie die ganze Nacht unterwegs gewesen war, aber sie kannte ihre Mutter nicht anders.

»Dann springe ich kurz unter die Dusche, ziehe mich an, und wir können fahren, ja?«
Blanche nickte, stand auf und öffnete den Kühlschrank.
»Ich mache mir derweilen einen Toast. Das Frühstück im Flugzeug oder das, was ein Frühstück sein sollte, war nicht sonderlich sättigend. Und heute Nachmittag erzählst du, was mit dir und Michael los ist. Es kann doch nicht sein, dass ihr euch trennt. Gerade jetzt, wenn Carren fort ist.«
»Eben jetzt, denn es ist nicht mehr nötig, Carren eine heile Familie vorzuspielen, die es längst nicht mehr gibt«, entgegnete Alayne mit einem scharfen Unterton. »Das Einzige, was mir im Moment wichtig ist, ist Edith. Alles andere wird sich zeigen.«

Edith Gordon war nicht minder erstaunt, ihre Tochter zu sehen. Sie versuchte, die Arme auszustrecken, um sie zu umarmen, war aber zu schwach dazu. Alayne hatte Blanche gebeten, nichts von ihren Eheschwierigkeiten zu erwähnen, um Edith nicht aufzuregen, und Blanche hielt sich daran. Sie plauderte über ihr Leben in Südfrankreich und bestellte Edith viele Grüße von ihrem Mann.
»Er konnte leider nicht mitkommen, denn wir bekamen keinen Liegeplatz für die Jacht in Mallorca. Die Insel ist im Frühling völlig ausgebucht. Er hofft aber ebenfalls, dass du ganz schnell wieder gesund wirst.«
Plötzlich wurde Edith ungewöhnlich ernst. Sie gab Alayne ein Zeichen.
»Bitte hilf mir, mich aufzusetzen.«
»Du solltest besser liegen bleiben …«, wandte Alayne ein, aber Edith unterbrach sie: »Ich habe nicht zu hoffen gewagt, dass ich in den letzten Tagen meines Lebens noch die beiden Menschen,

die ich am liebsten auf dieser Welt habe, um mich haben kann. Blanche … Alayne« – sie blickte von einer Frau zur anderen –, »ich habe euch etwas zu sagen, und das würde ich gerne in aufrechter Haltung tun.«

Alayne, die den starken Willen ihrer Großmutter kannte, stellte das Kopfteil des Bettes höher und stopfte ein Kissen hinter ihren Rücken. Edith dankte ihr mit einem Lächeln, dann wurde sie aber wieder ernst.

»Kurz bevor ich den zweiten Schlaganfall hatte, hast du, Alayne, mir erzählt, dass die Polizei bei dir war, weil ein Skelett im Pub gefunden worden ist.«

»Edith, lass uns nicht darüber sprechen. Das ist erledigt, die haben sich nicht mehr gemeldet. Bitte, du darfst dich nicht aufregen.«

Beharrlich schüttelte Edith den Kopf.

»Nichts hat sich erledigt, sie werden wiederkommen. Aber darum geht es auch gar nicht. Es geht nicht um irdische Gerechtigkeit, sondern darum, dass ich mit den Menschen, die ich liebe, Frieden schließe und dann sterben kann.«

»Aber Mutter, was redest du denn da?« Blanche war aufgesprungen. »Du wirst nicht sterben, jedenfalls nicht in der nächsten Zeit. Gut, deine Beine sind noch gelähmt, aber dafür gibt es Rollstühle, und eine gute Physiotherapie kann …«

»Sei still, Blanche.« Ungewöhnlich scharf unterbrach Edith den Redefluss ihrer Tochter. »Ich werde sterben, und zwar schon sehr bald. Und ich habe keine Angst davor, im Gegenteil. Ich habe mein Leben gelebt, und es wird Zeit, meinen Platz zu räumen. Aber das werde ich nicht tun, bevor ich nicht mit allem im Reinen bin.« Sie streckte eine Hand aus, und Blanche und Alayne ergriffen sie. »Vielleicht wäre es besser, zu schweigen, aber wenn ich tot bin, dann wird niemand jemals die Wahrheit erfahren, und ich bin es euch schuldig, dass ihr die Wahrheit wisst. Ich war niemals besonders gläubig, und trotzdem möchte ich jetzt beichten. Aber nicht bei einem Priester, den ich nicht kenne und zu dem ich keinen Bezug habe. Gott gegenüber habe ich schon längst meine Beichte abgelegt, und ich hoffe, er hat mir verziehen. Das ist mir aber nicht wichtig, sondern wichtig ist, dass ihr beide mir verzeiht. Nur dann kann ich in Ruhe sterben.«

Während Blanche erregt auf dem Stuhl hin und her rutschte, saß Alayne regungslos da. Die Leiche im Keller des Pubs … das Wappen der Pencarrons auf der Säuglingskleidung … das Fehlen jeglicher Informationen über Ediths Mann – das waren alles kleine Puzzlesteine, die nicht zu Edith passten und doch etwas mit ihr zu tun haben mussten.

»Edith, hast du den Namen Pencarron schon einmal gehört?«, fragte sie leise.

Ediths Wangen wurden bleich, ihre Augen weiteten sich, und Alayne hätte sich am liebsten die Zunge abgebissen. Hoffentlich bekam Edith nicht einen neuen Anfall, denn es war offensichtlich, dass ihr der Name nicht unbekannt war.

»Wie kommst du auf den Namen?« Ediths Stimme klang belegt, und Blanche sah verständnislos von einer zur anderen.

»Pencarron? Wer soll das sein?«, fragte sie.

»Ich wusste, man kann es nicht für alle Zeiten verheimlichen.« In Ediths Augen traten Tränen, und sie seufzte. »Darum möchte ich euch alles erzählen. So, wie es war, ohne Beschönigung oder Entschuldigungen. Blanche … Alayne … vor vielen, vielen Jahren, mir scheint, als wäre es in einem anderen Leben gewesen, arbeitete ich als Hausmädchen auf dem Herrensitz Pencarron Manor in Cornwall.«

»Das glaube ich nicht!« Alayne sprang auf. »Ich dachte immer, du stammst aus London.«
»Pst, Mädchen, setze dich wieder und höre bitte zu. Ich bin in Cornwall geboren und aufgewachsen, ebenso wie Jowna, die Stubenmädchen im Herrenhaus war.«
»Wer ist Jowna?«, fragten Blanche und Alayne gleichzeitig.
Ein wehmütiges Lächeln umspielte Ediths Lippen.
»Jowna war meine ältere Schwester.«
»Du hast uns nie gesagt, dass du eine Schwester hast.« Blanche schüttelte fassungslos den Kopf. »Wo ist sie? Lebt sie noch?«
»Langsam, langsam, ihr werdet alles erfahren«, sagte Edith ruhig. »Wie ich bereits sagte, arbeitete Jowna als Stubenmädchen und ich in der Küche in Pencarron Manor. Unser Vater war schon seit einiger Zeit tot, unsere Mutter war leider schwerkrank, trotzdem waren wir glücklich und zufrieden mit unserem Leben. Jowna, die Ältere von uns beiden, war immer lustig und vergnügt, und ich liebte sie innig. Wir hatten nicht viel Geld, hatten aber unser Auskommen und keine Angst vor der Zukunft. Ich sollte vielleicht noch erwähnen, dass mein richtiger Name nicht Edith Gordon ist, sondern dass ich auf den Namen Edwina Goldsworthy getauft worden bin. Nein, sagt jetzt nichts, bitte!« Eindringlich sah Edith die beiden Frauen an. »Hört mich erst bis zum Ende an. Ich habe lange darüber nachgedacht, wann sich das alles geändert hat. Es war an dem Tag, als der König seinen Besuch bei Lord Pencarron angekündigt hat.«
»Welcher König?«, unterbrach Alayne.
»König Edward der Achte. Der sanfte, melancholische König mit seiner geschiedenen Geliebten. Der König, der wenige Monate später zugunsten seiner großen Liebe abdanken würde.

Doch damals ahnten wir von den Ereignissen, die das Land erschüttern sollten, noch nichts. Damals war alles in Ordnung. Aber an dem Tag, als wir den König erwarteten, bekam Jownas und meine heile Welt die ersten Risse. Risse, die niemals mehr gekittet wurden und nach und nach abbröckelten und unser Leben zerstörten.«
Alayne beobachtete, wie sich ein Schleier über Ediths Pupillen legte und sie in eine andere Welt glitt. Sie wollte bereits nach der Klingel greifen, um eine Schwester zu holen, aber da sprach Edith mit kräftiger Stimme weiter: »Noch ist es nicht so weit, dass ich gehe. Noch nicht, erst muss ich alles erzählen, meine Lieben. An dem Tag, an dem der König kommen sollte, waren wir alle sehr aufgeregt. Natürlich war jeder nervös wegen des hohen Besuchs, aber Jowna war völlig aus dem Häuschen. So hatte ich meine Schwester nie zuvor erlebt. Damals, an dem Tag, fing alles an …«

5. Kapitel

Pencarron Manor, Cornwall,
Oktober 1936

Klirrend fiel die Kanne zu Boden, zerbrach in Stücke, und die Milch ergoss sich über die schwarz-weißen Bodenfliesen.

»Kannst du nicht aufpassen, du dummes Ding?« Es hätte nicht viel gefehlt, und Nessa Aldwyn, die Haushälterin und Verantwortliche für das Personal, hätte der jungen Frau eine Ohrfeige gegeben. »Wisch es sofort auf. Die Kosten der Kanne ziehe ich dir vom Gehalt ab.«

Edwina Goldsworthy kniete neben ihrer Schwester und half, das Malheur zu beseitigen. Als Mrs. Aldwyn die Küche verließ, stupste Jowna Edwina in die Seite.

»Wie kannst du bloß so ruhig sein? So einen Tag wie heute erlebt man wahrscheinlich nur ein Mal.«

»Ich verstehe deine Aufregung, Jowna. Trotzdem solltest du aufpassen, dass du nicht noch mehr kaputt machst. Er ist schließlich auch nur ein Mann.«

»Nur ein Mann!« Entrüstet erhob sich Jowna und warf den Putzlumpen ins Spülbecken. »*Er* ist der König! In weniger als vier Stunden werden wir den Souverän unseres Landes leibhaftig vor uns sehen. Ich verstehe wirklich nicht, wie dich das so kaltlassen kann. Wann haben Leute wie wir schon mal die Möglichkeit, einen König leibhaftig vor sich zu sehen?«

So unberührt über den Besuch König Edwards VIII. auf dem Herrensitz Pencarron Manor war Edwina nicht, aber sie hatte nicht die ungestüme Art ihrer zwei Jahre älteren Schwester Jowna, sondern war eher phlegmatisch und wusste, dass sich die Arbeit mit Nervosität und Hektik nicht schneller erledigen ließ. Beinahe das ganze Personal war seit letzter Woche, als Lord Pencarron ihnen sagte, der König würde übers Wochenende zu ihnen aufs Land kommen, in heller Aufregung. Selbstverständlich musste das Haus mit seinen sechsundvierzig Zimmern auf Hochglanz geputzt und poliert werden, besonders in der Zimmerflucht, in der der König nächtigen würde, durfte nicht das kleinste Staubkorn mehr zu finden sein. Henry Pencarron hatte zwar nur davon gesprochen, dass König Edward erwartet würde, aber die Spekulationen, ob er von seiner Geliebten, Wallis Simpson, begleitet würde, rissen nicht ab.
Lord Henry Pencarron hatte so wie der König – damals noch der Prinz von Wales – nach dem Krieg in der Royal Navy gedient, und dort hatten sich die beiden Männer angefreundet. In den letzten Jahren hatte kein Kontakt mehr bestanden, da Edward viel auf Reisen gewesen war, aber jetzt hatte er den Wunsch kundgetan, einige Tage in Cornwall zu verbringen, und sich dabei an Lord Henry erinnert.
»Wie sollen wir uns nur verhalten, wenn der König in Begleitung erscheint?« Nessa Aldwyn kam in die Küche zurück und rang die Hände. »Müssen wir vor Mrs. Simpson knicksen?«
Hinter ihr betrat der hagere, grauhaarige Butler Hurstley den Raum. Glücklicherweise hatten Edwina und Jowna die Scherben der Kanne und die Lache der verschütteten Milch beseitigt, so dass der Butler nichts von dem Missgeschick mitbekommen und keinen Grund zu einer Rüge hatte.

»Meine liebe Nessa, selbstverständlich werden wir Mrs. Simpson die Ehrerbietung, die einer … Bekannten des Königs gebührt, erweisen. Zudem glaube ich kaum, dass der König das Wort an irgendeinen von uns richten wird.«

König Edward wurde gegen sechs Uhr am Abend erwartet, und Lord Henry hatte angewiesen, dass sich alle Angestellten zum Empfang in der Halle aufstellen sollten. Selbstverständlich in ihren besten Kleidern, auf denen nicht der kleinste Fleck zu erkennen sein durfte, und mit ordentlich frisierten Haaren und makellos sauberen Händen. Die Aufstellung war am Vormittag geprobt worden, und jeder der sechzehn Angestellten – vom Butler über die Haus- und Küchenmädchen bis hin zum Gärtner – wusste, wo sein Platz war.

»Vergesst nicht, den Blick gesenkt zu halten, wenn der König eintritt.« Mit strenger Stimme hatte Hurstley jedem Einzelnen die Verhaltensregeln eingeschärft. »Ihr sprecht nur, wenn ihr angesprochen werdet, was ich aber bezweifle. Mylord wird den König begrüßen und dann in den Salon geleiten. Erst wenn sich die Tür hinter den beiden geschlossen hat, dürft ihr leise eure Plätze verlassen und an eure Arbeit zurückkehren. Die Tage, während der König im Haus weilt, verhaltet ihr euch extrem ruhig und meidet jeden Kontakt zu ihm. Das gilt natürlich nicht für diejenigen, die für die Bedienung des Königs eingeteilt sind. Habt ihr verstanden?«

Alle nickten zustimmend, und Jowna trat aufgeregt von einem Fuß auf den anderen. Ihre Augen funkelten stolz.

»Ich darf das Bett des Königs machen.«

»Als ob ein König nicht weniger die Laken zerwühlen wird als ein normaler Mann.« Edwina lächelte über die Aufregung ihrer Schwester.

»Ob er wohl mit Wallis Simpson in einem Bett schläft?« Carrie, das zweite Hausmädchen, trat zu den Schwestern und sah sie verschwörerisch an. »Wir sollen das zweite Gästezimmer, das durch eine Tür mit dem des Königs verbunden ist, ebenfalls herrichten, aber glaubt ihr nicht auch, dass sie die Nacht in einem Bett verbringen werden?«

»Das geht uns absolut nichts an.« Nessa Aldwyn beantwortete Carries Frage in einem scharfen Tonfall und scheuchte die Mädchen an ihre Arbeit zurück. Obwohl sie nach außen hin ruhig und überlegen wirkte, war sie innerlich ebenfalls nervös. Weniger wegen der Begegnung mit dem König, sondern wegen der Sorge, dass alles zu des Königs und Lord Henrys Zufriedenheit funktionieren würde. Sollten Schwierigkeiten auftreten, dann würde das unweigerlich auf sie und Hurstley zurückfallen. Nessa Aldwyn würde es den Mädchen gegenüber niemals zugeben, aber sie hoffte, Wallis Simpson würde den König begleiten, denn sie würde die elegante Frau, deren Gesicht sie bisher nur aus Zeitschriften kannte, zu gerne persönlich sehen. Ob sie wirklich so schön war, wie die Fotografien zeigten? Mrs. Simpsons Ausstrahlung musste eine ganz besondere sein, und erst kürzlich hatte ein Magazin geschrieben, dass sie die bestangezogene Frau im ganzen Königreich wäre. In diesem Jahr war sie sogar vom US-amerikanischen Nachrichtenmagazin *TIME* zum »Mann des Jahres« gewählt worden. Die seit 1927 verliehene Auszeichnung geht an denjenigen, der in dem jeweiligen Jahr die Welt maßgeblich verändert hatte – zum Positiven, aber auch zum Negativen. Nessa bezweifelte, ob Wallis Simpson über diese Wahl glücklich war. Ihre nunmehr seit Jahren bestehende Beziehung zu Edward Windsor war selbstverständlich skandalös, und sie würde niemals seine Frau werden können. Es

war unmöglich, dass der König von England eine bürgerliche, zweimal geschiedene US-Amerikanerin heiratete, auch wenn sich Edward gern über bestehende Konventionen hinwegsetzte. Selbstverständlich war die Haushälterin ihrem Arbeitgeber Lord Pencarron gegenüber loyal, schließlich arbeitete sie schon seit zwanzig Jahren auf dem Herrensitz, aber die Tatsache, dass Mylord die Einladung auch auf Wallis Simpson ausgedehnt hatte, verursachte Nessa Unbehagen. Die Pencarrons führten seit Jahrhunderten ein tadelloses Leben. Im englischen Bürgerkrieg hatten sie sich royal gezeigt, obwohl Repressalien damit verbunden gewesen waren, und nie hatte auch nur der Hauch eines Skandals die Familie überschattet. Die Geliebte des Königs, die von jedem aufrechten Engländer abgelehnt wurde, zu empfangen war mehr als zweifelhaft. Nessa hoffte, dass dies Lord Pencarron, der über einen Sitz im Oberhaus verfügte, nicht zum Nachteil gereichte, denn das Parlament ignorierte die Frau an der Seite des Königs.
Ihre Überlegungen wurden durch einen Jungen unterbrochen, der keuchend durch den Hintereingang in die Küche stolperte. Edwina, die damit beschäftigt war, Fasane für das Abendessen zu rupfen, schaute erschrocken auf.
»Albert, was machst du denn hier?«
Der zwölfjährige Junge riss seine Mütze vom Kopf und rief aufgeregt: »Mrs. Goldsworthy ist zusammengebrochen, der Pfarrer hat mich zu euch geschickt.«
Das Blut wich aus Edwinas Gesicht, und Jowna klammerte sich an ihren Arm.
»Was ist geschehen?«
Albert zuckte mit den Schultern.
»Ich weiß nicht mehr, nur dass man sie nach Hause gebracht

hat. Der Pfarrer meinte, es wäre gut, wenn ihr kommen würdet.«

Unsicher sah Edwina zu Nessa, die ebenso erschrocken über die Nachricht war wie sie selbst. In diesem Augenblick betrat der Butler die Küche und wurde von Nessa mit knappen Worten informiert, während sie dem atemlosen Jungen ein Glas Wasser reichte, das dieser in einem Zug leerte.

Hurstley überlegte nicht lange und sah Edwina und Jowna an.

»Selbstverständlich könnt ihr zu eurer Mutter gehen. Carrie wird beim Servieren helfen.«

Während sich Edwina die Schürze vom Leib riss, blieb Jowna unsicher stehen. Sie war an der Seite von Hurstley eingeteilt worden, beim Auftragen des Abendessens zu helfen.

»Aber der König …« Unsicher sah sie von Edwina zu Hurstley. »Wir können doch jetzt nicht so einfach weg.«

»Jowna, Mutter braucht uns!« Eindringlich sah Edwina ihre Schwester an. »Du weißt, dass sie ein schwaches Herz hat.«

Noch immer zögerte Jowna. Natürlich war sie über Alberts Nachricht besorgt, andererseits hatte ihre Mutter öfter Anfälle, doch sie erholte sich immer wieder.

Edwina erkannte den Kampf, den ihre Schwester mit sich austrug, und seufzte.

»Nun gut, ich gehe allein. Sollte ihr Zustand kritisch sein, lasse ich dich holen.«

Sie selbst hätte den König zwar auch gerne gesehen, aber die Gesundheit der Mutter ging vor. Zudem würde Edward zwei Tage in Pencarron Manor weilen, da würde sie wohl noch Gelegenheit haben, einen Blick auf ihn zu erhaschen.

Edwina griff nach ihrem Mantel, der in der kleinen Kammer hinter der Spülküche hing, und wandte sich zur Tür.

»Du kannst mein Fahrrad haben«, rief Nessa. »Es steht im Geräteschuppen. Bleib so lange bei deiner Mutter, wie es nötig ist. Wir werden hier schon ohne dich fertig.«

Edwina wandte sich der Haushälterin zu und lächelte gequält. »Danke, Mrs. Aldwyn. Ich komme so bald wie möglich wieder zurück.«

Während Edwina über den gepflasterten Innenhof zum Geräteschuppen eilte, ärgerte sie sich ein wenig über Jowna, der es wichtiger war, den König zu sehen, als an die Seite ihrer Mutter zu eilen. Die beiden Mädchen wussten seit langem, dass die Tage der Mutter gezählt waren. Die jahrelange schwere Arbeit in der Zinnmine hatte ihren Tribut gefordert. Ihr Vater, der bis zu zwölf Stunden täglich unter Tage in der Mine gearbeitet hatte, war vor drei Jahren an einer Staublunge gestorben. Damals war Jowna sechzehn Jahre alt gewesen und hatte gerade wenige Monate zuvor als Hausmädchen auf Pencarron Manor angefangen. Edwina und ihre Mutter mussten das Cottage, in dem sie und Jowna geboren worden waren, verlassen, da es der Minengesellschaft gehörte und nur den Arbeitern zum Wohnen zur Verfügung stand. Es hatte sich in einer Reihe baugleicher Häuser in einer steilen Straße – den sogenannten *Stippy Stappy* – in der Ortsmitte von St. Agnes befunden. Da Mrs. Goldsworthy nicht mehr arbeitsfähig war, gab es für sie und Edwina – Jowna wohnte ja in Pencarron Manor – nur den Weg in ein Haus, in dem die Witwen der Bergarbeiter Unterkunft fanden. Sie hatten kein Geld, also auch keine andere Wahl. Drei Monate hielt es Edwina in dem baufälligen, schmutzigen Haus, in dem sich sechs Frauen ein Zimmer teilen mussten, aus, dann erhielt sie die Möglichkeit, als Küchenhilfe ebenfalls nach Pencarron Manor zu gehen. Vierzehn Jahre war sie alt gewesen, als sie die Schule abbrach und Geld verdiente, damit die Mutter die letzten Jahre ihres Lebens unter menschenwürdigen Umständen verbringen konnte. Vergessen war ihr Traum, Medizin zu studieren und Kinderärztin zu werden. Schon bald reichte das Gehalt der beiden Mädchen aus, um der Mutter ein kleines Cottage auf den Klippen von St. Agnes mieten zu können. Die Gesundheit der Mutter stabilisierte sich, und sie begann, sich in der Kirchengemeinde zu engagieren. Doch in den letzten zwei Jahren kamen die Anfälle in immer kürzeren Abständen. Während Jowna die Sache bagatellisierte, sah Edwina der Tatsache, dass die Mutter in absehbarer Zeit dem Vater folgen würde, ins Auge.

Der Herrensitz Pencarron Manor lag drei Meilen südlich von St. Agnes in Richtung Redruth. Zu Fuß hätte Edwina wohl über eine Stunde gebraucht, auch wenn sie schnell ausschritt, daher war sie über Nessas Fahrrad dankbar. Kräftig trat sie in die Pedale, aber als sie auf der Höhe der Mingoosefarm war, hörte sie einen leisen Knall, dann ein Zischen, und das Vorderrad begann so heftig zu schlingern, dass Edwina Mühe hatte, im Sattel zu bleiben. Sie bremste und presste ärgerlich die Lippen zusammen, als sie den platten Vorderreifen bemerkte.
»Ver…flixt!« Edwina besann sich, nicht zu fluchen, auch wenn die Situation dazu allen Anlass gab. Nun würde sie die restlichen zwei Meilen doch zu Fuß gehen müssen. Gerade als sie das Fahrrad zur nächsten Nothaltebucht schob, damit es nicht mitten auf der schmalen, von beiden Seiten mit hohen Hecken gesäumten Fahrbahn lag, hörte sie das Geräusch eines Autos. Ein schwarzer Lincoln kam um die Kurve und bremste, als der Fahrer Edwina bemerkte. Die Tür öffnete sich, und ein großer

dunkelhaariger Mann stieg aus. Mit einem Blick erfasste er die Situation.

»So ein Plattfuß ist ärgerlich, nicht wahr?« Mit einem Lächeln schob er seine Mütze aus der Stirn. »Kann ich Ihnen helfen, Miss?«

Edwina kannte den Mann nicht, was aber nicht viel zu sagen hatte, da sie in den letzten Jahren Pencarron Manor nur verlassen hatte, um ihre Mutter zu besuchen.

»Ich muss so schnell wie möglich nach St. Agnes«, sagte sie unsicher und atmete bei seinen nächsten Worten erleichtert auf.

»Steigen Sie ein, ich fahre Sie.« Kurzerhand nahm er Edwina das Fahrrad aus der Hand und legte es – ungeachtet dessen, dass er vielleicht die hellen Ledersitze beschmutzen könnte – auf den Rücksitz. Edwina nahm auf dem Beifahrersitz Platz, und der Mann wendete den Wagen an der Nothaltebucht. Nie zuvor war sie in einem solch eleganten Auto gefahren, in dem es nach Leder und Holzpolitur duftete. Doch wegen der Sorge um ihre Mutter konnte sie die Fahrt nicht richtig genießen. Sie waren kaum ein paar hundert Yards weit gekommen, als es zu regnen begann. Der Mann grinste und sah sie von der Seite an.

»Na, da bin ich ja wohl gerade rechtzeitig gekommen.«

Edwina musterte ihn verstohlen. Er war zweifelsohne attraktiv und mochte vielleicht ein paar Jahre älter als sie sein. Seine Hände, die das Lenkrad umspannten, waren kräftig, aber gepflegt und wiesen nicht darauf hin, dass er mit ihnen arbeitete. Nun, ein Mann, der einen Lincoln fuhr, würde sein Geld auch kaum mit Feld- oder Stallarbeit verdienen.

»Ich bin Ihnen sehr dankbar«, sagte Edwina. »Meine Mutter hatte einen Herzanfall, und ich möchte so schnell wie möglich zu ihr.«

»Das kann ich verstehen.«
Es wunderte Edwina, dass er sich nicht vorstellte, darum sah sie ihrerseits keine Veranlassung, ihren Namen zu nennen. Als die ersten Häuser von St. Agnes auftauchten, wies sie ihm den Weg zum Cottage ihrer Mutter, und er sagte:
»Ich verstehe mich nicht auf das Flicken von Reifen, aber sicher gibt es hier irgendwo eine Tankstelle, wo Ihr Rad repariert werden kann. Wenn Sie erlauben, werde ich mich darum kümmern, solange Sie bei Ihrer Mutter sind.«
»Das ist wirklich nicht nötig …«
»Das ist selbstverständlich«, fiel er Edwina ins Wort.
Als sie vor dem Cottage ankamen und er das Auto stoppte, trat der Pfarrer aus der Tür. Der Mann bemerkte, wie Edwina erbleichte, und griff spontan nach ihrer Hand.
»Es wird alles gut werden.«
Edwina schenkte ihm ein dankbares Lächeln. Seine Berührung beruhigte sie. Sicher hatte die Anwesenheit des Pfarrers nicht zu bedeuten, dass ihre Mutter im Sterben lag. Schnell stieg sie aus.
»Ich danke Ihnen, Mr. …?«
»Sam. Nennen Sie mich einfach nur Sam.« Er tippte an die Mütze und startete den Motor. »Ich werde veranlassen, dass Ihnen das Fahrrad wieder gebracht wird. Alles Gute für Ihre Mutter.«
Kopfschüttelnd sah Edwina dem dunklen Wagen nach, bis er hinter der nächsten Kurve verschwunden war, dann ging sie mit klopfendem Herzen auf den Pfarrer zu, der ihr mit ausgestreckten Händen entgegenkam und die Angst in Edwinas Augen las.
»Kein Grund zur Sorge, Edwina«, sagte er mit einem beruhi-

genden Lächeln. »Deine Mutter schläft, der Arzt ist noch bei ihr. Sie hat bei der Blumendekoration für die morgige Hochzeit in der Kirche geholfen, als sie sich plötzlich an die Brust griff und ohnmächtig wurde.«

Der Pfarrer kannte die Familie seit Jahren. Er hatte sowohl Jowna als auch Edwina getauft und deren Vater begraben. Edwina drückte seine Hand, dann ging sie ins Haus, um nach ihrer Mutter zu sehen.

Nessa Aldwyn stellte den Wasserkessel auf den Herd, als Edwina die Küche betrat. Es war kurz nach sechs Uhr morgens, und sie hatte kaum vier Stunden geschlafen. Aber die Fahrt mit dem Rad durch den nebligen Herbstmorgen – der Fremde hatte es tatsächlich reparieren und vor dem Cottage abstellen lassen – hatte sie munter gemacht.

»Guten Morgen, Edwina. Wie geht es deiner Mutter?«

Edwina legte den Mantel ab und wusch sich die Hände.

»Besser, Mrs. Aldwyn, danke. Der Anfall war stärker als die vorhergehenden Anfälle, und sie muss sich jetzt sehr schonen.«

Edwina nahm die Tabletts aus dem Schrank und stellte sie auf den Tisch. Lord Henry bekam jeden Morgen um halb sieben eine Tasse Tee und eine Scheibe Toast mit Butter von Hurstley ans Bett serviert, bevor er aufstand. Ein reichhaltiges Frühstück nahm er erst gegen neun Uhr zu sich.

»Richte bitte für den König auch ein Tablett«, wies Nessa Edwina an. »Und noch ein drittes bitte.« Bei den letzten Worten verzog Nessa unwillig ihr Gesicht.

»Hat Mrs. Simpson den König begleitet?«

»Nein, es handelt sich nicht um Mrs. Simpson.« Nessas Antwort war knapp. Sie wandte Edwina den Rücken zu, und ihre

Haltung zeigte, dass sie keine weitere Unterhaltung führen wollte.
Hurstley holte die Tabletts fünf Minuten vor halb sieben aus der Küche, und Edwina ging über die Dienstbotentreppe in die Dachkammer hinauf, die sie mit ihrer Schwester teilte. Jownas Dienst begann um sieben Uhr mit dem Reinigen der Kamine und – wenn Seine Lordschaft aufgestanden war – mit dem Lüften der Betten und dem Putzen der Zimmer. Wie erwartet war Jowna bereits wach. Sie setzte sich gerade die weiße Haube auf ihr hellbraunes, lockiges Haar, als Edwina eintrat.
»Ach, Edwina, du glaubst ja nicht, was du versäumt hast«, rief sie aufgeregt. »Er sieht ja so gut aus! Groß und dunkel, und seine Augen … Nie zuvor habe ich bei einem Mann einen solchen Blick gesehen. Ich glaube, er ist der schönste Mann auf der Welt.«
Edwina schmunzelte. Bei aller Loyalität König Edward gegenüber konnte sie mit seiner schmächtigen Gestalt, dem schütteren Haar und dem melancholischen Blick wirklich nicht die Attribute attraktiv oder gar schön verbinden.
»Du scheinst ja sehr vom König beeindruckt zu sein«, stellte sie fest.
Jowna sah sie erstaunt an, dann schüttelte sie den Kopf.
»Wer spricht denn vom König? Ich meine Sir Pencarron, den Jungen natürlich. Er ist gestern hier plötzlich aufgetaucht.«
»Und was war mit dem König?«
Jowna winkte gelangweilt ab.
»Ach, der … Wir standen alle aufgebaut wie zu einer Parade in der Halle, aber er hatte sich kurzfristig entschieden, das Haus durch den Hintereingang zu betreten. Und seine Geliebte ist auch nicht dabei. Carrie, die mit Hurstley servierte, sagte, dass

der König kein Wort gesprochen und die Speisen kaum angerührt habe.«

»Aha.« Edwina ließ sich aufs Bett fallen und lachte. »Dann war also alle Aufregung umsonst? Nun, vielleicht bekommen wir ihn ja heute zu Gesicht.«

Gleichgültig zuckte Jowna mit den Schultern.

»Viel interessanter ist die Ankunft des jungen Sir Pencarron. Lord Henry hatte keine Ahnung, dass sein Bruder eintreffen würde, und wir mussten in Eile ein weiteres Zimmer herrichten. Man erzählt sich, dass die Brüder seit vielen Jahren zerstritten sind, deswegen haben wir den Jüngeren noch nie zuvor hier gesehen. Er hat offenbar auf dem Festland gelebt.« Jowna sah auf die Uhr auf dem Kaminsims und erschrak. »Liebe Güte, es ist schon nach sieben. Ich muss mich beeilen.« Sie eilte zur Tür, drehte sich aber noch einmal zu ihrer Schwester um. »Carrie hat erzählt, sie habe gehört, wie Lord Henry zu seinem Bruder gesagt hat, er hätte ihm zum letzten Mal aus der Klemme geholfen. Ich sage dir, Edwina, dieser Mann sieht nicht nur fantastisch aus, es gibt da auch irgendein Geheimnis um ihn.«

Edwina schüttelte lächelnd den Kopf über ihre Schwester und begann, sich für die Arbeit umzuziehen. Erst jetzt fiel ihr auf, dass Jowna nicht gefragt hatte, wie es der Mutter ging. Aber so war sie eben – spontan, sprunghaft, manchmal ein wenig leichtsinnig und schnell von etwas zu begeistern, was dann aber ebenso schnell wieder langweilig wurde. Obwohl sie und Edwina sich äußerlich ähnelten – beide waren nicht sehr groß, zierlich und hatten hellbraunes, dichtes, lockiges Haar –, charakterlich würde man sie nicht für Schwestern halten. Obwohl Edwina jünger war, war sie besonnener und wirkte damit älter. Sie brauchte länger, um Entscheidungen zu treffen, wenn diese aber getroffen worden waren, stand Edwina dazu, während Jowna sich oft wankelmütig zeigte. Trotzdem, oder gerade deshalb, liebte Edwina die Schwester aus ganzem Herzen und konnte sich nicht vorstellen, jemals von ihr getrennt zu sein.

Der Vormittag verging für Edwina mit den gewohnten Aufgaben – die Küche putzen und Vorbereitungen für den Lunch treffen. Der König und Lord Henry waren ausgeritten, so gelang es Edwina nicht, einen Blick auf den Souverän zu erhaschen. Nachdem Edwina das Geschirr vom Mittagessen gespült und aufgeräumt hatte, sagte Nessa Aldwyn zu ihr:

»Forester hat angerufen. Er hat heute Morgen Kaninchen geschossen. Bitte geh und hole sie, ich werde sie für das Abendessen zubereiten.«

Jack Forester war einer der Pächter, der die Lizenz zur Jagd besaß und häufig Wild und Geflügel für das Herrenhaus schoss. Seine Farm lag rund eine Meile entfernt. Der Morgennebel hatte sich gelichtet, und ein milder, sonniger Oktobertag ließ Edwina die Aufgabe freudig erledigen, denn sie hielt sich gerne in der freien Natur auf. Der Korb mit den vier Kaninchen wog schwer in ihrer Hand, als sie sich wieder auf den Rückweg machte. Sie hatte gerade das Pförtnerhaus passiert, als ihr ein Mann entgegenkam. Edwina erkannte ihn sofort – es war der Fremde von gestern, der sie nach St. Agnes mitgenommen hatte.

Heute trug er weder Hut noch Mütze, daher tippte er sich leicht an die Stirn, als er Edwina bemerkte.

»Ein wundervoller Tag, nicht wahr? Ich hoffe, Ihrer Mutter geht es wieder besser, und mit dem Fahrrad ist alles in Ordnung?«

Zu ihrer Verwunderung wurde Edwina unsicher, als er sie aus seinen dunklen Augen ansah. Einen solch intensiven, aber dennoch freundlichen Blick hatte sie nie zuvor bei jemandem erlebt.

»Ja, danke, meine Mutter hat sich wieder erholt. Und herzlichen Dank auch für das Fahrrad. Das war sehr großzügig von Ihnen. Wenn Sie mir sagen, was die Reparatur gekostet hat, werde ich Ihnen die Auslage selbstverständlich erstatten.«

Er lachte, dabei bildeten sich winzige Fältchen um seine Augen.

»Lassen Sie es gut sein, Miss …?« Er sah sie fragend an.

»Goldsworthy, Edwina Goldsworthy«, antwortete sie eine Spur zu schnell und fügte dann ruhiger hinzu: »Ich bin auf Pencarron Manor angestellt.«

Sie wartete, dass er sich nun seinerseits vorstellen würde, aber stattdessen nahm er ihr den Korb aus der Hand.

»Der ist viel zu schwer für eine solch zarte Person. Ich nehme an, der Inhalt soll in die Küche, ja? Kommen Sie, ich begleite Sie zum Haus zurück.«

Über dieses Verhalten war Edwina so verblüfft, dass ihr keine Erwiderung einfiel. Schweigend ging sie neben dem Mann die gewundene, von Bäumen gesäumte Auffahrt hinauf. Sein Schritt war federn, seine Haltung aufrecht, und er schien den Tag und die Sonne zu genießen. Sein heller Tweedanzug war schlicht, aber aus gutem Stoff. Edwina wollte ihn gerade nach seinem Namen fragen, als er den Korb abstellte und sie anlächelte.

»So, jetzt ist es nicht mehr weit. Lassen Sie die gute Aldwyn nicht warten.«

Erneut tippte er sich an die Stirn, drehte sich um und verschwand mit weit ausholenden Schritten in die entgegengesetzte Richtung. Edwina nahm den Korb in die Hand und wandte sich vor dem Haus nach links, um zum Eingang zu den Wirtschaftsräumen zu gelangen. Plötzlich kam ihr Jowna aufgeregt entgegengestürmt.

»Ich glaube es ja nicht, Edwina Goldsworthy!« Sie drohte ihr spielerisch mit dem Zeigefinger. »Da ist der attraktivste Mann der ganzen Grafschaft noch keine vierundzwanzig Stunden im Haus, und schon hat meine Schwester mit ihm ein Tête-à-Tête.«

»Ich weiß nicht, was du meinst …«

Die Aussage Edwinas stimmte nicht ganz, denn sie ahnte, wer der freundliche Fremde war, und Jownas nächste Worte bestätigten ihre Vermutung.

»Das war doch eben Sir Samuel Pencarron, der jüngere Bruder von Lord Henry, von dem ich dir heute Morgen erzählt habe. Wie kommt es, dass er dir den Korb trägt?«

Die Tatsache, dass der Mann tatsächlich Sir Samuel war, bereitete Edwina Unbehagen. Obwohl sie sich sagte, dass ihr das völlig gleichgültig sein könnte, wünschte sie sich in diesem Augenblick, Sam wäre ein Lieferant oder Farmer. Darum erwiderte sie betont gleichgültig: »Ich habe ihn zufällig unten an der Auffahrt getroffen. Jetzt aber komm, Mrs. Aldwyn wartet auf die Kaninchen. Du weißt doch, wie nervös sie wird, wenn sie nicht rechtzeitig mit dem Kochen anfangen kann.«

Jowna sah die Schwester vielsagend von der Seite an und hakte sich bei ihr unter.

»Ich habe heute Vormittag noch mal mit Carrie gesprochen. Du weißt, dass ihre Mutter auch schon als Hausmädchen auf Pencarron gearbeitet hat. Von der weiß sie, dass Sir Samuel vor einigen Jahren seinem Bruder, also Lord Henry, die Frau, die dieser heiraten wollte, ausgespannt hat. Das hatte einen furchtbaren Skandal gegeben, und Sir Samuel wurde daraufhin vom Familienbesitz verbannt. Nicht einmal als der alte Lord starb, hat Lord Henry seinen Bruder informiert, und vom Erbe hat er natürlich auch nichts erhalten.«

Obwohl sich Edwina sonst nicht am Dienstbotenklatsch beteiligte, kam sie nicht umhin, Interesse an dieser Geschichte zu zeigen.

»Warum ist er denn jetzt wieder hier?«

Jowna zuckte mit den Schultern.

»Das weiß ich noch nicht, aber wir werden es herausfinden. Du musst zugeben, er ist ein äußerst interessanter Mann, nicht wahr?«

Edwina wurde durch Nessa Aldwyn einer Antwort enthoben, denn die Haushälterin stand an der Tür und rief: »Was steht ihr hier herum und quatscht? Habt ihr keine Arbeit? Edwina, wo sind die Kaninchen? Ich warte seit einer Stunde darauf.«

Bevor Jowna sich wieder ihrer Arbeit widmete, zwinkerte sie Edwina verschwörerisch und verschmitzt lächelnd zu. Den Rest des Tages versuchte Edwina, nicht mehr an Samuel zu denken, was ihr aber leider nicht gelang.

Am Montag reiste der König wieder ab. Wenigstens jetzt nahm der den Weg durch die Halle, und so musste das Personal erneut antreten. Allerdings sah König Edward weder rechts noch links, so hatte Edwina Gelegenheit, ihn zu betrachten. Nein, er war kein attraktiver Mann, aber in seinem Gesicht lag tatsächlich eine Art von Traurigkeit, die ihr Herz rührte. Obwohl ihr sonst das Privatleben der königlichen Familie gleichgültig war, wünschte sie in diesem Moment, dass dem König erlaubt werden würde, seine Geliebte zu heiraten. Das würde vielleicht wieder etwas mehr Freude auf sein verhärmtes Gesicht zaubern.

Einen Tag später kam es zu einem Eklat zwischen Lord Henry und seinem Bruder. Der Streit war im ganzen Haus zu hören. Das Personal drückte sich auf den Fluren herum, und selbst der sonst immer korrekte Hurstley kam nicht umhin, die derben Worte Lord Henrys mit anzuhören.
»Ein Pencarron in einer deutschen Haftanstalt! Du hast unserem Namen Schande gemacht, und ich schäme mich, dass du mein Bruder bist.«
»So, ich habe also Schande über uns gebracht? Weil ich mich für ein junges unschuldiges Mädchen eingesetzt habe, das der Willkür brutaler Schläger ausgesetzt war?« Samuel Pencarron lachte voller Hohn. »Natürlich, du hättest Augen und Ohren verschlossen, so wie du es seit Jahren tust und nicht siehst, was in Deutschland vor sich geht.«
Etwas krachte, und Edwina, die sich mit Jowna auf dem Flur direkt vor Lord Henrys Arbeitszimmer an die Wand drückte, vermutete, dass Lord Henry mit der Faust auf den Tisch geschlagen hatte.
»Ich bin nur froh, dass es mir gelungen ist, die Sache vor dem König zu verheimlichen. Wie konntest du dich nur so dumm verhalten? Du weißt doch, dass Edward ein Freund der Deutschen ist. Er hätte uns sofort den Rücken gekehrt, wenn er erfahren hätte, dass ein Pencarron in eine Schlägerei mit der Polizei verwickelt war.«
»Polizei?« Samuel spie das Wort aus, als wäre es Dreck. »Was soll das für eine Polizei sein, die ein Mädchen, das nichts weiter getan hat, als mit ihrem Hund spazieren zu gehen, bedrängt, beschimpft und sogar schlägt? Ach nein, warte, natürlich gibt es einen Grund: Das Mädchen ist Jüdin, und das allein rechtfertigt selbstverständlich jegliche Brutalität.«

»Du kannst dir deine Ironie sparen. Es hat mich unzählige Telefonate gekostet, dich aus dem Berliner Gefängnis herauszuholen, von der Schande, dass ich vor einigen hohen Leuten habe zu Kreuze kriechen und sie entsprechend bezahlen müssen, ganz zu schweigen. Nur weil du Ausländer bist, haben sie dich freigelassen und des Landes verwiesen. Du weißt, dass du in Deutschland Einreiseverbot hast.«
Samuel gab einen schnaubenden Laut von sich.
»Ich verzichte gerne darauf, je wieder einen Fuß in dieses Land zu setzen. Trotzdem bin ich froh, den sogenannten Polizisten ordentlich eines auf die Nase gegeben zu haben, denn dem Mädchen gelang es, zu flüchten. Du kannst sagen, was du willst, Henry, ich bin stolz auf mein Verhalten, einem Schwächeren geholfen zu haben, und würde es jederzeit wieder tun.«
Für einen Moment herrschte Ruhe, dann sagte Lord Henry: »Ich glaube, es ist das Beste, wenn du Pencarron wieder verlässt. Für uns beide ist kein Platz in diesem Haus. Ich trage mich schon länger mit dem Gedanken, unseren Besitz in Northumberland abzustoßen. Seit Jahren war niemand mehr dort, es wird Zeit, das Land zu verkaufen. Du kannst hochfahren und dich darum kümmern. Dann tust du wenigstens einmal etwas Nützliches für die Familie.«
Schritte näherten sich der Tür. Jowna und Edwina öffneten schnell eine andere Tür und huschten in den Raum, um nicht gesehen zu werden. Jowna lugte durch einen Spalt und sah, wie Samuel das Arbeitszimmer mit hochrotem Kopf verließ.
»Wie du willst, Bruder«, rief er über die Schulter zurück. »Aber du wirst noch sehen, dass ich recht habe. Den Deutschen ist nicht zu trauen. Für England können wir nur beten, dass König

Edward recht bald zu Verstand kommt und keine weiteren Kontakte mit diesem Land mehr pflegt.«

Zornig ging er die Treppe hinunter. Edwina und Jowna trauten sich erst wieder hervor, als seine Schritte verklungen waren. In der Küche trafen sie Carrie, die verständnislos den Kopf schüttelte.

»Was ist schlimm daran, wenn Sir Samuel einem Mädchen hilft? Ich kann Lord Henrys Aufregung nicht verstehen.«

»Halt deinen Mund, Mädchen!« Scharf wies Nessa sie zurecht. »Mylord hat recht – es ist eine Schande, ein Mitglied dieser Familie im Gefängnis zu wissen, aus welchen Gründen auch immer. Wenn das der alte Lord noch erlebt hätte …« Theatralisch verdrehte sie die Augen. »Wir können nur hoffen, dass die Geschichte nicht nach außen dringt, darum werdet ihr kein Wort darüber verlauten lassen, was ihr heute mit anhören musstet. Habt ihr verstanden?«

Scharf taxierte sie die Mädchen. Edwina senkte den Kopf und murmelte, ebenso wie Jowna und Carrie, dass sie mit niemandem darüber sprechen würden. Kaum waren die Schwestern aber allein, blitzten Jownas Augen auf.

»Ich sagte dir doch gleich, dass Sir Samuel ein sehr interessanter Mann ist. Wie romantisch – er hat sich wegen eines Mädchens, das er gar nicht kannte, geprügelt! Ach, ob das wohl auch mal ein Mann für mich macht?«

»Darauf können wir gerne verzichten.« Edwina lächelte über Jownas Ansichten. »Ich persönlich finde es tragisch, dass sich die Brüder nicht verstehen. Sie sind doch die Einzigen von der Familie, die noch leben, da sollte man meinen, sie würden zusammenhalten.«

Spontan umarmte Jowna die Schwester und drückte sie.

»So wie wir beide, nicht wahr? In unserem Leben wird es niemals etwas geben, das uns trennen wird.«
Gerührt erwiderte Edwina die Umarmung.
»Niemals! Solange wir leben nicht!«

6. Kapitel

Lord Henry beschloss, am Freitag für ein paar Tage nach London zu fahren. Da Sir Samuels Abreise in den Norden für Sonntag geplant war, gab es im Haus nicht viel zu tun. Somit erhielten Jowna und Edwina den Samstagnachmittag und den Abend frei, was die beiden besonders freute, da in St. Agnes Tanz war. Einmal im Monat veranstaltete das St. Agnes Hotel einen Tanzabend, und die Schwestern gingen gerne hin, aber leider war es selten, dass sie nicht zur selben Zeit arbeiten mussten. Den Nachmittag verbrachten Jowna und Edwina bei ihrer Mutter, die zwar noch schwach, aber voller Optimismus war.

»Macht euch um mich keine Sorgen.« Zärtlich sah sie ihre Töchter an. »Irgendwann ist es für jedermann Zeit, zu gehen. Ich hatte ein schönes Leben und weiß, dass euer Vater mich erwarten wird.«

Edwina schmiegte ihren Kopf an die Brust der Mutter.

»Du wirst noch sehr lange bei uns bleiben, Mama. Bald werde ich auch mehr verdienen, dann kaufe ich dir einen weichen, bequemen Sessel, in dem du dann am Fenster sitzen und hinausschauen kannst.«

Mrs. Goldsworthy streichelte Edwinas weiches Haar.

»Ihr müsst auch mal an euch denken. Ihr werdet in naher Zukunft Männer kennenlernen, heiraten und Kinder bekommen. So ist der Lauf der Welt. Aber jetzt genug mit den Sentimentalitäten. Zieht euch um und macht euch hübsch. Wer weiß, vielleicht trefft ihr ja schon heute Abend euren Traumprinzen?«

Die Mädchen stimmten in ihr Lachen ein, und Jowna raunte Edwina zu: »Ich wüsste ja schon, wen ich nehmen würde. Aber leider reist der morgen ab.«

»Vergiss es, Jowna«, sagte Edwina, als sie sich im Badezimmer die Haare bürsteten. »Ein Pencarron wird niemals Mädchen wie uns zur Frau nehmen.«

»Eine Sünde wäre Samuel aber schon wert, das musst du doch zugeben.« Jowna betrachtete zufrieden ihr Spiegelbild. »Schade, dass er morgen schon fort ist, aber er wird auch wieder zurückkommen. Warum sollte man nicht ein wenig Spaß miteinander haben?«

»Jowna!« Entsetzt sah Edwina die Schwester an, bemerkte dann aber ihren schelmischen Blick und wusste, dass sie ihre Worte nicht ernst gemeint hatte.

Laute Swingmusik klang aus dem Saal des Hotels, in dem sich Dutzende von Paaren auf der kleinen Tanzfläche drehten. Die Schwestern drängten sich zwischen den Leuten hindurch, holten sich jede eine Limonade an der Bar und fanden noch einen freien Tisch. Von überall her flogen ihnen freundliche Grußworte entgegen.

»Hallo, Jowna, schön, dich mal wiederzusehen!«

»Na, Mädchen, hat der alte Drachen von Aldwyn euch heute mal Ausgang gegeben?«

»Edwina, der nächste Tanz gehört mir, ja?«

Ausgelassen stürzten sich die Mädchen ins Geschehen und ließen kaum einen Tanz aus. Als ein langsamer Walzer erklang, wollte Edwina eine Pause einlegen, um sich auf der Toilette zu erfrischen und ihr Haar zu richten. Am Rande der Tanzfläche legte sich plötzlich besitzergreifend eine Hand auf ihre Hüfte und zog sie aufs Parkett.

»Hallo, Süße, du hast heute noch gar nicht mit mir getanzt!« Ein Schwall alkoholgeschwängerter Atem traf Edwina mitten ins Gesicht, und angewidert drehte sie den Kopf zur Seite.

»Lass mich los, Richard, du bist betrunken.«

Aber Richard legte nun auch noch die andere Hand um ihren Körper und zog Edwina nah an sich heran.

»Na, komm schon, sei nicht so spröde.«

Mit aller Kraft stemmte sie beide Hände gegen seine Brust und rief: »Ich möchte nicht mit dir tanzen. Versteh endlich, dass ich nichts von dir wissen will.«

Edwina kannte Richard Blamey seit ihrer Kindheit. Der neun Jahre ältere Mann stellte ihr seit zwei Jahren nach, und obwohl Edwina ihm mehr als einmal einen Korb gegeben hatte, gab er nicht auf. Im Gegenteil, ihre Zurückweisung schien ihn eher dazu anzustacheln, ihr bei jeder sich bietenden Gelegenheit Avancen zu machen, die immer aufdringlich und grob waren.

»Meinst wohl, du bist was Besseres, seit du im Herrenhaus arbeitest, was?« Richard grinste, und angewidert schaute Edwina seine gelben und schmutzigen Zähne an. »Denkst, ein Farmer ist nicht gut genug.«

»Das hat damit nichts zu tun, und das weißt du.« Edwina versuchte, ruhig zu bleiben, um kein Aufsehen zu erregen. »Bestimmt gibt es viele Mädchen, die gerne mit dir ausgehen möchten, Richard. Warum lässt du mich also nicht in Ruhe und suchst dir jemanden, der deine Gefühle erwidert?«

Aber er gab nicht auf. Dicht brachte er seinen Mund an ihr Ohr und raunte: »Du willst es doch genauso wie ich. Wirst schon sehen, es wird dir Spaß machen. Du musst es nur mal ausprobieren, danach wirst du mich anbetteln, es dir immer und immer wieder zu besorgen.«

Das reichte! Wütend gab Edwina ihm eine Ohrfeige, woraufhin er völlig perplex seinen Griff lockerte. Schnell trat Edwina ein paar Schritte zurück.

»Komm mir niemals wieder zu nahe, Richard Blamey!« Nun war es ihr egal, dass die Leute um sie herum stehen blieben und die Szene beobachteten. »Ich mag dich nicht, und ich werde dich niemals mögen.«

Sie ließ ihn stehen und sah sich suchend nach Jowna um. Diese tanzte mit einem jungen Burschen und hatte offenbar von dem Vorfall nichts bemerkt. Edwina trat zu ihrer Schwester und sagte: »Ich möchte gerne gehen.«

Der Spaß war ihr verdorben, und sie wollte so schnell wie möglich von hier fort.

»Jetzt?« Jowna sah wenig erfreut aus. »Es wird doch gerade lustig.«

»Dann bleib du hier, ich gehe.«

Da die Schwestern die Nacht im Haus der Mutter verbringen und erst am anderen Morgen nach Pencarron zurückkehren würden, war der Weg nicht weit. Die Nachtluft war frisch und kühlte Edwinas vor Wut erhitzte Wangen. Sie ärgerte sich, dass sie sich von Richard den Abend hatte verderben lassen. Gerade in dem Moment, als sie überlegte, doch wieder in den Tanzsaal zurückzugehen, trat ihr Richard in den Weg.

»Was willst du?«

Er sagte kein Wort, aber sein Gesichtsausdruck, den Edwina im Schein der Straßenlaterne erkennen konnte, verhieß nichts Gutes. Bevor sie reagieren konnte, packte er sie an den Armen und

zerrte sie in einen Hofeingang. Fest presste er seine Hand auf ihren Mund, damit sie nicht schreien konnte. Edwina wurde es von dem säuerlichen Geruch seiner Hand und vor Angst übel. Verzweifelt versuchte sie, sich loszureißen, aber Richard war zwei Köpfe größer und beinahe doppelt so schwer. Wie Stahlklammern hielten seine Arme ihren Körper umklammert. Plötzlich trat ein Schatten von der Seite heran, Richard wurde von ihr fortgerissen, und eine Faust krachte in Richards Gesicht. Mit einem Schmerzenslaut taumelte er zurück und fiel auf den Rücken. Edwina erkannte überrascht ihren Retter.
»Sir Pencarron!« Sie glaubte, ihren Augen nicht zu trauen, als er sie besorgt ansah.
»Ist alles in Ordnung?«
Sie nickte und sah ängstlich zu Richard, der sich aufrappelte und eine Hand auf seine blutende Nase presste.
»Ich glaube, die Lady hat dir deutlich zu verstehen gegeben, dass sie deine Gesellschaft nicht wünscht«, sagte Samuel kalt. »Wenn du sie noch ein Mal belästigst, breche ich dir alle Knochen, das schwöre ich dir.«
»Kein Wunder, dass du mich nicht willst, wenn du mit einem Pencarron ins Bett steigen kannst.« Richard Blamey nuschelte, denn Samuels Faustschlag hatte ihn einen Schneidezahn gekostet. »Da kann unsereiner natürlich nicht mithalten, aber das wirst du bereuen. Du wirst schon sehen …«
Drohend trat Samuel auf ihn zu und hob die Faust.
»Verschwinde, oder soll ich gleich hier an Ort und Stelle Kleinholz aus dir machen?«
Unsicher sah Richard den Adligen an. Die beiden Männer waren zwar gleich groß, aber dann sah Richard ein, dass er bei einem Kampf gegen Samuel wohl den Kürzeren ziehen würde.

Mit beleidigenden Worten, die Edwina die Schamesröte in die Wangen trieben, stolperte er davon.
Schwer atmend lehnte sie sich an die Hauswand.
»Ich danke Ihnen, Sir. Nun haben Sie mir bereits zum zweiten Mal binnen weniger Tage aus einer Klemme geholfen.«
Er lachte, und seine Stimme tat Edwina gut.
»Nun, das eben war wohl mehr als eine Klemme. Man sollte den Kerl anzeigen, aber ich hoffe, er hat genug und wird Ihnen nicht noch einmal zu nahe treten. Kommen Sie, Sie sollten jetzt etwas trinken, das beruhigt die Nerven.«
Galant streckte er die Hand aus, aber Edwina schüttelte den Kopf.
»Das geht doch nicht …« Sie war verwirrt, und ihr Herz klopfte heftig. »Ich kann da jetzt nicht mehr hinein, am besten gehe ich nach Hause.«
»Wir könnten ins *Railway Inn* gehen. Da ist heute sicher nicht viel los, da alle beim Tanzen sind. Bitte, Miss Edwina, tun Sie mir den Gefallen. Ich muss morgen abreisen, und wer weiß, wann ich Cornwall wiedersehen werde.«
Edwina wusste, dass es falsch war, mit dem Bruder ihres Arbeitgebers an einem Samstagabend in einen Pub zu gehen und ein Bier zu trinken. Auch wenn dieser Mann sie gerade aus einer sehr misslichen Lage befreit hatte. Er war ein Pencarron, ein Herr und Landadliger, und sie war nur ein Küchenmädchen. Auch wenn die Einladung nichts zu bedeuten hatte, sondern nur eine freundliche Geste Samuels ihr gegenüber war, hoffte Edwina trotzdem, es würde sie niemand zusammen sehen.
Samuel besorgte an der Bar zwei Lager, dann setzten sie sich in eine Nische. Im *Railway Inn* waren tatsächlich nur wenige Gäste, darunter keiner, den Edwina kannte.

»Ich bin Ihnen sehr zu Dank verpflichtet, Sir Pencarron«, wiederholte Edwina, nachdem sie einen Schluck Bier getrunken hatte.

»Bitte, nennen Sie mich Sam.«

Sie schüttelte den Kopf.

»Das schickt sich nicht, Sir.«

Er zuckte mit den Schultern und lächelte.

»In den Augen meines Bruders sicher nicht, da mögen Sie recht haben. Stellt dieser Bursche Ihnen schon länger nach?«

»Seit einiger Zeit, obwohl ich ihm unmissverständlich gesagt habe, er möge sich eine andere suchen.« In der gemütlichen Wärme des Pubs entspannte sich Edwina, und die Angst fiel von ihr ab. »Sie scheinen dazu geboren zu sein, Mädchen zu retten, die in Bedrängnis geraten.« Im gleichen Moment, als ihr die Worte entschlüpft waren, schlug sich Edwina eine Hand vor den Mund, aber er lachte nur und winkte ab.

»Es ist mir schon klar, dass mein unehrenhaftes Verhalten in ganz Pencarron die Runde gemacht hat. Das Mädchen in Berlin war etwa in Ihrem Alter, und sie wurde grundlos von drei Polizisten drangsaliert. Die Männer machten sich einen Spaß daraus, sie herumzuschubsen und an den Haaren zu ziehen. Wer weiß, was noch geschehen wäre, wenn ich nicht dazwischengegangen wäre.«

»Und die Männer haben das nur gemacht, weil sie Jüdin ist?«, fragte Edwina ungläubig. »Das ist doch nichts Böses. Man sollte doch meinen, die Polizei hätte genügend damit zu tun, Verbrecher dingfest zu machen.«

Ein bitterer Zug legte sich um Samuels Mundwinkel.

»In den Augen einiger Deutschen ist es ein Verbrechen, Jude zu sein. Sie sehen, Miss Edwina, ich wurde inhaftiert, weil ich das

Mädchen verteidigt habe. Glücklicherweise wurde es mir gestattet, ein Telefonat zu führen, und so konnte ich meinen Bruder informieren. Sonst säße ich wahrscheinlich immer noch in der Zelle irgendwo in Berlin.« Er wischte sich über die Augen, trank sein Glas aus und wechselte das Thema. »Erzählen Sie mir von sich, das ist interessanter.«

Edwina errötete.

»Ach nein, bitte nicht, es gibt nichts zu berichten.« Sie erhob sich. »Bitte, ich bin müde und möchte gehen.«

Samuel blieb nichts anderes übrig, als ihr in den Mantel zu helfen, obwohl das Mädchen ihn sehr interessierte. Es war nicht so sehr ihr hübsches Äußeres. Schöne junge Frauen gab es viele, aber Edwina hatte einen Ausdruck in den Augen, der Samuel berührte. Es war eine Mischung aus Stolz, Selbstbewusstsein, aber auch Verletzlichkeit. Noch vor zwei Stunden hatte er sich auf die Reise nach Northumberland gefreut, jetzt bedauerte er, die Bekanntschaft mit Edwina in naher Zukunft nicht vertiefen zu können.

Er begleitete sie zum Haus ihrer Mutter und küsste zum Abschied ihre Hand. Erneut errötete Edwina, was er aber in der Dunkelheit nicht sah. Nie zuvor hatte ein Mann ihr die Hand geküsst, und noch Stunden später, als Jowna ebenfalls gekommen war und sich Edwina ruhelos im Bett von einer Seite auf die andere drehte, meinte sie, seine Lippen auf ihrem Handrücken zu spüren.

Die nächsten Wochen verliefen ruhig. Samuel Pencarron war nach Northumberland gefahren, und Lord Henry hielt sich meist in London auf. So konnte die Zeit genutzt werden, das Haus von den Wirtschaftsräumen bis zum Dachboden gründlich zu putzen, bevor der Winter Einzug hielt. Es wurde gekehrt und gewischt, an trockenen Tagen die Teppiche im Hof ausgebreitet und ausgeklopft, die zahlreichen Fenster geputzt, alle Möbel und die Treppengeländer auf Hochglanz poliert und nicht die kleinste Spinnwebe übersehen. Dennoch blieb den Mädchen genügend freie Zeit, die Jowna und Edwina bei ihrer Mutter in St. Agnes verbringen konnten. Noch einmal waren sie zum Tanz gegangen, und Edwina war von Richard Blamey zwar mit unfreundlichen Blicken bedacht worden, aber er hatte sie nicht wieder belästigt.

Ende November kehrte Lord Henry nach einem dreiwöchigen Aufenthalt nach Cornwall zurück und rief Hurstley zu sich. Als der sonst so distinguierte Butler wenig später aufgeregt die Küche betrat, sahen ihn alle erstaunt an. Seine Augen glänzten, und seine Wangen waren gerötet.

»Mylord ist in das Auswärtige Amt berufen worden!« Triumphierend sah er sich um. Nessa Aldwyn klatschte in die Hände.

»Das ist ja wundervoll! Ihm steht eine große politische Karriere bevor.«

»Das ist aber noch nicht alles.« Hurstley lächelte geheimnisvoll. »Mylord wird heiraten. Die Verlobungsfeier soll an Weihnachten hier auf Pencarron Manor stattfinden!«

Erfreut sprang Nessa von dem Stuhl hoch, Edwina und Jowna sahen sich an, und Carrie rief: »Dann bekommen wir ja endlich eine Herrin!«

Hurstley nickte, öffnete ein Sideboard und stellte fünf Weingläser auf den Küchentisch.

»Mylord hat erlaubt, auf sein Wohl anzustoßen. Nessa, würden Sie bitte eine Flasche Wein holen?«

Die Haushälterin kam der Aufforderung umgehend nach, obwohl sie sonst eine strikte Gegnerin davon war, während der Arbeitszeit Alkohol zu trinken. Aber heute war es schließlich ein besonderer Anlass.

Während Hurstley die Flasche öffnete, raunte Jowna ihrer Schwester zu: »Dann kommt Samuel vielleicht zu Weihnachten nach Hause.«

Edwina bemühte sich, der Schwester nicht zu zeigen, dass sie genau das Gleiche gedacht hatte, aber sie hatte Zweifel.

»Wenn die Geschichte stimmt, dass die erste Verlobung von Mylord wegen Samuel in die Brüche gegangen ist, dann wird Lord Henry ihn wohl nicht in Pencarron haben wollen, bevor er nicht verheiratet ist.«

Jowna sah sie lange an, zuckte dann mit den Schultern und nahm Hurstley das Glas aus der Hand, das er ihr hinhielt.

Der Butler sprach einen Toast auf Seine Lordschaft aus, in den alle einstimmten, und die Gläser stießen klirrend aneinander. Dann gab er weitere Informationen preis.

»Die Dame stammt aus den ersten Londoner Kreisen. Mylord ist ihr im September zum ersten Mal begegnet. Er bittet uns, ein besonders schönes Weihnachtsfest auszurichten, denn neben der künftigen Herrin von Pencarron werden auch deren Eltern erwartet.« Er sah auffordernd in die Runde. »Ich habe Mylord zugesichert, dass es ein unvergessliches Fest werden wird. Tun wir also alle unser Bestes, ihn nicht zu enttäuschen.«

Als Jowna und Edwina am Abend allein in ihrem Zimmer waren und sich auszogen, sah Jowna ihre Schwester fragend an.

»Ich drücke dir die Daumen, dass Samuel spätestens zu Weihnachten wieder hier ist.«

»Mir? Was habe ich damit zu tun?« Edwina bemühte sich um einen gleichgültigen Ton, aber sie konnte Jowna nicht täuschen.
»Es ist sinnlos, mir etwas vorzumachen, Schwesterchen. Glaubst du, ich weiß nicht, dass er sich in dein Herz geschlichen hat, seit er damals wie aus dem Nichts erschienen ist und dich aus der Gewalt Blameys gerettet hat.«
Edwina griff nach ihrer Bürste und begann, mit kräftigen Strichen ihr langes Haar zu bürsten.
»Du liest zu viele Liebesromane, Jowna. Wahrscheinlich redest du deswegen so kitschig daher. Gut, Sir Samuel war mir zweimal behilflich, aber inzwischen denkt er ganz sicher nicht mehr an mich.« Ebenso, wie ich aufhören sollte, an ihn zu denken, fügte Edwina in Gedanken hinzu, aber auch jetzt zeigte sich, wie gut Jowna ihre Schwester kannte.
»Im Gegensatz zu dir, nicht wahr? Du kannst ihn nämlich nicht vergessen. Glaubst du, ich hätte nicht gesehen, wie du jedes Mal im Salon sein Bild, das zusammen mit anderen Familienfotos auf dem Flügel steht, in die Hand nimmst und ansiehst? Ich denke, wenn du wüsstest, dass es niemand merken würde, hättest du es längst aus dem Rahmen genommen und unter dein Kopfkissen gelegt.«
Blitzschnell musste sich Jowna ducken, um der Haarbürste, die Edwina nach ihr warf, auszuweichen. Dann nahm sie Edwina jedoch in den Arm und drückte sie.
»Ach, Schwesterchen, ich wünsche dir wirklich alles Glück dieser Erde, aber du musst aufhören, von Samuel Pencarron zu träumen.«
Edwina schluckte trocken, bevor sie antwortete: »Glaubst du, das wüsste ich nicht selber? Er, aus einer vermögenden und ein-

flussreichen Adelsfamilie, und ich, die Tochter eines Minenarbeiters und Hausmädchen bei seinem Bruder. Davon abgesehen, dass Samuel mir gegenüber nie mehr als Hilfsbereitschaft gezeigt hat, würde Lord Henry eine solche Beziehung niemals tolerieren.«

Jowna wusste nicht, was sie sagen sollte, denn Edwina hatte die Sache auf den Punkt gebracht. Darum strich sie ihr nur kurz übers Haar und schlüpfte dann unter die Bettdecke.

»Wahrscheinlich wird Samuel sowieso den Winter im Norden verbringen, und wenn es wieder Frühling wird, hast du ihn längst vergessen. Du wirst schon sehen.«

Selten zuvor hatte sich Edwina so sehr gewünscht, dass ihre Schwester recht haben würde.

Die Freude über Lord Henrys beruflichen Aufstieg und seine geplante Verlobung wurde im Dezember empfindlich gedämpft. Es war ein nasskalter und stürmischer Tag in Cornwall, als ein viel größerer Sturm über das ganze Königreich fegte.

»Ein paar Stunden zuvor habe ich meine letzte Pflicht als König und Kaiser getätigt, und nun wird mir mein Bruder, der bisherige Herzog von Kent, auf den Thron nachfolgen. Zuerst möchte ich meine Treue ihm gegenüber versichern. Das tue ich mit meinem ganzen Herzen …«

Erstarrt in Fassungslosigkeit und Entsetzen, saßen Edwina, Jowna, Carrie, Nessa und Hurstley vor dem Radio in der Küche. Kein Geräusch, außer der kraftvollen, aber melancholisch klingenden Stimme von König Edward, der seine Abdankung der Öffentlichkeit bekanntgab, war zu hören. Nessa kümmerte sich nicht um den Kuchen im Backofen, Hurstley hatte noch die weißen Handschuhe an, die er immer trug, wenn er das Silber polierte, und das Wasser in Edwinas Putzeimer, mit dem sie die Hintertreppe wischen sollte, war längst erkaltet.

»Sie müssen mir glauben, wenn ich Ihnen sage, es ist mir unmöglich, die Verantwortung zu tragen und meine Pflichten als König zu erfüllen, ohne die Hilfe und Unterstützung der Frau … die ich liebe …
Und nun haben wir einen neuen König. Aus tiefstem Herzen wünsche ich ihm, und Ihnen, seinen Untertanen, Glück und Wohlstand.
Gott schütze Sie alle.
Gott schütze den König.«

Die Stimme erstarb, und statt der üblichen Musik drang nur Stille aus dem Radio. Edward VIII., König von England, Schottland, Wales und Irland, Kaiser von Indien und Oberhaupt der anglikanischen Kirche, hatte abgedankt und würde in Zukunft den Namen *Herzog von Windsor* führen und das Land verlassen. Es war der 11. Dezember 1936, und er hatte nur 325 Tage, 13 Stunden und 57 Minuten regiert.
Niemand wusste, wie viel Zeit vergangen war, als Hurstley als Erster das Schweigen brach.
»Nun wird Premier Baldwin wohl endlich zufrieden sein.« Selten hatte man Hurstley derart grimmig erlebt. Er stand auf, ballte die Hände zu Fäusten und fuhr fort, ohne jemanden direkt anzusehen: »Trotz allem verdient unser neuer König unsere ganze Loyalität. Gott schütze den König, und Gott schütze England, denn George der Sechste wird es brauchen können.«

Mit hängenden Schultern verließ Hurstley die Küche, und Edwina hätte ihn am liebsten tröstend in den Arm genommen. Der Butler war über sechzig Jahre alt, er war ein Kind der Viktorianischen Zeit, als Anstand, Sitte und Moral hochgehalten wurden und die Pflicht an vorderster Stelle stand. Mit der Tatsache, dass der König lieber auf seinen von Gottes Gnaden gegebenen Thron als auf eine zweifach geschiedene Frau mit zweifelhaftem Charakter verzichtete, traf ihn im Innersten seiner Seele. In Hurstleys Augen hatte Edward sein Land und sein Volk verraten, und das würde er ihm niemals verzeihen.

Trotz der Abdankung des Königs, der unmittelbar danach das Land verließ und mit Wallis Simpson nach Österreich emigrierte, ging das Leben in Pencarron wie gewohnt weiter. Das Weihnachtsfest stand unmittelbar bevor, und Lord Henry hatte zu einem Ball geladen, auf dem er seine Verlobte vorstellen wollte. Es wurde geputzt und gebohnert, gebacken und vorgekocht – das ganze Haus roch nach wundervollen Köstlichkeiten, die jedem das Wasser im Mund zusammenlaufen ließen. Oft kam Edwina erst gegen Mitternacht ins Bett und schlief dann tief und traumlos, bis ihr Tag beim ersten Morgengrauen erneut begann.
Zwei Tage vor Weihnachten reisten die ersten Gäste an – Lord Henrys Verlobte und deren Eltern. Das Personal musste in der Halle Aufstellung nehmen – auch wenn es bei weitem nicht so förmlich wie beim Besuch von Edward Windsor zuging –, und alle waren aufgeregt, schließlich lernten sie die neue Herrin kennen. Wie würde sie sein? Streng, aber gerecht? Oder arrogant, vielleicht sogar etwas oberflächlich?
Als Lady Sarah eintrat, war nicht nur Edwina erstaunt. Sie war

zweifelsohne sehr schön, vielleicht die schönste Frau, die Edwina je gesehen hatte. Ihre ebenmäßigen Züge mit dem blassen Teint schienen wie aus Marmor gemeißelt zu sein. Ein Maler hätte den perfekten Schwung ihrer Brauen, die leicht schrägen Augen, die schmale, absolut gerade Nase und ihre gleichmäßigen Lippen nicht besser in einem Gemälde der Vollkommenheit darstellen können. An Lord Henrys Arm schritt sie an der Reihe der Dienstboten vorbei, kühl ruhte ihr Blick aus grauen Augen auf den Frauen und Männern, die knicksten oder sich verbeugten, und nur ein Nicken zeigte, dass sie die Leute wahrnahm. Kein Lächeln stahl sich auf ihr Gesicht, keine Wärme lag in ihren Augen, und später sagte Jowna seufzend zu ihrer Schwester: »Sie ist so kalt wie ein Fisch. Na prima, mit der werden wir Freude haben.«

»Ich glaube vielmehr, dass sie unsicher ist«, wandte Edwina ein. »Hast du nicht gesehen, wie sich ihre Finger an Mylords Arm geklammert haben?«

Lady Sarah hatte große Ähnlichkeit mit ihrem Vater, einem Londoner Parlamentarier, der distinguiert das Personal ignorierte, während ihre Mutter jeden freundlich anlächelte.

Natürlich gab es in der Küche Getuschel über die Frau, die schon bald Herrin von Pencarron sein würde, und Hurstley sagte streng: »Es steht uns nicht an, niemandem von uns, über die künftige Mylady zu urteilen. Wir haben unsere Arbeit zu machen, und ich möchte kein einziges Wort mehr hören.«

Edwina und Jowna fügten sich, aber niemand konnte ihnen verbieten, in ihrem Zimmer über die Veränderungen, die zu erwarten waren, zu diskutieren. Aber sie waren sich einig, man würde abwarten müssen, wie sich Lady Sarah als Herrin verhalten würde.

Der Ball, zu dem fast der gesamte Landadel der Grafschaft geladen worden war, war ein großer Erfolg. Zum Jahreswechsel sollte deswegen nur ein festliches Dinner in einem kleineren Kreis stattfinden. Als die Gäste versorgt waren, rief Hurstley alle Angestellten in der Küche zusammen und öffnete drei Flaschen Champagner.

»Mylord wünscht, dass wir mit einem Glas auf das neue Jahr anstoßen.« Begeistert klatschte Jowna in die Hände. Champagner war eine seltene Köstlichkeit, die es in Pencarron lediglich zu ganz besonderen Anlässen gab. »Aber jeder nur ein Glas«, fuhr Hurstley fort und ließ seinen strengen Blick über das Personal schweifen.

Kurz vor Mitternacht gingen sie alle in den Hof hinaus. Es war eine kalte, aber sternenklare Nacht. Die Sterne blinkten, als wären sie frisch poliert worden, und schienen zum Greifen nahe zu sein. Als die Glocken der Kirche in St. Agnes Mitternacht zu schlagen begannen und der Wind die Töne nach Pencarron trug, hoben alle ihre Gläser.

»Auf ein gesundes Jahr neunzehnhundertsiebenunddreißig!«, rief Nessa Aldwyn, und Hurstley fügte hinzu: »Und auf Mylord Henry und Lady Sarah. Wir wünschen ihnen alles Glück dieser Erde.«

Der ungewohnte Alkohol stieg Edwina in den Kopf, aber sie fühlte sich plötzlich sehr leicht und unbeschwert. Irgendjemand summte eine Walzermelodie, und lachend drehte sich Jowna in den Armen des Chauffeurs im Kreis. Plötzlich spürte Edwina warmen Atem an ihrer Wange, und eine Stimme flüsterte in ihr Ohr: »Ein glückliches neues Jahr, Miss Edwina.«

Sie fuhr herum und sah direkt in die Augen von Sir Samuel.

»Wo kommen Sie denn her?« Die Worte waren ihr entschlüpft,

bevor sie hatte nachdenken können. »Äh … verzeihen Sie …«, setzte sie zu einer Entschuldigung an, aber er lachte nur und griff nach ihrer Hand.

»Kommen Sie, wir wollen tanzen!«

Bevor Edwina protestieren konnte, hatte Samuel sie in seine Arme genommen und drehte sich mit ihr im Kreis. Leider dauerte das Vergnügen nur wenige Momente, denn Hurstley hatte ihn entdeckt und rief: »Sir Samuel! Wir hatten keine Ahnung, dass Sie kommen.« Er klatschte laut in die Hände. »Jowna, Carrie, richtet sofort Sir Samuels Zimmer und macht Feuer.«

Die beiden Frauen leisteten dieser Anweisung sofort Folge und stoben davon. Edwina blieb stehen, ihr Herz heftig klopfend, und konnte nicht anders, als Samuel anzustarren. Dieser lachte und machte eine unbekümmerte Handbewegung.

»Nur keine Eile, lieber Hurstley. Die Nacht ist viel zu schön, um sich jetzt schon zurückzuziehen.« Mit einem, wie es Edwina schien – aber sicher bildete sie sich das nur ein –, bedauernden Blick verneigte er sich vor ihr. »Wir holen unseren Tanz nach, Miss Edwina, aber jetzt sollte ich vielleicht meinen Bruder und seine Gäste begrüßen. Ich kann nur hoffen, er freut sich über meine Anwesenheit ebenso wie Sie.«

Edwina sah ihm nach, bis er im Haus verschwunden war. Ein Gefühl von Scham machte sich in ihr breit. War ihre Freude über seine Rückkehr für Samuel so offensichtlich gewesen? Künftig musste sie mehr auf ihr Verhalten achten. Auf keinen Fall durfte er über sie spotten, weil sie ihn anhimmelte. Edwina ging in ihr Zimmer, sie hatte keine Lust mehr, weiterzufeiern. Als Jowna eine Stunde später kam, stellte sie sich schlafend. Auf keinen Fall wollte sie sich jetzt eine Strafpredigt ihrer Schwester anhören.

Am Neujahrstag ritten Lord Henry und seine Gäste aus, und das Personal musste die Spuren der Feier beseitigen und aufräumen. Gegen drei Uhr am Nachmittag war Edwina mit ihren Aufgaben fertig und erhielt die Erlaubnis, ihre Mutter zu besuchen. Jowna, die erst am nächsten Tag freihatte, trug ihr auf, auch in ihrem Namen der Mutter die besten Neujahrswünsche auszurichten. Edwinas Mutter hatte einen guten Tag. Die beiden Frauen tranken Tee, aßen Zitronenkuchen, den Mrs. Goldsworthy am Tag zuvor gebacken hatte, und machten einen kleinen Spaziergang zum Hafen hinunter. Es war schon dunkel, als sich Edwina auf den Rückweg nach Pencarron machte. Sie hatte gerade die letzten Häuser des Ortes hinter sich gelassen, als ihr ein Wagen entgegenkam. Die Scheinwerfer blendeten Edwina, sie trat zur Seite in den Straßengraben und hielt sich eine Hand vor die Augen. Eigentlich war sie nicht erstaunt, als sie den Wagen erkannte – ein schwarzer Lincoln –, auch nicht, als dieser hielt und sich die Beifahrertür öffnete.
»Eine junge Frau sollte in der Dunkelheit nicht allein unterwegs sein. Kommen Sie, ich bringe Sie nach Pencarron.«
Ohne zu zögern, stieg Edwina ein. Im Wageninneren roch es nach Samuels Rasierwasser, gemischt mit dem Geruch nach Zigaretten. Offenbar hatte er gerade geraucht.
»Guten Abend, Sir.« Edwina bemühte sich um eine ruhige und kühle Stimme. »Es ist sehr freundlich von Ihnen, denn es ist doch ziemlich kalt draußen.«
Er nickte, wendete den Wagen an der nächsten Kreuzung, aber dann hielt er plötzlich wieder an.
»Müssen Sie heute noch arbeiten, Miss Edwina?«
»Äh … nein, erst morgen früh wieder …«
Er drehte sich zu ihr um, so dass sie im schwachen Licht, das

von den Scheinwerfern ins Wageninnere drang, sein Gesicht erkennen konnte.

»Ich würde Sie gerne zum Essen einladen. In Porthtowan, einem Dorf einige Meilen an der Küste nach Westen, soll es ein ganz hervorragendes Fischrestaurant geben. Sie mögen doch Fisch, oder?«

»Nein, nein … das heißt, ja …«, stammelte Edwina. »Ja, ich mag Fisch, aber ich kann doch nicht mit Ihnen zum Essen gehen.«

»Nennen Sie mir einen Grund, warum nicht.«

Edwina schossen hundert Gründe durch den Kopf, und sie platzte heraus: »Ich bin nicht entsprechend gekleidet!«

Er lachte laut auf, knipste die Innenraumbeleuchtung an und musterte Edwina von oben bis unten.

»Ich kann zwar jetzt nur Ihren Mantel sehen, aber glauben Sie mir, Sie sind bezaubernd. Gleichgültig, was Sie tragen, ich würde mich überall und jederzeit mit Ihnen sehen lassen.«

Eine heiße Welle schwappte durch Edwinas Körper. Sie wusste, sie hätte sofort aussteigen und zu Fuß nach Pencarron gehen müssen. Sie durfte nicht auf Samuels Flirten eingehen, denn auch wenn es für ihn nur Spaß war, ihr könnte es das Herz brechen. Aber ihr Körper war wie gelähmt. Während ihr Verstand zur Flucht riet, wollte ihr Herz, dass sie in seiner Nähe blieb und ein paar Stunden, denn mehr würde es nicht sein, seine Gesellschaft genoss, ohne an morgen zu denken.

»Dann lassen Sie uns nach Porthtowan fahren.« Sie konnte kaum glauben, dass sie wirklich diese Worte ausgesprochen hatte, und wusste, früher oder später würde sie es bereuen. Wahrscheinlich sogar eher früher, aber das war ihr im Augenblick gleichgültig.

Das Essen war wirklich ausgezeichnet. Edwina wählte Scholle in einer Gemüse-Sahne-Soße und Samuel frische Muscheln, dazu tranken sie einen leichten Weißwein. Edwina nippte nur an dem Wein, denn sie musste auf jeden Fall einen klaren Kopf behalten. Anfangs bestritt Samuel die Unterhaltung. Er erzählte von der Farm in Northumberland, die einst einem entfernten Verwandten der Pencarrons gehört hatte. Als dieser ohne direkte Nachkommen starb, hatte Henrys und Samuels Vater den Besitz geerbt, aber die Entfernung war zu groß, um sich darum kümmern zu können.

»Es war eine gute Entscheidung, die Farm zu verkaufen. Es ist zweifelsohne eine reizvolle Landschaft, aber in keiner Weise mit unserem lieblichen Cornwall zu vergleichen. Mein Bruder hat gutes Geld für den Besitz erhalten, das er auch brauchen wird, da er in Bälde zu heiraten gedenkt. Es wundert mich nur ein wenig, dass die Hochzeit schon in drei Monaten sein wird.«

Die Nachricht, dass Lord Henry und Lady Sarah bereits an Ostern vor den Altar treten würden, hatte alle auf Pencarron erstaunt, denn die beiden kannten sich ja erst wenige Wochen.

»Ihr Bruder wird wissen, was er macht«, wich Edwina aus.

Samuel zuckte mit den Schultern.

»Wahrscheinlich will er Sarah so schnell wie möglich zu seiner Frau machen, weil er Angst hat, ich könnte wieder dazwischenkommen.«

Unruhig rutschte Edwina auf ihrem Stuhl herum.

»Ich denke, das geht mich nichts an, Sir.« Ihre Stimme klang kühl, sie besann sich wieder darauf, wer sie war und welchem Stand sie angehörte. »Es wäre wohl besser, wenn wir jetzt gehen würden.«

Samuel legte seine Hand auf die ihre und hielt sie fest, als Edwina diese wegziehen wollte.
»Edwina, es geht Sie sogar sehr viel an.« Er sah in ihre Augen, und Edwina gelang es nicht, den Blick zu senken. »Ich weiß, welche Gerüchte über mich und meines Bruders erste Verlobung kursieren, aber ich möchte, dass Sie die wahre Geschichte erfahren.«
Beinahe panisch schüttelte Edwina den Kopf.
»Bitte, Sir, schweigen Sie! Ich bin ein Hausmädchen, eine Angestellte Ihres Bruders, und sollte daher nicht ...«
Aber Samuel ließ sie nicht aussprechen, sondern fuhr, immer noch ihre Hand haltend, fort: »Damals war ich gerade achtzehn Jahre alt und besuchte die Militärakademie in Sandhurst. Henry würde als der ältere Sohn Pencarron erben, so hielt Vater es für eine gute Idee, mich in die Armee zu stecken. Ich hasste die Schule, und ich hasste die Ausbildung, aber mir blieb nichts anderes übrig, als mich zu fügen. Zum Verlobungsfest meines Bruders kam ich nach Hause. Patricia, die Frau, die er heiraten wollte, war das genaue Gegenteil von Sarah. Jung, hübsch, lebenslustig, allerdings auch ein wenig leichtfertig, wenn nicht sogar dumm. Vom ersten Augenblick an, als wir einander vorgestellt wurden, ließ sie keinen Zweifel daran, dass sie mich mochte. Sie verstehen, Edwina? Sie mochte mich nicht als zukünftigen Schwager, sondern sie machte mir regelrecht schöne Augen. Als wir einmal allein waren, fragte ich sie, warum sie Henry heiraten wollte, aber sie lachte nur und meinte, dass er schließlich eines Tages ein Vermögen erben würde. Ich fand ihr Verhalten ekelhaft und versuchte, Henry über Patricias wahren Charakter aufzuklären, doch er wollte nicht zuhören und warf mir vor, eifersüchtig zu sein. Am Abend der Verlobung, die mit

einem großen Fest gefeiert wurde, hielt ich es nicht mehr aus und ging in den Garten. Nur wenige Minuten später folgte Patricia mir und warf sich in meine Arme. Ich schwöre Ihnen, Edwina, ich wollte sie abwehren, aber sie klammerte sich an meinen Hals und küsste mich. Sie meinte, auch wenn sie Henrys Frau wäre, könnten wir beide doch unseren Spaß miteinander haben. Plötzlich standen Vater und Henry mit wachsbleichen Gesichtern da. Sofort verwandelte Patricia sich. Wie auf Knopfdruck traten Tränen in ihre Augen. Sie warf sich an Henrys Brust und beteuerte, ich wäre ihr zu nahe getreten. Vater gab mir eine Ohrfeige, die ich noch tagelang spürte, und verlangte von mir, Pencarron noch in der gleichen Stunde zu verlassen. Jeder Versuch meinerseits, die Sache richtigzustellen, wurde im Keim erstickt. Ich verließ also mein Elternhaus, und das einzig Gute an dieser Sache war, dass Henry Patricia nicht heiratete. Ich weiß nichts über die Gründe und ob mein Bruder nicht doch Zweifel an der Treue seiner Verlobten bekommen hatte, aber die Wahrheit hat sie ihm sicher nicht gestanden, denn er hat sich niemals bei mir entschuldigt. Vater hat mich enterbt, so dass ich heute nur ein geduldeter Gast auf Pencarron Manor und vom Wohlwollen meines Bruders abhängig bin. Ich hoffe, Sie verachten mich nicht, dass ich meinen Weg im Leben noch nicht gefunden habe, denn keine Arbeit, die ich in den letzten Jahren angenommen habe, hielt ich lange durch. Ich bin durch halb Europa gereist, verweilte mal hier und mal dort, aber eigentlich habe ich mich immer nach Pencarron Manor gesehnt.«

Edwina saß ganz ruhig da und wusste nicht, was sie sagen sollte. Keinen Moment zweifelte sie an Samuels Bericht, und sie ärgerte sich über Lord Henry, der seinen Bruder abwies, obwohl dieser unschuldig war. Instinktiv erwiderte sie den Druck seiner Hand.

»Es tut mir so leid für Sie, Sir Samuel …«

»Bitte, nenn mich Sam, ja? Und lass das Sir weg. Und sage jetzt nicht, dass das nicht geht. Von wegen Hausmädchen und Adliger und solche Dinge. Edwina, ich mag dich, und ich glaube nicht, dass ich mir etwas einbilde, wenn ich sage, dass du mich auch nicht gerade unsympathisch findest.«

Er zwinkerte, und sein Lächeln war so charmant, dass Edwina spontan rief: »Sie … äh … du bist wohl der sympathischste Mann, den ich kenne. Aber …«

»Kein Aber!« Er zog ihre Hand an seine Lippen und küsste ihre Fingerspitzen. »Gib uns die Gelegenheit, uns besser kennenzulernen, Edwina. Ich werde auf Pencarron Manor bleiben, Henry hat mir versprochen, mir vielleicht einen Posten als Sekretär im Auswärtigen Amt zu beschaffen. Wenn ich diese Chance bekomme, dann werde ich sie dieses Mal nutzen, das verspreche ich dir. Die Zeit der Rastlosigkeit in meinem Leben ist vorbei, ich sehne mich nach einer Familie.«

Edwinas Herz klopfte so laut, dass sie meinte, jeder im Restaurant müsse es hören. Trotzdem gelang es ihr, ruhig zu sagen: »Ja, ich würde dich gerne besser kennenlernen, Sam.«

Sie fühlte Wärme in sich, als seine Augen leuchteten und er ihre Hand fest drückte.

7. Kapitel

Es war natürlich unmöglich, Edwinas und Samuels *aufkeimende Freundschaft* – wie Edwina ihre Beziehung zueinander bezeichnete – geheim zu halten. Ihrer Schwester sagte sie es schon wenige Tage später, denn Edwina wollte nicht, dass Jowna sich in wilde Spekulationen stürzte. Jowna war wenig überrascht, aber in ihre Freude mischte sich auch eine ernste Besorgnis, denn sie sah Edwina an, dass ihre Schwester tiefe Gefühle für Samuel hegte.

»Sosehr ich es dir gönnen würde, in Samuel Pencarron den Mann fürs Leben gefunden zu haben, so muss ich doch meine Bedenken äußern.« Sie zuckte seufzend mit den Schultern. »Hoffentlich verletzt er dich nicht eines Tages. Bist du dir sicher, dass Samuel nicht nur ein nettes Abenteuer mit dir sucht? Dich nicht nur in sein Bett zerren möchte und dich dann wie einen schmutzigen Lumpen fortwirft?«

Edwina errötete. Verlegen antwortete sie: »So ein Mann ist Sam nicht. Er hat ja bisher noch nicht einmal versucht, mich zu küssen.«

»Dann stimmt mit dem Mann etwas nicht!«, rief Jowna und lachte laut. Edwina brauchte einen Augenblick, um den Scherz zu verstehen, dann stimmte sie in Jownas Lachen ein und boxte sie freundschaftlich. »Also, mich möchten die Männer, mit denen ich ausgehe, eigentlich immer küssen …«

»Jowna!«
Neckisch warf Jowna den Kopf in den Nacken.
»Keine Sorge, Schwesterchen, so leicht bin ich nicht zu haben. Wobei, wenn ich an Timothy denke …« Ein schwärmerischer Ausdruck trat in Jownas Augen. »Wenn er mich küssen wollte, dann wäre ich wohl nicht abgeneigt.«
Timothy Trebells Eltern gehörte der Gemischtwarenladen in St. Agnes, und Jowna hatte schon mehrmals den Tanzabend mit ihm verbracht und war am Sonntag nach dem Gottesdienst mit ihm spazieren gegangen, wenn es ihre Zeit erlaubte. Timothy sah gut aus und war – auch wenn seine Familie nicht reich war – eine gute Partie. Edwina würde sich sehr für ihre Schwester freuen, wenn Timothy sie bitten würde, seine Frau zu werden.
Als hätte Jowna ihre Gedanken gelesen, fragte sie:
»Hat Samuel dich schon gefragt, ob du ihn heiraten willst?«
Schnell schüttelte Edwina den Kopf.
»Das wäre noch viel zu früh, wir kennen uns ja kaum. Aber ich bin gerne in seiner Gesellschaft, und wenn ich daran denke, dass er nächste Woche für längere Zeit nach London reisen muss, dann werde ich traurig.«
Gerührt nahm Jowna die Schwester in die Arme.
»Meine kleine Schwester ist ernsthaft verliebt«, sagte sie leicht spöttisch. »Egal, was kommt, ich stehe zu dir, Edwina. Und sollte Samuel es wagen, dir weh zu tun, dann bekommt er es mit mir zu tun. Das schwöre ich!«
»Das wird nicht nötig sein, Jowna, aber es ist schön, eine solche Schwester zu haben. Es ist schön, dass *du* meine Schwester bist.«

Weder Hurstley noch Nessa Aldwyn sprachen Edwina auf ihre regelmäßigen Treffen mit Sir Samuel an, aber es schien ihr, als wären beide weniger streng zu ihr. Früher, wenn sie einen Teller beim Abwasch hatte fallen lassen, war Nessa beinahe einem Herzinfarkt nahe gewesen, so sehr hatte sie getobt und Edwina angeschrien. Wenn Edwina jetzt ein kleines Missgeschick passierte, wurde sie zwar nach wie vor gerügt, aber das in einer ruhigen Art und Weise, die sie nicht gewohnt war.

»Ist doch klar, die beiden wollen es sich mit dir nicht verderben.« Jowna saß im Schneidersitz auf ihrem Bett und grinste, als Edwina ihr davon erzählte. »Wer weiß, vielleicht lebt Samuel ja mal hier, dann bist du als seine Ehefrau die Herrin von Pencarron Manor.«

»Du vergisst Lady Sarah. Sie wird ab Ostern hier den Ton angeben«, unterbrach Edwina.

»Pah!« Jowna winkte ab. »Dieses bleiche Etwas steckst du doch leicht in die Tasche. Behältst du mich eigentlich als Hausmädchen, wenn du in den herrschaftlichen Zimmern residierst?«

Edwina lachte, bis ihr die Tränen kamen. So, wie Jowna sprach und stolz ihr Kinn vorreckte, sah sie aus, als wäre sie die Königin höchstpersönlich.

»Ich glaube nicht, dass es dazu kommen wird.« Mit dem Handrücken wischte sie sich die Tränen aus dem Gesicht. »Warten wir ab, was die Zukunft bringt, aber selbst wenn ich Sam heiraten sollte, so glaube ich, dass wir nicht hier leben werden.«

Bei diesem Gedanken verflog Edwinas gute Stimmung. Es wurde ihr schwer ums Herz, denn die Vorstellung, eines Tages Cornwall verlassen zu müssen, behagte ihr gar nicht.

Da Lady Sarahs Eltern die Hochzeit ausrichteten, wurden sie und Lord Henry am Ostersonntag in London getraut. Das bescherte dem Personal auf Pencarron Manor ein paar freie Tage, die besonders Jowna und Edwina zu schätzen wussten. Ihre Mutter hatte wieder einen Herzanfall gehabt und schien sich nicht mehr richtig zu erholen. Ihre Wangen blieben blass, und sie konnte nur auf eine der Töchter gestützt das Haus verlassen. Der Frühling hielt Einzug in Cornwall, und sooft es ging, saßen Jowna oder Edwina zusammen mit der Mutter in dem kleinen Garten hinter dem Cottage. Keine der Schwestern sprach es aus, aber beide wussten, dass der Moment, in dem sie für immer von ihrer Mutter Abschied nehmen mussten, in naher Zukunft lag.

Zusammen mit Lord Henry und seiner frisch angetrauten Frau kehrte Samuel Pencarron Anfang April nach Cornwall zurück. Edwina und er verbrachten so viel Zeit zusammen wie möglich, wobei Edwina streng darauf achtete, ihre Pflichten nicht zu vernachlässigen. In Edwinas Freizeit gingen die beiden regelmäßig an den Klippen spazieren und ließen sich den rauhen Atlantikwind um die Nase wehen. Samuel erzählte von den ersten Kontakten, die er in London geknüpft hatte, und dass er gute Aussichten auf eine Anstellung im Auswärtigen Amt habe.
»Es widerstrebt mir natürlich, auf die Hilfe meines Bruders angewiesen zu sein, aber ich sehe ein, dass ich eine sinnvolle Beschäftigung brauche.« Er legte einen Arm um Edwinas Schultern. »In den nächsten drei Monaten werde ich sozusagen auf Probe arbeiten. Wenn ich mich bewähre, dann kann ich vielleicht sogar ein eigenes Büro bekommen und verdiene genügend Geld, um mir eine Wohnung leisten zu können.« Er zog

Edwina an sich. Sie drückte ihre Wange an seine Brust und wartete aufgeregt auf seine nächsten Worte. »Edwina, wenn ich in London Fuß gefasst habe, dann kann ich dich zu mir holen. Vorausgesetzt, du willst überhaupt an meiner Seite sein.«

Dem letzten Satz schwang ein Unterton von Furcht mit, und Edwina hob den Kopf, um Samuel in die Augen zu sehen. Ein wenig Spott konnte sie sich allerdings nicht verkneifen, als sie sagte:

»Und in welcher Funktion soll ich dein Leben in London teilen?«

Er wurde zuerst blass, dann errötete er.

»Als meine Frau natürlich.« Abrupt ließ er sie los, und Edwina fürchtete schon, sie hätte ihn verärgert, da sank er vor ihr auf die Knie, ungeachtet dessen, dass es am Vormittag geregnet hatte, der Boden nass war und er seine Hose beschmutzte. »Edwina Goldsworthy, ich frage dich nun in aller Form: Willst du mich heiraten?«

Für einen Moment schloss sie die Augen, und der Boden begann unter ihr zu schwanken, dann stieß sie jubelnd hervor:

»Ja, Sam, ich will! O ja, und wie ich will!«

Er küsste sie zum ersten Mal so, wie ein Mann die Frau küsst, die er liebt, und Edwina wünschte sich, dieser Augenblick würde niemals enden.

Edwina und Samuel hatten vereinbart, niemandem von ihren Heiratsplänen zu erzählen.

»Erst möchte ich den Posten in der Tasche und eine Wohnung in London haben«, hatte er gesagt. »Kannst du noch so lange warten, mein Mädchen?«

Edwina konnte warten, denn sosehr sie Samuel auch liebte, sie würde mit ihm in eine für sie völlig fremde und neue Welt gehen. London! Wie viele träumten davon, in der Weltstadt leben zu können, doch sie wusste schon jetzt, dass sie Cornwall vermissen würde.

Der August war nicht nur heiß und trocken, sondern auch ein Monat der Freude für alle auf Pencarron. Lord Henry erhielt eine Position im Diplomatischen Dienst, und seine Frau Sarah war schwanger. Eines Spätnachmittags kam Samuel freudestrahlend in die Küche gelaufen, obwohl ihn niemand in Pencarron Manor erwartet hatte.

»Meine liebe Nessa … Hurstley …« Er zog seinen Hut und machte eine übertriebene Verbeugung. »Verzeihen Sie den Überfall, aber ich bitte Sie, sofort eine Flasche Champagner aus dem Vorratsraum zu holen. Es gibt etwas zu feiern!«

Edwina sah ihn erwartungsvoll an, und das Leuchten in seinem Gesicht verriet ihr den Grund seiner Freude.

»Vor Ihnen steht der neue Sekretär von Sir Netherfield, dem Vorgesetzten des Büros für die Auslandsbeziehungen mit Frankreich.«

Spontan griff Nessa nach seiner Hand und schüttelte sie.

»Herzlichen Glückwunsch, Sir, und viel, viel Erfolg! Nun sind beide Pencarrons in wichtigen Ämtern. Ihr Vater wäre stolz auf Sie.«

Als sein Vater erwähnt wurde, fiel ein Schatten über Samuels Gesicht, aber er hatte sich schnell wieder unter Kontrolle. Auch Hurstley gratulierte, dann ging er den Champagner holen. Samuel trat zu Edwina und raunte ihr zu: »Ich habe bei einem Makler ein paar Wohnungen in London reservieren lassen, denn ich möchte, dass wir die Entscheidung gemeinsam fällen. Noch heute Abend spreche ich mit meinem Bruder,

und ich hoffe, in vier Wochen wirst du Mrs. Samuel Pencarron sein.«
Sie konnte nicht antworten, konnte nur nicken, und voller Liebe sah sie Samuel an. Dann kam Hurstley mit dem Champagner, und nie zuvor hatte das perlende Getränk Edwina besser geschmeckt als an diesem Tag.

»*Was* willst du?« Krebsrot im Gesicht stemmte sich Lord Henry, beide Hände auf der Schreibtischplatte, in die Höhe. »Bist du etwa krank im Kopf?«
Samuel versuchte ruhig zu bleiben und atmete tief durch. Er hatte gewusst, dass Henry über seinen Wunsch, Edwina zu heiraten, keinen Freudentanz veranstalten würde, aber mit dieser heftigen Reaktion hatte er nicht gerechnet.
»Ich liebe das Mädchen«, sagte er schlicht. »Jetzt, wo ich eine sichere Anstellung habe, bin ich in der Lage, für eine Familie zu sorgen und …«
Krachend schlug Henrys Faust auf die Tischplatte.
»Eine Anstellung, die du nur dank meiner Fürsprache bekommen hast. Ich dachte, ein Mal in deinem Leben tust du etwas Vernünftiges, aber kaum reicht man dir den kleinen Finger, greifst du gleich nach der ganzen Hand. Auf keinen Fall wirst du ein Dienstmädchen heiraten, dass lasse ich nicht zu.«
»Henry, so beruhige dich!« Beschwichtigend hob Samuel beide Hände. »Wir leben doch nicht mehr im neunzehnten Jahrhundert. Woher kommen deine Standesdünkel? Edwina Goldsworthy ist intelligent und verfügt über mehr natürliche Eleganz als so manche Frau der oberen Gesellschaftsschicht.«
»Sie wird den Namen Pencarron nicht in den Schmutz ziehen.« Henry blieb unnachgiebig. »Weißt du eigentlich, welche Mög-

lichkeiten dir offenstehen? Mit welchen Personen du künftig zusammentreffen wirst? Nicht nur Adlige, sondern auch vermögende Bankiers, Rechtsanwälte, Ärzte und Politiker. Alles Menschen mit hoher Bildung und erstklassigen Universitätsabschlüssen. Du kannst nicht im Ernst ein dummes Hausmädchen in diese Kreise einführen und als deine Frau präsentieren.«
»Edwina ist alles andere als dumm …« Samuels Einwand wurde von Henry brüsk unterbrochen.
»Du bist blind vor Liebe, nichts weiter. Ein süßes Frätzchen, und schon vergisst du, was du deiner Familie und dem Namen Pencarron schuldig bist. Du meine Güte, ich hoffe, es weiß niemand von dieser kleinen, unglückseligen Affäre. Ich könnte mich ja sonst nirgendwo mehr sehen lassen.«
Samuels Geduld war erschöpft, und auch er hob seine Stimme, als er scharf fragte: »Dein Ansehen ist alles, was dich interessiert? Was andere Leute über dich denken? Aber du hast ja auch alles. Den Titel, den Besitz, eine Frau aus ersten Kreisen, die zwar kalt wie ein Fisch ist, aber schon kurze Zeit nach der Hochzeit dein Kind unter dem Herzen trägt. Nein, lass mich ausreden.« Samuel ließ keinen Einwand zu. »Es mag wohl sein, dass ich den Posten deinem Einfluss zu verdanken habe, aber in den letzten Monaten habe ich bewiesen, dass ich der Aufgabe gewachsen bin. Künftig werde ich in London leben, und wenn du Edwina nicht als meine Frau anerkennen willst, dann werde ich nie mehr nach Pencarron Manor kommen.«
Eine dicke Ader pulsierte an Henrys Schläfe.
»Du wirst diese Frau nicht heiraten. Ich verbiete es dir.«
Samuel lachte bitter auf.
»Ich bin volljährig, und Edwina wird die Zustimmung zur Hochzeit von ihrer Mutter bekommen. Du kannst uns nichts

verbieten. Und du kannst mir auch nicht mit Enterbung drohen, dafür hatte Vater schon ausreichend gesorgt. Außerdem wirst du bald ein eigenes Kind haben, das einst alles erben wird. Ich bin hier also vollkommen überflüssig. Zudem – wenn sogar ein König von England lieber auf seinen Thron verzichtete als auf die Frau, die er liebt – was für ein kleines Opfer ist es da für mich, Pencarron Manor niemals wiederzusehen?«

Lord Henry knirschte mit den Zähnen, ihm fiel kein Gegenargument ein. In der Tat war Samuel alt genug, um ohne seine Zustimmung heiraten zu können, wen er wollte. Trotzdem würde er nicht zulassen, dass sich sein einziger Bruder so weit unter Wert verkaufte, aber im Augenblick war er machtlos. Darum schlug er einen versöhnlicheren Ton an.

»Mein lieber Sam, lass mir ein paar Tage Zeit, mich an den Gedanken zu gewöhnen. Du wirst sicher verstehen, dass mich die Aussicht, ein einfaches Mädchen zur Schwägerin zu bekommen, erschreckt. Aber selbstverständlich möchte ich, dass du glücklich wirst.«

Samuel sah seinen Bruder skeptisch an. Er traute dem plötzlichen Stimmungsumschwung nicht. »Soll das heißen, du akzeptierst meinen Entschluss?«

»Wie gesagt, gib mir bitte etwas Zeit. Am Wochenende sprechen wir noch mal darüber, ja? Du bleibst doch so lange auf Pencarron, nicht wahr?«

Samuel nickte, denn er hatte sich ein paar Tage freigenommen.

Kaum hatte Samuel den Raum verlassen, griff Lord Henry zum Telefon und ließ sich über die Vermittlung mit seinem Londoner Büro verbinden. Es gab vielleicht eine Möglichkeit, diese unselige Heirat zu verhindern, allerdings musste er schnell reagieren und durfte keine Zeit verlieren.

Eine halbe Stunde und drei Telefonate später lehnte sich Lord Henry entspannt im Sessel zurück. Die ersten Rädchen waren in Bewegung gesetzt worden. In den nächsten Tagen blieb ihm nichts anderes übrig, als abzuwarten. Die Ruhe, die er Samuel gegenüber gezeigt hatte, war nur gespielt gewesen. In Wirklichkeit war er furchtbar wütend auf seinen Bruder. Samuel – der Jüngere, der Attraktivere und der Charmantere. Samuel – der das Leben immer leichtnahm und dem alles in den Schoß fiel. Samuel – der von der Mutter mehr geliebt und bevorzugt worden war. Samuel – der vor vielen Jahren der Grund dafür gewesen war, dass er, Henry, die Frau, die er wirklich geliebt hatte, nicht hatte heiraten können. Es mochte wohl stimmen, dass nicht Samuel, sondern Patricia ein falsches Spiel gespielt hatte, aber es war leichter gewesen, die Schuld dem ungeliebten Bruder zuzuschieben. Zumal auch Vater und die halbe Festgesellschaft gesehen hatten, wie Samuel Patricia in den Armen gehalten hatte. Und diese Szene hatte schließlich dazu geführt, dass der Vater seinen jüngeren Sohn enterbt hatte und Henry das Erbe nicht hatte teilen müssen.

Und trotz allem hatte er die Grundsteine einer Karriere für Samuel gelegt, hatte gewollt, dass er dem Namen Pencarron Ehre macht und eine Frau aus gutem und vor allen Dingen aus vermögendem Haus heiratet.

Erschöpft fuhr er sich über die schweißnasse Stirn, obwohl es im Zimmer kühl war. Schon kurz nach seiner Hochzeit hatte Henry gemerkt, dass seine Heirat ein Fehler gewesen war. Natürlich war Sarah schön, sehr schön sogar, und als er sie kennenlernte, war er von ihrer kühlen Zurückhaltung fasziniert gewesen. Sarah war das komplette Gegenteil von Patricia, und sie würde ihn niemals derart schamlos belügen und betrügen. Nun waren sie aber seit Monaten verheiratet, aber noch immer benahm sie sich ihm gegenüber so, als wären sie sich eben erst vorgestellt worden. Selbst in den intimsten Augenblicken in ihrem Schlafzimmer verlor Sarah nie die Contenance. Und als sie ihm mitgeteilt hatte, sie erwarte ein Kind, hatte sie nicht gelächelt und es gesagt, als würde sie berichten, welchen Kuchen es am Nachmittag zum Tee geben würde. Henry hatte alles versucht – ihr Komplimente und Geschenke gemacht, sich bemüht, sie in seine Arbeit mit einzubinden, aber gleichgültig, was er getan hatte – alles schien an ihr abzuprallen. Diesbezüglich war sie nicht nur äußerlich das Ebenbild ihres Vaters, während Sarahs Mutter eine warmherzige und liebevolle Person war. Trotz allem würde Henry jedoch an der Ehe festhalten. Nicht nur wegen des Kindes, das sie unter ihrem Herzen trug, sondern, abgesehen von dem Skandal, in erster Linie wegen der hohen Mitgift, die Sarah eingebracht hatte. Niemand, nicht einmal Samuel, wusste, wie es wirklich um Pencarron Manor bestellt war. Dass eine Hypothek auf dem Haus lag und dass er bereits wertvolles Weideland hatte verkaufen müssen, um die Ratenzahlungen bei der Bank einhalten zu können. Der Verkauf der Farm in Northumberland war nur ein Tropfen auf den heißen Stein gewesen, denn Land im Norden war kaum etwas wert. Die Weltwirtschaftskrise hatte auch Cornwall und Pencarron Manor nicht verschont. Vier der fünf Zinnminen, seit über hundert Jahren die Haupteinnahmequelle der Pencarrons, hatten bereits schließen müssen, und die letzte stand ebenfalls kurz vor dem Aus. Die Arbeiter streikten, wollten mehr Lohn und bessere Arbeitsbedingungen, aber Henry wusste nicht, woher er das nötige Geld dafür nehmen sollte. Im letzten Jahr hatte er dann den Besitz belastet, um neue Maschinen kaufen zu können, um einen Tunnel in den Meeresboden treiben zu können, weil dort Zinnvorkommen vermutet wurden. Was aber im Westen auf der Penwith-Halbinsel funktionierte, hatte sich in St. Agnes als Fehlschlag erwiesen. Nach wenigen Wochen war der Tunnel in sich zusammengebrochen. Es grenzte an ein Wunder, dass es dabei keine Verletzten oder gar Tote gegeben hatte. Aber das Unglück hatte zur Folge gehabt, dass neues Geld nötig war, um die Schäden wieder zu beheben. Neue Pumpen mussten gekauft werden, sonst wäre binnen kurzer Zeit die ganze Mine unter Wasser gestanden.

Nein, Henry hatte Sarah nicht nur des Geldes wegen geheiratet, aber es war ein nicht unwesentlicher Punkt bei seiner Brautwerbung gewesen. Und jetzt war es nötig, dass Samuel eine ebensolche gute Partie machte. Pencarron Manor brauchte Geld, aber er wusste, es war zwecklos, mit Samuel darüber zu sprechen. Er würde ihm ins Gesicht lachen und ihm vorwerfen, dass er das Erbe ihres Vaters verschleuderte. Dabei konnte Henry auch ohne die Vorwürfe seines Bruders kaum noch in den Spiegel sehen. Was für Hoffnungen hatte Vater auf ihn, den Ruhigen und Überlegenen, gesetzt! Jeden Abend, wenn er auf dem Weg in sein Schlafzimmer im Flur an dem lebensgroßen Ölporträt seines Vaters vorbeikam, meinte Henry, dieser würde verächtlich und enttäuscht auf ihn herabsehen. Wenn nicht innerhalb eines Jahres etwas geschah und er zu einer größeren Summe Geldes kam, bestünde die Gefahr der Zwangsversteigerung. Dann blieb für ihn nur noch die Möglichkeit, sich eine Kugel durch den Kopf zu jagen.

Aber es gab ja noch Samuel. Auch wenn sein Gehirn derzeit durch romantische Liebesschwüre verwirrt war, würde er früher oder später aus dem siebten Himmel wieder auf den Boden der

Tatsachen herabsteigen. Henry hoffte nur, dies möge bald, sehr bald sogar, geschehen.

Drei Tage später saß Samuel erneut seinem Bruder in dessen Arbeitszimmer gegenüber. Er griff nach dem Whiskyglas und stürzte den Inhalt mit einem Schluck hinunter, dann sagte er zu seinem Bruder: »Weißt du, was du von mir verlangst?«

Henry nickte verständnisvoll, nach außen hin war er ganz der besorgte Bruder, der nur das Beste für Samuel wollte.

»Ein Jahr geht schnell vorbei, und es bietet dir die Möglichkeit, eine wichtige und große Persönlichkeit in der Politik zu werden. Und denke daran, Samuel – Paris! Was glaubst du, wie viele sich danach die Finger abschlecken würden, ein Jahr in Paris leben und arbeiten zu können.«

Samuel wusste, dass Henry recht hatte und dass ihm eine solche Chance niemals wieder geboten werden würde. Henry hatte seine Beziehungen spielen lassen und erreicht, dass man Samuel anbot, für ein Jahr in der britischen Botschaft in Paris zu arbeiten. Allerdings hatte die Sache auch einen Haken, und dieser erstickte in Samuel die Freude über diesen Posten.

»Ich verstehe immer noch nicht, warum ich Edwina nicht vorher heiraten kann, damit sie mich als meine Frau nach Paris begleiten könnte«, sprach Samuel den Punkt erneut an. »Andere Diplomaten werden auch von ihren Ehefrauen begleitet.«

Henry unterdrückte ein Seufzen.

»Du bist aber noch kein Diplomat, du musst dich erst verdient machen, um eine solche Position zu erreichen. Ich habe dir bereits erklärt, dass du in Paris in der Botschaft wohnen musst, um jederzeit zur Verfügung zu stehen. Dort ist aber kein Platz für Frauen, und du wirst kaum Zeit für sie haben, denn die

Arbeit ist kein Zuckerschlecken. Also nichts mit l'amour und romantischen Abenden an der Seine. Außerdem – spricht Edwina etwa Französisch? Könnte sie sich mit den anderen unterhalten oder allein einkaufen gehen? Versteht sie sich darauf, in eleganten Speiselokalen Hummer und Schnecken fachgerecht zu essen? Wohl kaum, oder?«

Samuel zuckte zusammen. Leider hatte Henry auch in diesem Punkt recht. Da er, wenn er das Angebot annahm, bereits nächste Woche abreisen musste, blieb auch keine Zeit, um Edwina in die Grundbegriffe der Sprache und der Lebensart der Menschen, mit denen er künftig zu tun haben würde, einzuführen.

Als würde er Samuels inneren Kampf nicht bemerken, fuhr Henry unbekümmert fort: »Dieses eine Jahr wird schnell vergehen, und es ist eine Chance für euch beide, zu prüfen, ob eure Liebe wirklich stark genug ist. Es ist leicht, romantische Träume zu haben, solange der Partner in der Nähe ist, aber eine solche Trennung wird zeigen, ob Edwina dir wirklich aus ganzem Herzen zugetan ist.«

»Das ist sie, Henry«, unterbrach Samuel ihn. »Keinen Moment zweifle ich daran, aber eine solche Trennung wird sie sehr bekümmern. Warum können wir nicht heiraten, nach London ziehen und dann vielleicht später einmal gemeinsam nach Frankreich oder in ein anderes Land gehen?«

»Samuel, ich habe es dir ausführlich erklärt.« Henry musste sich beherrschen, um seine Ungeduld nicht zu zeigen. Er hatte alle seine Beziehungen spielen lassen, um den Bruder noch in diesem Monat aus England fortschicken zu können, und das würde er sich jetzt nicht von Samuel zerstören lassen. »Du sprichst einwandfreies Französisch, hast einen wachen Verstand, kannst, wenn du willst, galant und freundlich sein, verfügst über ein gewisses Maß an diplomatischem Geschick – also alles Punkte, die dich für diese Aufgabe prädestinieren. Glaube mir, ich würde liebend gern selbst fahren, aber ich möchte Sarah nicht allein lassen. Und für sie kommt eine Geburt im Ausland nicht in Frage, die misstraut den französischen Ärzten. Samuel, es ist wichtig, dass wir unsere guten Kontakte mit Paris pflegen und ausbauen. Auf dem Kontinent geht etwas vor sich. Ich traue diesem Hitler nicht. In Deutschland wird aufgerüstet, obwohl dies gegen die Bestimmungen des Versailler Vertrags verstößt. Aber niemand protestiert oder unternimmt etwas dagegen. Nicht nur ich glaube, dass Frankreich durch seine Nähe zu Deutschland in Gefahr schwebt. Unabhängig von unserer Geschichte, in der wir mit Frankreich verfeindet waren, müssen wir jetzt zusammenstehen, um gegebenenfalls Hitler zu bremsen. Wenn es dazu nicht bereits zu spät ist.«

Samuel griff nach der Flasche und schenkte sich ein zweites Mal Whisky ein.

»Siehst du da nicht ein wenig zu schwarz? Immerhin ist der Herzog von Windsor, unser alter König Edward, ein Freund Hitlers und besucht Deutschland regelmäßig. Das würde er doch nicht tun, wenn von dort Gefahr ausgehen würde, oder? Mag Edwards Verzicht auf den Thron auch wie ein Verrat an seinem Volk erscheinen, er ist durch und durch britisch und liebt sein Land.«

Unwillig runzelte Henry die Stirn.

»Das steht hier nicht zur Debatte, Samuel. Ich brauche jetzt deine Entscheidung, ob du nach Paris gehst oder nicht, sonst muss sich Netherfield so schnell wie möglich nach jemandem anderen umsehen. Wenn du jetzt jedoch ablehnst, dann wird er wohl auch auf deine Mitarbeit in London verzichten.«

Samuel erhob sich aus dem Sessel, atmete tief durch und stieß schließlich hervor: »Ja, ich fahre. Ich weiß, was ich dir und unserem Land schuldig bin. Aber nach dem einen Jahr wird mich nichts und niemand daran hindern, Edwina so schnell wie möglich zu heiraten. Da kannst du sagen, was du willst.«
Auf Henrys Zügen spiegelte sich grenzenlose Erleichterung, darum senkte er schnell den Kopf und tat so, als würde er etwas Wichtiges in den vor ihm liegenden Unterlagen suchen. Der erste Schritt war getan, jetzt galt es nur noch, Samuel in Paris mit einer vermögenden jungen Dame zusammenzubringen. Aber wozu hatte man denn Freunde? Freunde, die sich in der französischen Hauptstadt aufhielten und das Ihre zum Gelingen dieses Vorhabens beitragen würden.

Edwina reagierte erstaunlich verständnisvoll bezüglich Samuels Entscheidung. Gemeinsam waren sie zu der Bucht Chapel Porth gegangen, deren schöner Sandstrand in den Sommermonaten jede Menge Ausflügler anzog. Jetzt, gegen Abend, hatte sich der Strand geleert, aber Samuel gelang es, bei dem Kiosk noch zwei Becher Tee zu erstehen, bevor dieser für den heutigen Tag schloss. Sie setzten sich auf einen von der Sonne warmen Felsbrocken, und Edwina starrte auf das Meer. Die Flut kam, und bald würde auch der letzte Rest Sand vom Wasser bedeckt sein.
»Du musst das tun, Sam.« Sie sah ihm in die Augen. Wegen der Traurigkeit in ihrem Blick war Samuel drauf und dran, alles wieder abzusagen. Als hätte sie seine Gedanken gelesen, fuhr sie hastig fort und wählte fast die gleichen Worte wie Henry: »Paris! Das ist wundervoll, und dann als Mitarbeiter in der Botschaft. Sam, eine solche Chance bietet sich nur einmal im Le-

ben. Wenn du sie jetzt nicht ergreifst, wirst du es dein ganzes Leben lang bereuen.«

»Vielleicht bereue ich es mehr, dich ein Jahr allein gelassen zu haben?« Sein Blick war voller Liebe und Zärtlichkeit. »Vielleicht bedeutet mir eine Beziehung, in der wir nie getrennt sein müssen, mehr als jede berufliche Karriere?«

Seine Worte wärmten Edwinas Herz, aber sie wusste, dass sie jetzt stark sein musste. Auf keinen Fall durfte sich Samuel wegen ihr eine solche Chance entgehen lassen. Trotz seiner Worte wusste sie instinktiv, dass er ihr irgendwann einmal vorhalten würde, wegen ihr beruflich nicht weitergekommen zu sein. Wahre Liebe bedeutete Verzicht – nie zuvor war Edwina die Bedeutung dieser Worte mehr bewusst gewesen als jetzt.

»Samuel, ich bitte dich zu fahren. Das mit uns … es geht mir irgendwie zu schnell.« Sie sah, wie er erschrak, und legte eine Hand auf die seine. »Natürlich liebe ich dich, aber ich stimme deinem Bruder zu, dass ein Jahr der Trennung ein Jahr der Probe für unsere Liebe sein kann. Wenn du nach dem Jahr immer noch der Überzeugung bist, mich, ein einfaches Hausmädchen, zu deiner Frau machen zu wollen, dann werde ich mit Freude zustimmen.«

»Du wirst auf mich warten?«, fragte er sorgenvoll und konnte die Antwort in ihren Augen lesen. Sanft streichelte er Edwinas Gesicht, nahm sie in die Arme und küsste sie. »Henry stellt aber noch eine Bedingung: Wir dürfen uns nicht schreiben oder miteinander telefonieren«, sagte er und sah sie traurig an.

Edwina schluckte, lächelte dann aber verständnisvoll.

»Ich verstehe, das Jahr der Trennung soll wahrhaftig eine Probe unserer Gefühle füreinander sein. Ganz schön raffiniert von deinem Bruder.«

»Hältst du mich für schwach, wenn ich die Bedingungen akzeptiere?«, fragte Samuel bang. »Trotz allem, was zwischen Henry und mir in den letzten Jahren vorgefallen ist, ist er mein Bruder und der einzige noch lebende Pencarron. Ich möchte mein weiteres Leben nicht in Zwietracht mit Henry verbringen.«
Edwina streichelte seine Wange und sagte zärtlich:
»Ich verstehe das sehr gut, Sam. Für mich wäre es furchtbar, wenn irgendetwas Jowna und mich entzweien würde.«
Samuel küsste sie erneut. Die Sonne versank am Horizont im Meer, und sie waren ganz allein in der Bucht. Keiner von ihnen sprach jetzt mehr, aber ihre Körper sagten, wonach sie sich beide sehnten. Samuel nahm sie an der Hand und führte sie zu einer kleinen Höhle, in die auch bei Flut kein Wasser drang. Als Kind hatte er hier oft gespielt und sich vorgestellt, er wäre ein wagemutiger Pirat, der hier seine erbeuteten Schätze versteckte. Heute jedoch brachte er den größten Schatz seines Lebens in die Höhle. Eng umschlungen sanken sie auf den noch warmen und trockenen Sand, und es war nur natürlich, dass sie zu Mann und Frau wurden.

8. Kapitel

Hurstley begleitete die Dame zum Ausgang und verabschiedete sich mit einer angedeuteten Verbeugung.

»Sie werden dann in den nächsten Tagen von Lady Pencarron Nachricht erhalten, Miss.«

Seufzend schloss er hinter ihr die Tür und kehrte in die Küche zurück. Nessa Aldwyn sah ihn erwartungsvoll an.

»Und, lieber Archibald? Wie war die Meinung Lady Sarahs zu *dieser* Frau?«

»Das kann ich nicht beurteilen, Nessa. Es war die neunte Bewerberin in vier Tagen.« Dem sonst so beherrschten Butler war anzumerken, was er von der Unentschlossenheit der Herrin hielt. »Nichts liegt mir ferner, als die Qualifikationen der Damen für die Stellung einer Zofe zu beurteilen, aber die meisten der Bewerberinnen machten doch einen guten und anständigen Eindruck.«

Nessa zuckte mit den Schultern.

»Nun ja, eigentlich geht es uns auch nichts an, denn Mylady muss mit der Dame zufrieden sein.« Sie schenkte Tee ein und reichte Hurstley eine Tasse. »Ich habe den Eindruck, Lady Sarah möchte eigentlich keine Zofe in ihren Diensten haben.«

Hurstley nippte an dem Tee und enthielt sich einer Antwort. Es stand ihm nicht zu, über Myladys Wünsche zu urteilen, aber es war schon seltsam, dass keine der Frauen, die in den letzten

Tagen vorgesprochen hatten, den Vorstellungen von Lady Sarah entsprach, obwohl sie alle ausgezeichnete Referenzen vorweisen konnten.

Zwei Stockwerke höher ging Henry Pencarron, die Hände hinter dem Rücken verschränkt, in Sarahs Zimmer auf und ab.
»Ich fand die Letzte sehr freundlich, meine Liebe, und sie machte auf mich einen kompetenten Eindruck.« Er blieb vor seiner Frau, die auf der Chaiselongue ruhte, stehen. »Was hat dir denn an ihr missfallen, dass du sie nicht einstellen möchtest?«
Sarah seufzte und legte eine Hand auf die Stirn.
»Sie sind alle so furchtbar …« Sie stockte, suchte nach dem richtigen Wort. »… provinziell … haben einfach keinen Stil und wirken wie Trampel. Keine scheint zu wissen, wie man das Haar richtig onduliert oder wie ein Hut auf dem Kopf festgesteckt werden muss, damit die Gesichtsform richtig zur Geltung kommt.«
Henry versuchte, sich seine Ungeduld nicht anmerken zu lassen.
»Meine Liebe, ich habe dir bereits mehrmals vorgeschlagen, in einer Londoner Zeitung zu annoncieren. Ich bin überzeugt, in der Stadt gibt es genügend Frauen mit Erfahrungen in herrschaftlichen Häusern, die gerne auf dem Land leben würden. Wenn du möchtest, rufe ich nachher mal an …«
»Nein, das ist nicht nötig.« Sarah richtete sich auf. »Warum brauche ich überhaupt eine Zofe, Henry? Bisher habe ich mich immer allein an- und ausgekleidet, und es ist mir nicht recht, wenn eine Fremde meine Sachen in die Hand nimmt. Das ist … peinlich.«
»Liebe Sarah, jede Dame in deiner Stellung hat eine eigene

Zofe. Jetzt hast du noch die Zeit, dich um alles selbst zu kümmern, wenn aber erst das Kind da ist … Zudem wirst du in ein paar Monaten so unbeweglich sein, dass du für jede Hilfe dankbar sein wirst.«

Röte schoss in Sarahs Wangen.

»Wie ungalant von dir, so etwas zu sagen. Das ist ordinär.« Sichtlich verlegen zupften ihre Finger an einem Spitzentaschentuch, und sie wich Henrys Blick aus. »Lass mich jetzt bitte allein, ich fühle mich erschöpft. Ich werde darüber nachdenken, ob ich eine Zofe einstellen möchte oder nicht, aber heute bin ich zu müde, um eine Entscheidung zu fällen.«

Henry setzte zu einer Erwiderung an, als er jedoch Sarahs abweisenden Blick sah, murmelte er lediglich: »Wie du willst«, und verließ ihr Zimmer. Bei allem guten Willen fiel es ihm immer schwerer, seine Frau zu verstehen. Sarah war zwar eine hervorragende Herrin und Gastgeberin – seit sie in Pencarron Manor war, funktionierte der Haushalt wie am Schnürchen –, aber sie hatte in all den Monaten ihre Zurückhaltung nicht aufgegeben. Dem Personal begegnete sie zwar höflich, doch Henry wusste, dass die Angestellten Sarahs kühle Art nicht besonders mochten. Einzig mit Hurstley sprach sie hin und wieder ein paar Worte, die über bloße Anweisungen hinausgingen, und mit Nessa Aldwyn besprach sie zweimal in der Woche die Speisefolgen. Henry hatte gehofft, durch die Schwangerschaft würde Sarah ein bisschen zugänglicher und herzlicher werden, aber dem war nicht so. Freute sie sich überhaupt auf das Kind? Oder war es für sie nur eine lästige Pflicht, die es zu erfüllen galt?

Kaum hatte Henry sie verlassen, trat Sarah ans Fenster und schaute in den Park hinaus. Die ersten Blätter hatten sich bereits verfärbt, und die Astern standen in voller Blüte. Der Herbst kam und mit ihm die langen dunklen Abende und die Stürme, für die der nördliche Küstenstreifen Cornwalls berüchtigt war. Vielleicht könnte sie Henry die Erlaubnis abringen, ein paar Wochen zu ihren Eltern nach London fahren zu dürfen? Sarah seufzte, hauchte auf die Fensterscheibe und malte mit dem Zeigefinger Kreise. London bot zweifelsohne mehr Zerstreuung, aber ihre Schwangerschaft ließ große Aktivitäten wohl nicht zu. Es ging ihr zwar leidlich gut, von ein bisschen Schwindel und einer unregelmäßig auftretenden Übelkeit abgesehen, trotzdem wollte sie nichts tun, was das Kind in ihrem Körper gefährden könnte. Darum hatte sie auch das Reiten aufgegeben. Sie verstand Henrys Wunsch, eine Zofe für sie einzustellen, aber Sarah wollte keine weitere fremde Person um sich haben. Hier waren schon genügend Fremde, mit denen sie sich tagtäglich abgeben musste. Sie befürchtete, wenn das Kind erst auf der Welt war, würde es erneut Diskussionen über die Einstellung einer Kinderfrau geben. Das Kind – *ihr* Kind! – sollte aber von seinem ersten Atemzug an ihr gehören, und keine Kinderfrau der Welt durfte sich zwischen sie stellen! Sarah wollte dieses Kind beschützen, es vor allen Gefahren dieser Welt bewahren und immer für es da sein … Sie schluchzte, und Tränen rannen über ihre Wangen. Ja, sie würde dieses Kind niemals loslassen, nicht so, wie sie es bei William getan hatte.

Sie war damals neun Jahre alt gewesen, ihr Bruder William – von allen liebevoll Billy genannt – erst vier. Sarah hatte ihn vom ersten Augenblick an geliebt und war glücklich, dass die Mutter ihr oft die Betreuung von Billy anvertraute. Mit seinem goldfarbenen Haar und den großen, unschuldigen blauen Augen war er ein süßer kleiner Junge gewesen!

In jenem kalten Winter hatte in der Zeitung gestanden, dass das Eis der Themse fest und belastbar war. Seit Tagen schon tummelten sich zahlreiche Schlittschuhfahrer ausgelassen auf dem glatten Untergrund, und Sarah hatte ihre Eltern angebettelt, endlich auch zum Fluss gehen zu dürfen, obwohl diese Bedenken gehabt hatten. Freudig erregt hatte Sarah ihren Bruder an die Hand genommen. Oh, wie hatte der Kleine vor Freude gejuchzt, als er auf dem Eis herumrutschte, und wie hatten seine runden Wangen vor Eifer geglüht. Sarah wusste nicht, wie und warum es passiert war, aber plötzlich knackte es um sie herum, und von einer Sekunde auf die andere brach Billy direkt neben ihr ein. Krampfhaft hielt Sarah seine Hand fest, aber seine Kleider sogen sich rasch mit Wasser voll, und er wurde immer schwerer. Niemals im Leben würde Sarah den Augenblick vergessen, als Billys kleine Hand aus der ihren rutschte und sein Gesicht mit dem Ausdruck grenzenloser Fassungslosigkeit im Wasser verschwand. Natürlich waren sofort zahlreiche Leute zu Hilfe geeilt, doch als sie Billy bargen, war es bereits zu spät gewesen. Sarah konnte ihren Eltern nur einen toten Sohn nach Hause bringen …

Weder ihr Vater noch die Mutter hatten ihr je Vorwürfe gemacht, dennoch las Sarah jedes Mal seit jenem verhängnisvollen Tag die stille Anklage in den Augen des Vaters.

Warum mein einziger Sohn und Erbe? Warum hast du nicht auf deinen kleinen Bruder aufgepasst?

Die Mutter war damals sehr lange krank gewesen und hatte monatelang in einer Klinik bleiben müssen. Sarah durfte sie kein einziges Mal besuchen. Ihr Vater schickte sie nach Frankreich in ein Internat, und er schrieb ihr nie auch nur eine einzige Zeile. Erst als die Mutter den Tod Billys einigermaßen verarbeitet hatte, konnte Sarah wieder nach Hause zurückkehren, aber ihr einst glückliches Heim erschien ihr kalt und war ihr fremd geworden. Deshalb hatte sie auch, ohne zu zögern, den Heiratsantrag von Henry Pencarron angenommen. Nur weit weg von London und von ihrem Vater – Cornwall erschien ihr da gerade richtig. Sie liebte Henry nicht, denn Liebe war mit Schmerzen und Qualen verbunden. Wer nicht liebte, konnte auch nicht verletzt werden. Sie hatte Billy und ihre Eltern geliebt; dem einen hatte sie den Tod gebracht, der Mutter das Herz gebrochen und dem Vater einen Grund gegeben, sie zu hassen. Dennoch bemühte sie sich, eine gute Ehefrau zu sein. Das Kind liebte sie bereits jetzt, denn gegen das kleine Wesen in ihrem Bauch konnte sie ihr Herz nicht verschließen. Es war das einzig Gute, das ihr in den letzten zwanzig Jahren widerfahren war.

Von diesen Ereignissen in der Vergangenheit seiner Frau ahnte Henry Pencarron nichts. Nie hatte ihm Sarah von Billy erzählt, auch ihre Eltern erwähnten niemals ihr zweites, totes Kind. Hätte er mehr über Sarahs Trauma gewusst, hätte er sicherlich Verständnis für ihre »Launen«, wie er es nannte, aufbringen können. So aber fühlte er sich in Gegenwart seiner Frau immer öfter unwohl und war froh, wieder nach London fahren zu können, weil dringende Geschäfte auf ihn warteten. Noch wusste weder Sarah noch sonst jemand auf Pencarron Manor, dass Henrys Vorgesetzter, Lord Netherfield, für den *Secret Service*, dem britischen Geheimdienst, arbeitete. Henry wurde als sein Sekretär immer häufiger zu geheimen Besprechungen hinzugezogen, und ab und zu übernahm er auch Aufgaben, die Netherfield an ihn delegierte. Am nächsten Tag musste er nach Brüssel reisen, hatte aber niemanden auf Pencarron Manor über seinen

Auslandsaufenthalt informieren dürfen. Die Geheimdienste von England, Belgien und Frankreich beobachteten das *neue Deutschland* aufmerksam und mit großer Skepsis. So kam es, dass Lord Henry nicht zu erreichen war, als in Cornwall die schreckliche Nachricht eintraf.

Hurstley hatte den Anruf entgegengenommen. Noch während er lauschte, wurde er aschfahl und begann zu schwanken. Haltsuchend stützte er sich an der Wand ab.

»Danke für die Nachricht, Sir. Nein, wir wissen nicht, wo sich Mylord aufhält. Ja, bitte, versuchen Sie, ihn direkt über das Auswärtige Amt zu erreichen. Ich werde es Lady Pencarron sagen.«

Nie zuvor hatten Edwina und Jowna den Butler derart fassungslos erlebt. Nach dem Gespräch kam er in die Küche, öffnete eine Schranktür, für die nur er und Nessa Aldwyn einen Schlüssel hatten, und nahm eine Flasche Brandy heraus. Er schenkte sich ein Wasserglas randvoll ein und kippte den Alkohol in einem Zug hinunter. Seine Hände zitterten ebenso wie seine Stimme, als er der versammelten Runde tonlos berichtete: »Ein Busfahrer in London hat hinter dem Steuer einen Herzanfall erlitten. Der Bus geriet außer Kontrolle und raste am Marble Arch in eine Gruppe von Spaziergängern, die gerade den Hyde Park verlassen hatten. Die Eltern von Mylady … sie waren inmitten der Gruppe.«

Hurstleys Verhalten beantwortete die stumme Frage der anderen, trotzdem flüsterte Nessa: »Was ist mit ihnen? Sind sie schwer verletzt?«

»Sie sind tot. Ebenso wie drei weitere unschuldige Menschen.« Hurstley schwankte zur Tür, stützte sich am Rahmen ab und murmelte beim Hinausgehen: »Ich muss es Mylady sagen. O

Gott, hilf, dass Lord Henry bald benachrichtigt werden und nach Hause zurückkehren kann.«

Henry Pencarron traf erst vier Tage später in Cornwall ein. Da hatte man Sarah bereits ins Hospital gebracht, aber alles, was die Ärzte auch versucht hatten, um den Schock zu lindern, war vergebens – einen Tag später verlor sie ihr Kind. Sarah hatte sehr viel Blut verloren, und sie war psychisch in einem kritischen Zustand, so dass es für sie unmöglich war, ihren Mann zur Beerdigung ihrer Eltern nach London zu begleiten. Henry musste sich allein um die Auflösung des Haushalts von Sarahs Eltern kümmern. Als einzige Erbin war Sarah nun eine sehr vermögende Frau geworden. In Henry meldete sich das schlechte Gewissen. Gewiss, er hatte Sarah aus finanziellen Gründen geheiratet, aber niemals hätte er ein solches Unglück gewollt, um das Geld von Sarahs Eltern zu erhalten. Zudem war es in erster Linie Sarahs Geld, und sie war derzeit nicht in der Verfassung, dass er sie hätte bitten können, ihm finanziell unter die Arme zu greifen.

Wie schwarze bedrohliche Wolken hingen die schrecklichen Geschehnisse über Pencarron Manor. Alle schlichen mit gesenkten Köpfen durch das Haus. Selbst die sonst immer fröhliche Jowna wagte nicht, einen Scherz zu machen und laut zu lachen. Edwinas Schmerz über Samuels Abwesenheit wurde durch den Verlust der Herrin in den Hintergrund gedrängt. Sie würde Samuel in einigen Monaten wiedersehen, auch wenn ihr mittlerweile die Zeit lang wurde, aber die arme Lady Sarah würde niemals wieder mit ihren Eltern sprechen können, und sie hatte zudem noch ihr ungeborenes Kind verloren. Dagegen war Edwinas Schicksal klein und unbedeutend, und sie beschloss, ihre eigenen Belange angesichts der Tragödie der Herrschaften nicht mehr zu wichtig zu nehmen.

Lord Henry tat alles in seiner Macht Stehende, um seine Frau wieder ins Leben zurückzuholen. Er bat im Auswärtigen Amt, für einige Zeit beurlaubt zu werden, und verbrachte die kommenden Wochen in Pencarron Manor. Sarah war aus dem Krankenhaus entlassen worden, und die Ärzte meinten, sie wäre körperlich wieder vollkommen gesund, ja, sie wäre auch wieder in der Lage, erneut schwanger zu werden. Aber psychisch war Sarah von einer Genesung weit entfernt.

»Auch wenn sie zu uns nie sehr freundlich war, tut sie mir furchtbar leid«, sagte Jowna, als sie und ihre Schwester sich für die Nacht herrichteten.

»Es ist schlimm, von einem Augenblick auf den anderen jemanden zu verlieren, ohne sich von ihm verabschieden zu können.« Edwina bürstete mit kräftigen Strichen ihr langes Haar. »Und dann noch das Kind … Es wundert mich nicht, dass Lady Sarah nicht mehr ganz bei Sinnen ist.«

Jowna wusste, was die Schwester meinte. Nachdem die erste Lethargie überwunden war, wurde Sarah Pencarron immer wieder von starken depressiven Verstimmungen gequält, die sich oft in Wutanfällen äußerten. Diese endeten dann meist in heftigen Weinkrämpfen. Es war ein offenes Geheimnis, dass der Arzt Lord Henry geraten hatte, seine Frau für eine gewisse Zeit in eine Nervenklinik einweisen zu lassen, aber dieser hatte sich vehement dagegen verwahrt.

»Meine Frau ist nicht verrückt«, hatte er den Arzt aufgebracht angeschrien. »Sie ist unglücklich und verzweifelt, was in Anbetracht der Tatsache, dass sie zuerst ihre Eltern und dann ihr Kind verloren hat, wohl jeder verstehen kann.«

»Mylord, ich habe volles Verständnis für die Situation Ihrer Frau, aber aufgrund meiner jahrzehntelangen Erfahrung erkenne ich deutliche Anzeichen dafür, dass Mylady sich mit Gedanken trägt, die ihr eigenes Leben gefährden könnten. Dem gilt es vorzubeugen und ein weiteres Unglück zu verhindern. Die menschliche Seele ist eine komplexe Angelegenheit, und oft ist es notwendig, Menschen vor sich selbst zu schützen.«
Doch Henry wollte nichts davon hören. Es mochte sein, dass Sarah derzeit suizidgefährdet war, aber das würde vorbeigehen. Er würde eine zuverlässige und kräftige Pflegerin einstellen, die mit Sarahs Anfällen zurechtkam, denn er konnte ja nicht ewig in Pencarron bleiben, sondern musste wieder nach London zurück. Da wollte er seine Frau in guten und sicheren Händen wissen.

»Mylady, Sie müssen essen!« Die Krankenschwester nahm Jowna das Tablett aus den Händen und stellte es auf den Nachttisch neben Sarah Pencarrons Bett. »Ich helfe Ihnen, sich aufzusetzen. Es gibt Gemüsesuppe, warmen Toast und Birnenkompott.«
Seit die große und kräftige Schwester, die nicht aussah, als würde sie sich die Butter vom Brot nehmen lassen, vor vier Tagen ins Herrenhaus gekommen war, hatte Lady Sarah sie mit Missachtung gestraft. Als sie Sarah, deren ohnehin zarter Körper noch dünner geworden war, an die Schulter fasste, um sie im Bett aufzusetzen, griff Sarah blitzschnell nach dem Teller und goss der Krankenschwester die heiße Suppe mitten ins Gesicht.
»Lassen Sie mich in Ruhe, Sie Hexe!« Sarahs Augen funkelten wild, und die Krankenschwester wich, einen Schrei ausstoßend, zurück.

Mit dem Handrücken wischte sie sich die Suppe aus den Augen, dann griff sie nach ihrer Tasche und rief: »Das brauche ich mir nicht gefallen zu lassen! Das nicht! Ich habe alles versucht, habe es jedoch nicht nötig, mich mit einer Verrückten herumzuärgern. Ich kündige!«

Bevor Jowna, die im Türrahmen stand, etwas tun oder sagen konnte, war die Krankenschwester an ihr vorbeigestürmt, und einen Augenblick später fiel die Eingangstür hinter ihr ins Schloss.

Sarah Pencarron hatte sich wieder beruhigt und lehnte mit geschlossenen Augen in den Kissen. Jowna seufzte und bückte sich, um die Scherben aufzusammeln und die verschüttete Suppe aufzuwischen. Auch die Bettdecke war verschmutzt, also fragte sie vorsichtig:

»Mylady, darf ich den Bezug wechseln?«

Sarah schlug die Augen auf und blickte Jowna mitten ins Gesicht.

»Gemüsesuppe habe ich noch nie gemocht.« Ihre Lippen verzogen sich zu einem Lächeln. »Wenn du hier sauber gemacht hast, bringst du mir dann ein paar Rühreier mit Speck? Das Kompott kannst du hierlassen, ich werde es später essen.«

Die letzten Wochen hatten alle Bewohner des Herrenhauses gelehrt, sich über solch plötzliche Stimmungsschwankungen Sarahs nicht zu wundern, darum nickte Jowna und versicherte, das Gewünschte so schnell wie möglich zu bringen. Sie war allerdings weniger erfreut, als Hurstley sie anwies, das Essen Mylady zu bringen und bei ihr zu bleiben, bis sie fertig war.

Sarah aß tatsächlich fast alles auf, von dem Birnenkompott ließ sie nichts übrig. Als Jowna das Geschirr auf dem Tablett zusammenräumte und den Raum verlassen wollte, sagte Sarah: »Künftig bringst du mir das Essen, ja? Ich brauche keine Pflegerin, schließlich haben wir genügend Personal im Haus, das wir gut bezahlen.«

»Das sollten Sie am besten mit Lord Henry besprechen, Mylady«, antwortete Jowna zögernd, »ich mache hier nur meine Arbeit.«

Da Sarah keine Antwort gab, nahm Jowna rasch das Tablett und huschte aus dem Zimmer. Es war bereits das dritte Mal gewesen, dass Sarah Pencarron von Jowna bedient werden wollte. Erst letzte Woche hatte sie einen Weinkrampf erlitten und wollte sich durch nichts beruhigen lassen, bis Jowna zufällig das Zimmer betreten hatte, um Lord Henry eine Nachricht von Hurstley zu überbringen. Sarah hatte ihren Mann hinausgeschickt, und Jowna musste sich an ihr Bett setzen, ihre Hand halten und warten, bis sie endlich eingeschlafen war. Bisher hatte es zwischen Jowna und der Herrin kaum Kontakt gegeben, und Jowna hatte keine Ahnung, warum sie offenbar die Einzige war, die von Sarah akzeptiert wurde. Weder Jowna noch Edwina wussten viel über Psychologie, aber man brauchte kein studierter Arzt zu sein, um zu erkennen, wie unglücklich Sarah Pencarron war. Also versuchte Jowna zu helfen, was auch bedeutete, dass sie oft bis spät in der Nacht an Sarahs Bett sitzen musste und erst in ihr Zimmer kam, als Edwina bereits tief und fest schlief. Somit entging Jowna die Veränderung ihrer Schwester, die in den letzten Wochen immer stiller und blasser geworden war. Selbst wenn sie es bemerkt hätte, war Jowna meistens zu müde, um sich Gedanken darüber zu machen, was Edwina bedrückte.

Die Vorbereitungen für das Weihnachtsfest wurden von den schrecklichen Ereignissen und dem besorgniserregenden Ge-

sundheitszustand Lady Sarahs überschattet. Es war keine Feier geplant, darum fehlte in diesem Jahr die hektische vorweihnachtliche Betriebsamkeit, wenn eifrig gekocht und gebacken wurde. Welch ein Unterschied zum Vorjahr, als Lord Henry der Zukunft noch glücklich und positiv entgegengesehen hatte.
Drei Tage vor Weihnachten erwachte Edwina mit pochenden Kopfschmerzen. Als Jowna die Lampe anknipste, fuhr das Licht wie ein scharfes Messer in Edwinas Kopf, und sie stöhnte laut auf.
»Bist du krank?« Besorgt beugte sich Jowna über die Schwester, die sonst beim Klingeln des Weckers munter und ausgeruht aus dem Bett sprang, sich aber heute Morgen unruhig von einer Seite auf die andere wälzte. »Fühlst du dich nicht wohl? Soll ich Mrs. Aldwyn holen?«
Edwina schüttelte den Kopf und setzte sich auf. Sofort begann der Raum sich um sie herum zu drehen.
»Mir ist so schlecht …«
Im letzten Moment, bevor sie sich erbrach, gelang es Jowna, ihrer Schwester die Waschschüssel vors Gesicht zu halten. Spritzer des Erbrochenen beschmutzten ihr Nachthemd, das an ihrem schweißnassen Körper klebte. Ernstlich besorgt legte Jowna eine Hand auf Edwinas Stirn.
»Du scheinst kein Fieber zu haben, denn deine Haut ist kalt, aber du bist bleich wie ein Gespenst. Hast du gestern Abend etwas gegessen, das dir nicht bekommen ist? Aber ich habe doch genau das Gleiche gegessen, und mir geht es gut.«
Sie stand auf, benetzte einen Waschlappen und wischte Edwina das Gesicht ab.
»Danke, das ist lieb.« Edwina schloss die Augen und atmete tief durch. »Nur noch ein paar Minuten … es wird langsam bes-

ser … Lass dich bitte nicht aufhalten. Du wirst gescholten, wenn du zu spät zur Arbeit erscheinst.«
»Mach dir darum mal keine Gedanken«, antwortete Jowna. »Wenn du krank bist, werde ich mich um dich kümmern. Vielleicht sollten wir den Arzt verständigen?«
Erneut schüttelte Edwina den Kopf und stand langsam auf. Sie lächelte mühsam.
»Es geht schon wieder. Geh ruhig runter, ich werde mich jetzt waschen.«
»Du musst das Nachthemd ausziehen«, sagte Jowna und wollte der Schwester helfen. »Ich werde es nachher gleich einweichen, dann gehen die Flecken bestimmt wieder vollständig heraus.«
Edwina wollte sie abwehren, aber es war zu spät. Jowna streifte ihr das Nachthemd über den Kopf und sog scharf die Luft ein, als ihr Blick auf Edwinas Körper fiel.
»Seit wann weißt du es? Und warum hast du mir nichts gesagt?«
Mit einem gequälten Gesichtsausdruck legte Edwina beide Hände auf ihren leicht gerundeten Bauch.
»Zuerst wollte ich es nicht wahrhaben. Ich sagte mir, dass ich mich irren muss, denn es darf einfach nicht sein. Ach, Jowna, was soll ich denn jetzt machen? Das Kind wird längst geboren sein, bevor Samuel zurückkommt.«
Jowna ließ sich aufs Bett fallen und zog grübelnd die Unterlippe zwischen die Zähne.
»Du musst es Lord Henry sagen …«
»Auf keinen Fall!«
»Aber du kannst es nicht mehr lange verheimlichen. Samuel ist seit August fort, folglich bist du im vierten Monat. Noch vier, fünf Wochen, und jeder wird es sehen. Edwina, Lord Henry

muss seinen Bruder sofort nach Hause holen, damit er dich unverzüglich heiraten kann.«

Edwina nickte, stand auf und wusch sich das Gesicht. Das kalte Wasser erfrischte sie, und ihre Lebensgeister kehrten zurück. Bisher hatte sie die Übelkeit vor Jowna verbergen können, aber so heftig wie heute Morgen war es nie zuvor gewesen. Jowna half ihr, sich anzukleiden. Zum Glück waren die Kleider der Hausmädchen in der Taille weit geschnitten, und als sich Edwina die Schürze umband, kaschierte diese ihren Bauch.

»Ich habe Angst, Jowna«, gab Edwina zu. »Seit Samuel seinem Bruder gesagt hat, dass er mich heiraten möchte, straft mich Lord Henry mit Missachtung. Treffen sich unsere Blicke dennoch unbeabsichtigt, sind die seinen voller Ablehnung. Ich bin sicher, er würde mich am liebsten entlassen, und meine Schwangerschaft wird Mylord den Grund zur Kündigung geben. Und gerade jetzt, da Mylady ihr Kind verloren hat, soll ich ihm sagen, dass ich eines von seinem Bruder erwarte?«

Jowna seufzte. Sie sah ein, dass die Situation im Moment wirklich nicht sehr günstig war.

»Lass uns an unsere Arbeit gehen«, sagte sie und wandte sich zur Tür. »Doch wie du es auch drehst und wendest – wir müssen so bald wie möglich mit Mylord sprechen, bevor Hurstley oder Mrs. Aldwyn deine Schwangerschaft bemerken und es Lord Henry mitteilen. Ich werde dich begleiten und dir zur Seite stehen. Du wirst sehen, Mylord wird seinen Bruder informieren, und Samuel wird so schnell wie möglich nach Hause fahren. Dann kommt alles in Ordnung.«

Edwina hätte gerne die positive Einstellung der Schwester geteilt, aber eine innere Stimme sagte ihr, dass die kommende Zeit nicht einfach werden würde.

Am späten Vormittag – Lady Sarah ruhte, und Jowna konnte sie allein lassen – klopften die beiden Schwestern an die Tür des Arbeitszimmers, in dem Lord Henry seine Korrespondenz erledigte. Der Lord runzelte die Stirn, als die beiden Schwestern eintraten, denn es war nicht üblich, dass die Angestellten direkt mit dem Hausherrn sprachen. Alles, was das Personal betraf, regelte Lord Henry mit Hurstley oder Nessa Aldwyn.

»Mylord, verzeihen Sie bitte die Störung, aber wir müssen Sie unbedingt sprechen.« Energisch trat Jowna vor den wuchtigen Schreibtisch. Sie zog Edwina, die einen Schritt hinter ihr geblieben war, an ihre Seite und sah Lord Henry entschlossen an. »Mylord, Sie müssen Ihrem Bruder schreiben. Er muss sofort nach Hause kommen.«

Henry Pencarron wusste nicht, ob er über die Forderung lachen oder verärgert sein sollte. Er entschloss sich für Letzteres.

»Ich muss überhaupt nichts, Mädchen. Es war ausgemacht, dass für ein Jahr kein Kontakt zwischen dir« – er deutete mit dem Finger auf Edwina – »und meinem Bruder besteht. Danach könnt ihr von mir aus heiraten, sofern Samuel nicht zur Besinnung gekommen ist. Ich habe mich diesbezüglich schon mehr als großzügig verhalten, darum habe ich kein Verständnis für eure unverschämte Forderung und höre mir diese nicht länger an.«

»Es tut uns leid, Mylord, wir wollten nicht unverschämt erscheinen.« Edwina sprach leise und wagte kaum, den Blick zu heben. »Aber es sind … Umstände eingetreten, die es erforderlich machen, mit Samuel zu sprechen.«

Lord Henry runzelte die Stirn, aber bevor er etwas entgegnen konnte, rief Jowna: »Sei doch nicht so umständlich, Edwina, und sag, wie es ist. Sir, meine Schwester ist schwanger. Sie erwartet ein Kind von Ihrem Bruder.«

Die Jahre Arbeit im Auswärtigen Amt und die hohe Schule auf dem politischen Parkett hatten Henry gelehrt, seine Gestik und Mimik unter Kontrolle zu halten und seine wahren Empfindungen hinter einem neutralen Gesichtsausdruck zu verbergen. Daher gelang es ihm, anscheinend gelangweilt zu sagen: »Soso, das ist ja wirklich interessant.«

In Wirklichkeit tobte ein Sturm der Gefühle in ihm. Erst kürzlich hatte seine Frau ihr Baby verloren, und da sie sich ihm seitdem psychisch wie auch physisch verweigerte, bestand kaum Hoffnung auf eine erneute Schwangerschaft und auf einen Erben für Pencarron. Wieder einmal hatte Samuel etwas geschafft, wozu er, Henry, offenbar nicht in der Lage war. Die Vorstellung, das Kind seines Bruders und eines Küchenmädchens könnte der künftige Herr oder die Herrin von Pencarron Manor sein, war für Henry völlig abwegig. Das würde er auf keinen Fall zulassen.

Langsam taxierte er die beiden Frauen. Jowna stand aufrecht da und blickte ihn mit hocherhobenem Kopf herausfordernd an, während Edwina am liebsten in ein Mauseloch gekrochen wäre. Kalt sagte er: »Ein Jahr keinen Kontakt – das war ausgemacht. Ich sehe keinen Grund, diese Vereinbarung zu brechen.«

»Das können Sie nicht machen!« Aufgebracht stützte Jowna beide Hände auf die Schreibtischplatte.

»Wenn sich deine Schwester wie eine Schlampe benimmt, dann ist das nicht mein Problem. Wer sagt mir denn, dass Samuel wirklich der … Verursacher dieses Malheurs ist?«

»Eine solche Beleidigung brauche ich mir nicht gefallen zu lassen.« Nun erhob auch Edwina die Stimme. Sie zupfte Jowna am

Ärmel. »Komm, es hat keinen Zweck. Ich werde direkt an die Botschaft in Paris schreiben. Dort wird man den Brief schon an Samuel weiterleiten.«

Ein diabolisches Lächeln stahl sich auf Henrys Lippen.

»Wohl kaum, Mädchen, denn Samuel hat Frankreich inzwischen verlassen.«

»Was? Wo ist er hin? Wo kann ich ihn erreichen?«

Lord Henry stand auf. Durch seine Größe war er eine imponierende Erscheinung, und Jowna wich unwillkürlich einen Schritt zurück.

»Ihr könnt nicht ernsthaft glauben, dass ich mit Angestellten über politische Belange unseres Landes spreche. Gewisse Vorgänge machten es erforderlich, dass Samuels Arbeit an anderer Stelle in einem anderen Land wichtiger wurde.«

Edwina legte schnell eine Hand auf den Arm ihrer Schwester, bevor diese aufbrausen konnte. Ihr selbst gelang es, ruhig zu sagen: »Ich bitte Sie, Mylord, schreiben Sie Ihrem Bruder, dass ich sein Kind unter meinem Herzen trage. Er soll selbst entscheiden, ob er mir Glauben schenken und heimkehren will. Weder meiner Schwester noch mir ist an einem Skandal gelegen, Sir, der unweigerlich folgen wird, wenn sich die Schwangerschaft nicht mehr verbergen lässt.«

Henry tat, als hätte er den kleinen Erpressungsversuch nicht bemerkt. »Gut, ich werde Samuel schreiben. Alles Weitere liegt dann in seiner Hand. Bis jedoch eine Entscheidung gefallen ist, wäre es besser, du würdest Pencarron Manor verlassen.«

»Sie kündigen mir?« Edwina war nicht überrascht, hatte sie doch mit dieser Reaktion von Lord Henry gerechnet. »Wovon soll ich denn leben?«

Gleichgültig zuckte Henry mit den Schultern.

»Das hättest du dir früher überlegen müssen. Weder mir noch meiner Frau oder Hurstley werde ich zumuten, mit einem Mädchen, das sich leichtfertig einem Mann an den Hals wirft, der nicht ihr angetrauter Ehemann ist, unter einem Dach zu leben. Das wirst du einsehen müssen, dass wir uns einen solchen Skandal nicht leisten können.«

»Wenn Sie Edwina rauswerfen, dann gehe ich auch!« Wie ein Racheengel baute sich Jowna vor Henry auf.

»Nein, bitte nicht, Jowna. Dein Leben darf nicht auch noch zerstört werden.«

Henry lächelte ironisch.

»Deine Schwester scheint mehr Verstand zu haben, auch wenn sie ihr eigenes Leben ruiniert hat. Wenn du ebenfalls gehen möchtest, werde ich dich nicht aufhalten. Wenn du dich jedoch entscheidest, in meinen Diensten zu bleiben, dann rate ich dir, künftig etwas mehr Respekt zu zeigen. Noch ist deine Schwester nicht Herrin auf Pencarron Manor.« Und ich werde alles tun, damit das auch niemals geschieht, fügte er in Gedanken hinzu.

Es gab nichts mehr zu sagen, darum verließen die beiden Schwestern beinahe fluchtartig den Raum.

In ihrem Zimmer setzte sich Edwina wie betäubt auf das Bett. Ihre Hände zitterten, und sie hatte Mühe, die Tränen zurückzuhalten.

»Ich hätte nichts sagen sollen, noch nicht. Ich habe geahnt, dass er mich entlässt.«

»Wie kann er nur so gemein sein!« Aufgebracht ging Jowna in der engen Kammer auf und ab. »Ich habe überhaupt keine Lust, für ein solches Ekel noch länger zu arbeiten.«

»Jowna, ich bitte dich, bleib hier! Mir bleibt keine andere Wahl, als zu Mutter zu ziehen. Was das für sie und ihre Gesundheit bedeutet, kannst du dir ja vorstellen, aber niemand wird mir in diesem Zustand eine neue Stellung geben. Ich habe keine Ahnung, wovon Mutter und ich leben sollen, daher darfst du deine Arbeit nicht auch noch verlieren.«

Jowna unterbrach ihre Wanderung, setzte sich neben Edwina und schloss sie in die Arme.

»Selbstverständlich helfe ich dir. Irgendwie wird es mir gelingen, herauszufinden, wo sich Samuel aufhält. Außerdem hat Lord Henry versprochen, ihm zu schreiben. Du wirst sehen, in vier oder fünf Wochen wirst du Mrs. Samuel Pencarron sein, und wir lachen über unsere heutigen Sorgen. Du musst nur diese kurze Zeit durchhalten und vor allen Dingen an dein Baby denken.«

Edwina barg ihr Gesicht an Jownas Schulter und ließ ihren Tränen freien Lauf.

Während Hurstley die Nachricht von Edwinas Schwangerschaft und dass sie noch am gleichen Tag das Haus verlassen würde mit unbewegtem Ausdruck zur Kenntnis nahm, schlug Nessa Aldwyn entsetzt die Hände über dem Kopf zusammen.

»Du meine Güte, was für eine Schande für Pencarron!«, jammerte sie, als würde man sie künftig auf dem Markt mit faulen Eiern bewerfen. »Es ist gut, dass du gehst, Mädchen. Ein uneheliches Balg ist wohl das Letzte, das ich in meiner Küche gebrauchen kann.«

Einzig Claire zeigte Verständnis für Edwinas Situation. Sie verurteilte Edwina nicht, weil sie sich vor der Hochzeit mit Samuel eingelassen hatte, und zog auch seine Vaterschaft nicht in Zweifel.

»Schlussendlich sind wir Frauen immer die Dummen, wenn

wir mit einem Kerl ins Bett steigen und schwanger werden.« Grimmig ballte sie die Hände zu Fäusten. »Mach dir aber mal keine Sorgen, Edwina, Sir Samuel ist ein aufrechter Mann, der lässt dich nicht im Stich.«
Edwina wünschte, sie könnte so zuversichtlich sein. Nicht, dass sie einen Augenblick an Samuels Liebe zu ihr zweifelte, aber sie traute Lord Henry nicht. Das Jahr der Trennung war bereits Schikane gewesen, denn er hoffte, Samuel würde sie in dieser Zeit vergessen und sich einer anderen Frau zuwenden. Wenn sie nur mit Samuel sprechen oder nur ein Mal mit ihm telefonieren könnte – aber so, wie die Dinge im Moment lagen, blieb ihr nichts anderes übrig, als abzuwarten.

Nachdem Mrs. Goldsworthy den ersten Schrecken überwunden hatte, schloss sie ihre Tochter in die Arme und drückte sie fest an ihre Brust.
»Selbstverständlich kannst du hierbleiben. Gemeinsam schaffen wir das schon, allerdings hoffe ich, dass sich der Vater des Kindes auf seine Pflichten besinnt.«
»Das wird er, Mama, das wird er ganz bestimmt. Samuel liebt mich, und er wird sich über das Kind freuen. Auch wenn es vielleicht bedeutet, dass er seine politische Karriere aufgeben muss. Das habe ich nicht gewollt.«
Anna Goldsworthy sah Edwina ernst an.
»Du hast damit rechnen müssen, als du dich mit ihm eingelassen hast.« Es lag kein Vorwurf in ihrer Stimme, aber Edwina senkte betroffen den Kopf.
»Die Vorstellung, Samuel mindestens ein Jahr nicht zu sehen, war schrecklich, darum habe ich … ich meine, es hat sich einfach so ergeben …«

Anna lächelte verständnisvoll und griff nach dem Kessel, um Teewasser aufzusetzen, dann sagte sie:
»Du brauchst dich für etwas, das aus Liebe geschah, nicht zu rechtfertigen, Edwina. Ich hoffe für dich, dass Samuel bald kommt und dich zu einer ehrbaren Frau macht. Es ist schön, wenn du so viel Vertrauen zu ihm hast. Ich kann es nicht beurteilen, denn leider habe ich ihn nicht kennengelernt.«
»Ach Mama, ich weiß …« Edwina schämte sich, Samuel nicht ihrer Mutter vorgestellt zu haben. »Aber es ging alles so schnell, und dann musste er fort.«
»Schon gut, Kind. Euer Vater und ich – wir haben uns auch einmal sehr geliebt. Glücklicherweise stammten wir aus derselben Gesellschaftsschicht, so waren wir binnen weniger Wochen verheiratet. Wir …« Die Blechdose mit den Teeblättern fiel scheppernd zu Boden, und Edwina sprang an die Seite der Mutter.
»Mama, was ist mit dir?« Anna zitterte am ganzen Körper, und ihr ohnehin bleicher Teint verfärbte sich grau. »Soll ich den Arzt holen?«
Anna schüttelte den Kopf und presste mühsam hervor: »Meine Tropfen … in der Schublade … zwanzig …«
Edwina führte die Mutter zu dem alten, durchgesessenen Sofa und bestand darauf, dass sie sich hinlegte. Dann suchte und fand sie die Tropfen und maß die richtige Menge ab. Sie musste das Glas Anna an die Lippen halten, denn sie war zu schwach, es selbst zu tun. Als Edwina nach Hause gekommen war, war sie über den Zustand der Mutter zutiefst erschrocken. In der einen Woche, in der sie sich nicht gesehen hatten, schien sie um Jahre gealtert zu sein. Ihre Augen lagen tief in den Höhlen und waren von dunklen Schatten umrandet, und sie bewegte sich langsam

und vorsichtig. Man musste kein Arzt sein, um zu erkennen, wie schlecht es Anna ging. Und gerade jetzt belastete Edwina die Mutter mit ihrer Schwangerschaft, der Entlassung und der Unsicherheit, was die Zukunft bringen sollte.

Nach ein paar Minuten war Anna eingeschlafen. Sorgsam breitete Edwina eine Decke über ihren zarten Körper, dann goss sie sich Tee auf und inspizierte die Vorräte. Viel war es nicht, denn die Mutter nahm kaum noch etwas zu sich. Um etwas zu tun, begann Edwina die Küche aufzuräumen und die Schränke auszuwischen, obwohl es eigentlich nicht nötig war. Aber sie musste irgendetwas tun, um sich von ihren Gedanken abzulenken, die sich ständig im Kreis drehten und zu keiner Lösung führten.

9. Kapitel

Edwina war es peinlich, von Jownas Verdienst leben zu müssen, aber es kam, wie von ihr vermutet: Niemand wollte eine schwangere Frau einstellen. Zudem verbreitete sich das Gerücht, dass Edwina Goldsworthy ein Kind von Sir Samuel Pencarron erwartete und Lord Henry Pencarron über diese Nachricht alles andere als erfreut war, wie ein Lauffeuer. Wahrscheinlich hatte jemand vom Personal geplaudert, und jeder wusste, wie skandalös es wäre, würde Edwina in den Adelsstand einheiraten. Es blieb Edwina nichts anderes übrig, als bei ihrer Mutter zu wohnen und Jowna dankbar zu sein, dass diese die Miete des Cottages bestritt und den Großteil ihres Gehalts Edwina gab, damit die beiden Frauen nicht hungern mussten. Die Schwester begegnete Edwinas Einwänden mit einem Lächeln.

»Wir sind doch eine Familie, nicht wahr? Ich weiß, du würdest dasselbe für mich tun, wäre ich in deiner Situation. Was soll's, dass ich nicht mehr zum Tanzen gehen kann? Wenn ihr, du und Samuel, erst verheiratet seid und ich als deine Gesellschafterin bei dir lebe, werde ich noch genügend Zeit haben, mich zu amüsieren.«

Trotz dieser leicht dahingesagten Worte spürte Edwina, dass die Situation Jowna mehr belastete, als sie zugeben wollte, nicht nur finanziell, sondern auch psychisch. Jowna hatte keinen leichten Stand in Pencarron Manor, man beobachtete sie mit

Argusaugen, und Lord Henry war oft schroff und ungehalten ihr gegenüber, wenn sich ein Zusammentreffen nicht vermeiden ließ. Es gab für ihn keinen Grund, Jowna zu entlassen, denn sie erledigte ihre Arbeit pflichtbewusst und gründlich, aber Hurstley und Nessa Aldwyn behandelten sie kühl und herablassend, und jeder noch so kleine Fehler Jownas wurde von den beiden über Gebühr bemängelt. Bisher war Edwinas Schwangerschaft vor Lady Sarah verheimlicht worden, und die Herrin interessierte sich auch nicht für die Gründe der Kündigung von Jownas Schwester, denn sie war mit ihren eigenen Problemen beschäftigt. Lady Sarah war oft sehr melancholisch, lag den ganzen Tag im Bett und starrte an die Decke. Nichts konnte sie dazu bewegen, aufzustehen, obwohl sie körperlich nicht nur gesund, sondern auch kräftiger geworden war. Es wurden keine Nachbarn und Freunde mehr eingeladen, die obligatorische Jagd am Dreikönigstag wurde abgesagt, und Lady Sarah machte keine Besuche mehr. Jowna bemerkte, wie froh Lord Henry war, die bedrückende Atmosphäre des Hauses verlassen und nach den Feiertagen wieder nach London reisen zu können. Sie wagte nicht, ihn zu fragen, ob er Nachricht von seinem Bruder erhalten hatte, doch sie versuchte, die Post, die täglich aus Redruth nach Pencarron gebracht wurde, zu sichten. Leider gelang ihr das nicht immer, und so war sie ebenso ahnungslos wie Edwina.

An einem Tag Ende Januar ging Edwina zum Einkaufen nach St. Agnes. Inzwischen konnte sie ihre Schwangerschaft nicht mehr verbergen, doch sie schämte sich nicht wegen ihres Zustands. Sollten die Leute doch reden! Obwohl die Umstände gerade jetzt nicht sehr günstig waren, freute sie sich auf das

Kind. Vor zwei Wochen hatte es sich zum ersten Mal bewegt, und Edwina hatte gerührt ihre Hände auf den Bauch gelegt und dieses Wunder der Natur genossen. Ihr Glück wurde jedoch vor drei Tagen durch einen erneuten Herzanfall der Mutter, die seitdem das Bett nicht mehr verlassen konnte, getrübt.

Der Wintertag war mild und windig, am Morgen hatte es geregnet, aber jetzt war es trocken, und zwischen den Wolken zeigten sich ein paar Sonnenstrahlen. Als Edwina über den Kirchhof ging, trat ihr plötzlich ein Mann in den Weg.

»Ach, sieh an, die Hure der Pencarrons zeigt sich schamlos in der Öffentlichkeit.«

Richard Blamey zog ein Päckchen Zigaretten aus der Jackentasche und zündete sich eine davon an. Sein massiger Körper versperrte ihr den Weg, und Edwina hätte ins nasse Gras treten müssen, um an ihm vorbeigehen zu können.

»Was willst du, Richard?«

Edwina blickte ihn ruhig an, aber er grinste nur hämisch und machte keine Anstalten, auch nur einen Schritt zu weichen. Unverschämt glitt sein Blick über Edwinas Körper und blieb an ihrem Bauch hängen.

»Das kommt davon, wenn man zu hoch hinauswill.« Er nahm einen Zug von der Zigarette und blies den Rauch Edwina ins Gesicht. »Jetzt trägst du einen Bastard, und der feine Herr ist auf und davon. Hoffentlich hat es dir mit ihm wenigstens Spaß gemacht, denn viel Freude wirst du künftig wohl nicht mehr erleben.«

In Edwina stieg die Wut hoch, und am liebsten hätte sie Richard für diese unverschämten Worte eine Ohrfeige verpasst. Nur mühsam beherrschte sie sich.

»Das geht dich überhaupt nichts an, wir beide haben nichts

miteinander zu schaffen«, sagte sie kühl und wollte an ihm vorbeigehen, aber er hielt sie am Oberarm fest.

»Ich weiß, du magst mich nicht, aber *ich* hätte dich nicht im Stich gelassen, wenn ich für das Übel in deinem Bauch verantwortlich wäre. Würde ich dich nicht verachten, könntest du mir richtig leidtun, Edwina. Allerdings – deine jetzige Situation hast du dir selbst zuzuschreiben. Du kannst doch nicht ernsthaft erwarten, dass ein Pencarron dich zu einer ehrbaren Frau macht?«

Er lachte spöttisch, ließ Edwinas Arm aber endlich los. Ihre Augen blitzten vor Zorn, als sie rief: »Lieber bekomme ich ein Dutzend uneheliche Kinder von irgendwelchen Männern als nur eines von dir, Richard Blamey, denn es bestünde die Gefahr, dass es deinen Charakter erbt. Du bist der ekelhafteste Mensch, der mir je begegnet ist.«

Sie ging energisch an ihm vorbei und hastete davon. Noch am Rand des Kirchhofs konnte sie sein hämisches Lachen hören, und Tränen der Wut stiegen in ihre Augen. Zum ersten Mal wurde Edwina bewusst, was es bedeuten würde, wenn Samuel sich – aus welchen Gründen auch immer – nicht zu ihr bekennen sollte. Ein uneheliches Kind war eine große Schande. Sie selbst würde damit leben können, aber ihr Kind wäre für sein ganzes Leben mit diesem Makel behaftet. Zwar lebten sie im zwanzigsten Jahrhundert, aber die Moralvorstellungen waren keine anderen als zu Zeiten Königin Victorias. Vielleicht sollte sie nach London gehen, sich als Witwe ausgeben und versuchen, dort eine Arbeit zu finden? Im selben Moment, als sie diese Möglichkeit in Erwägung zog, wusste Edwina aber auch, dass sie ihre Mutter nicht allein lassen konnte. Von welcher Seite sie ihre Situation auch betrachtete, es gab nur die eine Hoffnung: Samuel musste zurückkehren und sie heiraten. Hoffentlich ließ er sich damit nicht mehr viel Zeit.

»Es ist eine Schande, dass Frauen sich so eine Behandlung gefallen lassen müssen.« Jowna knirschte mit den Zähnen und machte aus ihrem Ärger keinen Hehl, als Edwina ihr die Begegnung mit Richard Blamey schilderte. »Bei den Männern ist es etwas anderes. Die können herumziehen und ein Kind nach dem anderen machen, ohne als leichtfertig bezeichnet zu werden. Im Gegenteil! Je mehr Frauen sie in ihrem Bett hatten, desto mehr gelten sie in ihren Kreisen als tolle Kerle. Das ist eine himmelschreiende Ungerechtigkeit!«

»Pst! Du weckst Mama auf.« Edwina legte der Schwester eine Hand auf den Mund. »Es ist nicht nötig, dass Mama etwas davon erfährt, es würde sie nur unnötig aufregen. Mir machen Richards Worte nichts aus, soll er doch denken, was er will.«

Jowna sah sie zweifelnd an, verzichtete aber auf eine Antwort. Sie spürte, dass Edwina keinesfalls so ruhig war, wie sie glauben machen wollte. Sie war geübt in Selbstbeherrschung und wollte sich nicht anmerken lassen, wie sehr Richard Blameys Worte sie verletzt hatten. Auch wenn ihr der Mann an sich gleichgültig war, hatte in seinem Verhalten eine Wahrheit gelegen, die Edwina nicht leugnen konnte. Als Jowna an diesem Abend nach Pencarron Manor zurückkehrte, hatte sie eine Idee, wie sie Edwina helfen konnte. Es ging nicht an, dass die im Herrenhaus frei von jeglichen Geldsorgen lebten und ihre Schwester oft nicht wusste, wovon sie die nächste Mahlzeit bezahlen sollte. Jowna wusste, es war ein gewagter und moralisch vielleicht nicht ganz korrekter Plan, und sie musste dafür den richtigen Moment abwarten.

Zwei Tage später hatte Lady Sarah wieder einen ihrer Anfälle. Zuerst schien es, als würde es ein guter Tag werden, denn nach einer ruhigen Nacht hatte Sarah sich gewaschen und von Jowna beim Ankleiden helfen lassen, um gemeinsam mit ihrem Mann, der einige Tage zu Hause verbrachte, zu frühstücken. Zwar nahm Sarah Pencarron nach wie vor nur wenig zu sich, aber sie plauderte ungezwungen über das milde Wetter.

»Nessa Aldwyn sagte, dass sie die ersten Schneeglöckchen im Garten entdeckt hat.« Sarah zerbröselte eine Scheibe Toast. »Es wäre schön, wenn der Frühling bald kommt, nicht wahr, Henry?«

»Hm …« Lord Henry blickte nur kurz von der Zeitung hoch. Sein Unwillen, bei der Lektüre gestört worden zu sein, war ihm deutlich anzusehen. Es war gewiss nicht höflich, während des Essens Zeitung zu lesen, da er aber seit Tagen das Frühstück allein einnahm, weil Sarah ihr Zimmer nicht vor dem Mittag verließ, hatte er sich angewöhnt, sich morgens über die Welterεignisse zu informieren. Mit einem Seufzer faltete er die Zeitung zusammen und legte sie zur Seite. »Du siehst heute besser aus, Sarah.«

Sarah Pencarron versuchte ein Lächeln, doch im selben Moment verspürte sie einen scharfen Schmerz im Hinterkopf. Sie stöhnte und presste beide Hände auf die Schläfen. Der Boden unter ihr begann zu schwanken, und das Zimmer drehte sich um sie. Dabei raste ihr Puls so schnell und unregelmäßig, dass sie meinte, jeden Moment das Bewusstsein zu verlieren.

Mit einem Satz war Henry neben seiner Frau und fing sie auf, bevor sie seitlich vom Stuhl gerutscht wäre.

»Hurstley!«, rief Henry, und der Butler erschien sofort. »Mylady fühlt sich nicht wohl. Ein Mädchen soll helfen, sie in ihr

Zimmer zu bringen. Schnell! Und verständigen Sie bitte den Arzt.«

»Sofort, Mylord.« Hurstley zog sich mit einer Verbeugung zurück, aber er zeigte keine Eile oder gar Besorgnis. Natürlich würde Doktor Tremaine so schnell wie möglich nach Pencarron Manor kommen, aber vermutlich wie mehrmals zuvor unverrichteter Dinge wieder gehen. Hurstleys Stellung und seine jahrzehntelange Erfahrung in diesem Beruf verboten ihm, sich ein Urteil über das Verhalten und die Befindlichkeiten seiner Herrschaften zu erlauben, darum schickte er Jowna zu Lady Sarah und befahl ihr, den Rest des Tages an der Seite von Mylady zu bleiben.

Der Arzt gab Lady Sarah ein paar Tropfen, und sie beruhigte sich allmählich und fiel in einen leichten Schlummer. Jowna gegenüber würde Doktor Tremaine niemals ein Wort über den Gesundheitszustand seiner Patienten verlieren, aber Jowna merkte deutlich, wie hilflos der Arzt im Grunde war. Sie selbst kannte sich mit Medizin nicht aus, mutmaßte aber, dass Lady Sarahs Probleme psychischer Natur waren. Die körperlichen Beschwerden nach der Fehlgeburt hatte sie längst überwunden, aber der Schock über den Verlust des Kindes und den Tod ihrer Eltern war wohl der Grund für ihre Schwindelanfälle, die Übelkeit und die bohrenden Kopfschmerzen. Organisch war Lady Sarah völlig gesund und – das hatte Jowna bei einem Gespräch zwischen Hurstley und Nessa Aldwyn in der Küche aufgeschnappt – durchaus in der Lage, wieder schwanger zu werden.

Inzwischen war es jedoch ein offenes Geheimnis, dass die Herrschaften nicht mehr das Bett teilten. Immer häufiger und immer länger hielt sich Lord Henry in London auf, während seine Frau die meiste Zeit des Tages bei zugezogenen Vorhängen in ihrem Zimmer ruhte.

Jowna seufzte und griff nach dem Nähzeug und einer Tischdecke, deren Ränder ausgebessert werden mussten. Wenn sie schon den Tag hier zubringen musste, konnte sie nebenher wenigstens etwas Sinnvolles tun. Gegen Mittag betrat Lord Henry das Zimmer, und Jowna stand auf.
»Wie geht es meiner Frau?«, fragte er und sah voller Sorge in das bleiche Antlitz Sarahs.
»Sie schläft, Sir.«
Lord Henry zog einen Stuhl heran und setzte sich an die andere Seite des Bettes.
»Ich werde ein Weilchen bei ihr bleiben. Bringst du mir bitte eine Tasse Tee herauf? Kräftig, mit viel Zucker und etwas Milch.«
Jowna knickste und eilte in die Küche hinunter, um das Gewünschte zuzubereiten. Als sie wieder zurückkam, hörte sie Stimmen hinter der Tür. Offenbar war Lady Sarah aufgewacht. Jowna wusste, es war ungehörig zu lauschen, trotzdem drückte sie ihr Ohr an die Tür.
»Ich werde bald sterben, dann bist du mich los«, sagte Lady Sarah.
»Rede nicht so einen Unsinn!« Lord Henrys Stimme klang ungeduldig. »Du weißt ebenso gut wie ich, dass du kerngesund bist. Alle Untersuchungen haben das ergeben.«
»Mir fehlt also nichts?« Lady Sarah kicherte, und der unruhige Blick in ihren Augen hatte fast schon etwas Hysterisches. »Wenn ich so gesund bin, wie du behauptest, warum bin ich dann die meiste Zeit ans Bett gefesselt? Warum bin ich vorhin beinahe ohnmächtig geworden, und warum schmerzt mein Kopf so sehr, als würde er gleich in tausend Stücke zerspringen?«

Ein Seufzer begleitete Lord Henrys Antwort.
»Du weißt, Doktor Tremaine hat bereits mehrmals vorgeschlagen, dass du dich zur Behandlung in ein Sanatorium begeben solltest. Nur für drei, vier Wochen. Sarah, es gibt spezielle Einrichtungen, in denen Ärzte und Personal mit deinen Beschwerden vertraut sind. Dort könnte man dir helfen ...«
»Auf keinen Fall!«, rief Lady Sarah erregt. »Ich lasse mich nicht in ein Irrenhaus sperren.«
»Niemand spricht von einem Irrenhaus.« Nun wurde auch Lord Henrys Stimme lauter. »Du bist krank, zweifelsohne, aber nicht körperlich. Zuerst war ich auch gegen einen Klinikaufenthalt. Ich hoffte, in der vertrauten Umgebung von Pencarron würdest du dich bald wieder erholen, aber, Sarah, ich weiß nicht mehr, wie ich dir helfen kann. Deshalb würde ein solches Sanatorium ...«
»An dem Tag, an dem du mich in eine Klinik einweisen lässt, werde ich mich töten.«
»Sarah!«
Jowna hielt vor Entsetzen über das Gehörte die Luft an und presste beide Hände auf ihr pochendes Herz. Plötzlich war es ihr peinlich, Ohrenzeugin dieser unerfreulichen Szene geworden zu sein, darum klopfte sie und rief mit lauter Stimme: »Ihr Tee, Mylord«, bevor sie eintrat.
Lord Henry nahm ihr das Tablett ab und stellte es achtlos zur Seite. Dann wandte er sich wieder seiner Frau zu.
»Du solltest versuchen zu schlafen. Ich schaue heute Abend noch mal zu dir rein.«
Als er an der Tür war, eilte Jowna ihm nach.
»Mylord, dürfte ich kurz mit Ihnen sprechen?«
Lord Henry nickte. In der Annahme, Jowna wolle mit ihm über

den Zustand seiner Frau sprechen, bat er sie in das angrenzende Boudoir.

»Ich möchte dir danken, wie du dich um meine Frau kümmerst«, begann er, aber Jowna hob eine Hand.

»Ich möchte nicht über Mylady sprechen, sondern über meine Schwester und Ihren Bruder, Sir.«

Lord Henry runzelte unwillig die Stirn.

»Darüber gibt es nichts mehr zu sagen. Ich habe Samuel schriftlich über den Zustand deiner Schwester informiert. Das Weitere bleibt abzuwarten.«

»Bei allem Respekt, Sir, aber meine Schwester trägt das Kind eines Pencarrons unter ihrem Herzen. In wenigen Monaten wird sie Ihrem Neffen oder Ihrer Nichte das Leben schenken.« Jowna hatte sich ihre Worte gut überlegt, und sie war zufrieden, wie sicher und bestimmt sie diese vortrug. »Ich kann nicht verstehen, warum Sie Edwina entlassen haben, und bin der Meinung, dass es Ihre Pflicht ist, dafür zu sorgen, dass meine Schwester bis zur Rückkehr Ihres Bruders ein angemessenes Leben führen kann.«

»Was sagst du da?« Lord Henry brauchte einige Zeit, bis er verstand, was das Hausmädchen von ihm verlangte. »Du forderst Geld, nicht wahr? Das meinst du doch mit angemessen leben, oder? Versuchst du etwa, mich zu erpressen?«

Lord Henry war nahe daran, laut zu lachen, so abwegig war das Anliegen des Mädchens. Jowna ließ sich jedoch nicht einschüchtern. Aufrecht und stolz, den Blick fest auf Lord Henry gerichtet, sagte sie: »Ich nehme mal an, dass Mylady nicht weiß, dass meine Schwester ein Kind von Samuel erwartet. Ein Kind, das eines Tages der Erbe oder die Erbin des Hauses sein könnte. Ich denke, dass diese Nachricht für Myladys Gesundheitszustand bestimmt nicht gut wäre, daher bin ich der Meinung, dass …«

Lord Henrys Finger krallten sich so schnell und fest um Jownas Oberarm, dass diese vor Schmerz aufstöhnte.

»Das wirst du nicht wagen, Mädchen!« Sein Gesicht kam Jownas so nahe, dass ihre Nasen nur noch eine Handbreit voneinander entfernt waren. »Du kannst von Glück sagen, dass ich bei der Pflege meiner Frau jede Hilfe brauche und sie dir offenbar vertraut, sonst könntest du auf der Stelle deine Sachen packen und verschwinden.« Er ließ sie ruckartig los und stieß sie von sich. »Wage niemals wieder, einen Pencarron zu erpressen, sonst wirst du feststellen, dass eine Entlassung noch das Harmloseste ist, was dir geschehen kann. Jetzt verschwinde und sag deiner Schwester, ich werde alles in meiner Macht Stehende tun, um zu verhindern, dass sie und ihr Balg jemals den Namen Pencarron tragen werden.«

Er wandte sich ab, stürmte aus dem Zimmer und schlug die Tür hinter sich zu. Verdattert blieb Jowna stehen. Das Gespräch war in keiner Weise zu ihrer Zufriedenheit verlaufen. Im Gegenteil, so aufgebracht hatte sie Lord Henry nie zuvor erlebt. Zum ersten Mal in ihrem Leben empfand sie Angst vor ihm, und sie wusste, dass ihre Forderung ein Fehler gewesen war. Was, wenn er sie tatsächlich entließ? Wovon sollten sie, ihre Mutter und Edwina ihren Lebensunterhalt bestreiten? Die Macht von Pencarron reichte weit über den Besitz hinaus, und deshalb würde es schwierig sein, woanders eine Stellung zu bekommen. Jowna versuchte, das Zittern ihrer Hände unter Kontrolle zu bringen, bevor sie wieder zu Lady Sarah zurückkehrte und ihren Platz am Bett einnahm, als wäre nichts geschehen.

Zwei Wochen später klopfte es an der Tür des Cottages in St. Agnes, und als Edwina öffnete, stand Mary Trebell, die Inhaberin des Gemischtwarenladens, vor ihr. Wegen ihrer Korpulenz keuchte sie heftig und wischte sich mit einem Taschentuch den Schweiß von der Stirn. Edwina bat sie herein und bot ihr ein Glas Wasser an, das Mary Trebell in einem Zug trank. Erst dann sagte sie: »Es kam ein Anruf für dich, Edwina, von Pencarron Manor. Du sollst sofort kommen.«

Der kleine Laden in der Ortsmitte war nicht nur Dreh- und Angelpunkt für Tratsch und Klatsch, sondern zugleich auch die Poststation und verfügte über den einzigen Telefonanschluss in St. Agnes.

»Hat meine Schwester angerufen?«, fragte Edwina beunruhigt. »Ist etwas geschehen?«

Mary Trebell schüttelte den Kopf.

»Nein, es war der Butler, und er bat mich, dir auszurichten, Lord Pencarron wünscht dich zu sprechen. Ich sagte ihm deutlich, ich sei kein Laufbote und mein Sohn sei auf dem Markt in Truro. Nur dir zuliebe bin ich hier rausgekommen, aber künftig sollen die selbst jemanden schicken. Hab schließlich anderes zu tun …«

Edwina achtete nicht auf ihre Worte, zu sehr regte die Nachricht sie auf. Wenn Lord Henry sie sprechen wollte, konnte das nur bedeuten, dass eine Nachricht von Samuel eingetroffen war. Vielleicht war er sogar selbst gekommen? Bei diesem Gedanken begann Edwinas Herz heftig zu schlagen. Rasch richtete sie mit einigen Handgriffen ihr Haar, setzte einen kleinen Hut auf und schlüpfte in den Mantel. Sie sah Mary Trebell bittend an.

»Meine Mutter schläft, ich möchte sie jetzt nicht wecken. Wären Sie so freundlich, ihr einen Zettel zu schreiben, dass ich nach Pencarron gegangen bin und gegen Abend zurück sein werde? Sie dürfen sich auch gerne eine Tasse Tee aufbrühen, bevor Sie gehen.«

Der letzte Satz besänftigte Mary Trebell, die wegen der Bitte, Edwinas Mutter eine Nachricht zu hinterlassen, zuerst unwillig aufbrausen wollte. Aber St. Agnes war ein kleiner Ort. Längst hatte sich herumgesprochen, wer der Vater des Kindes war, das Edwina unter dem Herzen trug. Und es war besser, sich mit Edwina gut zu stellen. Vielleicht würde sie ja tatsächlich auf Pencarron Manor einziehen und ihr Kind eines Tages den Besitz erben. Daher sollte man es sich vorsorglich nicht mit ihr verderben.

Die Luft war kalt, aber trocken, und es war bereits ein Hauch von Frühling zu spüren. Edwina schritt so schnell aus, wie es ihr Zustand zuließ. Seit die Übelkeitsattacken der ersten Monate vergangen waren, fühlte sie sich voller Elan und Kraft. Jeder Zentimeter, den ihr Bauch wuchs, erfüllte sie mit Glück, und da sie es sich angewöhnt hatte, täglich einen längeren Spaziergang zu machen, legte sie die Strecke nach Pencarron in weniger als einer Stunde zurück. Vor dem Portal des Herrenhauses zögerte sie. Sollte sie hier klopfen oder wie früher den Dienstboteneingang auf der Rückseite benutzen? Edwina entschied sich für den Hintereingang, auch weil sie hoffte, Jowna zu sehen. Vielleicht wusste sie Näheres? In der Küche traf sie allerdings nur auf Carrie, die überrascht aufsprang, als Edwina eintrat.

»Oh, es ist schön, dass du uns besuchen kommst!« Ihr freundliches Lachen war ehrlich und herzlich.

»Mylord wünscht mich zu sprechen«, sagte Edwina und sah sich um. »Ist meine Schwester in der Nähe?«

Carrie verdrehte die Augen und seufzte.
»Jowna ist schon den ganzen Tag bei Mylady oben. Lady Sarah hat mal wieder ihre Zustände.«
Arme Jowna, dachte Edwina. Ihre Schwester hatte ihr erzählt, dass Lady Sarahs Anfälle von Depression immer häufiger kamen. Manchmal lag sie dann nur da und weigerte sich, zu essen oder zu trinken, dazwischen wurde sie von heftigen Weinkrämpfen geschüttelt und sprach davon, ihrem Leben ein Ende zu setzen. Lord Henry stand der Situation hilflos gegenüber, denn Lady Sarah weigerte sich strikt, weitergehende ärztliche Hilfe in Anspruch zu nehmen. Als Lord Henry einmal gegen ihren Willen einen Nervenarzt zu ihr geführt hatte, war Sarah wie eine Furie mit einem Obstmesser auf den Arzt losgegangen, so dass diesem nur die Flucht blieb. Henry konnte dankbar sein, dass er keine Anzeige erstattet hatte. Edwina gegenüber sprach Jowna offen darüber, dass Mylady wohl am besten in einem Sanatorium aufgehoben wäre, aber niemand in Pencarron Manor wagte, diesen Gedanken auszusprechen. Da die Gefahr bestand, dass Lady Sarah sich in ihrem Wahn selbst verletzen könnte, musste Jowna während eines Anfalls stundenlang bei ihr ausharren, obwohl sie weder durch Worte noch durch Taten etwas ausrichten konnte.
Gerade wollte Edwina nach Hurstley fragen, als der Butler in die Küche trat und sie kühl musterte. In seinem Blick konnte sie deutlich die Missbilligung erkennen, als er unter dem schlichten Mantel ihren runden Bauch sah.
»Gut, dass du umgehend gekommen bist. Mylord möchte mit dir sprechen.«
Beim Vorbeigehen nickte Carrie ihr aufmunternd zu und drückte ihr beide Daumen. Hurstley bemerkte die Geste und

sagte scharf zu Carrie: »Hast du nichts zu tun, Mädchen? Sind die Poularden für das Abendessen schon gerupft und abgesengt?«

Carrie murmelte eine Entschuldigung und wandte sich wieder ihrer Arbeit zu. Von Jowna wusste Edwina, dass nach ihrer Entlassung kein neues Küchenmädchen eingestellt worden war, da das gesellschaftliche Leben auf Pencarron Manor ohnehin fast vollständig zum Erliegen gekommen war. Carrie musste jetzt die Küchenarbeiten neben ihren anderen Aufgaben auch noch erledigen.

Weder sah Hurstley sie an, noch richtete er das Wort an Edwina, während sie durch das hintere Treppenhaus zu Lord Henrys Arbeitszimmer hinaufgingen. Als er die Tür öffnete und sie eintreten ließ, wünschte sich Edwina, Jowna wäre an ihrer Seite, denn sie fühlte sich der Situation nicht gewachsen. Ihre Hände waren vor Aufregung schweißnass, und Lord Henrys unfreundlicher Blick trug nicht gerade dazu bei, ihre Aufregung zu mildern.

»Mylord, Sie haben mich rufen lassen?« Edwina trat vor den Schreibtisch und knickste.

Ohne eine Begrüßung kam Henry Pencarron gleich zur Sache. »Du siehst, ich stehe zu meinem Wort, denn ich habe meinem Bruder von deinem … Zustand … Mitteilung gemacht. Heute kam sein Antwortschreiben.«

Er machte eine bedeutungsvolle Pause, und Edwina wünschte sich, er möge ihr erlauben, sich zu setzen, denn ihr wurde plötzlich schwindlig. Haltsuchend griff sie mit einer Hand nach der Schreibtischkante.

»Was schreibt er? Wann kommt er nach Hause?« Mühsam presste Edwina die Worte hervor.

Lord Henrys Mundwinkel verzogen sich spöttisch.
»Du scheinst ernsthaft geglaubt zu haben, Samuel mit deinem Trick hinters Licht führen zu können?« Er stieß ein kehliges, kurzes Lachen aus. »Mein Bruder ist doch schlauer, als ich dachte.«
»Warum … ich meine, was wollen Sie damit andeuten?«
Lord Henrys Blick glitt abschätzend über Edwinas Körper, dann sagte er äußerst zufrieden und hämisch grinsend: »Samuel bezweifelt nicht nur die Vaterschaft, nein, er bestreitet sie darüber hinaus. Nach seiner Aussage ist es nie zu einer, nun, sagen wir mal, Situation gekommen, die ein Kind zur Folge haben könnte.«
»Das glaube ich nicht!« Edwina starrte den Lord entsetzt an. »Zeigen Sie mir den Brief!«
»Aber gerne!« Henry Pencarron schien auf diese Aufforderung nur gewartet zu haben, denn er nahm den vor ihm liegenden Briefbogen und reichte ihn Edwina.
Ihre Augen huschten über die wenigen Zeilen.

Es war ein Irrtum … Du hattest recht, Bruder, ein Küchenmädchen passt nicht in die Kreise, in denen ein Pencarron verkehrt … Habe hier erstklassige diplomatische Beziehungen und Kontakte geknüpft, die ich nicht durch einen Skandal gefährden darf … Habe mit einer eventuellen Schwangerschaft des Mädchens nichts zu tun … Offenbar hat sie unsere kleine Tändelei ernster genommen als ich und versucht nun, mich mit dem ältesten Trick der Welt hereinzulegen …

Edwina las den Brief ein zweites und ein drittes Mal, aber die Worte änderten sich nicht. Sie konnte es nicht glauben, was schwarz auf weiß vor ihren Augen stand. Jegliche Farbe wich aus ihrem Gesicht. Unaufgefordert sank sie auf einen Stuhl.

»Ich dachte, ich müsste dich gleich informieren, Mädchen.« Lord Henry betrachtete Edwina lauernd. »Jetzt kannst du zu dem wahren Erzeuger deines Kindes gehen, vielleicht hat er ja die Courage und heiratet dich. Über die Unverschämtheit deines Versuchs, meinem Bruder eine solche Sache anzuhängen und damit unseren guten Namen in einen Skandal zu verwickeln, werde ich großzügigerweise hinwegsehen und keine Maßnahmen wegen dieser Verleumdungen gegen dich einleiten. Es ist ja jetzt wohl selbstverständlich, dass ich dich niemals wieder auch nur in der Nähe von Pencarron Manor sehen will. Hast du das verstanden?«

Wie betäubt stand Edwina auf. In ihrem Kopf tobte ein Wirbelsturm. Es gab vieles, was sie sagen wollte, aber sie brachte kein einziges Wort heraus. Ohne sich zu verabschieden, verließ sie fluchtartig das Arbeitszimmer. Auf dem Flur wurde sie von Hurstley erwartet, und sein zufriedenes Grinsen sagte Edwina, dass er wohl an der Tür gelauscht hatte. Er bestätigte diese Indiskretion, indem er sagte: »Du hast Mylord gehört. Komm, ich geleite dich hinaus.«

Erst als sie den Wirtschaftsbereich betraten, fand Edwina die Sprache wieder.

»Kann ich bitte mit meiner Schwester sprechen?«

Hurstley schüttelte den Kopf.

»Sie ist zum Arbeiten hier und nicht zum Schwatzen. Jowna kann dich in ihrer Freizeit besuchen.«

Es blieb Edwina nichts anderes übrig, als rasch das Haus zu verlassen. Unablässig hämmerten Samuels Worte aus dem Brief in ihrem Kopf. Hatte sie sich wirklich so sehr in ihm getäuscht? Waren seine Liebesschwüre null und nichtig, waren seine Pläne für eine gemeinsame Zukunft nur eine einzige große Lüge gewesen? War es ihm die ganze Zeit nur darum gegangen, sie ins Bett zu bekommen? Warum dann ausgerechnet sie, Edwina Goldsworthy? Samuel war ein gutaussehender Mann, der bestimmt keine Schwierigkeiten hatte, Frauen für flüchtige Affären zu finden. Ziellos lief Edwina durch den Garten. Erst als sie den alten, baufälligen Taubenschlag erreicht hatte, merkte sie, dass sie sich immer noch auf dem Grund und Boden von Pencarron Manor befand. Bis zum Ende des letzten Jahrhunderts waren hier Tauben gezüchtet worden, aber seit Jahrzehnten verfiel der mittelalterliche Bau immer mehr und hätte eigentlich schon längst abgerissen werden müssen. Verzweifelt betrat Edwina durch den niedrigen Durchgang den Raum und ließ sich dort auf einen steinernen Sockel sinken. Sie schlug die Hände vors Gesicht, immer noch unfähig, einen klaren Gedanken zu fassen. Plötzlich wurde sie durch ein Geräusch von draußen aufgeschreckt.

»Wer ist da?«, rief sie und lauschte, aber niemand antwortete. Edwina konnte jedoch deutlich Schritte ausmachen. »Jowna, bist du es? Ich bin hier drinnen.«

Sie stand auf und trat zum Durchgang. Sicher hatte ihre Schwester erfahren, was vorgefallen war, und war ihr nachgegangen. Plötzlich vernahm sie ein seltsames Geräusch von oben, und Staub rieselte auf sie herab. Sie blickte nach oben und sah erschrocken, wie sich aus dem Mauerwerk Steine lösten und auf sie herunterfielen. Instinktiv presste sie beide Hände auf ihren Bauch, um das Baby zu schützen, da traf sie der erste Stein auch schon an der Schulter. Mit einem Schrei fiel sie auf die Knie, dann prasselte ein Stein nach dem anderen auf ihren Körper. Offenbar stürzte der ganze Taubenschlag ein. Sie schrie laut um Hilfe und versuchte, nach draußen zu kriechen, aber da traf sie ein Mauerstück an der Schläfe. Edwina brach blutüberströmt und bewusstlos zusammen.

10. Kapitel

Edwina wusste schon beim Erwachen, dass sie das Kind verloren hatte. Nicht nur ihr Kopf, sondern auch ihr Körper schmerzte unsäglich, und sie spürte eine große Leere in sich. Automatisch tasteten ihre Hände zu ihrem Bauch, aber da war unter dem Leintuch keine Wölbung mehr zu fühlen.

»Endlich, du bist wach!« Jowna beugte sich über ihre Schwester und sah sie besorgt an. »Wie geht es dir?«

Edwina blinzelte mehrmals, weil sie Jownas Gesicht nur undeutlich erkennen konnte.

»Was ist geschehen?«, flüsterte sie heiser.

»Erinnerst du dich, dass du im alten Taubenschlag von Pencarron Manor warst?« Jowna nahm ihre Hand, tastete nach Edwinas Puls und sprach leise und langsam. Edwina nickte, aber bereits diese kleine Bewegung jagte ihr einen stechenden Schmerz durch den Kopf, und sie stöhnte auf. »Bleib ganz ruhig liegen, du hast eine Gehirnerschütterung«, sagte Jowna. Sie nahm ein Glas vom Nachttisch und hielt es Edwina an die Lippen. »Du musst etwas trinken.«

Langsam nippte Edwina von dem Wasser.

»Hast du mich gefunden?«

Jowna schüttelte den Kopf.

»Nein, einer der Gärtner wurde durch den Lärm aufmerksam. Als er zum Taubenschlag kam, war dieser weitgehend in sich zusammengestürzt, und er sah dich unter den Steinen liegen. Er holte sofort Hilfe aus dem Haus, und gemeinsam mit Hurstley haben sie dich rausgeholt. Mann, habe ich einen Schrecken bekommen, als sie dich auf einer Trage ins Haus brachten. Ich dachte, du wärst tot.« Jowna versuchte zu lächeln, aber die Sorge stand ihr ins Gesicht geschrieben.

»Wo bin ich jetzt? Noch auf Pencarron?« Edwina versuchte, sich umzusehen, konnte aber vor Schmerzen den Kopf nicht drehen.

»Nein, nicht mehr. Vor vier Tagen haben wir dich nach St. Agnes gebracht. Der Arzt meinte, es bestünde keine Gefahr mehr, so konnte ich es wagen, dich zu transportieren.«

»Vier Tage!«, rief Edwina ungläubig. »Ich weiß davon gar nichts mehr. Wie lange war ich denn bewusstlos?«

»Der Unfall geschah vor sieben Tagen, Edwina.« Ernst sah Jowna die Schwester an. »Du hast dabei … ich meine … dein Kind …«

»Ich habe es verloren«, vollendete Edwina bitter.

»Der Arzt hat alles versucht, aber ein paar Steine haben dich mitten auf den Bauch getroffen.« Hilflos zuckte Jowna mit den Schultern. »Es tut mir so furchtbar leid, ich weiß gar nicht, was ich sagen soll …«

»Ist schon gut, Jowna. Vielleicht ist es besser so, jetzt, da das Kind ohnehin keinen Vater mehr hat.«

Jowna runzelte überrascht die Stirn.

»Was meinst du damit? Gibt es Neuigkeiten von Samuel? War das der Grund, warum du nach Pencarron Manor gekommen bist?«

Mit ein paar knappen Sätzen schilderte Edwina ihren Besuch bei Lord Henry und wiederholte den Inhalt von Samuels Brief.

Dabei drehte sie ihren schmerzenden Kopf zur Seite, denn sie konnte das Mitleid in den Augen ihrer Schwester nicht ertragen.

»Ich lief ziellos durch die Gärten, bis ich zum Taubenhaus kam. Bist du mir denn nicht nachgegangen? Ich glaubte, dich gehört zu haben.«

»Nein, ich habe gar nicht gewusst, dass du im Haus bist, ich war die ganze Zeit bei Mylady im Zimmer. Erst als der Gärtner aufgeregt und um Hilfe rufend in die Küche stürzte, erfuhr ich, was geschehen war.«

Trotz der pochenden Kopfschmerzen richtete Edwina sich auf.

»Dann warst du nicht am Taubenhaus? Aber, Jowna, da war jemand! Ganz sicher! Als ich jedoch rief, hat mir niemand geantwortet.«

Ein eisiger Schrecken durchfuhr Jowna. Schnell stand sie auf und tat, als müsse sie die Bettdecke richten, damit Edwina nicht die Bestürzung in ihrem Gesicht bemerkte. In den letzten Tagen hatte sich jeder auf Pencarron Manor gewundert, warum das Taubenhaus von einem Augenblick zum anderen eingestürzt war. Gut, das Gemäuer war seit Jahrzehnten nicht mehr sicher, aber ein solches Unglück war nicht zu erwarten gewesen. Der Gärtner, der Edwina gefunden hatte, hatte zaghaft angedeutet, es wäre durchaus möglich, dass hier vielleicht jemand seine Hände im Spiel gehabt hatte. Und jetzt erzählte Edwina, sie hätte jemanden in der Nähe bemerkt …

Jowna rang mit sich, entschloss sich dann aber, Edwina von dem Verdacht zu erzählen, aber die Schwester schüttelte entsetzt den Kopf.

»Du kannst nicht ernsthaft glauben, dass Lord Henry mich töten wollte!«

»Vielleicht nicht dich, aber das Kind«, räumte Jowna ein. »Was ihm leider auch gelungen ist.«

Fassungslos starrte Edwina an die Decke. Der Gedanke, es könnte sich beim Einsturz des Taubenhauses nicht um einen unglücklichen Zufall, sondern um einen gezielten Anschlag gehandelt haben, war erschreckend, aber nicht völlig abwegig. Immerhin war jemand in der Nähe gewesen, und dieser Jemand hatte sich auf Edwinas Rufen hin nicht zu erkennen gegeben. Aber Lord Henry? Nein, das konnte sie nicht glauben!

Edwinas Schrecken wurde allerdings noch größer, als Jowna von ihrem Gespräch mit Henry Pencarron erzählte und dessen Drohung, er würde eine Heirat zwischen Samuel und Edwina auf alle Fälle verhindern, erwähnte.

»Du hast versucht, Lord Henry zu erpressen?« Edwina war über Jownas Verhalten entsetzt.

»Nun ja, so kann man das nicht sehen«, versuchte Jowna sich zu verteidigen. »Ich wollte lediglich, dass er dafür sorgt, dass du bis zu Samuels Rückkehr dein Auskommen hast.«

»Ach Jowna, Jowna …« Edwina tastete nach der Hand ihrer Schwester und drückte sie. »Ich weiß, du hast es nur gut gemeint, aber wer sind wir, dass wir solche Forderungen stellen können? Die Herrschaften sitzen am längeren Hebel. So war es immer, und so wird es auch in Zukunft bleiben. Trotzdem weigere ich mich zu glauben, das Unglück sei nicht zufällig geschehen.«

»Du musst jetzt wieder schlafen«, murmelte Jowna und wechselte das Thema, um Edwina nicht weiter aufzuregen. Liebevoll strich sie ihr eine Haarsträhne aus der Stirn. »Der Arzt meint, du wirst wieder völlig gesund. Zum Glück hast du keine Knochenbrüche, sondern nur Prellungen und Hautabschürfungen.«

»Und eine Fehlgeburt«, vollendete Edwina den Satz. »Sag, Jowna, warum bist du eigentlich hier? Musst du nicht arbeiten?«
»Man hat mich entlassen«, antwortete Jowna kalt. »Ich habe darauf bestanden, meine Schwester zu pflegen, und wollte dafür Urlaub nehmen. Lord Henry kam es ganz gelegen, so hatte er einen Grund, mich endlich loszuwerden. Ich konnte und wollte dich nicht allein lassen. Lady Sarah erfuhr natürlich auch von der ganzen Geschichte, und plötzlich war sie sehr gesund!« Jowna gab einen verächtlichen Laut von sich. »Es war keine Rede mehr davon, wie sehr sie meine Dienste gebraucht hatte, wenn es ihr schlechtgegangen war. Nein, sie war die treibende Kraft, dass ich Pencarron Manor auf der Stelle verlassen musste.«
»Das können sie nicht machen!« Wütend ballte Edwina beide Hände zu Fäusten, obwohl ihr die Bewegung Schmerzen bereitete. »Es gibt doch Gesetze und Kündigungsfristen … Und was ist mit Mama? Konnte sie sich nicht um mich kümmern? Wo ist sie überhaupt?«
Jowna sah ihre Schwester sehr ernst an.
»Als sie von deinem Unfall erfuhr, bestand sie darauf, sofort nach Pencarron Manor zu kommen, aber als sie dich sah … und alles war voller Blut … und der Arzt sagte gerade, dass er keine Möglichkeit gehabt hatte, dein Baby zu retten … Edwina, sie ist einfach in sich zusammengesackt und wie tot liegen geblieben. Wir mussten sie ins Hospital bringen. Es geht ihr sehr schlecht, und die Ärzte wissen nicht, ob sie den Herzanfall überleben wird.«
Edwina war wie betäubt. Erst Samuel, dann ihr Kind und nun auch noch ihre Mutter … Nein, die Mutter lebte, und sie würde es schaffen! Sie war eine Kämpfernatur, und Gott würde

nicht zulassen, dass sie jetzt auch noch ihre Mutter verlor. So grausam konnte er doch nicht sein.

»Lass mich jetzt allein«, bat sie Jowna. Diese zögerte.

»Sollte ich nicht besser …«

»Nein, ich möchte jetzt allein sein. Bitte.«

Jowna nickte, zupfte die Decke zurecht und verließ die Dachkammer. Langsam, als wäre sie eine alte Frau, ging Jowna in die Küche hinab. Dort setzte sie Wasser für Tee auf, dann ließ sie sich auf einen Stuhl sinken, legte die Arme auf den Tisch und barg den Kopf darauf. Das Schlimmste hatte sie Edwina noch gar nicht gesagt: Henry Pencarron hatte den Mietvertrag des Cottages zum Monatsende gekündigt. Offenbar hatte er sich zum Ziel gesetzt, die Familie Goldsworthy restlos zu vernichten. Auch wenn sie weiter in dem Haus bleiben könnten – Jowna wusste nicht, woher sie das Geld für die Miete hätte nehmen sollen. Sie wusste ja nicht einmal, wovon sie etwas zu essen kaufen sollte, denn das wenige Geld, das sie von ihrem Lohn hatte sparen können, war für die Arztkosten benötigt worden.

Wenn nicht ein Wunder geschah, waren sie erledigt, denn in zwei Wochen wären sie mittellos und ohne ein Dach über dem Kopf.

Anna Goldsworthy hatte ihre Töchter in gutem christlichem Glauben nach den Gesetzen und Riten der anglikanischen Kirche erzogen. Edwina und Jowna besuchten regelmäßig den Gottesdienst, und Anna hatte sich, soweit es ihre Krankheit zugelassen hatte, regelmäßig in der Gemeinde engagiert. Die beiden Mädchen erhielten fünf Tage später Besuch von dem Gemeindepfarrer Reverend Pentecost. Jowna brühte Tee auf, und

Edwina, die noch sehr schwach war, sah den Geistlichen bedauernd an.
»Wir können Ihnen leider kein Gebäck anbieten, Reverend.«
Der Pfarrer verstand.
»Wir brauchen nicht um den heißen Brei herumzureden. Miss Edwina … Miss Jowna …« Ernst sah er von einem Mädchen zum anderen. »Es wird Sie freuen, zu hören, dass ich am Vormittag Ihre Frau Mutter im Hospital besucht und erfahren habe, dass sie auf dem Weg der Besserung ist.«
»Ich weiß, Reverend, ich war gestern bei ihr«, fiel Jowna ihm ins Wort, errötete und fügte schnell hinzu: »Entschuldigen Sie, ich wollte Sie nicht unterbrechen.«
»Schon gut, Mädchen.« Seine braunen Augen sahen Jowna gütig an. Reverend Pentecost hatte die sechzig bereits überschritten, aber lediglich sein schlohweißes Haar und die tiefen Falten in seinem Gesicht wiesen auf sein Alter hin. Seine hochgewachsene Gestalt war schlank und athletisch wie bei einem jungen Mann. Das lag auch daran, dass er es ablehnte, für die Besuche bei seinen Schäflein ein Auto zu benützen, sondern die Strecken stets mit dem Fahrrad zurücklegte.
»Wenn Sie mit den Ärzten gesprochen haben, Miss Jowna, wissen Sie, dass Ihre Mutter entlassen werden kann. Es wird ihr aber nicht mehr möglich sein, sich selbst zu versorgen.«
Edwina nickte seufzend und nahm Jowna eine gefüllte Teetasse aus der Hand. Die Schwester hatte ihr bereits berichtet, dass die Mutter künftig ständige Pflege benötigte.
»Da wir beide ohne Stellung sind, kümmern wir uns gerne um unsere Mutter, aber, Reverend, wir haben kein Einkommen und müssen das Haus hier zum Monatsende räumen. Wir wissen nicht, wohin wir gehen und wovon wir leben sollen.«

Ein Lächeln erschien auf dem Gesicht des Geistlichen.
»Das ist auch ein Grund meines Besuches. Ich habe mir erlaubt, mit Lord Pencarron zu sprechen.«
Jowna stand so hastig auf, dass sie mit dem Ellbogen ihre Tasse umstieß und der Tee sich über die Tischplatte ergoss.
»Mit dieser Familie wollen wir nichts mehr zu tun haben!« Ihre Augen funkelten zornig, aber Edwina sagte beschwichtigend: »Jetzt hör dir doch erst mal an, was der Reverend zu sagen hat, Jowna.«
Pentecost nahm einen Schluck Tee, dann sagte er: »Weder mir noch sonst jemandem in der Gemeinde steht ein Urteil darüber zu, in welchem Verhältnis Sie, Miss Edwina, zu Samuel Pencarron gestanden haben und was die Gründe für die Ereignisse der letzten Wochen sind. Es wird zwar viel geredet, aber ich bin ein Mann des Glaubens und nicht der Gerüchte. Somit habe ich an die christliche Menschenpflicht in Lord Pencarron appelliert und ihn daran erinnert, dass Sie beide lange Zeit gute Arbeit in seinen Diensten geleistet haben. Er zieht die Kündigung des Cottages zurück, und nicht nur das.« Triumphierend schaute er in die erwartungsvollen Augen der beiden jungen Frauen. »Sie, Miss Jowna, können ab nächsten Montag wieder auf Pencarron Manor arbeiten. Mylord hat eingesehen, dass seine Reaktion übereilt gewesen war. Leider zeigte er sich jedoch unnachgiebig, was Sie, Miss Edwina, angeht, und weigerte sich, Sie wieder einzustellen. Es tut mir leid, dass ich nicht mehr erreichen konnte.«
Minutenlang war es in dem kleinen Wohnzimmer ganz still. Weder Jowna noch Edwina wussten, was sie sagen sollten. Während Edwina einen kleinen Hoffnungsschimmer sah, hätte Jowna das Angebot am liebsten wütend abgelehnt. Sie wollte keine

Almosen von Henry Pencarron, wollte nicht auf sein Wohlwollen angewiesen sein und dafür vor ihm zu Kreuze kriechen. Gerne hätte sie gerufen: »Wir werden es auch ohne Pencarron schaffen«, aber sie wusste, das war eine unrealistische Vorstellung. Es ging ja nicht nur um sie und um ihre Schwester. Da war noch ihre Mutter – alt, krank und pflegebedürftig. Mit ihr zusammen konnten sie Cornwall nicht verlassen, um in London oder in einer anderen Großstadt eine Stellung zu suchen. Bei dem gestrigen Gespräch hatte der Arzt ausdrücklich betont, dass jegliche Anstrengung und Aufregung von Mrs. Goldsworthy ferngehalten werden musste, denn den nächsten Herzanfall würde sie auf keinen Fall überleben.

Jowna knirschte mit den Zähnen und ballte die Hände zu Fäusten. Edwina, die spürte, was in ihrer Schwester vor sich ging, trat zu ihr und legte einen Arm um deren Schultern.

»Wir danken Ihnen für Ihre Fürsprache, Reverend Pentecost. Wenn es uns auch widerstrebt, Almosen anzunehmen, sehen wir derzeit keine Möglichkeit, auf eine andere Art und Weise unseren Lebensunterhalt zu sichern.«

Reverend Pentecost erhob sich, griff nach Hut und Mantel und drückte zum Abschied beiden Frauen fest die Hand.

»Nur Mut, Mädchen, das ist eine harte Zeit, aber eines Tages wird sie nur noch eine unangenehme Erinnerung sein. Da bin ich ganz sicher.«

Diesen Optimismus konnten Jowna und Edwina allerdings nicht teilen. Als der Geistliche gegangen war, ließ Jowna ihrer Wut freien Lauf.

»Und wenn ich von früh bis spät auf den Feldern ackern muss – ich gehe nicht ins Herrenhaus zurück! Irgendwo wird sich eine andere Arbeit finden lassen, und ein anderes Haus bekommen wir auch! Eines, das wir aus eigener Tasche bezahlen können!«

Bedächtig legte Edwina die Fingerspitzen aneinander und betrachtete ihre Nägel. Ihr war in den letzten Minuten ein Gedanke gekommen, der zwar unfassbar, aber nicht völlig ausgeschlossen war.

»Jowna, ich kann verstehen, wie sehr es dir widerstrebt, wieder in den Diensten von Lord Henry zu stehen, aber es scheint derzeit nicht nur unsere einzige Möglichkeit zu sein, um Geld zu verdienen, sondern auch, um etwas über Samuel zu erfahren.«

Jowna schoss herum, als hätte sie ein tollwütiger Hund angefallen.

»Samuel? Das kann nicht dein Ernst sein, Schwester! Hat dir dieser Mistkerl nicht schon genug angetan? Verführt, geschwängert und sitzengelassen ...« Vor Wut bekam Jowna einen roten Kopf. »Du musst den Mann so schnell wie möglich vergessen, hörst du? Am besten, du erwähnst seinen Namen nie wieder.«

»Ach, Jowna.« Edwina lächelte nachsichtig. »Halte mich für verrückt, aber in den letzten Tagen habe ich darüber nachgedacht, ob der Brief, den Lord Henry mir zum Lesen gegeben hat, tatsächlich von Samuel stammt. Nein, unterbrich mich jetzt bitte nicht. Nie zuvor habe ich etwas von Samuel Geschriebenes gesehen, also kenne ich seine Handschrift nicht. Vielleicht ist das Ganze eine Intrige? Vielleicht hat Lord Henry den Brief selbst verfasst, und wer weiß, was er Samuel mitgeteilt hat?«

Mit einem Seufzer ließ sich Jowna auf das altersschwache Sofa sinken, dessen Federn unter ihrem Gewicht ächzten.

»Glaubst du das wirklich?« Sie schüttelte so heftig den Kopf, dass sich Haarsträhnen aus ihrer Frisur lösten. »Ich beginne zu verstehen: Ich soll herausfinden, ob der Brief wirklich von Samuel stammt. Vielleicht kann es mir auch gelingen, herauszufinden, wo er sich aufhält. Zusammengefasst: Ich soll für dich spionieren.«

Ein Lächeln huschte über Edwinas Lippen.

»Spionieren … was für ein hochtrabendes Wort, aber es ist grundsätzlich richtig. Wenn du auf Pencarron arbeitest, ist das die einzige Möglichkeit, zu erfahren, ob Samuel mich wirklich so schändlich im Stich gelassen hat, wie es den Anschein hat. Du kannst gegen ihn sagen, was du willst, Jowna, aber ich glaube nicht, dass ich mich derart in ihm getäuscht habe.«

Ein abenteuerlustiges Funkeln trat in Jownas Augen.

»Und dann ist da noch die Frage, warum der Taubenschlag just in dem Moment, als du dich darin befandest, eingestürzt ist. Du kennst meine Theorie dazu. Also gut, ich werde nächste Woche wieder in die Höhle des Löwen gehen, aber ich werde mich weigern, auf Pencarron zu wohnen. Lieber laufe ich jeden Tag den ganzen Weg, als noch einmal unter diesem Dach zu schlafen. Und für Mutter ist es auch die beste Möglichkeit – du bist hier und kannst dich um sie kümmern.«

Edwina nickte und fuhr sich erschöpft über die Stirn.

»Es steht uns ja frei, uns nach einer anderen Arbeit umzusehen, aber bis wir etwas finden, müssen wir das Angebot annehmen, allein schon wegen Mutter. Sie würde es nicht überleben, das Cottage verlassen zu müssen.«

Bevor Jowna am Montag wieder zur Arbeit ging, erlebte sie eine weitere Enttäuschung. Am Samstag war Anna Goldsworthy aus dem Hospital entlassen worden, und da man sie nicht allein lassen konnte, ging nur Jowna am Sonntag in die Kirche, während Edwina sich um die Mutter kümmerte. Als Jowna in die Bankreihe trat, nickte sie Timothy Trebell lächelnd zu. Er jedoch drehte den Kopf zur Seite und tat so, als habe er sie nicht gesehen. Jowna konnte kaum das Ende des Gottesdienstes abwarten, aber ihr Freund schien es plötzlich sehr eilig zu haben. Er wartete nicht wie sonst vor dem Portal auf sie, um mit ihr gemeinsam einen Spaziergang zu machen, sondern ging mit weit ausholenden Schritten davon, ohne Jowna eines Blickes zu würdigen. Jowna lief ihm nach und hatte Mühe, ihn einzuholen. Auf der Höhe des St. Agnes Hotels zupfte sie an seinem Ärmel.

»Timothy, so warte doch! Warum hast du es heute so eilig? Ich wollte dir sagen, dass …«

Angesichts Timothys abweisender Miene brach sie ab und sah ihn erstaunt an.

»Jowna, es tut mir leid, aber es ist besser, wenn wir uns nicht mehr treffen.«

»Was meinst du damit?«

Wenigstens hatte er den Anstand, bei seinen nächsten Worten verlegen zu wirken. Er konnte Jowna nicht in die Augen sehen, als er sagte: »Du musst mir glauben, dass ich es sehr bedauere, was deiner Schwester geschehen ist, aber wir sind hier eine kleine Stadt, in der viel geredet wird. Meine Eltern sind auf die Kundschaft angewiesen, und es gibt halt viele … nun ja, die denken, dass Edwina keine ehrbare Frau ist. Meine Mutter meint, es wäre besser, wenn wir den Kontakt abbrechen würden, zumindest vorerst …«

Jownas Gesicht verschloss sich.

»Ich verstehe«, sagte sie kalt. »Und da ich die Schwester einer nicht ehrbaren Frau bin, überträgt sich dies selbstverständlich

auch auf mich. Keine Angst, Timothy Trebell, nichts liegt mir ferner, als Schande über dich und deine Familie zu bringen.«
Sie drehte sich abrupt um und wollte fortgehen, da legte Timothy eine Hand auf Jownas Schulter.
»Jowna, so versteh doch … Wir sind doch alle vom Herrenhaus abhängig, und Lord Pencarron verbreitet das Gerücht, dass deine Schwester seine Familie hinters Licht führen wollte. Ich weiß ja nicht, ob das stimmt, aber die Leute reden eben.«
Jowna schüttelte seine Hand ab, als wäre sie ein lästiges Insekt. »Dann gehe ich mal davon aus, dass auch meine Anwesenheit als Kundin in eurem Laden nicht mehr erwünscht ist, oder? Ich könnte ja die Verderbtheit in das Geschäft schleppen.«
So schnell sie konnte, lief Jowna die Straße hinunter und verschwand in der nächsten Seitengasse, in der sie von Timothy nicht mehr gesehen werden konnte. Sein Verhalten und seine Worte hatten sie sehr verletzt. Jowna hatte nie darüber nachgedacht, ob sie in Timothy verliebt war, hatte sich aber stets auf das Zusammensein mit ihm gefreut. Auch seine Küsse waren angenehm gewesen, und hätte er sie gefragt, ob sie seine Frau werden wolle, hätte sie wohl zugestimmt. Aber jetzt spürte sie, dass ihr trotz aller Verletztheit im Grunde nicht viel an Timothy lag. Die Tatsache, dass Edwina und sie von nun an wohl Ausgestoßene der Stadt waren, beschäftigte sie mehr. Sie hob eine Hand, ballte sie zur Faust und flüsterte: »Ich hasse alle Pencarrons! Eines Tages werde ich euch heimzahlen, was ihr uns angetan habt!«

Als Jowna drei Wochen nach dem Kirchgang Timothy und Molly Growan, die jüngste Tochter des Metzgers, Hand in Hand spazieren gehen sah, war sie zwar traurig, aber es schmerzte nicht. In ihr war nur noch Platz für den Gedanken, wie sie Vergeltung an Lord Henry und Lady Sarah üben konnte.

Zur selben Zeit in Kairo, Ägypten

Der große Deckenventilator lief seit den frühen Morgenstunden, trotzdem war es in dem Büro stickig und heiß. Samuel Pencarron hatte zusätzlich den Ventilator auf seinem Schreibtisch angeschaltet, der aber nur die warme Luft aufwirbelte und keine Kühlung brachte. Die Tür öffnete sich, und Samuel blickte von seinen Unterlagen hoch.

»Guten Morgen, David. Das ist eine Hitze heute, nicht wahr?«

David Spencer zog ein Taschentuch aus der Jackentasche und tupfte sich die Schweißperlen von der Stirn.

»Sei froh, dass du nicht rausmusst, Sam. Der Staub der Straßen legt sich einem regelrecht auf die Atemwege.«

David Spencer warf einen Packen mit Post auf den Schreibtisch und setzte sich seufzend.

»Dabei ist es erst Frühling, der Sommer steht uns noch bevor«, bemerkte Samuel. »Wenn ich an die milden Frühlingstage in England denke, an denen sanfter Regen auf die erblühenden Wiesen fällt …«

»Und wir an den kühlen Abenden mit einem Glas Whisky vor einem wärmenden Kaminfeuer sitzen können …« David lachte. »Ich wusste ja gar nicht, dass du so eine poetische Ader hast, Sam. Aber apropos Whisky … ich brauche jetzt einen Malt. Soll ich dir auch ein Glas einschenken?«

Samuel lehnte dankend ab.

»Dann wird mir ja noch wärmer. Nein, ich halte es lieber wie die Einheimischen und trinke lauwarmen Tee.«

David Spencer schüttelte sich vor gespieltem Ekel, stand auf und ging zu der Vitrine, in der immer ein Vorrat von erstklassigem Single Malt aufbewahrt wurde.

»Ich verstehe immer noch nicht, was dich bewogen hat, nach Kairo zu kommen, Sam«, sagte er, nachdem er einen kräftigen Schluck genommen hatte. »Ich hänge hier jetzt schon bald zwei Jahre fest und wäre froh, wenn mich das Amt woanders hinschicken würde. Irgendwohin, wo es ein wenig kühler ist, es muss ja nicht gleich Grönland sein. Wie konntest du deinen Posten in Paris nur gegen Ägypten eintauschen?«

Samuel Pencarron zuckte mit den Schultern und meinte lapidar: »Ich wollte mal was anderes von der Welt sehen.«

In Wirklichkeit war er von seinem Bruder Henry unter Druck gesetzt worden, Paris zu verlassen und in die Botschaft nach Kairo zu gehen. Zugegebenermaßen war die Bezahlung hier auch besser, zumal die Ausgaben nur einen Bruchteil von denen in Frankreich betrugen. Außerdem war Samuel hier von früh bis spät in die Nacht beschäftigt, so verging die Zeit schneller, er war abgelenkt und musste nicht immer an Edwina denken. Noch ein halbes Jahr, dann konnte er endlich nach England zurückkehren und sie heiraten.

»Soll ich die Post sortieren und verteilen, oder möchtest du es machen?« David riss Samuel aus seinen Gedanken.

»Mach du es, danke. Ist etwas Wichtiges dabei?«

David blätterte den Stapel durch, zog dann einen länglichen, beigen Umschlag hervor und legte ihn Samuel hin.

»Der ist für dich. Sieht mir aber eher privat als geschäftlich aus.«

Samuels Herz schlug schneller, als er die Schrift seines Bruders auf dem Kuvert erkannte. Warum schrieb Henry ihm? Seit der

Mitteilung vom Tod seiner Schwiegereltern und dem Verlust des ungeborenen Kindes hatte Henry nur selten Kontakt zu ihm aufgenommen.
Samuel nahm den Brieföffner und schlitzte das Kuvert auf. Rasch überflog er die steile und akkurate Schrift seines Bruders:

… und so finde ich es nur recht und billig, Dich davon in Kenntnis zu setzen, dass Edwina Goldsworthy letzte Woche die Frau eines Farmers geworden ist. Sie wollte offenbar nicht länger warten, und da der betreffende Farmer auch nicht unvermögend ist … Ich glaube, mehr brauche ich dazu nicht zu sagen. Ich habe mit Sir Netherfield gesprochen – wenn Du unter diesen neuen Umständen nicht nach England zurückkehren möchtest, dann kannst Du auf unbestimmte Zeit in Kairo bleiben. Auf Malta oder Zypern wäre ein Einsatz auch möglich, ich weiß zum Beispiel, dass der Botschafter auf Zypern demnächst einen neuen Sekretär benötigt. Überleg es Dir in Ruhe und sei meines Mitgefühls versichert, aber Du wirst jetzt einsehen, warum ich auf das eine Jahr der Trennung bestehen musste. Offenbar waren die Gefühle des Mädchens nicht so stark, wie Du Dir erhofft hast …

David Spencer beobachtete seinen Freund voller Sorge.
»Schlechte Nachrichten von zu Hause?«, fragte er.
Ganz langsam hob Samuel den Kopf, sein Gesicht war aschfahl, in seinem Blick lag ein unruhiges Flackern.
»Schenkst du mir doch einen Whisky ein? Am besten einen doppelten.« Samuels Stimme klang rauh, aber völlig ruhig. Er las Henrys Brief ein zweites Mal, doch die Worte änderten sich

nicht – Edwina hatte geheiratet. Sie hatte sich, kaum sechs Monate nachdem er sie verlassen musste, einem anderen zugewandt. Er kippte den Whisky in einem Zug hinunter, dann lächelte er bitter. Und er hatte gedacht, Edwina wäre etwas Besonderes und anders als die anderen Frauen. Samuel ließ nicht zu, dass der Schmerz über den Verlust der Frau, die er geliebt hatte, von ihm Besitz ergriff, sondern er verdrängte diesen mit Gefühlen der Wut auf Edwina. Nun gut, dann sollte sie eben eine Farmersfrau werden. Wahrscheinlich war dies sogar besser für sie, als wenn er sie geheiratet hätte, so blieb sie unter ihresgleichen. Man sollte eben nicht versuchen, Standesunterschiede zu überbrücken. Zornig musste Samuel sich eingestehen, dass er das Urteilsvermögen Henrys unterschätzt hatte, und er beschloss, künftig auf seinen Bruder zu hören und dessen Meinung zu vertrauen.

11. Kapitel

Pencarron Manor, Ende August 1939

Unablässig prasselte der Regen auf die Windschutzscheibe, und die Wischblätter konnten die Wassermassen kaum noch bewältigen. Trotz des Unwetters fuhr Henry Pencarron zügig, aber konzentriert. Nur wenige Autos kamen ihm entgegen, und wenn doch, musste er stark abbremsen, weil er durch deren Scheinwerferlicht geblendet wurde. Als er Bodmin erreichte, atmete er auf. Endlich hatte er die kurvenreiche Straße durch das Bodmin-Moor hinter sich gelassen, jetzt war es nur noch eine knappe Stunde bis Pencarron Manor. Er lächelte bitter, als er bemerkte, dass er nicht dachte, er wäre dann zu Hause. Zu Hause … das war schon lange das kleine Apartment in der Nähe von Kensington Gardens in London. Dreimal in der Woche kam eine Zugehfrau, ansonsten versorgte er sich selbst. Ein weiteres Zuhause war auch sein Büro, in dem er nicht selten übernachtete. Dennoch hatte Henry das Bedürfnis verspürt, nach Pencarron zu fahren, als Netherfield am Nachmittag in sein Büro gekommen und alle Spekulationen der letzten Monate bestätigt hatte.

»Mein lieber Pencarron, auf dem Festland braut sich etwas zusammen. Die Nachrichten unserer Agenten sind eindeutig, zudem ist es uns gelungen, brisante Informationen aus Berlin abzufangen.«

In London war es unerträglich schwül und stickig gewesen, ein Gewitter lag in der Luft. Netherfield hatte sich in den Sessel fallen lassen und den Kragen seines Hemdes gelockert.

»Wurde der Code entschlüsselt?«, fragte Henry.

Der ältere Mann nickte.

»Nicht nur das, unsere Mitarbeiter haben unsere schlimmsten Befürchtungen bestätigt. Pencarron, Sie wissen, was das heißt? Die Zeit der Gespräche und Verhandlungen mit Deutschland ist vorbei, es wird Krieg geben. Wahrscheinlich der schlimmste Krieg, den die Welt jemals gesehen hat, und wir werden mittendrin sein.« Netherfield griff dankbar nach dem Glas Wasser, das Henry ihm reichte. »Sie haben doch ein Haus und eine Frau draußen in Cornwall, nicht wahr? Ich kann Sie ein paar Tage entbehren, Sie können gleich losfahren. Es könnte sein, dass Sie Ihre Familie vielleicht für lange, für sehr lange, nicht mehr sehen werden. Ich erwarte Sie am Montagmorgen pünktlich um zehn Uhr wieder in meinem Büro.« Ächzend erhob sich Netherfield aus dem Sessel.

»Das ist sehr großzügig von Ihnen, Sir«, sagte Henry, doch sein Vorgesetzter winkte ab.

»Ach, papperlapapp! In diesem Jahr habe ich Ihre Dienste viel zu häufig in Anspruch nehmen müssen, Pencarron. Wann waren Sie das letzte Mal zu Hause?«

»Vor etwa fünf Monaten, Sir«, antwortete Henry.

»Dann fahren Sie auf der Stelle los.« Netherfield ging zur Tür. Eine Hand auf der Klinke, drehte er sich noch mal um und sah Henry streng an. »Sie wissen – kein Wort zu niemandem. Wir alle hatten gehofft, dass die Situation nicht eskaliert, aber unsere Bemühungen waren umsonst. Wir hätten Hitler schon längst stoppen statt mit ihm diskutieren sollen. Hoffen und, wenn Sie an Gott glauben, beten Sie, Pencarron, dass es nicht zu spät ist.«

Henry war noch in derselben Stunde losgefahren. Seit Exeter war ihm das Gewitter gefolgt. Der Regen hatte zwar die Temperatur erträglich gemacht, erschwerte aber das Fahren erheblich. Henry konnte nicht genau sagen, warum er nach Pencarron fuhr. Wahrscheinlich wegen seines schlechten Gewissens Sarah gegenüber. Er hatte sie seit bald einem halben Jahr nicht mehr gesehen, und die Briefe, die sie sich schrieben, enthielten nur höfliche Floskeln. Bei den wenigen Telefonaten, die sie miteinander führten, wussten sie beide oft nicht, was sie sagen sollten, darum hatten sie diese auf ein Mindestmaß reduziert. Niemand in Cornwall, Sarah eingeschlossen, wusste, dass Henry längst nicht mehr nur im Auswärtigen Amt tätig war, sondern seit einem Jahr für den *Secret Service*, dem Geheimdienst Großbritanniens, arbeitete. Seine Einsätze waren zwar unspektakulär und von geringerer Bedeutung, dennoch war er in Vorgänge eingeweiht, die der strengsten Geheimhaltungsstufe unterlagen. Bei seinem letzten Besuch in Pencarron Manor war es zwischen ihm und Sarah zu einem unschönen Vorfall gekommen. Aus irgendeinem Grund – Henry konnte heute nicht mehr sagen, was der Auslöser dafür gewesen war – hatte Sarah mehr Alkohol getrunken, als sie vertrug. In der Nacht war sie plötzlich zu ihm ins Zimmer gekommen, hatte sich ausgezogen und sich zu ihm ins Bett gelegt. Henry war ein Mann, der seit Jahren keine Frau mehr in den Armen gehalten hatte. In London mangelte es ihm zwar nicht an Angeboten, aber aus Respekt seiner Frau gegenüber hatte er nie eine Affäre begonnen, obwohl er wusste, dass Sarah ihn eigentlich gar nicht liebte. Nun denn, es war gesche-

hen, und am nächsten Morgen war Sarah die gemeinsame Nacht furchtbar peinlich gewesen. Bis zu seiner Abreise zwei Tage später hatte sie Kopfschmerzen vorgetäuscht und war in ihrem Zimmer geblieben. In den vergangenen Monaten hatte Hurstley Henry über Sarahs Gesundheitszustand auf dem Laufenden gehalten. In den letzten Monaten war sie offensichtlich ruhiger geworden, und die Wutanfälle traten nur noch selten auf, doch noch immer war diese Melancholie ihr ständiger Begleiter. Henry war gespannt, wie sie auf sein plötzliches Erscheinen reagieren würde.
Wenigstens brauchte Henry sich wegen seines Bruders keine Gedanken zu machen. Nachdem er die leidige Sache mit dem Küchenmädchen aus der Welt geschafft hatte, war Samuel noch einige Zeit in Kairo geblieben, bis er dann vor etwa einem Jahr als Botschaftssekretär in den Sudan gegangen war. Dort verlor sich seine Spur. Er hatte sich jedenfalls nie mehr bei Henry oder sonst jemandem von Pencarron Manor gemeldet, und Henrys einstiger Wunsch, der Bruder möge eine reiche Frau heiraten, hatte sich zwar nicht erfüllt, aber Samuel machte ihm wenigstens keinen weiteren Ärger. Durch die politischen Ereignisse, die immer größere und bedrohlichere Ausmaße annahmen, waren finanzielle Überlegungen in den Hintergrund getreten. Henry hatte die Minen rund um St. Agnes schließen lassen und mit dem eingesparten Geld und einem gewissen Betrag aus Sarahs Erbe Pencarron Manor weitgehend saniert. Wenn sich England jetzt tatsächlich kurz vor einem Krieg befand, würde sich ihre Welt ohnehin nachhaltig verändern.

Kurz nach Mitternacht erreichte Henry das Herrenhaus. Da er niemanden über seine Heimkehr informiert hatte, waren alle

Lichter gelöscht, und die Eingangstür war versperrt. Er schloss mit seinem Schlüssel auf und war bemüht, keinen Lärm zu machen, um niemanden zu wecken. In der Küche hinterließ er Hurstley eine Nachricht, die der Butler am Morgen finden und ihm das Frühstück bereiten würde. Trotz der anstrengenden Fahrt verspürte Henry keine Müdigkeit. Er ging in die Bibliothek und schenkte sich einen doppelten Whisky ein. Gerade als er das Glas an die Lippen setzte, öffnete sich die Tür, und seine Frau trat ein.

»Sarah!« Überrascht stellte Henry das Glas ab und starrte seine Frau an. »Ich wollte dich nicht wecken.«

Langsam kam sie auf ihn zu. Sie musste wohl schon geschlafen haben, denn ihr Haar, das sie neuerdings in kinnlangen Wellen trug, war zerzaust, und sie trug einen weiten, seidenen Morgenmantel.

»Ich hörte ein Geräusch, und da ich Durst hatte, bin ich heruntergekommen. Was machst du hier, Henry?«

Er lächelte gequält.

»Netherfield hat mir ein paar Tage Urlaub bewilligt. Es tut mir leid, dass ich niemanden informiert habe, aber ich bin sehr kurzfristig aufgebrochen. Durch das Unwetter hat sich die Fahrt verzögert …«

Henry brach ab, denn Sarah war dicht vor ihn getreten. Sie stellte sich auf die Zehenspitzen und küsste ihn mitten auf den Mund. Wie von selbst schlossen sich seine Arme um ihren Körper.

»Ich freue mich, dass du hier bist.« Sie lächelte und senkte verlegen den Blick.

»Ich auch«, murmelte Henry und wunderte sich, dass er sich tatsächlich freute, seine Frau wiederzusehen. Er wusste nicht, was in den letzten Monaten geschehen war, aber er fand sie völlig verändert vor – zum Positiven verändert. Der harte Ausdruck in ihren Augen war einem warmen Schimmer gewichen, und ihre Wangen waren voller geworden. Oder war es nur das Lampenlicht?

»Es gibt etwas, das ich dir sagen muss, Henry.« Sarah blickte wieder auf. Nie zuvor hatte Henry sie so strahlend gesehen wie in diesem Augenblick. Erstaunt beobachtete er, wie sie den Gürtel ihres Morgenmantels löste und ihn öffnete. Darunter trug sie nur ein dünnes seidenes Nachthemd, das sich eng an ihren Körper schmiegte. Und nun erkannte Henry den Grund von Sarahs Veränderung.

»Oh, Liebling!« Er riss sie in seine Arme. »Warum hast du es mir nicht geschrieben? Oder am Telefon gesagt?«

»Ich fand, das ist kein Thema, das man in einem Brief abhandelt.« Sie lächelte verschmitzt. »Hurstley habe ich verboten, dir auch nur ein Wort zu verraten. Nein, sag jetzt nichts, Lieber. Hast du wirklich geglaubt, ich wüsste nicht, dass Hurstley dir regelmäßig Bericht über mich erstattet?«

Henry rechnete blitzschnell. Sarahs bereits deutlich gewölbter Bauch ließ keinen Zweifel daran, dass bei seinem letzten Besuch in Pencarron das Kind gezeugt worden war.

»Ich wollte dich nicht beschämen, Sarah, es war nur die Sorge um deine Gesundheit. Es tut mir leid.«

»Es ist in Ordnung, Henry. Freust du dich auf das Kind?« Zaghaft, beinahe ängstlich stellte sie die Frage.

Statt einer Antwort küsste er sie voller Zärtlichkeit und registrierte überrascht, wie sie seine Leidenschaft erwiderte. Sarah löste sich von ihm, nahm seine Hand und sagte: »Komm, lass uns nach oben gehen. Ich möchte dich ganz nah bei mir spüren.

Unsere Ehe hatte keinen guten Start, Henry, wir haben beide viele Fehler gemacht. Aber jetzt … mit einem neuen Kind … das ist doch eine Chance. Jetzt wird alles wieder gut, nicht wahr?«
»Ja, jetzt wird alles gut«, antwortete Henry und folgte seiner Frau nur zu gern in ihr Schlafzimmer.
Es war der sentimentalen und gleichzeitig freudigen Stimmung Henrys zuzuschreiben, dass er Sarah in dieser Nacht von seiner Arbeit für den Geheimdienst erzählte. Natürlich keine Geheimnisse, aber er ließ sie nicht im Unklaren darüber, dass ein Krieg bevorstand. Sarah war sehr besorgt über Henrys Arbeit und bat ihn, gut auf sich aufzupassen, aber er schob ihre Bedenken mit einer Handbewegung zur Seite.
»Ich bin froh, dich hier in Cornwall zu wissen. Wenn es zum Schlimmsten kommt, dann bist du hier in Sicherheit. Ich selbst sitze in einem sicheren Büro in London, denn so wichtig, dass sie mich aufs Festland schicken werden, ist meine Arbeit nicht.« Er stützte sich auf die Ellbogen und sah Sarah im fahlen Licht des heraufdämmernden Morgens an. »Du darfst aber mit niemanden darüber sprechen, was ich dir gerade erzählt habe. Ich arbeite nach wie vor im Auswärtigen Amt, auch von Sir Netherfield darfst du nicht sprechen. Versprichst du mir das?«
»Ja, Henry, ich werde schweigen, auch wenn ich vor Sorge um dich kaum noch ein Auge zutun werde.«
Henry ärgerte sich, seiner Frau vom Geheimdienst erzählt zu haben, denn er hätte wissen müssen, dass es sie beunruhigen würde, darum versuchte er in den kommenden Tagen Sarah davon zu überzeugen, dass er in keinerlei Gefahr war und so bald wie möglich nach Cornwall zurückkehren würde.

»Du solltest sie mal sehen. Stolziert herum wie ein Pfau und streckt jedem ihren dicken Bauch entgegen.« Jowna stellte die Milchkanne so unsanft auf den Tisch, dass sie laut schepperte. »Lady Sarah vorn … Lady Sarah hinten …«

»Pst, Jowna!« Edwina legte einen Finger auf den Mund. »Sei bitte etwas leiser, Mutter ist gerade eingeschlafen.«

»Verzeih, aber der Aufwand, den alle um Mylady treiben, geht mir einfach auf die Nerven.« Jowna senkte ihre Stimme und deutete mit einer Handbewegung nach oben. »Wie geht es Mutter?«

Edwina zuckte mit den Schultern.

»Unverändert, nach jedem Anfall braucht sie länger, bis sie sich wieder einigermaßen erholt. Glücklicherweise hat sie heute Vormittag ein wenig Suppe gegessen, aber mir scheint, sie wird von Tag zu Tag dünner und ihre Haut durchscheinender.«

Es war ein warmer Sonntagnachmittag, und Jowna hatte den Rest des Tages frei. Sobald bei Sarah Pencarron die ersten Anzeichen der Schwangerschaft zu bemerken waren, hatte Jowna davon berichtet. Jetzt erzählte sie Edwina, dass Lord Pencarron völlig überraschend nach Hause gekommen war und dass sich die Eheleute offenbar bestens zu verstehen schienen.

»Du solltest den Lord mal sehen – er packt seine Frau regelrecht in Watte, tanzt andauernd um sie herum und achtet darauf, dass sie sich ja nicht überanstrengt. Heute Morgen nahm er ihr sogar eine Vase aus der Hand, in der Mylady Blumen arrangieren wollte. Angeblich, weil die Vase zu schwer für sie wäre. Pah!«

Jownas Gesichtsausdruck ließ keinen Zweifel daran, wie sie über die veränderte Situation im Herrenhaus dachte.

»Lady Sarah hat bereits ein Kind verloren«, erinnerte Edwina die Schwester. »Da ist es doch ganz natürlich, dass sie sich nun besonders schont, damit sie diese Schwangerschaft bis zum Ende durchstehen und einem gesunden Baby das Leben schenken kann. Bist du etwa neidisch, Jowna?«

Den letzten Satz hatte sie augenzwinkernd gesagt, tatsächlich aber machte sich Edwina schon länger Sorgen um ihre Schwester. Sicher, die Arbeit in Pencarron Manor war für sie nicht leicht. Zwar war sie wieder eingestellt worden, musste aber die niedrigsten Arbeiten wie Küchendienst und Böden schrubben verrichten. Wenn sie und Lady Sarah sich einmal zufällig begegneten, wurde Jowna von ihrer Herrin ignoriert. Zum Glück war Lord Henry lange nicht mehr zu Hause gewesen, denn er hatte sie deutlich spüren lassen, dass er sie nur wegen der Fürsprache des Pfarrers in seinem Haus duldete.

»Ach was, ich bin nicht neidisch.« Jowna seufzte. »Ich habe nur dieses eintönige Leben satt. Tagein, tagaus der gleiche Trott, und trotzdem reicht das Geld vorn und hinten nicht. Schau dich doch um, Edwina.« Jowna machte mit der Hand eine weit ausholende Bewegung. »Wir sind arm, haben nicht einmal ein paar Pennys übrig, um uns ein paar hübsche Dinge kaufen zu können. Wann hast du zum letzten Mal ein neues Kleid bekommen? Wann waren wir beim Tanzen? Ach Edwina, ich möchte so nicht mehr weiterleben.«

Obwohl Edwina die Schwester nicht nur verstand, sondern ihr auch recht geben musste, schwieg sie. Keine der beiden jungen Frauen hatten je darüber gesprochen, aber es war eine Tatsache, dass sie wegen ihrer Mutter St. Agnes nicht verlassen konnten. Hier in Cornwall hatten sie keine Chance, ihr Leben zu verbessern, aber in den großen Städten, am besten in London, da gab es Arbeit, und niemand würde ihre Vorgeschichte kennen. Es stand jedoch außer Frage, Mrs. Goldsworthy allein zu lassen, und ihr Gesundheitszustand machte es ihr unmöglich, ihre Töchter zu begleiten. Sie konnte nur noch selten das Bett verlassen und brauchte bei den einfachsten Dingen Hilfe. Es machte Edwina nichts aus, Tag und Nacht für die Mutter da zu sein, sie zu füttern, zu waschen, sie umzubetten und ihr auch bei der Notdurft behilflich zu sein. Sie war glücklich, wenn Anna keine Schmerzen hatte, und litt mit ihr, wenn sie sich quälte, wenn das Wasser in den Lungen das Atmen schwermachte. Medikamente brachten nur vorübergehende Linderung, eine Heilung war ausgeschlossen. Keiner konnte sagen, wie lange sie noch lebte, und Edwina bangte jeden Morgen, wenn sie das Schlafzimmer betrat, ob die Mutter in der Nacht gestorben war.

In den letzten Monaten hatten die Schwestern nicht mehr über Samuel Pencarron gesprochen. Manchmal erschien es Edwina, als lägen die Ereignisse in ferner Vergangenheit, beinahe in einem anderem Leben. Jowna war es weder gelungen, einen Beweis dafür zu finden, dass der verhängnisvolle Brief nicht von Samuel stammte, noch dafür, dass Lord Henry für den Anschlag auf Edwina verantwortlich war. Die letzte Nachricht, die sie zufällig hatte aufschnappen können, war, dass sich Samuel Pencarron offenbar im Sudan aufhielt, und Edwina hatte es mit einem Schulterzucken zur Kenntnis genommen. Die Pflege der Mutter beanspruchte sie von früh bis spät, ihr blieb keine Zeit zum Grübeln. Wenn manchmal die Erinnerung sie zu überwältigen drohte, dann schob sie die Gedanken beiseite. Es hatte keinen Sinn, etwas nachzutrauern, was nicht zu ändern war. Sie und Samuel hatten eine kurze, eine viel zu kurze glückliche Zeit zusammen gehabt, und Edwina hatte erfahren, was es heißt, von ganzem Herzen zu lieben. Obwohl die kurze

Affäre mit einem Pencarron Edwina großes Leid beschert hatte, so wollte sie doch keinen einzigen Augenblick von damals missen. Sie bereute nichts von dem, was sie getan hatte, einzig die Trauer um das Kind, das nie geboren worden war, fraß in ihrem Inneren. Würde sie jemals wieder die Chance bekommen, ein eigenes Kind in den Armen zu halten und diesem ihre ganze Liebe zu schenken?

Genau eine Woche später – an einem sonnigen und warmen Spätsommersonntag, als eine friedvolle Stille über Cornwall lag – verbreiteten sich über das ganze Land Nachrichten, die alle anderen Sorgen und Nöte in den Schatten stellten und für die kommenden Jahre den Frieden zerstören sollten. Auch Edwina und Jowna starrten sich fassungslos an und hielten sich an den Händen, als könnten sie dadurch kommendes Unheil abwenden.
Dieser Sonntag war der 3. September 1939. Der Premierminister Arthur Neville Chamberlain hatte verkündet, dass sich seit den Morgenstunden das Britische Königreich im Krieg befand. Zwei Tage zuvor hatten deutsche Truppen die Grenzen nach Polen überschritten und das Land regelrecht überrollt. Somit sahen sich Großbritannien und Frankreich gezwungen, Polen zur Seite zu stehen, und erklärten dem Deutschen Reich den Krieg.
Edwina erfuhr von den dramatischen Ereignissen durch Jowna, die es auf Pencarron Manor im Radio gehört hatte und nun völlig aufgelöst ins Cottage stürmte.
»Und wir dachten, damals, als König Edward seine Abdankung verlas, das Empire hätte seinen Nullpunkt erreicht«, rief Jowna und rang verzweifelt die Hände. »Krieg! Du meine Güte, was wird denn jetzt werden?«

Wegen der Pflege der Mutter hatte Edwina in den letzten Monaten kaum Zeit gehabt, sich mit Politik und dem aktuellen Tagesgeschehen zu beschäftigen, daher sagte sie leichthin: »Dieser Krieg wird sicher nicht länger als ein paar Monate dauern, du wirst schon sehen. Wahrscheinlich ist an Weihnachten alles vorbei. Wenn sich England mit Frankreich verbündet hat, dann hat Deutschland doch gar keine Chance.«

Jowna konnte den Optimismus der Schwester nicht teilen. Sie hatte bemerkt, wie nervös Lady Sarah bei dem kurzen Besuch ihres Mannes gewesen war und wie ungern sie ihn nach London hatte zurückfahren lassen.

»Lord Henry hat befohlen, die Vorratskeller zu füllen«, berichtete Jowna. »Nicht nur mit Lebensmitteln in Konserven, sondern er hat auch zahlreiche Werkzeuge, Seife, Bettflaschen, Wolldecken und sonst noch Dinge, die in Kriegszeiten knapp werden könnten, bestellt. Und gestern hat Mrs. Aldwyn angeordnet, einen Teil des Gartens umzugraben, um dort Kartoffeln und Gemüse anzupflanzen. Das sieht mir alles nicht nach nur ein paar Wochen Krieg aus.«

»Das klingt tatsächlich, als befürchte er eine Belagerung«, bemerkte Edwina und sah Jowna voller Sorge an. »Wir sollten Mutter vorerst nichts sagen. Die letzte Nacht war wieder sehr schlimm, und einmal dachte ich, dass sie jetzt von uns gehen wird.«

Jowna schloss die Schwester in die Arme und drückte sie fest.

»Ich weiß gar nicht, wie ich dir danken soll, dass du dich so aufopfernd um Mutter kümmerst. Ich wünschte, ich könnte dir mehr zur Hand gehen. Wenn der Krieg tatsächlich länger als erwartet dauert, könnten wir nach London gehen. Ich bin sicher, wir würden dort sehr schnell Arbeit finden, denn die

Männer werden zur Armee eingezogen, aber die Arbeit in den Fabriken muss weitergehen. So gesehen birgt dieser vermaledeite Krieg für uns eine Chance.«

Edwina seufzte und löste sich aus der Umarmung. Sie gab Jowna recht, allerdings wussten sie beide, dass sie Cornwall nicht verlassen konnten, solange ihre Mutter lebte. Und keine der beiden jungen Frauen wünschte sich, die Mutter zu verlieren, auch wenn es von Tag zu Tag deutlicher wurde, dass der Tod für Anna Goldsworthy eine Erlösung von ihren Qualen bedeuten würde.

Es wurde das traurigste Weihnachtsfest, das die Briten seit Jahren erlebt hatten. Die einzige Freude auf Pencarron Manor war, dass Lady Sarah zwei Tage vor dem Heiligen Abend bei einer relativ leichten Geburt einem gesunden und kräftigen Mädchen das Leben schenkte. Lord Henry konnte nicht nach Cornwall kommen, seine Arbeit in London machte dies unmöglich. Sooft es möglich war, telefonierte er mit seiner Frau, und Lady Sarah zeigte Verständnis, dass Henry in der schönsten Zeit ihres Lebens nicht bei ihr sein konnte. Es wurde ein junges Mädchen eingestellt, das bereits ihre fünf jüngeren Geschwister betreut hatte und dessen Familie auf den Zusatzverdienst angewiesen war, seit sich der Vater freiwillig zur Armee gemeldet hatte.

Als das neue Jahr anbrach, sprach niemand mehr davon, dass der Krieg bald beendet sein würde. Gleichgültig, was die Alliierten unternahmen – Deutschland siegte an allen Fronten. Nach der Eroberung Polens überrannte die deutsche Wehrmacht Finnland, und auch das Baltikum würde der Übermacht nicht mehr lange standhalten können. In Cornwall selbst war von dem Krieg nicht viel zu spüren, außer dass immer mehr Männer die Grafschaft verließen und sich zur Armee meldeten. Bald gab es die ersten Gefallenen zu beklagen – Timothy war einer der Ersten, der sein Leben für das Britische Empire ließ. Mittlerweile war es nicht mehr möglich, Anna Goldsworthy den Krieg zu verschweigen, aber Jownas und Edwinas Mutter war voller Zuversicht.

»Unser Land ist nicht in Gefahr«, bemerkte sie mit einem Lächeln. »Seit dem normannischen William hat nie wieder eine fremde Macht ihren Fuß auf unseren Boden gesetzt. Man denke nur mal an die Spanische Armada … den Deutschen werden wir ebenso den Garaus machen, sollten sie es wagen, die Hand nach England auszustrecken.«

Im Februar 1940 kamen die ersten Familien, ausnahmslos Frauen und Kinder, aus den großen Städten aufs Land nach Cornwall. Die Regierung befürchtete Luftangriffe, und wer es sich leisten konnte, verließ die Städte und brachte sich in Sicherheit. Allein auf Pencarron Manor und den umliegenden Gehöften wurden an die einhundertfünfzig Personen einquartiert. Der Winter war mild gewesen, der Frühling in Cornwall kam früh, und so herrschte keine Not an Lebensmitteln. Allerdings waren bei den vielen Menschen unterschiedlicher Herkunft Probleme unausweichlich. Immer wieder kam es zu Streitereien unter den Frauen, und auch die Kinder – aus ihren gewohnten Umgebungen herausgerissen und von Heimweh geplagt – verstanden sich nicht immer gut. Lady Sarah hatte beschlossen, einige der Gebäude der inzwischen geschlossenen Zinnmine auf den Klippen von St. Agnes zu Wohnräumen für die Flüchtlinge umzugestalten. Zu Jownas Leidwesen musste sie seit Beginn des neuen Jahres dort arbeiten und sich um die Frauen und Kinder kümmern. Sie spürte genau, wie erleichtert nicht nur Hurstley und Nessa

Aldwyn waren, sie nicht mehr im Herrenhaus zu haben, sondern auch Lady Sarah, die durch Jownas Anwesenheit ständig an die Monate ihrer Depression erinnert wurde. Sie wagte es nicht, Jowna zu entlassen, denn Sarah wollte nicht Reverend Pentecosts Unwillen auf sich ziehen, aber im Flüchtlingslager war Jowna wenigstens außer Sicht. Am liebsten hätte Jowna Cornwall verlassen, aber ihr Pflichtbewusstsein gegenüber Edwina und ihrer Mutter siegte. Die beiden waren auf Jownas Verdienst angewiesen. Er ermöglichte den drei Frauen das Überleben, auch wenn Schmalhans oft Küchenmeister war und Edwina ihre Röcke und Blusen zum dritten Mal flicken musste.

Klirrend zersprang die Scheibe, und Tausende von kleinen, spitzen Scherben spritzten in das Spülbecken. Wie ein Geschoss flog ein Fußball durch die Küche und traf eine volle Milchkanne auf dem Tisch, die scheppernd auf dem Boden zerschellte, so dass sich die Milch über die Fliesen ergoss.
»Verdammt!« Jowna hatte gerade noch fluchend zur Seite springen können, um nicht getroffen zu werden, aber das Mädchen neben ihr wurde am Unterarm von einer Scherbe getroffen.
Jowna, die gerade dabei gewesen war, Geschirr zu spülen, betrachtete die blutende Wunde am Arm des Mädchens, dessen Mund sich weinerlich verzog.
»Ist halb so schlimm, Lizzie«, tröstete sie das Kind. »Wir machen ein Pflaster drauf, und morgen ist es schon wieder verheilt.« Und die Bengels da draußen nehme ich mir jeden einzeln zur Brust, dachte sie grimmig im Stillen.
Lizzie, die vor zwei Wochen von ihrer Mutter aus London aufs Land geschickt worden war, biss tapfer die Zähne zusammen, als Jowna die Wunde säuberte und verband. Für ihre zwölf Jah-

re war sie klein und zierlich und sehr wehleidig. Darum hatte sie auch bisher keine Freunde unter den anderen Kindern gefunden, denn Lizzie weinte sofort, wenn sie beim Spielen hinfiel. Bei den anderen Kindern ging es oft grob zu, und Lizzie stand meistens abseits. Aus diesem Grund hielt sie sich gerne bei Jowna in der Küche auf und ging ihr dort mit großem Geschick zur Hand.

Jowna band sich die Schürze ab, klemmte den Ball unter den Arm und ging mit weit ausholenden Schritten über das Gelände zu den Unterkünften der Flüchtlinge. Sie hatte die Verantwortlichen für die eingeworfene Scheibe zwar nicht erkannt, wusste aber, es konnte sich nur um die Higgins-Bengels handeln. Seit sie mit ihrer Mutter, einer derben, verhärmten Frau und absolut unfähig, ihre Kinder im Zaum zu halten, vor drei Wochen nach Cornwall gekommen waren, machten sie nur Ärger. Ohne anzuklopfen, stieß Jowna die Tür zu dem Wohnraum der Familie auf und blickte auf ein Bild voller Harmonie. Mrs. Higgins saß Strümpfe stopfend am Fenster, Ben, mit vierzehn Jahren der Älteste, hatte ein Buch vor sich und tat so, als würde er lernen, während Robert und John auf dem Fußboden hockten und mit einer aus Holz geschnitzten Lokomotive spielten. Jowna warf den Ball mitten ins Zimmer und rief: »Was fällt euch eigentlich ein? Habe ich euch nicht schon hundert Mal gesagt, dass ihr auf der Wiese im Osten kicken sollt und nicht vor den Wirtschaftsgebäuden?« Verärgert sah sie von einem zum anderen. »Die Scheibe ist kaputt, eine Milchkanne ebenfalls, und Lizzie ist verletzt worden.«

Ben hob den Kopf und grinste verächtlich.

»Ach, die alte Heulsuse! Der schadet es gar nichts, wenn sie mal was aushalten muss.«

»Ist das alles, was du zu sagen hast?« Jowna stemmte die Hände in die Hüften und trat vor Mrs. Higgins, die das Gespräch bisher teilnahmslos verfolgt hatte. »Mrs. Higgins, vielleicht können sich Ihre Söhne zu Hause in Liverpool wie die Hottentotten benehmen, aber hier funktioniert das Zusammenleben nur, wenn sich jeder an gewisse Regeln hält.«
»Regeln? Pah!« Mrs. Higgins zog die Oberlippe hoch und entblößte ein lückenhaftes Gebiss. »Die Jungs ham' bisher machen können, was sie wollten, ist schwer, so ohne Vater, und dann 'ne neue Umgebung ... Sind Se' mal nich' so streng, sind doch nur Kinder.«
»Kinder, die andere Kinder verprügeln, ihnen deren Sachen wegnehmen und die täglich etwas zu Bruch gehen lassen«, unterbrach Jowna mit lauter Stimme. »Es tut mir leid, dass Ihr Mann gefallen ist und Sie aus Liverpool evakuiert wurden, trotz allem müssen Sie die drei unter Kontrolle bringen. Sonst sehe ich mich gezwungen, die Vorfälle Lady Pencarron zu melden.«
Mrs. Higgins spuckte so plötzlich in Richtung Jowna aus, dass diese sich gerade noch mit einem Satz zur Seite in Sicherheit bringen konnte.
»Dann sagen Sie's doch der hochnäsigen Lady in ihren schönen Kleidern. Vielleicht will die Dame meine Jungs ins Herrenhaus holen und ihnen Benehmen beibringen?« Sie kicherte spöttisch. »Würd' der mal guttun, etwas Leben im Haus.«
Jowna merkte, hier war jedes weitere Wort Verschwendung, und auch wenn sie die Jungen aufgefordert hätte, ihr beim Beseitigen der Schäden im Wirtschaftsraum zu helfen. Als sie sich an der Tür noch einmal kurz umdrehte, sah sie, wie Robert ihr die Zunge rausstreckte und John Grimassen schnitt. Sie atmete tief durch, um den Jungen keine Ohrfeige zu verpassen. Jowna

konnte sich aber nicht so weit beherrschen, die Tür nicht krachend hinter sich ins Schloss fallen zu lassen. Sie hatte das Leben hier so satt und hätte alles getan, um ihm zu entfliehen.

»Und ich sage dir, da stolziert sie in ihrem teuren Seidenkleid, das Baby auf dem Arm, herum und erklärt mir, sie würde mir die Kosten für die Scheibe und die Milchkanne vom Lohn abziehen!« Jownas Gesicht und ihre Haltung strahlten helle Empörung aus.
Edwina zuckte mit den Schultern und schob der Schwester eine gefüllte Tasse hin.
»Hier, trink deinen Tee, der beruhigt. Was sollen wir denn machen?«
Fortgehen! Edwina las die Antwort in Jownas Augen, und am liebsten hätte sie ihr gesagt, sie solle gehen und nicht länger Rücksicht auf sie und die kranke Mutter nehmen, sondern sich ihr eigenes Leben aufbauen. Edwina wünschte sich, die Schwester möge glücklich werden, doch sie konnte sie nicht fortschicken. Nicht nur des Geldes wegen, denn hier würde sich irgendwie eine Lösung finden lassen, aber der Gedanke, künftig allein mit der Mutter zu sein, die kaum noch bei Bewusstsein war, war mehr, als Edwina ertragen konnte. Sie wusste, ihr Verhalten war egoistisch, aber Jowna war der einzige Mensch auf der Welt, dem sie noch vertrauen und mit dem sie über Samuel sprechen konnte …
Allein an seinen Namen zu denken bereitete Edwina körperliche Pein. Noch immer konnte und wollte sie nicht glauben, von ihm derart schändlich im Stich gelassen worden zu sein. Jowna hatte jedoch ganz recht, wenn sie sagte:
»Edwina, vergiss ihn! Selbst wenn deine Theorie, dass sein Brief

gefälscht war, stimmen würde, seitdem ist so viel Zeit vergangen, in der du nichts von ihm gehört hast. Sollte er den Brief tatsächlich nicht geschrieben haben – warum hat er sich dann nicht längst mit dir in Verbindung gesetzt? Warum ist er nach dem einen Jahr nicht nach Hause gekommen? Ein Mann, der eine Frau wirklich liebt und mit ihr zusammen sein möchte, setzt alle Hebel in Bewegung, um mit ihr in Kontakt zu treten. Zudem bist du ja nicht irgendwohin verschwunden, sondern lebst immer noch hier in St. Agnes. Nenne mir also nur einen einzigen Grund, der Samuel Pencarron daran hindern sollte, dich aufzusuchen oder dir zumindest zu schreiben, wenn sein Brief nicht der Wahrheit entspricht.«

Edwina seufzte und schloss, von der Erinnerung überwältigt, für einen Moment die Augen. Jowna hatte ja recht, es gab keinen Grund, außer … Samuel wäre nicht mehr am Leben, aber dieser Gedanke war zu furchtbar, um daran zu glauben. Sicherlich hätten sie es erfahren, wenn dem Bruder von Lord Henry etwas zugestoßen wäre. Edwinas gesunder Menschenverstand sagte, dass sie keinen weiteren Gedanken mehr an Samuel und die kurze, schöne Zeit, die sie zusammen verbracht hatten, verschwenden durfte, aber ihr Herz sprach eine andere Sprache.

Es war ein kalter, stürmischer und regnerischer Abend Anfang April, als Jowna den Wirtschaftsraum abschloss und sich auf den Heimweg machte. Für die drei Dutzend Bewohner auf dem Gelände der alten Mine gab es einen Einsatzplan, wer wann für das Kochen zuständig war, denn die einzelnen Unterkünfte verfügten nicht über eigene Küchen. Jowna hatte die Aufsicht über die Frauen und musste dafür Sorge tragen, dass die Räumlichkeiten aufgeräumt und sauber waren. Da dies aber selten der

Fall war, musste Jowna immer noch einmal putzen, bevor sie Feierabend machen konnte. Dabei war ihr die kleine Lizzie eine große Hilfe, doch leider hustete das Kind seit dem Vortag. Jowna hatte sie ins Bett geschickt und den ganzen Abwasch allein erledigt. Sie war todmüde und sehnte sich nur noch nach ihrem Bett. Der übliche Heimweg führte sie über den Küstenpfad, der am Rande der Klippen von der Bucht Chapel Porth zu Trevaunance Cove, dem alten Hafen, führte. Der Wind zerrte an ihrer Mütze und dem Umhang, der Regen peitschte vorn in ihr Gesicht und durchnässte sie binnen weniger Minuten bis auf die Haut. Mehr als einmal strauchelte sie auf dem unebenen und glitschigen Pfad und konnte sich, um nicht in den Matsch zu fallen, gerade noch mit den Händen an dem niedrigen Heidekraut festhalten. Obwohl es ein Umweg von rund zwei Meilen war, beschloss Jowna, den Küstenweg zu verlassen und den Weg ins Landesinnere zu nehmen, der in einem Bogen um St. Agnes herum auf die Landstraße nach Blackwater und von dort wieder zurück in den Ort führte. Der Wind steigerte sich allmählich zu einem Sturm, und es war bereits vorgekommen, dass unachtsame Wanderer von den rund hundert Meter hohen Klippen hinab in das tosende Meer geweht worden waren. Sobald Jowna die Senke erreicht hatte, die durch ein dicht mit mannshohem Farn und Ginsterbüschen bewachsenes Tal führte, war der Wind erträglicher, aber die Regentropfen stachen Jowna wie spitze Nadeln ins Gesicht. Nach einer knappen Meile kam sie an einer verlassenen Kate vorbei, deren Tür unverschlossen war und im Wind klapperte. Jowna lief zu der Hütte, drückte die Tür auf und trat ein. Abgestandene, muffige Luft schlug ihr entgegen, und im schwachen Licht, das durch die schmutzigen Fensterscheiben fiel, erkannte sie zwei zerbrochene

Stühle, ein Sofa mit zerfleddertem Überzug und eine schmale Pritsche, die wohl mal als Bettstatt gedient hatte. Jowna hatte keine Ahnung, wer die letzten Bewohner dieser ärmlichen Behausung gewesen waren, aber die Hütte stand seit rund fünf Jahren leer. Da sie weder Elektrizität noch fließendes Wasser hatte und in der Abgeschiedenheit des Tals auch keine Möglichkeit bestand, dies zu bekommen, hatten sich bisher keine neuen Besitzer gefunden. Jowna beschloss zu warten, bis der stärkste Regen vorbei wäre, und zündete eine Kerze an, die sie auf dem Kaminsims fand. Zum Glück waren die Streichhölzer trocken. Neben der Feuerstelle lag ein Stapel alter, vergilbter Zeitungen. Mehr aus Langeweile als aus Interesse nahm Jowna einige Ausgaben hoch, setzte sich auf die Pritsche und blätterte lustlos in den Zeitungen. Als ihr die Schlagzeile

Wieder Kindesentführung in den USA

in die Augen sprang, war ihr Interesse geweckt. Sie zog die Kerze näher heran und las den Artikel.

> Glücklich ausgegangen ist die Entführung des kleinen Harold M. aus Houston, der vor neun Tagen auf dem Weg von der Schule nach Hause von bisher noch Unbekannten entführt worden war. Wie das zuständige Polizeidepartment mitteilte, wurde der Junge vor zwei Tagen nach Zahlung eines Lösegeldes in Höhe von 1,2 Millionen Dollar an einer einsamen Landstraße freigelassen und von Passanten aufgefunden. Der achtjährige Harold M. ist zwar körperlich unversehrt, befindet sich aber derzeit in stationärer Behandlung, um das Erlebte zu verarbeiten

und ggf. der Polizei wertvolle Hinweise auf seine Entführer geben zu können.

Seit dem Entführungsfall des »Lindbergh-Babys« vor acht Jahren greift die Idee, ein Kind zu rauben und gegen Geld wieder freizulassen, in den Vereinigten Staaten immer mehr um sich. Auch die dafür verhängte Todesstrafe scheint die Täter dieses Verbrechens, das zu den furchtbarsten der Welt gehört, nicht abzuschrecken …

Nachdenklich legte Jowna das Blatt zur Seite. Ihr Mitgefühl galt den Eltern. Was mochten diese wohl durchgemacht haben, als ihr Sohn verschwunden war? Und das Kind selbst? Mit acht Jahren hatte der Junge sicher alles bewusst erlebt, vielleicht hatte er sogar an die Möglichkeit gedacht, dass er getötet werden könnte. Wenn man ein Kind entführte, dann könnte man doch ein Baby nehmen, das sich später an nichts mehr erinnern würde. Außerdem war ein Säugling sicher leichter zu verstecken als ein halbwüchsiger Junge. Man würde das Kind drei, vier Tage behalten, es füttern, wickeln und umsorgen und dann, nach Zahlung des Lösegelds, unversehrt den Eltern zurückgeben. Jowna hatte von der Entführung des Babys des Fliegers Charles Lindbergh gehört. Fast zwei Jahre hatte es keinen Hinweis gegeben, dann war das Kind tot aufgefunden worden. Sie konnte nicht verstehen, wie man das dem Kind hatte antun können. Nun, in dem Fall von Houston war die Sache ja zum Glück gut ausgegangen. Jowna seufzte. Über eine Million Dollar! Sie hatte keine Ahnung, wie viel Geld das in britischen Pfund war, aber es hörte sich nach einer gigantischen Summe an. Unvorstellbar, dass jemand überhaupt so viel Geld besaß. Nun ja, von der Königsfamilie mal abgesehen. Jowna zog die Unterlippe zwischen die Zähne und kaute grübelnd darauf herum. Die Pencarrons waren auch nicht unvermögend. Gut, sicher hatten sie keine Millionen, denn auch ihr war nicht verborgen geblieben, dass Lord Henry Land verkaufen musste, um die laufenden Kosten des Herrenhauses finanzieren zu können, aber allein das Inventar musste unheimlich wertvoll sein. Jowna dachte an die zum größten Teil antiken Möbel und an die Bilder in der Galerie, unter denen sich sogar ein echter Michelangelo und zwei Rubens befanden. Sie lehnte sich zurück und begann davon zu träumen, was sie und Edwina mit so viel Geld anfangen könnten. Nun ja, gut, vielleicht nicht gerade eine Million, aber so fünfzigtausend Pfund … Das würde reichen, um sich ein kleines Haus zu kaufen, oder eine Wohnung in der Stadt, und sich die Arbeit aussuchen zu können. Irgendetwas arbeiten mussten sie ja, denn den ganzen Tag lang Müßiggang war auf die Dauer langweilig. Sie würde vielleicht einen kleinen Frisiersalon eröffnen, denn von jeher hatte Jowna Freude daran gehabt, hübsche Frisuren zu schneiden und zu stecken. Sie seufzte und streckte ihre Glieder, die von der Kälte steif geworden waren. Es war Unsinn, weiter darüber nachzudenken, denn weder sie noch Edwina würden jemals in den Genuss einer solchen Summe kommen.

Über ihre Überlegungen war die Zeit schneller vergangen, als Jowna bemerkt hatte, und es war bereits dunkel geworden. Der Regen hatte nachgelassen, so hüllte sie sich wieder in ihren nassen Umhang und machte sich mit schnellen Schritten auf den Heimweg. Sicher würde Edwina bereits auf sie warten und sich wundern, wo sie so lange blieb. Jowna freute sich auf eine warme Suppe, denn sie war völlig durchgefroren. Als das Cottage in Sicht kam, sah sie das Fahrrad von Reverend Pentecost an der

Hauswand lehnen. Jowna hatte gerade den schmalen Flur betreten, als ihr Edwina aus der Küche entgegenkam. Ihr Gesicht war geschwollen, und ihre Augen waren vom Weinen gerötet. »Endlich bist du hier!« Sie schluchzte und presste ein Taschentuch auf den Mund. »Mutter … sie ist von uns gegangen … Vor zwei Stunden …«

12. Kapitel

Keine der Schwestern sprach aus, was jede insgeheim dachte, als der schlichte Eichensarg in das Grab gesenkt und die Erde darübergeschaufelt wurde: Nun hält uns nichts mehr in Cornwall. Sie waren frei, in eine andere Stadt zu gehen, sich Arbeit zu suchen und einen Neubeginn zu wagen. Irgendwohin, wo niemand von Edwinas Beziehung zu Samuel Pencarron wusste. Doch jetzt, da diese Möglichkeit zum Greifen nahe war und in ihrer derzeitigen Situation die beste Lösung für beide wäre, schien die Vorstellung, die Heimat zu verlassen, besonders für Edwina unerträglich. Zudem war Krieg, nicht gerade eine Zeit, sich neu zu orientieren. So blieb vorerst alles beim Alten, und Jowna ging jeden Tag wie gewohnt bei Sonnenaufgang zum alten Minengelände.

Als sie den Vorplatz betrat, merkte sie, dass etwas geschehen sein musste, denn sie sah den Wagen von Lady Sarah am Eingang parken. Was wollte sie so früh am Morgen hier? Jowna sollte es gleich erfahren, denn als sie die Wirtschaftsgebäude erreichte, musste sie feststellen, dass die Scheiben aller Fenster zerborsten waren, die Tür aufgebrochen worden war und schief in den Angeln hing. Mit einem zornigen Blick stand Lady Sarah unter dem Türsturz.

Als sie Jowna erkannte, herrschte sie diese unfreundlich an: »Was hat das zu bedeuten? Wie konnte so etwas geschehen? Du hast die Verantwortung für die Leute, warum hast du nicht aufgepasst?«

»Äh … ich … also … keine Ahnung …«

Jowna wusste nicht, was sie sagen sollte, auch wenn sie sofort den Verdacht hegte, dass die Higgins-Jungen für den Einbruch verantwortlich waren, aber sie hatte keine Beweise. Sie betrachtete die erheblichen Schäden: Schubladen und Schranktüren waren herausgerissen, Geschirr war zerschlagen, und sämtliche Vorräte waren gestohlen worden. Dutzende von Neugierigen standen im Kreis und gafften interessiert auf die Szene, von der Familie Higgins war jedoch niemand zu sehen.

»Ich wusste, es war ein Fehler, einer Goldsworthy die Aufsicht anzuvertrauen!« Lady Sarah rang theatralisch die Hände. »Deine Schwester versuchte, meinem Schwager ein Kind anzuhängen, um an Geld zu kommen, daher würde es mich nicht wundern, wenn du selbst hier eingebrochen und alles gestohlen hast.« Diese Anschuldigung war so unglaublich, dass es Jowna die Sprache verschlug, was selten geschah. Lady Sarah ließ ihr auch keine Zeit zu einer Verteidigung, denn sie fuhr mit lauter Stimme fort: »Leider fehlen mir die Beweise, aber zutrauen würde ich es dir. Du wirst alles hier wieder aufräumen und reparieren, und die Schäden, einschließlich der verschwundenen Lebensmittel, wirst du mir Penny für Penny bezahlen.« Sie sah Jownas ungläubige Miene und lächelte spöttisch. »Nein, Mädchen, ich werde dich nicht entlassen oder gar der Polizei melden, denn dann könnte ich ja nicht dein Gehalt einbehalten, bis die Schulden getilgt sind. Noch heute wird Nessa Aldwyn kommen und dir auf die Finger sehen. Künftig werde ich ein besonderes Auge auf dich haben.«

Jowna hörte hinter sich ein Kichern und fuhr herum. An der

Ecke des früheren Dampfhauses sah sie Robert, Ben und John, die sich vor Lachen den Bauch hielten. Jownas Stimme zitterte, als sie den Versuch machte, Lady Sarahs Augenmerk auf die wahren Schuldigen zu lenken.

»Bei allem Respekt, Mylady, aber ich denke, wir sollten den oder die Verantwortlichen hier suchen …«

Aber Lady Sarah ließ sie nicht zu Ende sprechen.

»Selbst wenn du es nicht warst, trägst du die Verantwortung. Ich sagte damals gleich zu meinem Mann, es wäre eine dumme Idee, dich wieder einzustellen, aber er konnte dem Pfarrer den Wunsch nicht abschlagen, trotz allem, was deine Familie der meinigen angetan hat. Wir sind ja schließlich gute Christenmenschen.« Sie wandte sich zum Gehen und rief über die Schulter Jowna zu: »Ich erwarte bis Ende der Woche, dass die Fenster und die Tür wieder instand gesetzt sind. Und wenn du die Kosten für die Schäden abgearbeitet hast, kannst du von mir aus gehen. Damit würdest du mir einen großen Gefallen tun, denn das, was deine Schwester getan hat, ist unverzeihlich.«

Lady Sarah drehte sich entschlossen um, ging zu ihrem Auto, das sie selbst chauffierte, und fuhr, eine Staubwolke hinterlassend, davon. Lizzie drängte sich durch die Gaffer und schmiegte sich an Jownas Beine.

»Ich helfe dir«, sagte sie leise.

Jowna legte eine Hand auf das weiche Haar des Kindes. Am liebsten wäre sie auf der Stelle ganz weit fortgelaufen und hätte Lady Sarah ihre Kündigung ins Gesicht geschleudert, aber sie und Edwina besaßen keinen einzigen Penny. Alles, was sie zurückgelegt hatten, mussten sie für die Beerdigung der Mutter aufwenden. In zwei Tagen sollte Jowna ihren nächsten Wochenlohn erhalten, doch jetzt war die Auszahlung ungewiss. Zornig ballte sie beide Hände zu Fäusten. So konnte es nicht weitergehen! Es war nicht nur das Geld, das sie nicht bekommen sollte, sondern in erster Linie die infame Anschuldigung, sie selbst wäre eine Diebin, was Jowna in rasende Wut versetzte. Sie musste etwas ändern, und zwar so schnell wie möglich, und sie musste zu Geld kommen, um Cornwall verlassen zu können. Diesen Pencarrons würde sie es eines Tages heimzahlen, das schwor sich Jowna, aber im Augenblick blieb ihr nichts anderes übrig, als die Schäden, so gut es ging, zu beseitigen und die nötigen Handwerker zu beauftragen. Sie wusste, wenn sie die Unterkunft der Familie Higgins durchsuchen würde, fände sie dort bestimmt die gestohlenen Lebensmittel, aber ihr war klar, dass ihr das nichts nützen würde. Lady Sarah würde sie nicht anhören.

Edwina war entsetzt, als Jowna ihr am Nachmittag von dem Vorfall berichtete. Gegen Mittag war Nessa Aldwyn erschienen, und da die Handwerker bereits begonnen hatten, neue Scheiben einzusetzen, und das ganze Haus voller Staub war, wurde Jowna nach Hause geschickt. Sie könne an diesem Tag sowieso nichts mehr tun, bemerkte Nessa Aldwyn.

»Mrs. Higgins hat schon recht – Sarah Pencarron ist eine kalte und harte Frau. Wie oft habe ich an ihrem Bett gesessen, ihr den Schweiß von der Stirn gewischt und ihre Anfälle über mich ergehen lassen! Diese Zeit scheint sie völlig aus ihren Gedanken verdrängt zu haben, und ich weiß wirklich nicht, was ich ihr getan habe, dass sie mich jetzt derartig schlecht behandelt.«

»Wahrscheinlich ist es ihr peinlich, dass du sie in solch schlimmen Situationen erlebt hast. Seit der Geburt ihrer Tochter scheint sie wieder völlig normal und gesund zu sein.«

»Ha, verteidige sie auch noch!« Jowna funkelte ihre Schwester

an. »Normal ist diese Frau nicht, ganz bestimmt nicht. Oh, wie ich sie hasse! Wie ich den ganzen Pencarron-Clan hasse!«
»Wir werden gehen.« Edwinas Worte klangen endgültig. »Solange wir in St. Agnes und Umgebung bleiben, werde ich immer den Makel einer Betrügerin, die versucht hat, einen Pencarron hereinzulegen, mit mir herumtragen. Und auch du bist davon betroffen, wie sich jetzt zeigt. Vielleicht können wir in Redruth oder Camborne eine Stellung bekommen, dann müssen wir Cornwall wenigstens nicht ganz verlassen.«
Aufgeregt ging Jowna auf und ab.
»Plymouth oder Exeter wären auch Möglichkeiten, aber derzeit haben wir nicht einmal das Geld für die Fahrkarten.« Sie zog ihre Geldbörse aus der Manteltasche und schüttete den Inhalt auf den Tisch. »Hier, schau, das reicht gerade für ein paar Tage, damit wir nicht hungern müssen. Wenn diese arrogante Ziege von Sarah Pencarron mir tatsächlich den Lohn streicht, dann weiß ich nicht, wie es weitergehen soll.«
Ich auch nicht, lautete die stumme Antwort in Edwinas Augen.
»Wir können die Möbel und Mutters Sachen verkaufen«, meinte Edwina zaghaft.
»Es wird uns nichts anderes übrigbleiben. Ach, verdammt!« Jowna schlug mit der flachen Hand so heftig auf die Tischplatte, dass die Tassen klapperten. »Es ist einfach schrecklich, arm zu sein. Ich wünschte, ich könnte es ändern.«
Unwillkürlich tauchte vor Jownas innerem Auge der Artikel über die Kindesentführung in den Staaten auf. Eigentlich wäre es doch sehr leicht, an Geld zu kommen, und dem Kind würde nichts geschehen. Obwohl es warm war, fröstelte Jowna plötzlich und zog sich die Jacke enger um die Schultern.

»Was ist mit dir?« Edwina sah sie besorgt an.
»Ach nichts, alles in Ordnung.« Jowna schüttelte so heftig den Kopf, als könne sie damit die Idee, die sich wie eine Made in ihren Gedanken festsetzte, aus dem Kopf schütteln. Es war nicht gut, an so etwas zu denken, trotzdem ließ sie die Vorstellung, schnell zu Geld zu kommen, für den Rest des Tages nicht los.

Am folgenden Montag hatte Jowna ihren freien Tag, den sie herbeigesehnt hatte. Nessa Aldwyn behandelte sie beinahe wie eine Sklavin, und Jowna konnte der Haushälterin nichts recht machen. Alles, was sie in die Hand nahm, wurde von Nessa argwöhnisch beäugt, ob es Jowna nicht etwa in die eigene Tasche steckte. An diesem Morgen hatte sie das Bedürfnis nach frischer Luft, und da kein Brot mehr im Haus war, machte sie sich auf den Weg nach St. Agnes. Edwinas Angebot, sie zu begleiten, lehnte sie ab.
»Ich möchte ein wenig allein sein, das verstehst du doch?«
Es war ein schöner Morgen, die Luft war rein und frisch. Vögel zwitscherten in den Hecken, die die Wege säumten, und Eichhörnchen huschten auf der Suche nach Nahrung umher. In der Hauptstraße von St. Agnes sah Jowna den Wagen von Pencarron vor dem Kurzwarengeschäft parken. Sie überlegte, ob sie die Straßenseite wechseln sollte, reckte dann aber das Kinn selbstbewusst und ging weiter. Sie hatte sich nichts vorzuwerfen. Lady Sarah auszuweichen wäre nur einem Schuldbekenntnis gleichgekommen. Jowna hatte die Tat nicht geplant, aber als sie den Wagen passierte und auf dem Rücksitz das Kind der Pencarrons erkannte, schien eine fremde Macht von ihr Besitz zu ergreifen. Jowna öffnete die Fondtür. Das Baby schlief, nur das rosige, runde Gesicht schaute aus der flauschigen Decke

hervor. Jowna vermutete, Lady Sarah würde jeden Augenblick zurückkommen, sonst hätte sie ihr Kind nicht allein im Auto gelassen. Neben dem Baby lag ein Päckchen, und durch das weiße, dünne Papier schimmerte bestickter Stoff.
»Soso, einen Aufstand wegen ein paar kaputten Fensterscheiben machen, aber für das Kind mitten im Krieg handbestickte Jäckchen anfertigen lassen«, murmelte Jowna.
Plötzlich erfasste sie solch großer Zorn auf die ganze Familie Pencarron, dass jegliche Skrupel in Jowna zum Schweigen gebracht wurden. Sie nahm das Kind mitsamt dem Päckchen auf ihren Arm. Hastig schaute sich Jowna um. Die Straße war menschenleer, auch von Lady Sarah war keine Spur zu sehen. Hier geboren und aufgewachsen, kannte Jowna jeden Winkel der Stadt. Wenige Meter neben dem Wagen gab es einen schmalen Durchlass zwischen zwei Häusern, der zu einem zugewachsenen Trampelpfad in Richtung Klippen führte. Als wäre sie ferngesteuert, eilte Jowna, das schlafende Baby auf den Armen, durch die Gasse und rannte dann den Pfad entlang. Schlagartig wusste sie, was sie tun konnte, um ihr Leben und das Leben ihrer Schwester zum Besseren zu wenden.

Es war beinahe Vollmond und ein wolkenloser Abend, und die beiden Frauen schritten zügig aus. Als sie den Ortsrand erreichten und Jowna in das bewaldete Tal, das zur Bucht hinabführte, einbog, rief Edwina:
»Wo willst du denn um diese Uhrzeit hin?«
Jowna packte die Schwester am Arm und legte die andere Hand auf deren Mund.
»Sei still!«, zischte sie und sah sich um, dann lief sie mit weit ausholenden Schritten weiter, so dass Edwina Mühe hatte, ihr

zu folgen. Immer wieder blieb Jowna kurz stehen und blickte über die Schulter den schmalen Trampelpfad zurück. Im Licht des Mondes erkannte Edwina einen beinahe panischen Ausdruck in Jownas Augen.

»Du meine Güte, du tust ja gerade so, als hättest du Angst, jemand könnte uns verfolgen«, versuchte Edwina zu scherzen, aber Jowna schnitt ihr mit einer Handbewegung das Wort ab.

»Du wirst es gleich verstehen, jetzt komm, beeil dich.«

Edwina war in großer Sorge gewesen, als die Schwester den ganzen Tag nicht zurückkehrte. Am Morgen wollte sie Brot kaufen, wo blieb sie nur? Vor einer Stunde war Jowna dann völlig aufgelöst ins Cottage gestolpert und hatte Edwina gedrängt, mit ihr zu kommen. Je länger sie durch die Nacht eilten, desto größer wurde Edwinas Beklemmung. Was war geschehen? Was hatte Jowna in einen derartigen Zustand versetzt, beinahe so, als hätte sie zu viel Alkohol getrunken? Edwinas Überraschung war groß, als Jowna auf die verlassene Kate zuging und die Tür aufstieß. Es war alles ruhig, lediglich das Rauschen der Brandung vom nahen Meer klang in Edwinas Ohren. Was, in aller Welt, wollte die Schwester mitten in der Nacht in dieser Bruchbude, die seit vielen Jahren leer stand? Edwina wusste, dass die Hütte weder ans Stromnetz noch an die Kanalisation angeschlossen war, darum stand sie auch nicht für die städtischen Flüchtlinge zur Verfügung.

Vorsichtig tastete Jowna sich durch den kleinen Raum mit der niedrigen Decke, dann hörte Edwina etwas rascheln, und gleich darauf erhellte der Schein einer Petroleumlampe einen Teil der alten, schäbigen Einrichtung. Edwina wollte gerade fragen, was sie hier taten, als sie aus der rechten hinteren Ecke ein Geräusch hörte. Es war ein Rascheln und ein leises Quäken. In Erwartung eines Tieres, das in der Hütte Unterschlupf gefunden hatte, trat sie sicherheitshalber einen Schritt zurück. Jowna lachte, dann hielt sie die Lampe so, dass das Licht auf eine schmale Pritsche fiel. Was Edwina darauf liegen sah, raubte ihr den Atem, und ihr Herzschlag setzte ein paar Takte aus. Eingewickelt in eine rosarote, flauschige Decke, lag da ein Säugling. Auf seinem Kopf ringelten sich dunkle Locken, und das Kind schien Edwina aus seinen großen grauen Augen direkt anzusehen. Die Pausbacken zuckten, dann lachte und gluckste das Baby, ganz so, als freue es sich über den Besuch.

»Gott sei Dank, es ist alles in Ordnung.« Jowna seufzte erleichtert. »Ich hatte Bedenken, die Kleine für eine Stunde allein zu lassen, aber wie hätte ich dich hierherholen sollen?«

In Edwinas Kopf wirbelten die Gedanken wild durcheinander. Was war das für ein Kind? Und wie kam Jowna zu dem Baby? Warum lag die Kleine in einer verfallenen Hütte, und warum grinste ihre Schwester so selbstgefällig?

»Wenn du mir jetzt bitte erklären würdest …« Edwinas Stimme drohte zu versagen, aber Jownas Grinsen wurde immer breiter.

»Das, meine liebe Edwina« – sie deutete auf das Kind –, »ist unsere Eintrittkarte in ein neues, besseres Leben.« Sie griff nach Edwinas Hand und zog die Schwester näher an die Pritsche heran. »Darf ich dir die kleine Lady Gweniver Pencarron vorstellen? Du musst zugeben, sie ist ganz entzückend. Welch ein Wunder bei den Eltern!«

Edwina lief es eiskalt über den Rücken, und ihre Hände zitterten unkontrolliert. Sie begann zu verstehen, aber sie weigerte sich, zu glauben, was offensichtlich geschehen war.

»Da ich nicht annehme, Lady Sarah hat dir ihre Tochter freiwillig überlassen, damit du sie in diese Hütte bringst …« Sie stockte und blickte Jowna entsetzt in die Augen. »Du hast sie entführt, nicht wahr?«

Jowna zuckte mit den Schultern und strich dem Baby über den Kopf.

»Nun ja, sagen wir mal, ich habe mir Gweniver für ein Weilchen *ausgeliehen*. Sie wird bald wieder zu Hause sein, denn ich glaube nicht, dass die Eltern lange auf sie verzichten möchten. Bis dahin werden wir uns um die Kleine kümmern. Schau, Edwina, von unseren letzten Pennys habe ich Nahrung und Windeln gekauft, und durch eine glückliche Fügung hatte die Kleine sogar noch Sachen bei sich, so dass sie nicht einmal auf ihre weiche, seidene Kleidung verzichten muss. Ich gebe zu, die Umgebung ist etwas ärmlicher als die Kinderzimmer im Herrenhaus, aber so ein kleines Baby bekommt das doch gar nicht mit, oder was denkst du?«

Es fiel Edwina schwer, einen klaren Gedanken zu fassen. Immer wieder sah sie auf das Baby und blinzelte, als wäre die Kleine eine Fata Morgana, die wieder verschwinden würde. Endlich löste sich ihre Erstarrung, und sie rief: »Wie konntest du das tun? Das ist ein Verbrechen, mal davon abgesehen, was du den Eltern antust! Du bringst das Kind sofort zurück. Jetzt auf der Stelle!«

Wegen Edwinas lauter Stimme begann Gweniver erst zu wimmern, dann laut zu schreien.

»Jetzt hast du sie erschreckt.« Vorwurfsvoll sah Jowna die Schwester an. Sie nahm das Baby auf die Arme und sprach leise auf die Kleine ein. »Ich glaube, sie hat Hunger. Würdest du bitte Feuer machen, damit wir den Brei zubereiten können? Ich glaube, wir können es wagen, Feuer zu machen, den Rauch wird mitten in der Nacht wohl niemand bemerken.«

Edwina rührte sich nicht von der Stelle.
»Hast du nicht gehört, was ich gesagt habe? Wir bringen das Kind sofort nach Pencarron Manor zurück. Von mir aus legen wir es vor die Tür, läuten und sehen zu, dass wir unbemerkt wieder verschwinden können. So besteht eine kleine Chance, dass niemand etwas von deiner Tat erfährt.«
»Tz … tz … tz … meine Kleine, du bekommst gleich dein Breichen.« Jowna legte das Kind zurück, dann trat sie vor Edwina, packte deren Schultern und schüttelte sie leicht. »Verstehst du denn nicht, Edwina? Natürlich geben wir Gweniver zurück, aber erst, wenn der Lord gezahlt hat. Ich dachte an fünfzigtausend Pfund. Hörst du, fünfzigtausend! Mit dem Geld können wir nach London gehen und ein neues Leben beginnen. Dem Kind wird nichts geschehen, das verspreche ich. Du brauchst dir auch keine Sorgen zu machen, dass der Verdacht auf mich fallen könnte. Ich bin extra mit dem Bus nach Redruth gefahren und habe dort, wo mich niemand kennt, alles Nötige gekauft. Es gibt keine Verbindung zu mir oder gar zu dir. Damit das aber so bleibt, muss ich morgen früh pünktlich zur Arbeit erscheinen. Darum musst du bei Sonnenaufgang hier sein und den Tag über bei der Kleinen bleiben. Wir können sie ja nicht allein lassen. Morgen Abend löse ich dich dann wieder ab.«
»Du bist verrückt!«, zischte Edwina und wich zurück. »Wie lange willst du Gweniver denn hierbehalten?«
Jowna lächelte, und Edwina sah in ihren Augen einen Ausdruck von Verschlagenheit, der sie zutiefst beunruhigte.
»Drei Tage, ich habe alles ganz genau berechnet. Es ist wichtig, dass Lord Henry aus London kommt, denn ich glaube nicht, dass Lady Sarah so viel Geld lockermachen kann. Wahrscheinlich wird er noch in dieser Nacht eintreffen, da ich vermute, er

wurde gleich heute Vormittag über das Verschwinden seiner Tochter informiert. Wir werden die Eltern aber noch ein wenig schmoren lassen, umso bereitwilliger werden sie bezahlen. Ich verstehe dich nicht, Edwina, warum willst du diese Leute immer noch schonen? Haben sie dir nicht genügend Böses angetan? Der Bruder hat dich verführt, geschwängert und dann nicht nur im Stich gelassen, sondern sogar noch abgestritten, der Vater deines Kindes zu sein. Lord Henry hat versucht, dich zu töten, du hast dabei dein Kind verloren, aber wir können ihm nichts nachweisen. Seitdem sind wir Ausgestoßene in der Stadt, einzig der Pfarrer hält noch zu uns. In den letzten Monaten hatten wir wenig zu essen und kaum Geld für Mutters Medikamente. Was soll noch geschehen, Edwina, damit du endlich einsiehst, dass diese Pencarrons einen Denkzettel verdient haben?«

»Einen Denkzettel?«, wiederholte Edwina fassungslos. »Die Entführung eines Kindes kann man kaum als Denkzettel bezeichnen. Es handelt sich um eine schwerwiegende Straftat, die uns beide ins Gefängnis bringen kann. Bestenfalls, denn ich bin mir nicht sicher, ob auf Kindesentführung nicht sogar die Todesstrafe steht.«

»Man wird uns nicht erwischen.« Jowna wischte Edwinas Bedenken mit einer Handbewegung beiseite. »Ich habe alles genau durchdacht und geplant. Das erkläre ich dir später, jetzt braucht die Kleine ihren Brei. Hilfst du mir nun, oder willst du mich etwa der Polizei ausliefern?«

Henry Pencarron hatte erwartet, seine Frau verzweifelt und in Tränen aufgelöst vorzufinden. Stattdessen saß sie ruhig, die Hände im Schoß gefaltet und mit versteinertem Gesicht, vor der Frisierkommode. Rund um den Bilderrahmen mit dem Foto von Gweniver hatte Sarah sechs Kerzen angezündet, es war die einzige Beleuchtung im Zimmer. Als Henry den Lichtschalter betätigte, rief Sarah: »Lass bitte die Lampe aus!«

Henry trat näher, ein Schauer lief ihm über den Rücken. Die Anordnung auf der Kommode sah aus wie ein kleiner Altar, fast so, als wäre Gweniver nicht mehr am Leben …

»Sarah, Liebling …« Er trat näher, legte beide Hände auf ihre Schultern und merkte, wie sie sich unter der Berührung verkrampfte. Schnell ließ er sie wieder los.

»Warum tut Gott mir das an? Warum nimmt er mir noch ein zweites Kind?« Sarahs Stimme war tonlos und seltsam gefasst.

»Gweniver ist nicht tot«, rief Henry. »Sie ist entführt worden, aber wir werden sie zurückbekommen! Hurstley hat mir den Brief gezeigt. Wenn wir auf die Forderungen der Entführer eingehen, ist Gweniver bald wieder gesund und munter bei uns.«

Wie in Zeitlupe drehte sich Sarah zu ihrem Mann um. In ihren Pupillen spiegelte sich das flackernde Kerzenlicht. Ihr Blick bekam dadurch etwas Unheimliches.

»Das kannst du nicht ernsthaft glauben, Henry.« Ihre unnatürliche Ruhe flößte Henry Angst ein. Mit einer weinenden, verzweifelten Frau wäre er besser zurechtgekommen als mit diesem erstarrten Wesen, aus dem alles Leben gewichen zu sein schien.

»Wenn sie uns Gweniver zurückgeben wollten, dann hätten die Entführer längst ihre Forderungen gestellt. Sie wollen uns quälen …«

»Ja, du hast recht!« Henry schnitt ihr das Wort ab. »Sie lassen uns zappeln, sie wissen, dass wir, je länger sie Gweniver in ihrer Gewalt haben, auf jede Forderung, mag sie auch noch so hoch sein, eingehen werden.« Er ballte die Hände zu Fäusten. »Mein

Gott, was sind das für Menschen! Wer tut so etwas einem Baby an? In was für einer Zeit leben wir nur?«

Kalt sah Sarah ihren Mann an, dem die Erschütterung ins Gesicht geschrieben stand, und sagte: »Ich glaube nicht, dass die Entführer Geld wollen.«

»Was sollten sie sonst wollen? Welchen Grund gäbe es, ein Kind zu entführen, wenn nicht Geld?«

»Militärische Geheimnisse, Pläne, Namen von Agenten, oder was weiß ich, was du sonst noch alles weißt. Wir haben Krieg, einen furchtbaren und grausamen Krieg, der auch nicht vor Kindern haltmacht.«

Henry erstarrte und konnte sein Erschrecken über Sarahs Vermutung nicht verbergen. Als der Anruf Hurstleys ihn in der Botschaft erreichte, war Lord Netherfield gerade in seinem Büro gewesen. Somit war es unvermeidbar, dem Vorgesetzten von Gwenivers Entführung zu berichten, außerdem konnte Henry nur mit seiner Zustimmung London verlassen. Netherfield hatte Henry zwar sein Mitgefühl bekundet, dann aber sehr ernst gesagt: »Sir Henry, Sie müssen jetzt einen kühlen Kopf bewahren. Vielleicht handelt es sich um eine normale Entführung. Sie zahlen eine gewisse Summe und bekommen Ihr Kind zurück. Vielleicht aber auch – und davon müssen wir in der derzeitigen Lage ausgehen – werden die Verbrecher versuchen, von Ihnen Informationen zu erpressen. Das darf unter keinen Umständen geschehen! Dutzende unserer Agenten könnten in Lebensgefahr geraten, wenn Sie plaudern.«

Henry Pencarron fuhr in die Höhe.

»Sie meinen … meine Tochter wurde entführt, um über mich an Namen von Agenten heranzukommen? Das ist unmöglich, Sir! Wer bin ich denn? Es gibt einflussreichere und besser informierte Männer als mich, außerdem befindet sich meine Familie auf dem Land. Bei allem Respekt, Sir, aber das kann ich nicht glauben.«

Netherfield sah seinen Mitarbeiter besorgt an.

»Im Krieg und in der Liebe ist alles erlaubt. Leider befinden wir uns im Krieg, auch wenn mir die Liebe angenehmer wäre.« Er versuchte ein Lächeln, aber sein Mund verzog sich nur zu einer gequälten Grimasse. »Fahren Sie nach Hause, Pencarron, ich verstehe, dass Sie jetzt an der Seite Ihrer Frau sein wollen, auch wenn ich Sie hier nur schwer entbehren kann. Ich wünsche Ihnen von ganzem Herzen, dass ich im Unrecht bin und Sie Ihre Tochter schnell und unversehrt zurückbekommen. An eines muss ich Sie aber noch erinnern, Pencarron: Unter keinen Umständen dürfen Sie irgendeine Information Ihre Tätigkeit betreffend preisgeben! Egal, was geschieht. Ich bin selbst Vater dreier Kinder, zwei Söhne kämpfen auf dem Festland, daher verstehe ich Ihre Besorgnis sehr gut. Aber es darf nie einen Zweifel an Ihrer Loyalität Ihrem Land und Ihrem König gegenüber geben. Haben Sie verstanden?«

Henry hatte nur nicken können, seine Kehle war vor Angst wie zugeschnürt. Während der langen Fahrt nach Cornwall, bei der er in einem halsbrecherischen Tempo fuhr und beinahe einen Unfall verursacht hatte, hatte sich Henry geweigert, an etwas anderes als an eine Entführung, bei der es um Lösegeld ging, zu denken. Und jetzt musste er feststellen, dass Sarah die gleichen Befürchtungen hegte wie Netherfield.

»Sarah, ich bin sicher, es gibt keine politischen Hintergründe …«, versuchte er sie und sich selbst zu beruhigen, aber Sarah ließ ihn nicht aussprechen.

»Wenn Gweniver ein Leid geschieht, dann bist du schuld!«

Sarahs Stimme wurde lauter und riss Henry aus seinen Gedanken. »Dann schwöre ich bei Gott – ich werde dich töten!«

»Sarah!« Er packte sie bei den Schultern und schüttelte sie. »Was redest du da? Wir werden Gweniver wiederbekommen, wir werden jede Summe bezahlen, die gefordert wird, und wenn ich Pencarron Manor verkaufen müsste!«

Sie stieß ein kehliges, bitteres Lachen aus.

»Geld! Immer geht es nur ums Geld! Du hast mich wegen des Geldes geheiratet, du hast Samuel und Edwinas Beziehung aus finanziellen Gründen zerstört, und jetzt denkst du, du kannst unsere Tochter mit Geld retten. Was, wenn die Entführer Geheimnisse von dir erpressen wollen? Selbst mir, deiner Frau, sagst du nicht, was du in London genau machst und in welche Machenschaften du verstrickt bist. Oh, Henry, ich kenne dich – du wirst niemals dein Land verraten. Eher lässt du dein Kind sterben.«

»Du bist ja hysterisch!« Henry stieß Sarah von sich. »Was du sagst, ist lächerlich …«

»Ja, vielleicht bin ich hysterisch«, rief Sarah so laut, dass es im ganzen Haus zu hören war. »Mein Kind ist in der Gewalt von Verbrechern! Welche Frau wäre unter solchen Umständen nicht hysterisch? Denkst du etwa, hier auf dem Land bekommen wir nichts von dem Krieg mit? Glaubst du, ich sitze den ganzen Tag nur herum und besticke Tischdecken, während in Europa das Inferno tobt? Von Anfang an habe ich deinen Beruf gehasst, und jetzt ziehst du meine Tochter auch noch mit da rein.«

»Es ist auch meine Tochter …«

Henry wandte sich ab. Es hatte keinen Sinn, länger mit Sarah zu sprechen. Ihre Verzweiflung, für die er durchaus Verständnis hatte, brauchte ein Ventil, und im Moment war er in Sarahs

Augen der Sündenbock. Wie gerne hätte er sie in die Arme genommen, ihr Trost gespendet und ihr versichert, dass es Gweniver gutging und sie vielleicht schon morgen wieder zu Hause wäre, aber Sarah war wie eine Fremde für ihn. Der Verlust ihrer Eltern und des ungeborenen Kindes hatte tiefe Wunden in ihrer Seele hinterlassen, die längst noch nicht verheilt waren. Henry bereute es, Sarah damals nicht in ein Sanatorium eingewiesen zu haben. Vielleicht hätte man ihr helfen können.

»Wir werden die Nacht abwarten. Wenn morgen früh keine neue Nachricht von den Entführern vorliegt, werde ich die Polizei einschalten.«

Henry wandte sich ab und wollte zur Tür gehen, als Sarah ihn plötzlich von hinten umklammerte und er etwas Kaltes an seiner Kehle spürte. Erschrocken bemerkte er, dass sie ihm eine Schere an den Hals hielt. In ihren Augen stand der blanke Wahnsinn.

»Die Entführer schreiben ›keine Polizei‹! Du wirst ihnen alle Informationen geben, die sie wollen, dafür werde ich sorgen. Sonst bringe ich dich um!«

Blitzschnell stieß Henry seine Frau von sich. Dabei hatte er unbeabsichtigt so viel Kraft aufgewandet, dass sie nach hinten stolperte, einen Stuhl mitriss und die Kerzen auf der Kommode umwarf. Die direkt neben der Kommode hängenden Vorhänge fingen sofort Feuer.

»Verdammt!«, fluchte Henry und versuchte, den Vorhang aus der Schiene zu reißen, aber da hatte sich schon die textile Wandtapete entzündet. »Raus hier, Sarah!«, schrie er, rannte zur Tür und öffnete sie. Durch den Luftzug wurden die Flammen angefacht und griffen auf die Bettvorhänge und den Baldachin über.

»Hurstley, Feuer! Schnell, wir brauchen Wasser!«, brüllte Henry ins Treppenhaus, dann bemerkte er, wie Sarah inmitten der Flammen stand und fasziniert zuschaute, wie diese den Raum in Besitz nahmen. Der Rauch wurde dichter, und Henry musste husten.

»Komm endlich!«, rief er, aber Sarah stand da wie paralysiert. Henry stürzte sich auf seine Frau, packte sie um die Taille und zerrte sie zur Tür. In dem Moment erschien Hurstley, der fassungslos auf die Flammen starrte. Henry drückte dem Butler Sarah in die Arme. »Haben Sie die Feuerwehr verständigt?«

Hurstley nickte, da rief Sarah: »Gweniver! Die Fotos von Gweniver!«

Henry verstand, was sie meinte. In Sarahs Frisierkommode befand sich ein Album mit Fotografien von ihrer Tochter. Wenn diese verbrannten, würde es nichts geben, was an Gweniver erinnerte.

»Ich hole sie!«

»Sir, nein, bleiben Sie zurück!« Verzweifelt versuchte Hurstley, Henry daran zu hindern, noch einmal in das lichterloh brennende Zimmer zu gehen. Die Flammen hatten sich schon auf dem Läufer im Treppenhaus ausgebreitet und erfassten die ersten Gemälde an den Wänden. »Wir müssen hier raus, Sir! Wir müssen auf die Feuerwehr warten.«

Henry riss sich los und rannte in Sarahs Zimmer. Ein paar Sekunden später gab es ein knirschendes Geräusch, dann brach die hölzerne Decke des Raums herab, und eine Stichflamme schoss ins Treppenhaus, dessen Teppich sofort Feuer fing. Hurstleys Ärmel wurde in Brand gesetzt. Schnell schlug er die Flammen aus, packte Lady Sarah, stieß sie die Treppe, deren Geländer ebenfalls in Flammen stand, hinunter und schob sie nach draußen. Der Butler warf keinen Blick zurück auf das brennende Zimmer, in dem Lord Henry Pencarron von der Decke erschlagen und von den Flammen eingeschlossen war.

Wie ein gefangenes Raubtier lief Edwina im Cottage auf und ab. Mitternacht war längst vorbei, aber sie konnte sich weder hinlegen, noch war an Schlaf zu denken. Nachdem sie Jowna geholfen hatte, Gweniver zu füttern, hatten sie beide die Kleine gesäubert und frisch gewickelt, woraufhin das Mädchen dann auch bald eingeschlafen und Edwina nach St. Agnes zurückgekehrt war. Natürlich würde sie nicht zur Polizei gehen. Sie würde ihre Schwester nicht verraten, außerdem bezweifelte Edwina, dass man ihr glauben würde, nichts von der Entführung gewusst zu haben. Jowna hatte ihr in allen Einzelheiten den Plan dargelegt, und widerwillig musste Edwina der Schwester Respekt zollen, obwohl ihre Tat natürlich verwerflich war.
»Heute Mittag habe ich eine Nachricht in Pencarron hinterlassen, dass Gweniver lebt. In zwei Tagen werde ich eine weitere Nachricht hinterlegen, dass das Kind gegen Zahlung von fünfzigtausend Pfund in bar und in kleinen Scheinen wieder freigelassen wird. Diese Nachricht werde ich, ebenso wie die heutige, aus ausgeschnittenen Buchstaben basteln.« Sie hatte Edwina den Stapel Zeitungen gezeigt, ein weißes Blatt Papier, eine Schere und Klebstoff hatte Jowna ebenfalls besorgt. »Das Geld soll in der Kaverne auf der linken Seite am Chapel Porth hinterlegt werden. Du weißt, dass die kleine Höhle nur bei Ebbe zugänglich ist, sie wird jedoch bei Flut nicht überspült, so dass das Geld im Trockenen liegen bleibt. Das soll in vier Tagen geschehen. Ich habe es exakt ausgerechnet – die Flut wird gegen zehn Uhr am Abend die Kaverne erreicht haben. Kurz zuvor werde ich das Geld herausholen und dort eine weitere Nachricht hin-

terlassen, wo die Pencarrons ihre Tochter finden können. Diese Nachricht können sie aber erst acht Stunden später, wenn die Flut wieder abgelaufen ist, erhalten. Damit bleibt uns genügend Zeit, das Geld an einem sicheren Ort zu verstecken, und wir können bis eine Stunde vor Ablauf der Zeit bei Gweniver bleiben, denn wir wollen ja nicht, dass der Kleinen etwas geschieht, nicht wahr?«

»Machen wir uns nicht verdächtig, wenn wir plötzlich nach London verschwinden?«, wandte Edwina ein, und Jowna nickte wohlgefällig.

»Ich sehe, du denkst mit, Schwesterchen. Wir dürfen natürlich nicht gleich abreisen, sondern müssen weiterleben wie bisher. Auch von dem Geld dürfen wir vorerst keinen Penny ausgeben. In zwei, drei Monaten können wir gehen. Bis dahin wird Gras über die Geschichte gewachsen sein, und uns wird jeder glauben, dass wir einen neuen Anfang in der Stadt machen möchten. Jetzt, da Mutter tot ist.«

Edwina war entsetzt, wie viel kriminelle Energie in ihrer Schwester steckte, von der sie bisher nichts geahnt hatte. Wann war es geschehen, dass Jowna sich derart verändert hatte? Gut, sie war immer diejenige der beiden Schwestern gewesen, die versuchte, ihren Kopf durchzusetzen, während Edwina eher dazu neigte, nachzugeben, aber zu sehen, wie perfekt Jowna dieses Verbrechen durchführte, erschütterte Edwina zutiefst. Sie würde Jowna nicht verraten und zu ihr stehen, aber sie wusste, dass – wenn alles vorüber war – nichts mehr so sein würde wie zuvor. Der Plan der Geldübergabe und die Rückgabe des Kindes waren wirklich bis ins letzte Detail durchdacht. Jowna würde schreiben, dass, sollte die Polizei eingeschaltet werden oder sie bemerken, dass die Chapel Porth überwacht wurde, die Eltern Gweniver niemals wiedersehen würden. Edwina teilte Jownas Ansicht, dass sich die Pencarrons darauf einlassen würden. Besonders Lady Sarah hing an ihrer Tochter und würde nichts tun, was die Gesundheit oder gar das Leben des Kindes gefährden könnte.

Edwina unterbrach ihre Wanderung durch das Zimmer und schlug die Hände vors Gesicht. Jetzt war es für einen Rückzieher zu spät, und sie hing mit drin. Zum ersten Mal in ihrem Leben bedauerte sie, keinen Alkohol im Haus zu haben, denn sie könnte einen starken Schluck gut gebrauchen. Nun gut, dann musste es eben eine Tasse Tee tun. Schön stark und schwarz mit viel Zucker darin …

Als sie am Fenster vorbeikam, stutzte sie und schaute verblüfft hinaus. War die Nacht etwa schon vorbei? Deutlich rötete sich am Horizont der Himmel, aber ein Blick auf ihr Handgelenk sagte Edwina, dass es gerade erst drei Uhr war. Viel zu früh für einen Sonnenaufgang im April. Außerdem – und die Erkenntnis verwirrte Edwina – führte das Fenster nach Süden, und die Sonne ging ja bekanntlich im Osten auf. Sie öffnete die Flügel und lehnte sich hinaus. Deutlich konnte sie erkennen, wie der gesamte Horizont rot leuchtete, aber waren nicht auch seltsame dunkle Wolken zu erkennen? Andere Menschen hatten diese Erscheinung wohl auch bemerkt, denn Edwina hörte Stimmen, und als sie sich weiter vorbeugte, erkannte sie, wie Leute auf die Straße eilten und auf den Lichtschein deuteten. Schnell schlüpfte sie in ihre Schuhe, legte sich den Mantel um die Schultern und lief hinaus. Je näher sie der Ortsmitte kam, desto mehr Menschen befanden sich auf der Straße. Alle redeten durcheinander, aber dann hörte Edwina die Worte: »Das ist ein Feuer!«

»Da brennt es!«

»Oh, mein Gott, das ist Pencarron Manor! Das Herrenhaus brennt!«

Jetzt glaubte Edwina auch, Brandgeruch zu riechen, und automatisch schloss sie sich dem Trupp an, der in Richtung Pencarron eilte. Je näher sie dem Besitz kamen, desto intensiver wurde der Geruch, und immer mehr Rauchfetzen waberten durch die Luft. Bald schon konnte sie das Prasseln der Flammen hören. Kurz vor der weit geöffneten Toreinfahrt erklangen Sirenen, und die Menschen wichen vor den vier Feuerbrigaden aus Redruth zur Seite. Offenbar gelang es dem einzigen Spritzenwagen aus St. Agnes nicht, den Brand einzudämmen, und es war Verstärkung angefordert worden. Kurz darauf fuhren zwei Wagen der Ambulanz mit Signal und Blaulicht an ihnen vorbei. Rund zweihundert Menschen drängten sich nun in unmittelbarer Nähe des Herrenhauses. Edwina stellte sich auf die Zehenspitzen und reckte sich, bis es ihr gelang, zu erkennen, dass der Westflügel, in dem sich die Räumlichkeiten der Herrschaften befanden, vom Erdgeschoss bis zum Dach in Flammen stand. Was war geschehen? Wie hatte das Feuer ausbrechen können?

Die Feuerwehrmänner kämpften verbissen und konnten ein Übergreifen der Flammen auf den Mittelteil des Hauses verhindern. Es dauerte Stunden, der Morgen war längst angebrochen, als das Feuer endlich gelöscht war, aber immer noch qualmte und rauchte es an allen Ecken. Ein Ambulanzwagen verließ das Gelände, doch Edwina konnte nicht erkennen, wer sich darin befand. Die Neugierigen begannen sich zu zerstreuen, da entdeckte Edwina plötzlich den Butler Hurstley. Der sonst immer so korrekt gekleidete Mann befand sich in einem erbärmlichen Zustand. Sein Anzug war versengt und zerrissen, sein Gesicht von Rauch geschwärzt, und er zitterte am ganzen Körper. Nessa Aldwyn trat mit wachsbleichem Gesicht zu ihm, Edwina konnte jedoch nicht hören, was sie miteinander sprachen. Resigniert schüttelte Hurstley den Kopf und ging auf den unversehrten Ostflügel zu. Drei Männer kamen Edwina entgegen, und sie hörte, wie einer von ihnen sagte: »Was für ein furchtbares Unglück! Die Feuerwehr hat Lord Henrys Leiche gefunden. Der Arme schien keine Chance gehabt zu haben.«

Ein anderer nickte, nestelte ein Päckchen Zigaretten aus der Hosentasche und zündete sich eine an.

»Ich habe gehört, Mylady wäre nahezu unverletzt, aber sie hätte den Verstand verloren. Man hat sie ins Hospital gebracht.«

»Ich würde auch verrückt werden, wenn mir das Dach überm Kopf abbrennt und mein Mann in den Flammen stirbt. Was ist eigentlich mit dem Kind?«

Edwina stockte der Atem, gebannt lauschte sie der Antwort.

»Keine Ahnung, ich habe nichts mitbekommen, ob es auch verbrannt ist. Wobei … das Kinderzimmer soll ja im Westflügel gewesen sein. Man wird erst Genaueres wissen, wenn man die Trümmer wegräumen kann.«

Die Männer gingen weiter, und ihre Stimmen verloren sich. Edwina stand wie erstarrt da. Lord Henry war tot und Lady Sarah im Krankenhaus! Wer weiß, wie lange sie dort bleiben musste. Was sollte jetzt mit Gweniver geschehen? Sie drehte sich auf dem Absatz um und rannte, so schnell sie konnte und bis ihre Lungen stachen, zu der Hütte, um Jowna zu informieren. Das Tal lag zu weit von Pencarron Manor entfernt, als dass die Schwester dort etwas von dem Brand mitbekommen haben konnte.

»Wir sind schuld am Tod von Henry Pencarron!« Edwina schleuderte der Schwester atemlos die Worte entgegen.
»Ach was, wir wissen doch gar nicht, warum das Feuer ausgebrochen ist.«
»Wenn du das Kind nicht entführt hättest, wäre Lord Henry nicht in Pencarron gewesen!«
»Wenn, wenn, wenn …« Jowna stemmte die Hände in die Hüften und funkelte die Schwester wütend an. »Es tut mir ja auch leid, was passiert ist. Ist schon eine verdammte Scheiße, die Sache, denn unser Geld können wir jetzt wohl abschreiben. So schnell wird niemand für die Kleine zahlen.«
Edwina war über die Kälte in Jownas Stimme entsetzt. Sie glaubte, ihre Schwester heute zum ersten Mal richtig zu sehen, so fremd kam sie ihr plötzlich vor. Leise und traurig sagte sie:
»Ist Geld das Einzige, woran du denken kannst? Wir haben ein Menschenleben auf dem Gewissen, und es heißt, Lady Sarah habe den Verstand verloren. Mit der Tat hast du dem Mädchen die Eltern geraubt, denkst du auch mal daran?«
Zornig runzelte Jowna die Stirn und wandte sich dem Baby zu. Gweniver schlief süß und selig, mit einem glücklichen Lächeln auf den Lippen, und ahnte nicht, dass in den letzten Stunden ihre Familie und ihr Zuhause zerstört worden waren.
»Tja, das war eben Pech, meine Kleine.« Sie drehte sich wieder zu Edwina um. »Heute Nacht werden wir Gweniver zurückbringen. Es war allerdings ein schöner Gedanke, reich zu sein.«
»Zurückbringen?« Edwina glaubte, sich verhört zu haben. »Wohin denn zurück? In ein zerstörtes Haus, dessen einer Flügel abgebrannt und der Rest durch das Löschwasser unbewohnbar geworden ist? Und zurück zu wem?«

»Na, Hurstley und die Aldwyn sind doch noch da, oder? Das Kindermädchen wahrscheinlich auch und die anderen Angestellten. Die werden sich schon um das Mädchen kümmern, bis Lady Sarah wieder aus dem Hospital entlassen wird. Und schließlich wird man jetzt Samuel benachrichtigen, und er wird nach Cornwall kommen. Oh, Edwina, Samuel ist ja jetzt Lord Pencarron und erbt den ganzen Besitz. Wer hätte das gedacht? Schade, dass es mit euch nicht geklappt hat, dann wärst du jetzt eine Lady und Herrin auf Pencarron Manor.«

Edwina erschrak über so viel Gefühllosigkeit. Am liebsten hätte sie sich die Ohren zugehalten und wäre ganz weit weggelaufen, aber da war noch das Kind. Die kleine unschuldige Gweniver, die durch die Geldgier Jownas zur Halbwaise geworden war. Plötzlich sah Edwina ganz klar.

»Wir können das Mädchen nicht zurückbringen«, sagte sie ruhig, sich jedes Wort überlegend. »Durch die Entführung hast du eine Verantwortung für das Kind übernommen, und zu dieser müssen wir jetzt stehen.«

»Was willst du damit sagen?«

»Gweniver bleibt bei uns.«

»Du bist ja verrückt!«

Edwina sah die Schwester ernst an.

»Nicht verrückter als du, als du sie geraubt hast. Ich schlage vor, das Kind bleibt noch ein paar Tage in dieser Kate. Es scheint ein sicheres Versteck zu sein, zumal die Leute jetzt ohnehin kein anderes Thema als den Brand im Kopf haben. Wir müssen abwarten, wie es Lady Sarah geht und wann Samuel nach Hause kommt. Es ist allerdings Krieg, und wer weiß, wo sich Samuel aufhält und ob er so einfach wird reisen können.«

Jowna nickte bedächtig.

»Das klingt vernünftig. Ein paar Tage, eine Woche vielleicht, können wir Gweniver hier noch verstecken. Aber eine von uns muss nach Redruth, Nahrung kaufen. Am besten fährst du, damit sich nicht doch jemand an mich erinnert. Sobald Sarah Pencarron entlassen worden ist, legen wir das Kind vor die Tür und verschwinden von hier. So ein Pech aber auch, dass der Lord hinüber ist. Warum kann nicht einmal in meinem Leben etwas glattgehen?«

Edwina verzichtete auf eine Antwort. Ein Streit brachte sie nicht weiter. Zu tief war auch sie in das Verbrechen verstrickt, jetzt galt es, ihrer beider Haut zu retten. Sie erhob sich.

»Ich fahre noch heute in die Stadt. Schreibst du mir auf, was ich besorgen soll?«

Jowna nickte, nahm einen Zettel und notierte die Babynahrung, die sie schon einmal für Gweniver gekauft hatte. Diese schien dem Kind offenbar zu schmecken, denn das Mädchen zeigte keine Anzeichen von Unwohlsein. Während Jowna das tat, strich Edwina dem Baby über die weichen Haare.

»Mein armes Kleines, ich verspreche dir, mich um dich zu kümmern. Jetzt hast du niemanden mehr auf der Welt, zu dem du gehörst, aber ich lasse dich niemals allein. Niemals, hörst du?«

Eine Träne tropfte dem Mädchen aufs Gesicht. Erstaunt weiteten sich Gwenivers Augen, dann zogen sich ihre Mundwinkel nach oben, und sie lachte glucksend. »Mein Gott, was haben wir dir nur angetan?«

Edwina schluchzte und schlug die Hände vors Gesicht.

Bereits am selben Tag ging es wie ein Lauffeuer durch St. Agnes, dass die Tochter der Pencarrons entführt worden war. Hatte man bisher vermutet, das Kind wäre ebenfalls ein Opfer der

Flammen geworden, so sprach jetzt ein Hausmädchen über die Ereignisse, die der Brandnacht vorausgegangen waren.

»Mylord hatte uns verboten, darüber zu sprechen, dass seine Tochter verschwunden war …«, las Edwina am folgenden Tag in der Zeitung.

Die Empörung schlug hohe Wellen, und Polizeibeamte gingen von Tür zu Tür. Auch zu Edwina kamen sie und stellten die obligatorischen Fragen. Edwina gelang es, alle ruhig und mit offenem Blick zu beantworten. Einer der beiden offensichtlich überarbeiteten und müden Beamten machte sich Notizen, dann verließen sie das Cottage, und Edwina hatte das Gefühl, dass sie keinen Verdacht geschöpft hatten. Wodurch auch? Jowna war jetzt ständig in der Hütte im Tal, und Edwina versorgte sie und das Kind mit Essen, das sie jeden Abend dorthin brachte. Es war von Vorteil, dass die beiden Frauen kaum Kontakt zu anderen Menschen hatten, und den wenigen, die nach Jowna fragten, unter ihnen Reverend Pentecost, erzählte sie von einer Tante zweiten Grades in der Nähe von Bristol, die plötzlich erkrankt war und dass Jowna zu ihr gefahren war. Um das Lager der Flüchtlinge in der alten Mine kümmerte sich Nessa Aldwyn mit Hilfe von Hurstley, denn die meisten Räume von Pencarron Manor waren unbewohnbar geworden. Außerdem gab es niemanden mehr, für den sie den Haushalt führen mussten.

Die Nachricht, dass man den Aufenthaltsort von Samuel Pencarron nicht feststellen konnte, überraschte Edwina nicht. Der Krieg schritt mit aller Macht und Grausamkeit voran. In diesem Monat hatte Hitler Dänemark und Norwegen besetzt. Der britischen Flotte gelang es zwar, alle deutschen Zerstörer im Ofot-Fjord zu versenken, aber das war nur ein Tropfen auf den heißen Stein. Nach den Erfolgen der Deutschen im Osten und

Norden war die Gefahr, dass die Wehrmacht nun auch bald in die westlichen Anrainerstaaten einmarschieren würde, nicht nur groß, sondern wurde zur Gewissheit. Sollten Frankreich, Belgien und die Niederlande fallen, dann würde nur noch der rund zwanzig Meilen breite Ärmelkanal die Deutschen von England trennen. Dem galt es vorzubeugen, und so wurden alle Befestigungsanlagen, die zum Teil noch unter der Herrschaft Heinrichs VIII. errichtet worden waren, ausgebaut und bis unter die Dächer mit Waffen, Munition und Soldaten ausgestattet. Entlang der Südküste entstanden weitläufige Kasernen, und auch in Cornwall wimmelte es von Soldaten, die von den Einheimischen freudig begrüßt wurden. Sollten die Sauerkrautfresser, wie die Deutschen abwertend von den Briten genannt wurden, nur kommen – die Engländer würden ihnen einen entsprechenden Empfang bereiten!

Acht Tage nach der Entführung und sieben nach der schrecklichen Brandnacht erschütterte eine neue Nachricht die Einwohner von St. Agnes – Lady Sarah Pencarron hatte sich in einem unbewachten Moment aus ihrem Krankenzimmer geschlichen, war auf das Dach des sechsstöckigen Gebäudes gestiegen und hatte sich von dort in die Tiefe gestürzt. Es hieß, sie wäre über den Tod ihres Mannes und das Verschwinden ihres Kindes völlig dem Wahnsinn verfallen und niemals wieder gesund geworden. Alle Versuche, ihr Leben zu retten, waren vergeblich – Sarah Pencarron hatte sich das Genick gebrochen.

Nun musste auch Jowna einsehen, dass sie Gweniver nicht im Stich lassen konnten, und die beiden jungen Frauen begannen, ihre Sachen zu packen, um Cornwall zu verlassen.

13. Kapitel

London, Mai 1940

Adam Sledge tupfte sich mit einem Taschentuch die Schweißperlen von der Stirn. Für Mai war es ungewöhnlich heiß, dazu kam, dass sich die ersten grauen Wolken am Horizont türmten und ein Gewitter ankündigten. Sledge riss eine der Schreibtischschubladen auf und nahm eine Dose mit Pillen heraus. Hastig schluckte er zwei von den hellblauen Dragees und spülte sie mit einem Glas Wasser hinunter. Dann lehnte er sich zurück und wartete darauf, dass der Schmerz in seinem Bein nachlassen würde. Jede Wetteränderung bereitete ihm höllische Pein, und er hätte vor Schmerzen brüllen können. Vorsichtig bewegte er sein rechtes Bein, um eine bessere Sitzposition einzunehmen, aber sofort schoss der Schmerz wie ein Messer ins Knie und zog sich bis zur Hüfte hinauf. Grimmig presste Sledge die Lippen aufeinander. Er hasste die Deutschen, die ihm das angetan hatten! Dabei musste er eigentlich den Deutschen dankbar sein, denn ohne sie wäre er jetzt ein weitaus größerer Krüppel mit nur noch einem Bein. Zwanzig Jahre war er damals gewesen, als er und sein zwei Jahre jüngerer Bruder in dem großen Krieg mit dem Britischen Expeditionskorps nach Frankreich geschickt worden waren. Im Tal der Marne war es zu einem harten Kampf mit den deutschen Truppen gekommen. Er sah seinen Bruder neben sich sterben, dann zertrümmerte ein Geschoss sein rechtes Knie. Bewusstlos war er ins Feldlazarett geschleppt worden. Der erschöpfte und übermüdete Arzt hatte kopfschüttelnd die zerfetzte Wunde betrachtet, aus der Dutzende von spitzen Knochensplittern ragten, und den Befehl zur Amputation gegeben. Sledge hatte getobt und geschrien, aber der Arzt hatte nur in resigniertem Tonfall gesagt: »Junge, wenn du überleben willst, dann nur mit einem Bein. Es gibt Schlimmeres. Lassen wir das Bein dran, bist du in weniger als einer Woche tot.«

Am Nachmittag sollte ihm das Bein abgenommen werden, aber zwei Stunden vorher wurde das Lazarett von den Deutschen unter Beschuss genommen. Sie scheuten sich nicht, auf wehrlose und unbewaffnete Verwundete, Ärzte und Krankenschwestern zu schießen. Sledge musste mit ansehen, wie der Arzt, von einer Kugel ins Herz getroffen, tot zusammenbrach. Er war der einzige Chirurg im Lager, und somit blieb Sledge die Verstümmlung erspart. Die Schmerzen waren jedoch unerträglich, und es gab keine Medikamente, nichts, was das Los der Verwundeten erleichtert hätte. Dann wusste Sledge nichts mehr, denn das Fieber des Wundbrandes hatte ihn gepackt. Wie durch ein Wunder überlebte er, und das Bein heilte. Langsam zwar, aber von Woche zu Woche ging es besser. Nach vier Monaten wurde er mit einem Transport zurück nach England geschickt, und da konnte er sogar schon mit Hilfe von Krücken ein paar Schritte gehen. Seine Mutter und Schwester – der Vater war bereits vor Ausbruch des Krieges gestorben – waren überglücklich, wenigstens einen Sohn lebend in die Arme schließen zu dürfen, aber Adam Sledge war verbittert und haderte mit dem Schicksal. Er konnte keine Dankbarkeit empfinden, dass er lebte und alle seine Gliedmaßen noch hatte. Nein, er begann sein Bein, das für immer bewegungslos bleiben würde und ihm Tag und Nacht höllische Schmerzen bereitete, zu hassen. Ursprünglich hatte er vorgehabt, Medizin zu studieren, aber die Schrecken des Krieges und die unvorstellbaren Geschehnisse, die er im Lazarett miterleben musste, hatten ihm jegliche Freude an dem Arztberuf genommen. So fand er eine Anstellung in einer Metallfabrik, bei der er die Arbeit im Sitzen verrichten konnte. Seine Verlobte Felicitas hatte ihm vorgeworfen, in Selbstmitleid zu versinken und dadurch seine Zukunft zu ruinieren. Was wusste sie schon? Sie war schließlich nur eine Frau und hatte keine Ahnung von Adams furchtbaren Erlebnissen. Natürlich heiratete sie einen anderen Mann – einen Rechtsanwalt mit eigener Kanzlei, der viel verdiente, ein anerkanntes Mitglied der Londoner Gesellschaft war und zwei gesunde Beine hatte. So waren sie eben, die Weiber! Immer nur aufs Geld aus. Sledge war deshalb nie wieder eine Beziehung eingegangen. Um seine Bedürfnisse zu befriedigen, suchte er lieber die Bordelle in Southwark auf. Da wusste er wenigstens, woran er war. Geld gegen schnellen und harten Sex – das war ein Geschäft, und keiner machte dem anderen etwas vor. Im Laufe der Jahre war Adam Sledge zum Abteilungsleiter der Fabrik aufgestiegen, die sich seit rund zehn Jahren auf die Herstellung von Munition spezialisiert hatte. Jetzt war wieder Krieg, und die Produktion lief auf Hochtouren. Sledge war froh, nicht den Arztberuf gewählt zu haben, denn dann hätte man ihn bestimmt in ein Lazarett irgendwo an der Front geschickt, und das hätte er gewiss nicht ertragen. Das viele Blut, die Schreie der Verwundeten, die Amputationen … Wegen seines steifen Beines konnte er nicht mehr zur Armee eingezogen werden, außerdem leistete er in der Fabrik einen nicht unerheblichen Beitrag zum Sieg in diesem verdammten Krieg.

Ein Klopfen an der Tür riss Sledge aus seinen Gedanken. Auf sein »Herein« traten zwei junge Frauen ins Büro, die eine mit einem Baby auf dem Arm. Bevor sie etwas sagen konnten, wusste Sledge, was sie wollten: Arbeit! Seit Ausbruch des Krieges bestand die Belegschaft in der Munitionsfabrik zu neunzig Prozent aus Frauen, denn alle gesunden Männer waren eingezogen worden. Um respektvoll zu erscheinen, richtete sich Adam Sledge in seinem Stuhl auf. Die Tabletten zeigten endlich Wirkung, und der Schmerz hatte nachgelassen, so hörte er sich an, was die Frauen zu sagen hatten.

Ruhig und sicher trug Jowna ihre Frage nach Arbeit vor. Da sie am Abend zuvor erst spät in London angekommen waren, hatten sie die Nacht im Bahnhofsgebäude in einem Raum der Heilsarmee verbracht. Eine freundliche Mitarbeiterin hatte ihnen heute Morgen den Tipp mit der Munitionsfabrik *Bargin & Wolters* in Stepney gegeben.

»Wir hörten, dass Sie in drei Schichten zu je acht Stunden arbeiten lassen. Wir wären Ihnen sehr dankbar, wenn Sie uns in verschiedene Schichten einteilen würden, dann könnte immer eine von uns bei dem Kind sein.«

Adam Sledge zog die Augenbrauen in die Höhe.

»Noch habe ich nicht gesagt, dass ich Sie einstelle, Miss«, sagte er streng. Hübsch waren sie ja, alle beide, aber die Sprecherin hatte eine ganz besonders reizvolle Ausstrahlung. »Haben Sie zuvor bereits irgendwo gearbeitet, oder sind Sie ohne Erfahrung?«

»Wir waren in einem Haushalt angestellt.«

»Soso, Hausmädchen also. Warum haben Sie Ihre Stellung aufgegeben? Ihrem Akzent nach stammen Sie nicht aus London, sondern aus dem Westen, nicht wahr? Eigentlich verlässt jeder,

der es sich leisten kann, die Hauptstadt, deshalb wundere ich mich, dass Sie vom Land zu uns kommen. Kann ich jetzt bitte Ihre Zeugnisse sehen?«

Jowna, die auf diese Fragen vorbereitet war, antwortete ruhig und ohne mit der Wimper zu zucken: »Unser ehemaliger Dienstherr wurde ein Opfer des Krieges, ebenso sein Bruder. Daraufhin entschloss sich Mylady, das Herrenhaus zu schließen und wieder bei ihren Eltern zu leben. Das Personal wurde entlassen. Es tut mir leid, aber in dem ganzen Trubel und in ihrer Trauer hat Mylady vergessen, Zeugnisse auszustellen.«

»Ach ja?« Deutlich war Sledge anzusehen, dass er Jowna kein Wort glaubte, aber die Fabrik brauchte Arbeitskräfte, und die beiden Frauen schienen gesund und kräftig zu sein. »Nun gut, ich will es mit Ihnen versuchen.« Er wandte sich zum ersten Mal an Edwina, die bisher nur stumm danebengestanden hatte. »Ihr Mann ist an der Front?«

Edwina schluckte und hoffte, nicht rot zu werden, als sie leise sagte: »Nein, Sir, er ist in den ersten Tagen gefallen.«

»Der Arme hat sein Kind noch nicht einmal sehen können«, fuhr Jowna rasch fort. »Es ist so tragisch! Seitdem kümmere ich mich um meine Schwester.«

Erstaunt sah Edwina, wie Jownas Augen feucht wurden. Sie hatte nicht geahnt, wie kaltblütig Jowna lügen konnte. Nachdem sie den Entschluss gefasst hatten, Cornwall zu verlassen, um nach London zu gehen, hatte Jowna jedem erzählt, ihre Tante in Bristol, die sie für ein paar Tage besucht hatte, wäre so schwer erkrankt, dass sie ihre beiden Nichten bei sich haben wolle. Darum müssten sie jetzt leider alles Inventar aus dem Cottage verkaufen, denn mitnehmen konnten sie nur wenige persönliche Sachen. Edwina bekam Magenkrämpfe, als Jowna sogar Reverend Pentecost diese Lügengeschichte, ohne mit der Wimper zu zucken, erzählte und ihn bat, ihnen bei der Haushaltsauflösung behilflich zu sein. Pentecost war nicht nur ein Mann Gottes, sondern auch der Einzige, der ihnen in den letzten Monaten zur Seite gestanden hatte. Edwina hasste es, gerade ihn belügen zu müssen, deshalb verbrachte sie die meiste Zeit in der Hütte bei Gweniver und überließ es Jowna, alles andere zu regeln. Mit dem Erlös aus dem Verkauf der Möbel konnten sie die Fahrkarten nach London bezahlen. Sie verließen die Hütte mitten in der Nacht und gingen den weiten Weg zum Bahnhof in Redruth zu Fuß, damit niemand sie zusammen mit dem Kind sehen würde. Erst als der Zug über die Waterloo Bridge in den Bahnhof Charing Cross einfuhr, begann Edwina sich zu entspannen. Pencarron Manor war weit, hier würden sie mit dem Kind nicht auffallen, aber die Angst, dass man sie als gemeine Entführer entlarven könnte, blieb allgegenwärtig.

Jowna und Edwina mussten jede einen Personalbogen ausfüllen. Bei der Angabe der Adresse sagte Jowna: »Es tut mir leid, aber wir haben noch keine Wohnung, Sir. Wir sind erst gestern angekommen.«

Sledge griff nach Zettel und Bleistift und kritzelte eine Adresse darauf.

»Versuchen Sie es hier. Es ist nicht die beste Wohngegend Londons, aber es ist günstig und liegt kaum zwanzig Minuten zu Fuß von der Fabrik entfernt. Somit sparen Sie sich das Fahrgeld, denn wir können Ihnen nicht viel bezahlen. Sie haben eine Probezeit von vier Wochen, und eine Frau wird Sie in die Schichten einteilen und Ihnen die Arbeit zuweisen. Wann können Sie anfangen? Morgen?«

Er sah von einer zur anderen, die Schwestern nickten gleichzeitig.
»Wir danken Ihnen, Mr. Sledge«, sagte Edwina, auch Jowna dankte, dann machten sie sich auf den Weg zu der angegebenen Adresse, um für die kommende Nacht ein Dach über dem Kopf zu haben.

Als die ersten Blitze zuckten und der Donner grollte, hatten die beiden Frauen ihr Ziel erreicht. Entsetzt riss Jowna die Augen auf und rief: »Nicht die beste Wohngegend, meinte der Typ? Also, ich würde das hier als Slum bezeichnen.«
Auch Edwina schluckte, als sie die vierstöckigen grauen Wohnblöcke mit dem abgebröckelten Putz und Fenstern, die zum Teil mit Brettern vernagelt waren, betrachtete. Aber Gweniver greinte und strampelte, sie war hungrig und nass. Forscher, als ihr zumute war, sagte Edwina: »Jetzt lass uns erst mal schauen, Jowna. Es muss ja nicht für länger sein. Sobald wir genügend verdienen, suchen wir uns eine andere Wohnung.«
Da die ersten Regentropfen fielen, hasteten sie durch den Torbogen in einen Innenhof voller Gerümpel, kaputten Möbeln und Müll. *3 Orchard Arcade* hatte Sledge notiert, und sie fanden den Hauseingang auf der rechten Seite. Edwina fragte sich, wer wohl einen so schön klingenden Namen – Obstgarten – für die schäbigen Gebäude gewählt hatte. Als sie durch die Haustür, an der die Glasscheibe fehlte, in den düsteren Flur traten, hielten sie automatisch die Luft an. Der Gestank war ekelerregend und wurde sogar von Gweniver zur Kenntnis genommen, die nun laut zu weinen anfing.
»Scht, meine Kleine, gleich wird es besser«, versuchte Edwina das Baby zu beruhigen.

Unter dem Treppensturz kam ein vielleicht elf- oder zwölfjähriger Junge hervor, der sich im Gehen die Hose hochzog.
»He, du! Du hast doch nicht etwa gerade deine Notdurft unter der Treppe verrichtet?«, fuhr Jowna den Jungen an.
Er glotzte sie überrascht an, wischte sich mit seiner schmutzigen Hand den Rotz von der Nase und blaffte zurück: »Was redest denn so geschwollen? Ich musste mal, hätte es aber nicht mehr rauf in die Wohnung geschafft. Die Klos sind sowieso immer verstopft. Macht hier doch jeder so.«
Er ließ die beiden stehen und lief ungeachtet des Regens nach draußen.
Jowna zupfte die Schwester am Ärmel.
»Ich glaube, wir sollten wieder von hier verschwinden. In London wird doch eine bessere Wohnung aufzutreiben sein, die wir uns leisten können.«
Bevor Edwina etwas erwidern konnte, öffnete sich die Tür links von ihnen, und eine dickliche, ältere Frau mit strähnigen grauen Haaren schaute heraus.
»Was wollt ihr zwei denn hier?«
Jowna schluckte, straffte die Schultern und trat einen Schritt vor.
»Adam Sledge von der Firma Bargin & Wolters hat gesagt, dass hier Unterkünfte zu vermieten sind.«
Die Frau musterte die beiden von oben bis unten, dann nickte sie.
»Nummer acht im vierten Stock ist frei. Ihr arbeitet also in der Fabrik? Ihr könnt das Zimmer haben. Zwei Schillinge, vier Pence die Woche, zwei Wochenmieten im Voraus.«
Edwina stöhnte. Das waren fast sechs Schillinge! Sie hatten kaum mehr ein paar Pennys in der Tasche, und leben mussten

sie auch noch. Sie hatte keine Ahnung, wann sie in der Fabrik den ersten Lohn erhalten würden.
»Verzeihen Sie, aber wir sind neu in der Stadt und fangen erst morgen die Arbeit an.« Sie sah die Frau bittend an. »Mein Kind hat Hunger und …«
Plötzlich huschte ein Lächeln über das Gesicht der Frau. Sie kam näher und zog einen Zipfel der rosa Decke, die Gwenivers Gesicht halb verdeckte, zur Seite.
»Ein Mädchen, nicht wahr? Wie süß! Wie alt ist sie denn?«
Gweniver schien die Stimme der Frau zu gefallen, denn sie hörte auf zu weinen und sah das fremde Gesicht erstaunt an.
»Fünf Monate, ihr Vater ist gefallen, und wir müssen uns nun allein durchschlagen«, antwortete Jowna an Edwinas Stelle.
Die Frau hatte die Decke noch weiter zur Seite gezogen, dann nickte sie und meinte: »Ihr habt auch schon mal bessere Zeiten gesehen, nicht wahr? Ein Babyjäckchen aus Seide und dann diese hübsche Stickerei. Nun ja, der Krieg verändert jedes Leben, und wir müssen sehen, wie wir damit zurechtkommen. Ihr könnt das Zimmer haben und zahlt, wenn ihr den ersten Lohn bekommt. Mach ich aber nur, weil ich Adam Sledge persönlich kenne und er euch geschickt hat.«
Sie ging zurück in ihren Flur und holte einen Schlüssel. Dankend nahm Jowna ihn entgegen, dann stiegen sie die Holztreppe mit den ausgetretenen Stufen und dem zum Teil kaputten Geländer in den vierten Stock hinauf. Je höher sie kamen, desto wärmer und stickiger wurde die Luft. Ihre neue Wohnung – oder das, was als Wohnung bezeichnet wurde – lag im Dachgeschoss. Die Schwestern traten in einen mittelgroßen, von zwei Dachgauben erhellten Raum. An der linken Seite gab es einen Kohleherd, der in Ermangelung eines anderen Ofens auch zum

Heizen diente, daneben stand ein Schüttstein mit zahlreichen Sprüngen. Aus dem Wasserhahn floss nur kaltes Wasser. Ein Badezimmer gab es nicht, die Toilette für alle vier Wohnungen, die sich unter dem Dach befanden, war draußen auf dem Flur. Das Zimmer war sparsam, aber ausreichend möbliert. Zwei Betten standen unter der Dachschräge, ein Tisch, vier Stühle, ein breites Küchenbord und ein ramponierter Kleiderschrank mit schiefen Türen vervollständigten die Einrichtung. Quer durch das Zimmer war eine Wäscheleine gespannt, auf der die Vormieter freundlicherweise ein Dutzend Wäscheklammern zurückgelassen hatten.

Jowna setzte sich auf das rechte Bett und blickte sich um.

»Nun, der Buckingham-Palast ist es nicht gerade, aber es scheint wenigstens einigermaßen sauber zu sein.« In ihrer Stimme lag Resignation. »Wir brauchen auf jeden Fall eine Wiege oder ein Kinderbettchen. Und vielleicht ein, zwei Teppiche und auch Vorhänge, damit nicht alles so trist aussieht.«

Vorsichtig legte Edwina Gweniver, die inzwischen trotz des Hungers eingeschlafen war, auf das andere Bett.

»Ein Kinderbett, ja, das ist nötig, aber alles andere muss warten, bis wir etwas gespart haben.«

Plötzlich drang durch die dünne Wand zur Nachbarwohnung lautes Kindergeschrei, gefolgt von einer strengen weiblichen Stimme, deren Worte aber nicht zu verstehen waren. Edwina lächelte.

»Na ja, wenigstens brauchen wir uns keine Gedanken zu machen, ob es stört, wenn Gwenny unartig sein sollte.«

Da der Name Gweniver ihrer Meinung nach sehr hochtrabend klang, hatten sie sich darauf geeinigt, die Kleine Gwen zu nennen. Bereits während der Zugfahrt wurde daraus Gwenny.

»Und wir brauchen neue Babykleidung«, sagte Jowna. »Hast du gesehen, wie erstaunt die Hauswirtin über Gwennys Sachen war? Auch wenn sie eine Lady ist, muss sie sich daran gewöhnen, einfache Jäckchen und Strampler zu tragen, sonst schöpft noch jemand Verdacht, warum die Tochter einer Fabrikarbeiterin seidene, kunstvoll handbestickte Sachen trägt.«
Edwina nickte seufzend. Eine Lüge zog die nächste nach sich. Wahrscheinlich waren sie in der Anonymität Londons in Sicherheit, und das Viertel Stepney im Osten der Stadt war sicherlich keine Gegend, in die sich Bekannte der Pencarrons verirren und Gwenny erkennen konnten, dennoch wusste Edwina, dass sie auf einem Pulverfass saßen, dessen Lunte sich jederzeit entzünden konnte.
Während Edwina die wenigen praktischen Dinge auspackte, die sie aus Cornwall mitgenommen hatten, ging Jowna einkaufen. Als die Schwester fort war, beugte sich Edwina über Gwenny und strich ihr zärtlich über die weichen Locken auf ihrem Kopf.
»Es tut mir so leid, meine Kleine. Wir haben dir deine Zukunft zerstört. Das können wir niemals wiedergutmachen, aber ich verspreche dir, immer für dich da zu sein.«
Gwenny erwachte und sah Edwina aus ihren großen grauen Augen an. Edwina hatte keine Erfahrung mit Säuglingen, aber sie hätte wetten können, dass Gwennys Blick voller Vertrauen war, ganz so, als wollte sie sagen: Mach dir keine Sorgen um mich, mir geht es gut bei dir!
Edwina entfachte ein Feuer in dem Herd – zum Glück war noch genügend Kohle in einem Eimer gelagert –, setzte Wasser auf und bereitete für das Mädchen einen dünnflüssigen Brei. Als dieser abgekühlt war, füllte sie das Fläschchen und nahm

Gwenny auf den Schoß. Als der Sauger an ihrem kleinen Mund kitzelte, lachte Gwenny und versuchte, mit den Händen nach der Flasche zu greifen. Sie trank schnell, aber nicht gierig, und machte bald darauf ihr Bäuerchen. Edwina wusch sie und legte sie trocken, dann spielte sie mit den kleinen Fingerchen, was Gwenny zu gefallen schien, denn ihre Augen leuchteten, und sie lachte erneut.

»Du bist meine Tochter«, flüsterte Edwina. »Meine kleine Tochter, und niemand wird dich mir jemals wieder fortnehmen. Und wenn ich arbeiten muss, bis mir die Finger bluten, eines verspreche ich dir: Du wirst eines Tages ein gutes Leben haben, frei von allen Sorgen und finanziell abgesichert. Es wird nur ein Bruchteil von dem sein, was dir von Geburts wegen zustehen würde, aber solange ich lebe, wirst du niemals Not leiden müssen.«

Es war wie ein heiliger Schwur, den Edwina gegenüber dem Baby, das ihre Worte noch nicht verstehen konnte, ablegte. In diesem Augenblick wurde Gwenny zu ihrem Kind, und Edwina war es, als hätte sie sie selbst ausgetragen und geboren. Es war ihr unvorstellbar, sich eines Tages von Gwenny trennen zu müssen.

Am selben Abend wurden die Schwestern von der Hauswirtin informiert, dass um acht Uhr für alle Bewohner eine Versammlung im Hof stattfinden würde. Als Jowna und Edwina mit Gwenny auf dem Arm, die müde ihr Köpfchen an Edwinas Schulter legte, den Hof betraten, waren dort schon rund drei Dutzend Menschen versammelt. Bis auf fünf alte Männer, denen zum Teil ein Arm oder ein Auge fehlte und die damit kriegsuntauglich waren, handelte es sich ausschließlich um Frauen jeden Alters und um viele Kinder. Alle waren sie ärmlich gekleidet, und so manchem stand der Hunger ins Gesicht geschrieben. Eine Minute nach acht Uhr traten drei Männer in dunkelblauen Uniformen vor die Menge, und der Älteste von ihnen erhob die Stimme und sagte: »In naher Zukunft müssen wir mit eventuellen Bombardierungen der Stadt durch feindliche Verbände rechnen. Aus diesem Grund wurden Schutzmöglichkeiten für die Einwohner geschaffen. Da die Kellerräume dieses Gebäudekomplexes nicht stabil genug sind, möchte ich Sie darüber informieren, dass Sie der U-Bahn-Station Stepney Green zugeteilt worden sind. Im Falle eines Fliegeralarms begeben Sie sich unverzüglich dorthin. Jede Person darf nur eine Tasche oder einen Koffer in der Größe von maximal sechzig auf fünfzig Zentimetern oder einen Rucksack mit sich tragen. Kleinkinder sind auf den Arm zu nehmen, Kinderwagen oder sonstige sperrige Gegenstände sind nicht erlaubt, ebenso keine Haustiere. Wer gegen die Bestimmungen verstößt, dem kann der Zutritt zu den Schutzräumen verweigert werden. Den Anweisungen des Wachpersonals und der Luftschutzwarte ist Folge zu leisten. Die Räume dürfen erst wieder verlassen werden, wenn das Entwarnungssignal ertönt.« Er machte eine Pause und sah in die Runde, dann fügte er abschließend hinzu: »Jeder erhält jetzt noch ein Flugblatt, auf dem das Wichtigste zusammengefasst ist. Denken Sie bitte stets daran: Gemeinsam sind wir stark! Wir alle müssen das Übel, das von Deutschland aus um sich greift, bekämpfen – jeder mit seinen Möglichkeiten. England ist seit Jahrhunderten eine große und starke Nation. Wir lassen uns nicht unterkriegen. Gott schütze den König!«

»Gott schütze den König!« Aus Dutzenden von Kehlen ertönte der Ruf. Die Uniformierten verließen den Hof, um ihre Aufgabe im nächsten Block zu erledigen.

Die Menge löste sich auf, und Edwina holte einen der Hinweiszettel. Durch die kurze Ansprache war ihr zum ersten Mal bewusst geworden, dass sie sich mitten im Kriegsgeschehen befanden. Um der Gefahr in den Städten, Ziel feindlicher Flieger zu werden, zu entgehen, waren Flüchtlinge nach Cornwall gekommen. Draußen auf dem Land war der Krieg etwas Abstraktes, mit dem man nicht direkt in Berührung kam, aber hier mitten in London waren sie vielleicht unmittelbar bedroht.

Jowna, die Edwinas Gedanken erriet, legte beruhigend eine Hand auf den Arm der Schwester.

»Der Mann sprach von eventuellen Angriffen«, sagte sie leise. »Selbst wenn es so weit kommen sollte, heißt es nicht, dass wir betroffen sind. Die Stadt ist so riesig …«

»Hier im Osten reiht sich eine Fabrik an die andere, und dann liegen hier die Docks ganz in der Nähe«, fiel Edwina der Schwester ins Wort. »Was, glaubst du, werden die Deutschen zuerst bombardieren? Sicher nicht die Nobelviertel von Mayfair oder Kensington, ihre Ziele werden genau die Fabriken und die Docks sein, um unsere Wirtschaft und Rüstung zu schwächen.«

»Ach, Edwina, du siehst mal wieder alles zu schwarz.« Jowna schüttelte lachend den Kopf. »Wir sind in Sicherheit, haben Arbeit und ein Dach über dem Kopf. Letzteres sollten wir jedoch so schnell wie möglich wechseln. Jetzt fort mit den trüben Gedanken. Es ist mir gelungen, günstig ein kleines Hühnchen zu bekommen. Das werden wir uns jetzt braten, und morgen beginnen wir mit unserem neuen Leben.«

Die Arbeit bei *Bargin & Wolters* war nicht anstrengend, aber eintönig. Acht Stunden, nur unterbrochen von einer dreißigmi-

nützigen Pause nach vier Stunden, saßen rund zwanzig Frauen an langen elektrischen Bändern, auf denen fertige Patronen an ihnen vorbeiliefen. Diese mussten geprüft werden, ob sich in ihrem ovalen, nach vorn hin leicht spitzen Mantel keine Verformung oder Delle zeigte. Beschädigte Patronen wurden aussortiert und in einen Behälter geworfen. Die fehlerfreien Patronen wurden in Kartons zu je hundert Stück verpackt, die dann zum Verschließen auf das nächste Band in eine andere Halle weitergeschickt wurden.
Edwina und Jowna arbeiteten im versetzten Schichtdienst, der wöchentlich wechselte. Das machte Edwina im ersten Monat am meisten zu schaffen. Gerade wenn sie sich daran gewöhnt hatte, um fünf Uhr aufzustehen, um die Arbeit eine Stunde später zu beginnen, wechselte die Schicht, und sie musste erst um zwei Uhr am Nachmittag in der Fabrik sein. Am schlimmsten war jedoch die Nachtschicht von zehn Uhr abends bis sechs Uhr am anderen Morgen. In ihrer ersten Nacht war Edwina kurz eingenickt, und Dutzende von Patronen waren am Ende des Bandes zu Boden gefallen. Das hatte ihr einen Tadel von Adam Sledge eingebracht, der sie sogleich daran erinnerte, dass sie und ihre Schwester eine vierwöchige Probezeit hatten. Seitdem riss Edwina sich zusammen und versuchte, an die Klippen bei St. Agnes und den dort stetig wehenden kühlen Wind zu denken, und bei ihrer nächsten Nachtschicht hatte sie keine Probleme mehr damit, wach zu bleiben. Wenn sich der Beginn der einen Schicht mit dem Ende der anderen kreuzte, dann war es nötig, Gwenny für eine knappe Stunde allein zu lassen. Edwina hatte das drei Tage lang mit einem sehr unguten Gefühl getan, dann aber kam Hilfe von der Mieterin der Nachbarwohnung. Evelyn war Mutter von vier lebhaften Kindern, ihr Mann

war irgendwo in Afrika an der Front, und sie bot sich spontan an, auf die kleine Gwenny aufzupassen.

»Wir Frauen müssen doch zusammenhalten«, hatte sie mit einem Augenzwinkern gesagt.

Wegen ihrer Kinder konnte Evelyn nicht außer Haus arbeiten, verdiente sich aber durch das Nähen von Rot-Kreuz-Binden – eine Arbeit, die sie in ihrer Wohnung verrichten konnte – etwas zum Sold ihres Mannes hinzu. So wusste Edwina Gwenny in guten Händen, dennoch konnte sie es nie erwarten, nach der Arbeit so schnell wie möglich nach Hause zu eilen und die Kleine in ihre Arme zu schließen.

»Schau, sie erkennt mich!«, rief Edwina, als Gwenny sie glucksend anstrahlte. »Und jetzt lächelt sie mich an!«

»Man merkt, dass es dein erstes Kind ist.« Evelyn rührte die junge Mutter mit dem Baby auf dem Arm. »Nicht, dass man bei jedem weiteren weniger Liebe für diese kleinen Wesen empfindet, ganz im Gegenteil, aber bei vier Kindern hat man einfach keine Zeit mehr, auf jedes Lächeln zu achten. Wie tragisch, dass dein Mann seine Tochter nie sehen konnte, aber ich bin davon überzeugt, dass er euch beide vom Himmel aus beobachtet.«

Als Tochter eines Pfarrers war Evelyn sehr gläubig, darum zweifelte sie auch nicht daran, dass ihr Mann heil und gesund aus dem Krieg zurückkehren würde. Gott würde nicht zulassen, dass vier unschuldigen Kindern der Vater genommen wird. Edwina wünschte, sie könnte einen ebenso starken Glauben haben, und sie schämte sich, die freundliche Nachbarin anzulügen. Jowna war diesbezüglich abgebrühter.

»Es ist doch prima, dass sie hin und wieder auf Gwenny aufpasst, oder? Werde bloß nicht sentimental und denke, dein Herz erleichtern zu müssen, indem du Evelyn die Wahrheit er-

zählst. Wir hängen beide mit drin, und wenn sie uns verhaften, dann kommt Gwenny in ein Waisenhaus.«
Erneut fühlte sich Edwina von Jownas kühlem Tonfall unangenehm berührt. Wann war es geschehen, dass Jowna so herzlos, ja, beinahe kalt geworden war? Gut, sie kümmerte sich liebevoll um Gwenny, und der Kleinen fehlte es an nichts, wenn Edwina nicht bei ihr sein konnte. Die tiefe Liebe jedoch, die jeden von Edwinas Handgriffen bestimmte, wenn sie das Kind fütterte, wickelte oder in den Schlaf wiegte, fehlte bei Jowna. Sie erledigte alles eher mechanisch, und das Kind schien dies zu spüren. Auf Jownas Arm lachte sie selten. Meistens strampelte und weinte sie, und wenn Edwina in der Nähe war, gab sie erst Ruhe, wenn diese sie zu sich nahm.

Das Heulen der Sirene riss Edwina aus dem Schlaf. Sie war am Morgen von der Nachtschicht nach Hause gekommen, und da Jowna erst am Nachmittag zur Arbeit musste, hatte sie sich hinlegen und schlafen können. Der Ton der Sirene ging durch Mark und Bein, und Edwina war mit einem Schlag hellwach.
»Fliegeralarm!«, rief Jowna und griff nach ihrer Tasche, die seit Wochen mit den notwendigsten Sachen gepackt direkt neben Edwinas Tasche an der Tür stand. Zum Glück hatte Edwina vor dem Hinlegen nur ihre Schuhe abgestreift, in die sie jetzt schlüpfte. Sie zog den Mantel so eilig vom Haken, dass der Aufhänger abriss. Dann nahm sie Gwenny auf den Arm, die wegen des Sirenentons so erschrocken war, dass sie laut schrie. Es war der erste Alarm, und dementsprechend konfus stolperten alle Bewohner des Hauses durch das Treppenhaus hinaus auf die Straße. Auch hier herrschte Chaos. Menschen drängten und schoben sich in alle Richtungen, und Edwina und Jowna muss-

ten einige Schubser hinnehmen, wobei Edwina schützend ihre Arme um Gwenny gelegt hatte. Am Tag, nachdem sie die Handzettel erhalten hatten, war Edwina den Weg zu der ihnen zugewiesenen U-Bahn-Station gegangen, so dass sie jetzt wusste, in welche Richtung sie sich wenden mussten. Das Heulen der Sirenen wurde immer lauter, und am Eingang zum Bahnhof drängten die Menschen nach unten. Es schien eine unendlich lange Zeit zu vergehen, bis sie schließlich über die Treppe hinunter in die schützende Station gelangen konnten. Der Zugverkehr war eingestellt worden, und auf den Bahnsteigen drängten sich Hunderte von Menschen. Die meisten saßen mit angsterfüllten Blicken auf ihren Taschen und Koffern.

»Es ist helllichter Tag«, sagte Jowna. »Die Deutschen werden doch nicht so dumm sein, am Tag einen Angriff zu fliegen.«

Edwina klammerte sich an diese Hoffnung. Allerdings hatten die Ereignisse der vergangenen Monate gezeigt, dass Hitler nicht immer das tat, was die Alliierten von ihm erwarteten. Und leider hatte er mit seinem Vorgehen meistens Erfolg. Sie entdeckte Evelyn mit ihren vier Kindern, und sie schoben sich durch die Menge zu der Nachbarin. Auch sie hatte Angst, versuchte jedoch, ihr Zittern vor den Kindern zu verbergen. Wie alle hier unten dachten auch die drei Frauen daran, ob die U-Bahn-Station, zwei Stockwerke unter der Straße gelegen, einem Bombenangriff standhalten würde. Und wenn ja, was würde sie erwarten, wenn sie wieder auf die Straße hochkamen? Würde ihr Haus noch stehen? Auch wenn die Wohnung klein und schäbig, das Haus verkommen und schmutzig war – es war das einzige Dach über dem Kopf, das sie hatten.

Die Zeiger der Bahnsteiguhr schienen stillzustehen. Kein Geräusch drang zu den Wartenden nach unten, und es gab nie-

manden, der ihnen berichtet hätte, was draußen über ihren Köpfen geschah. Eine Stunde später ertönte die Lautsprecheransage: »Entwarnung! Entwarnung! Bitte kehren Sie ruhig und geordnet in Ihre Häuser oder an Ihre Arbeitsplätze zurück.«
Es stellte sich heraus, dass es sich um einen Fehlalarm gehandelt hatte. Zwar war ein Flugobjekt am Horizont gesichtet worden, aber es war ein französischer Jagdflieger gewesen, der vom Kurs abgekommen war. Obwohl die Gefahr gebannt war, beziehungsweise gar keine Gefahr bestanden hatte, brauchten Edwina und Jowna noch Stunden, bis sie sich wieder beruhigt hatten. Als Jowna dann später zur Arbeit ging, ertappte sie sich dabei, wie sie immer wieder zum Himmel hinaufschaute, als würde sie dort jeden Moment ein feindliches Flugzeug erwarten, das seine Bomben auf London abwarf. Zum ersten Mal in ihrem Leben hatte Jowna richtig Angst.

14. Kapitel

Ende Mai drangen beunruhigende Nachrichten nach London. Von heftigen Gefechten an den Nordküsten Frankreichs und Belgiens war die Rede, und es hieß, dass Tausende von britischen Soldaten bei der Stadt Dünkirchen von der deutschen Wehrmacht eingekesselt waren und die belgischen Truppen an der Ostlinie kapitulieren mussten.

»Die Evakuierung unserer tapferen Männer und Soldaten steht an erster Stelle«, verkündete der britische Verteidigungsminister Sir Anthony Eden über die Radiostationen. »Dünkirchen ist verloren, es ist nun unsere primäre Aufgabe, so viele Menschenleben wie möglich zu retten.«

In den nächsten Tagen bangte ganz England um das Schicksal der Männer auf der anderen Seite des Kanals. Die Nachrichten waren spärlich und unterschiedlich – mal hieß es, alle befänden sich auf Schiffen und in Flugzeugen auf dem Weg nach Hause, dann wieder, alle Männer wären in deutsche Gefangenschaft geraten, und die schlimmste Nachricht war, dass Dünkirchen gefallen war und niemand, der sich noch dort aufgehalten hatte, mit dem Leben davongekommen wäre. Fast jede Frau in der Fabrik hatte einen Verwandten oder Bekannten drüben in Frankreich, dementsprechend gedrückt war die Stimmung. Schiffe, die von England aus eingesetzt wurden, um Soldaten aus dem Kessel zu holen, wurden von feindlichen Flugzeugen bombardiert. Dadurch kam es auch zu vermehrten Angriffen auf die Städte an der englischen Küste, aber die Marine gab nicht auf und schickte seetaugliche Fahrzeuge jeglicher Art dorthin – auch der kleinste Fischkutter wurde zur Evakuierung eingesetzt. Am Abend des vierten Juni kam dann endlich die erlösende Nachricht: 338 226 Soldaten, darunter auch Tausende von Franzosen und Belgiern, hatten England erreicht, und Dünkirchen war durch die Deutschen erst dann erobert worden, als sich kein britischer Soldat mehr auf französischem Boden befunden hatte. Trotzdem waren rund 50 000 Alliierte, hauptsächlich Franzosen, in deutsche Gefangenschaft geraten. In Großbritannien löste die unerwartet erfolgreiche Operation große Begeisterung aus. Es wurde vom Wunder von Dünkirchen gesprochen, die Überlebenden wurden wie Helden und die verlorene Schlacht von der Presse wie ein Sieg gefeiert. Das veranlasste Winston Churchill – seit dem 10. Mai 1940 der neue britische Premierminister –, in einer Rede vor dem Unterhaus zu betonen, dass man mit einer gelungenen Evakuierung keinen Krieg gewinnen könne.

Adam Sledge hatte wie alle anderen die Ereignisse mit Spannung verfolgt. Sosehr er sein steifes Bein hasste, nun war er froh, nicht die Schrecken des Krieges vor Ort miterleben zu müssen. Er war gewiss kein Feigling, aber er zog ein warmes und weiches Bett in seinem Haus in London einer harten Pritsche irgendwo im Feindesland vor. Als er an einem sonnigen Junitag über den Hof ging, traf er Edwina Goldsworthy, deren Schicht gerade beendet war. Obwohl ihr dunkelblaues Kleid schlicht und ohne Zierat war, schmeichelte es ihrer schlanken Figur, und unter dem kleinen Hut ringelten sich Locken in

ihrem Nacken. Adam trat auf sie zu und deutete eine Verbeugung an.
»Feierabend, Mrs. Goldsworthy? Ich bin gerade auf dem Weg, einen kleinen Lunch einzunehmen. Haben Sie Lust, mich zu begleiten?«
Edwina blieb überrascht stehen und musterte ihren Vorgesetzen erstaunt.
»Es tut mir leid, Mr. Sledge, aber ich muss nach Hause.«
»Ach, Sie werden doch noch ein wenig Zeit haben, nicht wahr? Zufällig weiß ich, dass Ihre Schwester erst in der Nachtschicht eingeteilt ist, somit ist Ihr Kind gut versorgt.« Er griff nach Edwinas Ellbogen. »Kommen Sie, machen Sie mir die Freude. Allein zu essen macht wenig Spaß.«
Edwina schüttelte vehement den Kopf.
»Es geht wirklich nicht, es wäre nicht passend.«
»Weil ich Ihr Vorgesetzter oder weil ich deutlich älter als Sie bin?«
»Äh … nein … ich meine, ja …« Edwina wollte nicht unhöflich sein und Adam Sledge eventuell verärgern, aber sie hatte überhaupt keine Lust, außerhalb der Arbeit auch nur eine Minute ihrer Zeit mit diesem Mann zu verbringen.
Er grinste, und auf Edwina wirkte er plötzlich hinterhältig.
»Warum sind Sie so spröde, Mrs. Goldsworthy? Oder soll ich besser *Miss* Edwina sagen?«
Edwina fuhr zurück, als hätte sie einen elektrischen Schlag bekommen. Ihr Herz begann zu rasen. Es konnte doch nicht sein, dass er wusste …
»Was wollen Sie damit andeuten?«, stieß sie hervor.
»Ich mag zwar ein Krüppel sein, aber mein Verstand funktioniert noch ausgezeichnet.« Sledge ließ seine freundliche Maske

fallen. »Keine Sorge, Ihr kleines Geheimnis ist bei mir sicher, aber wir sollten das nicht hier auf der Straße besprechen. Wie wäre es jetzt mit einem Lunch? Ich hätte vielleicht einen ganz interessanten Vorschlag für Sie und Ihre Schwester.«

Wie in Trance folgte Edwina ihrem Chef die Straße hinunter zu einem kleinen Lokal. Nervös überlegte sie, was er über Gweniver und die Pencarrons wissen konnte. Und woher er es wissen konnte! Was sollte sie jetzt tun? Was würde Sledge machen? Sie und Jowna der Polizei ausliefern?

Adam Sledge bestellte sich einen Ploughman's Lunch und ein Glas Weißwein, aber Edwinas Magen war wie zugeschnürt, also nippte sie nur an einem Glas Wasser.

»Kommen Sie zur Sache, Mr. Sledge«, sagte sie schließlich.

Er tunkte die Selleriestange in die Mayonnaise, biss ein Stück ab und kaute genüsslich. Als er sprach, waren seine Mundwinkel verschmiert, und Edwina hätte sich am liebsten angeekelt abgewendet.

»Sie und Ihre Schwester sind mir gleich aufgefallen, Edwina.«

Ärgerlich nahm sie zur Kenntnis, dass er sie mit ihrem Vornamen ansprach, aber sie schwieg. »Es ist nicht nur Ihre Schönheit, etliche attraktive Frauen arbeiten in der Fabrik, sondern die Art, wie Sie gehen und sich artikulieren. Man merkt, dass Sie vom Land kommen, und das meine ich durchaus als Kompliment, denn Sie sind so herrlich … natürlich. Es ist rührend, wie Sie sich um Ihr Kind kümmern, dabei aber keine Anzeichen von Trauer um Ihren angeblich gefallenen Ehemann zeigen.«

Stocksteif, mit durchgedrücktem Rücken saß Edwina auf der Stuhlkante.

»Jeder trauert anders, Mr. Sledge …«

Er unterbrach sie mit einer Handbewegung.

»Das meine ich nicht, Edwina. Vielmehr glaube ich, dass es nie einen Vater zu dem Kind gegeben hat. Biologisch gesehen natürlich schon, denn wir beide wissen ja, dass zwischen einem Mann und einer Frau gewisse Vorgänge nötig sind, um ein Kind zu zeugen …« Er machte eine bedeutungsvolle Pause und sah Edwina so begehrlich an, dass ihr beinahe übel wurde. »Seltsam ist jedoch, dass Sie, obwohl Sie behaupten, Witwe zu sein, denselben Nachnamen haben wie Ihre Schwester. Sollten Sie nicht eher den Namen Ihres *verstorbenen* Gatten tragen?«
Hitze schoss durch Edwinas Körper. Vor Erleichterung hätte sie beinahe laut gelacht. *Das* war es also, was Sledge gemeint hatte – er glaubte, Gwenny wäre ein uneheliches Kind. Allerdings hatte er tatsächlich etwas angesprochen, was Edwina und Jowna nicht bedacht hatten.
»Äh … die Familie meines Mannes … sie hat mich nie akzeptiert. Andere Kreise, Sie verstehen … und als … Wayne … dann fiel, habe ich wieder meinen Mädchennamen angenommen.«
Diese Erklärung war ihr blitzschnell eingefallen, und für Edwina klang es glaubwürdig. Sledge war aber offensichtlich nicht überzeugt.
»Ich bin einige Jahre älter als Sie, Edwina, und keinesfalls ein Moralapostel. Es gibt Tausende von außerehelichen Kindern. Wenn die Leidenschaft einen packt, dann vergisst man schon mal die Welt um sich herum. Ich verstehe, dass Sie sich dafür schämen, aber mir gegenüber können Sie ganz offen sein. Ich habe Verständnis für Ihre Situation.«
Edwina spürte seine Hand auf ihrem Knie, und ärgerlich rückte sie zur Seite.
»Bitte, Mr. Sledge, es ist so, wie ich es Ihnen sagte. Zwischen der Familie meines Mannes und mir gibt es keinen Kontakt, und

ich lege auch keinen Wert darauf. Einzig aus diesem Grund wollte ich nicht den Namen von Menschen tragen, die mich nicht respektieren. Sie brauchen sich keine Gedanken zu machen. Jetzt muss ich aber wirklich gehen, meine Schwester wartet bestimmt schon ungeduldig auf mich.«

Edwina wollte aufstehen, aber er drückte sie mit sanfter Gewalt auf den Stuhl zurück.

»Ich sagte, ich wolle Ihnen einen Vorschlag machen, Edwina. Einen Vorschlag, der Ihnen und Ihrer Schwester Erleichterung bringen würde.« Sledges Augen verengten sich zu Schlitzen. »Was halten Sie davon, wenn ich Sie nur noch in die Tagesschicht einteile? Keine nächtliche Arbeit mehr, Sie wären dann immer ausgeruht und könnten in der Nacht bei Ihrem Kind sein.«

Edwinas Gesicht verschloss sich abwehrend.

»Danke, nein, Mr. Sledge, aber wir sind auf die Nachtzuschläge angewiesen. Das Leben in London ist nicht billig …«

»Selbstverständlich zum selben Gehalt«, unterbrach Sledge.

»Warum sollten Sie das tun?«

Sledges nächste Geste ließ keinen Zweifel daran, welche Hintergedanken er mit seinem Vorschlag verband, denn er legte einen Arm um Edwinas Schultern, zog sie zu sich heran und versuchte sie, ungeachtet der anderen Gäste im Lokal, zu küssen.

Mit einem Schrei stieß ihn Edwina zurück und sprang auf.

»Was erlauben Sie sich!« Ihre Stimme zitterte vor Wut.

»Jetzt sei nicht so spröde, Edwina. Dein Kind beweist, dass dir ein Trauschein nicht wichtig ist, denn die Geschichte von der seltsamen Familie, die dich nicht akzeptiert, klingt zwar ganz nett, aber ich glaube sie trotzdem nicht. Wir beide könnten viel Spaß miteinander haben, und du würdest davon profitieren, wenn du ein wenig nett zu mir bist. Ich könnte mir auch vorstellen, deinen Lohn etwas zu erhöhen …«

Edwina schlug derart schnell zu, dass er nicht mehr ausweichen konnte. Die Ohrfeige war so kräftig, dass sich sofort der Abdruck von Edwinas Fingern auf seiner Wange zeigte. Einige der Gäste wandten sich interessiert zu den beiden um.

»Sie sind ein Schwein, Adam Sledge, und ich werde Sie Ihren Vorgesetzten melden. Bargin und Wolters sind bestimmt nicht erfreut, zu hören, dass ihre Angestellten sexuellen Belästigungen ausgesetzt sind.«

Bevor Sledge noch etwas sagen oder tun konnte, verließ Edwina wie von Furien gehetzt das Lokal. Den ganzen Weg nach Hause rannte sie, bis ihre Lungen schmerzten. Ihre Stimme überschlug sich beinahe, und sie verhaspelte sich immer wieder, als sie Jowna von der Begegnung mit Sledge erzählte.

»Ich wusste vom ersten Tag an, dass dieser Mann Abschaum ist«, sagte Jowna, als Edwina geendet hatte und erschöpft auf das Bett sank. »Aber wir können sein Verhalten nicht der Geschäftsleitung melden. Das würde nur Wirbel um uns verursachen, und das sollten wir tunlichst vermeiden. In der Tat haben wir mit deinem Nachnamen einen Fehler begangen. Ich weiß nicht, warum wir das nicht bedacht haben.«

»Weil uns vielleicht die Erfahrung fehlt, wie man sich verhält, wenn man ein Kind entführt hat und untertauchen muss?« Edwina versuchte, ihre Aufregung hinter Spott zu verbergen. »Sledge wird uns künftig schikanieren, wo er kann. Wir sollten uns so schnell wie möglich nach einer anderen Arbeit umsehen.«

Jowna schüttelte bedächtig den Kopf.

»Ich werde bei nächster Gelegenheit mit ihm sprechen und bin sicher, er wird dich nicht noch einmal belästigen.« Sie sah Edwina bewundernd an. »Deine Reaktion wegen des Nachnamens war jedoch hervorragend, und du hast eine logische Antwort gegeben. Wayne hieß also dein Mann.« Sie kicherte. »Wie kommst du denn gerade auf diesen Namen? Also, ich kenne niemanden, der so heißt.«

»Äh … ich hab den Namen kürzlich mal gelesen.« Edwina verzichtete darauf, der Schwester zu erklären, dass sie vor zwei Wochen an einem Kino vorbeigekommen war und sich die ausgehängten Plakate angesehen hatte. Eines kündete den Start des amerikanischen Films *Ringo* an, und der Titelheld hatte Edwina ausnehmend gut gefallen. Hochgewachsen, breite Schultern und ein strahlendes Lächeln auf den Lippen, im Mundwinkel eine Zigarette und den Hut locker in den Nacken geschoben. John Wayne hieß der Schauspieler, von dem Edwina nie zuvor gehört hatte. Sie hatte sich überlegt, ob sie es sich wohl leisten könnte, eine Kinokarte zu kaufen, verzichtete dann aber darauf, denn Gwenny war schon wieder gewachsen und brauchte neue Kleidung. Letzte Woche hatte Jowna die Sachen, die Gwenny bei der Entführung getragen hatte, wegwerfen wollen, denn das Kind war längst aus allem herausgewachsen.

»Bitte, ich möchte sie zur Erinnerung behalten«, hatte Edwina gesagt.

»Als Erinnerung woran?« Jowna fehlte das Verständnis für Edwinas Bitte. »Du hast selbst gesagt, es ist besser, wenn Gwenny keine seidenen Jäckchen und Strampelhosen trägt, außerdem ist das Wappen von Pencarron eingestickt. Es ist zu gefährlich, die Sachen zu behalten.«

»Sie sind aber die einzigen Stücke Gwennys, die eine Verbindung zu ihrer Familie herstellen.«

Verärgert verdrehte Jowna die Augen.
»Gerade darum müssen wir sie vernichten! Wie du sagst – die Kleidungsstücke sind der einzige Beweis, dass das Kind eine Pencarron ist! Wir sollten sie am besten verbrennen.«
Edwina hatte jedoch den Kopf geschüttelt, die Babysachen in ein Stück Papier gewickelt und das kleine Paket in die Innentasche ihres Mantels gesteckt.
»Ich kann dir nicht sagen, warum und wieso, Jowna, aber ich habe das Gefühl, dass es eines Tages wichtig sein könnte, diesen Beweis zu haben.«
Jowna hatte mit Unverständnis reagiert, seitdem war das Thema zwischen den Schwestern aber nicht mehr zur Sprache gekommen.

Zwei Tage später betrat Jowna, ohne anzuklopfen, das Büro von Adam Sledge. Sie trat vor den Schreibtisch, stützte beide Hände auf die Platte und sah Sledge fest in die Augen.
»Hören Sie gut zu, Adam Sledge, denn ich sage es nur ein einziges Mal. Sie werden weder an meine Schwester noch an mich jemals wieder das Wort richten, außer unsere Arbeit erfordert dies. Sollten Sie uns noch einmal zu nahe kommen, dann werde ich Sie nicht nur bei der Geschäftsleitung melden, sondern auch in der ganzen Fabrik Plakate aufhängen, auf denen ich Ihr schändliches Verhalten anprangern werde. Ich bin überzeugt, wenn ich die anderen Frauen da draußen frage, werde ich einige finden, die ebenfalls nicht sehr gut auf Sie zu sprechen sind. Haben Sie das verstanden?«
»Sie sind zwei vertrocknete Jungfern …«, zischte Sledge, und Jowna unterbrach ihn sofort.
»Besser Jungfern als ein triebgestörter Krüppel!«

Sie wusste, diese Bemerkung über sein steifes Bein war nicht nett, aber sie sah auch keinen Grund, Sledge freundlich zu begegnen. Ohne ein weiteres Wort verließ Jowna das Büro und warf die Tür so heftig hinter sich ins Schloss, dass die eingesetzte Milchglasscheibe klirrte.

»Das werdet ihr mir büßen, ihr Hexen!« Sledge öffnete eine Klappe an seinem Schreibtisch und nahm eine Flasche Whisky heraus. Er trank direkt aus der Flasche einen kräftigen Schluck. »Keine Frau spricht so mit mir! Wir sind noch nicht miteinander fertig.«

Seit jenem Tag strafte Sledge die beiden Frauen mit Missachtung, scheute sich jedoch nicht, heftige Kritik anzubringen, wenn etwas nicht zu seiner Zufriedenheit erledigt wurde. Tatsächlich hatte er große Angst, seine Stellung zu verlieren, denn dass er mit seiner Behinderung eine ähnlich angenehme und gutbezahlte Arbeit finden würde, war eher unwahrscheinlich, darum unterließ er weitere Annäherungsversuche. Aber der Gedanke, es Jowna und Edwina eines Tages heimzuzahlen, beschäftigte ihn Tag und Nacht.

An einem herrlichen Sonntag im Juli, der seinem Namen alle Ehre machte, fuhren Edwina und Jowna mit dem Kind in den Hyde Park. Der Tag war zu schön, um ihn in der Tristesse des East Ends zu verbringen, darum opferten sie ein paar Schillinge für die U-Bahn, die sie auf die andere Seite der Stadt brachte. Als die Schwestern zum ersten Mal die weitläufige Parkanlage betraten, sahen sie sich überrascht um. Die Sonne hatte Hunderte von Menschen ins Freie gelockt, die auf den sauberen und fein geharkten Spazierwegen entlangschlenderten. In den Bäumen zwitscherten Vögel, und je weiter sie in den Park hineingingen, desto mehr verstummte der Lärm der Großstadt. Hier konnte man sich beinahe wie auf dem Land fühlen und alle Last und Gedanken an den Krieg wenigstens für ein paar Stunden vergessen. Dass sie aber nicht in einer friedlichen Zeit lebten, zeigte die große Zahl der Frauen und Kinder, und die wenigen Männer waren fast alle in Uniform. Viele trugen einen Verband um den Kopf, hatten den Arm in der Schlinge oder gingen an Krücken – Soldaten, denen eine Verletzung einige Wochen Heimaturlaub beschert hatte, bevor sie wieder an die Front mussten.

Gwenny genoss es, in ihrem Wagen abwechselnd von Jowna und Edwina einmal rund um die Serpentine, dem künstlich angelegten See im Hyde Park, geschoben zu werden, und sie gluckste vergnügt, wenn die Sonnenstrahlen auf ihr Gesicht fielen. Tische und Stühle luden zum Verweilen ein, und Kioske boten Erfrischungen an.

»Ich denke, wir sollten uns eine Limonade gönnen«, sagte Jowna und schob den Kinderwagen zu einem Tisch mit Sonnenschirm. »Bitte, Edwina, sag nicht nein! Es ist ein so schöner Tag, und Gwenny würde sich vielleicht über ein Eis freuen.«

Edwina lachte. Jowna hatte recht – manchmal war es notwendig, nicht immer nur eisern zu sparen.

»Gwenny ist noch viel zu klein, um Eis zu essen«, sagte sie. »Die Kälte könnte ihr schaden.«

»Das stimmt, meine Damen, Babys sollte man keine zu kalten Speisen geben«, mischte sich da plötzlich eine Stimme hinter ihnen in ihr Gespräch.

Jowna und Edwina fuhren herum. Ein großer, schlanker Soldat stand vor ihnen und lächelte sie freundlich an. Er war ungefähr in Jownas Alter, und hellblaue Augen leuchteten aus einem gebräunten, freundlichen Gesicht.

»Das wissen Sie von Ihren eigenen Kindern?«, war das Einzige, was Edwina einfiel. Sie mochte es nicht, von einem Mann einfach angesprochen zu werden, und reagierte dementsprechend abweisend.

»Nein, ich bin weder verheiratet, noch habe ich eigene Kinder. Aber meine Schwester und ihr Mann haben drei dieser Prachtexemplare, und da bekommt man so einiges mit.« Er blickte von Edwina zu Jowna, nahm dann seine Mütze ab und deutete eine Verbeugung an. »Verzeihen Sie, dass ich Sie so einfach angesprochen habe, aber Sie und das Kind sind ein solch entzückendes Bild. Mein Name ist Marcus Spelling, und es wäre mir eine Freude, Sie zu einer Limonade einladen zu dürfen.«

Edwina und Jowna riefen gleichzeitig: »Auf gar keinen Fall …«

»Das ist sehr freundlich! Aber gerne!«

Jowna stieß Edwina in die Seite.

»Jetzt sei mal nicht so streng, Schwester, was ist schon dabei?«

Marcus Spelling nickte und sah Edwina bittend an.

»Die Damen sind also Schwestern? Ich versichere Ihnen, keine unehrenhaften Absichten zu haben. Nur ein Weilchen in der Sonne sitzen und ein wenig mit zwei reizenden Ladys zu plaudern, bevor ich morgen wieder zu meinem Regiment zurückmuss.«

Der letzte Satz überzeugte auch Edwina, und sie stimmte zu. Während Marcus zum Kiosk ging, um die Getränke zu holen, setzten sich die Schwestern.

»Wir müssen unsere Soldaten freundlich behandeln«, wiederholte Jowna die Worte, die immer wieder in der Zeitung standen. »Schließlich setzen sie Tag für Tag ihr Leben aufs Spiel, um unser Land zu schützen.«

Edwina konnte nichts darauf erwidern, denn Marcus kehrte zurück und stellte drei Gläser auf den Tisch. Sie stießen kurz an, nahmen einen Schluck, dann sagte Jowna: »Wir haben uns noch gar nicht vorgestellt, Mr. Spelling. Unsere Namen sind Jowna und Edwina Goldsworthy, wir sind Schwestern, und die Kleine ist Edwinas Tochter Gwenny.«

Diese Erklärung ging Jowna so leicht über die Lippen, als entspräche sie der Wahrheit.

»Sie sind auf Urlaub?« Schnell wechselte Edwina das Thema.

»Zwangsurlaub. Ich kam Anfang Juni aus Dünkirchen und brachte leider ein paar Krankheiten mit.« Ein Schatten fiel über sein markantes Gesicht, aber schnell hatte er sich wieder im Griff und lächelte. »Aber lassen Sie uns nicht über den Krieg sprechen, dazu ist der Tag zu schön.«

Spontan legte Jowna eine Hand auf Marcus' Unterarm.

»Leben Sie in London?«, fragte sie direkt und ohne Scheu.

»Bei meiner Schwester, ja. Unsere Eltern sind schon lange tot, und ich habe mich bereits vor fünf Jahren zur Armee gemeldet. Da ich die meiste Zeit in der Kaserne wohne, lohnt sich eine eigene Wohnung nicht. So logiere ich bei meiner Schwester, wenn ich in der Stadt bin. Sie ist sehr traurig, dass ich morgen wieder gehen muss.«

»Und es gibt kein Mädchen, das auf Sie wartet?«

»Jowna!« Entsetzt riss Edwina die Augen auf und trat der Schwester unter dem Tisch auf den Fuß, aber Marcus lachte nur laut auf. Dann sah er Jowna tief in die Augen und sagte ernst: »Nein, bisher gibt es kein Mädchen, aber jeder Soldat sollte in der Heimat eines haben, das ihm Briefe schreibt und auf ihn wartet. Möchten Sie mein Mädchen sein?«

Wie magisch voneinander angezogen, sogen sich Jownas und Marcus' Blicke aneinander fest.

»Das würde ich gerne«, flüsterte Jowna, und Edwina merkte, dass beide ihre Anwesenheit vergessen hatten.

»Werden Sie mir schreiben?«, fragte Marcus hoffnungsvoll. »Briefe, die nichts mit dem Krieg zu tun haben. Briefe, die mir die Zeit vertreiben, die ich unter mein Kopfkissen legen werde und dann in der Nacht von Ihnen träumen kann?«

Edwina konnte Jownas leise Antwort nicht verstehen, denn plötzlich fing Gwenny an zu weinen. Schnell stand sie auf und nahm die Kleine aus dem Wagen. Vor zwei Wochen hatte sie zu zahnen begonnen, war öfter deshalb etwas unwillig und schrie häufiger als früher.

»Ich gehe mit Gwenny ein bisschen auf und ab«, sagte Edwina, aber Jowna und Marcus schienen sie gar nicht zu bemerken.

Die von Natur aus zurückhaltende Edwina war von der Vertrautheit, die sich so schnell zwischen Jowna und dem Soldaten entwickelte, unangenehm berührt. Allerdings hatte sie hier in der Stadt mitbekommen, dass sich in einem Krieg die Moralvorstellungen änderten und die Hemmschwelle sank. Viele Menschen lebten von einem Tag auf den nächsten, der ihnen möglicherweise bereits den Tod bringen konnte. Trotzdem fand Edwina das Verhalten ihrer Schwester zu direkt, auch wenn sie den jungen Soldaten wahrscheinlich niemals wiedersehen würde. Nicht, dass sie glaubte, Marcus Spelling könnte fallen – nein, Gott behüte! Das würde sie auf keinen Fall denken! Vielleicht würden sich die beiden ein paar Briefe schreiben, aber irgendwann würde der Kontakt abreißen und die Begegnung im Park nur noch eine kleine, nette Erinnerung sein.

Edwina wartete ein paar Meter entfernt, bis Marcus sich erhob und bedauernd sagte, er müsse jetzt leider gehen. Zögernd stand er vor Jowna, die sich plötzlich auf die Zehenspitzen erhob und ihn auf den Mund küsste. Marcus hatte wenigstens so viel Anstand, zu erröten, dann trat er zu Edwina und gab ihr die Hand.

»Ich habe mich gefreut, Ihre Bekanntschaft zu machen, Mrs. Goldsworthy.« Plötzlich zögerte er und legte die Stirn grübelnd in Falten. »Ihre Schwester sagte mir, Sie seien Witwe, dennoch tragen Sie denselben Nachnamen wie Ihre Schwester …«

Ruhig und mit Traurigkeit in der Stimme erwiderte Edwina: »Leider besteht kein Kontakt zwischen mir und der Familie meines verstorbenen Mannes. Sie haben mich nie akzeptiert und ihr Enkelkind auch noch nie gesehen. Deshalb habe ich mich entschlossen, wieder meinen Mädchennamen zu tragen.«

Die Geschichte, die sie auch Adam Sledge erzählt hatte, ging ihr leicht über die Lippen, und fast glaubte sie selbst daran. Im Gegensatz zu Sledge zweifelte Marcus Spelling nicht daran.

»So etwas habe ich mir schon gedacht.« Marcus nickte zustimmend und zwinkerte ihr zu. »Das tut mir leid, doch mit Jowna haben Sie ja eine großartige Familie.«

Eine letzte Verbeugung, ein letzter wehmütiger Blick zu Jowna, dann ging Marcus Spelling mit schnellen Schritten davon. Jowna stand wie verzaubert da und sah ihm nach, bis seine Gestalt zwischen den Bäumen verschwunden war.

»Was für ein reizender Mensch!« Träumerisch richtete sich Jownas Blick in die Ferne.

Edwina nahm ihre Hand und drückte sie.

»Hoffen und beten wir, dass ihm nichts geschehen wird. Ach, wenn dieser entsetzliche Krieg doch nur endlich vorüber wäre!«

Diesen Wunsch hegten Millionen von Menschen auf der Welt, aber im Jahr 1940 ahnte niemand, was ihnen an Schrecklichem noch bevorstand.

In den folgenden Wochen waren Edwina und Jowna froh, diesen Sonntag genossen zu haben, denn die Luftangriffe auf England häuften sich. Mehrmals die Woche gab es Alarm, und sie mussten in die Schutzbunker flüchten. Die Fabrik hatte einen eigenen Schutzkeller, und immer wenn Edwina dort zwischen anderen ängstlichen und zitternden Frauen saß, galt ihre größte Sorge Jowna und Gwenny. Sobald es Entwarnung gab, kehrte sie besorgt an ihren Arbeitsplatz zurück und betete im Stillen, das Haus in der Shandy Street möge nicht von den Angriffen betroffen sein. Sobald es möglich war, eilte Jowna mit Gwenny auf dem Arm zu Edwina, damit die Schwester sah, dass ihnen nichts geschehen war. Bei jeder Patrone, die Edwina in die Pappschachteln packte, musste sie daran denken, dass dieses kleine Stück Metall vielleicht bald ein Menschenleben auslöschen würde. Es würde in den Körper eines Menschen eindringen und eine schwere Verletzung verursachen, wenn nicht sogar den Tod bringen. Obwohl es Feinde waren, waren es doch auch Ehemänner, Väter, Söhne und Brüder, um die ihre Hinterbliebenen trauerten. Sie alle waren Männer, die wahrscheinlich ebenso wenig den Kampf wollten wie sie selbst, die aber ihrem Land gegenüber verpflichtet waren, andere Menschen zu töten. Manchmal hatte Edwina die Vision, alle Soldaten auf den Schlachtfeldern würden ihre Waffen niederlegen und mit ausgestreckten Händen aufeinander zugehen und sich umarmen. Kriege konnten nur geführt werden, wenn Millionen von Männern bereit waren, für die Politiker, die diese Kriege wollten, zu kämpfen und auch zu sterben. Wenn sich alle Soldaten dieser Welt weigerten, auch nur einen einzigen Schuss abzugeben oder Bomben abzuwerfen, dann wären Politiker und fanatische Führer machtlos, oder nicht?

Edwina wusste, es war eine Wunschvorstellung, die niemals Realität werden würde. Die Menschen hatten aus der Geschichte nichts gelernt und würden niemals lernen, dass eine Welt ohne Waffen eine bessere Welt wäre.

15. Kapitel

Edwina hatte sich geirrt, was Marcus Spelling anging. Sooft es möglich war, schrieb er Jowna lange Briefe, die sie ihrerseits ebenfalls ausführlich beantwortete. Er war irgendwo auf dem Festland, wo genau, durfte er nicht mitteilen, erzählte Jowna der Schwester. Manchmal zitierte sie die eine oder andere Passage aus einem Brief, aber der größte Teil des Geschriebenen blieb Edwina verborgen.

»Meine Briefe helfen Marcus, alles zu ertragen und durchzustehen«, sagte Jowna. »Weißt du, Edwina, durch sie habe ich das Gefühl, ihn schon Jahre zu kennen, und ich wünsche mir so sehr, dass ihm nichts geschieht.«

Es war schön, zu sehen, wie Jowna durch die platonische Verbindung zu Marcus Spelling aufblühte, und Edwina dachte jetzt nicht daran, was mal sein würde, wenn der Krieg vorbei und Marcus zurück nach England kommen würde. Sie selbst ging in der Pflege und Betreuung von Gwenny auf. Die Augenblicke, in denen sie glaubte, tatsächlich ihre Mutter zu sein, häuften sich, und sie ertappte sich sogar dabei, wie sie in Gwennys Gesicht nach Ähnlichkeiten mit ihr selbst suchte. Auffällig war jedoch eine gewisse Ähnlichkeit mit Samuel. Das war kein Wunder, er war ja schließlich der Onkel des Mädchens. Manchmal gab es Edwina einen Stich ins Herz, wenn Gwenny in einer Art und Weise lächelte, die an Samuel erinnerte, doch gerade deswegen liebte sie das Kind noch viel mehr. Vielleicht wäre ihr Kind auch ein Mädchen geworden und hätte so ausgesehen wie Gwenny. Wenn in der Nacht alles ruhig war und kein Alarm die Menschen in die Schutzbunker trieb, lag Edwina oft wach und wurde von Schuldgefühlen geplagt. Dann stand sie leise auf und betrachtete im schwachen Licht, das von draußen in das Zimmer fiel, die schlafende Gwenny. Ja, sie hätte ihr und Samuels Kind sein können. Vielleicht war es ausgleichende Gerechtigkeit, weil Lord Henry das Leben ihres Kindes genommen hatte. Dieser Gedanke verdrängte Edwinas Schuldgefühle für einige Zeit, aber tief in ihrem Inneren wusste sie, dass nichts auf der Welt ihre und Jownas Tat jemals rechtfertigen konnte.

Edwina sah das Strahlen im Gesicht der Schwester, als sie ihr einen Brief von Marcus übergab, den sie gerade aus dem Briefkasten genommen hatte. Hastig überflog Jowna die Zeilen und rief aufgeregt: »Marcus bekommt Urlaub! Zwar nur vier Tage, aber er kommt nach London. Ich freu mich ja so.«

Edwina erwiderte Jownas stürmische Umarmung. In den letzten Wochen hatte sie sich aus der Beziehung Jownas zu dem Marineoffizier Marcus Spelling herausgehalten. Obwohl sich die beiden nur ein Mal begegnet waren, schien durch die Briefe eine enge Verbundenheit entstanden zu sein. Es freute Edwina, die Schwester glücklich und ausgelassen zu sehen, daher verkniff sie sich jegliche Bemerkung bezüglich ihrer Bedenken, ob diese Beziehung eine Zukunft haben könnte.

»Wann trifft er denn ein?«, fragte Edwina interessiert.

»Bereits übermorgen. Natürlich wird er bei seiner Schwester wohnen, aber er möchte mich am Abend sehen.« Jowna zog nachdenklich die Unterlippe zwischen die Zähne. »Es ist glücklicherweise der Samstagabend, so dass wir beide freihaben. Du bist mir nicht böse, wenn ich dich bitte, uns nicht zu begleiten?«

Edwina schüttelte den Kopf und lächelte.

»Natürlich nicht, außerdem muss ja jemand auf Gwenny aufpassen. Geht nur zusammen aus und amüsiert euch. Auf keinen Fall möchte ich das traute Glück stören.«

Jowna hauchte ihr einen Kuss auf die Wange, dann zögerte sie. Edwina merkte, dass sie noch etwas auf dem Herzen hatte.

»Äh … Edwina … du weißt doch, dass Marcus bei seiner Schwester und deren Familie wohnt. Dort können wir natürlich nicht für uns sein. Könntest du nicht … ich meine … nur zwei Stunden … das Wetter bleibt doch schön, du könntest einen Spaziergang machen …«

Edwina brauchte einen Augenblick, bis sie verstand, was Jowna meinte. Sie errötete und rief entrüstet:

»Ich soll die Wohnung räumen, damit du und Marcus hier allein sein könnt?«

Die Schwester nickte, hatte aber wenigstens so viel Anstand, verlegen zu wirken.

»Wer weiß, wann wir uns wiedersehen können.«

»Jowna, du kennst den Mann doch gar nicht! Ihr seid euch ein Mal begegnet, und schöne Worte in Briefen sagen rein gar nichts über den Charakter eines Menschen aus. Du hast doch nicht vor, mit Marcus … Ich meine, du willst dich ihm doch nicht etwa hingeben?«

Trotz regte sich in Jowna.

»Und wenn? Schwester, ich bin erwachsen, älter als du und immer noch Jungfrau! Ich habe keine Lust, eine alte Jungfer zu werden. Ich kenne Marcus, wir beide gehören zusammen, ich spüre das genau. Und ihm geht es ebenso. Halte mir jetzt bitte keine Moralpredigt, denn ich möchte dich nur ungern daran erinnern, was zwischen dir und Samuel Pencarron vorgefallen ist. Es ist Krieg, und keiner von uns weiß, wie lange er noch dauern wird. Tag für Tag setzt Marcus sein Leben aufs Spiel, ich möchte ihm einen schönen Abend bereiten, an dem er das Kämpfen vergessen kann.«

Edwina wusste nicht, was sie darauf erwidern sollte, daher sagte sie nur: »Und was ist mit Gwenny? Du kannst nicht verlangen, dass ich in der Nacht mit dem Kind durch die Straßen laufe.«

»Nein, nein, Gwenny bleibt natürlich hier. Sie wird uns nicht stören, denn sie schläft ja um diese Uhrzeit.«

Edwina stieß einen langen Seufzer aus.

»Du erwartest hoffentlich nicht, dass ich dein Vorhaben billige, dich einem Mann regelrecht anzubieten, der dir nicht einmal die Ehe versprochen hat? Oder hat er dir schriftlich etwa einen Heiratsantrag gemacht?«

»Nein, darüber haben wir nie geschrieben.« Trotzig warf Jowna den Kopf in den Nacken und machte eine weit ausholende Handbewegung. »Sieh dich doch um, Edwina, in welcher Armut wir leben. Das Geld reicht gerade von einer Woche zur nächsten. Gut, daran ist im Augenblick nichts zu ändern, aber ist es denn zu viel verlangt, wenn ich wenigstens für ein paar Stunden glücklich sein möchte? Einfach so leben wie tausend andere Frauen auch?«

»Andere Frauen haben aber kein Kind entführt und sind indirekt mitschuldig am Tod der Eltern.« Kaum waren die Worte über Edwinas Lippen, hätte sie sie gerne zurückgenommen. Sie wollte der Schwester keine Vorwürfe machen, denn sie liebte Jowna. Was geschehen war, war geschehen, und Vorwürfe änderten nichts an der Vergangenheit.

Ein Schatten fiel über Jownas Augen.

»Denkst du, ich bin so herzlos, dass mich meine Tat nicht belasten würde? Dass alles so gekommen ist, habe ich nie gewollt. Das Einzige, was ich wollte, war ein Zipfelchen vom Glück, das man sich mit Geld zwar nicht kaufen kann, aber es hätte unser Leben erleichtert. Jetzt stell dich nicht zwischen Marcus und mich und gib mir die Möglichkeit, einmal in meinem Leben ganz Frau zu sein.«

Edwina kannte Jowna und wusste, jedes weitere Wort wäre sinnlos, außerdem hatte sie recht. Die Schwester war erwachsen und alt genug, zu wissen, was sie tat.

»Also gut, zwei Stunden, aber keine Minute länger. Ist zehn Uhr in Ordnung?«

»Ach, Edwina, liebste Schwester, ich danke dir!« Jowna umarmte Edwina. »Ich möchte doch auch glücklich sein, und wenn es nur für ein paar Stunden ist.«

Tatsächlich war der Samstagabend trocken und für Ende September ungewöhnlich mild. Allerdings zeichnete sich ab, dass Gwenny keinesfalls ruhig schlafen würde, denn die Kleine hatte offenbar Verdauungsprobleme und litt unter starken Blähungen. Den ganzen Tag über hatte ihr Edwina Fenchel- und Anistee gegeben, aber in dem kleinen Bäuchlein rumpelte und rumorte es heftig. Dementsprechend quengelig war die sonst eher sanfte Gwenny. Je weiter der Abend fortschritt und sich Jowna wusch und anzog, um sich mit Marcus zu treffen, desto mehr schrie das Kind. Schließlich verlor Jowna, deren Nerven wegen der bevorstehenden Begegnung mit Marcus ohnehin schon bis zum Zerreißen gespannt waren, die Geduld.

»Du meine Güte, mach doch endlich was, dass sie mit dem Schreien aufhört! Das ist ja nicht zum Aushalten!«

»Gwenny hat Bauchschmerzen, sie weint sicher nicht zu ihrem Vergnügen«, gab Edwina kühl zurück. Bei allem Verständnis für ihre Schwester, aber das Kind hatte Vorrang. »So wie es aussieht, wird es eben nichts mit einem ruhigen Abend.«

»Dann musst du sie mitnehmen.«

»*Was* verlangst du?« Edwina glaubte, sich verhört zu haben, aber Jowna hatte ihre Forderung ernst gemeint.

»Edwina, du hast mir versprochen, dass ich zwei Stunden mit Marcus allein sein darf. Das kannst du mir jetzt nicht vermiesen. Wenn Gwenny heute unleidlich ist, dann nimm sie einfach mit, das wird dem Kind nicht schaden. Außerdem ist sie eh am ruhigsten, wenn sie auf deinem Arm ist.«

In Edwina rebellierte alles gegen die Forderung der Schwester, aber sie wollte keinen Streit. Tatsächlich sah es so aus, als würde Gwenny so bald nicht einschlafen, und die Luft war warm genug, um mit dem Kind nach draußen zu gehen.

»Nun gut, aber Punkt Mitternacht ist Marcus verschwunden, dann sind wir wieder zurück. Hast du verstanden?«

Jowna nickte, griff nach ihrem Mantel und verließ mit einem strahlenden Lächeln die Wohnung.

Zur selben Zeit nur wenige Straßenzüge entfernt leerte Adam Sledge ein Glas Brandy in einem Zug und zog den Karton, der seit Tagen auf dem Esstisch stand, zu sich her. Vor fünf Monaten war seine Mutter gestorben, und seine Schwester – bei der die Mutter die letzten Jahre gelebt hatte – hatte ein paar Sachen zusammengepackt und aus Devon nach London geschickt, die Adam vielleicht als Erinnerung behalten wollte. Bisher hatte er sich davor gedrückt, die Sachen durchzusehen, aber dieser Samstagabend war eine gute Gelegenheit. Er packte den Karton aus und legte alles auf den Tisch. Er hatte seiner Schwester gesagt, er wolle keinen Schmuck oder sonstigen Krimskrams, darum hatte sie hauptsächlich Fotografien eingepackt. Einige waren noch in den Bilderrahmen, die in Zeitungspapier eingeschlagen waren, um sie vor Beschädigungen zu schützen. Die meisten waren ältere Aufnahmen, auf denen er und die Schwester als Kinder auf dem Schoß der Mutter saßen, dann ein Foto von ihm in Uniform, aufgenommen, bevor sein Bein zertrümmert wurde, und zwei Fotos aus den letzten Jahren, als die Haare der Mutter bereits weiß waren und ihr Gesicht von tiefen Falten durchzogen wurde. Sledge stellte diesen Rahmen vor sich auf. Die Trauer um seine Mutter hielt sich in Grenzen, denn sie war alt und an Krebs erkrankt gewesen, und in den letzten Jahren hatte ihr Gedächtnis sie auch immer mehr im Stich gelassen. Der Tod war eine Erlösung für sie gewesen. Gedankenverloren strich Sledge das Zeitungspapier glatt, das er später im Kamin verbrennen würde. Plötzlich stach ihm der Name *Goldsworthy* ins Auge. Hastig griff er nach der Zeitungsseite. Ein Blick auf das Datum sagte ihm, dass der Artikel im Mai dieses Jahres erschienen war.

… Nach wie vor ungeklärt ist, was mit dem Kind geschehen ist. Haben es die Entführer getötet und ins Meer geworfen? Oder es irgendwo ausgesetzt? Letzteres bleibt zu hoffen, denn dann bestünde die Chance, dass die kleine Gweniver Pencarron noch am Leben ist …

In diesem Zusammenhang werden die Geschwister Jowna und Edwina Goldsworthy gesucht, die kurz nach der Tragödie Cornwall verlassen haben und nach Bristol gehen wollten. Die Zeugenaussage der beiden Frauen könnte von großer Wichtigkeit sein, es scheint jedoch keine Spur von ihnen zu geben …

Sledge las den Artikel zu Ende, dann leerte er ein weiteres Glas Brandy in einem Zug. Von einem Brand war die Rede, bei dem ein angesehenes Mitglied des Auswärtigen Amtes, der Kontakte zum Geheimdienst gehabt haben soll, ums Leben gekommen war. Seine Gattin war wenig später gestorben. Gerüchten zufolge soll das gemeinsame Kind, damals noch ein Säugling, entführt worden sein. Und Jowna und Edwina Goldsworthy waren kurz darauf aus der Gegend verschwunden …

Gweniver Pencarron … Gwen Goldsworthy. Adam Sledge lehnte sich zurück. Er zählte eins und eins zusammen, und plötzlich sah er klar. Das Alter des Kindes passte, und die Geschichte, Edwina wäre Witwe, hatte er sowieso nie geglaubt. Ein rachsüchtiges Lächeln umspielte seine schmalen Lippen.

»Na wartet, jetzt habe ich euch!«, murmelte er und nahm einen weiteren Schluck. »Soso, Kindesentführer sind diese *Damen* also, und da wagen sie es, mich zu bedrohen!«

Ein Blick auf die Wanduhr sagte Sledge, dass jetzt kurz vor zehn Uhr am Samstagabend die Frauen wohl zu Hause sein würden. Oder zumindest eine von ihnen. Er stand auf und griff nach seinem Mantel und dem Hut, dann nahm er die Zeitungsseite mit dem Artikel in die Hand. Mal sehen, was die beiden spröden Frauen, die ihn derart herablassend behandelt hatten, wohl zu dieser Enthüllung zu sagen hatten!

Fünf Minuten vor zehn Uhr zog Edwina Gwenny ein warmes Jäckchen an und hüllte sie in eine Decke.
»Na, dann wollen wir mal einen Nachtspaziergang machen, mein Goldschatz«, murmelte sie, aber das Kind quengelte nach wie vor. Die Blähungen hatten zwar nachgelassen, aber sie zeigte keine Anzeichen, bald einschlafen zu wollen.
Edwina schlüpfte in ihren Mantel, nahm das Kind und stieg die Treppe hinab. Erst als sie über den Hof ging, bemerkte sie, dass sie das Paket mit Gwennys Kleidung immer noch in der Innentasche hatte. Sie überlegte kurz, wieder hinaufzugehen und es in die Wohnung zu legen, entschied sich jedoch dagegen. Jowna und Marcus konnten jeden Moment kommen, und sie wollte sich und Marcus eine peinliche Begegnung ersparen. Als sie an der Ecke zur Dickens Street war, erkannte sie ihre Schwester in Begleitung des jungen Mannes. Jowna hatte sich lachend bei ihm eingehängt. Edwina konnte ihre helle Stimme bis hierher hören. Gemeinsam traten sie durch den Torbogen in den Gebäudekomplex. Edwina schlenderte zu der Parkanlage Stepney Green. Die Straßenbeleuchtung brannte, es waren viele Menschen unterwegs, aber niemand nahm Notiz von der Frau, die am späten Abend mit einem Baby auf dem Arm spazieren ging. Edwina hatte gerade den Rand des Parks erreicht, als plötzlich ein lautes Brummen an ihre Ohren drang. Auch andere Passanten blieben stehen und sahen sich überrascht um. Dann wurde das Brummen stärker, es schien direkt über ihnen zu sein. Als Edwina den Blick zum Himmel hob, erstarrte ihr das Blut in den Adern. Nicht eines oder zwei, sondern fünf Flugzeuge tauchten am Horizont auf, und von einer Sekunde auf die andere zuckten aus ihnen Blitze, und in rascher Folge fiel eine Bombe nach der anderen auf die Stadt herunter.

»Verdammt, warum hat es keinen Alarm gegeben?«
Irgendeine Frau rief das aus, was auch Edwina in diesem Augenblick durch den Kopf schoss. Dann schlug eine Bombe ganz in der Nähe mit einer solchen Wucht ein, dass der Boden unter ihren Füßen erbebte. Edwina dachte nicht länger nach, und sie begann ebenso wie alle anderen zu rennen. Hinein in den Park, auf der anderen Seite wieder hinaus, und dann hatte Edwina die Orientierung verloren. Sie wusste nur, dass sie viel zu weit von dem ihr zugeteilten Schutzraum entfernt war. Endlich erlosch die Straßenbeleuchtung, gleichzeitig gaben die Sirenen Fliegeralarm.
»Das haben wir bereits auch selbst bemerkt«, murmelte Edwina mit einem Anflug von Galgenhumor, der ihr sogleich verging, als unmittelbar neben ihr ein dreistöckiges Haus getroffen wurde. Die Wucht der Detonation riss sie zu Boden. Im Fallen legte sie schützend beide Arme um Gwenny, dann fielen Mauerstücke um sie herum auf die Straße. Direkt vor ihren Augen wurde eine ältere Frau von einem Stein, groß wie ein Wagenrad, am Kopf getroffen, und Edwina musste mit ansehen, wie der Schädel der Frau zertrümmert wurde und Blut und Gehirnmasse in alle Richtungen spritzte. Dies alles geschah im Bruchteil einer Sekunde. Edwina hörte jemanden schreien und registrierte nicht, dass es ihre eigene Stimme war. Sie rappelte sich wieder hoch und rannte durch die herumfliegenden Trümmer und den Rauch, denn beinahe die gesamte Straße stand in Flammen. Das Kind in ihren Armen schrie und strampelte, und das brachte Edwina wieder zur Besinnung.
»Ganz ruhig, meine Kleine, sei ganz ruhig. Mami ist bei dir, uns wird nichts geschehen. Ich bring dich in Sicherheit.«
Es kam Edwina wie Stunden vor, dabei konnten nur wenige

Minuten vergangen sein, als sie endlich das Schild zu einer U-Bahn-Station vor sich im Rauch auftauchen sah. Ein Mann stand am Eingang und winkte.

»Schnell, machen Sie, dass Sie runterkommen! Die Deutschen bombardieren die ganze Stadt, irgendwie ist es ihnen gelungen, unbemerkt durch unser Abwehrsystem zu kommen.«

Auf den zwei Bahngleisen herrschte ein heilloses Durcheinander. Von dem Angriff überrascht, war keine Zeit für eine organisierte Evakuierung gewesen. Es gab keine Aufsichtspersonen, und immer mehr Menschen drängten sich in den engen Bahnhof. Edwina sah sich um, konnte aber kein bekanntes Gesicht erkennen. Es gelang ihr, einen Platz an der Wand zu bekommen, wo sie sich auf den Boden kauerte. Gwenny weinte immer noch, sogar in ihren unschuldigen Augen stand Angst. Eine Detonation ganz in der Nähe, vielleicht sogar unmittelbar oberhalb der Station, ließ die Wände erzittern, und Staub rieselte von der Decke herab. Frauen und Kinder schrien laut auf.

»Lieber Gott, beschütze uns!« Edwina betete leise. »Ich will nicht sterben, nicht hier und nicht heute. Gott, beschütze uns und beschütze Gwenny. Ihr Leben hat doch gerade erst begonnen.«

Adam Sledge war auf seinem Weg in die Shandy Road nur drei Straßen weit gekommen, als das Inferno losbrach. Das Haus direkt neben ihm wurde von einer Bombe getroffen. Es krachte und zischte, und Mauerwerk flog durch die Luft. Das Letzte, was Sledge in seinem Leben sah, war der meterlange, dicke Eisenträger, der von oben direkt auf seinen Kopf zustürzte. Sein Körper spürte es nicht mehr, als die Flammen ihn erfassten und auch die Zeitung in seiner rechten Hand zu Asche verbrannten.

Dieses Mal dauerte es Stunden, bis die Entwarnung kam. Als die Menschen nach oben drängten, blieb Edwina sitzen, um nicht zerdrückt zu werden. Gwenny war trotz des Lärms eingeschlafen. Ein Blick auf ihre Armbanduhr zeigte ihr, dass es kurz vor halb drei war. Müde trat dann auch Edwina hinaus auf die Straße. Alles war hell erleuchtet, als wäre es Tag, aber das Licht kam von unzähligen Bränden. Der Rauch war dicht und legte sich sofort auf die Lungen. Instinktiv hielt Edwina ihr Taschentuch über Gwennys Mund und Nase. Feuerwehr- und Sanitätssirenen heulten, und Edwina erkannte eine Frau mit der Rot-Kreuz-Binde am Oberarm. Sie stolperte auf sie zu.

»Bitte, mein Kind. Die Luft …«

»Ist das Kind verletzt? Oder Sie selbst?« In den Augen der Frau stand Müdigkeit.

Edwina schüttelte den Kopf und hustete.

»Nein, uns geht es gut, aber der Rauch …«

Die Frau nickte und gebot Edwina, ihr zu folgen. Einige Meter weiter stand ein Sanitätswagen, und die Frau tunkte ein Tuch in Wasser und gab es Edwina.

»Legen sie den Lappen auf Mund und Nase, das erleichtert das Atmen. Und dann sehen Sie, dass Sie von hier wegkommen.«

Sie wandte sich ab und wollte zum Nächsten gehen, der ihre Hilfe brauchte, aber Edwina hielt sie am Ärmel fest.

»Bitte, wo bin ich hier? Der Angriff kam so überraschend, da habe ich mich verlaufen. Ich muss in die Shandy Road in Stepney.«

»Wir sind hier in der Cable Street oder in dem, was von ihr noch übrig ist. In Stepney wird es aber auch nicht anders aussehen. Die Deutschen haben beinahe das gesamte East End in Schutt und Asche gelegt.«

Mit einer Handbewegung wies sie Edwina die Richtung, in die sie sich wenden musste, und bald darauf erkannte sie tatsächlich den Park, an dessen Rand sie gewesen war, als das Inferno losbrach. Auch hier lag alles in Trümmern, überall brannten Häuser, aber die Feuerwehr schien die Situation im Griff zu haben. Je näher Edwina der Shandy Road kam, desto mehr verstärkte sich der Druck auf ihrer Brust. Was war mit ihrem Haus geschehen? War es ebenfalls getroffen worden? Und wenn ja, wie schwer würden die Schäden sein? Als sie von der Dickens Street um die Ecke bog, blieb sie wie angewurzelt stehen. In der Shandy Street gab es keine Häuser mehr! Dort, wo die vier Wohnblöcke, zu denen auch *Orchard's Arcade* gehört hatte, gestanden hatten, gab es nur noch Mauerreste, Schutt, Glasscherben und verbogenes Metall. Überall züngelten Flammen aus den Trümmern, und die Straße war knöcheltief mit Staub und Schmutz bedeckt.

»Jowna!« Edwina stolperte vorwärts, wurde aber sogleich von einem Luftschutzwart aufgehalten.

»Da können Sie jetzt nicht weiter, Mrs.«

»Aber unser Haus … meine Schwester … bitte, ich muss zu meiner Schwester!«

Mitleidig sah der Mann sie an.

»Wenn in den Häusern jemand war, der lebt nicht mehr. Die Bomben haben die Straße getroffen, lange bevor der Alarm ausgelöst werden konnte.« Er deutete auf das Ende der Straße, wo ein weißes Zelt mit einem roten Kreuz aufgebaut worden war. »Gehen Sie zur Meldestelle und lassen Sie sich registrieren, dass Sie leben. Du meine Güte, heute Nacht müssen Hunderte von Menschen gestorben sein. Dieser verdammte Krieg …«

Edwina hörte nicht weiter zu und taumelte zu dem Zelt. Dutzende von Menschen drängten sich vor dem Eingang, und Edwina hörte, wie die Leute ihren Namen sagten und nach Angehörigen und Freunden fragten. Eine Schwester erklärte ruhig, aber bestimmt: »Wir haben Bezirke eingerichtet, in dem sich jeder, der das Inferno überlebt hat, melden muss. Sie können hier auch die Namen der Personen, die vermisst werden, angeben. Wir bemühen uns, so schnell wie möglich einen Überblick über die Opfer zu bekommen.«

Edwina wartete, bis sie an der Reihe war. Irgendwann kam eine freundliche Frau vorbei und schenkte starken, heißen Tee aus. Dankbar nahm Edwina den Becher entgegen. Als die Frau sah, dass sie ein Kind auf den Armen hatte, drückte sie Edwina die Hand.

»Kommen Sie mit, Ihr Baby hat sicher Hunger. Ich kann ihm etwas geben.«

Tatsächlich gab es eine Station, in der Frauen und Kinder mit Essen und Trinken versorgt wurden. Edwina konnte Gwenny hier sogar frisch wickeln. Jetzt, wo die unmittelbare Gefahr vorbei war, funktionierte die Organisation wieder, und auch Edwina entspannte sich ein wenig.

Der Morgen graute bereits, als sie endlich zur Registrierung kam. Bevor sie ihren Namen nannte, fragte sie nach ihrer Schwester.

»Jowna Goldsworthy, Shandy Street drei, Orchard's Arcade.«

Die zuständige Dame schüttelte bedauernd den Kopf.

»Diese Person hat sich noch nicht als lebend gemeldet, auch nicht eine Edwina Goldsworthy und deren Kind Gwen. Alle drei wurden bereits von einer Nachbarin, die überlebt hat, als vermisst gemeldet. Wir müssen davon ausgehen, dass sie umgekommen sind. Sie sehen selbst, dass von dem Haus nichts mehr

übrig geblieben ist. Sind Sie eine Verwandte, und wie ist Ihr Name, damit ich Sie in die Liste aufnehmen kann?«
Durch Edwinas Kopf zuckte so blitzschnell ein Gedanke, dass ihr die Worte, ohne zu überlegen, über die Lippen kamen:
»Danke, das ist nicht nötig. Ich bin nur eine Bekannte der Familie Goldsworthy und lebe im West End. Als ich hörte, was hier geschehen ist, wollte ich nachsehen, ob meinen Freunden etwas passiert ist.«
Die Dame schenkte ihr einen mitleidigen Blick.
»Wir können es natürlich nicht mit Bestimmtheit sagen, aber wir müssen davon ausgehen, dass die beiden Frauen Goldsworthy und das Kind diesem schrecklichen Krieg zum Opfer gefallen sind. Es tut mir leid.«
Edwina murmelte einen weiteren Dank und ging langsam davon. Sie sah, wie einige Menschen begannen, die Trümmer zur Seite zu schaffen. Nicht eine einzige Wand war von dem Haus stehen geblieben. Wenn Jowna und Marcus in der Wohnung gewesen waren, und es gab keinen Grund, daran zu zweifeln, so hatten sie keine Chance gehabt.

Edwina lief über eine Stunde nach Westen in die Stadt hinein. Auf ihrem Arm wurde Gwenny immer schwerer, und sie selbst war furchtbar müde und hungrig. In Holborn erkannte sie das Zeichen des Roten Kreuzes über dem Eingang zu einem leerstehenden Ladengeschäft. Während ihres Fußmarsches hatte die Idee, die ihr vorhin wahnwitzigerweise durch den Kopf geschossen war, konkretere Formen angenommen. Es war vielleicht verrückt, aber sie musste es versuchen. Jowna war aller Wahrscheinlichkeit nach tot, und das Londoner East End lag in Schutt und Asche. Trotzdem sah Edwina in diesem grausigen Inferno eine Chance, die sie ergreifen wollte, bevor es zu spät war. Dieser Gedanke half ihr, jetzt nicht über Jowna nachzudenken. Nicht daran zu denken, dass sie die Schwester niemals wiedersehen, nie wieder ihre Stimme und ihr Lachen hören und auch nie wieder mit ihr streiten würde. Sie wollte nicht darüber nachdenken, dass Jownas Wunsch, mit Marcus zu schlafen, wahrscheinlich ihr, Edwina, und Gwenny das Leben gerettet hatte.

Sie betrat den Raum, in dem zwei Frauen vor Stapeln von Listen saßen. Jede hatte einen Becher mit heißem Tee vor sich, und Edwina merkte, wie hungrig sie selbst war.

»Ausgebombt?«, fragte eine der Frauen und sah Edwina aus geröteten, übermüdeten Augen an. Edwina nickte.

»Mir und meinem Kind ist nur das geblieben, was wir am Leibe tragen. Es war keine Zeit, irgendetwas mitzunehmen.« Sie zögerte kurz und setzte dann alles auf eine Karte. »Auch keine Papiere. Der Ausweis, die Geburtsurkunde ... alles ist verbrannt.«

Die beiden Frauen nickten verständnisvoll.

»So wie Ihnen erging es letzte Nacht Hunderten anderen. Wie ist Ihr Name?«

»Edith Gordon, und das ist meine Tochter Blanche.«

Die Namen hatte sich Edwina auf dem Weg überlegt. Es war besser, bei ihren Initialen zu bleiben, aber Gordon war ein häufiger Name. Beinahe so häufig wie Smith oder Miller. Und Edith klang brav und bieder, nicht auffallend, und auffallen durfte Edwina künftig auf gar keinen Fall. Sie durfte auch Gweniver nicht mehr Gwenny nennen, der Name war zu selten. Blanche – das kam aus dem Französischen und hieß weiß, wurde aber auch für rein und unschuldig verwendet. Und das war das kleine Kind – unschuldig an all den Vorgängen, die ihr junges Leben für immer verändert hatten. Edwina musste ihre Spuren restlos verwischen. Sie und Gwen Goldsworthy waren tot. Gestorben bei dem furchtbarsten Luftangriff, den London je erleiden musste, verbrannt und begraben unter Tonnen von Stein.

»Haben Sie Verwandte oder Freunde, zu denen Sie gehen können?«

Edwina schüttelte bedauernd den Kopf.

»Ich bin noch nicht lange in London und kenne hier niemanden.«

Die jüngere Frau füllte ein Formular mit den Namen aus, dann reichte sie Edwina einen Zettel.

»Wenden Sie sich bitte an diese Adresse. Dort werden Sie für die nächste Zeit Unterkunft und Essen für Sie und Ihr Kind erhalten, und alles Weitere wird in die Wege geleitet. Viel Glück, und denken Sie stets daran: Wir Engländer haben bisher noch jeden Kampf gewonnen, auch das hier werden wir überstehen und daraus eines Tages als Sieger hervorgehen. Kein Deutscher wird es je fertigbringen, auch nur eine Zehenspitze auf unser Land zu setzen!«

Edwina fühlte sich nicht in der Lage, diese patriotische Einstellung zu teilen. Dazu war in den letzten Stunden zu viel geschehen. Langsam und schleppend, als wäre sie in dieser Nacht um Jahre gealtert, machte sie sich auf den Weg zu dem Auffanglager der Ausgebombten.

16. Kapitel

In dieser Nacht starben über achthundert Menschen, mehr als die fünffache Anzahl wurde obdachlos. Beflügelt durch das Gelingen ihres Überraschungsangriffs, schickten die Deutschen nun nahezu jeden Tag und jede Nacht ihre Bomber über den Kanal. Zwar funktionierte mittlerweile das Warnsystem, und der Royal Air Force gelang es, zahlreiche deutsche Flugzeuge abzuschießen, bevor sie ihre tödliche Last abwerfen konnten, dennoch schritt die Zerstörung Londons und anderer Großstädte unaufhaltsam voran. Nach vier Wochen waren von den Dockanlagen im East End nur noch Ruinen übrig, und auch die westlichen Stadtteile wurden bombardiert. In einer Oktobernacht wurde die Munitionsfabrik *Bargin & Wolters* von drei Bomben getroffen und ging in Flammen auf. Nur wenige der Arbeiterinnen hatten sich rechtzeitig in Sicherheit bringen können. Die Verluste unter der Zivilbevölkerung waren höher als jemals in einem Krieg zuvor, gleichzeitig nahm aber der Patriotismus zu. Es war eine Stärke der Engländer, in Krisensituationen die Schultern zu straffen, den Kopf zu heben und »Wir lassen uns nicht unterkriegen!« zu rufen.

Mit großem Jubel wurden König George und Königin Elisabeth in den Straßen begrüßt, die es sich nicht nehmen ließen, die Stätten der Verwüstung zu besuchen und den Geschädigten Kraft und Mut zuzusprechen. Ihre Töchter, Prinzessin Elisabeth und Prinzessin Margaret, wurden nach Windsor Castle in Sicherheit gebracht. Es gab Vorschläge, die Prinzessinnen nach Kanada zu schicken, doch ihre Mutter lehnte dies mit den Worten ab: »Die Kinder können unmöglich ohne mich gehen, ich würde nicht ohne den König gehen, und der König wird unter keinen Umständen weggehen und sein Volk in dieser schweren Zeit allein lassen.« Die vierzehnjährige Prinzessin Elisabeth richtete sich in diesem Jahr in ihrer ersten Radioansprache an andere Kinder, die evakuiert worden waren und ohne ihre Eltern auf dem Land leben mussten, und sprach ihnen ihr Mitgefühl, aber auch Kraft und Mut zu. Der gesamten Königsfamilie wurde eine so große Sympathie entgegengebracht, wie es Britannien seit dem Thronverzicht Edwards nicht mehr erlebt hatte.

An Edwina rauschten die Tage und die Ereignisse wie in einem Film vorbei. Wäre nicht die kleine Gwenny gewesen, so hätte sie sich am liebsten mitten auf der Straße einem Angriff ausgesetzt und eine Bombe, die sie zerfetzen würde, mit Freude erwartet. So aber aß, trank, schlief sie und kümmerte sich um Gwenny, in deren Augen – obwohl sie noch kein Jahr alt war – die Schrecken des Krieges standen. Immer wieder litt das Kind an starken Blähungen. Durchfall und Verstopfung wechselten sich ab, und aus diesem Grund war Gwenny die meiste Zeit sehr unruhig und schrie ungewöhnlich viel. Edwina tat alles, um der Kleinen zu helfen. Sie massierte ihr Bäuchlein und sang ihr leise Kinderlieder ins Ohr, damit sie besser einschlafen konnte. In den Momenten, in denen Gwenny ihre Aufmerksamkeit nicht benötigte, verdrängte Edwina die Gedanken an Jowna. Sie hatte bisher noch keine einzige Träne vergießen können, denn alles in ihr schien wie erstarrt zu sein. Es war, als wäre

Edwina Goldsworthy tatsächlich gestorben und existierte nicht mehr und als bräuchte sie Zeit, um Edith Gordon zum Leben zu erwecken.
Seit der furchtbaren Nacht war Edwina in einer Turnhalle untergekommen, in der sich für die Ausgebombten ein Feldbett an das andere reihte. Es gab Gemeinschaftstoiletten und Waschräume und nicht die geringste Privatsphäre. Edwina war das recht, zwang sie doch das enge Zusammenleben mit anderen Betroffenen dazu, sich nicht gehenzulassen, und es half ihr, sich daran zu gewöhnen, mit *Mrs. Gordon* angesprochen zu werden. Allmählich begann sie, an sich selbst auch nur noch als Edith zu denken – Edwina war tot und begraben.
Gwenny, oder vielmehr Blanche, wie Edith sie von nun an ausnahmslos nannte, wurde von einem Arzt gründlich untersucht. Mit einem beruhigenden Lächeln wandte er sich danach an Edith.
»Kein Grund zur Sorge, die Beschwerden der Kleinen sind in diesem Alter völlig normal. Ich glaube allerdings, dass die Ereignisse der letzten Tage Blanche zu schaffen machen. Wir neigen zwar dazu anzunehmen, ein kleines Kind bekäme nicht viel von seiner Umgebung mit, weil es sich noch nicht mit Worten äußern kann, aber ich denke, dass Ihrer Blanche der Lärm der Bombenangriffe und das beengte Leben hier regelrecht auf den Magen schlagen.« Der Arzt sah Edith aufmerksam an. »Mein Rat wäre, sie so schnell wie möglich in eine ruhigere Umgebung zu bringen, am besten aufs Land, dann wird die Kleine bald wieder putzmunter sein.«
Edith nickte und drückte dem Arzt dankbar die Hand.
»Ich werde sehen, was ich machen kann«, versprach sie.
Seit ein paar Tagen spielte sie mit dem Gedanken, sich um eine

Landverschickung zu bemühen. Was sollte sie noch länger in London? Sich eine neue Stellung suchen? Die Gefahr, von jemandem als Edwina Goldsworthy erkannt zu werden, war zu groß. Am besten wäre es gewesen, wenn sie und Jowna gleich, als sie in die Stadt gekommen waren, die Namen geändert hätten, aber dazu war es jetzt zu spät. So nahm Edith noch am selben Nachmittag Blanche auf den Arm und ging zu der Behörde, bei der man sich für eine Landverschickung registrieren lassen konnte.

Im Vorraum drängten sich Frauen und Kinder, denen die Schrecken des Krieges im Gesicht standen. Die Luft war von den Ausdünstungen Dutzender Menschen, die unter ähnlich schlechten Bedingungen wie Edith wohnen mussten, erfüllt und zum Schneiden dick. Edith musste drei Stunden warten, bis sie an der Reihe war. Glücklicherweise verhielt sich Blanche ruhig. Nur einmal weinte sie, und Edith flößte ihr ein paar Schlucke Wasser ein, das von einer freundlichen Rot-Kreuz-Schwester an die Wartenden verteilt wurde. Endlich wurde ihr Name aufgerufen, und Edith trat in ein kleines Büro, an dessen Schreibtisch zwei Frauen mittleren Alters saßen. Obwohl beide erschöpft und müde aussahen, fragte die Ältere mit einem freundlichen Lächeln: »Was können wir für Sie tun, Miss …?«

»Gordon«, antwortete Edith schnell. »Mrs. Edith Gordon, und das ist meine Tochter Blanche. Wir sind obdachlos, und ich möchte mich nach einer Möglichkeit erkundigen, die Stadt zu verlassen. Mein Kind ist krank.«

Die Dame – ihr am Revers befestigtes Namensschild wies sie als Miss Parker aus – nickte verständnisvoll, allerdings mit einem bedauernden Gesichtsausdruck.

»Das ist nicht so einfach, Mrs. Gordon. Sie verstehen, dass Tausende London verlassen möchten, und wir tun unser Möglichstes. Haben Sie Verwandte auf dem Land?«
Edith schüttelte den Kopf.
»Ich bin Waise.«
»Und Ihr Mann?«
»Gefallen, auch er hat keine Angehörigen.«
»Wo haben Sie bisher gelebt? Haben Sie eine Arbeit?«
Edith war auf diese Fragen vorbereitet gewesen, daher konnte sie schnell und mit fester Stimme antworten:
»Nachdem mein Mann zur Armee eingezogen wurde, arbeitete ich in einer Fabrik im East End, die jedoch vollständig zerstört wurde, ebenso wie unsere kleine Wohnung. Meine Tochter und ich sind in einem Auffanglager untergekommen, aber Blanche geht es gesundheitlich nicht gut. Der Arzt meint, es wäre gut, sie in eine ruhigere Umgebung zu bringen.«
Als würde Blanche über die Wichtigkeit dieses Momentes wissen, grummelte ihr Bäuchlein lautstark, dann folgte das eindeutige Geräusch einer Darmentleerung, und ein unangenehmer Geruch zog durch den kleinen Büroraum.
Miss Parker lächelte nachsichtig und zog die Augenbrauen hoch. »Ich verstehe.« Sie wandte sich an ihre Kollegin. »Jane, hast du noch einen Platz in dem Zug nach Penzance, der in drei Tagen abfährt?«
Edith erschrak, konnte jedoch das Zittern ihrer Hände verbergen, indem sie Blanche fest umarmte.
»Bitte, nicht nach Cornwall«, stieß sie hervor.
»Warum nicht, Mrs. Gordon? Der Westen war bisher am wenigsten von feindlichen Angriffen betroffen. Dort gibt es große Landgüter, die bereitwillig Kinder und Frauen aufnehmen.«

Die Gedanken wirbelten durch Ediths Kopf. Auf keinen Fall durfte sie nach Cornwall zurück. Auch wenn sie Meilen von St. Agnes und Pencarron Manor unterkommen würde, war die Gefahr, von jemandem erkannt zu werden, zu groß. Sie schämte sich darüber, wie leicht ihr die Lüge über die Lippen kam.

»Als Kind fuhr ich einmal mit meinen Eltern an die Küste und badete im Meer. Dabei bin ich beinahe ertrunken. Eine Welle riss mich fort. Seitdem habe ich Angst vor dem Wasser.«

Die Kollegin Jane mischte sich ein.

»Sie brauchen in Cornwall ja nicht in die Nähe der Küste zu gehen …«

Edith erhob sich. Es war zwecklos, und sie durfte nicht noch mehr Aufmerksamkeit auf sich ziehen.

»Es tut mir leid, Ihre Zeit in Anspruch genommen zu haben. Ich werde versuchen, hier in London eine neue Stellung zu bekommen.«

Sie wandte sich zur Tür, als Miss Parker rief: »Warten Sie, es gibt noch eine andere Möglichkeit. Sie haben nicht zufällig Erfahrung in der Krankenpflege?«

Hoffnung stieg in Edith auf.

»Nicht im Rahmen einer Ausbildung, aber ich habe meine Mutter bis zu ihrem Tod gepflegt.«

Miss Parker zog aus einem Stapel Unterlagen ein Blatt hervor und hielt es Edith hin.

»In einem Sanatorium in Gloucestershire werden Hilfskräfte gesucht, Mrs. Gordon. Es handelt sich um eine Rehabilitationseinrichtung für verwundete Soldaten, die zwar nicht mehr akut pflegebedürftig sind, dennoch Betreuung benötigen, um wieder vollständig gesund zu werden. Trauen Sie sich das zu?«

Edith versuchte, sich ihre Freude nicht zu sehr anmerken zu lassen.

»Selbstverständlich, und ich werde mich bemühen, alles Notwendige zu erlernen, Miss Parker.«

»Allerdings …« Die Dame zögerte. »Der Zug nach Cheltenham geht noch heute Abend, um genau zu sein, in knapp drei Stunden. Das ist sehr kurzfristig.«

»Ich habe nichts, was ich packen müsste.« Ediths Lächeln war bitter. »Es ist alles verbrannt, und mein Kind habe ich bei mir. Ich bin bereit.«

Miss Parker stand auf und streckte Edith ihre Hand hin, die diese dankbar ergriff und fest drückte.

»Warten Sie bitte draußen, wir werden Ihnen sofort die Fahrkarte und ein entsprechendes Schreiben bringen. Ich wünsche Ihnen und Ihrer Tochter alles, alles erdenklich Gute, und möge dieser Krieg bald vorbei sein.«

Die Grundmauern von Weston Grey Manor stammten aus Elisabethanischer Zeit und waren zu Ehren der jungfräulichen Königin in Form eines großen E erbaut worden. Im Laufe der Zeit hatten die ständig wechselnden Besitzer immer wieder An- und Umbauten vorgenommen, so dass der Herrensitz ein Sammelsurium diverser Baustile darstellte. Zu Beginn des zwanzigsten Jahrhunderts hatte der letzte Besitzer die hohen Steuer- und Instandhaltungskosten nicht mehr aufbringen können und Weston Grey Manor einer Stiftung übereignet. Bis zu Beginn des Krieges war das Haus ein Sanatorium für betuchte Engländer gewesen, die sich in der lieblichen Landschaft der Cotswolds von den Strapazen des Alltags erholen konnten, doch jetzt blieben die Erholungsuchenden aus, und stattdessen kamen Soldaten, deren akute Verletzungen zwar verheilt waren, die aber noch eine gewisse Zeit bis zur völligen Wiederherstellung benötigten.

Vom ersten Moment an mochte Edith das verwinkelte Gebäude mit seinen vierzig Räumen. Es war kurz vor Mitternacht, als sie und drei weitere Frauen – ein Wagen hatte sie am Bahnhof in Cheltenham abgeholt – in Weston Grey Manor ankamen. Zwei der Frauen waren ausgebildete Krankenschwestern, die dritte hieß Heather und würde im Sanatorium als Köchin arbeiten. Sie wurden von Miss Calne, einer kleinen, drahtigen Frau in den Sechzigern kurz begrüßt, und Edith war erfreut, als man sie in ein eigenes Zimmer führte. Es war zwar recht klein und nur mit zweckmäßigen Möbeln eingerichtet, aber nun konnten sie und Blanche endlich wieder für sich allein sein.

»Bitte kommen Sie morgen um acht Uhr in mein Büro im Erdgeschoss«, sagte Miss Calne. »Dann werden wir alles besprechen, heute ist es dafür zu spät.«

Obwohl sie nur wenige Worte gewechselt hatten, spürte Edith, dass sie mit Miss Calne gut auskommen würde. Sie fütterte Blanche und wickelte sie. In Ermanglung eines Kinderbettes nahm sie die Kleine in den Arm und war eingeschlafen, kaum dass ihr Kopf das Kissen berührte.

In den folgenden Wochen fiel die Anspannung, die so lange auf Edith gelastet hatte, nach und nach von ihr ab. Seit langem hatte sie sich nicht mehr so geborgen gefühlt. Beinahe schämte sie sich, wenn sie ein Glücksgefühl spürte, und sofort meldete sich ihr schlechtes Gewissen, als sie an Jowna dachte, die die neue Wendung nicht mehr erleben durfte.

Miss Calne, ausgebildete Krankenschwester mit jahrelanger

Erfahrung in diversen Hospitälern, leitete das Sanatorium zusammen mit Doktor Adrian Walmer, einem Internisten. Zusätzlich waren noch ein Chirurg und ein Arzt für Allgemeinmedizin angestellt, die sich zusammen mit den sechs Schwestern und vier Hilfspflegekräften um die rund dreißig Patienten kümmerten.

»Es ist eigentlich nicht üblich, dass wir Frauen mit Kindern aufnehmen, aber bei Ihnen habe ich eine Ausnahme gemacht, Mrs. Gordon.« Miss Calne hatte Edith zuerst von oben bis unten gemustert und dann freundlich genickt. »Meine Nichte, Miss Parker, hat mir geschrieben, dass Sie ohne Angehörige und Freunde sind, an die Sie sich wenden könnten, und für Ihr Kind ist es zweifelsohne besser, aus London fortzukommen. Bisher sind wir in unserer Gegend von Bombenangriffen verschont geblieben, lediglich die Hafen- und Fabrikanlagen von Bristol wurden unter Beschuss genommen. Aber unsere Abwehr hat die Situation im Griff.«

»Ich danke Ihnen für die Chance, hier arbeiten zu dürfen, und werde mich nach Kräften bemühen, Ihren Erwartungen gerecht zu werden. Und bitte, nennen Sie mich doch Edith.«

Die Schwestern und Pflegerinnen duzten sich untereinander und sprachen sich mit Vornamen an. Edith klang in ihren Ohren inzwischen vertraut und nicht ganz so fremd wie Mrs. Gordon.

Miss Calne nickte wohlwollend.

»Das mache ich gerne, Edith. Sie werden feststellen, dass die Wunden unserer Patienten keine allzu große Pflege mehr erfordern, aber viele brauchen bei der Verrichtung alltäglicher Dinge Unterstützung und Hilfe. Bei einigen haben die Erlebnisse auch Spuren in ihren Seelen hinterlassen. Sie sahen, wie ihre Väter,

Brüder oder beste Freunde direkt neben ihnen starben. Hier in Weston Grey Manor bemühen wir uns mit allem, was uns zur Verfügung steht, den tapferen Soldaten eine Rückkehr in ein einigermaßen normales Leben zu ermöglichen.«

Edith verstand bald, was Miss Calne gemeint hatte. Knapp die Hälfte der Patienten hatte Verwundungen erlitten, die sie für den Rest ihres Lebens nicht nur zeichnen, sondern auch behindern würden. Vielen fehlte ein Körperglied, drei waren auf einem Auge erblindet, und einige würden für den Rest ihres Lebens entstellende Narben zurückbehalten. Am meisten rührten Ediths Herz aber diejenigen, die den ganzen Tag in einem Sessel saßen und stumm vor sich hin starrten. Sie hatten in diesem schrecklichen Krieg zu vieles gesehen und zu vieles erlebt, so dass die Verletzungen ihrer Seelen vielleicht niemals heilen würden. Edith lernte, Operationswunden an amputierten Stümpfen zu reinigen und zu verbinden, assistierte, wenn Fäden gezogen und Röntgenbilder angefertigt werden mussten, und legte bald ihre Scheu ab, den Männern beim Verrichten ihrer Notdurft zu helfen oder sie an intimen Körperstellen zu waschen. Für die Männer war es noch peinlicher als für Edith. Wenn ein Arm fehlte und der andere gebrochen war, hatte man keine andere Wahl, als die Hilfe einer Pflegekraft in Anspruch zu nehmen. Am schönsten empfand Edith die Zeiten, wenn sie bei den Soldaten saß und ihnen vorlas oder sie gemeinsam einer Musikübertragung im Radio lauschen konnten. Die Männer waren in jedem Alter – der Jüngste war gerade mal neunzehn Jahre alt. Er hatte eine Schussverletzung an der Hüfte erlitten, und es würde noch einige Monate dauern, bis er wieder ohne Krücken würde gehen können. Der Älteste war an die sechzig und nannte sich Bart. Obwohl ihm eine Granate den rechten

Unterschenkel in Fetzen gerissen hatte, saß er vergnügt in seinem Rollstuhl und klopfte auf den Stumpf.

»So etwas bringt den alten Bart nicht ins Grab.« Er grinste Edith an, die zuerst nicht wusste, wie sie mit ihm umgehen sollte. »Ich hoffe nur, die verpassen mir eine Prothese, damit ich wieder in den Krieg kann, um es den Deutschen zu zeigen!«

»Ich glaube kaum, dass man Sie noch einmal an die Front schickt«, erwiderte Edith skeptisch. »Freuen Sie sich nicht, bald zu Ihrer Familie nach Hause zu können?«

Edith wusste, dass Bart verheiratet und Vater von sechs Kindern war. Seine Frau kam alle zwei Wochen am Wochenende zu Besuch, und sie war eine zwar einfache, aber liebenswerte Person.

»He, Mädchen, ich gehöre noch lange nicht zum alten Eisen«, wetterte Bart, dabei bildeten sich rund um seine Augen zahlreiche Lachfältchen. »Klar will ich heim zu meiner Eliza, aber ich werde ihr nicht zur Last fallen. Jetzt komm, Mädchen, hilf mir, ich muss meine tägliche Strecke laufen.«

Edith ließ sich von Bart gerne duzen und auch ein wenig herumkommandieren, denn es war beinahe so, als würde sie sich um einen Vater kümmern. Bart griff nach den Krücken, und Edith umfasste ihn stützend am Oberkörper. Obwohl Edith an den Schweißperlen, die sich auf seiner Stirn bildeten, erkennen konnte, dass er unter Schmerzen litt, lief Bart Tag für Tag mit eiserner Kraft eine Strecke von vierhundert Yards im Schlosspark. Er war fest entschlossen, seine Muskeln zu trainieren und nicht im Rollstuhl zu verkümmern. Nach der oft sehr anstrengenden Runde ließ er sich dann aber gerne von Edith eine Tasse Tee und etwas Gebäck bringen und erzählte von seiner kleinen Farm in der Nähe von Warwick.

Nicht jeder war jedoch so einfach zu handhaben wie der alte Bart. Viele der Verwundeten haderten mit ihrem Schicksal, und auf einige mussten die Pflegerinnen ein besonderes Augenmerk haben, damit sie sich nichts antaten.
Es war für Edith eine harte, im Durchschnitt täglich zwölf Stunden dauernde Arbeit, die sie jedoch mit Freude und Befriedigung erfüllte. Sie hatte sich nie vor harter Arbeit gescheut, und im Vergleich zu der Zeit als Küchenmädchen in Pencarron Manor hatte sie im Sanatorium viel mehr Pausen und freie Zeit. Während des Tages kümmerte sich die freundliche Köchin Heather um die kleine Blanche, und das Mädchen war schnell der Liebling im Wirtschaftsbereich. Edith vermutete zu Recht, dass Blanche dort nach Strich und Faden verwöhnt wurde. Die Kleine wuchs und hatte rote Wangen, und ihre Magen-Darm-Beschwerden klangen nach kurzer Zeit vollständig ab, denn Heather ging mit dem Kind, sooft es ihre Zeit erlaubte, an die frische Luft. Der Abend gehörte dann ganz ihr und Blanche. Sie las oder sang ihr vor, und es war eine Freude, mitzuerleben, wie das Kind Tag für Tag mehr von seiner Umgebung wahrnahm und auf Edith reagierte.
Der Köchin zur Seite standen zwei deutsche Mädchen: die siebzehnjährige Gisela und die ein Jahr jüngere Ilse. Sie waren Jüdinnen und bereits 1938 von ihren Eltern nach England zu einer entfernten Verwandten geschickt worden. Diese hatte aber wenig Interesse an den Mädchen gezeigt und gefordert, dass sie für ihren Lebensunterhalt arbeiten sollten. Obwohl beide inzwischen einigermaßen gut Englisch sprachen, verriet ihre harte, in Ediths Ohren unmelodiös klingende Aussprache ihre Herkunft. Optisch entsprachen Gisela und Ilse mit ihren blonden Haaren und den hellgrauen Augen den Vorstellungen von

Hitlers »Herrenrasse«, aber ihr Glauben und ihre Abstammung machten sie zu Verfolgten. Edith erinnerte sich an Samuel Pencarrons Schilderung seines Erlebnisses in Berlin, bei dem ein jüdisches Mädchen schikaniert worden war. Sie fragte sich immer wieder, wie man Menschen wegen ihres Glaubens verfolgen konnte. Die Mädchen waren fleißig und freundlich, aber auch zurückhaltend und schweigsam. Besonders Ilse sprach nur selten, und wenn, dann mit verhaltener Stimme. Eines Tages kam Edith in die Küche und sah, wie Ilse Blanche auf dem Schoß hielt. Leise sang sie ein Lied, wohl auf Deutsch, denn Edith konnte die Worte nicht verstehen, und Blanche lauschte der sanften und hellen Stimme mit sichtlicher Freude. Als Ilse Edith sah, verstummte sie sofort und setzte das Kind auf den Boden.

»Es tut mir leid …«, entschuldigte sie sich, aber Edith hob schnell die Hand.

»Das war eine schöne Melodie, und du hast eine angenehme Stimme. Ich nehme an, das Lied stammt aus deiner Heimat?«

Ein Schatten fiel über Ilses Gesicht.

»Unsere Mutter hat es uns oft vor dem Einschlafen vorgesungen.«

Ilses Mundwinkel zuckten, und Edith befürchtete, das Mädchen würde jeden Augenblick zu weinen anfangen. Mitleid durchflutete sie. Am liebsten hätte sie Ilse in die Arme genommen, aber sie wie auch ihre Schwester wahrten stets eine gewisse Distanz zu anderen Menschen.

»Du vermisst deine Eltern wohl sehr, nicht wahr? Der Krieg wird nicht ewig dauern, und bald werdet ihr wieder vereint sein«, versuchte Edith sie zu trösten.

Ilses Augen blitzten, und ungewöhnlich heftig erwiderte sie:

»Der Krieg wird noch sehr lange dauern, und Hitler wird England erobern. Selbst wenn nicht, glauben Sie wirklich, wir wüssten nicht, dass unsere Eltern längst tot sind? Wir werden sie niemals wiedersehen. Niemanden von unserer Familie oder unseren Freunden werden wir jemals wiedersehen.«

Edith war sichtlich erschrocken.

»Das kannst du doch gar nicht wissen …«

»Oh, doch, das wissen wir!« Unbemerkt war Gisela eingetreten, und in ihren Augen lag Verzweiflung, aber auch Zorn. »Wir haben mit angesehen, wie die SS den Buchladen eines Onkels zertrümmert und alle Bücher auf die Straße geworfen und verbrannt hat. Dann haben sie den Onkel so lange geschlagen, bis alle seine Knochen gebrochen waren. Wir haben miterlebt, wie eine Familie nach der anderen die Stadt verlassen musste. Sie werden umgesiedelt, hieß es, aber wir wissen, dass alle Juden in Konzentrationslager gekommen sind. Auch unsere Eltern erhielten den Bescheid einer Umsiedlung in den Osten. Es gelang ihnen aber noch, uns nach England zu schicken. Wie sie das geschafft haben oder wer ihnen geholfen hat, wissen wir nicht. Eines Tages wurden wir am frühen Morgen zum Bahnhof gebracht und in einen Zug gesetzt, der uns quer durch Deutschland und Belgien an die Küste brachte. Dort erwartete uns eine Frau, die sagte, sie wäre eine Großcousine unseres Vaters, und mit ihr fuhren wir nach England, wo sie uns aber recht bald in ein Heim abschob. Von dort wurden wir im letzten Jahr hierhergeschickt, um zu arbeiten. Wir wissen nicht, wie es weitergehen soll, aber wir wissen, dass unsere Eltern längst nicht mehr am Leben sind.«

Edith spürte, dass jede Antwort auf diese flammende Rede banal gewesen wäre, daher schwieg sie betroffen. Regelmäßig drangen Nachrichten nach England über angebliche Umsiedlungen von jüdischen Deutschen oder sonstigen Personen irgendwo in die Weiten Osteuropas, aber niemand wusste genau, wie viel Wahrheit in den Aussagen steckte und was Gerüchte waren. Edith erschien es unvorstellbar, dass sich Hitler zum Ziel gesetzt haben sollte, alle Juden aus Deutschland zu vertreiben. Um ihre Unsicherheit zu verbergen, nahm Edith Blanche auf den Arm und drückte ihre Nase in das weiche Haar des Mädchens. Sie roch unbeschreiblich gut, und Edith wagte nicht sich vorzustellen, was geschehen würde, sollte es den Deutschen tatsächlich gelingen, die Britischen Inseln zu erobern.

»Ihr braucht keine Angst zu haben, hier seid ihr in Sicherheit«, sagte sie zu den beiden Mädchen und versuchte, überzeugter zu wirken, als sie in Wirklichkeit war.

Gisela nahm ihre Schwester an der Hand und zog sie zur Tür. Bevor sie die Küche verließ, hörte Edith sie murmeln:

»Wir werden erst in Sicherheit sein, wenn Hitler und alle, die ihm jubelnd und fahnenschwingend nachlaufen, tot sind. Aber dazu benötigt es ein Wunder …«

Es erschreckte Edith, in den Gesichtern zweier so junger Mädchen so viel Leid und Angst sehen zu müssen. Unwillkürlich dachte sie an Jowna und an deren Unzufriedenheit über ihr bescheidenes Leben. Erst jetzt erkannte Edith, wie viel sie doch besessen hatten. Ihre Eltern waren zwar früh, aber eines natürlichen Todes gestorben, sie hatten ein Dach über dem Kopf und eine Arbeit, die sie ernährt hatte, gehabt. Gut, die Ereignisse, die letztendlich Jowna zur Entführung des Babys getrieben hatten, waren schrecklich gewesen, aber nie war ihr Leben in Gefahr gewesen, nur weil jemand ihren Glauben nicht akzeptierte.

»Lord Pencarron hat versucht, dich zu töten, und er hat dein ungeborenes Kind umgebracht.« Edith meinte die Stimme ihrer Schwester zu hören. Nach wie vor konnte sie nicht daran glauben, dass der Unfall im Taubenhaus mehr als ein unglücklicher Zufall gewesen war. Selbst wenn der Lord seine Hände mit im Spiel gehabt hatte – es war kein Grund für die Entführung des Kindes gewesen.

Blanche begann unruhig zu zappeln und quengelte und lenkte Edith von ihren trüben Gedanken ab.

»Ja, ich weiß, du hast Hunger, meine Kleine. Mama macht dir jetzt ein Breichen, und dann gehst du schlafen ...«

Trotz der erschreckenden Ereignisse, der negativen Berichte von den Kriegsschauplätzen, der stetig steigenden Anzahl von verwundeten Soldaten und der zunehmenden Knappheit an Lebensmitteln waren die folgenden Monate für Edith eine ausgefüllte und zufriedene Zeit. Sie lernte sehr viel über Krankenpflege, belegte in ihrer Freizeit im nahen Chippenham einen Kurs für Krankenschwestern und lernte in den Abendstunden fleißig aus dicken medizinischen Büchern. Die Prüfung absolvierte sie als eine der Besten und wurde nun mit »Schwester Edith« angesprochen. Als Blanche im folgenden Sommer Edith anstrahlte und zum ersten Mal »Mama« sagte, weinte Edith vor Glück. In dieser Situation fand Heather sie. Zuerst erschrak die Köchin, als sie Edith schluchzen sah, aber als Edith ihr erklärte, wie glücklich sie wäre, drückte Heather lächelnd ihren Arm.

»Du bist eine wundervolle Mutter, Edith. Auch wenn du noch um deinen Mann trauerst, du solltest wieder heiraten und weitere Kinder bekommen. Ich kann mir gut vorstellen, dass hier der eine oder andere Soldat dich gerne nehmen würde.«

Den letzten Satz hatte die Köchin mit einem Augenzwinkern gesagt, und Edith lachte hellauf.

»Ja, ich habe oft den Eindruck, dass so manch einer nicht undankbar über mehr Aufmerksamkeit wäre, als wir Schwestern den Patienten geben können und dürfen. Sei jedoch versichert, Heather, ich habe nicht vor, eine Liebelei anzufangen. Vielleicht kommt eines Tages ein Mann, an dessen Seite ich mir vorstellen könnte, den Rest meines Lebens zu verbringen, aber bevor der Krieg nicht vorbei ist, wage ich nicht daran zu denken. England braucht nämlich jeden seiner Männer. Wie käme ich dazu, einen für mich allein zu beanspruchen?«

Heather stimmte in ihr Lachen ein.

»Es ist wichtig, dass wir uns unseren Humor bewahren, mag die Lage auch noch so düster sein.« Sie streckte die Arme aus. »Komm, gib mir die Kleine, ich glaube, dein Dienst fängt gleich an, nicht wahr?«

Mit dem Luftangriff der japanischen Flotte auf den US-Stützpunkt Pearl Harbor auf der hawaiianischen Insel Oahu am 7. Dezember 1941 änderte sich die Stimmung im Land. Obwohl der unerwartete Angriff knapp zweieinhalbtausend Menschen das Leben gekostet hatte, befand sich England in einer Art Euphorie. Als die Vereinigten Staaten von Amerika als Folge des Überfalls vier Tage danach offiziell in den Krieg eintraten, liefen die Menschen jubelnd auf die Straße.

»Nun wird der Krieg bald vorbei sein!«

»Deutschland wird der Übermacht Amerikas nicht lange standhalten können!«

»Hitler wird vernichtet werden!«

Diese positive Haltung war verständlich, denn trotz des japani-

schen Angriffs einigten sich die Regierungen der USA und Großbritanniens auf den Grundsatz »Germany first«, das hieß, auf die Vernichtung Deutschlands als vordringliches Kriegsziel. Die amerikanischen Streitkräfte waren frisch und unverbraucht, im Land herrschte keine Lebensmittelknappheit, und die Rüstungsindustrie arbeitete auf Hochtouren. Die USA brauchten keine Angriffe auf ihr Land vonseiten Deutschlands zu fürchten, denn Hitler würde es nicht schaffen, den Atlantik zu überqueren, zudem hatte er mit dem Russlandfeldzug genug zu tun.
Es wurde ein fröhliches und entspanntes Weihnachtsfest, und die Menschen sahen beim Jahreswechsel 1941 auf '42 einer neuen Zeit entgegen.

Die große Hoffnung, der Krieg möge durch den Eintritt der USA ein baldiges Ende finden, erfüllte sich indes leider nicht. In den kommenden zwei Jahren wurde beinahe überall auf der Welt gekämpft. Obwohl Edith bemüht war, sich durch Nachrichten und Zeitungen auf dem Laufenden zu halten, wusste sie manchmal nicht, wer denn nun gegen wen sich wann und wo im Kriegszustand befand. Die britischen Truppen konzentrierten sich vornehmlich auf Nordafrika, und Deutschland begann den von Hitler geforderten *Lebensraum im Osten* auszuweiten, indem deutsche Truppen verstärkt nach Osteuropa marschierten.
»Schon Napoleon ist an den Weiten des russischen Reichs gescheitert. Es wird auch das Verderben Hitlers sein«, orakelte Heather.
Glücklicherweise hatten die Bombenangriffe auf englische Städte aufgehört, und die Menschen konnten wieder ein fast

normales Leben führen. Zwar wurden die Fenster nach wie vor jeden Abend sicherheitshalber verdunkelt, Nahrung gab es nur noch auf Lebensmittelkarten, und die Kleidung wurde immer und immer wieder geflickt, weil alle Baumwollspinnereien und Tuchwebereien des Landes ausschließlich für das Kriegsministerium arbeiteten, aber es war wieder eine Fröhlichkeit eingekehrt, der auch Edith sich nicht verschließen konnte. Sie nahm Fahrstunden, legte mit Erfolg die Führerscheinprüfung ab und durfte einen kleinen, dem Sanatorium gehörenden Wagen nach Belieben benutzen. Regelmäßig fuhr sie verwundete Soldaten, die nicht ans Bett gefesselt waren, übers Land und lernte selbst die Schönheiten der Cotswolds kennen. Beinahe jeden Sonntagnachmittag unternahm sie mit Blanche Ausflüge in die nähere Umgebung, oft wurden sie dabei von Ilse begleitet, zu der die kleine Blanche Zuneigung gefasst hatte. Gisela verhielt sich nach wie vor reserviert, aber die jüngere Ilse schien sich immer mehr mit ihrem neuen Leben in England zu arrangieren. Edith, Ilse und Blanche besuchten Sudeley Castle und standen andächtig am Grab von Catherine Parr, der letzten Ehefrau des berühmten Königs Heinrich VIII. Sie besichtigten Warwick Castle und staunten über die Großartigkeit dieser mächtigen Burganlage, und sie unternahmen ausgedehnte Spaziergänge in den Malvern Hills, wobei es sich Ilse nicht nehmen ließ, den Kinderwagen mit der juchzenden Blanche über Stock und Stein zu schieben.

»England ist schön«, bemerkte Ilse einmal und ließ ihren Blick über die weiten Felder und grünen Wiesen schweifen.

»Sicher nicht schöner als deine Heimat. Möchtest du mir erzählen, aus welcher Gegend du und deine Schwester kommen?«

Ilse sah sie traurig an.

»Unsere Eltern stammen aus Sachsen, wir sind aber in Berlin geboren und haben immer dort gelebt. Eigentlich war es dort ganz schön, aber ich glaube, ich mag England mehr. Hier ist alles so ruhig … und friedlich.«

Spontan umarmte Edith das junge Mädchen, und Ilse ließ es sich widerstandslos gefallen.

»Auch du und Gisela werdet wieder euren Frieden finden. Wir müssen nur ganz fest daran glauben, und ich weiß, dein Glaube hilft dir, Trost im Gebet zu finden.«

Ilse nickte, griff dann aber schnell nach dem Kinderwagen und schob ihn mit der fröhlich glucksenden Blanche weiter den Hügel hinauf, um ihre Tränen zu verbergen.

Edith beneidete die beiden deutschen Mädchen um ihren Glauben. Sie selbst konnte nicht beten, konnte nicht im Gespräch mit Gott oder Jesus Christus Trost finden, denn Gott würde einer Verbrecherin kein Gehör schenken. Sie hatte kein Recht, Gott um Gnade zu bitten. Nicht nach all dem, was sie und Jowna getan hatten und was sie nach wie vor Blanche antat.

Blanche … Gweniver … den richtigen Namen des Kindes hatte Edith beinahe schon vergessen. Noch war es nicht zu spät, um das Kind in das ihm zustehende Leben zurückzubringen. Blanche war zu jung, als dass eine Veränderung einen psychischen Schaden in der kleinen Kinderseele anrichten konnte. Auch wenn ihre Eltern tot waren – es gab immer noch ihren Onkel, der sich um sie kümmern würde – ihr Onkel Samuel Pencarron. Edith verkrampfte sich innerlich. Es war, als lege sich ein eiserner Ring um ihren Hals und erschwerte ihr das Atmen. Lange hatte sie nicht mehr an ihn gedacht. Wie es ihm wohl ging? Hatte er sein Erbe angetreten und lebte auf Pencarron Manor, oder reiste er als Diplomat immer noch irgendwo in der Welt umher? Vielleicht war er Soldat geworden und kämpfte an irgendeiner Front? Ihre kurze, leidenschaftliche Beziehung schien in so ferner Vergangenheit zu liegen, dass Edith manchmal meinte, all das nur geträumt zu haben.

Als sie am Abend an Blanches Bett saß und wartete, bis die Kleine eingeschlafen war, strich sie dem Mädchen zärtlich über die Wange und traf eine Entscheidung: Sie würde versuchen herauszufinden, ob Samuel noch lebte, und wenn ja, wo er war. Und dann würde sie weitersehen …

17. Kapitel

Einmal den Entschluss gefasst, sich nach Samuel Pencarron zu erkundigen, wollte Edith dies nicht aufschieben, sonst hätte sie der Mut vielleicht wieder verlassen. Gleich an ihrem nächsten freien Nachmittag fuhr sie nach Cheltenham und suchte eine öffentliche Telefonzelle auf. Über die Vermittlung bat sie um die Verbindung zu Pencarron Manor in Cornwall. Sie hatte keine Ahnung, was sie sagen wollte, aber die Entscheidung wurde ihr abgenommen, denn niemand hob den Hörer ab.

Nachdem sie ein Sandwich und eine Limonade in einer Teestube zu sich genommen hatte, versuchte sie es erneut – ohne Erfolg. Kurzentschlossen ließ sie sich über die Vermittlung mit dem Pfarrhaus in St. Agnes verbinden. Ihr Herzschlag setzte beinahe aus, als sie am anderen Ende der Leitung die Stimme von Reverend Pentecost vernahm, die sich in den Jahren nicht verändert hatte.

»Pentecost, guten Tag, was kann ich für Sie tun?«

Edith schluckte, war einen Moment lang versucht, einzuhängen, dann jedoch verstellte sie ihre Stimme und fragte:

»Guten Tag, Reverend, bitte entschuldigen Sie die Störung. Ich bin eine frühere Bekannte der Familie Pencarron, verbrachte allerdings die letzten Jahre im Ausland. Nun bin ich wieder in England, aber leider kommt keine Verbindung zum Herrenhaus zustande. Deshalb möchte ich Sie fragen, ob Sie mir sagen können, ob Pencarron Manor derzeit bewohnt ist.«

Edith spürte, wie der Reverend zögerte.

»Äh … Lord Pencarron und seine Frau …«

»Ich weiß, dass beide leider verstorben sind«, warf Edith schnell ein. »Können Sie mir sagen, ob es möglich ist, mit Sir Samuel in Kontakt zu treten?«

»Es tut mir leid, Ihnen nicht weiterhelfen zu können, Miss …?« Er erwartete, dass sie ihren Namen nannte.

»Miss Moore«, sagte Edith schnell und hoffte, dass der Reverend ihre Stimme nicht erkennen würde.

»Also, Mrs. Moore, Sir Samuel Pencarron war zwar nach dem furchtbaren Unglück, das die Familie getroffen hat, einige Zeit in Cornwall und hat dafür gesorgt, dass die Schäden am Haus wieder repariert wurden, aber leider ist er nun seit über einem Jahr spurlos verschwunden. Pencarron Manor ist seitdem verschlossen, und es war niemand mehr dort.«

»Was heißt verschwunden?«

»Es heißt, er wäre zur Armee gegangen. Die letzte Nachricht soll aus Nordafrika gekommen sein.« Er machte eine kleine Pause und fuhr dann eindringlich fort: »Wenn Sie mir Ihre Adresse und Telefonnummer hinterlassen, dann melde ich mich gerne bei Ihnen, sollten wir etwas über Sir Samuel erfahren.«

»Das ist nicht nötig, ich werde mich nur kurze Zeit in England aufhalten. Nächste Woche reise ich schon wieder ab.« Edith schluckte, das Herz schlug ihr bis zum Hals. Offenbar hatte der Reverend keinen Verdacht geschöpft. Sie wollte das Gespräch so schnell wie möglich beenden. »Haben Sie herzlichen Dank und alles Gute für Sie.«

Edith hängte ein und lehnte sich schwer atmend an die Wand

der Zelle. Verschollen! Man wusste nicht, wo Samuel war, und Pencarron Manor war verschlossen. Sie merkte nicht, wie sich ihre Finger ineinander verschränkten und die Nägel sich in ihre Handrücken bohrten.

»Es hat also gar keinen Sinn, zu versuchen, Blanche zu ihrem Onkel zu bringen.« Sie starrte auf den Telefonapparat, als erwarte sie von dem grauen Kasten eine Antwort. »Das Kind hat es gut bei mir. Sie kennt keine andere Familie und kein anderes Leben, und sie liebt mich als ihre Mutter.«

Wie in Trance fuhr Edith nach Weston Grey Manor zurück. Zum Glück herrschte nur wenig Verkehr auf den Straßen. Edith versuchte sich einzureden, dass sie ihre Schuld nicht sühnen konnte. Niemandem, am wenigsten Blanche, wäre damit gedient, wenn sie sich jetzt der Polizei stellen würde. Man würde das Mädchen in ein Kinderheim bringen …

»Das lasse ich nicht zu!«, rief Edith entschlossen und schwor sich erneut, Blanche all ihre Liebe zu geben und alles in ihrer Macht Stehende zu tun, um dem Kind ein sorgloses und glückliches Leben zu ermöglichen.

Auch wenn die Lebensmittel rationiert, Genussmittel wie Kaffee und Zigaretten so gut wie gar nicht mehr erhältlich waren und Bier und Wein mit Wasser gestreckt wurden, herrschte auf Weston Grey Manor eine beinahe ausgelassene Stimmung. Ein Mal im Monat fanden in Cheltenham Tanzabende statt, deren Erlöse dem Armeefonds zugutekamen. Diese Samstagabende waren für alle Soldaten, die nicht ans Bett gefesselt waren, Höhepunkte, auf die sie sich die ganze Woche lang freuten. Edith, die früher oft und gerne getanzt hatte, war eine beliebte Partnerin. Den Schwestern des Sanatoriums wurde allerdings vorgeschrieben, bei den Veranstaltungen ihre Tracht zu tragen und sich gegenüber den Patienten keinerlei Vertraulichkeiten zu erlauben.

»Ihr müsst euch in jeder Situation so verhalten, dass die Männer den Respekt vor euch nicht verlieren«, wies Mrs. Calne die Frauen an. »Ich wünsche nicht, von irgendwelchen Intimitäten zwischen Patienten und Schwestern zu hören, denn dies hätte zur Folge, dass die Verantwortliche das Haus auf der Stelle verlassen muss. Habt ihr das verstanden?«

Edith und ihre Kolleginnen versicherten, die Grenzen der Schicklichkeit auf keinen Fall zu überschreiten.

»Der junge Bob in Zimmer neun wäre allerdings schon eine Sünde wert«, raunte Diane Edith ins Ohr, als sie das Büro der Leiterin verließen.

»Lass dich nur nicht zu einer Dummheit hinreißen.« Mahnend hob Edith den Finger. »Mrs. Calne meint es ernst. Hast du vergessen, wie streng sie war, als sich Ellen nur ein Mal auf die Bettkante zu einem Patienten gesetzt hatte? Ein Wunder, dass Ellen nicht sofort entlassen worden ist.«

Diane grinste breit und sah Edith verschwörerisch an.

»Behalt es bitte für dich, aber … Bob hat mich gefragt, ob ich ihn heiraten möchte, wenn er wieder ganz gesund ist.«

»Oh, Diane!«

»Pst!«, machte die junge Frau und blickte sich erschrocken um.

Edith senkte die Stimme.

»Das ist ja wundervoll! Aber ihr kennt euch doch kaum, und wird dich seine Verletzung nicht stören?«

Der erst fünfundzwanzigjährige Bob war in einem brennenden Panzer eingeschlossen gewesen und hatte schwere Brandwunden am Hals und Oberkörper erlitten. Diese waren weitestgehend abgeheilt, er würde jedoch für den Rest seines Lebens von Narben gezeichnet bleiben.

»Was denkst du von mir, Edith?« Mit gespielter Empörung sah Diane sie an. »Es zählen doch nicht die Äußerlichkeiten, sondern nur die inneren Werte. Bob hat sogar schon an seine Eltern in Wales geschrieben. Sie werden in zwei Wochen zu Besuch kommen, dann möchte er mich ihnen vorstellen. Die Verlobung werden wir aber erst bekanntgeben, wenn Bob entlassen wird.«

Spontan umarmte Edith Diane.

»Aber ich darf dir doch schon gratulieren?«

Sie hakten sich unter und gingen lachend zurück an ihre Arbeit.

Edith freute sich wirklich für Diane, denn Bob war trotz seiner Jugend ein ernsthafter Mann, der nicht leichtfertig von Liebe und Hochzeit sprach. Sie selbst hatte auch schon zweimal einen Antrag erhalten, aber in beiden Fällen waren diese nur der augenblicklichen Situation entsprungen, da sich Edith aufopfernd und geduldig um die jeweiligen Männer gekümmert und ihnen ein Stück Lebensmut wiedergegeben hatte. Edith hatte kein Interesse an einem Flirt, mochte dieser auch noch so harmlos sein. Es war noch nie ihre Art gewesen, mit Männern zu schäkern. Ein Mal in ihrem Leben hatte sie geliebt, hatte wirklich und ernsthaft einem Mann ihr Herz geschenkt, ihm vertraut und war von ihm bitter enttäuscht worden. Ein zweites Mal würde Edith das nicht passieren, zumal ihr in den letzten Jahren kein Mann mehr begegnet war, bei dem ihr Herz schneller geschlagen hatte. Natürlich sehnte auch sie sich in den Stunden, wenn Blanche schlief und sie allein in ihrem kleinen Zimmer saß, nach einer Schulter, an die sie sich anlehnen und alle Sorgen vergessen könnte, aber nie würde sie sich an einen Mann binden, nur um nicht mehr allein zu sein. Außerdem machte die schwere Schuld, die auf ihr lastete, es ihr unmöglich, eine neue Beziehung einzugehen. Lügen waren keine Grundlage für eine Ehe, und die Wahrheit durfte sie niemals jemandem gestehen. Allein schon, um Blanche zu schützen.

Gegen Ende des Jahres 1943, einen Tag vor Blanches viertem Geburtstag, drangen die ersten Meldungen von der Landung amerikanischer Truppen nach Weston Grey Manor.

»Die Zeitungen schreiben keine Details, aber es heißt, es wären Zigtausende Soldaten an Englands Südküste stationiert, und es würden noch mehr erwartet«, erzählte Heather bei der nachmittäglichen Teestunde in der Küche.

»Was hat das zu bedeuten?«

Heather zuckte mit den Schultern.

»Entweder hat das Kriegsministerium erfahren, dass von Deutschland aus eine neue Angriffswelle zu erwarten ist, und die Amerikaner sind zu unserem Schutz hier, oder – und das ist der allgemeine Tenor – die Achsenmächte verbünden sich zu einem finalen Angriff auf die Nazis. Es wurde auch langsam Zeit – dieser verdammte Krieg dauert schon viel zu lange! Es muss endlich Bewegung in die Sache kommen.«

Die Engländer verfolgten das Eintreffen weiterer US-amerikanischer Soldaten mit Spannung. Premierminister Winston Churchill gab keine offizielle Erklärung ab, auch sonst erfuhr man bis ins Frühjahr des kommenden Jahres keine Einzelheiten. Bestehende Festungsanlagen entlang der Südküste wurden ausgebaut und neue Anlagen geschaffen. Die Menschen in den Cotswolds blieben davon weitgehend unbehelligt. Jeder, der logisch denken konnte, machte sich seinen eigenen Reim auf die Veränderungen: Bereits nach der Katastrophe für die deutsche Wehrmacht bei Stalingrad Anfang des Jahres und jetzt, da Hitler seine Soldaten von einem Desaster zum nächsten trieb, wäre der richtige Zeitpunkt für einen großangelegten Angriff der Alliierten. Das Deutsche Reich war geschwächt, im Land selbst befanden sich nur noch Frauen, Kinder und Greise, und seit Monaten flogen alliierte Jagdbomber Tag und Nacht Angriffe auf deutsche Großstädte und hinterließen eine unvorstellbare Zerstörung.

»Es wird Zeit, dass die Amis etwas tun!«, schrieb eine große englische Tageszeitung im Frühjahr 1944. »Aufrechte Engländer, mobilisiert eure Kräfte! Gemeinsam bringen wir diesen Krieg zu Ende.«

An einem klaren Maimorgen erwachte Edith von dem Zwitschern der Vögel im ersten Sonnenlicht. Es war noch früh, und die kühle Morgenluft drang durch das geöffnete Fenster. Sie hatte es über Nacht nicht geschlossen, denn der Duft der frühblühenden weißen Kletterrosen, die rund um das Fenster in verschwenderischer Fülle an der Hauswand emporrankten, erfüllte das Zimmer. Wohlig räkelte und streckte sich Edith, dann schaute sie zu dem Kinderbett hinüber. Blanche schlief noch tief und fest. Sie lag halb auf dem Bauch, hatte ihren Kopf mit den dunklen Locken zur Seite gedreht, und ein Daumen steckte in ihrem rosigen kleinen Mund.

Das Chinin hat nichts genützt, dachte Edith und lächelte. Dr. Walmer hatte geraten, Blanches Fingerchen am Abend mit Chinin einzupinseln, um ihr das Daumenlutschen abzugewöhnen, aber der bittere Geschmack schien das Mädchen nicht zu

stören. Also ließ Edith ihr das Vergnügen. Sie wusste, früher oder später würde Blanche von selbst damit aufhören.
Ein Blick auf den Wecker sagte Edith, dass es erst kurz nach sechs Uhr war. Sie hatte also noch gut eine Stunde Zeit, bis ihr Tagwerk begann. Da hörte sie draußen Motorengeräusch. Wer kam so früh am Morgen? Neugierig geworden, schlüpfte sie in den Morgenmantel und trat ans Fenster. Ein offener Jeep parkte vor dem Rondell, und leichtfüßig sprang ein Mann heraus. Er blickte sich suchend um, und als er Edith am Fenster entdeckte, rief er: »Gut, dass schon jemand wach ist. Wir brauchen dringend einen Arzt, mein Freund hat sich verletzt.« Aufgeregt deutete er auf den Wagen, in dem Edith eine zweite Person ausmachen konnte.
Rot vor Scham, dass der Fremde sie im Morgenrock und mit ungekämmten Haaren gesehen hatte, wich Edith schnell ins Zimmer zurück, dann siegte jedoch ihr Pflichtbewusstsein. Offenbar handelte es sich bei den Ankömmlingen um Amerikaner, der Akzent war eindeutig.
»Ich komme sofort hinunter«, antwortete Edith und zog sich rasch an und band ihr Haar im Nacken zusammen. Als sie in den Hof trat, sah sie einen zweiten Mann mit schmerzverzerrtem Gesicht auf dem Beifahrersitz kauern. Beide trugen die Uniformen der US-Amerikaner, sie hatte sich also nicht getäuscht.
»Guten Morgen«, grüßte sie freundlich. »Was ist geschehen?«
Sie musste den Kopf in den Nacken legen, um dem Mann in die Augen sehen zu können. Er war an die zwei Meter groß und mochte vielleicht Mitte dreißig sein.
»Ah, danke, dass Sie so schnell gekommen sind.« Der Angesprochene lächelte und entblößte dabei zwei Reihen makelloser,

weißer Zähne, die in seinem sonnengebräunten Gesicht wie Perlenschnüre blitzten. Wie kann ein Mensch nur so gut aussehen, dachte Edith unwillkürlich, wandte aber sogleich ihre Aufmerksamkeit wieder dem Soldaten zu. »Mein Freund hat sich das Knie verletzt, vielleicht ist sogar etwas gebrochen. Das hier ist doch ein Hospital, oder?«

»Ein Sanatorium, um genau zu sein«, erwiderte Edith. »Hier werden unsere Soldaten, nachdem sie das Schlimmste überstanden haben, gesund gepflegt, aber ich bin sicher, einer unserer Ärzte wird Ihrem Freund helfen können.«

Er nickte, dann streckte er seine Hand aus und sagte: »Verzeihen Sie, ich habe mich noch nicht vorgestellt. Captain Frank Beckford aus Massachusetts. Mein Kamerad heißt Aaron Rosenthal.«

Sein Händedruck war kräftig, und als er ihr tief in die Augen blickte, spürte Edith ein seltsames, unbekanntes, aber durchaus angenehmes Gefühl, daher sagte sie schnell:

»Mein Name ist Edith Gordon, ich bin Pflegehelferin.«

Er nickte, dann deutete er zum Jeep.

»Vielleicht können wir einen Rollstuhl holen, denn ich fürchte, der arme Aaron ist nicht in der Lage, auch nur einen Schritt zu gehen.«

Edith eilte in die Halle und kehrte kurz darauf mit einem Rollstuhl zurück. Captain Beckford hatte seinem Kameraden inzwischen aus dem Auto geholfen. Mit einem unnatürlich verdrehten Knie stützte dieser sich schwer auf Beckfords Arm.

»Du meine Güte, wie ist denn das geschehen?«

Captain Beckford lachte.

»Oh, Miss, das ist eine lustige Geschichte, Aaron wollte nur …«

»Ein Wort weiter, und ich spreche nie wieder mit dir!« Zum

ersten Mal ergriff Aaron Rosenthal das Wort. Eine tiefe Röte schoss in seine Wangen, und mit einem Seufzer ließ er sich in den Rollstuhl sinken. »Ich denke nicht, dass die Lady Interesse an unseren Geschichten hat.«

Aaron Rosenthal war noch jung, kaum älter als Edith, und den Abzeichen an seiner Uniform zufolge ein einfacher Rekrut. Edith vermutete aufgrund seines Namens, dass er Jude war, aber sie wollte keine weiteren Fragen stellen.

Stumm rollte sie den Stuhl durch die Halle in eines der unteren Behandlungszimmer.

»Ich werde nachsehen, ob Dr. Grant, unser Chirurg, bereits wach ist. Wenn Sie bitte hier warten möchten?« An der Tür fiel Edith etwas ein, und sie drehte sich zu den beiden Männern um. Just in diesem Augenblick fiel ein Sonnenstrahl durch das Fenster direkt auf Frank Beckfords Kopf und ließ sein Haar wie Gold aufleuchten. Ediths Herzschlag beschleunigte sich. Sie schalt sich selbst eine dumme Gans, dass die Ausstrahlung dieses Mannes sie dermaßen aus der Ruhe zu bringen schien, daher sagte sie schnell: »Darf ich den Herren vielleicht eine Tasse Tee anbieten? Sie haben sicher noch nicht gefrühstückt, nicht wahr?«

»Das wäre sehr freundlich …«

»Kaffee wäre mir lieber.«

Beide Männer antworteten gleichzeitig, und Edith lachte.

»Es tut mir leid, aber mit Kaffee kann ich nicht dienen. Auf die Lebensmittelkarten gibt es seit Monaten keinen Kaffee mehr, und ich muss Sie warnen, auch der Tee ist nicht von allerbester Qualität.«

Captain Beckford trat neben Edith, so nah, dass seine körperliche Nähe sie beunruhigte.

»Dann habe ich vielleicht etwas für Sie in meinem Wagen. Wenn Sie aber zuerst den Arzt informieren könnten?«
Edith nickte und eilte zwei Stockwerke hinauf. Doktor Grant war bereits aufgestanden und angekleidet und versprach, sich den unerwartet eingetroffenen Patienten sofort anzusehen. In der Halle traf Edith wieder auf den Captain, der sie bat, ihn zu seinem Wagen zu begleiten. Er öffnete eine auf dem Rücksitz stehende Kiste, und Edith schrie vor Freude laut auf, als er ihr ein Päckchen Kaffee in die Hand drückte.
»Wo haben Sie den denn her?«
Sie presste ihre Nase an die Packung und sog den so lange entbehrten Duft ein.
Frank Beckford zuckte mit den Schultern und lächelte.
»In den Staaten herrscht zum Glück kein Mangel an Lebensmitteln. Also haben wir einiges mit über den großen Teich gebracht.«
Unaufgefordert folgte er Edith in die Küche, lehnte sich ans Spülbecken und beobachtete jeden ihrer Handgriffe, als Edith Wasser zum Kochen brachte und eine Kanne Kaffee aufbrühte. Bald schon erfüllte die Küche der einzigartige Geruch des schwarzen Getränks, das Edith so schmerzlich vermisst hatte. Sie schenkte den Kaffee in vier Tassen ein.
»Milch und Zucker, Captain?«
Frank Beckford schüttelte den Kopf.
»Aaron und ich trinken ihn schwarz.«
Edith goss in ihre Tasse etwas Milch, während Dr. Grant seinen Kaffee mit drei Teelöffeln Zucker trank. Im Behandlungszimmer nahm der Arzt das lang entbehrte Getränk mit einem breiten Grinsen entgegen.
»Sie schickt der Himmel, Captain! Allerdings wird Ihr Freund

einige Tage in unserem Haus verbringen müssen. Ich werde gleich eine Röntgenaufnahme machen, vermute jedoch, dass die Kniescheibe herausgesprungen und das Kreuzband gerissen ist. Eine unschöne Sache …« Kopfschüttelnd beugte er sich wieder über das nackte Bein des Patienten, das bis zur Mitte des Oberschenkels und Schienbeins gerötet und stark angeschwollen war. »Junger Mann, das nächste Mal passen Sie besser auf, wenn Sie in der Dunkelheit austreten wollen.«

Captain Beckford prustete los, und Aaron Rosenthals Gesicht wurde erneut puterrot. Edith verkniff sich ein Lächeln und fragte stattdessen: »Brauchen Sie meine Hilfe, Doktor?«

»Nein danke, Schwester Edith, ich habe bereits nach Schwester Carren geschickt. Sie wird mir beim Röntgen assistieren.«

Plötzlich spürte Edith Frank Beckfords Hand auf ihrem Arm, der sie zur Tür zog.

»Kommen Sie, wir stören hier nur.«

Widerstandslos ließ sie sich nach draußen führen. Inzwischen lag der ganze Hof im Sonnenlicht, und die Luft war angenehm warm.

»Dann ist Ihrem Freund dieses Missgeschick passiert, als er einem menschlichen Bedürfnis nachgehen wollte?« Edith wollte nicht neugierig sein, aber die Frage brannte ihr auf der Zunge, so wie noch einige andere. Zum Beispiel die, was zwei amerikanische Soldaten am frühen Morgen in den Cotswolds zu suchen hatten.

»Wir waren auf dem Weg nach Winchcombe, als Aaron ein dringendes Bedürfnis plagte. Es war noch dunkel, also tastete er sich in ein Waldstück zu einem Holzstapel vor. Pech für ihn war, dass sich in dem Stapel ein Wespennest befand und die kleinen Tierchen sich wohl in ihrer Nachtruhe gestört fühlten.

Binnen Sekunden war Aaron von Wespen umschwirrt, und als er in die Sicherheit des Jeeps flüchten wollte, rutschte er aus und verdrehte sich beim Sturz unglücklich das Knie.«

Nur mit Mühe konnte Edith ein Lächeln unterdrücken. Der junge Mann hatte offensichtlich große Schmerzen, für ihn gewiss kein Grund zur Heiterkeit, aber sie konnte sich die Situation geradezu bildlich vorstellen.

»Es tut mir leid«, sagte sie aufrichtig. »Sie können gerne das Telefon im Büro benützen, wenn Sie Ihre Einheit informieren müssen. Sie werden sicher erwartet, nicht wahr?«

»Danke, Sie sind sehr freundlich. Ich werde abwarten, was die Untersuchung ergibt und wann Aaron weiterfahren kann. Wir haben vier Tage Urlaub, die wir gegebenenfalls hier verbringen werden.«

Von Natur aus war Edith nicht neugierig, aber sie hätte doch gerne gewusst, warum sich die beiden Männer hier aufhielten. Seit Monaten waren entlang der Südküste Tausende von amerikanischen Soldaten eingetroffen, und die Gerüchte über eine geplante Invasion von England aus schlugen hohe Wellen. Edith rang mit sich, ob sie den Captain danach fragen sollte, doch ein Blick auf ihre Uhr sagte ihr, dass mehr Zeit als vermutet vergangen war. Blanche war inzwischen bestimmt aufgewacht, und sie selbst musste gleich ihren Dienst antreten, daher sagte sie entschuldigend: »Ich muss jetzt an meine Arbeit gehen und vorher noch meine Tochter versorgen.«

»Sie haben eine Tochter? Ihr Mann ist an der Front?« Der Captain stockte und fuhr dann hastig fort: »Nicht, dass mich das etwas angeht, aber …«

Seine sichtliche Verlegenheit rührte Edith.

»Ich bin Witwe«, erwiderte sie kurz.

»Ach so! Ich meine … das tut mir leid …«
Täuschte sich Edith, oder sah sie neben Betroffenheit auch eine Spur Erleichterung in Captain Beckfords Zügen? Bevor sie sich abwenden konnte, legte er kurz eine Hand auf ihren Unterarm.
»Vielleicht können wir heute zusammen zu Mittag essen? Das heißt, wenn Sie Zeit und Lust haben, und Ihre Tochter möchte ich auch kennenlernen.«
»Das würde ich sehr gerne. Wie wäre es gegen ein Uhr?«
Edith war erstaunt, wie bereitwillig sie die Einladung annahm. Es war doch sonst nicht ihre Art, Fremden gegenüber so offen zu sein.
Rasch lief sie zum Haus. Ihr Herz schlug unnatürlich schnell, was aber nicht allein von ihrem flotten Gang herrührte. Glücklicherweise wurde sie durch Blanche, die bereits in ihrem Bettchen saß und sich verschlafen die Augen rieb, von weiteren Gedanken an den amerikanischen Captain abgelenkt. Sie brachte Blanche zu Heather in die Küche, dann begann sie mit ihrer Arbeit und freute sich auf die Mittagspause.

Seit Jahren an den Umgang mit fremden Menschen gewöhnt, zeigte Blanche keine Scheu gegenüber dem großen Mann in Uniform. Als Edith das Mädchen aufforderte, Captain Beckford die Hand zur Begrüßung zu geben, rief diese: »Wo hast du denn dein Schiff? Jeder Kapitän hat doch ein Schiff.«
Frank lachte laut auf und drückte das Kind kurz an sich, auch Edith schmunzelte.
»Darf ich die kleine Lady in den Wagen begleiten?« Mit einer übertriebenen Verbeugung öffnete er den Schlag, und Blanche kletterte mit hocherhobenem Kopf auf den Rücksitz. »Ich freue mich, mit zwei so bezaubernden Damen ausfahren zu dürfen.«

Während Edith auf dem Beifahrersitz Platz nahm, meinte sie mahnend: »In zwei Stunden muss ich wieder zurück sein, Captain. Ich dachte, wir würden hier im Haus zu Mittag essen.«
Frank warf ihr einen liebevollen Blick zu.
»Dann werden es für mich die zwei erfreulichsten Stunden seit Monaten sein.«
Verlegen senkte Edith den Kopf und schwieg. Frank Beckford flirtete offensichtlich mit ihr, aber sie hatte keine Erfahrung darin und wusste nicht, wie sie sich verhalten und was sie erwidern sollte. Schlagfertigere Frauen hätten bestimmt eine passende Antwort parat gehabt, aber ihr Kopf war leer. Nervös nestelten ihre Finger am Bügel der Handtasche, doch sie konnte ihr Herzklopfen nicht unter Kontrolle bringen. Allein die Tatsache, dass Franks Hand beinahe ihren Oberschenkel streifte, wenn er die Gänge einlegte, versetzte sie in eine für sie unbekannte Aufregung. In den letzten Stunden hatte sie an Jowna und ihre Begegnung mit Marcus Spelling im Hyde Park denken müssen. Ihre Schwester hatte sich sofort zu dem jungen Offizier hingezogen gefühlt – was Edith damals nicht verstanden hatte. Doch nun schien es ihr ebenso zu ergehen. Sie kannte Frank Beckford gerade mal seit sechs Stunden und hatte kaum mehr als ein paar Sätze mit ihm gewechselt, trotzdem schien er ihr seltsam vertraut zu sein. Es war anders als damals mit Samuel Pencarron. Für ihn hatte Edith ab der ersten Begegnung zwar auch Sympathie empfunden, aus der dann eine tiefe Liebe geworden war, aber Samuel hatte sie nicht binnen kurzer Zeit derart aus der Ruhe gebracht. Ediths Gesicht wurde heiß, als sie merkte, dass sie sich wünschte, seine braungebrannten, kräftigen Hände mit den langen schlanken Fingern würden über ihren Körper streichen. Unruhig rutschte sie hin und her.

»Geht es Ihnen gut?« Frank warf ihr einen besorgten Blick zu.
»Jaja, alles in Ordnung.« Hastig strich sich Edith eine Haarsträhne hinters Ohr, um das Zittern ihrer Hände zu verbergen.
»Ich bin es nur nicht gewohnt, zum Essen ausgeführt zu werden.«
»Ihr Mann …« Frank zögerte.
»Er ist in den ersten Kriegstagen gefallen«, beantwortete Edith seine unausgesprochene Frage.
Es widerstrebte ihr, den freundlichen Captain anlügen zu müssen, und sie fühlte sich unwohl dabei, doch es gab Momente in Ediths Leben, da glaubte sie selbst an ihre erfundene Geschichte. Dennoch würde die Vergangenheit sie immer wieder einholen. Ein Schatten fiel auf den bisher schönen Tag, und Edith war froh, dass sie just in diesem Moment das Lokal erreichten und sie somit einer weiteren Erklärung enthoben war.
Das Essen war den Zeiten entsprechend einfach, aber schmackhaft. Gegenüber Blanche zeigte Frank sich sehr aufgeschlossen, und das Mädchen erzählte begeistert von ihren kleinen und großen Erlebnissen in Weston Grey Manor.
»Nächstes Jahr darf ich zur Schule gehen«, rief sie stolz. »Dann kann ich auch bald den kranken Soldaten vorlesen. Genauso wie es Mama immer tut.«
Frank strich ihr lächelnd übers Haar.
»Ich bin überzeugt, jeder Soldat kann sich glücklich schätzen, der Stimme deiner Mutter zu lauschen. Da kann man es ja fast bedauern, nicht selbst in diesen Genuss zu kommen.«
Frank hatte die Worte an Blanche gerichtet, aber Edith hatte bemerkt, wie ein liebevoller Seitenblick sie streifte. Verlegen wechselte sie schnell das Thema.

»Wissen Sie schon mehr über die Verletzung Ihres Freundes? Hat Doktor Grant ihm helfen können?«

Frank nickte und seufzte.

»Der Innenmeniskus ist angerissen, und das ist sehr schmerzhaft. Der Arzt riet jedoch von einer Operation ab. Er meint, es wäre besser, die Sache ausheilen zu lassen. Aaron ist darüber ziemlich betrübt, denn er wird nun wohl mindestens vier bis fünf Wochen sein Bein schonen müssen und sich nur an Krücken fortbewegen können. Das heißt, er wird nicht …«

Frank brach erschrocken ab, und spontan legte Edith ihre Hand auf die seine.

»Sie verraten mir keine Militärgeheimnisse, Captain. Jeder im Land spricht darüber, dass eine großangelegte Invasion geplant ist, wie sonst wäre die Anwesenheit Tausender amerikanischer Soldaten zu erklären? Ich hoffe, die Pläne werden gelingen, damit dieser Krieg endlich vorbei ist.«

Frank seufzte erleichtert und drückte kurz Ediths Hand.

»Lassen Sie doch den Captain weg, Edith. Ich darf Sie doch so nennen, nicht wahr? Und bitte – sagen Sie Frank zu mir.«

Edith wusste, es war verrückt! Sie saß hier mit einem Mann, einem Ausländer sogar, den sie erst ein paar Stunden kannte, und ließ es zu, dass er ihre Hand hielt und ihre Gedanken verwirrte.

»Was wird Ihr Freund jetzt machen?«, fragte sie statt einer Antwort. »Wird er im Sanatorium bleiben?«

Frank schüttelte den Kopf.

»Wahrscheinlich wird man Aaron mit dem nächsten Schiff nach Hause schicken. Eigentlich ist er in einer glücklichen Situation, kann er doch bald wieder bei seiner Familie sein.«

»Sie vermissen Ihre Familie sehr?«

»Wer tut das nicht fern der Heimat? Ich stamme aus Massachusetts, mein Vater leitet eine Fabrik. Haben Sie schon einmal von Beckford-Schuhen gehört?«
Edith zuckte bedauernd mit den Schultern.
»Nein, tut mir leid. Sie stellen also Schuhe her?«
»Ja, bereits in der vierten Generation.« Frank streckte die Beine unter dem Tisch hervor und zeigte auf seine Stiefel. »Diese stammen aus der Fabrik meines Vaters. Seit die Staaten in den Krieg eingetreten sind, produzieren wir beinahe ausschließlich für die Armee. Auch Gürtel und Patronenhalfter. Eines Tages werde ich die Firma übernehmen, aber ich hoffe, damit noch lange warten zu können. Mein Vater erfreut sich bester Gesundheit.« Er brach ab und deutete auf Blanche. »Oh, da scheint aber jemand müde zu sein.«
Blanche war dem Gespräch der Erwachsenen mit wenig Interesse gefolgt, hatte ihren Daumen in den Mund gesteckt und kuschelte sich an Franks linke Seite. Sie gähnte herzhaft, und ihre Augenlider wurden schwer.
»Es ist Zeit für ihren Mittagsschlaf«, erklärte Edith.
Frank legte einen Arm um das Mädchen, und binnen Sekunden war Blanche tatsächlich eingeschlafen. Er schaute sie zärtlich an. »Es ist ein schönes Gefühl, wenn ein kleines Menschenkind so viel Vertrauen zu einem hat. Lassen wir sie ein wenig schlafen, Sie haben noch eine knappe Stunde Zeit, bevor Sie wieder bei Ihrer Arbeit sein müssen.«
Nun konnte Edith die Frage, die sie seit dem Morgen beschäftigte, nicht mehr zurückhalten.
»Was hat denn Sie und Ihren Freund so früh am Morgen in die Cotswolds verschlagen? Sie brauchen mir aber nur zu antworten, wenn es keine militärischen Geheimnisse sind.«

Er schenkte ihr ein aufrichtiges Lächeln, als er sagte: »Unser Ausflug hat rein private Gründe. Mein Ururgroßvater stammt aus England, um genau zu sein, aus dem Städtchen Winchcombe nicht weit von hier. Er hatte das Schusterhandwerk erlernt, ist dann in jungen Jahren in die Staaten ausgewandert und hat dort den Grundstein für die Firma gelegt. Vielleicht ist es sentimental, aber als ich erfuhr, dass ich nach England geschickt werde, habe ich mir vorgenommen, die Heimat meiner Vorfahren aufzusuchen. Aaron und ich brachen gestern am späten Abend nach Dienstende auf und waren auf dem Weg nach Winchcombe, als ihm das Malheur passierte.«
Eine Welle der Sympathie für Frank durchflutete Edith.
»Das ist keinesfalls sentimental, sondern ganz wunderbar! Hoffen Sie, Verwandte zu finden?«
»Nein, leider nicht, mein Ururgroßvater war alleinstehend, als er England verließ. Seine Geschichte wurde in unserer Familie von Generation zu Generation weitererzählt, und er hat sogar ein kleines Buch über seine Kindheit und Jugend in England geschrieben, das jeder in der Familie gelesen hat. Ich sehe das Dorf beinahe bildlich vor mir, wobei es sich inzwischen sicher stark verändert haben wird.«
»Wann werden Sie sich Winchcombe ansehen?«, fragte Edith. »Fahren Sie heute noch weiter?«
Zuerst wollte Frank bejahen, doch dann kam ihm eine Idee.
»Möchten Sie mich nicht begleiten, Miss Edith? Sie haben doch sicher einen freien Tag, und es wäre schön, das Erlebnis mit jemandem teilen zu können.«
Am liebsten hätte Edith über diesen Vorschlag laut gejubelt, und sie konnte ihre Freude nicht verbergen, als sie antwortete: »In der Tat habe ich morgen den ganzen Tag frei. Ich komme

sehr gern mit Ihnen mit. Blanche kann ich in Weston Grey Manor lassen, die Köchin wird sich freuen, das Mädchen einen ganzen Tag für sich allein zu haben.«
Auch Frank Beckford konnte seine Freude, den morgigen Tag mit Edith zu verbringen, nicht verhehlen, und Edith machte sich keine Gedanken darüber, dass er England bald wieder verlassen würde. Zum ersten Mal in ihrem Leben tat sie etwas Spontanes, ohne darüber nachzudenken, was andere Menschen davon halten könnten. Und sie fühlte sich gut dabei.

Winchcombe ist ein altertümliches Marktstädtchen, das einst sein Vermögen mit Schafen und Wolle gemacht hatte und den Eindruck vermittelt, die Jahrhunderte wären spurlos an ihm vorbeigegangen. Malerische Fachwerkhäuser im Tudorstil reihen sich aneinander, und den zentralen Blickpunkt bildet die im Perpendicula-Stil erbaute Pfarrkirche.
Frank Beckfords Augen leuchteten, als er vor einem Haus stehen blieb und aufgeregt rief: »Das muss es sein! High Street Nummer sieben … Gut, damals gab es noch keine Straßennamen, aber mein Vorfahr hat das Haus, und wo es sich früher befand, in seinem Buch ganz genau beschrieben.«
Es rührte Edith, zu sehen, wie Frank ergriffen eine Hand an die Hauswand legte, als könne er damit die Geschichte seiner Familie spüren. Er schwieg längere Zeit, und auch Edith blieb stumm, um ihn nicht zu stören. Nicht viele Männer waren in der Lage, ihre Gefühle zu zeigen, und eine tiefe Zärtlichkeit für den großen, kräftigen Mann mit der empfindsamen Seele durchflutete Edith. Erst als er sich mit einem verlegenen Lächeln wieder ihr zuwandte, wagte sie zu fragen: »Sollen wir klopfen und bitten, ob Sie das Haus besichtigen können?«

Frank schüttelte den Kopf.
»Das wäre zu vermessen und würde wohl auf wenig Verständnis stoßen. Nein, es reicht mir, in der Stadt und vor dem Haus zu sein, in dem mein Urahn geboren wurde und aufwuchs. Schade, dass ich keinen Fotoapparat besitze, so muss ich mir eben alles gut merken, damit ich es meinen Eltern bis ins kleinste Detail berichten kann.« Er strahlte Edith an. »Danke, dass Sie mich begleitet haben. Dieser Tag wird mir unvergesslich bleiben.«
»Mir auch …« Bevor Edith nachdenken konnte, waren ihr die Worte entschlüpft, aber sie schämte sich ihrer Offenheit nicht. Es war die Wahrheit. Seit Samuel sie verlassen hatte, war sie nie mehr so glücklich gewesen wie in den vergangenen Stunden.
Frank nahm ihre Hand und küsste zart ihre Fingerspitzen. Sein Blick verriet jedoch, dass er gerne mehr von Edith geküsst hätte, und diese Erkenntnis machte Edith nicht mehr verlegen, sondern froh.
»Unterwegs sind wir an einem Pub vorbeigekommen. Darf ich dich zum Mittagessen einladen?« Unwillkürlich ging er zum Du über, und Edith fand es richtig und gut.
»Gerne, wenngleich es ein ungewöhnlicher Luxus ist, an zwei aufeinanderfolgenden Tagen zum Essen ausgeführt zu werden.«
»In zwei Tagen muss ich wieder fort, und wer weiß …«
Frank sah sie, während er dies sagte, nicht an und kehrte zum Jeep zurück. Edith wusste, was er meinte. Es war wie bei Jowna und Marcus Spelling. Niemand wusste, ob Frank jemals wiederkommen, ob er diesen Krieg oder auch nur die nächste Schlacht überleben würde. Im Krieg gelten andere Gesetze – menschlich wie moralisch. Im Stillen entschuldigte sich Edith bei ihrer toten Schwester, sie als leichtfertig bezeichnet zu ha-

ben, was ihre Beziehung zu Marcus Spelling anging. Sie und Frank hatten noch zwei Tage, und sie wusste, sie wäre zu allem bereit.

Der Schankraum des Pubs war nicht groß, aber gemütlich eingerichtet. Die alte Balkendecke war so niedrig, dass Frank mit seinen knapp zwei Metern gerade noch aufrecht stehen konnte. Im Kamin brannte ein Feuer, und sie hatten Glück, denn gerade als sie eintraten, verließen zwei Damen den Tisch direkt vor dem Kamin. Es gab nur zwei Gerichte auf der schwarzen Tafel neben der Theke. Frank und Edith wählten beide die Steak- und Nierenpastete, dazu holte Frank für Edith einen leichten Weißwein, für sich selbst ein Bier von der Theke. Das schöne Wetter hatte auch andere bewogen, Ausflüge zu machen, denn der Pub war gut besucht. Edith bemerkte, dass der Wirt hinter dem Tresen kaum mit dem Ausschenken nachkam und dass Teller mit warmem Essen in der Durchreiche zur Küche standen. Das Gesicht des Wirts war stark gerötet, und Schweißperlen standen auf seiner Stirn.

»Maggie, kannst du servieren?«, rief er nach hinten, aber Edith konnte die Antwort nicht verstehen. Entschlossen stand sie auf, trat an die Bar und fragte: »Soll ich das Essen verteilen?«

Der Wirt war über ihr Angebot so perplex, dass er vergaß, den Zapfhahn zu schließen. Erst, als ihm das Bier über die Hände sprudelte, stammelte er: »Äh … was? Verzeihen Sie, Lady, aber …«

»Ist schon gut. Ich sehe, da steht das Essen, das mein Begleiter und ich bestellt haben. Es wäre doch schade, wenn es kalt wird. Dabei kann ich die Teller für die anderen Gäste auch gleich mitnehmen.«

»Die dritte Pastete ist für Tisch sieben, und das Roastbeef für den Herrn an der vier.« Der Wirt starrte sie immer noch an, als hätte sie bunte Punkte im Gesicht.
Edith nahm die Teller, verteilte sie, und als sie sich wieder zu Frank an den Tisch setzte, lachte dieser laut los.
»Edith, du bist unglaublich!«
»Selbst ist die Frau, oder etwa nicht?« Edith grinste und griff zum Besteck. »Guten Appetit, Frank.«
Nach einer Stunde wurde es im Lokal ruhiger, und sichtlich verlegen kam der Wirt zu den beiden an den Tisch. Er stellte Edith ein zweites Glas Weißwein und Frank ein Pint Lager hin.
»Ich möchte mich für Ihr Verständnis und Ihre Hilfe bedanken.«
Edith winkte ab.
»Das war doch nur eine Kleinigkeit.«
Eine Frau kam hinkend aus der Küche und trat zu ihnen. Sie legte eine Hand auf die Schulter des Wirts.
»Guten Tag, mein Name ist Maggie Kersley, meinem Mann und mir gehört das Crown Inn. Wir möchten uns wegen des mangelhaften Services entschuldigen, aber letzte Woche ist unser Schankmädchen auf und davon. Jetzt muss ich die ganze Arbeit in der Küche allein machen, während Gerald bedient.«
»Mrs. Kersley, ich sagte Ihrem Mann bereits, dass ich es gerne gemacht habe. Ich hoffe, Sie finden bald ein neues Mädchen«, entgegnete Edith.
»Das ist nicht so einfach, denn sie muss tüchtig und ehrlich sein. Leider scheint diese Kombination bei den jungen Leuten auszusterben.« Maggie Kersley musterte Edith erwartungsvoll.
»Sie suchen nicht zufällig eine Stelle, Miss?«

Edith lachte und winkte ab.
»Danke für Ihr Angebot, aber ich bin als Krankenschwester in Weston Grey Manor angestellt. Allerdings weiß niemand, wie es weitergeht, wenn der Krieg vorbei ist und meine Dienste dort nicht mehr gebraucht werden. Vielleicht komme ich dann gerne auf Ihr Angebot zurück.«
»Dann hoffen wir mal, dass es recht bald geschehen wird«, antwortete Maggie Kersley und grinste. »Wie Sie sehen, kann ich schlecht laufen und daher nicht servieren. Und der Ausschank und der Service ist für meinen Mann zu viel.«
»Ist das angeboren, oder hatten Sie einen Unfall?«
Scharf sog Edith die Luft ein. Wie konnte Frank nur so taktlos sein? Die freundliche Wirtin hatte allerdings kein Problem mit seiner direkten Art.
»Endlich mal jemand, der nicht so tut, als wäre bei mir alles in Ordnung, und sich bemüht, nicht auf meine krumme Hüfte und das zu kurze Bein zu starren. Es war ein Unfall, Captain, aber er ist lange her. Ich war noch ein Kind, als ich meinem Hund nachrannte, dabei nicht auf den Verkehr achtete und direkt in das Gespann einer Kutsche lief. Es grenzt an ein Wunder, dass ich überhaupt lebe, darum klage ich nicht über das bisschen Hinken. Es gibt Schlimmeres auf dieser Welt.«
»Da haben Sie recht«, sagte Frank, und Edith vermutete, dass er wohl an die vielen Kriegsopfer dachte, die er in den letzten Jahren gesehen hatte.
»Nun, dann lassen wir Sie jetzt wieder allein.« Der Wirt erhob sich. »Das Essen geht selbstverständlich aufs Haus.«
»Das ist wirklich nicht nötig!«, sagten Edith und Frank gleichzeitig, aber Gerald Kersley ließ sich nicht davon abbringen, sie einzuladen.

Nachdem sie das Lokal verlassen hatten, bot Frank Edith seinen Arm, und sie spazierten einen Feldweg entlang. Die Sonne schien, es war warm, und eine friedvolle Stimmung lag in der Luft, die Edith schon lange nicht mehr empfunden hatte. Kaum zu glauben, dass um sie herum die halbe Welt in Trümmern lag. Einige Zeit schwiegen beide, doch Edith brannte eine Frage auf der Zunge. Sie wusste, Frank würde ihr keine Auskunft geben dürfen, dennoch konnte sie ihre Neugier nicht bezähmen.

»Wohin wirst du fahren, wenn du die Cotswolds verlässt?«

Wie erwartet schüttelte Frank bedauernd den Kopf.

»Es tut mir leid, aber darüber darf ich nicht sprechen. Meine Einheit ist irgendwo an der Südküste stationiert, das ist kein Geheimnis. Aber, Edith …« Er legte einen Arm um ihre Schultern und zog sie dichter an sich heran. »Es sind schwere Zeiten, keiner weiß, was morgen sein wird … ob es überhaupt noch ein Morgen geben wird …«

»Pst!« Zärtlich legte Edith einen Finger auf seine Lippen. »Der Tag ist zu schön, um ihn mit negativen Gedanken zu vergeuden.«

Ihr Blick tauchte in den seinen, und es war, als würde ein unsichtbares Band zwischen ihnen geknüpft. Dass sie vor achtundvierzig Stunden noch nichts von der Existenz Franks gewusst hatte, schien Edith völlig unglaublich.

»Warum bist du überhaupt zur Armee gegangen, wenn deine Familie eine Fabrik besitzt?«

»Ich war in Pearl Harbor.« Sein Blick verschloss sich für einen Moment.

»Als Soldat?«

Er schüttelte den Kopf, blieb stehen und drehte Edith so zu sich herum, dass er direkt in ihre fragenden Augen blickte. Bevor er sprach, schluckte er mehrmals und suchte nach den richtigen Worten.

»Du hast Ehrlichkeit verdient, Edith. Ich war auf Hochzeitsreise auf Hawaii. Charlotte, meine Frau, bestand trotz des Krieges in Europa auf eine standesgemäße Reise. So mussten wir miterleben, wie Tausende starben. Danach habe ich den Entschluss gefasst, mitzuhelfen, diesen Krieg zu beenden.«

Es war, als hätte jemand Edith den Boden unter den Füßen weggezogen. Seine Frau! Natürlich war Frank verheiratet, es wäre auch seltsam gewesen, wenn ein gutaussehender und charmanter Mann wie er noch ledig gewesen wäre. Edith hatte jedoch gelernt, ihre Gefühle zu beherrschen, und es gelang ihr, ruhig und emotionslos zu sagen: »Wie hat deine Frau deine Entscheidung, dich zur Armee zu melden, aufgenommen? Sie wird darüber wohl nicht glücklich gewesen sein, vor allem, weil ihr frisch verheiratet seid.«

»Sie zeigte wenig Verständnis für meine Entscheidung, aber ich muss einfach mithelfen, die Welt vom größten Tyrannen, der jemals gelebt hat, zu befreien. Meine Frau und ich … wir schieden nicht im besten Einvernehmen. Edith, ich muss dir erklären …«

»Das ist nicht nötig, du bist mir keine Rechenschaft schuldig«, unterbrach Edith, aber Frank ließ sich nicht das Wort abschneiden.

»Charlotte und ich … wir kennen uns seit der Schulzeit. Sie ist die Tochter des Bankiers, mit dem mein Vater die meisten Geschäftstransaktionen tätigt. Wir gingen zusammen zur Highschool, und irgendwie war es für alle selbstverständlich, dass wir eines Tages heiraten würden. Da ich bisher mein Herz niemand anderem geschenkt hatte, erfüllte ich den Wunsch unserer Eltern. Es war ein Fehler, wie ich heute weiß …«

Der Blick, der seine Worte begleitete, sprach Bände, und Edith war geneigt, Frank zu glauben. Natürlich sprach jeder Ehemann, der eine andere Frau ins Bett bekommen wollte, von einer unglücklichen Ehe, aber bei Frank war es tatsächlich etwas anderes. Ihnen blieben zwei Tage, dann würde sie ihn niemals wiedersehen. Nicht, dass Edith glaubte, er würde fallen. Früher oder später würde Frank zu seiner Frau und seiner Familie in die Staaten zurückkehren, irgendwann die Leitung der Schuhfabrik übernehmen und keinen Gedanken mehr an sie verschwenden. Es war Krieg – keiner von ihnen wusste, ob sie morgen noch leben würden. Sie hatte in den letzten Stunden nicht daran gedacht, ob Frank der Mann sein könnte, mit dem sie den Rest ihres Lebens verbringen wollte, aber in diesem Augenblick wusste Edith, dass sie wenigstens für ein paar Stunden ein Stück vom Glück wollte, darum sagte sie ernst: »Meine Tochter wird den ganzen Tag mit Ilse und Heather verbringen, und in dem Flügel, in dem sich mein Zimmer befindet, wird heute Nachmittag niemand sein. Lass uns ins Sanatorium zurückfahren, wir sollten keine Zeit vergeuden.«

Frank hätte sie am liebsten auf der Stelle in seine Arme gerissen und geküsst, doch da kam ihnen eine Frau mit einem Hund entgegen, daher beherrschte er sich, aber die knisternde Spannung, als sie nebeneinander im Jeep saßen, war beinahe greifbar. Edith hatte kein schlechtes Gewissen wegen dem, was sie im Begriff war zu tun. Weder Franks Frau und noch weniger Samuel Pencarron gegenüber. Sie hatte ein neues Leben als Edith Gordon.

Zuerst war Edith unsicher, als Frank sie langsam auszog. Sie hatte bisher nur mit einem Mann ein einziges Mal geschlafen, und Frank hatte mehr Erfahrung als sie. Würde ihr Körper ihm überhaupt gefallen? Aber Frank machte es ihr leicht. Seine zärtlichen Berührungen und die Küsse, mit denen er jeden Zentimeter ihrer Haut bedeckte, ließen Edith alle Bedenken über Bord werfen und sich voll und ganz Frank hingeben. Als sie sich wenig später nackt und voller leidenschaftlicher Erwartung an Franks muskulösen Körper presste, er in sie eindrang und vor dem Fenster die Vögel in der Nachmittagssonne eine süße Melodie zwitscherten, war Edwina Goldsworthy endgültig gestorben.

18. Kapitel

Mama, wann kommt Onkel Frank wieder?«, fragte Blanche, einen Daumen im Mund, nuschelnd und mit erwartungsvollem Blick.

»Bald, mein Schatz.« Edith streichelte ihr über das weiche Haar. »Du magst Onkel Frank, nicht wahr?«

Blanche nickte ernsthaft.

»Er erzählt lustige Geschichten und hat mich auf seinen Schultern reiten lassen.«

Ein wehmütiges Lächeln bei der Erinnerung daran huschte über Ediths Lippen. Seit Samuel Pencarron sie verlassen hatte, waren die drei Tage mit Frank die glücklichsten in ihrem Leben gewesen. Nach dem leidenschaftlichen Nachmittag hatte sich Frank gegen Abend ausgiebig mit Blanche beschäftigt, und zu Ediths Erstaunen hatte sich das Mädchen gewünscht, von ihm ins Bett gebracht zu werden, und um eine Geschichte gebeten. Die Hände im Schoß gefaltet, war Edith stumm danebengesessen und hatte nicht minder aufmerksam Franks tiefer Stimme gelauscht, als er ein altes Indianermärchen erzählte. Am nächsten Tag wollte Blanche dann alles über die Indianer wissen. Frank nahm das Kind Huckepack und spielte ein Pferd, das Blanche unermüdlich durch den Park trieb. Edith hatte arbeiten müssen, aber immer wieder Zeit gefunden, nach Frank und Blanche zu sehen. Der Abend hatte dann wieder ihnen beiden allein gehört. Für einen Augenblick hatte sie gegenüber Franks Frau Schuldgefühl empfunden, dennoch hätte sie für nichts in der Welt auf Franks Zärtlichkeiten verzichten wollen. Mein Gott, sie war noch jung und hatte ein Recht auf Liebe und Zärtlichkeit!

Der Abschied war durch die Anwesenheit von Aaron Rosenthal und Dr. Grant kurz und emotionslos verlaufen. Frank hatte nur flüchtig ihre Hand gedrückt und sich für alles bedankt, war dann rasch in den Jeep gestiegen und davongefahren. Edith hatte dem Wagen nicht nachgesehen, sondern war gleich wieder an ihre Arbeit gegangen. Die Krankenpflege half ihr, nicht sentimental zu werden. Frank hatte ein mögliches Wiedersehen mit keinem Wort erwähnt oder gar versprochen, wieder nach Weston Grey Manor zu kommen. Er hatte nicht einmal gesagt, dass er sie nie vergessen würde. Sie wussten beide, dass ihre drei gemeinsamen Tage etwas Besonderes in ihren Leben gewesen waren, aber es war vorbei und würde niemals wieder geschehen. Ein wenig über sich selbst erschrocken war Edith schon, als sie feststellte, dass es nicht schmerzte. Nun ja, sie vermisste Frank und erinnerte sich gerne an das Blitzen seiner Augen, sein Lachen und seine sonore Stimme, aber die Trennung tat nicht weh. Nicht so wie damals bei Samuel, als sie erfahren musste, dass er sie und ihr Kind verleugnete. Wenn sie an Frank dachte, spürte sie nicht dieses wehmütige Ziehen in ihrer Brust, das sie empfand, wenn sie Blanche ansah und im Gesicht des Mädchens Samuels Augen erkannte. Es schmerzte immer noch – selbst nach diesen vielen Jahren und Samuels schändlichem Verrat …

»Mama, gehen wir jetzt zu den Tieren?« Die Frage von Blanche und ihr eindringliches Zupfen an Ediths Rock holten sie in die Gegenwart zurück.

»Ja, jetzt gehen wir, Mama holt nur noch einen Regenschirm, denn da sind ganz große, dunkle Wolken am Himmel. Siehst du sie, mein Kind?«

Blanches Augen folgten konzentriert Ediths Zeigefinger, und sie nickte.

»Wenn es regnet, werden die Pferde doch auch nass, oder gibt es für sie große Regenschirme?«

Edith verkniff sich ein Lachen, denn das Mädchen hatte die Frage voller Ernst gestellt.

»Nein, mein Schatz, Pferden macht es nichts aus, wenn sie nass werden. Und wenn es sehr stark regnet, dann gehen sie einfach in ihren Stall zurück.«

Vor zwei Monaten hatte Blanche ihre Liebe zu diesen Tieren entdeckt, denn auf dem Nachbargut von Weston Grey Manor wurden Rennpferde gezüchtet. Der Besitzer hatte nichts dagegen, wenn Edith und Blanche an einer der Koppeln stehen blieben und die Pferde betrachteten. Ab und zu kam auch eines näher, reckte seinen Kopf über den Zaun und schnupperte, aber bisher hatte Blanche sich noch nicht getraut, ihre Hand auszustrecken und das Tier zu streicheln.

»Wenn ich größer bin, bekomme ich dann ein Pony?«, fragte Blanche plötzlich.

»Oh, ich würde dir gerne ein Pony schenken, Blanche, aber wir können hier keines halten. Außerdem kostet so ein Pony viel Geld.«

»Onkel Frank hat gesagt, er schenkt mir ein Pony.«

Edith blieb abrupt stehen.

»Was hat Frank?« Sicher fantasierte sich das Mädchen etwas zusammen, aber Blanche nickte nachdrücklich.

»Er hat gesagt, er kommt wieder und bringt mir ein Pony mit.«

»Ach, Kind.« Edith ging in die Hocke und küsste Blanche liebevoll auf die Stirn. »Es wäre schön, wenn Frank wiederkommen würde, aber so ganz sicher solltest du dir deswegen nicht sein. Weißt du, Erwachsene nehmen sich oft vor, etwas zu tun, aber dann kommt was dazwischen, und sie können ihr Versprechen nicht einlösen. Frank lebt in einem Land, das sehr weit weg ist, beinahe am anderen Ende der Welt. Dort hat er eine Familie, die auf ihn wartet und sich freut, wenn er wieder bei ihnen zu Hause ist.«

»Dann bekomme ich kein Pony?« Edith sah Tränen in Blanches Augen aufsteigen.

»Jetzt noch nicht, mein Schatz. Frank hat recht, dazu musst du erst größer sein. Nun komm, wir müssen uns beeilen, wenn wir die Pferde besuchen wollen, solange es noch trocken ist.«

Blanche schien getröstet und hüpfte den schmalen Feldweg entlang. Edith glaubte nicht an Franks Rückkehr und noch weniger an die Sache mit dem Pony. In diesem Moment nahm sie sich vor, Blanche ein Pferd zu schenken, sobald ihre finanziellen Mittel es zulassen würden. Blanche sollte es an nichts fehlen.

Nicht nur England, sondern die halbe Welt hielt die Luft an, als am 6. Juni 1944 die *Operation Overlord* begann. In den folgenden Tagen erreichten über 1,5 Millionen alliierte Soldaten – hauptsächlich Briten, US-Amerikaner und Kanadier unter den Oberbefehlshabern Dwight G. Eisenhower und Bernard Montgomery – die Küsten der Normandie und stießen von dort nach Frankreich vor. Es war die größte militärische Operation der Geschichte, und die Deutschen wurden von der Invasion dermaßen überrascht, dass sie zurückweichen mussten. Edith betete mit allen anderen für das Gelingen der Invasion und das

Leben der Soldaten. Inbrünstig dachte sie an Frank, der unter ihnen war. Als am 25. August gemeldet wurde, dass von den Alliierten Paris befreit und die Deutschen aus Frankreich vertrieben worden waren, liefen die Menschen jubelnd und Fahnen schwingend auf die Straßen. Der Luftkrieg über den deutschen Städten, der sich längst nicht mehr nur auf Großstädte, Industrie- und Hafenanlagen konzentrierte, wurde verstärkt, und auch die größten Zweifler mussten eingestehen, dass die Tage des Tausendjährigen Deutschen Reichs gezählt waren und das Kriegsende in greifbare Nähe gerückt war.

Das Sanatorium bekam die Auswirkungen der britischen Erfolge im positiven Sinn zu spüren. Bereits seit Juli waren keine neuen Patienten mehr eingeliefert worden, und es war abzusehen, dass Weston Grey Manor bald seinen Sinn und Zweck erfüllt hatte und das Sanatorium aufgelöst würde.

Wie alle anderen machte sich auch Edith Gedanken über ihre Zukunft. Diane hatte inzwischen ihren Bob geheiratet und war mit ihm fortgegangen, Ellen und Carren würden nach London gehen, um dort als Krankenschwestern zu arbeiten. Sie versuchten, Edith zum Mitkommen zu überreden, aber diese wollte unter keinen Umständen in die Hauptstadt zurück.

»Auf dem Land ist es viel schöner, auch Blanche fühlt sich hier wohl«, entgegnete Edith. »Ich möchte in der Gegend bleiben. Vielleicht suche ich in Cheltenham oder Gloucester nach Arbeit.«

Sie hatte die Worte leichter gesagt, als ihr zumute war. Tatsächlich plagten Edith große Zukunftsängste, die ihr in der Nacht den Schlaf raubten. In Kriegszeiten hatte sich niemand für ihre Papiere interessiert. Auch wenn sie die Ausbildung zur Krankenschwester mit einer guten Note abgeschlossen hatte – wenn sie sich um eine Anstellung in einem Krankenhaus bewarb, würde die Personalabteilung ihren Pass, eine Geburtsurkunde und ihre Sozialversicherungsnummer verlangen. Und all das konnte Edith nicht vorweisen.

»Sie sind eine gute Krankenschwester, Edith, und sollten auf jeden Fall in diesem Beruf weiterarbeiten«, lobte sie Miss Calne wenige Tage später, und auch Doktor Grant äußerte sich wohlwollend.

»Wir haben die Nachricht erhalten, dass die Krankenabteilungen von Weston Grey Manor Ende Oktober geschlossen werden. Selbstverständlich werden Sie ein erstklassiges Zeugnis erhalten, und ich bin gerne bereit, bei diversen Stellen ein gutes Wort für Sie einzulegen, wenn Sie es wünschen, Edith.«

»Danke, Sie sind sehr freundlich, aber vielleicht gehe ich zu meiner Tante nach Bristol«, entgegnete Edith. Wieder einmal musste die imaginäre Tante herhalten, die Jowna einst erfunden hatte. »Was passiert eigentlich mit dem Haus hier?«

Mrs. Calne zuckte die Schultern.

»Bevor kein offizieller Waffenstillstand geschlossen worden ist, wird es wohl leer stehen, danach plant die Stiftung eine umfangreiche Renovierung, um es wohlhabenden Bürgern als Kurhotel anzubieten.«

So etwas in der Art hatte Edith erwartet. Es wäre auch zu schön gewesen, wenn sie und Blanche einfach hätten hierbleiben können.

An einem sonnigen Tag Ende September, an dem der Sommer zeigte, dass er noch nicht ganz vorbei war, in der Luft aber schon der Geruch des nahenden Herbstes lag, machte Edith mit Blanche einen Ausflug nach Stratford-upon-Avon. Blanche war noch zu jung, um die Bedeutung von Englands berühmtesten Dichter William Shakespeare zu verstehen, aber die Stadt mit ihren schmalen Gassen und den gedrungenen Fachwerkhäusern gefiel dem Mädchen. Sie kauften sich Eis, aßen es, auf einer Bank in der Sonne sitzend, und beobachteten die Schwäne, die majestätisch auf dem Fluss vorbeischwammen. Als sie den Heimweg antraten, war es Zeit fürs Abendessen. Sie kamen an dem Pub *Crown Inn* vorbei, wo sie und Frank im Frühjahr eingekehrt waren, und Edith erinnerte sich an das freundliche Wirtsehepaar. Kurzentschlossen trat Edith auf die Bremse.

»Hast du Lust, essen zu gehen?«, fragte sie Blanche, und das vor Freude strahlende Gesicht des Mädchens war Antwort genug.

Der Schankraum hatte sich in den wenigen Monaten nicht verändert, ebenso wenig Gerald Kersley, der rotwangig und mit einer umgebundenen Schürze hinter der Theke stand und Bier zapfte. Heute war es sehr ruhig, nur zwei Gäste lehnten an der Theke, und ein schlaksiges Mädchen mit strähnigen, nachlässig zu einem Pferdeschwanz gebundenen Haaren wischte lustlos mit einem Lappen über die freien Tische.

Edith trat an die Theke.

»Einen schönen guten Abend, Mr. Kersley.«

Er erkannt sie sofort, und ein Strahlen ging über sein Gesicht.

»Ah, die Lady, die beim Servieren geholfen hat, ich begrüße Sie.«

»Sie erinnern sich noch an mich?« Edith lachte. »Wie ich sehe, haben Sie nun eine Hilfe gefunden.«

Gerald Kersleys Brauen zogen sich zusammen, und eine steile Falte bildete sich über seiner Nasenwurzel. Er beugte sich vor und senkte die Stimme.

»War nichts Besseres zu bekommen. Sie ist arbeitsscheu und patzig zu den Gästen, zudem oft unpünktlich.« Seufzend zuckte er mit den Schultern, dann lächelte er wieder und rief über die Schulter hinweg in die Küche: »Maggie, komm und sieh, wer uns besucht.«

Sofort kam seine Frau heraus und begrüßte Edith freundlich. Edith hatte den Eindruck, dass sie stärker hinkte als im Frühjahr.

»Meine Tochter und ich möchten gerne etwas essen. Wir haben den ganzen Tag einen Ausflug gemacht und haben großen Hunger.«

»Ja, wir waren bei einem geschüttelten Hafen, aber da waren gar keine Schiffe«, rief Blanche vorlaut dazwischen.

Maggie und Gerald sahen Edith erstaunt an.

»Ein geschüttelter Hafen?«

Edith grinste.

»Blanche meint wohl *shakes pier*. Wir waren oben in Stratford.«

»Ach so!« Gerald Kersley schlug sich laut lachend auf den Oberschenkel. »Nun denn, meine Kleine, was möchtest du? Eine große Portion Chips mit Essig und ganz viel Ketchup? Meine Frau macht die besten Chips auf der ganzen Welt.«

Blanche nickte begeistert, und Edith wählte ein Steak mit Kartoffelbrei und Erbsen. Gerald Kersley schenkte ihr und Blanche jeweils ein Glas Limonade ein und fragte: »Wir haben gehört, dass Weston Grey Manor geschlossen wird. Was werden Sie dann machen? In ein anderes Krankenhaus gehen?«

Damit hatte er Ediths wunden Punkt angesprochen. Seufzend zuckte sie die Schultern.

»Ich weiß es noch nicht genau. Auf jeden Fall möchten Blanche und ich in der Gegend bleiben. Eigentlich habe ich den Geruch von Desinfektionsmitteln und Medikamenten satt und möchte lieber etwas anderes tun, aber in diesen Zeiten darf man wohl nicht wählerisch sein.«

Maggie, die offenbar große Schmerzen hatte, denn sie stützte sich mit einem Arm schwer auf den Rand der Theke, sagte: »Unser Angebot steht noch, Mrs. Gordon, Sie können sofort hier anfangen. Wenn Sie als ausgebildete Krankenschwester überhaupt als Servierkraft arbeiten möchten. Diese Tätigkeit entspricht nicht ganz Ihren Qualifikationen.«

Edith schluckte. Sie erinnerte sich an das Angebot der Wirtsleute vom Frühjahr, allerdings hatte sie es damals nicht so ernst genommen, darum fragte sie erstaunt: »Würden Sie es wirklich in Erwägung ziehen, mich einzustellen?« Gerald und Maggie nickten gleichzeitig, und Edith fuhr fort: »Ich habe aber keine Erfahrung mit der Arbeit in einem Gasthaus.«

»Ach, das lernen Sie schnell«, beeilte sich Maggie zu versichern. »Sie und Ihre Tochter können oben zwei Zimmer haben. Früher gab es hier auch Gästezimmer, wir haben aber die Arbeit nicht mehr geschafft, deshalb vermieten wir derzeit nicht. Neben freier Kost und Logis würde Ihr Lohn zwanzig Pfund in der Woche betragen.«

Zwanzig Pfund! Edith hielt vor Freude für einen Moment die Luft an. Das war beinahe doppelt so viel, wie sie in Weston Grey Manor verdiente. Trotzdem hatte sie immer noch Zweifel.

»Sie kennen mich doch gar nicht, Mrs. Kersley … Mr. Kersley …« Unsicher blickte sie zwischen dem Ehepaar hin und her. »Ich weiß nicht, ob ich fürs Kellnern geeignet bin.«

»Können Sie kochen?«, unterbrach Maggie.

Erleichtert nickte Edith.

»Früher habe ich einmal in der Küche eines Landhauses gearbeitet, allerdings habe ich aus jener Zeit leider kein Zeugnis mehr. Es ist in London verbrannt, ebenso wie all meine anderen Papiere.« Edith hatte sich entschlossen, den Kersleys gleich zu sagen, dass sie keine Papiere hatte. Dann würde sich das Angebot wohl erledigen, und sie brauchte nicht davon zu träumen, hier arbeiten und leben zu können.

»Das geht schon in Ordnung, nicht wahr, Gerald?« Maggie sah ihren Mann erwartungsvoll an. Er nickte wohlwollend und streckte seine kräftige Hand aus.

»Dann fangen Sie am nächsten Ersten bei uns an?«

Edith zögerte nicht länger und schlug ein.

»Ich freue mich darauf.«

Maggie schloss erleichtert die Augen und atmete tief durch.

»Dann werde ich jetzt wieder in die Küche gehen, sonst bekommen Sie heute nichts mehr zu essen, Edith.« An der Tür drehte sie sich noch einmal um. »Wir dürfen Sie doch Edith nennen, nicht wahr? Und bitte, sagen Sie Gerald und Maggie zu uns.«

Edith versicherte, das gerne zu tun, und ließ sich später das Essen schmecken. Danach besprachen die drei noch ein paar Einzelheiten, dann begann Blanche ausgiebig zu gähnen, und Edith meinte, es wäre an der Zeit zu gehen. Als sie im Wagen saß, fühlte sie sich von einer großen Last befreit. Das Schicksal schien es in Gestalt von Gerald und Maggie gut mit ihr zu meinen. Sie freute sich auf den nächsten Monat und ihre neue Stellung im *Crown Inn*.

Der Abschied von Weston Grey Manor fiel Edith schwerer, als sie gedacht hatte. Vier Jahre lang hatte sie hier gelebt und gearbeitet, Ellen und Carren, ebenso die Köchin Heather, waren fast so etwas wie Freundinnen für sie geworden. Die beiden Krankenschwestern würden ab dem nächsten Jahr in einem großen Londoner Hospital arbeiten, während Heather auf die Farm ihrer Tochter in Essex ziehen wollte. Ihr Schwiegersohn hatte im Krieg einen Arm verloren, und so war auf dem Hof jede helfende Hand willkommen. Mrs. Calne zeigte wenig Verständnis für Ediths Entscheidung, als Kellnerin zu arbeiten.

»Sie verschwenden Ihr Talent, Edith«, sagte sie mit erhobenem Zeigefinger. »Wenn Sie nach ein paar Wochen genug von der Arbeit haben, wissen Sie, wo Sie mich finden können. Ich bin nach wie vor gerne bereit, mich bei den Krankenhäusern der Gegend persönlich für Sie einzusetzen.«

»Ich danke Ihnen, Mrs. Calne, aber ich glaube, Blanche und ich werden in dem Gasthaus sehr glücklich werden«, erwiderte Edith und vermied es, die freundliche Frau direkt anzusehen. Obwohl Lügen und Heimlichkeiten sie nun schon seit Jahren begleiteten, fühlte sich Edith immer noch unwohl, Menschen die Unwahrheit zu sagen.

Ganz besonders schwer fiel Edith der Abschied von dem deutschen Mädchen Ilse. Sie und ihre Schwester Gisela hatten noch keine Pläne. Gisela war fest entschlossen, sobald der Krieg vorbei war, nach Deutschland zurückzukehren. Sie hatte sich in England nie heimisch gefühlt und sehnte sich nach Berlin. Anders Ilse.

»Vielleicht stellt mich jemand als Hausmädchen oder Küchenhilfe ein«, sagte sie zu Edith. »Schön wäre es, wenn ich in deiner Nähe bleiben und Blanche ab und zu sehen könnte.«

Trotz ihrer Jugend verstand Blanche, dass sich ihr Leben und die Menschen in ihrer Umgebung von nun an ändern würden. Als Edith ihre Sachen gepackt und im Wagen verstaut hatte –

Mrs. Calne hatte sich freundlicherweise angeboten, sie mit dem Auto zum *Crown Inn* zu bringen –, klammerte sich Blanche an Ilses Beine.

»Warum kommst du nicht mit? Ich will nicht fort von dir.«

Sanft strich Ilse dem Kind übers Haar.

»Ich komme dich besuchen.«

»Wann?«

»Bald, das verspreche ich dir.«

Edith drückte fest Ilses Hand.

»Ich danke dir, dass du dich so oft um Blanche gekümmert hast. Du wirst uns beiden fehlen.«

Sie umarmte Heather und die anderen, man versprach einander, in brieflichem Kontakt zu bleiben, dann stieg Edith in das Auto. Als sie Weston Grey Manor verließen, warf sie keinen Blick zurück. Wieder einmal begann ein neuer Abschnitt in ihrem Leben.

»He, Mädchen, komm, gib mir einen Kuss!«

Lachend befreite sich Edith aus den Armen des bulligen Kerls und rief: »Nicht heute, Ken, du siehst doch, ich habe alle Hände voll zu tun. Außerdem würde das deiner Frau gar nicht gefallen!«

Sie räumte die leeren Gläser vom Tisch auf das Tablett und brachte sie zum Spülen hinter die Theke. Sie war Ken, der sonst eher zurückhaltend war, nicht böse, denn der heutige Tag war eine Ausnahme, an dem fast alles erlaubt war. Das *Crown Inn* war bis auf den letzten Stehplatz gefüllt, und das Bier floss in Strömen. Am Morgen war es über alle Radiostationen gemeldet worden, hatte in allen Zeitungen gestanden, und die Menschen schrien es sich gegenseitig zu:

»Deutschland hat kapituliert! Es ist vorbei! Der Krieg ist vorbei!«
Wenige Tage zuvor, so hieß es, hatte sich Adolf Hitler zusammen mit einigen seiner Mitarbeiter und seiner Geliebten Eva Braun in Berlin das Leben genommen und sich damit der Verantwortung entzogen. Gestern Abend, am achten Mai kurz vor Mitternacht, hatten die deutschen Generäle die Kapitulationsurkunde unterzeichnet, und Maggie und Gerald war nichts anderes übriggeblieben, als das *Crown Inn* bereits am frühen Morgen für die Gäste zu öffnen. Eigentlich durfte vor elf Uhr kein Alkohol ausgeschenkt werden, aber heute würde es mit den Gesetzen niemand so genau nehmen. Das ganze Land befand sich in einem Ausnahmezustand.
Mit gewohnt hochrotem Kopf zapfte Gerald ein Bier nach dem anderen, in der Küche werkelte Maggie und buk haufenweise Fleischpasteten. Blanche war eifrig bemüht, ihr zu helfen, und Maggie hatte tatsächlich kleinere Aufgaben gefunden, die das Mädchen erledigen konnte. So blieb Blanche der Gaststube, in der es feuchtfröhlich und dementsprechend laut und oft auch derb zuging, fern.
Als Edith gerade drei Teller mit Pasteten und Salatgarnitur servierte, traute sie ihren Augen nicht, als sie sah, wer sich da plötzlich durch die Menge schob.
»Ilse!« Schnell stellte sie die Teller vor den Gästen auf den Tisch und eilte zu dem Mädchen. »Was machst du denn hier?«
»Heute ist doch ein Tag zum Feiern«, antwortete diese und sah Edith etwas unsicher an. »Ich dachte, ich könne vielleicht mit dir anstoßen.«
»Äh … vielleicht später, es ist sehr voll.« Edith nahm sie an der Hand und zog sie zur Theke. »Möchtest du ein Bier?«

»Lieber eine Limonade.« Ilse sah sich um. »Kann ich euch helfen?«
»Was?« Die Worte hatte auch Gerald gehört und zögerte nicht lange. »Kannst du zapfen? Nein? Komm her, Mädchen, ich zeig's dir, es ist nicht schwer.«
Bereitwillig ließ sich Ilse von Gerald die Zapfanlage erklären. Eine halbe Stunde später sah es so aus, als hätte sie ihr Leben lang nichts anderes gemacht, als Bier zu zapfen und den Gästen mit einem freundlichen Lächeln die Gläser hinzustellen.
Es war weit nach Mitternacht, als Gerald die letzten Gäste hinausbugsierte. Die Sperrstunde war längst verstrichen, und irgendwann musste auch mal Schluss sein. Vor Stunden schon hatte Edith Blanche zu Bett gebracht. Glücklicherweise war das Kind so müde, dass es tief und fest schlief und sich durch den Lärm in der Gaststube nicht stören ließ. Erschöpft und verschwitzt, aber glücklich, ließen sich Edith, Gerald, Maggie und Ilse auf die Stühle fallen. Anerkennend klopfte Gerald Ilse auf die Schulter.
»Gut gemacht, Mädchen. Wie heißt du eigentlich?«
»Ilse. Ilse Goldberg. Ich habe bis letztes Jahr im selben Sanatorium wie Edith gearbeitet.«
Maggie musterte sie wohlgefällig.
»Du kannst heute Nacht nicht mehr allein nach Hause gehen. Wenn du willst, kannst du in einer der oberen Kammern schlafen.«
»Oh, das ist sehr freundlich!« Sie strahlte und zwinkerte Edith zu. »Darf ich morgen früh Blanche wecken? Ich glaube, sie würde sich freuen.«
Edith erlaubte es ihr selbstverständlich, dann sperrte Gerald die Türen ab, und sie gingen erschöpft zu Bett.

Niemand sprach so richtig darüber, aber ab diesem Tag blieb Ilse im *Crown Inn.* Gerald sagte lediglich, er könne ihr nur einen geringen Lohn zahlen, aber Ilse war mit einem Dach über dem Kopf und Essen schon zufrieden. In der Küche war sie Maggie eine große Hilfe, die, wenn sie länger stehen musste, unter starken Schmerzen in der Hüfte litt. Besonders bei Wetterumschwüngen und an neblig trüben Herbsttagen konnte sie oft nur wenige Schritte gehen und nur kurze Zeit stehen. Ilse erzählte Edith, dass sie und Gisela sich am *Tag der Befreiung*, wie der 8. Mai 1945 genannt wurde, heftig gestritten hatten. Nach der Schließung des Sanatoriums waren die beiden Mädchen auf einer Schaffarm untergekommen, wo sie im Stall arbeiten mussten, doch Gisela war fest entschlossen, so schnell wie möglich nach Berlin zurückzukehren. Sie hatte darauf bestanden, dass Ilse sie begleitete.

»Ich kann nicht, Edith, ich kann es einfach nicht.« Flehentlich hatte sie Edith angesehen. »In England habe ich eine neue Heimat gefunden, und ich habe keine Sehnsucht nach Berlin und Deutschland. Zu viel Schreckliches ist dort passiert … ist mir, unserer Familie und unseren Freunden zugestoßen. Ich möchte hierbleiben und alles vergessen. Kennst du das Gefühl, wenn man einen Abschnitt seines Lebens einfach vergessen, nicht mehr daran denken und neu anfangen möchte?«

Edith musste zweimal schlucken, bevor sie mit belegter Stimme antwortete: »Ich kann dich verstehen, Ilse. Du ahnst gar nicht, wie gut ich dich verstehe.«

Das Mädchen hatte sie daraufhin fragend angesehen und bemerkt, dass Edith sich wieder verschloss. In den letzten Jahren hatte Ilse mehrmals erlebt, wie Edith sich zurückzog, sobald die Sprache auf die Vergangenheit kam. Ilse wusste nur, dass Edith aus London stammte, jung geheiratet und ein Kind bekommen hatte. Ihr Mann war wohl in den ersten Kriegswochen gefallen, aber sie sprach nie über ihn, auch ihrer Tochter erzählte sie kaum etwas von deren Vater. Nun, Ilse würde sich nicht in Ediths Leben einmischen. Sie war damit aufgewachsen, dass sich Menschen in ihr Leben drängten und diktierten, was sie zu tun und zu lassen hatte. Im Gegensatz zu ihrer Schwester Gisela, die fest entschlossen war, die Vergangenheit nicht ruhen zu lassen, und sich in Deutschland einer Organisation anschließen wollte, die flüchtige Naziverbrecher verfolgte, sehnte Ilse sich nach Ruhe und Frieden. Irgendwann wollte sie einen lieben Mann heiraten, Kinder bekommen und ein eigenes Heim besitzen. Aber damit hatte es keine Eile, sie war noch jung. Hier im *Crown Inn* fühlte sie sich gut aufgehoben und hatte eine Arbeit, bei der sie zwar nicht viel verdiente, aber es reichte ihr zum Leben. Sie hatte Edith viel zu verdanken. Auch wenn Ilse spürte, dass es etwas in Ediths Leben gab, das sie belastete, würde sie nie versuchen, in sie zu dringen. Manchmal war es besser, die Vergangenheit ruhen zu lassen.

In den folgenden vier Jahren normalisierte sich das Leben in England. Es gab wieder genügend zu essen, die Schatten des furchtbaren Krieges verschwanden zwar nicht, aber sie verblassten. Die Menschen hatten Arbeit und verdienten gut, und das *Crown Inn* profitierte davon, aber Reichtümer wurden mit dem Pub nicht verdient. Edith hatte mit Maggie und Gerald darüber gesprochen, ob man nicht zwei oder drei der Fremdenzimmer instand setzen und vermieten sollte, aber für die Renovierung fehlte das Geld.

»Heutzutage reicht es nicht, ein Bett, einen Tisch und einen

Schrank in ein Zimmer zu stellen«, hatte Gerald gesagt. »Wir müssten Badezimmer einbauen lassen. Und diesen Aufwand können wir uns finanziell nicht leisten.«

Das mochte stimmen, wenngleich Edith wusste, dass besonders Maggie die Mehrarbeit nicht mehr bewältigen konnte. Immer öfter zwangen die starken Schmerzen sie zur Ruhe, und im vergangenen Winter, der die Cotswolds wochenlang mit Frost und Schnee überzogen hatte, hatte Maggie tagelang im Bett liegen und starke Medikamente einnehmen müssen. Daher sprach Edith den Kersleys gegenüber auch nie von ihrer anderen Idee: Direkt neben der Gaststube befand sich ein größerer, nach Süden und Westen ausgerichteter Raum, der früher, als das *Crown Inn* noch eine Poststation gewesen war, Kutschern, Pferdeknechten und sonstigen Bediensteten als Schlafraum gedient hatte. Gerald hatte erzählt, dass in dem Raum einst bis zu dreißig Personen in Stockbetten nächtigten, während die Herrschaften in den Gästezimmern logierten. Heute wurde er als Lagerraum genutzt, in dem Gerümpel aus gut und gerne hundert Jahren gestapelt war. Edith stellte sich vor, wie man eine Wand durch eine deckenhohe Fensterfront ersetzen und so den Raum als Speisesaal einrichten könnte. Mit kleinen, runden Tischen und zierlichen Stühlen, weißen Tischdecken und Blumenschmuck. Die Holzvertäfelung war an den meisten Stellen noch in Ordnung und frei von Würmern. Man müsste sie nur polieren, ein paar hübsche Bilder mit Motiven der Umgebung an die Wände hängen, und schon wäre es ein gemütlicher Saal. Vielleicht könnte man sogar Tanzabende veranstalten, so wie früher im Hotel von St. Agnes …

Edith strich sich seufzend über die Stirn. All das waren Hirngespinste, die sich ohne genügend Geld niemals in die Realität umsetzen lassen würden. Sie wusste um Maggies und Geralds Abneigung gegen Kredite, so dass sich auf diese Weise keine Möglichkeit bot. Dennoch war Edith überzeugt, dass sich der Umsatz des *Crown Inn* durch ein paar Modernisierungen erheblich steigern lassen würde. Maggie und Gerald waren jedoch mit der Situation, wie sie war, zufrieden, und Edith wollte das gute Verhältnis zu ihnen nicht belasten, indem sie die beiden drängte, mehr aus dem Lokal zu machen. Außerdem beschäftigten Edith in der letzten Zeit andere Sorgen – Blanche. Je älter das Mädchen wurde, desto deutlicher wurde die Ähnlichkeit mit ihren Eltern. Blanche hatte die feinen, beinahe wie aus kostbarem Stein gemeißelten Gesichtszüge Lady Sarahs und eine zarte, helle Haut, die einen faszinierenden Kontrast zu ihren dunklen Haaren bildete. Und leider war sich Blanche ihrer Schönheit viel zu sehr bewusst. Sie ging jetzt in die Volksschule in Teddington und war eine eifrige und gute Schülerin, die nur gute Noten nach Hause brachte. Trotzdem war Edith nach einem Gespräch mit Miss Overton, Blanches Lehrerin, ziemlich betroffen.

»Mrs. Gordon, Blanche ist ein sehr intelligentes Mädchen mit einer schnellen Auffassungsgabe«, sagte Miss Overton. »Ihr Sozialverhalten allerdings lässt zu wünschen übrig.«

»Sozialverhalten?« Edith konnte mit dem Ausdruck nicht viel anfangen.

»Nun, damit meine ich Blanches Umgang mit ihren Mitschülern. Sie wirkt ein wenig … hochnäsig. In den Pausen sondert sie sich von den anderen ab, und sie scheint auch keine richtige Freundin zu haben. Manchmal benimmt sie sich, als wäre sie etwas Besseres, und setzt sich damit dem Spott der anderen aus, die sie aufziehen, die Tochter einer Kellnerin zu sein. Vor einigen Tagen habe ich selbst mit angehört, wie Blanche gerufen hat, dass ihre richtigen Eltern ein Prinz und eine Prinzessin wären und sie nur vorübergehend Ihnen, Mrs. Gordon, gegeben haben.«

»Das Mädchen hat eben eine blühende Fantasie.« Edith wusste selbst, wie schal das Argument klang, und die Lehrerin legte besorgt eine Hand auf ihren Unterarm.

»Ich weiß, dass Sie es als Witwe nicht leicht haben, Mrs. Gordon, und Sie müssen viel arbeiten, um sich und Ihr Kind zu ernähren. Versuchen Sie trotzdem, Blanche dahingehend zu erziehen, dass sie mit der Stellung, in die sie geboren wurde, zufrieden ist und nicht versucht, nach etwas zu streben, das für sie unerreichbar ist.«

Das Gespräch mit der Lehrerin hatte Edith wirklich sehr besorgt gemacht. Auch ihr war bereits aufgefallen, dass Blanche nie andere Mädchen zu sich einlud oder selbst irgendwo eingeladen wurde. Da Edith sehr viel arbeitete, war sie froh, dass sich Blanche gut mit sich selbst beschäftigen konnte. Sie las gerne und viel und hatte ein Talent zum Zeichnen. Blanche war gerne mit Ilse zusammen, und erst kürzlich hatte Ilse berichtet, dass sich Blanche mit Ediths Sachen verkleidet und Prinzessin gespielt hatte.

»Du hättest sie sehen sollen, wie Blanche in deinen hochhackigen Schuhen durchs Zimmer stolziert ist, als würde sie das jeden Tag tun. Ich musste ihre Zofe spielen, und sie hat mich ganz schön herumkommandiert.«

Obwohl Ilse das Spiel lachend geschildert hatte, war Edith der Ernst der Lage durchaus bewusst. Blanche kannte kein anderes Leben als das an ihrer Seite. Ein Leben, in dem sie nie Reichtümer besessen hatten, im Gegenteil, das Geld war sogar meistens knapp, und Edith hatte sich immer bemüht, dem Mädchen verständlich zu machen, dass andere Werte als das Materielle im Leben mehr zählten. Hatte sie versagt? Oder war ein solches Sozialverhalten, wie es Miss Overton nannte, angeboren? War es gleichgültig, in welchem Umfeld und unter welchem Einfluss ein Kind aufwuchs – würde die Stimme des Blutes immer die Oberhand behalten?

Anlässlich Blanches zehntem Geburtstag schlug Edith vor, ein Fest im *Crown Inn* zu geben.

»Du kannst gerne alle deine Schulkameradinnen einladen. Ilse und ich backen Kuchen, und wir können Spiele machen.«

Blanche zog eine Schnute.

»Ich möchte aber nicht in einer Kneipe feiern.«

»Kneipe?« Edith bemühte sich um einen ruhigen Tonfall, denn so, wie Blanche das Wort ausgesprochen hatte, klang es, als wäre es etwas Verwerfliches. »Diese Kneipe ist dein Zuhause, und meine Arbeit hier ernährt und kleidet uns beide.«

Trotzig warf Blanche den Kopf in den Nacken und rief entschlossen: »Ich will nicht, dass die Mädchen von der Schule hierherkommen.«

Plötzlich wurde Edith traurig, denn in ihr keimte ein furchtbarer Verdacht.

»Schämst du dich etwa für deine Herkunft?«, fragte sie leise. »Schämst du dich, die Tochter einer Kellnerin zu sein?«

Trotz ihrer jungen Jahre merkte Blanche, dass sie Edith verletzt hatte, und sie warf sich in ihre Arme.

»Nein, nein, natürlich nicht, Mama. Aber manchmal denke ich, dass ich irgendwie nicht hierhergehöre. Ich mag nicht den Geruch nach Bier und Fett und die Geräusche der Männer, wenn sie am Abend in der Gaststube sitzen. Und ich mag die Mäd-

chen in meiner Schule nicht. Sie sind so … komisch … so gewöhnlich …«
Liebevoll drückte Edith den zarten Körper Blanches an sich und küsste sie auf den Scheitel. Ihre Schuldgefühle wurden wieder übermächtig, darum machte sie keinen weiteren Versuch, Blanche von einem Fest zu überzeugen, sondern schlug stattdessen vor: »Was würdest du denn gerne an deinem Geburtstag machen? Mit Ilse und mir irgendwo hinfahren? In einen Zoo oder in ein Schwimmbad?«
»Au ja, in den Tierpark, wo wir im letzten Jahr waren.«
Edith wusste, sie meinte den weitläufigen Park an der Grenze zu Oxfordshire, in dem es sogar Wölfe, Löwen und Nashörner gab, zudem tummelten sich in einem Wasserbecken Robben und Delphine.
»Das machen wir, mein Schatz«, versprach Edith. »Jetzt müssen wir nur hoffen, dass es weder regnet noch schneit oder sehr kalt wird.«
Blanche nickte glücklich, und Edith zog es das Herz zusammen. Sie wusste, sie hätte wegen dieser Standesdünkel auf das Mädchen einwirken und ihr diese ausreden müssen. In diesem einen Punkt versagte sie in der Erziehung, aber Ediths Schuldgefühle waren so stark, dass sie es nicht über sich brachte, bei Blanche streng zu sein. Sie war schuld, dass das Kind nicht in dem Luxus, in den sie hineingeboren worden war, leben durfte und niemals in den Kreisen der oberen Gesellschaft verkehren würde. Edith war bemüht, Blanche jeden Wunsch von den Augen abzulesen und diesen zu erfüllen, sofern es ihre finanziellen Mittel zuließen. Gleichzeitig wusste sie aber auch, dass ihr Verhalten nur eine Verdrängung ihrer schweren Schuld war, die sie für den Rest ihres Lebens begleiten würde.

19. Kapitel

Sie waren wie eine kleine Familie: Maggie, Gerald, Ilse, Edith und Blanche. Im Winter mietete sich Ilse allerdings ein möbliertes Zimmer im Haus einer Witwe in Teddington, knapp dreißig Minuten Fußweg vom *Crown Inn* entfernt. Das Zimmer war klein, aber geschmackvoll eingerichtet, und es war billig, so konnte es Ilse von ihrem Lohn bezahlen.

»Haltet mich nicht für undankbar«, erklärte sie Maggie und Gerald. »Ich habe sehr gerne hier gewohnt, aber irgendwie … Ein Zimmer, das ich selbst bezahle, ist so etwas wie ein Stück Zuhause, ein Ort, an den ich mich zurückziehen kann.«

Edith verstand das Mädchen sehr gut, außerdem hatte Ilse seit einigen Wochen einen Verehrer. Ronalds Eltern bewirtschafteten nur wenige Meilen entfernt eine Obst- und Gemüsefarm, von der das *Crown Inn* die frischen Lebensmittel bezog. Meistens fuhr Ronald die Lieferungen aus, und Ilse und er hatten sich vom ersten Augenblick an gemocht. Seit Wochen gingen sie zusammen aus, und Edith wünschte Ilse von ganzem Herzen, dass aus dieser Freundschaft eine ernste Beziehung würde. Manchmal neckte Maggie Edith, sie solle doch auch wieder heiraten.

»Edith, dein Mann ist über zehn Jahre tot. Es ist furchtbar, einen geliebten Menschen zu verlieren, aber das Leben geht weiter. Willst du denn für immer allein bleiben? Dazu bist du viel zu jung. Außerdem wäre für Blanche die strenge Hand eines Vaters auch nicht schlecht.« Den letzten Satz hatte Maggie mit einem Augenzwinkern gesagt.

Edith seufzte. Wie schon im Sanatorium gab es unter den Gästen Männer, die ihr deutliche Avancen machten. Die meisten waren plump, aufdringlich und nicht ernst gemeint, aber es gab auch Männer, die mehr als nur einen unverbindlichen Flirt mit einer Kellnerin suchten.

»Keinesfalls werde ich heiraten, nur um Blanche einen neuen Vater zu geben.« Edith sah Maggie ernst an. »Und ebenso wenig werde ich mich an jemanden binden, nur um verheiratet zu sein. In meinem Leben habe ich zweimal das Glück der Liebe kennengelernt, und ohne dieses Gefühl werde ich keine Beziehung eingehen.«

»Zweimal?« Maggie zog überrascht eine Augenbraue hoch. »Ich wusste nicht, dass es nach deinem Mann noch jemanden gegeben hat.«

»In Weston Grey Manor traf ich einen Soldaten«, erklärte Edith. Warum sollte sie Maggie nicht von Frank erzählen? »Einen US-Amerikaner. Wir verbrachten ein paar schöne Tage, dann musste er zu seiner Einheit zurück, die wenig später in der Normandie landete. Ich habe nie wieder etwas von ihm gehört.«

»Oh, das tut mir leid.« Maggies betroffener Blick machte deutlich, dass sie glaubte, der Soldat wäre beim D-Day gefallen, und Edith ließ sie in dem Glauben.

In den letzten Jahren hatte sie kaum noch an Frank Beckford gedacht. Es wäre zwar schön, zu wissen, ob er den Krieg überlebt hatte, doch selbst wenn sie das herausfinden würde – was sollte sie dann tun? Frank war verheiratet und lebte Tausende von Meilen entfernt. Ihre Beziehung war wie eine von vielen in der damaligen Zeit gewesen: kurz, intensiv und voller Leidenschaft, aber ohne Zukunft. Edith konnte nicht einmal mehr genau sagen, ob sie Frank geliebt hatte oder ob nur eine starke körperliche Anziehung sie in seine Arme getrieben hatte. Dazu war ihre gemeinsame Zeit zu kurz gewesen. Sie hatte den Menschen Frank Beckford gar nicht richtig kennenlernen können, ihre Beziehung war rein sexuell gewesen.

»Ich wollte nicht neugierig sein.« Maggie riss sie aus ihren Gedanken. »Ich sehe dir an, dass du diesen Mann nicht vergessen hast, darum bist du nicht frei für eine neue Bindung.«

Edith nickte und ließ die ältere Freundin in dem Glauben. Sie konnte ihr ja nicht sagen, dass sie nicht heiraten konnte, da eine Edith Gordon überhaupt nicht existierte. Sie war ein Mensch ohne Papiere, der sich still verhalten und im Hintergrund bleiben musste. Sie durfte nichts tun, was die Aufmerksamkeit der Behörden auf sich ziehen würde. Edith kam damit gut zurecht, aber sie machte sich immer mehr Sorgen um Blanche. Auch wenn noch Jahre Zeit war – irgendwann würde Blanche sich verlieben und heiraten wollen. Wie konnte sie das ohne Papiere, ohne einen Pass und eine Geburtsurkunde? Edith überlegte kurz, und blitzschnell entstand ein Gedanke in ihrem Kopf.

»Darf ich dich mal etwas anderes fragen, Maggie?«

»Nur zu, ich freue mich, wenn ich dir helfen kann.«

»Vor ein paar Tagen habe ich einen Roman gelesen. Die Handlung war nichts Besonderes, eine Liebesgeschichte, aber es ging unter anderem darum, dass sich jemand falsche Papiere besorgt hat. Geht das denn so einfach?«

Maggie war über die Frage erstaunt.

»Woher soll ich das wissen?« Sie lachte und schüttelte den Kopf. »Ich glaube schon, dass man in gewissen Kreisen recht einfach an falsche Ausweise herankommt, aber mit so etwas habe ich keine Erfahrung. Warum beschäftigt dich dieser Gedanke?«

Edith zuckte die Schultern und bemühte sich, völlig unbeteiligt zu wirken.

»Ach weißt du, die Geschichte in dem Roman erschien mir sehr an den Haaren herbeigezogen. Es interessiert mich, ob es wirklich so einfach ist, sich in diesem Land eine neue Identität zu beschaffen.«

Maggie lächelte und erhob sich mühsam. Dabei stöhnte sie leise und verzog vor Schmerzen das Gesicht.

»Verflixtes Wetter! Ich bin froh, wenn es jetzt wieder wärmer wird.« Sie sah Edith an und überlegte. »Wenn dich die Sache wirklich so brennend interessiert, dann frag doch mal Mr. Fyfield, der wird darüber bestimmt mehr wissen.«

»Fyfield?« Edith überlegte und erinnerte sich an einen älteren, korpulenten Mann. »Das ist doch einer der Männer, die jeden zweiten Donnerstag ihren Stammtisch bei uns abhalten, nicht wahr?«

Maggie nickte.

»Alexander Fyfield, Chefinspektor bei der Polizei in Evesham.«

»Fyfield ist bei der Polizei?« Ediths Herz klopfte heftig, und sie barg schnell ihre Hände hinter dem Rücken, damit Maggie das Zittern nicht sah. »Das habe ich nicht gewusst.«

»Ich weiß allerdings nicht genau, welche Funktion er hat«, fuhr Maggie fort. »Der Stammtisch hat auch nichts mit seiner Arbeit zu tun, das sind alles Freunde aus seiner Schulzeit. Wenn du also etwas über kriminelle Machenschaften wissen willst, bist du bei ihm an der richtigen Adresse.« Maggie grinste breit und drohte Edith spielerisch mit dem Finger. »Solange du dich nicht in solche Dinge verstrickst, meine Liebe.«

Edith stimmte in ihr unbekümmertes Lachen ein. Das Leben hatte sie gelehrt, ihre wahren Gefühle zu verbergen.
»Aber Maggie, du kennst mich doch!«, rief sie mit gespielter Empörung. »Aber danke für den Tipp, ich werde darüber nachdenken.«

In den folgenden Tagen beschäftigte Edith der Gedanke, sich falsche Papiere zu besorgen, immer mehr. Sie hatte die Gelegenheit verpasst, sich während der Kriegswirren darum zu kümmern, wusste aber, dass sie und Blanche nicht für den Rest ihres Lebens ohne Ausweise sein konnten. Sie rang mit sich, ob sie Alexander Fyfield wirklich ansprechen sollte, sah dann aber keine andere Möglichkeit, wenn sie etwas über die Chancen, sich falsche Papiere zu beschaffen, erfahren wollte. Sie ging ein großes Risiko ein, ausgerechnet mit einem Polizeiinspektor zu sprechen, aber Maggie hatte recht – Fyfield würde nicht nur wissen, wie man an falsche Papiere kam, sondern auch, welche Fehler man vermeiden musste, um nicht entdeckt zu werden.
Edith hatte Glück. Am nächsten Donnerstag betrat Alexander Fyfield als Erster seiner Stammtischrunde das Pub, holte sich ein Bier und saß dann allein an dem runden Tisch in der Nähe des Kamins. Edith nahm einen Lappen und wischte über die Tischplatte, dabei sagte sie beiläufig: »Mr. Fyfield, darf ich Sie mal was fragen? Wie einfach ist es eigentlich, sich einen falschen Pass zu besorgen?« Der Inspektor verschluckte sich beinahe an dem Bier, von dem er gerade getrunken hatte, und starrte Edith überrascht an. Diese hatte mit der Reaktion gerechnet und fuhr mit einem Lächeln fort: »Keine Angst, Inspektor, ich habe nicht vor, mich auf kriminelle Abwege zu begeben, aber ich habe in einem Roman gelesen …«

Mit knappen Worten wiederholte Edith die Geschichte, die sie Maggie bereits erzählt hatte, und setzte noch eines drauf.

»Schon seit Jahren trage ich mich mit dem Gedanken, vielleicht selbst mal einen Roman zu schreiben. Aber keine Liebesgeschichte, sondern einen Krimi, und dann soll ja alles so authentisch wie möglich sein.«

Fyfield entspannte sich.

»Wenn ich Ihnen helfen kann, stehe ich Ihnen gerne zur Verfügung, Miss Edith. Natürlich kann ich Ihnen nicht alles von unserer Arbeit erzählen, denn vieles unterliegt dem Dienstgeheimnis.«

»Das habe ich mir schon gedacht.« Edith sah ihn auffordernd an. »Im Augenblick würden Sie mir schon sehr helfen, wenn Sie mir sagen könnten, an wen man sich wenden muss, wenn man falsche Papiere möchte.«

Zwanzig Minuten später – Fyfields Freunde waren inzwischen eingetroffen und lauschten seinen Ausführungen ebenfalls interessiert – wusste Edith, dass es in beinahe allen großen englischen Städten kriminelle Banden gab, die auf Fälscherei spezialisiert waren. Besonders im Hafengebiet von Bristol war das ein lukratives Geschäft, denn hier kamen viele Menschen auf Schiffen illegal ins Land. Edith erfuhr aber auch, dass die Fälscher viel Geld verlangten und die Polizei regelmäßig Razzien in den einschlägigen Kneipen im Hafen von Bristol durchführte.

»Sie werden verstehen, Miss Edith, dass ich Ihnen keine Namen der Etablissements nennen darf«, schloss Fyfield seinen Bericht. »Am besten erfinden Sie für Ihre Romanfigur eine Spelunke, nicht dass Sie noch wegen falscher Verdächtigungen Schwierigkeiten bekommen.« Er lachte und schlug sich auf die Schenkel, seine Freunde stimmten ein.

Edith erhob sich.
»Ich danke Ihnen, Inspektor, Sie haben mir sehr geholfen. Ich werde darüber nachdenken.«
»Vielleicht lassen Sie mich die Szene Ihres Romans lesen?«, bot Fyfield an. »Dann kann ich gleich feststellen, ob sie realistisch ist.«
»Das werde ich gerne machen, aber bisher ist es nicht mehr als eine vage Idee in meinem Kopf.« Edith zuckte bedauernd mit den Schultern. »Aber ich werde an Sie denken, sollte die Geschichte jemals Formen annehmen.«
Bevor Edith in dieser Nacht zu Bett ging, betrachtete sie ihr Gesicht lange im Spiegel.
»Wie kaltblütig du lügen kannst«, flüsterte sie ihrem Spiegelbild zu und schämte sich für ihr Verhalten. Gleichzeitig wusste sie aber auch, dass es viel Mut erfordern würde, nach Bristol zu fahren und sich in die Unterwelt zu begeben. Hatte sie überhaupt genügend Geld für ein solches Unterfangen? Fyfield hatte zwar keine Summen genannt, aber Edith konnte sich denken, dass falsche Papiere sehr teuer waren.
Obwohl sie müde war, konnte Edith in dieser Nacht nur schlecht schlafen. Wie sollte es nur weitergehen? Welche Zukunft hatte Blanche – ein Kind, das es offiziell überhaupt nicht gab?

Eine Woche später wurde Ediths Aufmerksamkeit durch ein Ereignis in völlig andere Bahnen gelenkt. Am Nachmittag, als das Lokal geschlossen hatte, waren sie und Maggie mit dem Putzen des Gemüses für das Abendessen beschäftigt, als es an der Tür klopfte. Aus dem Schankraum rief Gerald: »Ich gehe schon!« Eine Minute später kam er in die Küche und sagte: »Maggie, es ist der Postbote, er hat einen Einschreibebrief für dich.«

»Für mich?« Maggie stand auf und wischte sich die Hände an der Schürze ab. »Du meine Güte, wer schickt mir ein Einschreiben?«

Sie hinkte zur Tür und kam kopfschüttelnd in die Küche zurück, in der Hand einen länglichen weißen Briefumschlag.

»Von einer Anwaltskanzlei in Dorchester«, murmelte sie. »Was die wohl von mir wollen? Ich habe doch alle Rechnungen immer pünktlich bezahlt.« Sie drehte den Umschlag unschlüssig in den Händen.

»Mach den Brief auf, dann wirst du es wissen.« Gerald sah sie gespannt an und scherzte: »Es wird uns schon niemand verklagt haben. So schlecht ist unser Essen nun auch wieder nicht.«

Maggie griff nach einem Messer. Papier raschelte, minutenlang war alles ruhig, dann keuchte Maggie laut. Edith ließ den Blumenkohl, den sie gerade putzte, ins Wasser fallen und lief zu Maggie hinüber. Deren Gesicht war aschfahl, und ihre Hände zitterten.

»Was ist?«, fragte sie drängend. »Schlechte Nachrichten?«

Nun hatte auch Gerald bemerkt, wie sehr der Inhalt des Briefs Maggie in Unruhe versetzte. Wortlos reichte Maggie ihm den Briefbogen. Zuerst las Gerald mit gerunzelter Stirn, dann glätteten sich seine Züge, und zu guter Letzt lachte er entspannt auf.

»Das ist ja wunderbar, Maggie! Natürlich nicht, dass der alte Lord verstorben ist, sondern dass er dich offenbar in seinem Testament bedacht hat.«

»Nach so vielen Jahren …« Maggie sah unsicher von Gerald zu Edith und erklärte: »Ein Anwalt aus Dorchester bittet mich, seine Kanzlei wegen einer Erbschaftsangelegenheit aufzusuchen. Der Erblasser ist Lord George Bingham. Meine Güte, der Mann muss ja steinalt geworden sein, ich dachte, er wäre schon längst tot.«

»Lord Bingham?« Edith sah Maggie fragend an. Sie erinnerte sich nicht, den Namen jemals zuvor gehört zu haben.

Maggie schlug sich mit einer Hand leicht auf ihre Hüfte.

»Es war seine Kutsche, die mich zum Krüppel machte. Ich habe dir ja schon erzählt, dass den Lord keine Schuld trifft, trotzdem hatte er sich schwere Vorwürfe gemacht, mit seiner Kutsche zur falschen Zeit am falschen Ort gewesen zu sein. In den Monaten nach dem Unfall hat er sich noch ein paar Mal nach mir erkundigt, doch dann hörten wir nie wieder etwas von ihm.«

»Und jetzt ist er tot und hat dich offenbar in seinem Testament bedacht.« Zärtlich legte Gerald einen Arm um Maggies Schultern. »Vielleicht hast du sein Schloss geerbt?« Er blinzelte, und Edith wusste, seine Bemerkung war nicht ernst gemeint.

Maggie lachte laut auf.

»Wahrscheinlich und damit auch gleich den Hass all seiner Kinder und Enkelkinder. Nein, Gerald, vielleicht erhalte ich eine Brosche oder sonst eine Kleinigkeit aus seinem Besitz.« Plötzlich wurde sie ernst. »Der Anwalt schreibt, ich möge so bald wie möglich kommen, am besten sofort. Aber ich kann das Lokal nicht allein lassen, in zwei Tagen haben wir doch die Geburtstagsfeier für Mrs. Crabbing mit rund vierzig Gästen.«

»Das schaffe ich schon!«, rief Edith, die sich über die gute Nachricht für Maggie ehrlich freute. »Ilse kann beim Servieren helfen. Vielleicht kann man für den Abend noch ein Mädchen aus dem Dorf als Aushilfe anstellen, dann kann ich die Küche übernehmen.«

»Das wird nicht nötig sein«, wandte Gerald ein. »Dorchester ist

nicht allzu weit entfernt. Wenn wir gleich morgen früh fahren, können wir am Abend wieder zu Hause sein.«
Maggie nickte zustimmend.
»Morgen ist nur normaler Betrieb, und am Samstag sind wir längst wieder zurück. Das sollte für Edith und Ilse kein Problem sein, nicht wahr?«
Edith versicherte, dass sie unbesorgt fahren könnten. Sie war nicht minder gespannt als Maggie, was der alte Lord ihr wohl hinterlassen hatte.

Gerald und Maggie kehrten am folgenden Abend nicht zurück, stattdessen rief eine völlig aufgelöste Maggie bei Edith an. Ihre sonst eher ruhige Stimme überschlug sich fast, als sie in den Hörer rief: »Edith, ich weiß, es ist furchtbar egoistisch von uns, dich mit der Feier alleinzulassen, aber wir müssen noch ein paar Tage im Süden bleiben. Frag bei den Darkins in Evesham nach, deren Tochter hat schon öfter bei uns ausgeholfen. Die Telefonnummer findest du im Adressbuch. Du schaffst das schon, nicht wahr?«
Edith versicherte, sie solle sich keine Sorgen machen. Mit keinem Wort hatte Maggie die Erbschaft erwähnt, und Edith hatte sie nicht danach gefragt. Sie würde es noch früh genug erfahren, jetzt galt es als Erstes, die morgige Geburtstagsfeier für die Gäste zufriedenstellend zu organisieren. Sofort suchte sie nach der Nummer der Familie Darkin und legte zehn Minuten später erleichtert den Hörer auf, denn das Mädchen hatte Zeit und versprach, gegen Mittag des folgenden Tages ins *Crown Inn* zu kommen. Voller Elan machte sich Edith an die Vorbereitungen für die Feier.

Gerald und Maggie kamen erst vier Tage später zurück. Edith, Ilse und die Tochter der Darkins hatten die Geburtstagsfeier mit Bravour und zur Zufriedenheit aller Gäste gemeistert. Ronald, Ilses Freund, hatte sich spontan bereit erklärt, die Zapfanlage zu übernehmen. Es war viel Arbeit und Hektik gewesen, aber die plötzliche Verantwortung hatte Edith Spaß gemacht. Eigentlich sollte sie heute mit der Brauerei telefonieren und Fässer mit frischem Bier bestellen, denn der Vorrat würde nur noch zwei, drei Tage reichen, aber in dieser Angelegenheit wollte sie Gerald nicht vorgreifen. Edith sah den Wagen der Kersleys vom Fenster aus auf den Hof fahren, als sie gerade die Tische im Gastraum putzte. Rasch band sie sich die Schürze ab und eilte nach draußen. Sie bemerkte sofort Maggies neues Kleid unter dem geöffneten Mantel, und auch der Hut war Edith unbekannt. Da bis zur Abendöffnung noch über eine Stunde Zeit war, brühte Edith eine Kanne Tee auf, und die drei setzten sich in der Küche zusammen. Edith spürte eine ungewohnte Spannung bei Gerald und Maggie, und sie war begierig zu erfahren, was das Testament Lord Binghams ergeben hatte. Obwohl besonders Maggie vor Aufregung beinahe platzte, tranken sie erst in aller Ruhe den Tee, dann konnte Maggie nicht mehr an sich halten und rief: »Stell dir vor, Edith, ich habe ein Haus geerbt!«

»Ein Haus?« Ediths Augen weiteten sich vor Überraschung. »Aber nicht etwa ein Schloss oder so was in der Art?«

Gerald grinste und schüttelte den Kopf.

»Nein, der Familienbesitz der Binghams, der immerhin ein Herrenhaus, ein Stadthaus in London und ein kleineres Gut im Norden umfasst, wurde unter den Kindern aufgeteilt. Lord Bingham besaß jedoch noch ein Cottage im Süden, direkt auf den Klippen über dem Meer, nur wenige Meilen von Lyme

Regis entfernt. Das Haus hat er mit allem Inventar Maggie hinterlassen, und ein kleiner Garten gehört auch dazu. Wir sind natürlich sofort hingefahren. Das Haus ist in einem sehr guten Zustand. Aber das ist noch nicht alles.«

Maggie lächelte hintergründig und legte eine Hand auf Geralds Unterarm, dann sah sie beinahe entschuldigend zu Edith.

»Damals, als ich in die Kutsche des Lords lief und schwer verletzt wurde, hat Lord Bingham sofort alle Krankenhaus- und Arztkosten übernommen, obwohl seinen Kutscher keine Schuld traf. Als sich herausstellte, dass ich einen bleibenden Schaden behalten werde, wollte er meinen Eltern eine Art Jahresrente zukommen lassen, damit ich trotzdem eine gesicherte Zukunft haben werde. Das haben meine Eltern vehement abgelehnt, sie wollten keine Almosen, und ihnen war schon die Übernahme der Arztkosten furchtbar peinlich. Von alledem hatte ich keine Ahnung! Lord Bingham hat mir einen kurzen Brief mit einer entsprechenden Erklärung hinterlassen, in dem er sein Bedauern ausspricht, dass meine Eltern das Geld damals verschmähten. Ich verstehe allerdings ihre Ablehnung, besonders mein Vater war ein sehr stolzer Mann. Nun ja, Lord Bingham hat ein Sparkonto eingerichtet und das Geld, das meine Eltern nicht annehmen wollten, darauf eingezahlt, Jahr für Jahr, und es trug reichlich Zinsen. Dieses Sparkonto lautet auf meinen Namen und steht mir jetzt zur Verfügung.«

Edith blieb vor Überraschung der Mund offen stehen. Sie brauchte einige Zeit, um all die erfreulichen Neuigkeiten zu verarbeiten.

»Das ist ja wundervoll.« Sie umarmte erst Maggie, dann Gerald herzlich. »Ich freue mich so für dich. Du hast dir das Erbe wirklich verdient.«

Maggie winkte verlegen ab.
»Was heißt schon verdient? Beinahe fünfzig Jahre habe ich nicht mehr an den Lord gedacht und nie damit gerechnet, dass er mich offenbar sein ganzes Leben lang nicht vergessen hat. Ich meine, er hat sich nie wieder gemeldet oder sich nach meinem Befinden erkundigt. Und jetzt erfahre ich nicht nur von dem Sparkonto, sondern erbe auch noch ein Sommerhaus in einer der schönsten Gegenden an der Südküste.«
Bei aller Freude über die unverhoffte Erbschaft beschlich Edith auch ein gewisses Unbehagen.
»Ein Haus und Geld … Jetzt bist du reich, Maggie, und hast es nicht mehr nötig, das Crown Inn zu betreiben.«
Gerald wurde ungewöhnlich ernst.
»Daran haben wir auch schon gedacht, Edith. Darum sind wir nach Lyme Regis gefahren und haben zwei Nächte in dem Cottage verbracht. Wir wollten in Ruhe darüber nachdenken, wie es weitergehen soll. Du weißt, dass das unbeständige und im Herbst und Winter kalte Wetter Maggie zusätzliche Schmerzen bereitet. Unten an der Küste ist das Klima gemäßigter, Frost und Schnee gibt es nur selten. Es wäre wohl das Beste, nach Dorset zu ziehen.«
Edith gelang es nicht, ihre Bestürzung zu verbergen. Für kurze Zeit hatte sie nicht nur eine gute Arbeit, sondern in Gerald und Maggie auch Freunde gehabt und Blanche ein schönes Zuhause im Kreise lieber Menschen bieten können. Damit würde es jetzt wohl vorbei sein.
»Dann werdet ihr das Crown Inn verkaufen?« Edith sprach ihre Befürchtung direkt aus. Es hatte keinen Sinn, um den heißen Brei herumzureden. »Vielleicht übernimmt der neue Besitzer das Personal …«

Gerald lächelte verschmitzt und zwinkerte Maggie verschwörerisch zu.
»Wie du weißt, Edith, hat bereits mein Urgroßvater das Pub geleitet, danach mein Großvater, dann mein Vater und schließlich ich. Da es Maggie und mir aber leider nicht vergönnt war, Kinder zu haben, wird die Tradition der Kersleys aussterben. Somit war es für mich immer klar, dass ich das Crown Inn in fremde Hände geben muss, wenn wir das Pub nicht mehr bewirtschaften können. Nun, dieser Tag kommt früher als erwartet, und er ist ein Grund zum Feiern.« Er sah Maggie auffordernd an. »Ich glaube, wir haben im Keller noch ein paar Flaschen Champagner. Wir sollten eine öffnen und anstoßen.«
Rasch sprang Edith auf und rief: »Bleib sitzen, Maggie, ich gehe in den Keller. Ich weiß doch, wie sehr dich das Treppensteigen anstrengt.«
Maggie drückte sie jedoch auf den Stuhl zurück.
»Nein, in diesem besonderen Fall ist es meine Aufgabe. Ich werde die Stufen schon bewältigen, keine Sorge.«
Es blieb Edith nichts anderes übrig, als sich wieder zu setzen. Maggie ließ es sich nicht nehmen, die Flasche zu öffnen und in drei Gläser einzuschenken. Dann hob sie ihr Glas und sagte: »Auf die neue Besitzerin des Crown Inn!«
»Wen meinst du?«
Edith war verwirrt. Eine Ahnung kroch in ihren Kopf, aber das konnte nicht sein …
»Wir, also Maggie und ich, haben beschlossen, dir, Edith Gordon, das Crown Inn zu treuen Händen zu überlassen. Ich bin sicher, du wirst es in der Tradition der Familie Kersley weiterführen.«

Edith umklammerte den Stiel ihres Glases und vergaß zu trinken.
»Aber ich habe kein Geld, um euch das Lokal abkaufen zu können!« Das war das Erste, was ihr einfiel.
»Keiner hat etwas von abkaufen gesagt. Ich weiß, du wirst jetzt sagen, dass du ein solch großzügiges Geschenk nicht annehmen kannst, aber davon wollen wir nichts wissen.«
»Ihr wollt mir das Crown Inn … *schenken?* Das ist unmöglich …«
»Pst, Edith!« Maggie legte einen Arm um Ediths Schultern. »Die Summe, die Lord Bingham für mich angelegt hat, ist so groß, dass wir sie im Leben niemals werden ausgeben können. Dazu haben wir noch das entzückende Haus an der Küste. Ich bin also auf einen Verkauf des Pubs nicht angewiesen. Du jedoch hast nicht nur für dich die Verantwortung, sondern auch für Blanche. In den letzten Jahren warst du nicht nur eine gute Kellnerin, sondern auch eine gewiefte Geschäftsfrau. Du steckst voller Pläne, wie man das Gasthaus attraktiver gestalten kann, aber Gerald und mir fehlte es bisher nicht nur am Geld, sondern auch am Mut, notwendige Modernisierungen vorzunehmen. Unter deiner Leitung, Edith, kannst du das Crown Inn größer und attraktiver machen. Die Gäste mögen dich, und ich glaube, ich übertreibe nicht, wenn ich sage, dass du das Haus liebst. Darum bitte ich dich: Nimm das Angebot an, oder willst du uns tatsächlich zumuten, unsere Zeit mit der Suche nach einem Käufer zu verschwenden?«
Wie erschlagen saß Edith auf ihrem Stuhl. Sie wusste nicht, was sie denken, und noch viel weniger, was sie sagen sollte. Kurzentschlossen kippte sie den Inhalt des Champagnerglases in einem Schluck hinunter, dann stieß sie hervor: »Okay, ich wer-

de das Crown Inn übernehmen, aber ich werde euch den Preis nach und nach bezahlen. Das kann vielleicht Jahre dauern. Auch wenn ihr das Geld nicht braucht – ich kann ein solches Geschenk nicht akzeptieren.«

Gerald nickte verständnisvoll.

»Dein Stolz lässt es nicht zu, das verstehe ich. Wenn du willst, setzen wir einen Vertrag auf, in dem wir eine Art Mietkauf regeln. Wäre das in Ordnung?«

Edith nickte und hielt ihr Glas Maggie hin, die es erneut füllte.

»Darauf können wir jetzt anstoßen!«

Zitternd zog Edith den Schal enger um ihren Hals und trat von einem Fuß auf den anderen. Meine Güte, war das kalt! Die Temperatur war unter den Gefrierpunkt gefallen, zusätzlich wehte ein scharfer, eiskalter Wind um die Ecken der Häuser in der schmalen, dunklen Gasse. Von einem nahe liegenden Kirchturm waren elf Glockenschläge zu hören. Trotz eines flauschigen Rollkragenpullovers, derber Wollhosen und ihres dicken Mantels fror sie erbärmlich. Immerhin stand sie hier schon seit über zwei Stunden, und ihre Füße wurden langsam, aber sicher zu Eisklumpen. Sie blickte zu dem schräg gegenüberliegenden Wirtshaus, dessen Fenster hell erleuchtet waren. Stimmen, Lachen und die beschwingte Musik von Glenn Miller drangen bis auf die Straße hinaus. Immer wieder gingen Menschen hinein oder kamen heraus, aber bisher hatte Edith sich nicht getraut, das Etablissement zu betreten, obwohl es im Pub gemütlicher wäre und sie sich mit einem heißen Tee aufwärmen könnte. Aber Edith wollte nicht in Erscheinung treten, wollte auf keinen Fall auffallen. Nervös spähte sie im fahlen Licht der Straßenla-

ternen die Gasse entlang und ging ein paar Schritte auf und ab. Irgendwann musste dieser Long Jack doch mal auftauchen! Je länger Edith wartete, desto mehr verließ sie der Mut für ihr Vorhaben, und sie fragte sich, ob sie es wirklich tun sollte.
Die Entscheidung, nach Bristol zu fahren, hatte Edith vor zwei Tagen spontan getroffen. Wieder einmal musste die imaginäre kranke Tante herhalten, als sie Maggie und Gerald um zwei freie Tage bat.
»Du hast eine Tante in Bristol?« Maggie hatte erstaunt die Stirn gerunzelt. »Wir dachten, du hättest keine Verwandten, jedenfalls hast du nie etwas von dieser Tante erzählt.«
Im Laufe der Jahre hatte Edith gelernt, ihre Gefühle unter Kontrolle zu halten, daher konnte sie Maggie offen in die Augen sehen und antworten: »Unser Verhältnis war nie sehr gut. Ich habe sie auch lange nicht mehr gesehen, aber heute erhielt ich ihren Anruf, dass sie krank ist und sich über meinen Besuch freuen würde.«
Mitfühlend legte Maggie ihre Hand auf Ediths Arm und versicherte ihr, sie könne selbstverständlich sofort fahren.
»Wir werden uns um Blanche kümmern und sie zu Bett bringen.«
»Danke«, hauchte Edith mit einem Anflug schlechten Gewissens, besonders als Gerald ihr anbot, den Wagen zu nehmen.
»Es ist eine lange Strecke bis Bristol, mit dem Zug bist du viel länger unterwegs als mit dem Auto.«
Edith fand eine billige Unterkunft in einem kleinen Bed&Breakfast-Hotel am Hafen. Es war eines der Häuser, in dem den Gästen keine Fragen gestellt wurden. Das Zimmer war schäbig eingerichtet und nicht sehr sauber, aber das war Edith egal. Den Nachmittag und frühen Abend verbrachte sie damit,

diverse Pubs am Hafen aufzusuchen. Die meisten hatten den ganzen Tag über geöffnet, und die Gäste waren wenig vertrauenswürdige Männer, die bereits am Nachmittag reichlich dem Bier zusprachen, und Frauen, die für die Jahreszeit mit ihren kurzen Röcken und durchsichtigen Blusen viel zu leicht angezogen waren. Es kostete Edith zwanzig Pfund, die unter der Hand den Besitzer wechselten, bis sie beim vierten Besuch Glück hatte. Der schmuddelig wirkende Wirt, der hinter der Theke mit einem wenig sauberen Tuch Gläser polierte, hatte ihr den Namen Long Jack und den Namen des Pubs in der Heavens Row genannt.

»Er ist beinahe jeden Abend dort.«

»Wie erkenne ich diesen … Long Jack?« Was für ein seltsamer Name, dachte Edith.

»Dieser verdammte Krieg hat ihn ein Auge gekostet, außerdem ist er sehr groß. Darum der Name. Aber eines sage ich Ihnen, Miss, wenn Sie Long Jack hereinlegen wollen oder sogar von der Polente sind, dann finden Sie sich schneller, als Ihnen lieb ist, mit durchgeschnittener Kehle im Hafenbecken wieder.«

Nun stand Edith also seit Stunden vor dem Pub, aber bisher war niemand aufgetaucht, auf den die Beschreibung gepasst hätte. Nach einer weiteren Stunde, in der Edith beinahe zu einem Eisklumpen gefroren war und befürchtete, sich eine schwere Erkältung zu holen, entschloss sie sich, ihr Vorhaben abzubrechen. Wer wusste, wozu es gut war. Sie war dabei, ein Verbrechen zu begehen. Auch wenn die Entführung von Blanche eine Straftat gewesen war, so war sie mehr oder weniger da hineingezogen worden. Jetzt jedoch plante sie etwas wirklich Rechtswidriges. Nein, sie würde in ihr schmuddeliges Zimmer gehen, versuchen, ein paar Stunden zu schlafen, und am nächsten Morgen nach

Hause zurückfahren. Gerade als Edith mit zügigen Schritten die Gasse entlangging, bogen drei Menschen um die Ecke – ein großer, stattlicher Mann mit einer Klappe über dem linken Auge. Zwei Damen, die ihrer Kleidung und ihrer starken Schminke wegen diese Bezeichnung nicht verdienten, hatten sich an seine Arme eingehakt. Edith, eben noch entschlossen, die Sache abzublasen, zögerte keinen Moment und trat auf den Mann zu.

»Mr. Long Jack?«

Er blieb stehen und musterte sie von oben bis unten.

»Wer will das wissen?« Seine Stimme war tief und deutlich vom Bristoler Akzent geprägt.

»Das tut nichts zur Sache. Man sagte mir, Sie könnten mir in einer gewissen Angelegenheit behilflich sein.« Edith sah ihn herausfordernd an und musste dazu den Kopf in den Nacken legen. »Kann ich Sie bitte unter vier Augen sprechen?«

Im selben Moment wurde sich Edith der Unsinnigkeit dieser Floskel bewusst, denn es würde – wenn überhaupt – ein Gespräch unter drei Augen werden. Long Jack ging darauf aber nicht ein, runzelte die Stirn und sagte wenig freundlich:

»Wer hat Sie geschickt?«

Edith nannte den Namen des Pubs, von dessen Wirt sie den Tipp erhalten hatte, und er nickte. Zu seinen zwei Begleiterinnen gewandt, sagte er: »Geht schon mal vor, ihr Mäuse. Ich komme gleich.«

»Was willste denn mit so einer?« Die Stimme der einen Frau war schrill, und sie warf Edith einen abschätzenden Blick zu. »Stehste neuerdings auf altbacken?«

Long Jack gab ihr einen Klaps auf den Hintern, und die beiden Frauen stöckelten auf ihren hochhackigen Schuhen in das Wirtshaus.

»Also, Lady, was kann ich für Sie tun?«
»Papiere ... Geburtsurkunden und Pässe ...«, sagte Edith rasch, bevor sie der Mut verließ.
Er kniff sein gesundes Auge zusammen und sah sich hastig um. Dann griff er nach Ediths Arm und zog sie in eine Hofeinfahrt, in die Laternenlicht fiel. Hier war es noch kälter, und es stank nach Abfällen und Müll.
»Gleich mehrere? Ist aber nicht billig.«
»Ich habe Geld.«
Edith trug ihre gesamten Ersparnisse von etwas mehr als dreihundert Pfund in einem Lederbeutel auf der Brust. Es war eine Menge Geld. Geld, das sie gut für die Übernahme des *Crown Inn* verwenden konnte, aber sie würde das Lokal niemals bekommen, wenn sie sich beim Notar nicht würde ausweisen können. Mit knappen Worten schilderte sie dem Mann, welche Papiere sie brauchte, und reichte ihm ein Blatt, auf das sie die Daten von sich und Blanche notiert hatte. Er warf nicht einen Blick darauf, und es wäre ohnehin zu dunkel gewesen, um etwas erkennen zu können.
»Dauert eine Woche. Tausend Pfund – fünfhundert jetzt und den Rest bei Übergabe.«
Scharf sog Edith die Luft ein.
»Das ist zu viel!«
Long Jack zuckte lapidar mit den Schultern und wandte sich zum Gehen.
»Tut mir leid, Lady, das ist der Preis. Muss schließlich meine Männer bezahlen.«
»Warten Sie!« Edith umklammerte seinen Oberarm. »Können Sie nicht eine Ausnahme machen? Es ist wirklich wichtig!«
»Tja, das ist Pech für Sie. Leider sind Sie so gar nicht mein Typ,

sonst hätten wir die Restzahlung vielleicht auf … einem anderen Weg regeln können.«
Schamesröte schoss Edith in die Wangen, aber zum Glück war es dunkel, und er konnte es nicht sehen.
»Ich kann Sie später bezahlen … in ein paar Monaten …«
Er schüttelte Ediths Hand ab, als wäre sie ein lästiges Insekt.
»Nee, keine Chance. Die Hälfte jetzt und die andere bei Übergabe. Keine weitere Diskussion.« Er nickte ihr kurz zu und wandte sich ab. »Gute Nacht, Lady.«
»Warten Sie! Dann nur die Papiere für das Kind.«
Er drehte sich wieder zu ihr um.
»Das ist machbar. Kostet siebenhundert Pfund.«
»Wieso siebenhundert?«, rief Edith empört. »Das ist die Hälfte von dem, was ich wollte, also auch nur fünfhundert wert.«
Edith hörte an seiner Stimme, dass Long Jack ungeduldig wurde.
»So ein Ausweis ist viel aufwendiger als eine Geburtsurkunde, Lady. Und gefährlicher, da muss jedes Detail, jeder Stempel stimmen, sonst fliegen Sie an der Grenze sofort auf. Darum ist ein Pass teurer.«
»Ich verstehe.« Edith atmete durch. Sie wusste, sie hätte jetzt die Sache vergessen sollen, aber nun war sie so weit gegangen, und es gab wenigstens die Möglichkeit, etwas zu erreichen. »Zwei Geburtsurkunden für dreihundert?« Sie kam sich wie auf einem orientalischen Basar vor.
Long Jack zögerte, doch dann nickte er.
»Eine für … wie war noch der Name?«
»Edith Gordon und Blanche Gordon. Steht alles auf dem Zettel, ebenso die Daten.«
Er streckte seine rechte Hand aus, und Edith blieb nichts ande-

res übrig, als einzuschlagen. Dann nestelte sie den Lederbeutel unter dem Pullover vor und drückte dem Mann die Hälfte ihres Geldes in die Hand. Schnell steckte er es in die Hosentasche und sagte: »Heute in einer Woche hier. Selbe Zeit. Und wenn das eine Falle sein soll und Sie vorhaben, mit der Polente zu kommen, dann lassen Sie sich sagen: Meine Freunde finden Sie überall.«

Edith schluckte erschrocken und versicherte hastig: »Das habe ich keinesfalls vor.«

Ohne ein weiteres Wort ging Long Jack davon und verschwand im Pub. Mit zitternden Knien lehnte Edith sich an die kalte Wand. Es war ihr gleichgültig, dass ihr Mantel dabei schmutzig wurde. Was, wenn der Mann mit dem Geld auf Nimmerwiedersehen verschwand und sie nächste Woche umsonst hier warten würde? Hatte sie eine andere Wahl? Edith sehnte sich nach einem Schluck Gin oder Brandy zur Beruhigung, aber sie fand nicht den Mut, das Lokal zu betreten. So schnell sie konnte, lief sie in ihr Hotel zurück.

Maggie war nicht überrascht, als Edith eine Woche später wieder nach Bristol fahren musste. Edith hatte den Kersleys erzählt, dass es ihrer Tante besserging, sie aber sicherheitshalber noch einmal nach ihr schauen wolle. Einen Tag später kehrte Edith in die Cotswolds zurück – in ihrer Tasche jeweils eine Geburtsurkunde für Blanche und eine für sich. Die Papiere sahen wirklich echt aus, würden jedoch einer Überprüfung beim Geburtenregister in London sicher nicht standhalten. Edith hoffte, dass das nie nötig sein würde.

Die erste Bewährungsprobe kam beim Notar, als Maggie und Gerald Edith das *Crown Inn* überschrieben. Der freundliche ältere Herr, der Maggie seit ihrer Geburt kannte, begnügte sich mit Ediths Geburtsurkunde und verlangte keinen Pass.

Somit wurde Edwina Goldsworthy unter dem Namen Edith Gordon im März 1949 die offizielle Besitzerin eines Gasthauses in den Cotswolds.

20. Kapitel

Crown Inn, Cotswolds, August 1950

Bereits zum vierten Mal rechnete Edith die Zahlenkolonnen zusammen. Das Ergebnis war immer wieder ein anderes. Sie konnte den Fehler in der Buchhaltung einfach nicht finden. Seufzend strich sie sich über die schweißnasse Stirn. Obwohl seit einer knappen Stunde ein heftiges Unwetter mit starkem Regen tobte, hatte sich die Luft im Haus noch nicht abgekühlt. Die drückende Schwüle verursachte Edith Kopfschmerzen, und es fiel ihr schwer, sich auf die Zahlenreihen zu konzentrieren. Wenn das Gewitter vorbei ist, werde ich alle Fenster und Türen zum Lüften aufreißen, dachte Edith und blickte zu Blanche. Das Mädchen saß auf dem flauschigen Vorleger vor dem kalten Kamin in Ediths kleinem Arbeitszimmer, das neben der Küche lag, und kämmte ihrer Lieblingspuppe Polly ausgiebig das lange blonde Haar.

»Blanche, ich brauche deine Hilfe. Du bist doch gut im Rechnen, vielleicht können wir zusammen die Auflistung durchgehen«, bat sie das Mädchen. »Ich bin sicher, ich übersehe nur einen kleinen Zahlendreher.«

Unwillig zog Blanche die Stirn kraus.

»Ich habe Ferien. Du hast gesagt, ich bräuchte in den Ferien nicht zu lernen, weil ich ein gutes Zeugnis hatte.«

Edith unterdrückte einen weiteren Seufzer. Blanche hatte hervorragende Noten erhalten, und tatsächlich hatte Edith ihr versprochen, in den Ferien nichts für die Schule tun zu müssen.

»Das ist auch kein Lernen, Blanche«, sagte sie sanft. »Ich bitte dich lediglich um deine Hilfe.«

In diesem Moment hämmerte es laut an der Vordertür, und das Klopfen enthob Blanche einer Antwort.

»Können die Leute denn keine Schilder lesen?« Edith erhob sich unwillig. »Wir haben Ruhetag.«

Das Klopfen wiederholte sich, und Edith öffnete die Tür mit den Worten: »Wir haben geschlossen!«

Ein älterer Mann, von dessen uniformartigem Mantel das Regenwasser tropfte, stand vor der Tür. Verlegen drehte er seine Mütze in der Hand.

»Verzeihen Sie die Störung, aber dürfte ich Ihr Telefon benutzen? Unser Wagen hat eine Panne …«

Er deutete mit der Hand vage nach hinten. Edith beugte sich ein Stück zur Tür hinaus und erkannte einen altmodischen offenen Wagen ungefähr fünfzig Yards die Straße hinunter. Täuschte sie sich, oder saß da noch jemand im Auto? Und das im strömenden Regen?

»Treten Sie ein«, sagte sie freundlich. »Möchte Ihre Begleitung nicht auch hereinkommen?«

Der Mann gab keine Antwort, sondern sah sich suchend im Gastraum um.

»Das Telefon?«

»Hinter der Theke, rechts.«

»Danke.«

Edith wollte nicht lauschen, doch es war unvermeidlich, dass sie mit anhörte, was der Mann seinem Gesprächspartner berichtete. Das Auto habe seit einigen Meilen Kühlwasser verloren und sei nun endgültig stehen geblieben. Er drehte sich kurz zu Edith um und fragte: »Wo sind wir hier eigentlich genau?«

»Gasthaus Crown Inn, etwa drei Meilen nördlich von Teddington an der A 435.«

Der Mann gab die Information weiter, dann verzog er unwillig sein Gesicht.

»Eine Stunde? Jack, es regnet in Strömen! Bitte, beeil dich und komm, so schnell es geht. Aber pass auf, du bist mit dem Wagen erst zweimal gefahren.«

Er hängte ein und wandte sich zur Tür.

»Danke, Miss, was bin ich Ihnen schuldig?«

»Für das Telefonat?« Edith schüttelte lächelnd den Kopf. »Ich bitte Sie, das ist doch selbstverständlich. Wenn ich noch etwas für Sie tun kann?«

Er zögerte kurz, dann sagte er: »Wenn Sie vielleicht einen Schirm hätten? Wir können erst in etwa einer Stunde mit Hilfe rechnen, und Mylady ist jetzt schon völlig durchnässt.«

»Mylady?« Dann hatte Edith sich nicht getäuscht, es befand sich tatsächlich noch jemand im Wagen. Aber warum war sie nicht mit dem Mann, der offenbar der Chauffeur war, ins Haus gekommen?

»Lady Bedingfield, von Bedingfield House in Oxfordshire«, erklärte der Mann stolz. »Entschuldigen Sie bitte, dass ich mich noch nicht vorgestellt habe, mein Name ist Hanson, Miss.«

»Ich bin *Mrs.* Gordon, Mr. Hanson, die Inhaberin des Lokals. Ich denke, wir sollten die Lady hereinbitten. Soweit ich gesehen habe, fahren Sie einen offenen Wagen, darin kann die Dame bei dem Wetter doch unmöglich eine Stunde warten.«

Hanson zögerte.

»Ich denke nicht, dass Mylady ein solches … Etablissement aufsuchen wird.«
Obwohl Hanson die Worte neutral und ohne jegliche Wertung gesagt hatte, gab es Edith einen Stich. Ihr *Crown Inn* war kein zweifelhaftes Etablissement!
»Das ist doch völliger Unsinn!« Sie lief zur Küche, nahm zwei Regencapes und einen Schirm vom Haken an der Rückseite der Tür und rief ins Arbeitszimmer: »Blanche, setze bitte Teewasser auf, ich bin gleich zurück.«
Sie schlüpfte in ein Cape, den Schirm drückte sie Hanson in die Hand. Kaum hatten sie einen Schritt vor die Tür gesetzt, peitschte der Regen beinahe waagrecht in ihr Gesicht. Edith achtete nicht weiter auf den Chauffeur und rannte zu dem Auto, den sie als einen Rolls-Royce identifizierte. Was denn sonst?, dachte sie schmunzelnd.
Auf der Rückbank saß eine völlig durchnässte Dame. Die künstlichen Blumen auf ihrem weitausladenden und völlig aus der Mode gekommenen grünen Hut hingen nass und zerzaust herunter, auch ihr grüner Mantel war bereits durchnässt.
»Ein denkbar schlechtes Wetter für einen Ausflug in einem Cabriolet, Mylady«, scherzte Edith und hielt ihr das zweite Regencape hin. »Ich denke, es ist besser, wenn Sie mit hereinkommen.«
Hanson trat neben Edith. »Jack kann frühestens in einer Stunde mit dem anderen Wagen hier sein.«
Zweifelnd sah die Dame erst von Edith, dann zu ihrem Chauffeur, schließlich zu dem Gasthaus.
»Ich weiß nicht … ein Pub … das ist nicht das richtige Umfeld … der Alkohol und Zigarettenqualm … und laute und ordinäre Männer …«

Am liebsten hätte Edith die Lady im Unwetter sitzen lassen. Ein Pub, so meinte sie wohl, wäre etwas Unanständiges! Ediths Hilfsbereitschaft siegte jedoch.
»Mylady, die Wirtsstube ist heute geschlossen, es sind keine Gäste da. Kommen Sie, wenn Sie hier noch länger sitzen, dann holen Sie sich eine Lungenentzündung. Sie brauchen ein Handtuch, trockene Sachen und eine heiße Tasse Tee.«
Bei Ediths letzten Worten leuchteten die Augen der Dame auf. »Ach ja, Tee … das wäre wirklich schön.« Sie blickte zu ihrem Chauffeur. »Hanson, helfen Sie mir beim Aussteigen.«
Er tat wie geheißen und öffnete den Schlag. Zuerst dachte Edith, die Lady hätte vielleicht ein Gebrechen, weil sie nicht ohne Hilfe aus dem Wagen steigen konnte. Sie war vielleicht um die sechzig, machte aber keinen hinfälligen Eindruck. Eine Behinderung hatte sie jedoch nicht, sondern sie war es einfach nicht gewohnt, ohne Hilfe aus einem Auto zu steigen. Lady Bedingfield ließ sich von Hanson in das Regencape helfen und schritt unter dem aufgespannten Schirm hoheitsvoll auf das *Crown Inn* zu. Edith hatte den Schirm eigentlich dem Chauffeur zugedacht, aber der war ohnehin so durchnässt, dass es auf die paar Meter auch nicht mehr ankam.
Edith bemerkte, wie sich die Dame in der Schankstube kritisch umsah. Obwohl sie in der vergangenen Nacht, nachdem der letzte Gast gegangen war, ausgiebig gelüftet hatte, hing immer noch der Geruch nach Bier, Wein und Zigaretten in der Luft. Edith wartete auf eine missbilligende Bemerkung, stattdessen lächelte die Lady und bemerkte anerkennend: »Es ist ja richtig gemütlich hier drinnen! Schade, dass kein Feuer im Kamin brennt, dann könnte ich meinen Mantel trocknen.«
»Ich werde gleich Feuer machen, Mylady. Vielleicht möchten

Sie mein Badezimmer benutzen, dort finden Sie frische Handtücher.« Lady Bedingfield nickte. »Die Treppe hinauf, es ist gleich die erste Tür auf der rechten Seite. Bitte stören Sie sich nicht an der Unordnung im ersten Stock, aber ich bin dabei, die Gästezimmer neu einzurichten.«

Lady Bedingfield erwiderte nichts und ging zur Treppe, die neben der Theke nach oben führte.

»Ich mache jetzt erst mal eine große Kanne Tee«, sagte Edith zu Hanson, der immer noch tropfend mitten im Raum stand. »Sie sollten Ihren Mantel ablegen. Ich bringe Ihnen ein Handtuch aus der Küche.«

Edith war nicht überrascht, in der Küche keinen heißen Teekessel vorzufinden. Sie verkniff sich eine Bemerkung, dass Blanche ihre Bitte, Wasser aufzusetzen, mal wieder ignoriert hatte, und schürte das Feuer im Ofen. Nachdem sie den Tee aufgegossen hatte, entzündete sie den Kamin in der Schankstube, obwohl es im Gastraum sehr warm war, aber vor dem Feuer würden die nassen Sachen der zwei Überraschungsgäste schneller trocknen können.

Lady Bedingfield kam gerade in dem Moment herunter, als Edith den Tee servierte. Sie hatte einen runden Tisch und drei Stühle vor das Kaminfeuer geschoben. Sie nahm der Dame den nassen Mantel ab und hängte ihn an einen Haken neben dem Kamin. Lady Bedingfield hatte auch ihren Hut abgelegt und offenbar versucht, ihr Haar mit einem Handtuch notdürftig zu trocknen, denn ihre am Hinterkopf zu einem Dutt gesteckte Frisur sah ziemlich zerzaust aus. Sie nahm Platz, und Edith, die Teekanne in der Hand, fragte:

»Milch und Zucker, Mylady?«

Diese nickte wohlwollend.

»Einen Löffel Zucker und einen Schuss Sahne, bitte.«
Während Edith einschenkte, fühlte sie sich um Jahre zurückversetzt. Seit ihrem Fortgang von Pencarron Manor hatte sie keinen Kontakt zu Adligen gehabt, aber es hatte sich nichts verändert. Die Herrschaften ließen sich bedienen, und sie war zum Bedienen da, daran würde sich wohl nie etwas ändern. Erst als Lady Bedingfield die Tasse zum Mund führte, bemerkte Edith, dass der Chauffeur immer noch mitten in der Schankstube stand.
»Kommen Sie, Mr. Hanson, und setzen Sie sich«, forderte sie ihn mit einer Handbewegung auf.
»Das wäre wohl kaum passend.«
»Wie?« Erstaunt starrte Edith die Lady an, die missbilligend die Mundwinkel nach unten zog, dann verstand sie, ebenso wie Hanson, der unterwürfig bemerkte: »Wenn es recht ist, nehme ich den Tee in der Küche, Mrs. Gordon.«
Edith versuchte nicht, sich ihren Unwillen anmerken zu lassen. Du meine Güte, sie lebten im zwanzigsten Jahrhundert, aber offenbar war es für die Lady unter ihrer Würde, mit ihrem Chauffeur am selben Tisch zu sitzen. Da Hanson bereits in die Küche gegangen war, trug Edith ihm sein Gedeck und die Teekanne nach. Entschuldigend sah er sie an.
»Es tut mir leid, Ihnen so viele Umstände zu machen, Mrs. Gordon. Der zweite Diener, Jack, wird hoffentlich bald mit der Limousine kommen und Mylady nach Hause fahren. Ich kümmere mich dann um das Cabriolet. In der Nähe befindet sich doch sicher eine Reparaturwerkstatt, oder?«
»In Cheltenham oder Evesham auf jeden Fall«, entgegnete Edith und enthielt sich jeglichen Kommentars bezüglich seines Aufenthalts in der Küche.

Als sie in den Gastraum zurückkehrte, spähte Blanche durch die andere Tür. Sie winkte dem Mädchen, näher zu kommen.
»Komm, sag unserem Gast guten Tag!«
Blanche tat wie geheißen. Sie trat vor Lady Bedingfield, knickste und begrüßte sie höflich.
Die Dame lächelte wohlwollend.
»Was für ein entzückendes Kind!« Sie blickte zu Edith. »Ihre Tochter?«
Edith nickte. »Ihr Name ist Blanche.«
»Ein wirklich sehr hübsches Kind. Sie sieht Ihnen aber gar nicht ähnlich, wahrscheinlich schlägt sie ihrem Vater nach.« Sie lächelte Blanche an. »Er ist bestimmt sehr stolz auf dich, nicht wahr, Kleine?«
»Mein Mann starb noch vor Blanches Geburt«, warf Edith schnell ein.
»Oh, das tut mir leid.« Ehrliches Mitgefühl zeichnete sich auf Lady Bedingfields Zügen ab. »Im Krieg, nehme ich an.«
»Ja«, war Ediths knappe Antwort, und ihre Körperhaltung signalisierte, dass sie das Thema nicht vertiefen wollte. »Blanche, holst du bitte den Apfelkuchen aus der Speisekammer?«
Vor den Augen eines Gastes, dazu noch einer offenbar hochgestellten Dame, wagte Blanche nicht, einen Befehl der Mutter zu verweigern, und beeilte sich, den Kuchen, der vom Vortag noch übrig war, zu holen. Lady Bedingfield griff dankbar zu und lobte Ediths Backkünste, als diese sagte, sie hätte ihn selbst gebacken.
»Eigentlich ist es in einem solchen Pub sehr gemütlich.« Sie sah sich erneut ausgiebig um. »Sie müssen wissen, Mrs. Gordon, dass ich zum ersten Mal in einer solchen … Lokalität bin.«
»Das gibt es doch gar nicht!« Ohne zu überlegen, hatte Edith die Worte spontan ausgerufen.

Lady Bedingfield nickte und lächelte wehmütig.

»Meine Tochter hält mich auch für sehr altmodisch, sie ist da ganz anders. Ich weiß, seit dem Krieg hat sich vieles geändert, auch die Verhältnisse der Oberklasse, trotzdem kann ich nicht aus meiner Haut. Ich bin im letzten Jahrhundert geboren und erzogen worden, und auch mein vor zwei Jahren verstorbener Gatte achtete stets darauf, dass wir uns nicht mit dem gemeinen Volk vermischen. Ein Zweig seiner Familie ist mit dem Königshaus verwandt, da ist es unabdingbar, gewisse Konventionen einzuhalten.« In Anbetracht dieser Äußerung lag Edith eine schnippische Bemerkung in der Art, dass es wohl eine Erniedrigung für die Lady sein müsse, mit einer gemeinen Wirtsfrau an einem Tisch zu sitzen, auf der Zunge, aber dann sah sie den wehmütigen Ausdruck in deren Augen und schwieg. Lady Bedingfield fuhr fort: »Wenn wir ausgingen, dann nur in die besten Hotels oder Restaurants, aber meistens fanden private Dinnerpartys statt. Jetzt bin ich beinahe siebzig, da wurde es höchste Zeit, einmal einen Pub aufzusuchen, auch wenn es außerhalb der Öffnungszeit ist.«

Edith war über die Altersangabe wirklich überrascht. Lady Bedingfields Gesichtshaut war fast faltenlos, sie hätte die Dame auf kaum mehr als sechzig Jahre geschätzt.

»Es freut mich, dass Sie nicht das Gefühl haben, eine Lasterhöhle betreten zu haben«, sagte Edith freundlich. »Neben diesem Schankraum gibt es noch ein separates Speisezimmer. Ich bin gerade dabei, es zu renovieren, um den Gästen mehr Gemütlichkeit und Komfort beim Essen bieten zu können.«

Lady Bedingfield erhob sich.

»Zeigen Sie es mir?«, bat sie spontan.

Edith öffnete die Schiebetür zum Anbau und ließ Lady Bedingfield an sich vorbei eintreten.
»Passen Sie auf, dass Sie nicht schmutzig werden«, warnte Edith. »Es herrscht noch ein furchtbares Chaos, denn ich führe die meisten Arbeiten selbst aus. Dennoch hoffe ich, das Speisezimmer bis zum Herbst fertig eingerichtet zu haben.«
Wohlwollend ließ Lady Bedingfield den Blick durch den großzügigen Raum schweifen. Die Westseite wurde von einer Glasfront eingenommen und machte den Raum trotz des Regens hell und freundlich. Die Holztäfelung an der gegenüberliegenden Seite war auf Hochglanz poliert, und es roch nach frischer Farbe.
»Ich plane, den Saal mit immergrünen Pflanzen auszustatten, so eine Art Wintergarten«, erklärte Edith stolz. »Die Tische werden weiße Decken erhalten und die Stühle rote Polsterungen.«
»Sehr schön, wirklich, man kann es sich gut vorstellen, wie der Speiseraum werden wird.« Lady Bedingfield wandte sich Edith zu, und diese sah in deren Miene ehrliche Anerkennung. »Sie haben einen guten Geschmack, Mrs. Gordon, und sind voller Tatendrang.«
Verlegen starrte Edith auf ihre Schuhspitzen. Obwohl Lady Bedingfield in vielerlei Hinsicht verstaubte und sogar snobistische Ansichten hegte, war sie andererseits doch sehr freundlich und offen, ganz anders als Sarah Pencarron …
Verflixt, warum musste sie gerade jetzt an Blanches Mutter denken? Ein Schatten fiel auf Ediths Gesicht, doch bevor der adlige Gast es bemerken und nachfragen konnte, ertönte ein lautes Hupen vor der Tür.
»Ah, das wird Jack sein!«

Auch Hanson hatte es gehört und war bereits nach draußen geeilt. Edith half Lady Bedingfield in ihren noch immer feuchten Mantel und begleitete sie zur Tür. Sie war nicht überrascht, zu sehen, dass es sich auch bei dieser Limousine um ein Fabrikat aus dem Haus Rolls-Royce handelte. Adel verpflichtet eben, dachte sie und unterdrückte ein Schmunzeln.

Hanson half seiner Herrin beim Einsteigen, dann wandte er sich an Edith.

»Danke für den Tee und die Gastfreundschaft. Was bin ich Ihnen schuldig?«

Empört trat Edith einen Schritt zurück.

»Ich sagte Ihnen bereits, Hilfsbereitschaft ist in einer solchen Situation für mich selbstverständlich. Möchten Sie mich etwa beleidigen?«

»Nein, natürlich nicht, aber Sie führen doch ein Gasthaus …«

»Es war eine Ehre für mich, Mylady, und Sie zum Tee einladen zu dürfen, Mr. Hanson«, erwiderte Edith. Ihr Tonfall und die gedrechselten Worte zauberten ein belustigtes Schmunzeln auf das verschlossene Gesicht des Chauffeurs. Er tippte sich an die Mütze.

»Im Namen von Mylady bedanke ich mich ganz herzlich. Auf Wiedersehen.«

Edith wünschte ihnen eine gute und sichere Heimfahrt und widerstand der Versuchung, dem Wagen nachzuwinken. Einer Lady Bedingfield winkte man nicht nach, auch wenn die Frau sehr nett und freundlich gewesen war – zumindest für eine Angehörige des Adelsstandes …

Neun Tage später erhielt Edith einen Brief von Lady Bedingfield. Das Papier war aus elfenbeinfarbenem Bütten, und in der rechten oberen Ecke prangte das farbige Wappen derer von Bedingfield. Überrascht las Edith die wenigen Zeilen.

Meine liebe Mrs. Gordon,
bitte machen Sie mir die Freude, mich am kommenden Montag, dem Ruhetag Ihres Lokals, zur Teezeit auf Bedingfield House zu besuchen. Ein Wagen wird Sie gegen drei Uhr am Nachmittag abholen und wieder nach Hause fahren. Und bringen Sie bitte Ihre reizende kleine Tochter mit.
Es grüßt Sie freundlichst
Marjorie, Lady Bedingfield
Bedingfield House, Oxfordshire

»Was hat das zu bedeuten?« Edith zeigte Ilse, der sie alles über die Autopanne und die überraschenden Gäste erzählt hatte, die Einladung.
Die junge Frau pfiff anerkennend.
»Na, offenbar hast du Eindruck auf die Lady gemacht.«
»Wir haben uns in der Tat recht nett unterhalten«, bestätigte Edith. »Das ist wohl kaum Grund genug für eine Einladung in ihr Haus, und dass sie uns auch noch abholen lässt.«
»Ach, freu dich doch einfach und such nicht immer nach einem Haar in der Suppe.«
Ilse hatte gut reden und konnte so unbekümmert sein. Aus ihrer Sicht hatte sie bestimmt recht – die Einladung zum Tee war nichts weiter als eine freundliche Geste Lady Bedingfields, sich für Ediths Gastfreundschaft zu revanchieren. Dennoch konnte Edith die leise, aber intensive Stimme in ihrem Hinterkopf nicht ignorieren, die eindringlich flüsterte: »Die Lady weiß, wer

du bist und was du getan hast! Sie weiß, wer Blanche in Wirklichkeit ist …«

Seit sie Cornwall verlassen hatte, hatte Edith keinen Kontakt mehr zu Angehörigen des Adels gehabt. Gut, Oxfordshire war weit von Cornwall entfernt, aber der britische Adel kannte sich untereinander. Man verbrachte die Saison zusammen in London, lud sich gegenseitig ein, und viele Häuser waren durch jahrhundertelange profitable Heiraten sogar miteinander verwandt. Je älter Blanche wurde, desto mehr ähnelte sie ihren Eltern: Sie hatte das dunkle, lockige Haar und die Augen ihres Vaters, aber die Nasen- und Mundpartie war die von Lady Sarah. Wenn Blanche etwas nicht passte – was in letzter Zeit häufig geschah –, dann zeigte sich ihr Unwillen auf ihrem Gesicht in der gleichen Art und Weise, wie es bei ihrer Mutter der Fall gewesen war.

Edith stöhnte. Was sollte sie jetzt tun? Schlug sie die Einladung aus, machte sie sich erst recht verdächtig. Schob sie berufliche Unabkömmlichkeit oder Krankheit vor, dann könnte es sein, dass Lady Bedingfield einen neuen Termin vorschlug. Wie Edith es auch drehte und wendete – sie würde am kommenden Montag nach Bedingfield House fahren und sich anhören, was die Dame zu sagen hatte.

Hanson begrüßte sie mit einem freundlichen Lächeln und einer Verbeugung. Obwohl es ein warmer, sonniger Tag war, schien Lady Bedingfield dem Wetter nicht zu trauen, denn der Chauffeur war mit der Limousine gekommen. Hanson öffnete die Tür, und Edith und Blanche stiegen ein. Mit einem beklemmenden Gefühl setzte sich Edith in die weichen, hellbraunen Lederpolster und atmete den Geruch nach frisch poliertem

Holz ein. Nie zuvor war sie in einem Rolls-Royce gefahren, und sie wagte nicht, irgendetwas zu berühren. Blanche kannte keine derartige Scheu. Das Kind entdeckte sofort die verschiedenen Fächer, die dem Rücksitz gegenüber angebracht waren, und öffnete sie der Reihe nach.

»Blanche, lass die Finger davon!«, mahnte Edith, aber Hanson lächelte und warf ihr durch den Rückspiegel einen verständnisvollen Blick zu.

»In der Bar finden Sie Getränke zur Erfrischung, Mrs. Gordon. Bitte scheuen Sie sich nicht, sich zu bedienen.«

»Ich möchte eine Limonade!«, rief Blanche sofort und hatte die schmale Flasche bereits in der Hand.

Staunend betrachtete Edith in der kleinen Bar die Flaschen mit Champagner, Weißwein und verschiedenen Fruchtgetränken. In einem Fach daneben befanden sich die dazugehörigen Gläser. Was für ein Luxus!, dachte sie und öffnete für Blanche die Flasche. Normalerweise waren dem Mädchen zuckerhaltige Getränke verboten, aber Edith beschloss, heute einmal eine Ausnahme zu machen. Wer wusste schon, wie der Tag enden würde? Vielleicht würde Blanches scheinbar heile Welt in wenigen Stunden in Trümmern liegen.

Fort mit diesen Gedanken, schalt sich Edith im Stillen. Seit Tagen hatte sie unablässig über Lady Bedingfield und deren überraschende Einladung gegrübelt und war zu der Erkenntnis gekommen, dass sie den Grund dafür nur erfahren würde, wenn sie die Dame aufsuchte. Hanson hatte die Trennscheibe zum Fond geschlossen, und Edith war dankbar, dass sie einer Konversation enthoben war. Während der einstündigen Fahrt durch die liebliche Landschaft der Cotswolds war sie damit beschäftigt, der aufgeregten Blanche zahlreiche Fragen zu beantworten.

Sie war über deren Lebhaftigkeit dankbar, lenkte Blanches Wissensdurst sie doch von ihren eigenen, trüben Gedanken ab.

Edith hatte keine Vorstellung von dem Aussehen und der Größe von Bedingfield Manor gehabt, aber es gefiel ihr auf den ersten Blick. Das Haus war bestimmt zwei Jahrhunderte älter als Pencarron Manor. Edith tippte auf das frühe sechzehnte Jahrhundert, denn der Baustil und die mit Steinsäulen durchbrochenen Fenster wiesen auf diese Zeit hin. Durch den für die Gegend typischen, gelben Sandstein wirkte Bedingfield Manor keinesfalls düster, und die Innenausstattung war der aktuellen Zeit angepasst worden. Edith und Blanche wurden an der Tür von einer freundlichen Dame mittleren Alters begrüßt und durch eine große, über zwei Stockwerke reichende Halle eine Treppe hinauf in den Salon geführt. Ein großes, deckenhohes und nach Westen ausgerichtetes Fenster ließ den Raum hell und freundlich wirken. Lady Bedingfield saß in einem Sessel vor dem Kamin, in dem wegen der warmen Temperaturen kein Feuer brannte, und sie war sichtlich erfreut, als ihre Gäste eintraten.
»Mrs. Gordon! Und die kleine Blanche! Schön, dass Sie meine Einladung angenommen haben. Ich hoffe, Sie hatten eine angenehme und störungsfreie Fahrt?« Edith versicherte, dass dem so war, und Lady Bedingfield stellte sie der Frau, die sie nach oben geführt hatte, vor. »Martha, das ist also die Dame, die mich vor dem Ertrinken in meinem eigenen Auto gerettet hat, Mrs. Edith Gordon. Und das ist Miss Martha Parker, meine … nun ja … früher sagte man wohl Gesellschafterin, aber ich bevorzuge rechte Hand, wenn nicht sogar Freundin.«
Miss Parker nickte ein wenig verlegen und betätigte eine Klingel, die auf einem der Tische lag.

»Man wird den Tee sofort servieren. Für das Kind habe ich Kakao bestellt, den magst du doch, oder?«

Blanche nickte stumm. Sie verhielt sich außergewöhnlich still, war offenbar von der Größe des Raums und dessen prachtvoller Ausstattung überwältigt. Für einen Augenblick schoss es Edith durch den Kopf, dass dies genau die Umgebung wäre, in die Blanche gehörte und die ihr von Rechts wegen zustand.

»Geht es Ihnen nicht gut, Mrs. Gordon? Sie sind plötzlich so blass.« Lady Bedingfield musterte ihren Gast besorgt.

»Nein, nein, es ist alles in Ordnung.« Edith bemühte sich, unbekümmert zu klingen. »Es ist nur alles etwas … ungewohnt für mich.«

Nach Lady Bedingfields Aufforderung setzte sie sich vorsichtig in einen Sessel, während Miss Parker Blanche einen Stuhl hinschob. Dessen Lehne war mit geschnitzten und vergoldeten Weinblättern verziert, und Blanche rief: »Ist das echtes Gold?«

»Blanche! Benimm dich!«, wies Edith das Mädchen zurecht, aber Lady Bedingfield unterbrach sie mit einem Lächeln.

»Lassen Sie die Kleine nur. Nun, mein Kind, es ist nicht ganz aus Gold, sondern nur der Überzug, aber diese Figur hier« – sie nahm eine buntbemalte, etwa zwanzig Zentimeter hohe Figur einer Ballerina in die Hand – »ist echtes Meissner Porzellan. Gefällt sie dir?«

Blanche nickte, wagte aber nicht, ihre Hand nach der Figur auszustrecken.

»Wenn ich groß bin, dann werde ich auch in einem Schloss leben und nicht in einem Wirtshaus, in dem es nach Bier stinkt.«

Vor Scham wäre Edith beinahe im Boden versunken. Glücklicherweise enthob sie das mit dem Teewagen eintretende Mädchen einer Antwort. Das Mädchen war jung, sicher noch keine

zwanzig Jahre alt, und mit ihrem grauen Kleid und der weißen, gestärkten Schürze erinnerte es Edith an sie selbst und an ihre Zeit auf Pencarron Manor. Sie schluckte. Würden die Schatten der Vergangenheit denn niemals von ihr weichen?
Zum Tee wurden dünn geschnittene Thunfisch-Gurken-Sandwiches und kleine Himbeer- und Brombeertörtchen serviert. Während es sich Blanche schmecken ließ, brachte Edith keinen Bissen hinunter. Sie wünschte, Lady Bedingfield würde endlich zur Sache und zum Grund ihrer Einladung kommen, dann hätte sie es hinter sich. Stattdessen plauderten sie und Miss Parker nur über unverfängliche Themen, wie das anhaltend schöne Sommerwetter und die liebliche Landschaft der Umgebung.
»Waren Sie schon einmal in Oxford, Mrs. Gordon?«
Edith verneinte.
»Die Arbeit lässt mir kaum Zeit zum Reisen, aber Blanche und ich machen oft kleine Ausflüge in die nähere Umgebung.«
»Wie ist es mit London? Dort waren Sie bestimmt schon, oder?«
Edith lief es kalt über den Rücken. Was hatte die Frage zu bedeuten? Es war unmöglich, dass sie sich dort zufällig begegnet waren. Daran würde sie sich erinnern.
»Ich war seit Jahren nicht mehr in London«, antwortete Edith wahrheitsgemäß, dennoch ausweichend.
Lady Bedingfield nickte verständnisvoll.
»Es ist bestimmt nicht leicht, ein Lokal eigenverantwortlich zu führen und ein Kind großzuziehen, da bleibt vermutlich keine Zeit für Vergnügungen. Wenn Sie es trotzdem mal einrichten können, in die Hauptstadt zu fahren, dann zögern Sie bitte nicht, mich zu kontaktieren. Sie können dort in unserem Stadthaus wohnen. Es ist groß genug und wird viel zu selten genutzt. Ich denke, Blanche würde es in der Stadt gefallen.«

Edith wäre beinahe die Teetasse, die sie in der linken Hand balancierte, zu Boden gefallen. Bevor sie etwas sagen konnte, rief das Kind aufgeregt: »Au ja, Mama! Ich möchte schon lange nach London, aber du hast immer gesagt, wir haben kein Geld dafür. Wenn wir aber kein Hotel bezahlen müssen, so geht es doch, oder?«

Ediths Hände zitterten so sehr, dass ein Schluck Tee über die Tasse schwappte und sich im Unterteller sammelte. Ihr Gesicht war feuerrot und brannte vor Scham.

»Verzeihen Sie, Mylady … Ich weiß nicht, was mit dem Kind los ist … Es ist …«

»Es ist völlig in Ordnung«, schnitt Lady Bedingfield ihr das Wort ab. »Aber jetzt würde ich gerne etwas mit Ihnen besprechen, Mrs. Gordon. Unter vier Augen.«

Edith wurde ruhig und setzte sich kerzengerade hin. Sie hatte es gewusst, hatte es vom ersten Moment an, als sie den Brief in den Händen gehalten hatte, gewusst, dass es sich nicht nur um eine lapidare Einladung zu Kuchen und Tee handelte.

Lady Bedingfield bat Miss Parker, Blanche die Ställe zu zeigen.

»Du magst doch Pferde?«, fragte sie das Mädchen, und Blanche nickte mit einem erwartungsvollen Blick. »Wir haben ein Fohlen, es wurde erst vor zehn Tagen geboren. Miss Parker wird es dir zeigen. Deine Mutter und ich haben nämlich etwas Wichtiges zu besprechen.«

Hastig trank Blanche den letzten Schluck Kakao, sprang auf und eilte zur Tür. Miss Parker folgte ihr lachend. Als Edith und Lady Bedingfield allein waren, herrschte für einen Moment Schweigen.

»Sie werden sich sicher fragen, warum ich Sie gebeten habe,

mich in meinem Haus zu besuchen, nicht wahr, Mrs. Gordon?«, begann Lady Bedingfield schließlich.
Edith sah ihr fest in die Augen, kein Muskel in ihrem Gesicht bewegte sich. Sie beschloss, der kommenden Konfrontation nicht auszuweichen. Offenbar war ihr Spiel zu Ende, dann wollte sie es jetzt auch schnell zu einem Schluss bringen.
»Das habe ich in der Tat, Mylady.«
Es wunderte Edith, dass ihre Gastgeberin immer noch freundlich lächelte.
»Nun, ich hoffe, ich habe Ihre Pläne für Ihren freien Tag nicht durcheinandergebracht, indem ich Sie bat, nach Bedingfield House zu kommen, aber es war unumgänglich. Ich selbst kann Sie im Crown Inn nicht aufsuchen, ohne jemanden zu bitten, mich zu fahren, denn ich habe keinen Führerschein. Und das wollte ich unter allen Umständen vermeiden. Es ist nämlich wichtig, dass das, was wir jetzt miteinander zu besprechen haben, unter uns bleibt. Versprechen Sie mir das, Mrs. Gordon?«
Edith runzelte die Stirn. Worauf wollte die Lady hinaus?
»Ich weiß nicht …«
Marjorie Bedingfield hob lächelnd die Hand.
»Es muss verwirrend für Sie klingen, aber ich komme gleich zur Sache. Vorerst gestatten Sie mir noch eine Frage: Wie stehen die Arbeiten an Ihrem Speisesaal? Sie sprachen davon, diesen bis zum Herbst für Gäste eingerichtet zu haben.«
Ediths Verwirrung wurde immer größer, gleichzeitig wuchs in ihr die Hoffnung, dass die Einladung vielleicht doch nichts mit ihrer schweren Schuld zu tun hatte.
»Es geht voran, Mylady. Spätestens bis Weihnachten werde ich dort die ersten Gäste bedienen können …«

»Schaffen Sie es bis zum achten November?«, unterbrach Lady Bedingfield gespannt.
»Anfang November?« Edith war perplex. »Das ist früh, aber nicht unmöglich. Warum …?«
»Ach, meine Liebe, wären Sie so nett, mir noch eine Tasse Tee einzuschenken?« Sie deutete auf die Kanne, und Edith folgte ihrem Wunsch, dann fuhr die Lady fort: »Am achten November begehe ich, so Gott will, meinen siebzigsten Geburtstag, und ich habe mich entschlossen, diesen in Ihrem Lokal zu feiern.«
Fassungslos starrte Edith die ältere Frau an. Sie fühlte sich verschaukelt und auf den Arm genommen und platzte heraus: »Sie scherzen wohl!«
»Ich dachte mir, dass Sie so reagieren. Besonders nach meiner anfänglichen Weigerung, Ihr Gasthaus überhaupt betreten zu wollen.« Lady Bedingfields Mundwinkel zuckten. »Sie müssen wissen, meine Liebe, dass ich mein ganzes Leben behütet und regelrecht abgeschirmt vom einfachen Volk verbracht habe. Erst haben mich meine Eltern in Watte gepackt, dann mein Ehemann. Während des ersten Kriegs in diesem Jahrhundert lebte ich auf dem Land weitab von allen Geschehnissen, und noch vor dem zweiten Kriegsausbruch bestand mein Gatte darauf, nach Kanada zu fahren. Für mich war es immer selbstverständlich, seinen Wünschen zu folgen.« Sie beugte sich vor und sah Edith eindringlich an. »Können Sie sich vorstellen, wie es ist, mit fast siebzig Jahren noch nie ein Wirtshaus aufgesucht oder eine zwanglose Tanzveranstaltung besucht zu haben?« Lady Bedingfield erwartete keine Antwort, denn sie fuhr fort: »Sieben Jahrzehnte lang habe ich das getan, was andere von mir erwarteten, jetzt möchte ich endlich einmal etwas Eigenständiges tun. Etwas, das nicht den ungeschriebenen Regeln der Ge-

sellschaftsschicht, der ich angehöre, entspricht. Und darum möchte ich meinen Geburtstag im Crown Inn feiern. Mein Sohn wird entsetzt sein, er ist ganz das Ebenbild seines Vaters, und an meinem Verstand zweifeln, aber das ist mir gleichgültig, und meine Tochter wird über meinen Entschluss entzückt sein. Wie ich den Saal in Erinnerung habe, kann er bei entsprechender Bestuhlung wohl fünfzig Gäste fassen, nicht wahr? Vielleicht könnte man noch einen Flügel oder zumindest ein Piano hineinstellen. Etwas Musikuntermalung während des Essens wäre schön.«

Es war eine lange Rede gewesen, und als die Lady endete und Edith erwartungsvoll ansah, wusste diese nicht, was sie sagen sollte. Sie glaubte noch immer an einen Scherz, aber der lebhafte Ausdruck und die wachen Augen ihrer Gastgeberin bestätigten Edith, dass es ihr durchaus ernst war. Edith wusste, sie hätte allen Grund zur Freude, denn das würde nicht nur einen guten Gewinn bedeuten, sondern auch den Ruf des *Crown Inn* erheblich steigern und neue Gäste anziehen, trotzdem sagte sie: »Es würde zwar eine große Ehre für mich und mein Haus bedeuten, Mylady, aber ich fürchte, ich kann Ihrem Wunsch nicht entsprechen.«

»Warum nicht? Wenn Sie denken, nicht rechtzeitig mit den Bauarbeiten fertig zu werden, so werde ich Ihnen Personal schicken, damit es schneller geht.«

Edith schüttelte den Kopf.

»Das ist es nicht allein. Äh … vielmehr …« Edith suchte nach den richtigen Worten, um Lady Bedingfield nicht zu beleidigen. »Ich fürchte, das Angebot der Speisen wird nicht Ihrem Geschmack und Ihren Essgewohnheiten entsprechen.«

Lady Bedingfield ließ das Argument nicht gelten.

»Ich bin sicher, hier wird sich eine Regelung mit dem Koch treffen lassen.«

»Ich beschäftige keinen Koch, Mylady. Ich bereite das Essen selbst zu.«

»Das überrascht mich, Mrs. Gordon«, entgegnete die Lady erstaunt. »Man sollte denken, Sie hätten mit der Führung des Lokals, der Buchhaltung und der Erziehung Ihrer Tochter bereits genügend zu tun. Zu alledem stehen Sie noch in der Küche. Servieren Sie auch selbst?«

»Eine junge Frau geht mir zur Hand, und bei größeren Veranstaltungen beschäftige ich Aushilfen aus dem Dorf.« Edith hob mit einer hilflosen Geste die Hände. »Sie sehen also, Mylady, auch wenn ich Ihren Wunsch nach einer außergewöhnlichen Feier durchaus verstehen kann, das Umfeld unterscheidet sich doch sehr von dem, das nicht nur Sie, sondern auch Ihre Gäste gewohnt sind.«

»Und genau deswegen werde ich im Crown Inn meinen Geburtstag verbringen.« Lady Bedingfield ließ sich von ihrer Idee nicht abbringen. »Allerdings brauchen Sie einen Koch. Ich habe da auch schon jemanden im Kopf. Derzeit arbeitet er als zweiter Mann in einem Hotel in Bath, aber ich weiß, dass er eine Veränderung wünscht. Ich werde ihm gleich heute schreiben …«

»Mylady, bei allem Respekt«, unterbrach Edith und erhob die Stimme, »aber ich glaube kaum, dass ein Koch aus einer Stadt, in der seit Jahrhunderten die Elite der britischen Oberschicht kurt, Lust haben wird, in die Provinz zu kommen. Davon mal abgesehen, dass ich ihn nicht werde bezahlen können«, fügte sie nach einer kleinen Pause hinzu.

»Das lassen Sie mal meine Sorge sein, meine liebe Mrs. Gordon. Also, dann sind wir uns einig: Ich miete Ihren Speisesaal am achten November, sagen wir, ab sechs Uhr am Abend. Wegen der Speisenfolge und den sonstigen Arrangements werden Sie zu gegebener Zeit von mir hören. Ich bitte Sie nur, bis auf Ihre Mitarbeiter niemanden in meinen Plan einzuweihen, es soll eine Überraschung für meine Familie und Freunde werden.«

»Die wird es ganz sicher«, murmelte Edith, zweifelte aber, ob es eine freudige Überraschung werden würde. Sie war hin- und hergerissen zwischen Euphorie darüber, was eine solche Feier für das *Crown Inn* bedeutete, und Panik, den Ansprüchen Lady Bedingfields nicht gerecht werden zu können. Man sagte Aristokraten, besonders älteren, gerne nach, sie wären exzentrisch und hätten ausgefallene Wünsche. Wenn es Lady Bedingfield jedoch glücklich machte, wollte sie ihren Beitrag dazu leisten. Darum sagte Edith aufrichtig: »Ich freue mich über Ihr Vertrauen und hoffe, diesem gerecht zu werden.«

Lady Bedingfield erhob sich, und Edith tat es ihr gleich. Sie ergriff die ausgestreckte Hand der älteren Dame und erwiderte deren festen Händedruck.

»Ich wusste, Sie werden mich nicht enttäuschen, Mrs. Gordon, und jetzt teilen wir ein kleines Geheimnis.«

Edith dachte, wie anders ihr Leben verlaufen wäre, wenn Sarah Pencarron etwas von Lady Bedingfields Freundlichkeit gehabt hätte. Niemals wäre Jowna dann auf die Idee gekommen, ein Kind zu rauben … Schnell wischte sie die Gedanken beiseite, denn die Tür wurde aufgerissen, und Blanche stürmte mit roten Wangen herein. In ihren Armen hielt sie ein kleines rotgetigertes Kätzchen.

»Mama, Mama, Miss Parker sagt, ich dürfte es behalten, wenn du es erlaubst! Es ist ein Kater, und ich habe ihn Bruno genannt.«

»Bruno?« Edith prustete los. »Was für ein ausgefallener Name für eine Katze.« Sie sah zu Lady Bedingfield. »Wenn es Mylady erlaubt, darfst du das Kätzchen selbstverständlich mit nach Hause nehmen.«

»Es freut mich, wenn ich dir eine Freude machen kann.« Lady Bedingfield legte eine Hand auf Blanches Kopf. »Ich bin sicher, Bruno wird bei dir ein schönes neues Zuhause bekommen.«

Es wurde Zeit, zu gehen. Während Blanche im Auto mit ihrem neuen kleinen Spielkameraden beschäftigt war, wirbelten Ediths Gedanken durcheinander. Mit welcher Angst war sie vor drei Stunden nach Bedingfield Manor gefahren, und mit welchem Glücksgefühl verließ sie es nun! Nach wie vor hielt sie die Idee Lady Bedingfields, ihren Geburtstag im *Crown Inn* zu feiern, für exzentrisch, aber es bedeutete für Edith eine große Herausforderung, die es zu meistern galt. Die Sache mit dem Koch aus Bath würde sie abwarten. Sie traute sich durchaus selbst zu, für diesen Anlass ein schmackhaftes Essen zuzubereiten. Wenn die Lady schon in einem Landgasthof essen wollte, dann würde es keinen Kaviar und Hummer geben, sondern einfache, aber gute Hausmannskost.

Ediths Kopf war voller Ideen und Vorstellungen, was sie bis November noch alles tun musste, und die Rückfahrt verging wie im Flug. Trotz aller Glücksgefühle hatte die Sache aber auch einen bitteren Beigeschmack. Ediths Angst, Lady Bedingfield könnte die Wahrheit über sie herausgefunden haben, saß ihr noch spürbar in den Knochen. Wusste sie, welche Gäste zu erwarten waren? Sicher alles Angehörige des Adels, und die Wahrscheinlichkeit, dass unter ihnen jemand die Pencarrons gekannt hatte, war gegeben.

Edith wusste, egal, was geschah, sie würde das Angstgefühl niemals verlieren und nie mehr in ihrem Leben richtig frei sein.

Der Koch traf drei Tage später ein. Seinen Allerweltsnamen James Miller hatte er kurzerhand auf *Jean Milliér* geändert, und er gab an, mehrere Jahre in den besten Häusern in Paris gearbeitet zu haben. Edith glaubte ihm kein Wort, aber bereits nach wenigen Tagen musste sie zugeben, dass Jean nicht nur ganz hervorragende Gerichte zauberte, sondern diese auch so anrichtete und servierte, dass es nicht nur ein Fest für den Gaumen, sondern auch für die Augen war. Bereitwillig kam sie seiner Bitte nach, neben dem alten Kohleofen einen modernen Gasherd aufstellen zu lassen. Gemeinsam mit Ilse entwarf sie Speisekarten, anstatt wie sonst die Tagesessen nur auf die Tafel zu schreiben. Die Arbeit im Speiseraum schritt gut voran, und eine Woche vor Lady Bedingfields Geburtstag öffnete Edith eine Flasche Champagner und stieß mit Ilse und Jean auf die Eröffnung des Saals an. Sogar Blanche durfte an Ediths Glas nippen, aber das Mädchen verzog angewidert das Gesicht.
»Pfui, ist das sauer!«
Edith lachte entspannt. Die Gläser klirrten, als sie anstießen, und Ilse rief: »Auf die Zukunft des Crown Inn!«
»Auf die Zukunft!«, stimmte Edith ein und dachte, dass nun alle Schrecken und Schatten der Vergangenheit vorbei wären. Sie konnte nicht ahnen, wie schnell sich das Schicksal wieder gegen sie wenden sollte.

21. Kapitel

London, 2. Juni 1953

Wann kommt sie endlich?« Aufgeregt stellte sich Blanche immer und immer wieder auf die Zehenspitzen, um über die Köpfe der vor ihr stehenden Menschen hinweg einen Blick auf die Mall, die Prachtstraße Londons, erhaschen zu können. »Ich will die Königin sehen!«

»Der Krönungszug wird bald kommen.« Auch Edith war aufgeregt wie selten zuvor in ihrem Leben und schmunzelte über die Begeisterung des Mädchens. »Zum Glück hat sich das Wetter gebessert.«

Seit den frühen Morgenstunden hatte es geregnet, jetzt nieselte es nur noch leicht, und am Himmel zeigten sich die ersten Wolkenlücken. Das feuchtkalte Wetter hatte aber keine Auswirkungen auf die hunderttausend, wenn nicht sogar Millionen Menschen, die an diesem Tag die Straßen der Hauptstadt säumten. Tausende von ihnen hatten die ganze Nacht auf den Bürgersteigen gelegen oder gesessen, um einen Platz in der ersten Reihe zu haben, wenn der Krönungszug mit der jungen Königin vorbeikommen würde. Ein ungewohnter Anblick waren die großen Fernsehwagen, die an strategisch günstigen Punkten plaziert waren – die Krönung von Elisabeth II. war das erste Ereignis, das direkt und live zu Millionen von Fernsehempfängern in der ganzen Welt übertragen wurde.

Edith und Blanche standen erst seit drei Stunden am Straßenrand, daher hatten sie nur einen Platz recht weit hinten ergattert, und die Sicht auf die Straße war eingeschränkt. Blanche, die mit ihren knapp vierzehn Jahren schon so groß wie Edith war, reckte sich unermüdlich in die Höhe. Ihre Ungeduld stand der von Edith in nichts nach, und beide stießen einen freudigen Schrei der Erleichterung aus, der sich mit den Stimmen Tausender anderer Zuschauer mischte, als endlich Musik erklang und vor dem Buckingham Palace die ersten Reiter auftauchten.

»Jetzt kommt sie!« Blanche zerrte so fest an Ediths Mantelärmel, dass dieser beinahe einriss. »Ob sie schon die Krone trägt?«

»Noch nicht, mein Mädchen«, erwiderte Edith und schmunzelte. »Die Edwardskrone, seit Jahrhunderten die Krönungskrone, bekommt sie erst in der Westminster Abbey aufs Haupt gesetzt. Wir werden sie dann vielleicht auf dem Rückweg sehen.«

Blanche zog eine Schnute.

»Warum können wir nicht in die Kirche gehen und dort die Zeremonie ansehen? Stattdessen müssen wir hier im Regen in den Menschenmassen herumstehen.«

»Ich habe es dir schon mehrmals erklärt, Blanche. In der Westminster Abbey sind nur geladene Gäste des Hochadels zugelassen.«

»Aber Lady Bedingfield ist auch dort!«, unterbrach Blanche. »Sie hätte uns ruhig mitnehmen können. Sie wollte uns nur nicht dabeihaben.«

Edith seufzte innerlich und erwiderte geduldig, aber bestimmt: »Wir sind Lady Bedingfield zu großem Dank verpflichtet, dass sie uns in ihr Haus eingeladen hat, denn seit Monaten sind alle Hotelzimmer und Pensionen in ganz London ausgebucht. Für Mylady ist es eine große Ehre, eine Einladung in die Westminster Abbey erhalten zu haben.«

Seit der gelungenen Feier anlässlich Lady Bedingfields siebzigstem Geburtstag pflegten die beiden Frauen einen lockeren Kontakt. Ein Mal im Monat besuchte Edith Marjorie Bedingfield zum Tee. Diese Nachmittage waren für Blanche immer ganz besonders aufregend, denn die Lady hatte dem Mädchen erlaubt, reiten zu lernen. Als Lady Bedingfield Edith anbot, mit ihr zusammen nach London zur Krönung der jungen Königin zu fahren und in ihrem Haus zu wohnen, hatte Edith zuerst gezögert, dann aber wegen Blanche die großzügige Einladung angenommen. In den letzten Jahren war Blanche nicht einfacher geworden, die Pubertät schien bei dem Mädchen besonders stark ausgeprägt zu sein. Mal war Blanche ein liebes, verständiges und ruhiges Mädchen, um nur eine Stunde später an allem herumzunörgeln und unzufrieden mit sich und der ganzen Welt zu sein. Je älter Blanche wurde, desto mehr trat nicht nur die äußerliche Ähnlichkeit mit ihrer Mutter, Lady Sarah, zutage, sondern auch die charakterlichen Züge von Ediths einstiger Dienstherrin. Edith versuchte, diese Erkenntnis zu verdrängen, es gelang ihr aber immer seltener, die Augen vor der Tatsache, wer Blanche war, zu verschließen. Das Mädchen hatte zwar schwarze Haare wie ihr Vater, und ihre Augen ähnelten sehr denen von Lord Henry, aber der Zug um den Mund und ihre manchmal schon herrischen Handbewegungen ließen keinen Zweifel aufkommen, wessen Tochter sie war. Edith hatte das Mädchen verwöhnt, soweit es ihre Stellung und ihre finanziellen Möglichkeiten zuließen, aber Blanche legte immer mehr das Gebaren einer Lady an den Tag. Sie war ein gutes Beispiel dafür, dass das soziale Umfeld und die Erziehung nicht die Erbanlagen außer Kraft setzen konnten. Edith schenkte Blanche ihre ganze Liebe, wusste aber auch, dass die schwere Schuld, die auf ihren Schultern lastete und Blanche das Leben verwehrte, das ihr von Geburt an zugestanden hätte, niemals weichen würde.

»Da ist sie! Die Kutsche kommt!«

Eine ältere Frau umklammerte aufgeregt Ediths Arm und vertrieb ihre trüben Gedanken. Heute war ein Tag zum Feiern! Englands neue Königin wurde gekrönt, und die Menschen schwenkten Fähnchen, die überall kostenlos verteilt worden waren, und stimmten in den allgemeinen Jubel mit ein. Leider konnten Edith und Blanche nur einen kurzen Blick auf die goldene Kutsche mit der jungen und zarten Königin erhaschen, dann versperrten die Menschen ihnen wieder die Sicht.

»Sie ist so schön!« Blanche seufzte und verdrehte schwärmerisch die Augen.

Sie drängten sich mit den anderen zu einer der großen Leinwände, auf denen die Krönungszeremonie aus der Westminster Abbey übertragen wurde. Ein feierliches Gefühl ergriff sie, als die schlanke, ganz in Weiß gekleidete Königin das Mittelschiff entlangschritt. Ihre Schleppe wurde von acht Ehrenjungfern getragen. Plötzlich verstummten alle Jubelrufe, hier und da waren Schluchzer der Ergriffenheit zu hören. Der liturgische Teil der Krönung wurde nicht übertragen, die Kameras waren aber wieder zugelassen, als der Erzbischof von Canterbury Elisabeth die Krone aufs Haupt setzte. Der Ruf: »Vivat, vivat Regina!« hallte durch die Kirche und wurde von den Menschen auf den Straßen aufgenommen.

»Lang lebe die Königin!«

Fremde Menschen, die sich nie zuvor gesehen hatten, lagen sich weinend in den Armen, und auch Edith war sich der Einmaligkeit dieses Augenblicks bewusst. Königin Elisabeth II. war noch

jung, gerade einmal siebenundzwanzig Jahre alt, und von bester Gesundheit. Wenn kein Unglück geschah – was Gott verhüten möge! –, würde sie, Edith, wohl keine zweite Krönung eines britischen Oberhauptes mehr miterleben. Als würde Blanche ihre Gedanken lesen, rief das Mädchen: »Das nächste Mal sitze ich auch in der Westminster Abbey!«
Überrascht sah Edith sie an.
»Was meinst du damit?«
»Na, ganz einfach: Wenn der nächste König gekrönt wird, dann werde ich nicht draußen auf der Straße im Regen stehen, sondern ganz vorn mit dabei sein.«
Zärtlich strich Edith Blanche übers Haar.
»Dazu müsstest du allerdings einen sehr hochgestellten Adligen heiraten, mein Kind.« Sie wollte dem Mädchen nicht die Träume zerstören, doch Blanche war alt genug, die Realität zu erkennen.
Blanche zog eine Schnute und sagte trotzig: »Ich werde den Prinzen heiraten, dann sitze ich bei der Krönung an seiner Seite.«
Nur mühsam konnte sich Edith ein Lachen verkneifen. Leider kannte sie Blanche gut genug, um zu wissen, dass ihre Aussage nicht nur im Spaß gemeint war.
»Prinz Charles ist noch ein Kleinkind, während du schon fast eine junge Frau bist«, ermahnte sie Blanche. »Außerdem kann ich mir nicht vorstellen, dass die Königin für den Thronfolger gerade die Tochter einer Gastwirtin wählen wird.«
»Pah!« Entschlossen verschränkte Blanche die Arme vor der Brust und hob das Kinn. »Die Zeiten werden sich ändern. Warum sollte nicht auch ein Prinz eine Bürgerliche heiraten? Edward Windsor war sogar König und hat es getan, und Wallis Simpson war sogar katholisch, Ausländerin und zweimal geschieden.«

Obgleich Edith über Blanches Lerneifer und ihre wache Intelligenz – sie brachte stets nur Bestnoten nach Hause – glücklich war, wünschte sie sich manchmal, Blanche würde weniger eigene Schlussfolgerungen aus geschichtlichen Ereignissen ziehen und diese dann nicht auch noch nach ihrem Gutdünken interpretieren. Sie hatte keine Lust, das Thema weiter zu vertiefen, daher griff sie nach Blanches Hand und sagte: »Du weißt aber auch, dass seine Leidenschaft zu Wallis Simpson Edward den Thron gekostet hat. Jetzt aber wollen wir sehen, ob wir eine Erfrischung bekommen, oder hast du keinen Hunger und Durst?«
Blanche kannte ihre Mutter gut genug, um zu wissen, dass jede weitere Diskussion sinnlos war, daher folgte sie Edith zu einem der zahlreichen Stände, die die Straßenränder säumten. Es wurden Tee, Kaffee, Limonaden, Sandwiches, Kuchen und sonstige Erfrischungen angeboten. Blanche fand allerdings, dass ein Glas Champagner dem Ereignis angemessener gewesen wäre als der Becher Tee, den Edith ihr nach langem Anstehen in der Schlange in die Hand drückte. Zwar durfte sie an Champagner bisher nur nippen, hielt es inzwischen jedoch für das köstlichste Getränk der Welt. Wenn sie erst erwachsen war, wollte sie jeden Tag Champagner trinken!
Edith nippte an ihrem Tee und ließ ihren Blick schweifen, als sie in der Menschenmenge eine Gestalt von hinten sah, die ihr seltsam vertraut vorkam. Vor Schreck hätte sie beinahe den Teebecher fallen lassen, als sich der Mann zur Seite drehte und sie sein Profil sehen konnte. Das war doch nicht möglich! Aber kaum ein anderer Mann überragte die Menschenmenge so deutlich wie Frank Beckford. Auch wenn Jahre vergangen waren und er seine blonden Haare nun etwas länger trug als in

Kriegzeiten – er hatte sich kaum verändert. Nach wie vor war er einer der attraktivsten Männer, die Edith je gesehen hatte. Was machte Frank in London? Edith wusste nicht, was sie tun sollte. Auf der einen Seite war sie unendlich erleichtert zu sehen, dass er den Krieg unbeschadet überstanden hatte, und wäre gerne zu ihm gelaufen, um ihn zu fragen, wie es ihm ergangen war. Andererseits hatte er sich nie wieder bei ihr gemeldet. Wahrscheinlich hatte er sie längst vergessen und würde sie fragend ansehen, wenn sie ihn ansprach. Diese Peinlichkeit wollte sie sich ersparen.

Das Schicksal nahm Edith die Entscheidung ab, denn gerade als sie fortgehen wollte, blickte Frank Beckford in ihre Richtung, und ihre Blicke trafen sich. Es schien Edith, als würden seine Gesichtszüge zuerst erstarren, dann weiteten sich seine Augen vor Überraschung, und er begann hektisch zu winken. Er rief irgendetwas, das Edith nicht verstehen konnte, sie deutete aber seine Gesten so, dass sie auf ihn warten solle. Sie sah, wie er sich zwischen den Leuten hindurchdrängte, dann stand er vor ihr. Um seine Augen hatten sich ein paar Fältchen gebildet, aber sonst schienen die Jahre spurlos an ihm vorbeigegangen zu sein.

»Edith! Du meine Güte, was für ein Zufall und ein Glück, dich hier zu treffen!«

Neun Jahre hatten nichts verändert. Neun Jahre lang hatte es für Edith keinen anderen Mann gegeben, und jetzt wusste sie, warum. Ihr Herz schlug schneller, ihre Knie zitterten, und ihre Stimme klang belegt, als sie murmelte: »Millionen von Menschen sind heute auf den Straßen. Ja, was für ein Zufall, dass ausgerechnet wir uns hier begegnen. Was führt dich nach London? Bist du extra zur Krönung aus den Staaten gekommen?«

»Das erzähle ich dir gerne, aber nicht hier.« Er drehte sich zu Blanche um, die den Fremden kritisch musterte. »Und das hier ist sicher deine Tochter. Du meine Güte, Blanche, wie groß du geworden bist! Du kannst dich bestimmt nicht mehr an mich erinnern, aber vor vielen Jahren warst du von meiner Uniform fasziniert, und jetzt steht eine junge Dame vor mir, die ich wohl mit Lady ansprechen muss.«

Selbstbewusst warf Blanche den Kopf in den Nacken.

»Das ist nicht nötig, Mr. Entschuldigen Sie, aber ich kann mich in der Tat nicht an Ihren Namen erinnern.«

»Frank Beckford«, sagte er und schüttelte Blanches Hand.

»Du bist nicht mehr in der Armee?«, fragte Edith, da Frank in Zivil war und in dem dunkelgrauen Anzug mit dem weißen Hemd eine sehr gute Figur machte.

Er schüttelte den Kopf.

»Wir haben uns viel zu erzählen. Komm, lass uns ein Lokal finden, wo es etwas ruhiger zugeht, auch wenn ich glaube, dass das am heutigen Tag schwierig sein wird. Die ganze Stadt ist ja außer Rand und Band. Was für ein Rummel!«

»Den du als Amerikaner natürlich nicht verstehen kannst«, ergänzte Edith. »Für uns Engländer ist die Krönung eines Monarchen etwas Einmaliges und Besonderes. Feiert ihr die Wahl eures Präsidenten nicht auch?«

Statt einer Antwort sah Frank sie mit einem Blick an, in dem so viel Liebe und Zärtlichkeit lagen, als hätten sie sich nicht vor Jahren, sondern erst vergangene Woche getrennt. Edith ließ es geschehen, dass Frank einen Arm um ihre Schultern legte. Blanche bot er den anderen an, und sie hängte sich kichernd ein, dann lotste er die beiden Damen durch die immer lauter und fröhlicher werdende Menge. Der Alkohol floss inzwischen in Strömen, und Edith war froh, wegzukommen. Und sie war gespannt zu erfahren wie es Frank ergangen war und ob seine Frau ihn nach London begleitet hatte.

Zwei Stunden später wusste Edith, dass Frank seit vier Jahren geschieden war – »… Charlotte wollte nicht akzeptieren, dass ich nach Kriegsende noch in Deutschland blieb, um der Bevölkerung zu helfen, das zerstörte Land wiederaufzubauen …« –, seit einem Jahr zusammen mit seinem Vater die Schuhfabrik leitete und zufällig in der Krönungswoche einen geschäftlichen Termin in London wahrnehmen musste. *Beckford Schuhe und Lederwaren* sollten nun auch in Großbritannien vertrieben werden, und Frank hatte erste, vielversprechende Gespräche mit dem Aufsichtsrat einer großen Kaufhauskette geführt.
»Morgen, wenn der ganze Trubel in der Stadt vorbei ist, wollte ich nach Weston Grey Manor fahren.« Frank dämpfte seine Stimme und sah Edith ernst an. »Ich hatte nicht erwartet, dich dort noch anzutreffen, hoffte jedoch, eine Auskunft über deinen Verbleib bekommen zu können. Was für ein Zufall, dass wir uns begegnet sind. Zufall … oder ist es Schicksal?«
»Es ist lange her, Frank.«
»Verzeih mir, dass ich dir nie geschrieben habe. Das heißt, ich habe Briefe geschrieben, mich aber nicht getraut, diese abzuschicken. Ich war nicht frei, wie konnte ich da einer anderen Frau, nicht meiner eigenen, von all den Erlebnissen in den letzten Kriegsmonaten berichten? Obwohl ich nie das Bedürfnis hatte, meiner Frau zu schreiben. Liebe war es nie zwischen Charlotte und mir, aber in dieser Zeit wurde mir bewusst, dass ich mich nicht den Rest meines Lebens an eine Frau binden konnte, für die ich nicht mehr als Sympathie empfand. Als

Charlotte dann die Scheidung wollte, einigten wir uns gütlich. Nun, du hast es eben gesagt, Edith ... die Tage damals, die wir gemeinsam hatten, sind lange her. Ich fand nicht den Mut, dir zu schreiben, aber ich wusste, sobald ich die Möglichkeit bekäme, würde ich nach England reisen und versuchen, dich zu finden. Nie hätte ich geglaubt, dir so einfach auf der Straße zu begegnen.«

Liebevoll erwiderte Edith seinen Blick, neigte dann aber den Kopf in Richtung Blanche, die sich zu langweilen begann und so tat, als würde sie intensiv die Speisekarte studieren, obwohl die drei bereits mit dem Essen fertig waren.

»Erinnerst du dich an das Lokal an der Straße nach Evesham? Mit der hinkenden Wirtin?«

Frank nickte und lachte.

»Sehr gut sogar! Du hast, ohne zu zögern, serviert, weil die Wirtsleute überlastet waren.«

»Nun, ich habe die angebotene Stellung angenommen, als das Sanatorium geschlossen wurde.« Noch wollte sie Frank nicht sagen, dass das Gasthaus inzwischen ihr gehörte und den besten Ruf in der Umgebung genoss. Auch wenn zwischen ihnen keine Fremdheit herrschte und Frank inzwischen geschieden war, wusste sie doch nicht, was ihr heutiges Treffen für Folgen hatte. Vielleicht würde Frank ja in ein paar Tagen wieder abreisen ...

»Darf ich dich dort besuchen?« Als hätte er ihre Gedanken gelesen, stellte er diese Frage. »Mein Flug in die Staaten würde zwar in zwei Tagen gehen, aber ich denke, ich habe mir einen Urlaub verdient. Mein Vater wird es verstehen, zumal ich ihm nur positive Nachrichten telegrafiert habe.«

Edith machte keinen Versuch, ihre Freude zu verbergen.

»Du kannst im Crown Inn wohnen, denn wir haben jetzt auch

Gästezimmer.« Sie erhob sich, und Blanche sprang auf die Füße. »Wir müssen jetzt gehen. Lady Bedingfield, bei der wir hier in der Stadt wohnen, wird sich schon fragen, wo wir bleiben. Wir fahren noch heute mit dem Abendzug nach Cheltenham, Blanche muss morgen wieder in die Schule. Die Kinder haben nur einen Tag freibekommen.«

»Ab dem Herbst gehe ich in ein Internat!«, rief Blanche, froh, sich am Gespräch beteiligen zu können.

»In ein Internat!« Frank war sichtlich beeindruckt. »Dann wirst du ja eine richtige Lady werden, und ich werde dich bei meinem nächsten Besuch nicht wiedererkennen.«

Blanche zog eine Schnute.

»Ach, es ist nur ein kleines Internat in der Provinz bei Brighton. *Ich* wäre ja gerne in die Schweiz oder wenigstens nach Frankreich gegangen, aber Mama hat es nicht erlaubt.«

»Blanche!« Edith sah sie mahnend an, und Frank warf ein: »Internate im Ausland kosten sehr viel Geld, Blanche. Du solltest deiner Mutter dankbar sein, dass sie dir eine gute Erziehung innerhalb Englands ermöglicht.« Er bemerkte Ediths betroffenen Gesichtsausdruck. »Edith, ich weiß, in England gilt es immer noch als ungehörig, offen über Geld zu sprechen. Wir Amerikaner sind diesbezüglich freier.«

»Das ist schon in Ordnung, Frank.« Edith senkte den Blick.

Er hatte unrecht – die finanziellen Mittel, Blanche in ein Pensionat in die Schweiz zu schicken, wären für sie mittlerweile kein Problem mehr. Das *Crown Inn* lief sehr gut. Jahr für Jahr konnte Edith nicht nur den Kersleys eine große Summe für das Lokal bezahlen, sondern auch noch einiges zurücklegen. Blanche hatte aber keinen Pass, und ohne einen solchen war eine Reise ins Ausland unmöglich. Edith hatte sich nie getraut, bei den Ämtern vorstellig zu werden und zu versuchen, für sich und Blanche Papiere zu erhalten. Ihre Angst war zu groß, dass man die Wahrheit über Blanches Herkunft aufdecken könnte.

Frank bemerkte Ediths Unbehagen und wechselte das Thema.

»Ich wünsche dir eine wunderschöne Zeit im Internat und bin sicher, du wirst dort viele nette Freundinnen finden.«

Blanche nickte ernsthaft.

»Es wird allerdings nicht zu erwarten sein, Mädchen aus höheren Kreisen kennenzulernen.«

Edith und Frank unterdrückten ein Grinsen, und Edith meinte, zu Frank gewandt: »Wann wirst du in die Cotswolds kommen?«

»Wäre dir in drei Tagen recht? Dann habe ich alle geschäftlichen Angelegenheiten in London abgewickelt.«

Komm am besten gleich mit!, hätte Edith am liebsten gerufen, aber sie beherrschte sich. Man konnte nicht nahtlos an etwas anknüpfen, das neun Jahre zurücklag und zudem in Kriegszeiten geschehen war. Seitdem hatten sie sich beide verändert – die Welt hatte sich verändert.

»Ich freue mich«, murmelte sie und genoss es, als er sie kurz in die Arme schloss und auf beide Wangen küsste.

Blanche stand mit gerunzelter Stirn daneben und trat ungeduldig von einem Bein auf das andere. Dieser Mr. Beckford war ja ganz freundlich, sie war es aber gewohnt, die ungeteilte Aufmerksamkeit der Mutter zu genießen. Edith schien sie jedoch in der vergangenen Stunde fast vergessen zu haben. Darum gab sie Frank nur kühl die Hand und verabschiedete sich mit einem Nicken.

»Und es gehört wirklich dir?« Staunend sah sich Frank um. »Als ich hörte, dass du es dir leisten kannst, deine Tochter in ein Internat zu schicken, dachte ich schon, dass das kaum zu einer Kellnerin passt, aber ich hätte nicht erwartet, dass dir inzwischen ein ganzes Hotel gehört.«

Edith lachte.

»Hotel ist übertrieben, Frank. Das Crown Inn ist ein solider Gasthof mit fünf Gästezimmern. Derzeit haben wir aber keine Übernachtungsgäste, da alle Engländer nach London zur Krönung gereist sind. In drei Tagen richten wir eine Silberhochzeit aus. Zum Festmahl werden sechzig Gäste erwartet, und alle Zimmer sind reserviert.«

Frank war vor einer Stunde angekommen. Stolz hatte Edith ihm den Gasthof und die Um- und Anbauten gezeigt.

Er legte einen Arm um ihre Schultern.

»Du bist ja eine richtige Geschäftsfrau geworden.« Er nickte anerkennend, dann drehte er Edith zu sich um. Sie musste den Kopf in den Nacken legen, um in seine Augen sehen zu können. »Mein Vater hat mir drei Wochen Urlaub bewilligt. Ich hoffe, du erträgst mich so lange in deiner Nähe?«

Obwohl leicht dahingesagt, bemerkte Edith den bangen Klang in seiner Stimme, und es machte sie glücklich.

»Du kannst bleiben, so lange du möchtest, beziehungsweise, bis du zurückreisen musst. Ich bin gespannt zu erfahren, was du seit damals alles erlebt hast.«

»Und ich bin auf deine Geschichte gespannt«, erwiderte Frank. »Allerdings habe ich den Eindruck, dass deine Tochter mich skeptisch betrachtet. Sie fürchtet wohl, der fremde Amerikaner stiehlt ihrer Mutter zu viel Zeit.«

Edith zuckte seufzend mit den Schultern.

»Blanche … sie wird lernen müssen, ohne mich auszukommen, wenn sie ins Internat kommt. Bitte, Frank, halte mich nicht für eine Rabenmutter, dass ich mein Kind so einfach fortschicke. Es war Blanches eigener Wunsch, denn sie wäre gerne …« Edith stockte, und Frank beendete den Satz: »Etwas Besseres? Mehr als die Tochter einer Gastwirtin? Nun, sie ist in einem schwierigen Alter, die Phase wird vorbeigehen.«

Für eine Sekunde war Edith geneigt, Frank die Wahrheit zu gestehen. Die Wahrheit, dass Blanche etwas *Besseres* war – eine Lady und die Erbin eines alten, adligen Namens und eines großen Landgutes. Doch im letzten Moment beherrschte sie sich. Vielleicht würde Frank ihre und Jownas Beweggründe verstehen, aber auf keinen Fall verzeihen. Sie durfte ihn nicht zum Mitwisser ihrer Tat machen, denn es war und blieb ein Verbrechen.

»Was hast du, Liebes?« Frank hatte Ediths Stimmungswechsel bemerkt und küsste sie auf die Stirn. »Wenn du irgendwelche Sorgen hast – ich werde alles tun, dir zu helfen.«

Schnell strich sich Edith eine Haarsträhne hinters Ohr.

»Es ist nichts Wichtiges.« Sie zwang sich zu einem unbekümmerten Lächeln. »Ich dachte nur daran, dass ich nachher die Menüfolge für die Silberhochzeitsfeier mit dem Koch durchsprechen muss, dabei würde ich viel lieber mit dir spazieren gehen.«

»Das können wir später noch machen, die Juniabende sind lange hell. Und wir haben die ganze Nacht Zeit.«

Es war keine Frage, sondern eine Feststellung, und sie vertrieb Ediths trübe Gedanken.

»Komm, ich zeige dir den Keller. Über den Winter, wenn weniger Gäste zu erwarten sind, werde ich einige Wände einreißen und neue errichten lassen, um mehr Lagerraum zu schaffen. Außerdem sitzt der Schwamm in den Wänden, was bei einem so alten Haus kein Wunder ist.«

Interessiert sah sich Frank alles an, und seine Bewunderung für Edith wuchs, und Edith andererseits konnte seiner starken männlichen Anziehung nicht widerstehen, und sie wollte es auch nicht. Als sich ihre Körper in der Nacht leidenschaftlich und zugleich zärtlich begegneten, war es, als hätte es die Jahre der Trennung zwischen ihnen nicht gegeben.

Bei seiner Abreise drei Wochen später versprach Frank, den Kontakt nicht wieder abreißen zu lassen, und Edith spürte, dass er es ernst meinte.

Etliche Koffer, Taschen und Tüten standen im leeren Gastraum verteilt. Inmitten der Gepäckstücke saß Edith mit strahlenden Augen. Als Blanche reisefertig die Treppe herunterkam, hielt sie den Brief, den sie vor wenigen Minuten erhalten hatte, hoch und rief: »Frank Beckford hat geschrieben. Vielleicht kann er uns über Weihnachten besuchen kommen.«

Missmutig stellte Blanche ihre Handtasche ab.

»Dann ist es ja gut, dass ich fort bin. Du wirst mich jetzt wohl bitten, die Winterferien im Internat zu verbringen, damit du und dein Liebhaber freie Bahn habt.«

Edith verschlug es die Sprache. Sie atmete mehrmals tief durch, bevor es ihr gelang, zu erwidern:

»Wie kannst du so etwas sagen?«

Mit vor der Brust verschränkten Armen baute sich Blanche vor Edith auf.

»Na, ist doch ein komischer Zufall, dass ausgerechnet jetzt, wenn du mich fortschickst, ein Mann auftaucht, in dessen Gegenwart du alles andere vergisst. Ich kann mich nicht erinnern, dass es in deinem Leben einen Menschen gegeben hat, der dir so viel bedeutet hat, dass du froh bist, wenn deine Tochter aus dem Weg ist.«

Tief getroffen nahm Edith Blanche in den Arm. Blanche war ganz offensichtlich eifersüchtig auf Frank. Edith wunderte sich darüber nicht, denn bisher hatte sie die Zuneigung ihrer Mutter noch nie mit jemandem teilen müssen. Sie spürte, wie sich Blanches Körper in der Umarmung verkrampfte.

»Es war dein eigener Wunsch, in ein Internat zu gehen«, erinnerte sie das Mädchen. »Ein Jahr lang bist du mir damit in den Ohren gelegen …«

»Ich wollte aber in die Schweiz!«, stieß Blanche hervor, und Edith seufzte.

»Wir haben das immer und immer wieder besprochen. Trotzdem – wenn du hier und heute sagst, du möchtest nicht fahren, dann solltest du wissen, dass ich dich nicht fortschicken werde. Auch wenn das Schulgeld für ein halbes Jahr im Voraus bezahlt worden ist.«

Blanche löste sich aus Ediths Armen und trat ein paar Schritte zurück.

»Keine Sorge, ich werde fahren. Wenngleich in Brighton nicht zu erwarten ist, Mädchen aus herrschaftlichen Häusern anzutreffen, so ist es doch allemal besser als … dieses hier …«

Die Worte schmerzten Edith sehr. Was hatte sie falsch gemacht? Hatte sie Blanche zu sehr verwöhnt? War es möglich, dass sie ihre tiefe Liebe, die sie für das Mädchen empfand, nicht so vermittelt hatte, wie es eine leibliche Mutter gekonnt hätte, oder war Blanches Verhalten für einen Teenager völlig normal?

»Du schämst dich also, die Tochter einer Gastwirtin zu sein.« Edith konnte nicht verhindern, dass ihre Stimme bitter klang.

»Ach, Mama, schau dich doch um und schau mich an!« Sie deutete auf ihren hellgrauen Tweedrock und die cremefarbene Baumwollbluse. »Es ist alles so brav und bieder … es ist spießig! Ich möchte schöne, elegante Kleider aus Samt und Seide tragen. Schmuck soll an meinem Hals glitzern, und ich möchte auf Partys gehen und tanzen, bis ich umfalle.«

»Blanche, du bist noch nicht einmal vierzehn Jahre alt! Das alles wirst du haben, wenn du älter bist …«

»Ich will es aber jetzt!«, beharrte Blanche, und Edith verlor die Geduld und sagte schärfer als beabsichtigt:

»Was willst du denn noch alles? Ich weiß, du willst einen Prinzen heiraten und in einem Schloss wohnen. Oder wenigstens in einem solchen Domizil wie Bedingfield House. Du kannst ja Lady Bedingfield fragen, ob sie dich vielleicht adoptieren möchte.« Edith wusste, dass sie zynisch klang, aber im Moment gingen die Pferde mit ihr durch.

»Mach dich nur lustig, Mama! Ja, warum soll ich kein Schloss haben wollen? Ein großes Anwesen mit einem Säulenvorbau und einer Halle so hoch wie das Innere einer Kathedrale mit einer geschwungenen Freitreppe bis unters Dach und einen Terrassengarten bis zum Meer hinunter.«

Alles in Edith gefror zu Eis, der Ärger über Blanches Verhalten verflog. Entsetzt starrte sie Blanche an und zitterte am ganzen Körper. Das Mädchen bemerkte, wie fahl die Mutter geworden war, und fragte leiser und versöhnlicher: »Was ist los, Mama?«

»Das Schloss … das du eben beschrieben hast … Wie kommst du darauf?«

Edith wusste, es war unmöglich, aber Blanche hatte soeben ziemlich genau Pencarron Manor beschrieben.
Blanche zuckte mit den Schultern.
»Ach, ich träume manchmal von so einem Haus.«
»Du träumst davon? Wie lange schon?«
»Seit ein paar Jahren. Du kommst in den Träumen auch vor. Vielmehr denke ich, dass du es bist, denn ich sehe dich immer nur von hinten. Du bist ganz weit entfernt, und ich rufe dich, aber es gelingt mir nicht, dich einzuholen. Manchmal träume ich auch, dass es mir gelingt, näher zu dir zu kommen, aber dann drehst du dich um und hast kein Gesicht, sondern nur eine graue Fläche, und tief in mir drinnen spüre ich, dass nicht du, sondern dass eine andere Frau vor mir steht.«
»Blanche! Mein liebes, liebes Kind!«
Edith riss sie an sich und schluckte heftig. Sie durfte vor Blanche nicht weinen, durfte das Mädchen nicht merken lassen, wie sehr ihr Traum sie erschreckte. Mein Gott, das Kind war damals erst ein paar Monate alt gewesen! Es war unmöglich, dass sie sich an Pencarron Manor und ihre Mutter erinnerte. Dennoch schien es, dass ihr Unterbewusstsein Erinnerungen gespeichert hatte, die jetzt an die Oberfläche kamen.
Blanche war tief betroffen von der Reaktion der Mutter. Sie hatten zwar immer wieder Meinungsverschiedenheiten gehabt, aber nie zuvor war Edith derart aufgelöst gewesen. Trotzdem war Blanche froh, endlich ausgesprochen zu haben, was seit Monaten auf ihrer Seele lastete. Sie konnte nicht sagen, warum und wieso, aber Blanche hatte immer öfter das Gefühl, nicht hierherzugehören. Sie erinnerte sich nur vage an ihre frühe Kindheit in dem Sanatorium, damals war ihr alles richtig und

gut erschienen. Je älter sie jedoch wurde, desto mehr fühlte sie sich in einem falschen Leben. Gut, sie war jung, viele Jahre der Ausbildung lagen noch vor ihr, aber Blanche wusste, dass Edith erwartete, dass sie eines Tages das *Crown Inn* übernehmen würde. Blanche schüttelte sich innerlich bei dieser Vorstellung. Sie ekelte sich vor den Gerüchen von Bier, Fett und Chips, sie hasste das Gegröle der Männer am Stammtisch und den Zigaretten- und Pfeifenrauch, der durch die Wirtschaft zog. Sie wollte nie in einem dunklen Kleid und mit einer weißen Schürze vor fremden Menschen katzbuckeln und ihnen das Essen servieren, um sich dann eventuell ihre Beschwerden mit einem verständnisvollen Lächeln anhören zu müssen. Nein, die Gastronomie war nicht ihre Welt und würde es niemals sein! Sie wollte reisen, fremde Länder und Menschen kennenlernen und nicht wie die Mutter achtzehn, zwanzig Stunden am Tag schuften und dabei alt und grau werden.

Blanche war zu jung, um wegen solcher Gedanken und Wünsche ein schlechtes Gewissen zu haben oder gar zu begreifen, wie undankbar sie sich verhielt. Sie war weit davon entfernt zu erkennen, dass erst die unermüdliche Arbeit Ediths ihr ermöglichte, ein Internat zu besuchen, auch wenn es nur eine kleine Schule in England und nicht ein exklusives Haus in der Schweiz war.

»Ich glaube, wir sollten jetzt fahren, sonst versäume ich noch den Zug.« Blanche griff nach zwei Koffern und schleppte sie zur Tür. »Du bringst mich doch zum Bahnhof, nicht wahr?«

»Blanche, warte …« Edith griff nach ihrem Arm. »Möchtest du nicht doch bleiben? Die Hochschule in Cheltenham bietet gute Möglichkeiten …«

»Auf keinen Fall!«
»Dann lass mich dich nach Brighton fahren. In vier, fünf Stunden können wir dort sein.«
»Mama!« Blanche verdrehte genervt die Augen. »Ich möchte nicht wie ein Baby von der Mutter abgeliefert werden. Nein, ich fahre mit dem Zug. Du weißt, eine der Lehrerinnen und vier weitere Schülerinnen werde ich bereits am Bahnhof treffen. So kann ich schon ein paar Mädchen kennenlernen, bevor wir in der Schule sind.«
Edith seufzte resigniert und verstaute Blanches umfangreiches Gepäck im Wagen. Sie wusste, es wäre dem Mädchen peinlich, vor den Augen ihrer neuen Mitschülerinnen aus einem Lieferwagen steigen zu müssen, auf dessen Seite Name und Adresse eines Pubs standen. Edith hängte sich eine Jacke über die Schultern und griff nach den Autoschlüsseln. Es wurde Zeit, Blanche ihrer Wege ziehen zu lassen, auch wenn es ihr trotz aller Differenzen schwerfiel. Waren sie und Jowna in dem Alter eigentlich auch so gewesen und hatten es der Mutter schwergemacht? Nein, sicher nicht, denn als sie in Blanches Alter gewesen war, stand sie kurz davor, Hausmädchen auf Pencarron Manor zu werden, und die Mutter war bereits krank gewesen. Aber das waren andere Zeiten gewesen. Nach dem Krieg hatte sich die Welt verändert, und Edith wusste nicht, ob sie die Veränderungen begrüßen oder verdammen sollte.
Jetzt aber galt es, Blanche auf ihren neuen Weg zu schicken, und Edith schwor sich, am Bahnhof das Mädchen mit einer Abschiedsszene zu verschonen. Früher oder später würde Blanche sicher zu ihr zurückfinden. Edith hoffte nur, dass es früher sein würde.

Das Haus war ohne Blanche furchtbar leer und still, obwohl der Gastbetrieb normal weiterging. Ilse hatte vor zwei Jahren ihren Ronald geheiratet, half nun dort auf dem elterlichen Hof und hatte seit ein paar Monaten einen kleinen, entzückenden Sohn. Edith hatte zwei neue Kellnerinnen eingestellt. Sadie und Laura waren fleißig, korrekt und freundlich zu den Gästen, aber zu ihnen entwickelte sich nicht die Herzlichkeit, die Edith und Ilse verbunden hatte. Für die Mädchen war Edith die Chefin, zudem waren beide noch keine zwanzig, und in ihren Augen war Edith mit vierunddreißig Jahren schon im fortgeschrittenen Alter. So kam es, dass sich Edith oft einsam fühlte – ein Gefühl, das sie in ihrem Leben bisher nicht gekannt hatte. Trotz der vielen Arbeit gab es Stunden, in denen sie nicht recht wusste, was sie mit sich anfangen sollte. Nach wie vor liebte Edith die Landschaft und machte in ihrer knapp bemessenen Freizeit lange Spaziergänge, bei denen sie über sich, Blanche und natürlich auch über Frank nachdachte. Seine Briefe und gelegentlichen Anrufe – Letztere waren aber wegen der hohen Gebühren eher selten – waren Lichtblicke in den folgenden Monaten. Als Frank dann schrieb und bestätigte, er würde ganz bestimmt im Dezember nach England kommen und Weihnachten und den Jahreswechsel bei Edith verbringen, presste sie den Brief wie ein verliebter Teenager an ihre Brust. Ungeachtet der Kosten griff sie zum Telefon und holte Frank prompt aus dem Bett, denn Edith hatte die Zeitverschiebung nicht beachtet. Trotzdem war Frank glücklich zu hören, dass Edith sich über seinen Besuch freute.

»Blanche hat allerdings Ferien«, erinnerte Edith ihn. »Du wirst meine Zeit mit ihr teilen müssen.«

»Du weißt, wie gerne ich deine Tochter habe.« Frank lachte unbeschwert. »Anfang Januar muss ich ohnehin für ein paar Tage nach Dublin fliegen. Wahrscheinlich wird es schon bald auch in Irland Beckford-Schuhe geben. Du und Blanche könntet mich doch begleiten. Ihr seid bestimmt noch nie in Dublin gewesen, und wir hängen einfach ein paar Urlaubstage dran und sehen uns Irland an. Ich habe gehört, es soll ein sehr schönes Land sein.«

Edith schluckte und bemühte sich um einen leichten Tonfall.

»Das wird kaum möglich sein, Frank, ich kann das Lokal nicht so lange allein lassen.«

In Wahrheit hätte sie liebend gerne ein paar Urlaubstage mit Frank verbracht, und das *Crown Inn* konnte sie unbesorgt Jean überlassen, aber ohne Pass war es ihr und Blanche unmöglich, das Land zu verlassen.

»Ach ja, das Lokal …« Franks Stimme klang gedehnt. »Da gibt es etwas, das ich mit dir besprechen möchte. Aber erst, wenn ich bei dir bin, mein Liebling.«

Die liebevolle Anrede tat Edith gut.

»Ich freue mich auf dich!«

»Ich auch, und ich zähle die Tage bis zum Abflug.«

Glücklich, aber auch nachdenklich, legte Edith auf. Was hatte Frank damit gemeint, er wolle mit ihr über das Lokal sprechen? Nun, sie würde nicht spekulieren, sondern abwarten, in zwei Wochen würde Frank in England sein. In den letzten Jahren hatte Edith keinen Versuch mehr unternommen, für sich und Blanche falsche Ausweise zu besorgen, obwohl sie jetzt das Geld dafür hätte. Ob dieser seltsame Long Jack überhaupt noch in Bristol lebte und seinen kriminellen Machenschaften nachging, war ungewiss. Die Sache war damals gutgegangen, niemand hatte Verdacht geschöpft, selbst Inspektor Fyfield hatte sich mit

Ediths Aussage, sie würde nun doch keine schriftstellerischen Ambitionen hegen, zufriedengegeben und das Thema nie wieder angesprochen. Edith fehlte es an Mut, das Schicksal, das sie viele Jahre verschont hatte, erneut herauszufordern.

Voller Vorfreude und Elan machte Edith sich an die weihnachtliche Dekoration für das *Crown Inn*. Die zwei Wochen bis Franks Ankunft erschienen ihr lang, aber sie würde diese mit Arbeit füllen und ihm und Blanche ein wunderschön geschmücktes Haus präsentieren.

22. Kapitel

Die vier Monate im Internat hatten Blanche verändert. Edith wusste nicht, ob sie glücklich oder traurig sein sollte, als nicht ihr kleines Mädchen, sondern eine junge Dame aus dem Zug stieg und mit gesetzten Schritten auf sie zukam.
»Endlich!« Edith lief auf Blanche zu und umarmte sie. »Du bist wieder zu Hause.«
Blanche ließ es sich gefallen, dass Edith ihre Wange küsste, dann löste sie sich aus Ediths Armen und grinste wenig damenhaft.
»So ungern ich es zugebe, aber als der Zug nach Cheltenham einfuhr, hatte ich tatsächlich ein wehmütiges Gefühl, Mama.«
Edith nahm Blanche den Koffer ab und hängte sich bei ihr ein. Das Mädchen war jetzt genauso groß wie sie selbst, noch ein, zwei Jahre, dann würde Blanche sie überragen.
»Ich habe das Lokal heute geschlossen«, sagte Edith. »Somit haben wir viel Zeit, und du musst mir alles über das Internat erzählen, Blanche. Deine Briefe sind so nichtssagend.«
»Ach, Mama.« Blanche seufzte. »Du weißt, ich bin keine große Schreiberin, außerdem müssen wir sehr viel lernen. Ich kann schon recht gut Französisch sprechen, und nach den Ferien werde ich mit Spanisch beginnen. Ich glaube, Sprachen liegen mir. Ich überlege mir, diese später zu studieren, um Dolmetscherin zu werden.«
Als sie in den Wagen stiegen, sah Edith Blanche ernst an.

»Ich sage es dir am besten gleich. Morgen kommt Frank Beckford für drei, vier Wochen zu Besuch.«
Blanche zog beide Augenbrauen hoch und sah in diesem Moment ihrer Mutter verblüffend ähnlich, wie Edith mit einem Stich ins Herz bemerkte.
»Das habe ich mir schon gedacht. Mama, es tut mir leid, was ich bei meiner Abfahrt gesagt habe. Ich meine ... in Bezug auf Frank ... Er ist ja eigentlich ganz nett ...« Sie war sichtlich verlegen, und Edith drückte beruhigend ihre Hand.
»Das ist schon in Ordnung, mein Kind. Wir werden viel gemeinsam unternehmen, und du weißt, dass ich immer für dich da bin, wenn du mit mir allein sein möchtest. Frank wird im Januar für ein paar Tage geschäftlich nach Irland reisen.«
»Schön, Mama, aber können wir jetzt fahren? Im Zug war die Heizung ausgefallen, und ich sehne mich nach einer heißen Tasse Tee.«
»Die sollst du haben«, rief Edith. »Ich habe dir auch einen Schokoladenkuchen gebacken.«

Im Licht der aufgehenden Sonne betrachtete Edith Franks Gesicht. Er schlief noch, und seine Züge wirkten entspannt. An Franks Schläfen zeigten sich die ersten grauen Haare, was ihn aber nicht älter, sondern interessanter aussehen ließ. Frank war gestern Abend recht spät angekommen, da seine Maschine wegen des Nebels nicht in London landen konnte. Sie wurde nach Manchester umgeleitet, und es hatte kein Mietwagen mehr zur Verfügung gestanden. So musste Frank mit dem Zug nach Cheltenham fahren und war erst eingetroffen, als Blanche schon zu Bett gegangen war. Obwohl er von der langen Reise müde sein musste, hatten sie sich die halbe Nacht lang geliebt. Edith fühlte sich frisch und ausgeruht. Ein freier Tag lag vor ihr, denn das *Crown Inn* hatte einen Tag vor dem Heiligen Abend geschlossen. Da sie über die Weihnachtstage viele Gäste erwartete – der Speisesaal war bis auf den letzten Platz ausgebucht –, hatte sich Edith eine Ruhepause verdient.

Frank schlug die Augen auf.

»Guten Morgen, Liebling.«

Edith küsste ihn auf die Nasenspitze.

»Guten Morgen, hast du gut geschlafen?«

Frank nickte und zog Edith in seine Arme.

»Ich möchte etwas mit dir besprechen.«

»Jetzt? Lass uns doch erst frühstücken, mit einem vollen Magen spricht es sich leichter.«

Aber Frank schüttelte bestimmt den Kopf.

»Nein, es muss jetzt sein, sonst verlässt mich der Mut. Außerdem möchte ich sicher sein, nicht gestört zu werden.«

Edith war beunruhigt. Franks Worte klangen so ernst. Sie setzte sich neben ihn.

»Was ist los?«

»Ich komme am besten gleich zur Sache. Edith, du weißt, ich bin kein Mann, der um den heißen Brei herumredet. Ebenso liegt es mir nicht, Süßholz zu raspeln. Darum frage ich dich ganz direkt: Willst du mich heiraten?« Edith verschlug es die Sprache. Rasch fuhr Frank fort: »Jaja, ich weiß, das ist kein besonders romantischer Antrag. Vielleicht sollte ich vor dir auf die Knie fallen, aber das ist einfach nicht meine Art. Ich liebe dich, Edith, und wünsche mir nichts mehr, als dass du meine Frau wirst.«

Langsam fand Edith ihre Sprache wieder.

»Das … das geht doch nicht. Wir kennen uns kaum, und du lebst in Amerika … ich hier … und Blanche …«

Er griff nach ihrer Hand und hielt sie fest.

»Darüber wollte ich mit dir sprechen. Ihr kommt natürlich mit mir nach Massachusetts, das Lokal wird verkauft.«

»Aber deine Eltern … Was werden die sagen, wenn du eine Frau mit einem pubertierenden Teenager heiratest? Gleich eine ganze Familie …«

Er lächelte und streichelte zärtlich Ediths Handrücken.

»Darüber mach dir keine Sorgen, meine Eltern werden dich und Blanche lieben. Außerdem sind wir noch jung genug, um eigene Kinder zu bekommen. Wenn es dich beruhigt, kann ich dir sagen, dass wir unser eigenes Haus haben und nicht im Haus meiner Eltern leben werden. Blanche kann dort zur Schule gehen, und ich bin sicher, sie wird schnell neue Freundinnen finden.«

Es war für Edith schwierig, einen klaren Gedanken zu fassen. Auf der einen Seite freute sie sich über Franks Antrag, mit dem sie niemals gerechnet hatte, und hätte liebend gern zugestimmt. Aber da war immer noch das Problem mit ihrem nicht vorhandenen Pass. Bei einer Heirat würden die Papiere bestimmt ganz genau überprüft werden, und sie bezweifelte, dass ihre gefälschte Geburtsurkunde dem standhalten konnte.

»Ich kann hier doch nicht einfach so weg, und ich kenne deine Heimat gar nicht.«

»Selbstverständlich sollst du nichts überstürzen, mein Liebes«, erwiderte Frank und nahm ihr den Wind aus den Segeln. »Ich dachte, du und Blanche reist im Januar mit mir zurück in die Staaten und lernt meine Familie und mein Heim kennen.«

»Aber das Crown Inn …«

»Kannst du ruhig ein paar Wochen Jean überlassen oder es

schließen«, unterbrach er Edith. »Bitte, tu mir den Gefallen! Ich verstehe, dass du mir jetzt und heute keine Antwort auf meinen Antrag geben und die Entscheidung fällen kannst, England für immer zu verlassen, aber begleite mich nach Massachusetts und entscheide dann. Bitte!«
Franks Blick war flehend, und Edith unterdrückte ein Schluchzen. Wie gerne würde sie ihm in die Staaten folgen! Am liebsten noch heute! Auch wenn das Lokal neben Blanche ihr Lebensinhalt war, sie sehnte sich danach, Franks Frau zu werden und für immer mit ihm zusammen zu sein. Es war ihr jedoch unmöglich, die Schatten der Vergangenheit hatten sie erneut eingeholt und zerstörten den Traum vom Glück.
»Ich muss darüber nachdenken, Frank.« Sie löste sich aus seinem Griff und stand langsam auf. »Mit Blanche muss ich auch sprechen, ich weiß nicht, wie sie reagieren wird. Sie ist gerade in einem schwierigen Alter. Lass mir bitte Zeit, Frank.«
»So viel du brauchst, Liebes.«
Am liebsten hätte Edith vor Verzweiflung, aber auch vor Glück geweint, stattdessen lächelte sie tapfer und ließ sich nichts von ihren aufgewühlten Gefühlen anmerken. Vielleicht gab es ja doch eine Möglichkeit, dass der Traum Realität werden könnte. Sie würde für sich und Blanche Pässe brauchen, über die dafür notwendigen finanziellen Mittel verfügte sie inzwischen. Sie musste das Risiko eingehen, vielleicht gab es diesen Long Jack noch. Die Chance, mit Frank in den Staaten ein neues Leben zu beginnen, würde sie sich nicht entgehen lassen! Dort wäre sie vor ihrer Vergangenheit endgültig sicher.

Jean hatte ein köstliches Weihnachtsessen bereitet – Truthahn mit Brotfüllung, Schinken, Sülze, Süßkartoffeln und Pasteten und natürlich den obligatorischen Plumpudding. Das *Crown Inn* war an beiden Tagen bis auf den letzten Platz besetzt, und Edith hatte alle Hände voll zu tun. Die Arbeit ließ ihr keine Zeit zum Grübeln. Sie hatte mit Frank vereinbart, Blanche noch nichts von seinem Antrag und der geplanten Reise in die Staaten zu erzählen. Sie, Blanche und Frank hatten zwei gemeinsame Wochen, in denen das Mädchen Frank besser kennenlernen sollte. Wenn Frank in Irland wäre, würde Edith mit Blanche sprechen und vorschlagen, Franks Heimat zu besuchen.

»Es wird dem Mädchen nichts schaden, drei, vier Wochen mit der Schule auszusetzen«, hatte Frank erklärt und Ediths letzte Bedenken ausgeräumt.

Nach einem turbulenten Silvesterfest schloss Edith das *Crown Inn* für zwei Wochen. Jean und die Mädchen, aber auch sie selbst hatten einen Urlaub verdient und auch dringend nötig. Außerdem war im Trubel der Weihnachtszeit und des Jahreswechsels jede Menge Arbeit angefallen, zu deren Erledigung Edith bei einem normalen Gastbetrieb nicht kam. Zu ihrer Freude zeigte sich Blanche Frank gegenüber aufgeschlossen und fragte ihn nach seinem Leben in den Staaten Löcher in den Bauch. Als Frank von New York erzählte, verdrehte Blanche schwärmerisch die Augen.

»Ach, da möchte ich auch mal hin! Die Wolkenkratzer und die breiten Boulevards müssen herrlich sein. Und erst die Geschäfte … ich würde stundenlang einkaufen gehen.«

»Na, wer weiß, vielleicht ergibt sich ja mal die Möglichkeit, dass ich dir die Stadt zeige.«

Unter dem Tisch stupste Edith Frank an und gebot ihm mit einem Blick zu schweigen. Sie wollte in Blanche keine falschen

Hoffnungen wecken, denn nach wie vor war das Problem ihrer Pässe nicht gelöst und damit eine Reise unmöglich. Sie musste abwarten, bis Frank in Irland war, bevor sie nach Bristol fahren und sich auf die Suche nach Long Jack machen konnte.

An einem frostigen, aber trockenen Tag in der zweiten Januarwoche brachten Blanche und Edith Frank zum Flughafen nach London.

»In spätestens einer Woche bin ich zurück«, sagte Frank. »Ich werde versuchen, dich so oft wie möglich anzurufen. Drückt mir die Daumen, dass es zu einem Vertragsabschluss kommt, die Vorgespräche waren sehr vielversprechend.«

Sie wünschten Frank einen guten Flug und viel Glück, dann fuhren sie in die Cotswolds zurück. Blanche hatte noch eine Woche Ferien, und die Zeit drängte. Edith musste mit dem Mädchen sprechen und versuchen, falsche Pässe aufzutreiben. Aber wie sollte sie eine Fahrt nach Bristol Blanche gegenüber begründen? Vor allen Dingen – das Mädchen würde sie begleiten wollen. Darum fragte sie Blanche: »Möchtest du Ilse und ihren kleinen Sohn besuchen? Sie würde sich bestimmt freuen, dich zu sehen.«

Blanche nickte eifrig.

»Ja, das wäre schön. Sollen wir gleich vorbeifahren?«

»Nein, heute nicht, aber ich rufe sie morgen an. Vielleicht kannst du auch zwei, drei Tage bei ihr bleiben?«

Blanche stieß Edith spielerisch in die Seite.

»Du willst mich doch nicht etwas loswerden? Jetzt, da Frank fort ist, besteht dazu doch kein Grund, oder?«

Edith schluckte. Das Mädchen hatte manchmal einen guten

Instinkt. Schnell versicherte sie, dass dem selbstverständlich nicht so wäre, und Blanche betonte, sie hätte nur einen Scherz gemacht.

Am folgenden Tag vereinbarte Edith mit Ilse, dass Blanche sie in drei Tagen besuchen sollte. Die ehemalige Kellnerin freute sich sehr, Blanche wiederzusehen.

»Derzeit gibt es auf dem Hof wenig Arbeit, ich habe also den ganzen Tag Zeit für das Kind.«

Edith lachte am Telefon.

»Du wirst staunen, Ilse, wie groß und erwachsen das Kind geworden ist!«

Sie hängte ein und strich sich nachdenklich eine Haarsträhne aus der Stirn. In drei Tagen also würde sie nach Bristol fahren und versuchen, Long Jack oder jemand anderen aus der kriminellen Szene ausfindig zu machen, der ihr gefälschte Ausweise besorgen konnte.

Oh, Edwina Goldsworthy, wie tief bist du gesunken, dachte sie betroffen, wusste aber gleichzeitig, dass sie keine andere Wahl hatte, als diesen Weg zu gehen, um vielleicht bald ein normales Leben ohne Angst vor einer Entdeckung führen zu können.

Um nicht ständig zu grübeln, stürzte sich Edith am nächsten Tag auf die große Wäsche. Unmengen von Tischtüchern und Bettbezügen waren zu waschen und zu bügeln. Es war eine Arbeit, die Edith nicht sonderlich mochte. Sie hatte die Sachen auch mal in eine Wäscherei gegeben, aber diese hatte nicht sauber und ordentlich gearbeitet und dafür auch noch einen völlig überhöhten Preis verlangt. Seitdem wusch Edith selbst, dann konnte sie wenigstens sicher sein, dass alle Flecken beseitigt und die Tischdecken ordentlich gebügelt waren. Sie bat Blanche, ihr

beim Zusammenlegen zu helfen. Das Mädchen zog zwar eine Schnute, versprach aber, Edith zur Hand zu gehen.
»Darf ich zuerst noch ein wenig spazieren gehen, Mama? Rüber zur Pferdekoppel? Es ist ein herrliches Wetter.«
»Ja, mein Schatz, geh ruhig«, sagte Edith und lächelte.
Es war immer noch kalt, aber sonnig, und sie selbst wäre auch lieber nach draußen gegangen, als im Dampf der Waschküche zu stehen, doch es half nichts, die Arbeit musste getan werden.

Als Blanche zum Mittagessen zurückkam, bemerkte Edith sofort eine Veränderung an ihr. Es war selten, dass das Mädchen so still und in sich gekehrt war. Noch am Morgen war sie munter gewesen und hatte sich auf den Spaziergang gefreut. Edith erwartete, Blanche würde von den Pferden erzählen, doch das Mädchen stocherte unlustig im Essen herum, sprach nur das Nötigste, und am Nachmittag faltete Blanche ein Tischtuch nach dem anderen, ohne Edith anzusehen.
»Was ist los?«, fragte sie besorgt und hielt beim Bügeln inne. »Fühlst du dich nicht wohl? Hoffentlich wirst du nicht krank.«
Das Mädchen zog die Stirn kraus und schüttelte den Kopf.
»Es geht mir gut, Mama.« Ihre dunklen Augen hefteten sich auf Edith. »Sag, wer ist eigentlich Gweniver Pencarron?«
Mit einem Knall fiel das Bügeleisen aus Ediths Hand. Sie konnte gerade noch einen Schritt zur Seite machen, sonst hätte das heiße Eisen ihren rechten Fuß getroffen.
»Woher hast du diesen Namen?«
Edith erkannte ihre eigene Stimme nicht mehr, so hoch und schrill klang sie.
»Na, der Mann hat gesagt, ich möge dir diesen Namen nennen.«

»Mann? Welcher Mann?«

Es kostete Edith große Beherrschung, das Mädchen nicht an den Schultern zu packen und die Worte aus ihr herauszuschütteln. Stattdessen bückte sie sich und hob das Bügeleisen auf, das einen hellbraunen Abdruck auf dem Teppich hinterlassen und diesen ruiniert hatte. Das war jedoch gleichgültig – alles war gleichgültig, nur nicht, warum Blanche ihren richtigen Namen nannte.

»Heute Vormittag, ich war gerade auf dem Weg zur Koppel, hielt ein Wagen vorn an der Straße. Der Fahrer, ein dicker, älterer Mann, wollte bei uns etwas essen und trinken, aber ich sagte ihm, dass wir geschlossen haben. Daraufhin hat er ganz komisch reagiert und mich mit glasigen Augen angestarrt. Fast, als hätte er einen Geist gesehen. Er wurde blass, dann fragte er mich stotternd nach meinem Namen.« Blanche hielt inne und musterte Edith aufmerksam. »Eigentlich sah er ebenso verstört wie du aus, Mama. Sag, wer ist diese Frau … diese Gweniver Pencarron? Als ich dem Mann erklärte, wer ich wäre, und er wissen wollte, wer meine Eltern sind, lachte er plötzlich ganz laut und schlug sich auf die Schenkel. Da bekam ich Angst und wollte an ihm vorbeigehen, er hielt mich jedoch am Arm fest und sagte: ›Geh zu deiner Mutter und sag ihr, dass Gweniver Pencarron nicht vergessen ist.‹ Ich habe diesen Namen nie zuvor gehört. Nun, wer ist sie, und was hat sie mit uns zu tun?«

Ediths Beine fühlten sich an wie Pudding. Sie tastete nach der Stuhllehne und ließ sich auf den Sitz fallen, als wäre sie eine alte Frau. Statt Blanches Frage zu beantworten, fragte sie: »Wo ist der Mann jetzt? Ich meine, er ist doch nicht hereingekommen, denn sonst hätte ich ihn bemerkt.«

»Nein, er ist wieder in sein Auto gestiegen – er fährt übrigens

einen großen, dunklen Mercedes – und weggefahren. Kurz vorher sagte er aber noch, ich solle dir ausrichten, dass er wiederkommen und mit dir über Gweniver sprechen will.«
»Wann?« Das Wort stieg wie ein Schrei aus Ediths Kehle auf. »Wann will er wiederkommen?«
Blanche zuckte mit den Schultern.
»Das hat er nicht gesagt. Also mal ehrlich, Mama, ich finde auch nicht, dass dieser Typ der richtige Umgang für dich ist. Er war irgendwie … schmierig.«
»Und er hat dich angefasst?« Edith sprang auf und nahm Blanches Hand. »Hat er sonst noch etwas getan?«
»Wenn du meinst, ob er mich begrabscht hat, kann ich dich beruhigen. Er hat nur kurz meinen Arm gedrückt, aber gleich wieder losgelassen. Allerdings möchte ich ihm kein zweites Mal begegnen.« Sie entzog Edith ihre Hand. »Jetzt sag, weißt du, wer er ist und wen er mit dem Namen gemeint hat?«
»Ich weiß nicht, wer es gewesen sein könnte.«
Edith hatte wirklich keine Ahnung. Sie bat Blanche, den Fremden genau zu beschreiben, aber ihre Beschreibung passte auf niemanden, den Edith kannte beziehungsweise einmal gekannt haben musste, denn es bestand kein Zweifel, dass der Mann aus ihrem früheren Leben stammte. Irgendjemand aus Cornwall, vielleicht sogar aus St. Agnes oder gar Pencarron Manor. Die Ähnlichkeit Blanches mit ihren Eltern war unverkennbar. Dachte man sich die schwarzen Haare blond, dann war sie Lady Sarah wie aus dem Gesicht geschnitten.
»Geh bitte in dein Zimmer, ich hole dich zum Abendessen«, bat sie Blanche mit müder Stimme.
»Und die Arbeit, Mama? Wir haben noch Dutzende von Tischdecken zum Bügeln und Zusammenlegen. Außerdem hast du

mir noch nicht erklärt, was es mit dieser Gweniver auf sich hat.«

»Ich bat dich, in dein Zimmer zu gehen.«

Blanche wich vor der ungewohnten Schärfe in Ediths Stimme zurück.

»Ich habe nichts getan. Weshalb brummst du mir Stubenarrest auf?« Verärgert sah sie Edith an. »Ich habe dir lediglich eine Nachricht ausgerichtet und nach einem Namen gefragt, das ist doch kein Grund …«

»Halt den Mund!«, rief Edith, und Blanche erkannte erstaunt den Ausdruck der Panik auf Ediths Gesicht. »Bitte! Ich werde dir alles erklären, wenn du älter bist«, fügte Edith versöhnlicher hinzu. »Eines musst du mir aber versprechen. Nicht nur versprechen, sondern schwören: Solltest du diesem Mann jemals wieder begegnen, dann verhindere, dass er dich anspricht, und komm sofort zu mir. Auf keinen Fall darfst du noch einmal mit ihm sprechen. Hast du verstanden?«

Blanche tastete sich rückwärts zur Tür.

»Ja, Mama, du schreist ja laut genug. Ich hasse es, von dir wie ein Baby behandelt zu werden. Falls du es noch nicht bemerkt hast, ich bin fast erwachsen, Mama!«

Rums! Die Tür fiel mit einem Knall hinter Blanche ins Schloss, und Edith merkte, wie sich alles in ihrem Körper verkrampfte. Das Atmen fiel ihr schwer, und zum ersten Mal in ihrem Leben hatte sie den Wunsch nach einem starken Drink. Zum Glück war die Schankstube geschlossen, so begegnete Edith niemandem, als sie sich einen doppelten Malt einschenkte und in einem Zug hinunterstürzte. Sie zweifelte nicht daran, dass dieser Mann jemand aus ihrer Vergangenheit – aus der Vergangenheit von Edwina Goldsworthy – war, der gekommen war, alles zu zerstören, was sie sich aufgebaut hatte. Das durfte sie nicht zulassen! Aber im Moment waren ihr die Hände gebunden, solange sie nicht wusste, wer er war und was er tatsächlich wusste. Edith blieb nichts anderes übrig, als abzuwarten und in dem Alptraum auszuharren, bis er sich wieder melden würde. Zum Glück gab es genügend Arbeit, die ihr half, ihre Gedanken in eine andere Bahn zu lenken.

Ronald, Ilses Mann, holte Blanche mit dem Auto ab. Zum Abschied hielt das Mädchen Edith nur stumm die Wange zum Kuss hin und murmelte: »Auf Wiedersehen, Mama, in drei Tagen bin ich wieder zurück.«

Edith konnte es Blanche nicht verübeln, dass sie beleidigt reagierte, da Edith allen Fragen nach Gweniver Pencarron nicht nur ausgewichen war, sondern das Mädchen auch zweimal richtiggehend angeraunzt hatte, als Blanche keine Ruhe geben wollte.

»Schöne Tage, mein Kind«, sagte Edith liebevoll. »Bitte, grüß Ilse ganz herzlich von mir. Ihr werdet bestimmt viel Spaß zusammen haben.«

»Sicher mehr als hier«, gab Blanche kurz zurück, stieg ein, und Ronald fuhr davon.

Edith konnte nicht leugnen, erleichtert zu sein, dass Blanche für einige Tage nicht zu Hause sein würde. Ihren Plan, gleich heute nach Bristol zu fahren, hatte sie verworfen. Sie konnte hier nicht weg, solange sie nicht wusste, wer der geheimnisvolle Mann war, was er wollte und wann er wiederkommen würde. Auch hatte sie mit Blanche nicht über Franks Heiratsantrag und seinen Vorschlag, in den nächsten Wochen in die Staaten zu reisen, gesprochen. Dafür hatte sie keine Nerven, zumal plötzlich alles in Frage gestellt zu sein schien.

Um sich zu beschäftigen, ging Edith in den Vorratskeller, der mit einer Holzlattenwand vom Bierkeller abgetrennt war. Hier lagerten auf der einen Seite eingemachte Bohnen und Erbsen, süßsaure Kürbisse und Steckrüben, auf der anderen standen Dutzende von Gläsern mit eingemachtem Obst. Die frischen Produkte bezog Edith nach wie vor von Ilses und Ronalds Farm, und sie hatte im Herbst jede Menge eingekocht, um den Winter über einen Vorrat zu haben. Anhand einer Liste kontrollierte Edith den Stand der Vorräte und notierte, wie viel sie von was verwenden konnte, damit das Obst bis zum Frühjahr ausreichte, wenn es wieder frische Produkte geben würde. Als sie alles dreimal durchgegangen war, gab es auch hier nichts mehr zu tun. Edith warf einen Blick in den ehemaligen Weinkeller, in dem jedoch keine Fässer mehr lagerten, denn Edith schenkte ausschließlich Wein aus Flaschen aus. Der Weinkonsum war relativ gering, die Gäste tranken lieber Bier, somit lohnte sich der Aufwand der Fasshaltung nicht. Der große Raum nahm jedoch viel Platz in Anspruch, den Edith lieber als Vorratskeller nutzen wollte. Im Dezember hatten Handwerker bereits einige Mauern durch neue ersetzt und damit begonnen, die Wand zum Weinkeller abzutragen. Die Arbeiten waren dann wegen des kalten und nassen Wetters und wegen der Weihnachtsfeiertage unterbrochen worden. In einer Ecke lagen noch die alten Mauersteine, ein Sack Zement und Mörtel sowie ein paar Handwerksutensilien herum. Edith dachte, wie sinnlos die Arbeiten hier unten im Keller vielleicht waren, wusste sie doch auf einmal gar nicht mehr, ob und wie lange sie das Gasthaus überhaupt noch weiterführen würde.

In der Küche brannte ein Feuer im Ofen – wenn es kalt war, heizte Edith grundsätzlich den alten Herd, auf dem sie für sich selbst gerne kochte, auch wenn Jean den Gasofen bevorzugte –, und Edith bereitete sich eine Kanne Tee zu. Gerade als sie den ersten Schluck nahm, klopfte es an der Tür, die direkt von der Küche in den Hinterhof hinausführte.

Edith wusste sofort, dies war kein Gast, der das Schild *Wegen Urlaubs geschlossen* übersehen hatte. Entschlossen und auf alles gefasst, öffnete sie die Tür und erkannte den Besucher sofort.

»Richard Blamey!« Edith hätte nie gedacht, dem Mann, der sie einst in Cornwall bedrängt und beleidigt hatte, jemals wieder gegenüberzustehen.

Blamey musterte sie abschätzend von oben bis unten. Ein Schwall schlechten Atems traf Edith, als er sprach.

»Ach, sieh mal an – Edwina Goldsworthy! Dann hat mich mein Gespür also doch nicht getrogen.«

»Was willst du, Richard?« Edith versuchte, ruhig und überlegen zu wirken, obwohl ihr Herz heftig pochte.

»Willst du mich nicht hereinbitten? Ist verdammt kalt draußen, außerdem weiß ich, dass du allein bist. Ich hab das Haus den ganzen Tag beobachtet.«

Edith lief es eiskalt über den Rücken. Im Augenblick hatte sie keine andere Wahl, darum trat sie einen Schritt zur Seite, und Blamey zwängte seinen massigen Körper an ihr vorbei in die warme Küche. Er war immer schon gedrungen und untersetzt gewesen, aber jetzt war sein Leib derart außer Form geraten, dass er regelrecht fett war. Blamey schnaufte und keuchte bei jedem Schritt. Die erweiterten Äderchen auf seinen Wangen und die Tränensäcke ließen auf einen reichlichen und übermäßigen Alkoholgenuss schließen. Abschätzend sah er sich in der Küche um und deutete auf die Teekanne.

»Hast für einen alten Freund bestimmt etwas Stärkeres da als Tee, oder? Ist hier ja schließlich ein Pub.«

Er gab ein Geräusch von sich, das wohl ein Lachen sein sollte, aber in Ediths Ohren klang es eindeutig krank. Offenbar war er kurzatmig, was bei seinem Übergewicht kein Wunder war. Das hinderte Blamey aber nicht daran, sich eine Zigarette anzuzünden.

»Ist Brandy in Ordnung?«, fragte Edith, und er nickte. Eine Minute später stellte sie ihm Flasche und Glas hin. »Einschenken kannst du wohl selbst. Und jetzt sagst du mir, was du hier willst.«

Blamey schenkte sich das erste Glas randvoll, stürzte es in einem Zug hinunter und füllte es erneut. Dann kniff er die Augen zusammen und entblößte mit einem höhnischen Grinsen seine schiefen und schlechten Zähne. Sein Anblick erinnerte Edith unwillkürlich an eines der Porträts von König Henry VIII. in seinen letzten Lebensjahren.

»Was ich von dir will? Ach, Edwina, spielst du immer noch die Unschuld vom Lande? Ich bin sicher, deine reizende *Tochter* hat dir längst erzählt, dass ich sie erkannt habe.«

»Ich weiß nicht, wovon du sprichst.« Edith hatte sich entschlossen, die Unwissende zu spielen.

»Na, dann werde ich deinem Gedächtnis etwas auf die Sprünge helfen. Den Namen Pencarron wirst du wohl kaum vergessen haben, oder? Schließlich hast du ja mal Samuel Pencarron auf eine Art und Weise umgarnt, die dich zum Gespött der ganzen Stadt gemacht hat. Zum Glück hat der gute Lord deinen wahren Charakter erkannt, bevor es zu spät war. Plötzlich verschwindet das Kind seines Bruders spurlos und mit ihm die beiden lieben Schwestern Edwina und Jowna Goldsworthy.

Was für ein Zufall!« Er sah sich in der Küche um. »Ist deine Schwester auch hier untergekrochen? Würde mich freuen, sie zu sehen.«
»Jowna ist tot«, sagte Edith kalt. »Und ich habe jede Menge Arbeit, darum muss ich dich jetzt bitten zu gehen.«
Er griff nach Ediths Handgelenk. Seine dicken Finger drückten fest zu, und Edith trieb es vor Schmerz die Tränen in die Augen.
»Soso, Jowna soll also tot sein. Weißt du eigentlich, dass die Polizei eure Spur bis nach London verfolgen konnte? Dann hieß es, ihr seid bei einem Bombenangriff ums Leben gekommen, daher freut es mich sehr, dich bei bester Gesundheit vor mir zu sehen. Nur schade, dass du Gweniver fortgeschickt hast, ich würde mich gerne noch mal mit ihr unterhalten, dieses Mal aber ausführlicher als vor ein paar Tagen, als ich in Eile war. Ich glaube, ich könnte dem Mädchen so einiges erzählen, von dem sie keine Ahnung hat, oder was meinst du, meine liebe Edwina?«
»Mein Name ist Edith Gordon, und Blanche ist meine Tochter.« Kalt sah Edith Richard in die Augen. »Wir haben Geburtsurkunden, die beweisen …«
»Papperlapapp, natürlich hast du dir falsche Papiere besorgt«, unterbrach er sie und zog sie dichter an sich heran. »Der Krieg kam dir ganz gelegen, nicht wahr? Ich glaubte wie alle anderen, dass die Entführer das Kind ins Meer geworfen hatten, als sie merkten, dass von den Pencarrons nichts mehr zu holen war. Als ich dann vor ein paar Tagen zufällig das Mädchen am Straßenrand sah, glaubte ich an eine Halluzination. Die Ähnlichkeit mit Sarah Pencarron ist verblüffend, auch wenn sie das Haar und die Augenfarbe von ihrem Vater hat. Nun, wegen

eines Termins konnte ich mich nicht länger aufhalten und der Sache nachgehen, aber heute sind meine letzten Zweifel beseitigt.« Er lachte dreckig und schlug sich mit der Hand auf seinen fetten Schenkel. »Edwina Goldsworthy hat die kleine Gweniver entführt! Nicht nur das, offenbar hast du sie wie deine Tochter aufgezogen. Weiß das Mädchen eigentlich, wer ihre richtigen Eltern sind?«

Edith versuchte nicht, zu leugnen. Vierzehn Jahre waren zwar eine lange Zeit, aber nicht lange genug, sich derart zu verändern, dass sie behaupten könnte, nicht Edwina zu sein. Richard Blameys Aussehen hatte sich zwar auch stark gewandelt, trotzdem hatte sie ihn in der ersten Sekunde wiedererkannt.

»Was willst du, Richard?«, wiederholte sie. »Und lass meinen Arm los!«

Tatsächlich lockerte sich sein Griff, aber nur, damit er sich ein weiteres Glas Brandy einschenken konnte. Angeekelt beobachtete Edith, wie Tropfen des Alkohols Richard links und rechts aus den Mundwinkeln liefen. Sie fragte ihn nicht, was er jetzt tat und warum er ausgerechnet in dieser Gegend war. Blanche hatte davon gesprochen, dass Richard ein großes, teures Auto fuhr, und sein Anzug aus hochwertigem Tuch ließ darauf schließen, dass er keine finanziellen Sorgen hatte.

»Was ich will?« Erneut ein gackerndes Lachen. »Na, dich natürlich, meine Liebe. Ja, da bist du überrascht, was? Einst hast du mich verschmäht, hast dich über mich lustig gemacht und bist diesem Schnösel von Pencarron nachgestiegen, weil du hoch hinauswolltest. Jetzt jedoch sitze ich am längeren Hebel. Geld interessiert mich nicht, davon habe ich genug.« Seine wegwerfende Handbewegung bestätigte Ediths Vermutung. »Das Schicksal hat es nach dem Krieg gut mit mir gemeint, besonders

gut, da es mir plötzlich Gweniver Pencarron schickte. Was für ein glücklicher Zufall.«
Verdammter Zufall, dachte Edith zähneknirschend und sagte: »Willst du zur Polizei gehen und mich anzeigen? Was hättest du davon?«
»Polizei? Ach nein, die lassen wir erst mal außen vor, aber ich denke, es würde Lord Samuel brennend interessieren, zu erfahren, dass seine Nichte nicht nur lebt, sondern auch noch eine der Entführerinnen. Vorausgesetzt, du hast mich nicht angelogen, was deine Schwester betrifft.«
»Das habe ich nicht, Richard. Jowna starb im Londoner Blitz. Ist Samuel überhaupt noch am Leben? Ich dachte, er ist im Krieg verschollen und gilt als tot.«
Blamey schüttelte den Kopf.
»Nee, der ist so am Leben wie wir zwei hier. Hab nie vergessen, wie er mir damals eine verpasst hat, der arrogante Schnösel, trotzdem würde ich zu gerne sein Gesicht sehen, wenn ich ihm sage, wo er seine Nichte finden kann.«
Edith überlegte, ob sie Richard bitten sollte, niemandem von Blanche zu erzählen, um dem Mädchen keinen Schaden zuzufügen, verwarf den Gedanken aber schnell wieder. Richard Blamey war schon immer ein hinterhältiger, berechnender Mensch und stets auf seinen eigenen Vorteil bedacht gewesen. Über seine Forderung, er wolle sie, war sie entsetzt. Geld hätte sie ihm gegeben, jedenfalls so viel, wie sie auf die Schnelle flüssigmachen konnte, aber es war offensichtlich, dass er daran nicht interessiert war. Sie trat einige Schritte zurück und verschränkte die Arme vor der Brust.
»Also, was willst du jetzt machen?«
Blamey erhob sich schwerfällig. Die Wärme des Ofens trieb ihm

den Schweiß auf die Stirn, und seine Wangen hatten sich ungesund gerötet. Unwillkürlich dachte Edith, dass er wie ein fettes, schwitzendes Schwein aussah – aber ein Schwein, das gefährlich war! Als er langsam näher kam, wich Edith so weit zurück, bis sie die Kante eines Schranks in ihrem Rücken spürte. Jetzt war Richards Gesicht nur noch eine Handbreit von ihrem entfernt, und sie roch seinen brandygeschwängerten Atem. Als er sich vorbeugte, um sie zu küssen, drehte Edith schnell den Kopf zur Seite, und seine feuchten Lippen landeten auf ihrem Ohr.

»Du zierst dich immer noch.« Seine gepresste Stimme verriet Edith, wie erregt er war. »Du hast die Wahl, Edwina. Entweder bist du ein wenig lieb zu deinem alten Freund, oder Samuel Pencarron wird in den nächsten Tagen interessante Nachrichten erhalten.«

»Das ist Erpressung!«

»Na, wennschon. Du kannst mich ja anzeigen, wenn du willst, aber ich kann mir nicht vorstellen, dass du diese Möglichkeit ernsthaft in Betracht ziehst. Und jetzt komm, du hast oben bestimmt ein lauschiges Plätzchen, wo wir zwei es uns so richtig gemütlich machen können.«

Ediths Gedanken arbeiteten fieberhaft. Was sollte sie tun? Was konnte sie tun? Vor allen Dingen brauchte sie Zeit. Sie wusste, er würde mit seiner Drohung, Samuel ihren und Gwenivers Aufenthaltsort zu verraten, ernst machen, wenn sie jetzt nicht auf seine Wünsche einging. Dann wäre alles zerstört, was sie in den letzten Jahren aufgebaut hatte. Gerade jetzt, als das Schicksal dank Frank dabei war, sich endgültig für sie und Blanche zum Guten zu wenden. Wären sie erst einmal in den Staaten, würde niemals wieder jemand sie erkennen und sie in Gefahr bringen.

»Ich erwarte jeden Moment Besuch«, stieß Edith hervor, als Richard erneut versuchte, sie zu küssen.
»Du lügst, das Lokal ist geschlossen.«
»Nein, ich lüge nicht. Es handelt sich um eine ältere Lady, wir sind befreundet. Ich erwarte sie zum Tee, und sie ist immer pünktlich.« Edith hoffe, Blamey würde ihr Glauben schenken, obwohl sie Lady Bedingfield keinesfalls erwartete, aber sie musste sich etwas Zeit verschaffen, um nachdenken zu können.
Richards Augen verengten sich skeptisch, aber er wich tatsächlich ein Stück zurück. Dieser Abstand reichte Edith aus, um aus seiner unmittelbaren Nähe zu entfliehen.
»Du sagst, dein Besuch kommt zum Tee? Dann ist die Frau heute Abend wieder weg, und du bist allein, nicht wahr?«
Edith blieb nichts anderes übrig, als zu nicken. Was für eine Wahl hatte sie? Natürlich konnte sie ein paar Sachen zusammenpacken und verschwinden, aber wohin hätte sie sich wenden sollen? Ilse durfte sie auf keinen Fall in die Angelegenheit hineinziehen, zudem konnte sie Blanche nicht im Stich lassen. Edith zweifelte nicht daran, dass Richard – wenn sie verschwand – die Sache den Behörden meldete, die sich ihrerseits dann mit Samuel in Verbindung setzen würden. Edith wagte nicht sich vorzustellen, was für ein Schock die Wahrheit für das Mädchen wäre.
»Nun gut, heute Abend. Neun Uhr?«, sagte sie deswegen und versuchte sogar zu lächeln.
Zu ihrer Erleichterung nickte Richard.
»Das passt mir gut, dann kann ich vorher noch einen Kunden aufsuchen. Ich werde pünktlich sein, verlass dich darauf. Versuch nicht, mich hereinzulegen. Du weißt genau, dass alle Trümpfe in meiner Hand sind.« Er wandte sich zur Tür, drehte

sich aber noch einmal um. In seinen Augen stand unverhohlene Gier, als er hinzufügte: »Und zieh dir was Hübsches an, etwas, das uns Männer so richtig scharf macht. Wirst schon was haben, denn ich glaube kaum, dass du bisher als Nonne gelebt hast.«

Der Nachmittag verging für Edith quälend langsam, gleichzeitig flogen die Stunden nur so dahin. Gleichgültig, was sie überlegte und welche Möglichkeiten sie in Betracht zog, es gab keine Lösung. Sie war Richard Blamey ausgeliefert. Bei dem Gedanken, sich ihm tatsächlich hinzugeben, wurde es Edith schlecht, selbst der Tee wollte ihr nicht mehr schmecken. Wenn sie Richard allerdings wegen Erpressung anzeigte, dann musste sie auch die Gründe für die Erpressung offenlegen. Edith fürchtete sich nicht um ihrer selbst willen. Zweifellos würde sie für viele Jahre, vielleicht sogar für den Rest ihres Lebens ins Gefängnis wandern, aber wenigstens gab es auf Entführung nicht mehr die Todesstrafe. Strafmildernd würde der Richter vielleicht anerkennen, dass sie vierzehn Jahre lang für Blanche gesorgt und sie wie eine eigene Tochter erzogen hatte. Was Edith am meisten Sorgen bereitete, war die Tatsache, dass Blanche nun alles erfahren würde. Das Mädchen würde nicht nur völlig verstört sein, nein, sie würde sie hassen. Und das zu Recht.

Edith blieb vor einem Wandspiegel stehen und betrachtete sich lange. Sie war immer noch attraktiv, auch wenn sich die ersten Fältchen rund um die Augen und neben den Mundwinkeln eingruben. In ihren Haaren zeigten sich noch keine grauen Strähnen, und ihre Figur war schlank und an den richtigen Stellen gerundet. Sie seufzte und wandte sich von ihrem Spiegelbild ab. Heute wünschte sie sich, weniger anziehend auszusehen, ja, ge-

radezu hässlich zu sein und auf Richard Blamey abstoßend zu wirken. Die Stunden verrannen, und sosehr sie ihr Gehirn zermarterte, es wollte ihr keine Lösung einfallen. Es gab niemanden, den Edith um Hilfe hätte bitten können, und sie wusste, dass alle Argumente an Blamey abprallen würden. Sie hatte die Gier in seinen Augen gesehen, als sein Blick ihren Körper taxiert hatte.
»O Gott, hilf mir!«, flüsterte Edith in die Stille des Hauses. Aber Gott hatte sie längst verlassen, und Edith konnte ihm nicht zürnen. Sie hatte schwere Schuld auf sich geladen, und nun war der Tag gekommen, an dem sie bezahlen musste. Sie konnte nur hoffen, dass der heutige Abend eine einmalige Sache sein würde und Blamey nicht regelmäßig in der Gegend war. Irgendwie würde sie den Abend durchstehen und ertragen müssen.

Er war auf die Minute pünktlich. Schweigend stieg Edith die Treppe in ihr Schlafzimmer hinauf, hinter sich den keuchenden Blamey.
»Bist du krank?«, fragte Edith und sah ihn über ihre Schulter hinweg an. »Du scheinst Fieber zu haben, dein Kopf ist ganz rot.«
»Lenk nicht ab! Für das, was wir zwei beide vorhaben, fühle ich mich allemal gesund genug!«
Er bestand darauf, das Deckenlicht zu löschen und eine Kerze zu entzünden.
»Wir wollen es doch schön romantisch haben, oder?«
Edith tat wie geheißen, dann stand sie unentschlossen mitten im Zimmer, während Blamey seinen schwammigen Körper schwer auf das Bett fallen ließ und sich genüsslich zurücklehnte.

»Na los, zieh dich aus! Aber schön langsam, ein Teil nach dem anderen.«
»Was?« Edith glaubte, sich verhört zu haben. »Ich soll einen Striptease vor dir machen? Lass uns die Sache hinter uns bringen, und dann will ich dich niemals wiedersehen.«
Er grinste höhnisch, und Speichelbläschen bildeten sich auf seinen Lippen. Sein Gesicht war vor Erregung noch stärker gerötet als am Mittag.
»Meine liebe Edwina, du scheinst zu vergessen, dass ich hier den Ton angebe. Ein Wort von mir, und du verschwindest den Rest deines Lebens hinter Gittern. Darum wirst du schön tun, was ich dir sage.«
Edith presste ihre Zähne so fest aufeinander, dass ihre Kiefergelenke schmerzten, und sie begann, Knopf für Knopf ihre Bluse zu öffnen. Langsam streifte sie diese ab, dann den Rock und die Strümpfe, bis sie im Unterkleid vor Blamey stand.
»Na los, weiter! Und hatte ich dir nicht gesagt, du sollst etwas Scharfes anziehen.«
»Ich bin keine Nutte und habe solche … Kleidungsstücke nicht«, zischte Edith wütend. Am liebsten hätte sie Blamey den nächstbesten Gegenstand in sein feistes Gesicht geschleudert, stattdessen musste sie tun, was er forderte. Eine Minute später war sie nackt und versuchte, ihre Blöße mit den Händen zu verdecken, aber Blamey wies sie an, die Arme zu heben.
»Bist ein bisschen dünn für meinen Geschmack, aber das macht nichts.« Schwerfällig erhob er sich, und Edith dachte schon, er würde sie in die Arme schließen. Unwillkürlich wich sie bis zur Wand zurück. Er gab ihr zu verstehen, sie sollte sich aufs Bett legen. Schnell zog Edith die Decke über ihren Körper. »Nee, nee, Kleine, ich will dich ansehen. So, jetzt spreize

für Onkel Richard schön die Beine. Und jetzt mach es dir selbst.«
Entsetzt fuhr Edith in die Höhe.
»Auf keinen Fall!«
»Jetzt tu nicht so verklemmt, du bist nicht anders als alle Huren. Wenn die mal keinen Kerl zwischen ihren Schenkeln haben, dann machen die es sich ständig selbst. Na los, wirst du tun, was ich sage?«, herrschte er sie an.
Nie zuvor in ihrem Leben hatte Edith sich derart geschämt und schutzlos einem Menschen ausgeliefert gefühlt. Richard wollte nicht nur Sex. Nein, er wollte sie demütigen. Wahrscheinlich war er einer von den Männern, die nur Erfüllung finden konnten, wenn sie die Frauen erniedrigten und beleidigten. Zögernd legte Edith eine Hand auf ihre Scham und bewegte die Finger, ohne jedoch dabei das Geringste zu empfinden. Nun begann Blamey sich zu entkleiden. Angewidert bemerkte Edith die Schweißränder in den Achselhöhlen seines Hemdes. Jede Bewegung Blameys war von Stöhnen und Keuchen begleitet, sein Gesicht rötete sich immer mehr. Als er sich die Unterhose abstreifte, musste Edith trotz aller Verzweiflung ein Grinsen unterdrücken. Blameys mächtiger Bauch hing ihm bis auf die Hälfte der Oberschenkel, so dass sein Geschlechtsteil nicht zu erkennen war. Er setzte sich auf die Bettkante. Mit einer Hand spielte Blamey an seinem Penis herum, der reagierte offenbar nicht so wie erhofft, die andere Hand legte er grob auf eine von Ediths Brüsten. Dabei merkte er, wie Ediths Körper unter seiner Berührung zitterte.
»Jetzt bekommst du das, was du verdient hast, du hochnäsiges Miststück«, keuchte er. »Ich hätte dir ein anständiges Leben geboten, aber du wolltest ja was Besseres haben. Ein Lord musste

es sein. Niemals habe ich den Tag vergessen, als dein Liebhaber mich zusammengeschlagen hat. Jetzt wird das, was du ihm so bereitwillig geschenkt hast, gleich mir gehören.«

Blameys Stimme war unnatürlich hoch, und plötzlich verzog sich sein Gesicht, als hätte er Schmerzen, und rasselnd entwich der Atem aus seinen Lungen. Trotzdem rollte er sich auf Edith, und sie rang nach Luft, weil sein Gewicht sie zu ersticken drohte.

»Richard, nicht so fest.« Japsend rang sie nach Luft.

»Halt deinen Mund!«

Seine Finger tasteten grob an ihren Schenkeln entlang, dann stockte er plötzlich. Im Kerzenlicht sah Edith, wie sich seine Pupillen unnatürlich weiteten, als würden seine Augen etwas Unbegreifliches erblicken. Richards Gesichtszüge verzerrten sich, er stöhnte laut, aber es war kein Stöhnen der Begierde. Er presste eine Hand auf seinen Brustkorb, dann lief ein Zittern durch seinen Körper, und mit einem Keuchen, das Edith an das Verenden eines Tieres erinnerte, brach er über ihr zusammen. Dann war alles still, und er rührte sich nicht mehr.

»Richard, bitte geh weg.« Edith rang nach Luft, denn Richard lag mit seinem ganzen Gewicht auf ihr. »Bitte, du erdrückst mich!«

Er gab keine Antwort und reagierte nicht, als Edith versuchte, ihn zur Seite zu schieben. Da spürte sie plötzlich etwas Warmes und Feuchtes zwischen ihren Schenkeln, und der Geruch von Urin stieg in ihre Nase. Edith war ausgebildete Krankenschwester und hatte gelernt, dass beim Tod eines Menschen alle Muskeln versagten. Auch die Schließmuskeln. Zwar hatte sie im Sanatorium nie einen Todesfall miterleben müssen, aber instinktiv wusste sie, dass Richard Blamey tot war. Edith wusste

nicht, ob sie vor Entsetzen schreien oder vor Erleichterung weinen sollte. Im Moment konnte sie aber weder das eine noch das andere tun, denn sein massiger Körper erschwerte ihr mehr und mehr das Atmen. Sie mobilisierte alle ihre Kräfte und versuchte, ihn von sich herabzurollen. Sie schwitzte vor Anstrengung und vor Angst, und ihr Herz begann zu flattern. Endlich – sie dachte schon, keinen Augenblick länger Luft zu bekommen – rutschte der Körper ein Stück zur Seite, und Edith bekam das linke Bein und ihre linke Hand frei. Mit letzter Kraft schob sie sich unter Blamey hervor und tastete nach dem Schalter der Nachttischlampe. Sie drehte Blameys Kopf zur Seite, und ein Blick in seine starren Pupillen, die wie Glas in den weit aufgerissenen Augen lagen, sagte ihr, dass er tatsächlich tot war. Dem ersten Eindruck nach sah es wie ein Herzinfarkt aus. Trotzdem tastete sie nach seiner Halsschlagader, konnte aber keinen Puls ausmachen. Gerade als Edith überlegte, was sie jetzt tun sollte, hörte sie das Klappen der Haustür. Mit Schrecken erinnerte sie sich, diese nach Blameys Ankunft nicht abgeschlossen zu haben. Schritte polterten die Stufen herauf, und eine ihr wohlbekannte Stimme rief:
»Edith, Liebling, bist du oben? Ich bin früher zurückgekommen.«
Dann flog die Tür auf, und im Rahmen stand Frank Beckford.

23. Kapitel

»Hör auf! Hör sofort auf!« Frank packte Ediths Schultern und schüttelte sie heftig. »Um Gottes willen, beruhige dich endlich!«

Zuerst hatte Frank gedacht, er hätte sich – aus welchen Gründen auch immer – im Haus geirrt, als er die Tür zu Ediths Schlafzimmer geöffnet und Edith neben einem nackten Toten vorgefunden hatte. Er hatte einen Augenblick gebraucht, um zu erkennen, dass die verstörte, auf dem Bett kauernde Frau wirklich der Mensch war, den er heiraten wollte. Edith hatte ihn zuerst geistesabwesend angestarrt, dann hatte sie zu wimmern angefangen. Das Wimmern hatte sich zu einem hysterischen Schreien gesteigert, und Frank erkannte, dass Edith nichts um sie herum mehr wahrnahm. Ihr Körper war verkrampft, die Fingernägel krallten sich fest in die Handballen und hinterließen blutige Abdrücke. Frank hatte keine Ahnung, was geschehen war, aufgrund seiner Erfahrungen im Krieg erkannte er jedoch, dass Edith einen schweren Schock erlitten hatte. Ein solcher, das wusste er, konnte lebensgefährlich werden, da das Blut aus dem Gehirn in die unteren Extremitäten absackte, was zu Bewusstlosigkeit, im schlimmsten Fall sogar zum Tod führen konnte. Ediths fahler Teint und ihre weit geöffneten Pupillen veranlassten Frank, Edith erneut zu schütteln und beschwörend auf sie einzureden. Da sie immer noch nicht reagierte, sah er sich gezwungen, ihr eine Ohrfeige zu verpassen, obwohl er Gewalt gegenüber Frauen verabscheute. Als seine Hand auf Ediths Wange traf und die Haut rot färbte, schien es tatsächlich, als würde Edith auf den Schmerz reagieren. Sie verstummte augenblicklich und starrte Frank ungläubig an. Ein Zittern lief durch ihren Körper, dann rollten Tränen über ihr Gesicht. Frank schloss seine Arme um ihren nackten Körper und drückte ihren Kopf an seine Brust.

»Es ist ja alles gut«, murmelte er, und eine Hand strich über ihr Haar. »Ganz ruhig, Edith. Brauchst du einen Arzt?«

Stumm schüttelte sie den Kopf. Franks Blick fiel auf den massigen nackten Körper des Mannes, den er nie zuvor gesehen hatte. Dessen starrer Blick ließ darauf schließen, dass er tot war. Im Krieg hatte Frank unzählige Tote gesehen, dennoch schob er Edith sanft zur Seite.

»Ich muss sehen, ob man noch etwas tun kann.«

Edith wandte sich ab, und Frank tastete nach dem Puls des Mannes, beugte sich dann vor und hielt ein Ohr an seine Nase, aber er konnte weder Puls noch Atemgeräusche wahrnehmen. Meine Güte, wer war der Mann, und was war hier passiert? Obwohl alles dafür sprach, konnte Frank sich nicht vorstellen, dass Edith mit diesem Mann ein Verhältnis hatte. Nicht seine Edith! Nicht die Frau, der er vertraute und die er heiraten wollte.

»Trinken!« Franks Kopf ruckte zu Edith herum, die immer noch wie Espenlaub zitterte. »Ich brauche etwas zu trinken.«

Frank nickte, sah sich suchend im Zimmer um und entdeckte ihren Morgenmantel. Sorgsam, als wäre sie ein kleines Kind, hüllte er sie in den Mantel. Der Mann war tot, daran bestand kein Zweifel. Auch wenn ihm tausend Fragen auf der Zunge

brannten – solange Edith sich nicht beruhigt hatte, würde er nichts in Erfahrung bringen.
»Ich bringe dich in die Küche.« Vorsichtig zog er Edith hoch, und die stützte sich schwer auf seinen Arm.
»Was … was ist mit … ihm?« Edith vermied es, in Richards Richtung zu schauen.
»Wir können ihm nicht mehr helfen.« Frank nahm eine Decke und breitete sie über den leblosen Körper. »Wir kümmern uns später um ihn, zuerst musst du dich beruhigen und mir sagen, was geschehen ist.«
Auf der Treppe taumelte Edith und wäre gefallen, hätte Frank sie nicht festgehalten. Kurzentschlossen nahm er sie auf die Arme und trug sie in die Küche, in der das Feuer im Ofen brannte und es angenehm warm war. Er setzte Edith in den Schaukelstuhl direkt neben dem Herd und sagte: »Ich bin gleich wieder da, hole nur etwas zu trinken.«
Während er im Gastraum nach einer Flasche Brandy und zwei Gläsern griff, fühlte er sich wie in einem Alptraum gefangen, aus dem er jeden Moment zu erwachen hoffte. Instinktiv wusste er, dass etwas Furchtbares geschehen war, und er musste den Impuls, einfach fortzulaufen, gewaltsam unterdrücken. Euphorisch und voller Freude hatte er in Dublin gegen Abend eine frühere Maschine genommen, ohne Edith anzurufen, denn er wollte sie überraschen. Der Geschäftsabschluss war erfolgreich und für die Firma Beckford zu sehr guten Konditionen abgeschlossen worden. Heute Abend hatte er mit Edith Champagner trinken und feiern wollen, stattdessen fand er sie mit einem anderen Mann im Bett vor, und dieser war auch noch tot …
Wie glühendes Eisen brannte eine kleine Schachtel in Franks Jackentasche. In Dublin hatte er einen Ring gekauft – eine

schlichte, aber kunstvoll gefertigte Arbeit irischer Handwerkskunst. Das Schmuckstück sollte Ediths Verlobungsring werden …

Das erste Glas stürzte Edith wie eine Verdurstende hinunter, und auch Frank nahm einen kräftigen Schluck. Er zog einen Stuhl heran und setzte sich ihr schweigend gegenüber. Sie hatte sich zwar ein wenig beruhigt, weinte aber noch immer – ein hilfloses Weinen, das ihren Körper erbeben ließ.

»Was ist geschehen?«, fragte Frank, nachdem sie den zweiten Brandy getrunken hatte. Seine Stimme klang ruhiger, als ihm zumute war. »Wer ist der Mann in deinem Schlafzimmer?«

Als Edith den Kopf hob und sich ihre Blicke kreuzten, bemerkte Frank, dass sie langsam wieder in diese Welt zurückkehrte. Lediglich ihre Hände, die das leere Glas wie einen Rettungsanker umklammerten, zitterten noch.

»Es ist nicht so, wie du denkst …«

Im selben Moment, als sie die Worte aussprach, wusste Edith, wie banal sie klangen, und Frank entgegnete auch schon: »Ach ja? Und wie ist es dann?« Frank konnte einen ironischen Unterton in seiner Stimme nicht verbergen, denn auch seine Nerven waren bis zum Zerreißen gespannt. »Ich komme früher als erwartet zurück und finde – wie in einem schlechten Roman – die Frau, die ich liebe und von der ich glaubte, sie würde mich ebenfalls lieben, mit einem anderen Mann im Bett vor. Aber damit nicht genug!« Er lachte bitter. »Der Mann ist auch noch tot! Was bitte, liebe Edith, soll ich deiner Meinung nach also denken?«

Ediths Tränen versiegten, und sie putzte sich die Nase. Ähnlich der Nacht, in der Jowna im Bombenhagel gestorben war, wusste Edith, dass sie wiederum an einem Wendepunkt in ihrem

Leben angekommen war. Es war vorbei. Die Zeit der Heimlichkeiten war beendet, es hatte keinen Sinn mehr, länger zu leugnen und Ausflüchte und weitere Lügen zu erfinden.

»Der Tote heißt Richard Blamey, und er kommt aus meiner Heimatstadt in Cornwall.« Edith blickte Frank in die Augen. »Er wollte mich erpressen, mit ihm zu schlafen, aber bevor es dazu kommen konnte, ist er zusammengebrochen. Frank, ich schwöre dir, ich habe damit nichts zu tun! Schon als Richard mich heute Mittag aufsuchte, bemerkte ich, dass er krank war. Dann am Abend … plötzlich hat er schwer geatmet, sich an die Brust gegriffen, und dann war er tot.«

Frank ging auf ihre letzten Sätze nicht ein, stattdessen fragte er ungläubig: »Ich verstehe nicht, warum er dich erpressen wollte. Was, in aller Welt, hatte er gegen dich in der Hand?«

Um Ediths Mundwinkel zuckte ein bitteres Lächeln. Müde erhob sie sich und trat zum Herd.

»Es ist eine lange, eine sehr lange Geschichte, Frank. Bevor ich sie dir erzähle, würde ich gerne eine Kanne Tee aufbrühen. Tee hat mich immer beruhigt und mir so manche Situation erleichtert.«

Schweigend sah Frank zu, wie Edith den Tee zubereitete. Sie war jetzt wieder fast so, wie er sie kennengelernt hatte – gelassen und zumindest nach außen hin ruhig. Fast schien es, als wäre es ein Abend wie viele andere zuvor, aber die Tatsache, dass in Ediths Schlafzimmer ein Toter lag, ließ sich nicht leugnen.

Nachdem Edith mit ihrem Bericht angefangen hatte, konnte sie nicht mehr aufhören. Als wäre ein Damm, hinter dem sich Massen von Wasser angesammelt hatten, gebrochen, flossen die Worte nur so aus Edith heraus. Für Edith war es eine immense

Erleichterung, endlich über alles, was seit Jahren auf ihren Schultern lastete, sprechen zu können, und sie dachte nicht daran, welche Konsequenzen es für sie haben könnte. Die Einzige, an die Edith dachte, war Blanche, und wie sie die Wahrheit, nicht ihre leibliche Tochter zu sein, aufnehmen und wie sich dies alles auf ihr ohnehin angespanntes Verhältnis auswirken würde. Blanche würde sie hassen, und Edith konnte sie sogar verstehen. Was würde mit Blanche geschehen, würde man sie, Edith, verhaften und einsperren? Brachte man Blanche dann in ein Kinderheim? Oh, alles, bloß das nicht! Oder würde man sie zu Samuel Pencarron bringen? Aber wie würde dieser mit der Tatsache, plötzlich eine Nichte zu haben, klarkommen? Einst hatte Edith geglaubt, Samuel zu kennen, doch dann hatte er sein wahres Gesicht gezeigt und sie, als sie ihn am nötigsten brauchte, verlassen. Würde er die Tochter seines Bruders bei sich aufnehmen und ihr die Zuneigung entgegenbringen, die sie, Edith, für Blanche empfand?

Edith beschönigte Frank gegenüber nichts von ihrer gemeinen Tat. Sie versuchte auch nicht, die Hauptschuld auf ihre tote Schwester abzuwälzen, obwohl Jowna sich nicht mehr verteidigen konnte. Sie, Edith, trug genauso viel Schuld. Damals in der Hütte hätte sie Jowna das Kind einfach abnehmen und nach Pencarron Manor zurückbringen müssen. Jowna hätte nichts dagegen ausrichten können, aber Edith war zu feige gewesen, das Verbrechen zu verhindern. Dass Jowna sie mit der Entführung überrumpelt hatte, glich einer schalen Ausrede. Edith war zu schwach, wahrscheinlich auch zu naiv und dumm gewesen, um sich gegen Jowna durchzusetzen, und ein wenig hatte sie sogar selbst daran geglaubt, dass Jownas Plan Erfolg haben könnte. Die Aussicht auf eine Menge Geld, das sie unabhängig gemacht hätte, war damals verlockend gewesen. Diesbezüglich machte Edith sich nichts vor.

Während sie sprach, saß Frank mit versteinertem Gesicht ihr gegenüber und unterbrach sie kein einziges Mal. Das erste fahle Morgenlicht eines weiteren Wintertages kroch schon langsam durch die Fenster, als Edith mit den Worten schloss:

»Ich hätte mit Richard geschlafen und es ertragen, weil ich Blanche die Wahrheit ersparen wollte. Wahrscheinlich wäre er immer und immer wieder zurückgekommen, ich sah jedoch keinen anderen Weg. Ich weiß, du wirst mich jetzt hassen, aber eines musst du mir glauben, Frank: Richard starb völlig ohne mein Zutun, obwohl ich allen Grund hatte, ihn umzubringen.«

»Ich glaube dir«, sagte Frank mit rauher Stimme, und er meinte es ehrlich.

»Rufst du nun die Polizei?« Edith sah Frank resigniert an. »Ich habe so schreckliche Angst. Nicht um mich, nein, einzig um Blanche. Was werden sie mit ihr machen? Wohin wird man sie bringen, wenn ich ins Gefängnis komme?«

Frank trat zu ihr, zog sie aus dem Stuhl hoch und nahm sie in die Arme. Mechanisch strichen seine Hände über Ediths Haar.

»Mein armes Mädchen, was hast du durchmachen müssen.«

Edith hob den Kopf und sah Frank erstaunt an.

»Du verachtest mich nicht?«

Frank schüttelte langsam den Kopf.

»Verachtung ist ein großes Wort. Nimm zum Beispiel die Deutschen – die Welt hätte allen Grund, sie zu verachten, trotzdem sind wir bemüht, dem Land und seinem Volk wieder auf die Beine zu helfen. Für das, was du und deine Schwester getan habt, gibt es keine Entschuldigung, das weißt du selbst, trotzdem verstehe ich eure Beweggründe. Und ein bisschen muss ich dich sogar bewundern, wie du Blanche als dein Kind angenommen hast. Ich wäre nie auf die Idee gekommen, sie könnte nicht deine Tochter sein.«

»Sie wird mich hassen …«

»Sie braucht es nicht zu erfahren«, unterbrach Frank, und Edith wich einen Schritt zurück.

»Was willst du damit sagen? Frank, ich kann mich nicht ausweisen, und ich bin nirgends registriert! Eine Edith Gordon gibt es überhaupt nicht. Wenn ich Richards Tod melde, dann kommt jede Menge Papierkram auf mich zu, und die Wahrheit wird ans Licht kommen. Und ich werde erklären müssen, in welcher Beziehung ich zu Blamey stand und wie es dazu kommen konnte, dass er in meinem Bett gestorben ist.«

Frank ging langsam auf und ab und runzelte nachdenklich die Stirn, dann deutete er mit einer Hand nach oben.

»Er hat versucht, dich auf eine ganz gemeine Art und Weise zu erpressen. Das an sich ist eine Straftat. Nun, er wurde von einer höheren Macht gestraft. Aber du hast recht, wenn wir die Polizei informieren, dann wird deine wahre Identität wohl aufgedeckt werden, und nach allem, was du mir erzählt hast, liegt die Vermutung nahe, dass man dahinterkommen wird, dass Blanche dieses entführte Kind aus Cornwall ist. Aber ihre richtigen Eltern sind tot. Es gibt niemanden, der sich ihrer annehmen kann.«

»Da wäre noch Samuel, ihr Onkel …« Edith senkte den Kopf und versuchte, den Kloß in ihrem Hals zu ignorieren. »Richard hat gesagt, dass er den Krieg überlebt hat …«

Mit einem Schritt trat Frank auf sie zu. Seine Hände umklammerten Ediths Schultern, und er schüttelte sie.

»Hör zu, Edith Gordon, oder Edwina Goldsworthy, wie du richtig heißt. Ich werde dir helfen. Mein Gott, ich weiß nicht, warum und wieso, aber ich kann den Gedanken, dass sie dich für den Rest deines Lebens hinter Gitter sperren, nicht ertragen, wenn es überhaupt bei Gefängnis bleibt, denn bei uns in den Staaten steht auf Kindesentführung immer noch die Todesstrafe. Ich kenne die englischen Gesetze nicht, kann mir aber vorstellen, dass es hier ähnlich gehandhabt wird. Was weißt du über diesen Blamey? Hat er Familie, Verwandte oder Freunde, die ihn vermissen werden? Nein? Dann komm, wir müssen seine Sachen durchsuchen, ob es einen Hinweis gibt.«

»Was hast du vor? Frank, so warte doch …«

Hastig lief Edith Frank in ihr Schlafzimmer nach. Sie zuckte zusammen, als ihr Blick auf die Decke fiel, unter der sich Richards Körper abzeichnete. Frank kramte in Richards Jacken- und Manteltaschen, bis er seine Geldbörse gefunden hatte, in der sich auch einige Papiere befanden.

»Knappe vierzig Pfund«, murmelte er, zog dann einen Pass heraus und schlug ihn auf. »Hier schau, Edith, es ist eine Adresse in Camborne in Cornwall angegeben. Allerdings gibt es keine Fotos einer Frau oder von Kindern. Weißt du, ob er verheiratet war?«

Edith schüttelte den Kopf.

»Nein, er hat mir nur gesagt, er sei aus geschäftlichen Gründen zufällig in der Gegend.«

Frank fand eine Visitenkarte und hielt sie Edith hin.

»Er hat als Versicherungsvertreter gearbeitet. Schau, der Hauptsitz der Versicherung ist in Exeter, wahrscheinlich war Blamey auf Kundenreise.«

»Ich kann mir nicht vorstellen, dass es eine Frau gibt, die es an seiner Seite ausgehalten hat«, stieß Edith hervor und schüttelte sich angeekelt.

Frank wandte sich zur Tür.

»Der große, dunkle Wagen draußen gehört ihm, nicht wahr? Ich schau nach, ob ich dort etwas finde. Du wartest hier.«

Obwohl Frank keine zehn Minuten draußen war, schien es Edith Stunden zu dauern, in denen sie allein mit dem Toten im Zimmer war. Als Frank endlich zurückkam, zuckte er bedauernd mit den Schultern.

»Es gibt keinen Hinweis auf eine Familie oder sonstige Verwandte. Im Auto befindet sich nur ein kleiner Koffer mit ein paar Sachen zum Wechseln. Es sieht nicht so aus, als hätte er geplant, länger als zwei, drei Tage unterwegs zu sein.« Frank trat zum Bett und lüpfte eine Ecke der Decke. »Wir müssen ihn fortschaffen, solange es noch nicht richtig hell ist«, fuhr er fort.

Edith sprang auf die Füße.

»Fortschaffen wohin? Was meinst du damit?«

Franks Gesichtsausdruck war hart und entschlossen, und Edith erkannte den Soldaten in ihm. Frank hatte gekämpft, und viele Menschen waren durch seine Hand gestorben, aber das war seine Aufgabe im Krieg gewesen. Edith bekam einen Eindruck davon, wie hart solche Erlebnisse einen Menschen machen konnten.

»Wenn du willst, dass Blanche bei dir bleibt und nie die Wahrheit erfährt, dann hast du nur eine Chance: Die letzten Stunden sind nie geschehen.« Franks Blick bohrte sich in Ediths Augen. »Du liebst Blanche doch, oder?«

»Mehr als alles andere auf der Welt! Ich würde alles tun, damit ihr niemals ein Leid geschieht.«

»Dann komm, wir müssen die Leiche beseitigen. Kennst du einen Ort, wo man ihn nicht finden wird?«

Ein eiskalter Schauer lief über Ediths Rücken, und ihre Hände begannen wieder unkontrolliert zu zittern.

»Warum tust du das? Weshalb willst du mir helfen? Du machst dich mitschuldig. Die Entführung ist eine Sache, aber eine Leiche verschwinden zu lassen …«

»Halt den Mund, Edith.« Beinahe grob umklammerten seine Hände ihre Oberarme. »Nenn mich wahnsinnig, aber ich will nicht, dass sie dich verhaften. Dieser Blamey war ein Schwein. Ich werde es nicht zulassen, dass du den Rest deines Lebens für etwas büßen musst, das ohnehin nicht mehr zu ändern ist. Also, hast du eine Idee, wohin man die Leiche schaffen könnte? Um den Wagen kümmere ich mich später.«

»Der Keller … Wir bauen einen neuen Vorratsraum, aber die Arbeiter haben bisher nur einen Teil der Mauer hochgezogen. Es ist alles unten … Steine, Mörtel und Werkzeug …«

Mein Gott, was taten sie da? Edith fühlte sich, als würde sie im Kino sitzen und einer Person, die ihr ähnelte, zusehen. Sie war dabei, einen Menschen auf immer und ewig verschwinden zu lassen. Mit ihr selbst hatte das jedoch nichts zu tun. Es war eine Fremde, die agierte. Tief im Inneren wusste Edith jedoch, dass ihr keine andere Wahl blieb. Ein Verbrechen zog immer das nächste nach sich …

Routiniert, als würde er so etwas jeden Tag tun, warf Frank alle persönlichen Gegenstände Blameys auf einen Haufen und wies Edith an: »Das muss alles verbrannt werden. Und jetzt hilf mir, ihn in den Keller zu schaffen.«

Mit vereinten Kräften zogen sie den schweren Körper die Treppen hinunter. Edith befürchtete, ihr Rücken würde unter dem Gewicht brechen, und ihre Oberarme verkrampften sich vor Anstrengung, aber schließlich hatten sie es geschafft. Während sich Edith, erschöpft und nach Atem ringend, auf den Boden sinken ließ, holte Frank einen Spaten aus dem Schuppen hinter dem Haus und grub ein längliches Loch dicht an der Außenwand des Kellers. Obwohl es im Keller eiskalt war, lief ihm der Schweiß in Strömen über den Körper. Die Arbeit war sehr anstrengend, denn der Boden war im Laufe der Zeit hart geworden, und das Loch musste tief und groß sein. Zitternd half Edith schließlich, den Toten in sein kaltes Grab zu legen, wobei es ihr immer noch vorkam, als würde das alles hier nicht wirklich geschehen, sondern wäre nur ein böser Traum. Als Richard in der Grube lag, ging Edith nach oben, um für Frank ein Bier zu zapfen, während er Wasser holte und den Mörtel anrührte. Dann setzten Edith und Frank Stein für Stein einer neuen Mauer vor das Grab. Der Spalt war nur zwei Fuß breit. Auf den ersten Blick, und da es für das alte Gebäude ohnehin keinen Grundrissplan gab, würde es niemandem auffallen, dass der Raum ein wenig kleiner geworden war.

»Du rufst die Baufirma an und sagst ihnen, du hättest Besuch von entfernten Verwandten bekommen, die geholfen haben, die Mauer hochzuziehen, weil du mit der Arbeit so schnell wie möglich fertig werden wolltest«, sagte Frank bestimmt, nachdem er den letzten Stein eingesetzt und verputzt hatte. »Jetzt können wir nur hoffen, dass kein Verwesungsgeruch in den Keller dringt. Solltest du etwas bemerken, dann erkläre es mit toten Ratten oder ähnlichem Getier. Hast du das verstanden?«

Edith nickte wie in Trance. Sie hatte gerade mitgeholfen, einen Menschen zu begraben und einzumauern! Das war schlimmer als der schlimmste Horrorfilm, das war ein Alptraum, der sie für den Rest ihres Lebens verfolgen würde. Ebenso entsetzlich war auch die Erkenntnis, wie kaltblütig und überlegt Frank ihr half. Obwohl sie für sein Schweigen und seine Hilfe dankbar war und für immer in seiner Schuld stehen würde, fühlte sie sich gleichzeitig auch von seinem Verhalten abgestoßen. Edith wusste kaum etwas von Franks Zeit in der Armee, aber eine derart kriminelle Energie hätte sie ihm niemals zugetraut. In diesem Moment wurde ihr klar, dass es für sie beide niemals eine gemeinsame Zukunft geben konnte.

»Und jetzt haben wir uns einen kräftigen Schluck verdient.« Franks Lippen verzogen sich, aber das Lächeln erreichte nicht seine Augen.

Sie packten das Werkzeug zusammen und gingen nach oben. Edith holte Richards Sachen, und als sie in die Küche kam, hatte Frank bereits das Feuer im Herd geschürt. Die Flammen erfassten sofort die Kleidung und die Papiere. Während Edith ins Feuer starrte, in dem die letzten Beweise von der Anwesenheit Richard Blameys in diesem Haus in Rauch aufgingen, schenkte Frank zwei doppelte Whiskys ein. Edith stürzte den Inhalt ihres Glases in einem Zug hinunter, obwohl sie Whisky eigentlich nicht mochte, und Frank schenkte noch mal nach. Der ungewohnte Alkohol bescherte ihr ein angenehmes, benebeltes Gefühl. Sie wollte nicht darüber nachdenken, was sie getan hatten. Nicht jetzt, nicht heute … und morgen auch nicht …

»Warum tust du das alles, Frank?«, flüsterte sie und sah nach draußen, wo es zu schneien begonnen hatte.

Frank zuckte mit den Schultern.

»Ich sagte es bereits: Ich möchte nicht, dass du verurteilt wirst. Dieser Blamey ist tot, die Wahrheit hätte ihn auch nicht mehr zum Leben erweckt, und er war ein schändlicher Mensch.« Er stand auf und trat vor Edith.

»Ich bring jetzt das Auto fort. Ich werde es irgendwo im Wald abstellen, man wird dann denken, Blamey wäre spurlos verschwunden. Es wird wohl eine Weile dauern, bis man über die

Zulassung herausfindet, wem der Wagen gehört. Vielleicht wird die Polizei auch bei dir vorbeischauen und dir Fragen stellen. Etwa, ob Blamey Gast im Crown Inn gewesen war. Ich bin überzeugt, du schaffst das, nicht wahr? Immerhin ist das Lokal geschlossen, man wird dir glauben, dass hier seit Tagen kein Gast war. Warte, bis ich zurückkomme, und öffne niemandem die Tür.«

Kurz darauf hörte Edith, wie er den Wagen startete. Von Minute zu Minute schneite es heftiger, und kein anderes Auto war auf der Straße zu sehen. Zwischen Weihnachten und dem Jahreswechsel waren sie und Frank in dem weitläufigen Waldstück spazieren gegangen, hatten die friedliche Stille genossen und sich später zärtlich und ausgiebig geliebt. Mein Gott, war das wirklich erst vor wenigen Tagen gewesen? Edith hatte das Gefühl, all dies hätte in einer anderen Zeit, in einem anderen Leben stattgefunden. In einem Leben, in dem niemand wusste, dass sie nicht Edith Gordon hieß und Blanche nicht ihre leibliche Tochter war …

Trotz allem, was geschehen war, bekam sie plötzlich Hunger. Sie kochte ein Ei und aß eine Scheibe Toast dazu, dann begann sie, die Küche aufzuräumen und die Schränke zu putzen. Mit irgendetwas musste sie sich beschäftigen, wollte sie nicht wahnsinnig werden. Morgen würde Blanche zurückkommen … Mein Gott, wenn das Kind in den Keller ging! Nie wieder würde sie selbst ohne Grauen den Keller betreten können. Es war falsch gewesen, Richard hier zu begraben und einzumauern. Sie musste sich der Polizei stellen, sie konnte unmöglich für den Rest ihres Lebens mit einer Leiche im Keller leben und so tun, als wäre nichts geschehen! Gerade als Edith überlegte, das nächstgelegene Polizeirevier zu verständigen, klingelte das Tele-

fon. Der Ton hallte so schrill durch die Räume, dass Edith zu zittern begann.
»Ja?«, hauchte sie in den Hörer.
»Guten Morgen, Edith, gut, dass du schon wach bist.« Es war Ilse, die trotz der frühen Stunde schon sehr munter klang.
Ein Schreck durchfuhr Edith.
»Ilse? Ist etwas mit Blanche?«
»Nein, nein, alles in Ordnung. Ich wollte dich nicht erschrecken, aber bei uns schneit es sehr heftig, und gerade haben sie im Radio gemeldet, dass es im Laufe des Tages noch schlimmer werden soll. Du weißt, wie abgelegen wir wohnen, darum würde ich Blanche gern schon heute zurückbringen, solange die Straßen noch befahrbar sind. Ich wollte nur sicher sein, dass du zu Hause bist.«
In Ediths Kopf rauschte es, und ein ziehender Schmerz breitete sich hinter ihrer Stirn aus.
»Ja, ich bin da, und hier schneit es auch. Es ist bestimmt besser, wenn ihr gleich losfahrt.«
»Gut, dann bis später.«
Wann würden Blanche und Ilse kommen? In etwa ein, zwei Stunden vielleicht. Bis dahin wäre auch Frank wieder zurück. Ediths Hände zitterten erneut, und der Schmerz in ihrem Kopf verstärkte sich. Mein Gott, vor wenigen Stunden war in ihrem Bett ein Mensch gestorben, sie hatten die Leiche im Keller eingemauert, und Frank war gerade dabei, das Auto von Richard Blamey zu beseitigen, so dass nichts mehr auf seinen Besuch im Gasthaus hinwies.
»Gib mir Kraft, mir gegenüber Blanche nichts anmerken zu lassen!«
Edith wusste nicht, zu wem sie das Stoßgebet murmelte. Gott

konnte es nicht sein, denn er hatte sich längst von ihr abgewandt. Vielleicht war es der Teufel höchstpersönlich? Edith hatte nie an die Geschichten von Himmel und Hölle geglaubt, jetzt jedoch war sie sich sicher, nach ihrem Tod dem Satan persönlich gegenübertreten zu müssen.

Eine halbe Stunde nach dem Telefonat stolperte Frank zur Tür herein. Sein Haar und der Mantel waren schneebedeckt, und er rieb sich frierend die geröteten Hände, denn er war zu Fuß durch den Schnee zum Wirtshaus zurückgelaufen.

»Ich wollte nicht riskieren, ein Taxi zu rufen, damit sich kein Fahrer später an mich erinnern kann.«

Unaufgefordert reichte Edith ihm eine Tasse heißen Tee, an dem er dankbar nippte, und sagte, dass Ilse und Blanche im Laufe des Vormittags kommen würden. Frank atmete mehrmals tief durch, trat vor Edith und sah sie ernst an.

»Es ist vielleicht besser, wenn ich bis dahin verschwunden bin, nicht wahr?«

Als sie seinen Blick sah, wusste sie, was nun folgen würde. Es musste so kommen, er hatte keine andere Wahl, darum kam sie ihm zuvor.

»Das bedeutet Adieu, nicht wahr?«

Frank nickte und streckte eine Hand aus, als wolle er Ediths Wange streicheln, zuckte aber vor der Berührung zurück.

»Ich hätte mich bemüht, Blanche ein guter Vater und dir ein guter Ehemann zu sein. Aber nun weiß ich, dass du nicht Blanches Mutter bist und wer ihre richtigen Eltern sind. Damit kann ich nicht umgehen, Edith, du musst das verstehen. Irgendwann würde die Wahrheit aus mir herausplatzen, unbewusst vielleicht, und damit würde ich euer Leben zerstören. Ich liebe und achte dich immer noch, aber mit dem, was geschehen ist, kann ich nicht leben. Irgendwann, wenn die Leidenschaft unserer Liebe abkühlt, wenn unsere Gefühle den Belastungen des Alltags vielleicht nicht mehr standhalten können, würde ich es dir vorwerfen. Das möchte ich in unser beider Interesse vermeiden, darum muss ich gehen. Wir werden uns niemals wiedersehen.«

Schweigend blieb Edith sitzen, als Frank zur Tür ging. Es war wie in Zeitlupe, als er diese öffnete und ohne ein weiteres Wort, ohne einen Blick zurück hinausging und die Tür hinter ihm ins Schloss fiel.

»Leb wohl, Frank Beckford«, murmelte Edith in die Stille der Küche, und sie sah die Schneeflocken an der Fensterscheibe kleben. »Es war ein schöner Traum, der niemals Realität hätte werden können.«

Irgendwann, sie wusste nicht, wie viel Zeit vergangen war, erhob sie sich müde und schürte erneut das Feuer, das auszugehen drohte. Dann setzte sie den Kessel auf und begann ein paar Sandwiches zu machen. Ilse und Blanche hatten bestimmt Hunger, wenn sie kamen. Kurze Zeit später hörte sie Motorengeräusch. Sie legte sich den Mantel um die Schultern und trat hinaus. Große, dichte Flocken fielen lautlos vom Himmel, und eine angenehme Ruhe lag über der Welt. Eine Ruhe, die durch nichts zu erschüttern war. Edith beobachtete, wie Ilse den Lieferwagen parkte, dann schoss plötzlich ein scharfer Schmerz durch ihren Hinterkopf, der drohte ihre Schädeldecke zu sprengen. Als hätte jemand das Licht ausgeknipst, wurde es dunkel, und sie sank ohnmächtig in den weißen Schnee.

24. Kapitel

Sie kommt zu sich.« Wie durch eine Nebelwand hörte Edith die geflüsterten Worte, und eine kühle Hand legte sich auf ihre Stirn. »Holen Sie die Schwester, Ilse.«

Edith wollte die Augen nicht öffnen. Sie wollte weiterschlafen, wieder eintauchen in die Schwärze des Vergessens, in der es keinen toten Mann im Keller und keinen Frank gab, der sie für immer verlassen hatte. Ihre Augenlider flatterten, dann erkannte sie Lady Bedingfield, die sich besorgt über sie beugte.

»Endlich sind Sie aufgewacht, Edith! Wir haben uns große Sorgen um Sie gemacht.«

»Ich habe Durst«, presste Edith hervor. Ihre Stimme war rauh, und die Zunge lag ihr wie ein dicker Klumpen im Mund.

Mit einem Arm stützte Lady Bedingfield sie im Rücken, damit Edith sich aufrichten konnte, mit der anderen Hand hielt sie ihr einen Becher mit Wasser an die Lippen. Edith nippte an dem kühlen Nass, dann ließ sie sich wieder in die Kissen zurücksinken. Mit einem Blick hatte sie erkannt, dass sie sich in einem Krankenhaus befand.

»Was ist geschehen? Warum sind Sie hier, Mylady?«

Lady Bedingfield lächelte zwar, aber der Ausdruck in ihren Augen war immer noch voller Sorge.

»Blanche hat mich angerufen, als Sie nach drei Tagen immer

noch bewusstlos waren und die Ärzte keine Erklärung dafür finden konnten. Das Mädchen war ehrlich verzweifelt …«

»Drei Tage!« Edith schüttelte fassungslos den Kopf. »Ich erinnere mich, hinausgegangen zu sein, als Ilse und Blanche kamen. Es hat geschneit … aber dann weiß ich nichts mehr.«

Die Tür öffnete sich, und ein Arzt und eine Krankenschwester traten ins Zimmer, dicht gefolgt von Ilse und Blanche, die Edith angstvoll anstarrte. Edith gab es einen Stich ins Herz, und sie sagte: »Es ist alles in Ordnung, mein Kind, du musst dir keine Sorgen machen.«

»Das zu beurteilen überlassen Sie besser uns«, unterbrach der Arzt sie mit sonorer, aber nicht unfreundlicher Stimme. Er wandte sich an die Besucher. »Wenn Sie mich und Schwester Rose bitte allein lassen würden, meine Damen.«

»Wir warten draußen!«, rief Ilse und schob Blanche vor sich her aus dem Zimmer, Lady Bedingfield folgte zögernd.

Die Schwester legte Edith ein Blutdruckmessgerät an und sagte dann: »125 zu 82, Puls 58, Doktor.«

Der Arzt nickte zufrieden.

»Also völlig in Ordnung, Mrs. Gordon. Mein Name ist Doktor Brown, und Sie befinden sich im Krankenhaus in Cheltenham.«

»Was ist eigentlich geschehen, Doktor?«

Dr. Brown zuckte mit den Schultern. »Nach Aussage Ihrer Bekannten sind Sie ohnmächtig zusammengebrochen. Wegen des schlechten Wetters dauerte es einige Zeit, bis ein Rettungswagen vor Ort war und Sie ins Krankenhaus bringen konnte. Sie waren drei Tage bewusstlos, und wir haben einige Untersuchungen durchgeführt, die aber allesamt zu keinem positiven Befund führten. Nach meinen Erkenntnissen sind Sie völlig

gesund. Hatten Sie derartige Bewusstseinsstörungen schon früher?«
Edith schüttelte den Kopf.
»Nein, Herr Doktor, noch nie. Allerdings hatte ich starke Kopfschmerzen, bevor es schwarz um mich herum wurde.«
Er nickte verstehend.
»Waren Sie vielleicht einer besonders anstrengenden und belastenden Situation ausgesetzt, oder stehen Sie generell unter großem Stress? Gibt es Probleme, die Sie belasten?«
Edith zuckte zusammen, ihr Atem beschleunigte sich. Sie versuchte, sich nichts anmerken zu lassen, und sagte hastig:
»Nicht mehr als andere Menschen auch, Doktor. Ich führe einen Gasthof, da ging es über Weihnachten und den Jahreswechsel recht turbulent zu …«
Dr. Brown tastete noch einmal nach ihrem Puls und runzelte die Stirn. »Ihr Pulsschlag hat sich beschleunigt. Wahrscheinlich denken Sie zu viel an die Arbeit. Wir werden Sie noch zwei, drei Tage hierbehalten und weitere Untersuchungen durchführen. Sollten diese ebenfalls ohne Befund sein, verordne ich Ihnen ein paar Wochen Ruhe.« Er wandte sich zum Gehen. »Ich schaue gegen Abend wieder nach Ihnen, Mrs. Gordon.«
Als Dr. Brown gegangen war, sagte die Schwester freundlich:
»Sie haben bestimmt Hunger, nicht wahr? Schließlich haben Sie seit drei Tagen nichts gegessen. Ich werde Ihnen gleich etwas bringen, vorher brauche ich aber noch Ihre Sozialversicherungsnummer für den National Health Service wegen der Abrechnung der Kosten. Als man Sie einlieferte, hatten Sie keine Papiere bei sich.«
Edith erbleichte und stieß hastig hervor: »Ich zahle privat, Schwester.«

Die Krankenschwester zog skeptisch eine Augenbraue hoch. »Das wird aber ziemlich teuer, Mrs. Gordon. Sie haben doch Anspruch auf die staatliche Gesundheitsversorgung ...«

»Ich versichere Ihnen, die Rechnung umgehend zu bezahlen«, unterbrach Edith sie. »Außerdem habe ich nicht vor, einen Tag länger als nötig hierzubleiben.«

Die Schwester zog aus einer Mappe, die sie zuvor auf den Nachttisch gelegt hatte, ein Blatt Papier hervor.

»Sie müssen mir diese Erklärung unterschreiben.«

Rasch überflog Edith den Text, in dem stand, dass sie eine Privatbehandlung wünschte und wo der Tagessatz des stationären Aufenthalts aufgeführt war. Es war eine hohe Summe, aber ihr blieb keine andere Wahl. Ohne zu zögern, setzte sie ihre Unterschrift in die entsprechende Zeile, dann sagte sie: »Kann ich jetzt bitte mit meiner Tochter sprechen?«

Die Schwester wandte sich zur Tür.

»Ich schicke die Damen wieder herein, aber sie dürfen nicht zu lange bleiben. Doktor Brown hat Ihnen Ruhe verordnet.«

Blanche näherte sich langsam und mit angstvollem Blick dem Krankenbett. Edith streckte beide Hände nach ihr aus.

»Komm her, mein Mädchen! Es tut mir leid, dass ich dich erschreckt habe, aber mir geht es wieder gut. Es war nur ein kleiner Schwächeanfall, das hat der Arzt gerade bestätigt.« Dann sah sie von Blanche zu Ilse und fragte: »Warst du in den letzten Tagen bei Blanche, Ilse?«

Die Freundin nickte.

»Bei dem Schneefall ist auf dem Hof nicht viel zu tun, darum können sich meine Schwiegereltern um meinen kleinen Sohn kümmern. Ronald war voller Verständnis, als ich ihm sagte, dass ich vorerst im Crown Inn bleiben werde, bis wir wissen, was mit dir los ist. Du meine Güte, du hast uns vielleicht einen Schrecken eingejagt, als du so einfach zusammengebrochen bist.«

Lady Bedingfield griff nach Ediths Hand und tätschelte sie mütterlich.

»Mir auch, meine Liebe, denn Sie wirkten immer so gesund und kräftig, aber ich weiß auch, wie sehr Sie sich für das Lokal aufopfern. Jetzt müssen Sie mal ein wenig langsamer tun. Dieser Arzt sagte uns draußen auf dem Flur, dass Sie Ruhe brauchen, also werden Sie, sobald man Sie hier entlässt, zu mir nach Bedingfield House kommen.«

»Das geht auf keinen Fall!« Edith fuhr in die Höhe. »Ich kann das Lokal nicht allein lassen …«

»Das Crown Inn ist bei Jean in den besten Händen.« Lady Bedingfield ließ keinen Einspruch gelten, und Ilse fuhr fort:

»Und ich werde versuchen, dich zu vertreten, Edith, das heißt, wenn du mir vertraust. Es ist niemandem damit gedient, wenn du wieder zusammenklappst und vielleicht ernsthaft krank wirst.«

Unsicher sah Edith von einer zur anderen, und Blanche schmiegte sich an ihre Brust.

»Bitte, Mama, ruh dich aus. Es tut mir so leid, dass ich in letzter Zeit so garstig zu dir war. Ich verspreche auch, dich niemals wieder zu ärgern. Von nun an werde ich immer lieb sein, damit du nie wieder krank wirst.«

Edith sah die stumme Verzweiflung in den Augen des Mädchens, und sie musste mehrmals schlucken, bevor sie antwortete: »Blanche, mein Liebling, du trägst doch keine Schuld daran. Hörst du, daran darfst du nicht einmal denken! Wahrscheinlich hat der Arzt recht, und ich habe einfach nur zu viel gearbeitet.«

Blanche hob den Kopf, und zum ersten Mal seit langer Zeit lag in dem Blick des Mädchens nicht Trotz oder gar Ablehnung, sondern zärtliche Liebe.

»Dann bist du mir auch nicht böse, dass ich eifersüchtig auf Frank war? Ich habe Ilse davon erzählt, und sie hat furchtbar mit mir geschimpft. Es tut mir leid«, wiederholte sie.

»Übrigens, Frank … Wo ist er eigentlich?«, fragte Ilse. »Blanche sagte, er wäre für ein paar Tage nach Irland geflogen, aber hätte er nicht längst zurück sein sollen? Wir hätten ihn informiert, wussten aber nicht, wo wir ihn erreichen können.«

Edith senkte den Blick und sagte leise: »Frank ist bereits zurück in die Staaten gereist.«

Ilse hörte den feinen Unterton in Ediths Stimme.

»Aber er kommt bald wieder, oder?«

Edith schüttelte den Kopf.

»Es ist aus, er wird nicht zurückkommen.«

»Und ich bin schuld!« Blanche begann zu weinen, und es kostete Edith einige Mühe, das Mädchen zu beruhigen.

»Nein, mein Schatz, es hat nichts mit dir zu tun! Frank und ich … wir haben einfach gemerkt, dass es keinen Sinn mit uns beiden hat. Er führt sein Leben in Amerika, und ich habe das Lokal … Da war es besser, sich zu trennen.«

Blanche war alt genug, um so offene Worte zu verstehen. Sie war kein Kind mehr, und es machte keinen Sinn, zu verheimlichen, dass Frank in Ediths Leben keine Rolle mehr spielte.

»Das tut mir so leid.« Voller Mitgefühl tauschten Ilse und Lady Bedingfield einen Blick, und Ilse fuhr fort: »Jetzt wissen wir auch, warum du zusammengebrochen bist, Edith. Halt, jetzt tu nicht so, als ob es dir nichts ausmachen würde.« Sie unterband einen Einwand Ediths. »Du wirkst immer so stark und überlegen, es ist jedoch keine Schande, auch mal zuzugeben, dass man Probleme hat und traurig ist. Liebeskummer kann einen nämlich auch krank machen.«

Edith nickte, wich aber Ilses Blick aus. Sollten sie ruhig glauben, dass die Trennung von Frank die Bewusstlosigkeit ausgelöst hatte. Besser, als wenn sie die Wahrheit erfahren würden.

»Ich habe diesen Mr. Beckford ja nie kennengelernt«, bemerkte Lady Bedingfield, »hätte Ihnen aber von ganzem Herzen ein neues Glück gewünscht, Edith. Sie werden sicher Ihre Gründe für die Trennung haben, umso wichtiger ist es, dass Sie zur Ruhe und für ein paar Wochen in eine andere Umgebung kommen. Sie werden sehen, ich werde Sie in meinem Haus schon auf andere Gedanken bringen, meine Liebe.«

»Ich danke Ihnen, Mylady«, entgegnete Edith leise, dann wandte sie sich an Blanche. »Und du, mein Kind, fährst ins Internat zurück und musst mir versprechen, dir keine Sorgen mehr zu machen, ja? Frank lässt dich herzlich grüßen, aber wir hätten keine Zukunft miteinander gehabt.«

»Ja, Mama, aber Frank wollte mir doch New York zeigen. Werden wir jetzt niemals nach Amerika fahren?«

»Jedenfalls nicht in der nächsten Zeit, Blanche, vielleicht später, wenn du älter bist.«

Edith wusste, das war eine weitere Lüge, aber sie musste Blanche beruhigen und vor allen Dingen vom *Crown Inn* fernhalten. Sie glaubte zwar nicht, dass Ilse oder Jean die neue Mauer im Keller auffallen würde, dennoch wollte sie so schnell wie möglich nach Hause, um zu kontrollieren, ob wirklich alle Spuren beseitigt waren. Sie setzte sich auf und sagte bestimmt:

»Ich glaube nicht, dass weitere Untersuchungen etwas bringen werden. Ich will noch heute das Krankenhaus verlassen.« Einen

Einwand Ilses wischte sie mit einer Handbewegung beiseite. »Ich fühle mich gesund und habe keine Lust, länger als nötig hierzubleiben. Hilf mir bitte, mich anzuziehen, damit wir fahren können.«

Nur widerwillig hatte Edith Lady Bedingfields Angebot, einige Zeit in Bedingfield House zu verbringen, angenommen, aber bereits nach zwei Wochen merkte sie, wie die Anspannung, unter der sie seit Richard Blameys Tod gestanden hatte, nach und nach von ihr abfiel. Sie litt nur noch selten an Kopfschmerzen und fühlte sich von Tag zu Tag besser, wozu auch lange, ausgedehnte Spaziergänge im weitläufigen Park des Anwesens beitrugen. Der älteren Freundin hatte Edith von Frank erzählt und war bei der Version geblieben, dass sie England nicht verlassen wollte, Frank seinerseits seine Firma in den Staaten leiten musste. Somit war jetzt, da ihre Gefühle füreinander noch nicht allzu intensiv waren, eine Trennung das Beste für alle Beteiligten. Lady Marjorie vertrat zwar die Meinung, man hätte sicher einen Weg gefunden, wenn sich Frank und Edith wirklich aufrichtig geliebt hätten, versuchte aber nicht, Edith zu überzeugen, wieder Kontakt mit Frank aufzunehmen. Überhaupt ließ sie Edith alle Zeit und Ruhe, die sie für sich brauchte. Meistens aßen die beiden Frauen gemeinsam zu Abend. Tagsüber jedoch war Edith sich selbst überlassen, da Lady Marjorie Verpflichtungen in diversen Komitees hatte. Wie schon die neun Jahre zuvor vermisste sie Frank, aber ihr Herz war nicht gebrochen. Das Bild des toten Richard konnte sie allerdings nicht aus ihrem Gedächtnis verbannen, ebenso wenig die Gewissheit, mit dem Beseitigen der Leiche eine weitere, schwere Straftat begangen zu haben. Wie sollte sie mit diesem Geheimnis leben?

Der Betrieb im *Crown Inn* nahm seinen gewohnten Gang. Etwa alle drei, vier Tage telefonierte Edith mit Ilse, und die Freundin versicherte, alles im Griff zu haben.

»Ich möchte dich hier erst wiedersehen, wenn du völlig gesund bist«, drohte sie, ein Lachen in der Stimme. »Noch einmal darfst du uns nicht einen solchen Schrecken einjagen.«

Edith versprach, noch zwei oder drei Wochen in Bedingfield House zu bleiben, aber allmählich wurde ihr der Müßiggang langweilig. Seit ihrer Kindheit war Edith an Arbeit und einen straff organisierten Tagesablauf gewöhnt, obwohl es eine Zeitlang angenehm gewesen war, nicht von einem Wecker aus dem Schlaf gerissen zu werden und nicht ständig mit dem Blick zur Uhr den Tag verbringen zu müssen. Trotz aller Dankbarkeit gegenüber Lady Marjorie begann Edith sich nach Abwechslung und nach dem Kontakt mit anderen Menschen zu sehnen.

Ein Lichtblick waren die Nachrichten von Blanche. Obwohl das Mädchen keine leidenschaftliche Schreiberin war, kam beinahe wöchentlich ein Brief. Edith beantwortete die Briefe immer am selben Tag. Ansonsten las Edith viel – die Bibliothek in Bedingfield House war die umfangreichste, die sie je gesehen hatte! – und ging spazieren. An einem klaren und recht milden Februartag entschloss sie sich, einen Ausflug in das zwanzig Meilen entfernte Oxford zu unternehmen. Lady Marjorie bestand darauf, dass Hanson Edith fahren sollte.

»Ich brauche seine Dienste heute nicht, denn das monatliche Treffen des Komitees für die Witwen und Waisen gefallener Soldaten aus unserer Gegend tagt heute in meinem Haus. Machen Sie sich einen schönen Tag, Edith.«

Edith kam sich seltsam vor, im Fond eines Rolls-Royce zu sitzen und sich wie eine richtige Lady fahren zu lassen. Andererseits

hätte sie sich niemals getraut, einen solch teuren Wagen eigenhändig zu steuern. In der Stadt angekommen, verabredete sie mit Hanson, wo und wann er sie wieder abholen sollte, dann schlenderte sie durch die Ladenstraßen. Ediths Garderobe entsprach längst nicht mehr dem Trend der Zeit. Obwohl ihr Mode nie sehr wichtig gewesen war, erstand sie ein neues elegantes Frühjahrskleid und zwei Röcke mit dazu passenden Blusen. Sie kam sich richtig verschwenderisch vor, als sie sich auch noch ein Paar neue Schuhe leistete. Gerade als sie überlegte, sich zum Abschluss des Tages noch einen Tee und ein Stück Kuchen in einem Café zu gönnen, fiel ihr Blick in das Schaufenster eines Friseurs. Auf großen Plakaten waren Köpfe von Damen abgebildet, die die neuen Frühjahrsfrisuren präsentierten. Ihr ganzes Leben lang hatte Edith ihr hellbraunes Haar schulterlang und nur selten offen getragen. Meistens steckte sie es zu einem lockeren Knoten im Nacken zusammen.
Zwei Stunden später trat Edith mit einem kinnlangen und hellblonden Bob aus dem Geschäft. Eine zusätzlich in Kosmetik ausgebildete Friseurin hatte ihr ein leichtes Make-up aufgelegt, das ihre grünen Augen betonte, und Edith musste sich eingestehen, dass ihr aus dem Spiegel eine andere Frau entgegensah. Da der Friseurbesuch länger als geplant gedauert hatte, musste sie sich beeilen, denn Hanson wartete sicher schon. Zum ersten Mal seit Wochen lachte Edith laut auf, weil der Chauffeur sie am vereinbarten Treffpunkt höflich, aber zurückhaltend fragte:
»Was kann ich für Sie tun, Lady?«
»Aber Mr. Hanson, ich bin es doch! Edith Gordon! Erkennen Sie mich denn nicht?«
»Donnerwetter!«, entfuhr es Hanson, woraufhin er sofort errötete und eine Entschuldigung stotterte.

Entspannt trat Edith die Rückfahrt an. Es war, als wäre mit ihren Haaren auch ein Teil der Probleme verschwunden, und zumindest für den Rest des Tages quälten sie keine Sorgen. Als dann auch Lady Marjorie sie erst auf den zweiten Blick erkannte und aufrichtig bestätigte, wie anders und wie attraktiv sie mit der neuen Frisur und dem Make-up aussah, und ihre Einkäufe lobte, war Edith nach langer Zeit entspannt und sogar ein wenig glücklich.

Zwei Tage später überraschte Lady Marjorie sie mit der Nachricht, ihr Sohn habe am Wochenende zu einer Fuchsjagd auf Bedingfield House eingeladen.

»Eine Jagd? Um diese Jahreszeit?«, fragte Edith erstaunt, aber Lady Marjorie winkte lächelnd ab.

»Die Damen und Herren lieben es, zu jeder Jahreszeit zu jagen. Es handelt sich ja mehr um das Vergnügen als darum, einen Fuchs zur Strecke zu bringen. Ich habe Ihnen bereits erzählt, dass wir jedes Jahr am Weihnachtstag eine große Fuchsjagd veranstalten, dieses Wochenende wird es aber nur eine kleine Gesellschaft sein, rund ein Dutzend Bekannte meines Sohnes. Er rief mich heute an und teilte mir mit, es handle sich um eine spontane Idee, die offenbar gestern Abend beim Besuch im Club geboren wurde.«

In den vergangenen Jahren hatte Edith Sir Walter, Lord Bedingfield, den zweiundfünfzigjährigen Sohn von Lady Marjorie, nur drei- oder viermal getroffen. Er lebte mit seiner Familie die meiste Zeit in London, wo er ein eigenes Haus in Mayfair bewohnte, und kam nur selten nach Oxfordshire. Eines Tages würde er den Besitz übernehmen, aber bis dahin überließ Sir Walter alles, was mit Bedingfield House zusammenhing, seiner

Mutter und dem tüchtigen Verwalter. Sir Walter war im Finanzwesen tätig, was genau er machte, wusste Edith nicht, und es ging sie auch nichts an. Auf jeden Fall war die Gesellschaft ein guter Grund für Edith, sich von Lady Marjorie zu verabschieden und in die Cotswolds zurückzukehren. Als sie ihren Entschluss der älteren Freundin mitteilte, wollte diese davon allerdings nichts hören.

»Das kommt gar nicht in Frage, Edith! Sie müssen unbedingt übers Wochenende bleiben.«

»Mylady, ich bin Ihnen wirklich sehr dankbar für alles, was Sie für mich getan haben«, entgegnete Edith aufrichtig. »Wenn ich jedoch ehrlich bin, so zieht es mich zurück zu meiner Arbeit. Ich habe mich blendend erholt und fühle mich nicht nur völlig gesund, sondern auch voller Tatendrang. Es wird Zeit, ins Crown Inn zurückzukehren.«

Lady Marjorie drohte ihr spielerisch mit dem Zeigefinger.

»Meine Liebe, Sie wollen doch nur sehen, ob das Lokal auch ohne Sie gut geführt wird, aber da können Sie ganz unbesorgt sein. Jetzt kommt es auf ein paar Tage mehr nicht an. Bitte, tun Sie mir den Gefallen, und bleiben Sie übers Wochenende.«

Edith zögerte. Sie hatte wenig Lust auf die Gesellschaft, die ausschließlich aus adligen und vermögenden Personen bestehen würde.

»Ich fürchte, ich habe für einen solchen Anlass nichts Passendes anzuziehen«, wandte sie schließlich ein, da sie wusste, dass Lady Marjorie stets großen Wert auf eine angemessene Kleidung legte. »Davon abgesehen mache ich mir nichts aus der Jagd, und ich kann auch nicht reiten, Mylady.«

Lady Marjorie wischte auch diesen Einwand mit einer Handbewegung beiseite.

»Ach was, Edith, es wird eine ganz zwanglose Gesellschaft – mein Sohn und die Gäste werden im Laufe des Freitags anreisen, am Abend gibt es ein einfaches Dinner, und niemand erwartet von Ihnen, dass Sie am Samstag mitreiten. Im Gegenteil! Ich selbst begebe mich seit Jahren nicht mehr zu Pferd auf die Jagd. Hanson fährt mich im Wagen hinter der Gruppe her. Ich würde mich freuen, wenn Sie mir dabei Gesellschaft leisten, zu zweit macht es mehr Spaß, nicht wahr? Wenn das Wetter trocken bleibt, wird es ein Picknick auf dem Land geben. Ihre neuen Kleider sind für diesen Anlass wie geschaffen, und Sie haben einen Grund, diese zu tragen.«

Edith musste sich den Argumenten geschlagen geben. Lady Marjorie hatte viel für sie getan, und es wäre sehr undankbar gewesen, ihre Bitte abzuschlagen.

»Nun gut, Mylady, ich werde bleiben.« Edith unterdrückte einen Seufzer. »Seien Sie mir aber nicht böse, wenn ich nächste Woche endgültig abreise. Ich sehne mich wirklich wieder danach, zu arbeiten.«

Der Wetterbericht meldete für den Samstag trockenes und mildes Wetter, am Freitag nieselte es allerdings den ganzen Tag. Der Schnee, der vier Wochen zuvor ein weißes Tuch über die Landschaft gebreitet hatte, war längst geschmolzen, und vereinzelt zeigten sich schon die ersten Krokusse. Edith verzichtete an diesem Tag auf ihren Spaziergang und zog sich mit einem Buch in ihr Zimmer zurück. Immer wieder hörte sie, wie Autos vorfuhren und Gäste ankamen, sie selbst wollte jedoch erst am Abend hinuntergehen. Edith zog ihr neues Kleid an und wagte sogar, etwas Make-up, wie es ihr von der freundlichen Friseurin gezeigt worden war, aufzulegen. Als sie in den

Spiegel sah, straffte sie die Schultern und lächelte ihrem Spiegelbild zu. Sie war gespannt, was Blanche – wenn sie in den Osterferien heimkam – zu ihrer äußeren Verwandlung sagen würde.

Glücklicherweise wurde Edith von Lady Marjorie an der Tür zur Bibliothek, in der vor dem Dinner ein Aperitif gereicht wurde, erwartet. Als sie eintraten, sahen Edith fünf Augenpaare entgegen. Sir Walter begrüßte sie mit einem Kopfnicken, während seine Frau Marianne Edith die Hand zum Gruß bot. Lady Marjorie stellte Edith den Gästen vor, die alle den Titel Sir und Lady trugen, sie aber freundlich in ihrem Kreis begrüßten. Ein Diener bot Edith ein Glas Sherry an, und sie nippte gerade an der goldgelben Flüssigkeit, als eine der Damen leicht spöttisch sagte: »Nun, Walter, wo ist denn dein kauziger Freund? Ich sah seinen Wagen in der Garage, habe ihn aber bisher noch nicht zu Gesicht bekommen.«

Walter Bedingfield hob bedauernd die Schultern.

»Wir alle wissen, der Knabe ist etwas menschenscheu, Laura. Umso mehr freut es mich, dass er meine Einladung, das Wochenende mit uns zu verbringen, angenommen hat. Sonst ist er ja oft auf Reisen oder vergräbt sich in seinem alten Schloss und geht wenig unter Leute.«

Lady Laura kicherte, stupste der neben ihr stehenden Lady Frances in die Seite und rief: »Von wegen menschenscheu! Ein alter Stockfisch ist er, nichts weiter. Arrogant, eingebildet und hält sich für den Mittelpunkt der Welt. Ich habe nie verstanden, Walter, warum ihr mit ihm befreundet seid.«

Nun ergriff Marianne Bedingfield zum ersten Mal das Wort.

»So richtig befreundet sind wir eigentlich nicht, Laura. Mein Mann und er machen gemeinsame Geschäfte, und Walter hat es sich in den Kopf gesetzt, den Kauz aus seiner Reserve zu locken. Wir wissen jedoch, dass Sir …«

Das Öffnen der Tür ließ Marianne verstummen. Zu Recht, denn offenbar betrat das Objekt des Klatschs den Raum. Edith wandte sich dem Neuankömmling zu und erstarrte in der Bewegung. Beinahe hätte sie vor Schreck ihr Glas fallen lassen.

»Guten Abend, werte Anwesende, ich hoffe, ich habe euch genügend Zeit gelassen, über mich herzuziehen.« Seine Stimme war tief, und es schwang ein Hauch von Hohn darin.

Da keiner eine Erwiderung wagte, trat Lady Marjorie vor und führte den Gast zu Edith.

»Sir Samuel, darf ich Ihnen eine gute Bekannte von mir vorstellen – Mrs. Edith Gordon aus Gloucestershire.« Sie blickte zu Edith und fuhr fort: »Edith, das ist Sir Samuel, Lord Pencarron aus Cornwall.«

Edith wünschte sich, einfach davonlaufen zu können, ganz weit fort, aber ihr Körper war wie gelähmt, und ihre Füße schienen am Boden festgenagelt zu sein. Sie erwartete, dass sich Samuel entweder auf sie stürzen und sie nach Gweniver befragen oder sich entsetzt von ihr abwenden würde. Stattdessen musterte er sie zuerst intensiv, und eine steile Falte bildete sich über seiner Nasenwurzel, aber dann schaute er sie kühl, beinahe schon gelangweilt an. Erkannte er sie wirklich nicht, oder wollte er nur vor der Gesellschaft keine Szene machen? Samuel deutete höflich eine Verbeugung an und sagte monoton: »Es freut mich, Ihre Bekanntschaft zu machen, Lady Gordon.«

»Gordon … einfach nur Mrs. Gordon …«, stammelte Edith und hörte ihre eigene Stimme wie aus weiter Ferne. Spätestens jetzt musste er doch bemerken, wer vor ihm stand, denn ihre Stimme hatte sich nicht verändert. Aber auch jetzt blieb Samuels Miene unbeweglich, er zog lediglich erstaunt eine Augenbraue hoch – eine Geste, an die Edith sich noch gut erinnerte – und sagte, an Lady Marjorie gewandt: »Es überrascht mich, eine Bürgerliche in diesem Haus anzutreffen. Es muss sich bei Mrs. Gordon um eine wirklich gute Bekannte handeln, da sie Einlass in Ihren erlauchten Kreis gefunden hat, Mylady. Offenbar verfügt die Dame über Qualitäten, die sich mir im Laufe des Wochenendes vielleicht erschließen werden.«

Die Umstehenden schnappten bei dieser Spitze hörbar nach Luft, doch Lady Marjorie erwiderte freundlich, aber bestimmt: »Die hat Mrs. Gordon in der Tat. Edith hat mir einmal einen großen Gefallen getan, mein lieber Sir Samuel, und sie ist stets ein gerngesehener Gast in meinem Haus.«

Nur wer Lady Marjorie so gut kannte wie Edith, bemerkte den tadelnden Unterton in ihrer Stimme. Samuel wandte sich daraufhin desinteressiert von Edith ab und schenkte sich einen Whisky ein. Die Gespräche der anderen drehten sich um die morgige Jagd und die Hoffnung, das Wetter möge, wie angekündigt, trocken und sonnig sein. Edith hingegen stand immer noch wie gelähmt auf einem Fleck und starrte unverwandt auf Samuels Rücken. Nun war das eingetroffen, was sie immer befürchtet hatte – es gab eine Verbindung zwischen den Bedingfields und den Pencarrons. In den letzten Jahren war diese Angst geringer geworden, doch nun stand sie Samuel leibhaftig gegenüber. Sie konnte nicht glauben, dass er wirklich nicht ahnte, wer sie war, andererseits – sie war für ihn nie mehr als eine kleine, nette Affäre gewesen. Sicher hatte Samuel in seinem Leben viele Frauen gekannt – wie konnte sie da erwarten, dass er sich ihr Gesicht und ihren Namen merkte? In den letzten Jahren hatte sie sich längst damit abgefunden, für Samuel nur ein flüchtiger Zeitvertreib gewesen zu sein, und sein Verhalten bestätigte sie in dieser Gewissheit. Edith suchte krampfhaft nach einer Ausrede, sich zurückziehen zu können, aber da erklang schon der Gong und rief zum Dinner. Zu allem Unglück hatte Lady Marjorie Samuel zu Ediths Tischherrn bestimmt, da sie die beiden einzigen Personen ohne Begleitung waren. Samuels Abneigung, eine Bürgerliche zu Tisch führen zu müssen, spürte sie deutlich, als er ihr seinen Arm bot. Höflich, aber ohne Herzlichkeit, geleitete er sie ins Speisezimmer und schob ihr den Stuhl zurecht. Danach strafte er sie mit Missachtung. Edith wünschte sich, er möge etwas sagen. Irgendetwas, denn sein Schweigen war schlimmer, als wenn er zu toben oder zu brüllen angefangen und sie mit Vorwürfen überschüttet hätte. Sie konnte es immer noch nicht fassen, dass Samuel sie tatsächlich nicht erkannte. Warum tat sich nicht der Boden unter ihren Füßen auf, und sie könnte in ein schwarzes Loch verschwinden?

Edith nahm nichts wahr von den köstlichen Speisen. Das Tischgespräch plätscherte dahin, offenbar schien niemand zu erwarten, dass sie sich an dem Geplauder beteiligte. Als Samuel dann plötzlich das Wort an sie richtete, fiel ihr vor Schreck die Gabel aus der Hand und landete klirrend auf dem Tellerrand.

»Stammen Sie aus Gloucestershire, Mrs. Gordon?«

»Nein, nein, ich wurde in London geboren«, entgegnete Edith hastig.

Er musterte sie kritisch, und nun flammte doch ein wenig Interesse an ihrer Person auf, als er sagte: »Haben Sie vielleicht Verwandte in Cornwall?« Edith fühlte sich, als würde eine Stahlklammer ihren Brustkorb umschließen. Stumm schüttelte sie den Kopf, und er fuhr fort: »Verzeihen Sie meine Neugier, aber

Sie erinnern mich an jemanden aus meiner Heimatstadt. Sie sehen jemandem, den ich früher einmal kannte, sehr ähnlich, aber es ist eigentlich unmöglich, dass Sie mit dieser Frau verwandt sein könnten.«

»Wohl eine alte Liebe?«, rief Lady Laura, die links neben Samuel saß und das Gespräch verfolgt hatte, und entband Edith dadurch von einer Antwort. »Erzählen Sie mehr davon, Sam. Wir wissen so wenig von Ihnen. Gibt es denn keine Frau, die Ihr Herz erobern kann?«

Samuel fuhr wie von einer Wespe gestochen zu Lady Laura herum.

»Nennen Sie mich nicht Sam, Lady Berwick, und stecken Sie Ihre spitze Nase besser in Ihre eigenen Angelegenheiten. Soviel ich weiß, halten Sie sich in der Stadt einen jungen Geliebten, wenn Ihr Gatte auf Reisen ist.«

Mit einem Schlag verstummten alle Gespräche, denn Samuel hatte laut und deutlich gesprochen. Zuerst erbleichte Lady Laura, dann bildeten sich auf ihren Wangen feuerrote Kreise.

»Ich muss doch sehr bitten, Sir!« Lord Berwick, Lauras Ehemann, erhob sich halb von seinem Stuhl und sah aus, als wollte er Samuel an die Kehle gehen.

»Samuel, ich finde auch, das geht zu weit!«, mischte sich Walter Bedingfield ein. »Wie kannst du es wagen, einen Gast meines Hauses zu beleidigen?«

»In früheren Zeiten hätte ich Sie für diese Beleidigung gefordert«, fuhr Lord Berwick fort. »Sie entschuldigen sich sofort bei meiner Gemahlin!«

Mit einem höhnischen Lächeln erhob sich Samuel und warf die Serviette auf den Tisch.

»Wieso soll ich mich für die Wahrheit entschuldigen?« Er sah zu Lady Marjorie, die vor Entsetzen stocksteif auf ihrem Stuhl saß. »Die Einzige, der ich mein Bedauern über diesen kleinen Vorfall bekunde, ist unsere verehrte Gastgeberin.« Er verbeugte sich in Richtung Lady Marjorie. »Sie erlauben, dass ich mich zurückziehe, Mylady? Ich denke, der Abend wird sich für Ihre Gäste ohne meine Anwesenheit angenehmer gestalten.«

Noch Minuten, nachdem Samuel das Zimmer verlassen hatte, saßen alle wie erstarrt da. Schließlich erhob sich Lady Marjorie und sagte mit mühsam beherrschter Stimme: »Es ist an der Zeit, den Kaffee im Salon zu nehmen, meine Damen. Wenn die Herren uns entschuldigen wollen?«

Lady Marianne sprang auf und begleitete ihre Schwiegermutter in den angrenzenden Raum, die anderen Frauen folgten schweigend. Edith hatte nur noch den Wunsch, allein zu sein, gleichzeitig hoffte sie, von den Damen mehr über Samuel Pencarron zu erfahren. Er hatte sie mit der neuen Frisur offenbar tatsächlich nicht erkannt und gedacht, sie würde Edwina Goldsworthy ein wenig ähnlich sehen.

Lady Marjorie pflegte die alte Gewohnheit, dass sich die Damen nach dem Dinner in den Salon zum Kaffee zurückzogen, während sich die Herren zu Whisky, Brandy und Zigarren ins Rauchzimmer begaben. Alle Frauen schwiegen, bis das Mädchen den Kaffee serviert und das Zimmer wieder verlassen hatte, dann platzte Lady Marianne heraus: »Was für ein unverschämter Mensch! Ich werde Walter sagen, unsere Familie muss den Kontakt zu Samuel Pencarron sofort abbrechen.«

Die des Ehebruchs bezichtigte Laura Berwick zitterte immer noch am ganzen Körper. Sie sah in die Runde und fragte mit einem weinerlichen Unterton in der Stimme: »Ihr glaubt ihm doch nicht? Marianne, Frances, Mia oder Sie, Lady Marjorie? An dieser infamen Behauptung ist kein Wort wahr!«

Während Marianne und Mia betreten zu Boden sahen, bemerkte Frances zurückhaltend: »Das ist ganz allein deine Angelegenheit, Laura. Ich stimme aber zu, es ist eine Zumutung, diesen Mann das ganze Wochenende zu ertragen. Verzeihen Sie, Lady Marjorie, wir sind nur Gäste in Ihrem Haus, und uns steht kein Urteil zu, aber Ihr Sohn hat mit der Einladung von Lord Pencarron kein gutes Händchen bewiesen.«

Die anderen stimmten dem zu, während Edith stumm im Sessel saß und in ihrer Tasse rührte, obwohl sie weder Milch noch Zucker in den Kaffee getan hatte. Offenbar erwartete von ihr niemand eine Meinungsäußerung. Warum auch, sie gehörte nicht zu dem Kreis, der sich schon seit Jahren kannte und regelmäßig traf. Gerade, als Edith überlegte, sich mit der Begründung, sie habe wieder Kopfschmerzen, zurückzuziehen, sagte Lady Marianne:

»Trotz allem sollten wir ein wenig Verständnis für Samuel Pencarron aufbringen. Er hat Schreckliches erlebt, und das hat ihn wohl etwas wunderlich gemacht.«

»Wunderlich? Pah!« Empört sah Frances die Freundin an. »Gut, er hat binnen kurzer Zeit seine ganze Familie verloren, aber das ist doch kein Grund, unschuldige Menschen bloßzustellen.« Sie deutete mit einem Finger auf Edith. »Und Sie, Mrs. Gordon, hat er ebenfalls beleidigt. Bei allem Verständnis für seine familiäre Situation, sein Verhalten geht eindeutig zu weit. Sie müssen wissen, Mrs. Gordon, dass Samuels Bruder und dessen Frau bei Beginn des Krieges bei einem Brand ums Leben gekommen sind. Kurz zuvor wurde seine kleine Nichte entführt und höchstwahrscheinlich ermordet. Der Familiensitz wurde durch das Feuer stark in Mitleidenschaft gezogen, und es hat eine Unsumme gekostet, das Haus wieder instand zu setzen. Das ist mehr, als die meisten Menschen ertragen können, und bisher verstand ich Walter, dass er versuchte, Pencarron ein Freund zu sein. Aber was zu viel ist, ist zu viel.«

Edith nickte, enthielt sich jedoch jeglichen Kommentars. Seit Stunden fühlte sie sich, als würde sie unweigerlich auf einen Abgrund zusteuern, und niemand war da, der ihr zeigte, wo die Bremse war, um einen Absturz zu verhindern.

»Hast du etwa auch Mitleid mit dem Kerl?«, fragte Laura Frances spöttisch. »Eine Cousine zweiten Grades war früher mit den Pencarrons bekannt, daher weiß ich, dass Samuel immer das schwarze Schaf der Familie war. Er soll sich mit seinem Bruder überworfen haben und enterbt worden sein. Da kam ihm nicht nur der Tod von Henry Pencarron, sondern auch der seiner Nichte doch ganz gelegen, oder? Enterbung hin oder her – er ist der Letzte mit dem Namen Pencarron, und so wurde aus dem einstigen Verlierer ein gemachter Mann. Der hat sicher weder um seinen Bruder noch um dessen Tochter oder Frau getrauert. Der nicht!«

»Ich finde, das führt zu weit!« Streng blickte Lady Marjorie in die Runde. »Auch ich habe von den Gerüchten um Sir Samuel gehört, aber darüber steht uns kein Urteil zu. Es ist böswilliger Klatsch, nicht besser als das, was Pencarron Ihnen, Lady Laura, vorgeworfen hat. Wir sollten das Thema wechseln.«

Marianne und Frances senkten betroffen den Kopf, während Laura beleidigt die Lippen zusammenpresste. Lady Marjorie bemühte sich, das Gespräch auf das Picknick am nächsten Tag zu lenken, aber die Stimmung blieb angespannt. Edith war heilfroh, als sich die kleine Gesellschaft bald darauf auflöste

und sie sich endlich in die Stille ihres Zimmers zurückziehen konnte. Erst vor wenigen Wochen hatte sie dafür gesorgt, dass niemand eine Verbindung zwischen ihr und Richard Blamey nachweisen konnte, und jetzt stand sie Samuel Pencarron leibhaftig gegenüber. Ihr Entsetzen und ihre Angst wandelten sich in Wut, als sie daran dachte, wie abfällig er sie behandelt hatte, nur weil sie keinen Adelstitel vor ihrem Namen trug. Wie blind und dumm musste sie damals gewesen sein, seinen Liebesschwüren zu glauben, und wie musste er über sie gelacht haben, als sie seinem Werben nachgegeben hatte. Und dann die Sache mit dem Kind … Auch nach so langer Zeit fühlte Edith immer noch einen dumpfen Schmerz, wenn sie an das ungeborene Leben dachte, das sie verloren hatte. Natürlich hatte sie keinen Trost von Samuel erwartet, hatte er doch vehement geleugnet, der Erzeuger des Kindes zu sein. Vielleicht hatten die Damen tatsächlich recht, und Samuel kam es ganz gelegen, dass seine Nichte Gweniver verschwunden war und für tot galt. Sie, also Blanche, war die rechtmäßige Erbin von Pencarron Manor, und Samuel wäre leer ausgegangen, wenn Jowna und sie, Edith, das Kind nicht geraubt und behalten hätten. Warum hatte Samuel nie nach seiner Nichte gesucht? Warum hatte er England einfach wieder verlassen, um irgendwo auf der Welt an der Front zu kämpfen, anstatt zu versuchen, die Kidnapper Gwenivers aufzuspüren? Wie sie es auch drehte und wendete – Samuel hatte kein Interesse an der Aufklärung des Falles gehabt, denn er hatte das bekommen, was er sein ganzes Leben lang gewollt hatte: Pencarron Manor!
Vor Wut und Verzweiflung ballte Edith beide Hände so fest zu Fäusten, dass sich ihre Nägel ins Fleisch bohrten. Der Schmerz

riss sie aus den Gedanken an die Vergangenheit und brachte sie in die Gegenwart zurück.

»Zu so einem Menschen kannst du Blanche nicht geben«, sagte sie in die Stille ihres Zimmers.

Plötzlich fielen sämtliche Schuldgefühle wegen der Beseitigung Blameys mit einem Schlag von ihr ab. Hätte sie es nicht getan, hätte Samuel unweigerlich von Blanche erfahren. Besitz und Geld waren nicht das Wichtigste auf der Welt, sondern die Liebe! Sie liebte Blanche, und auch finanziell war sie in der Lage, dem Mädchen ein angenehmes Leben zu bieten.

Niemals sollte Blanche von ihrer wahren Identität erfahren, und dafür würde sie weiter lügen und – wenn nötig – auch betrügen. Aber Samuel Pencarron würde sie ihre Tochter niemals überlassen!

25. Kapitel

Edith wusste später nicht mehr, wie sie den folgenden Tag überstanden hatte. Die Gesellschaft traf sich bei Sonnenaufgang am Frühstücksbüfett, an dem sich jeder selbst bedienen konnte. Obwohl Edith kaum geschlafen hatte, war sie nicht müde, denn eine innere Anspannung machte sie unruhig und hellwach. Samuel sah sie, als sich die Reiter und Reiterinnen im Hof sammelten und die Pferde bestiegen. Am Abend zuvor war Edith derart verstört gewesen, dass sie gar nicht registriert hatte, wie gut Samuel immer noch aussah. Er hatte zwar nicht die Größe und beeindruckende Attraktivität von Frank Beckford, machte aber in den schmalen schwarzen Hosen und dem leuchtend roten Jackett auch zu Pferd eine ausgezeichnete Figur. Sein einst schwarzes Haar war an den Schläfen schon leicht ergraut, und auch an seinem akkuraten Seitenscheitel zeigten sich die ersten grauen Strähnen. Das machte ihn aber eher interessanter als älter. Er hielt sich sehr gerade, grüßte nur kurz mit einem Nicken in die Runde, und die anderen Gäste erwiderten verhalten den Gruß. Samuels Gesichtszüge wirkten hart und verschlossen, und er presste die Lippen fest aufeinander.

»Ich hätte erwartet, dass er abreist«, hörte Edith Lady Frances leise zu Lady Marjorie sagen. »Aber das Verhalten, einfach an der Jagd teilzunehmen, als wäre nichts geschehen, passt zu seiner Arroganz, Kälte und Hartherzigkeit.«

Lady Marjorie enthielt sich einer Antwort, stattdessen bat sie Edith, sie in den Wagen zu begleiten. Edith hatte von ihr einen dicken Pelzmantel und einen flauschigen Schal bekommen, der sie warm halten würde, denn sie fuhren mit dem Cabriolet. Petrus hatte ein Einsehen mit der Gesellschaft, der Himmel war strahlend blau, und es wehte nur ein leichter Wind. Hanson wartete, bis die Reiter den Hof verlassen hatten, dann folgte er auf der Landstraße, die neben den Feldern, über die der Ritt führte, lag, langsam der Gruppe. Die Hunde tobten laut kläffend einem imaginären Fuchs nach, und es war aufregend, mit anzusehen, wie die Erdklumpen unter den Hufen der Pferde hochspritzten. Unter anderen Umständen hätte Edith ihr erstes Erleben einer Fuchsjagd genossen, so jedoch hoffte sie nur, die Stunden würden schnell vergehen und Samuel Pencarron wieder abreisen.

In ungefähr zehn Meilen Entfernung vom Herrenhaus hatten die Bediensteten Tisch, Bänke und Stühle aufgebaut und Speisen und Getränke hergerichtet. Über einem offenen Feuer hing ein Kessel mit Punsch, über einem zweiten Feuer ein großer Topf, aus dem es verführerisch nach Gemüsesuppe duftete. Edith war fasziniert, wie gut dies alles funktionierte. Vor allem, wenn man bedachte, dass das Personal erst vor drei Tagen von der Jagdgesellschaft erfahren hatte. Als der Wagen die Raststelle erreichte, waren die meisten Jäger bereits eingetroffen und erfrischten sich nach dem langen und anstrengenden Ritt. Lady Marjorie blieb im Auto sitzen und bat Edith, ihr ein Glas heißen Weinpunsch zu bringen. Als Edith sich zwei Gläser füllen ließ, trat plötzlich Samuel neben sie. Ediths Herz begann schneller zu schlagen, als er das Wort an sie richtete: »Ein schöner Tag, nicht wahr?«

Edith nickte und murmelte: »Nur etwas kühl, aber wir haben ja den Punsch, um uns aufzuwärmen.«
»Ich möchte mich bei Ihnen entschuldigen, Mrs. Gordon.«
Edith fiel beinahe das gefüllte Glas aus der Hand.
»Bei *mir?* Dafür gibt es keinen Grund, Mylord. Und diese andere Sache … nun, die geht mich nichts an.«
Sie wollte sich abwenden, aber Samuel trat ihr in den Weg.
»Ich war nur überrascht, dass Lady Bedingfield zu ihrem Freundeskreis eine … nun ja …«
»Eine Bürgerliche zählt?«, vollendete Edith den Satz und sah Samuel in die Augen. Er erkannte sie tatsächlich nicht! Es war beinahe unglaublich, bestätigte Edith aber in ihrer Überzeugung, für Samuel nur ein Zeitvertreib gewesen zu sein und dass er Edwina Goldsworthy längst vergessen hatte. Plötzlich wich ihre Angst einer unbändigen Wut auf den Mann. Am liebsten hätte sie ihm mitten ins Gesicht gesagt, wer sie war. Die Frau, der er einst vorgegaukelt hatte, sie zu lieben und zu heiraten – auch gegen den Wunsch seines Bruders. Die Frau, die er geschwängert und dann im Stich gelassen hatte. Ein kleines Teufelchen im Hinterkopf drängte Edith, Samuel mit der Wahrheit zu konfrontieren und eine Erklärung zu fordern. Am liebsten wollte sie ihn packen und schütteln und ihm ihre ganze Verachtung entgegenschleudern, aber die Stimme der Vernunft siegte. Wenn sie ihre Identität preisgab, könnte Samuel Fragen nach seiner Nichte stellen. Richard Blamey hatte gesagt, dass man nach ihr und Jowna gesucht hatte, um sie wegen der Entführung zu befragen. Samuel brauchte nur einen Blick auf Blanche zu werfen, um zu erkennen, wer das Mädchen in Wahrheit war. Blamey war die Ähnlichkeit mit Sarah Pencarron auch sofort aufgefallen. Also nahm sich Edith zusammen und ließ sich

nichts von ihren aufgewühlten Gefühlen anmerken, als sie auf die zwei Gläser deutete und sagte: »Sie entschuldigen mich, Mylord? Ich möchte Lady Bedingfield den Punsch bringen, solange er noch heiß ist.«
Sie drehte sich um und ging, so schnell es die gefüllten Gläser in ihren Händen zuließen, zum Wagen zurück. Lady Marjorie nahm dankbar das warme Getränk entgegen und nippte daran, dann sagte sie: »Ich sah Sie mit Sir Samuel sprechen, Edith. Er ist ein interessanter Mann, nicht wahr? Allerdings war die gestrige Situation äußerst unangenehm und sein Verhalten unverzeihlich.«
»Ohne Frage, Mylady«, stimmte Edith zu und hoffte, die ältere Freundin würde das Thema wechseln, aber Lady Marjorie fuhr unbekümmert fort: »Ein wenig kann ich den Mann ja auch verstehen, warum er so hart und verbittert ist. Ich teile auch nicht die allgemeine Meinung, er wäre über den Tod seiner Familie dankbar, weil das Unglück ihm ein großes Erbe beschert hat. Jeder Mensch, der auf einen Schlag all seine Angehörigen verliert, wird bitter und oft auch zynisch. Irgendwie tut mir Sir Samuel leid.«
»Kannten Sie die Familie Pencarron?«, wollte Edith jetzt doch wissen.
»Nein, mein Sohn hat Sir Samuel erst vor etwa einem Jahr zum ersten Mal nach Bedingfield House mitgebracht. Natürlich erinnere ich mich an die Ereignisse, die die Familie zerstört haben. Damals war in unseren Kreisen die Entführung des Kindes, der Brand und der Tod von Henry und Sarah Pencarron das Hauptgesprächsthema, neben dem Krieg natürlich. Es ist furchtbar, dass nie in Erfahrung gebracht werden konnte, was mit dem Kind geschehen ist. Ich glaube, es war ein Mädchen,

erst ein paar Monate alt … Edith, was ist mit Ihnen? Sie sind ja ganz blass, und Ihre Hände zittern!«
»Es ist doch kühler, als ich gedacht habe, Mylady.« Edith bemühte sich um ein Lächeln. »Wenn Sie erlauben, gehe ich ein paar Schritte, dann wird mir bestimmt wieder warm.«
Lady Marjorie erlaubte es ihr, und sobald Edith außer Sichtweite der Gruppe war, konnte sie die Tränen nicht mehr zurückhalten. Sie ertrug die Anspannung nicht mehr. Am liebsten wäre sie den ganzen weiten Weg nach Bedingfield House zu Fuß zurückgelaufen, hätte dort ihre Sachen gepackt und wäre so schnell wie möglich nach Hause gefahren. Aber sie durfte jetzt keine Schwäche zeigen! Sie musste für Blanche stark sein und durfte sich nicht zu unüberlegten Schritten hinreißen lassen. Bei ihr zu Hause war eine Leiche im Keller vergraben, der Mann, der am meisten Grund hatte, sie zu hassen und zu verachten, war in ihrer unmittelbaren Nähe, und sie musste dafür sorgen, dass Samuel niemals mit Blanche zusammentraf.
»Wie soll ich es durchstehen?« Edith drückte ihre Stirn an den Stamm einer Eiche. »O Gott, wenn du mich nicht ganz verlassen hast, so hilf mir, aber ich kann Blanche nicht diesem Mann überlassen.«
Weder der Baum noch Gott antworteten, und Edith wusste, sie musste zurückgehen und weiter ihre Rolle spielen.

Zu Ostern kam Blanche nach Hause.
»Zwei Wochen Ferien!«, rief sie, als Edith sie am Bahnsteig erwartete. »Zwei Wochen werde ich kein Buch anrühren, das schwöre ich.« Dann stutzte sie und sah Edith ungläubig an. »Du meine Güte, was ist mit dir passiert?«

Edith lächelte verlegen.
»Gefällt es dir nicht? Ich dachte, es ist an der Zeit für eine optische Veränderung.«
»Oh, es gefällt mir sogar sehr gut, Mama. Du siehst mit der neuen Frisur und Haarfarbe viel jünger aus. Und gar nicht mehr wie eine …« Sie brach ab und schlug sich eine Hand vor den Mund, aber Edith hatte verstanden.
»Wie eine Kneipenwirtin, wolltest du sagen, nicht wahr? Du hast ja recht, Blanche, in den letzten Jahren war ich vielleicht wirklich etwas brav und bieder, darum habe ich jetzt beschlossen, wenigstens äußerlich ein wenig mehr zu wagen.«
»Die Zeit in Bedingfield House scheint dir gutgetan zu haben«, stellte Blanche fest. »Du siehst nicht nur jünger, sondern auch richtig erholt aus. Du bist doch wieder völlig gesund, nicht wahr?«
Edith hörte den ängstlichen Unterton in Blanches Stimme und beeilte sich zu versichern, dass es ihr gutginge. Nach dem Jagdwochenende war sie gleich am Montag ins *Crown Inn* zurückgekehrt. Die Arbeit in den folgenden Wochen hatte sie so sehr in Anspruch genommen, dass sie nicht zum Nachdenken über Samuel Pencarron gekommen war. Allerdings hatte sie einen Entschluss gefasst.
»Blanche, bevor wir nach Hause fahren, müssen wir noch zu einer Behörde in Cheltenham«, sagte sie, während sie das Auto startete.
»Behörde? Warum denn das?«
»Es wird Zeit, dass du einen Ausweis bekommst, mein Mädchen«, erwiderte Edith ruhig. »Denn ohne einen Pass kannst du nicht außer Landes reisen.«
Verwirrt legte Blanche die Stirn in Falten und fragte: »Wollen

wir verreisen? Ach, Mama, das wäre wunderschön, denn bisher hast du ja immer ...«

»Nicht wir, sondern du, mein Kind«, unterbrach Edith. »In den letzten Wochen habe ich nachgedacht und mich dazu entschlossen, dir deinen Wunsch, ein Internat in der Schweiz zu besuchen, zu erfüllen. Das heißt, wenn du es immer noch willst.«

»Mama!« Blanche beugte sich so stürmisch zu Edith herüber und umarmte sie, dass sie Mühe hatte, den Wagen in der Spur zu halten.

»Vorsicht, Blanche, ich muss fahren. Dann wollen wir jetzt also einen Pass beantragen ...«

Edith hatte sich entschlossen, es einfach zu versuchen. Sie hatte eine Geburtsurkunde von Blanche, die täuschend echt aussah, und wahrscheinlich würde das Amt keine weiteren Überprüfungen vornehmen. Für einen Pass war ein Auszug aus dem Taufregister nicht nötig, und wenn sie danach gefragt werden sollte, dann war eben während des Krieges alles in London verbrannt. Ediths Sorge um Blanche hatte über ihre Angst, die Wahrheit könnte ans Licht kommen, gesiegt. Die Begegnung mit Samuel Pencarron hatte ihr gezeigt, wie klein England war. In den Ferienzeiten war Blanche nicht nur bei ihr im *Crown Inn,* sondern auch immer wieder bei Lady Marjorie zu Besuch. Was, wenn Sir Walter sich dazu entschließen sollte, plötzlich und ohne Vorankündigung mit Samuel dort aufzutauchen? Es war schließlich Walters Elternhaus, er konnte kommen und gehen und mitbringen, wen er wollte. Dieses Risiko wollte Edith nicht eingehen. Auch wenn es ihr sehr schwerfiel, Blanche aufs Festland ziehen zu lassen – denn dann würde sie wegen der weiten Reise nur noch während der Sommerferien nach Hause kommen können –, war es für das Mädchen das Beste.

Zwei Stunden später hielt Edith einen Ausweis auf den Namen *Blanche Gordon* in der Hand. Niemand hatte Fragen gestellt, niemand war skeptisch geworden oder hatte die Geburtsurkunde kritisch betrachtet. Edith hatte erklärt, ihre Tochter zur weiteren schulischen Ausbildung in die Schweiz schicken zu wollen, und nach dieser Bemerkung war sie äußerst zuvorkommend behandelt worden. Es war allgemein bekannt, dass nur vermögende Menschen es sich leisten konnten, ihren Kindern einen Aufenthalt in einem Schweizer Internat zu ermöglichen.

Geld regiert also doch die Welt, dachte Edith mit einem Anflug von Bitterkeit. Einst hatten ihre Schwester und sie ein Kind geraubt, um fünfzigtausend Pfund zu erpressen, und heute lag mehr als doppelt so viel Geld auf Ediths Bankkonto. Von dem mit Gerald und Maggie vereinbarten Kaufpreis hatte sie bereits vor zwei Jahren die letzte Rate bezahlt, und da sie selbst sehr genügsam lebte und das Geld gute Zinsen brachte, würde sie Blanche ein beträchtliches Erbe hinterlassen können. Edith hatte schon oft überlegt, ob sie es wohl auch geschafft hätte, eine erfolgreiche Geschäftsfrau zu werden, wenn es Blanche nicht gegeben hätte. Wahrscheinlich wäre sie wegen ihrer Situation in Selbstmitleid versunken. So aber war sie gezwungen gewesen, sich dem Leben zu stellen und es anzupacken, weil sie dem Kind gegenüber eine Verantwortung hatte.

Blanche zeigte zwar ihre Freude, endlich ihren größten Wunsch erfüllt zu bekommen, gleichzeitig schien es Edith, dass das Mädchen etwas bedrückte. Auf ihre Fragen hin versicherte Blanche jedoch, es wäre alles in Ordnung, sie könnte nur die Zeit, bis sie endlich in die Schweiz reisen würde, kaum abwarten. Edith hatte sich bei diversen Stellen bereits nach geeigneten Internaten erkundigt und sich Prospekte besorgt. Sie war nicht überrascht, als sich Blanche für ein Haus entschied, dem ein Reitstall angegliedert war, denn das Mädchen hatte bei den Reitstunden in Bedingfield House sehr viel Talent und Liebe zu den Tieren bewiesen.

»Warum kann ich nicht gleich nach Ostern in die Schweiz fahren?«, fragte Blanche, als Edith meinte, sie würde sie nach den Sommerferien anmelden.

»Weil das Schulgeld für Brighton bis zum Sommer bezahlt ist und du noch lange genug im Ausland sein wirst. Außerdem wirst du doch deinen Freundinnen und den Lehrerinnen Lebewohl sagen wollen.«

Blanche maulte zwar ein wenig, sah aber ein, dass sie bei Edith auf Granit biss. Schließlich würden die wenigen Monate bis zum Sommer schnell vergehen, und dann würde sie in ein neues, aufregendes Leben aufbrechen!

Im November 1954 starb Lady Bedingfield überraschend an einem Herzinfarkt. Ihre Gesellschafterin Martha Parker fand sie tot im Bett. Sie hatte sich gewundert, dass Lady Marjorie entgegen ihrer Gewohnheit um zehn Uhr noch nicht aufgestanden war. Offenbar hatte ihr Herz einfach zu schlagen aufgehört, und sie lag ganz friedlich da, als würde sie noch schlafen. Edith trauerte aufrichtig um die ältere Freundin. Ein letztes Mal fuhr sie nach Bedingfield House zur Beerdigung. Lady Marjorie wurde an der Seite ihres Mannes in der Familiengruft beigesetzt. Fast alle, die im Frühjahr an der Jagd teilgenommen hatten, waren gekommen, um der alten Dame die letzte Ehre zu erweisen. Samuel Pencarron indes fehlte. Beim anschließenden Umtrunk schnappte Edith aus einzelnen Gesprächen auf, dass Sir Walter, Lord Bedingfield, den Kontakt zu Samuel abgebrochen hatte.

»Bei allem Verständnis für seine Schicksalsschläge in der Vergangenheit – sie rechtfertigen Pencarrons menschenverachtendes und zynisches Verhalten in keiner Weise«, sagte Lady Marianne. »Mein Mann wollte ihm helfen, hat jetzt aber eingesehen, dass man manchen Menschen nicht helfen kann, weil diese die Hilfe gar nicht möchten.«

Edith war froh über diese Entwicklung, verringerte es doch die Gefahr, ein zweites Mal mit Samuel zusammenzutreffen. Allerdings würde es zwischen ihr und den Bedingfields künftig ohnehin keinen Kontakt mehr geben. Lady Marjorie hatte aus Dankbarkeit und Zuneigung ihre Bekanntschaft gepflegt, aber weder ihr Sohn noch die Schwiegertochter zeigten Interesse, diese zu vertiefen. Edith gehörte nicht in ihre Welt, und sie empfand Erleichterung darüber. Nach einer Stunde, die sie höflichkeitshalber in Bedingfield House verbrachte, fuhr Edith nach Hause zurück. Sie würde Lady Marjorie – und ganz besonders ihre erste Begegnung – niemals vergessen und das Andenken an die Dame in ihrem Herzen bewahren.

Die folgenden Jahre waren für Edith eine ruhige Zeit. Mit Leib und Seele ging sie in ihrer Arbeit auf. Das *Crown Inn* war stets gut besucht, der Speisesaal beinahe jedes Wochenende für private Feiern gebucht. Nach und nach verlor auch der Keller seinen Schrecken für Edith. Niemand hatte auch nur den Hauch eines Verdachts geschöpft, auch nicht, als Edith alle Umbaumaßnahmen und Renovierungsarbeiten im Keller einstellte.

»Ich denke, die Wände sind zu alt, um sie zu verändern«, hatte sie dem Koch Jean erklärt. »Wir wissen doch, wie es ist, wenn man an einem alten Gebäude einmal anfängt, Wände herauszureißen. Meistens kommen dann weitere Schäden zum Vorschein, und es zieht einen ganzen Rattenschwanz nach sich. Ich plane vielmehr den Neubau eines Lagers an der Rückseite des Hauses. Das geht schneller und ist kostengünstiger.«

Jean stimmte ihr zu, und als das neue Lagerhaus fertig und mit einer modernen Kühltechnik ausgestattet war, räumte Edith den Keller aus und verschloss die schwere Eichentür. Es war, als würde sie symbolisch einen weiteren Teil ihres Lebens für immer verschließen.

Blanche war in dem Schweizer Internat sehr glücklich. Sie war schon immer eine gute Schülerin gewesen, aber jetzt war sie die Klassenbeste, ohne dabei eine Streberin zu sein. Besonders ihr Sprachentalent wurde von den Lehrern gefördert. Neben Französisch beherrschte Blanche nun auch Deutsch, Italienisch, Spanisch und ein wenig Rätoromanisch. Als sie vier Jahre später ihren Abschluss mit Auszeichnung ablegte und das Internat verließ, hatte sie sich entschlossen, Sprachen zu studieren, um später als Dolmetscherin oder Fremdsprachenkorrespondentin zu arbeiten. Edith und sie hatten nie wieder darüber gesprochen, dass Blanche eines Tages das *Crown Inn* übernehmen sollte, denn das Mädchen war für die Arbeit als Wirtin wirklich überqualifiziert. Allerdings hatte sie gehofft, Blanche würde sich für ein Studium in Oxford oder an einer anderen englischen Universität entscheiden, aber mit ihren erstklassigen Noten standen dem Mädchen natürlich andere Möglichkeiten offen.

»Sie geht an die Sorbonne nach Paris«, berichtete Edith Ilse, mit der sie nach wie vor eine enge Freundschaft verband. »Mit ihren guten Noten hat man sie dort sofort aufgenommen.«

»Höre ich da neben Stolz auch Wehmut in deiner Stimme?« Ilse sah sie mitfühlend an, und Edith nickte.

»In den letzten Jahren hat mir Blanche sehr gefehlt, und die Schweiz war weit. Die Wochen im Sommer, wenn sie nach Hause kam, waren für mich die schönsten im ganzen Jahr. Und jetzt geht sie nach Frankreich … Da werden wir sie wohl kaum öfter zu sehen bekommen. Dein Sohn ist noch klein, Ilse, aber irgendwann wirst auch du erleben, wie es ist, wenn man seine Kinder in die Welt hinausziehen lassen muss.«

Ilse nickte verständnisvoll.

»Blanche muss dich sehr an ihren Vater erinnern, Edith.«

»Ihren Vater?« Edith runzelte die Stirn.

»Na, ich denke, da das Mädchen so wenig Ähnlichkeit mit dir hat, wird sie wohl deinem verstorbenen Mann nachschlagen. Hat sie von ihm die Sprachenbegabung?«

Edith lief ein Schauer über den Rücken, aber sie schaffte es, leichthin zu antworten: »Du hast recht, Blanche ist Wayne wie aus dem Gesicht geschnitten, und mein Mann war auch sehr intelligent.«

Ilse griff über den Tisch und drückte mitfühlend Ediths Hand. »Es ist so schrecklich, dass du kein Foto von deinem Mann besitzt und alles in der Bombennacht vernichtet worden ist. Blanche würde es sicher interessieren, wie ihr Vater ausgesehen hat.«

Nervös entzog Edith Ilse ihre Hand und erhob sich.

»Ich erzähle Blanche oft von ihrem Vater. Sei mir nicht böse, Ilse, aber ich muss mich jetzt wieder an die Arbeit machen. Wir haben heute Abend ein Betriebsjubiläum im Saal …«

Ilse nahm ihre Jacke, schlüpfte hinein und griff nach den Autoschlüsseln.

»Die gute alte Edith ist mal wieder im Stress, aber für mich wird es auch Zeit, nach Hause zu fahren, bevor es Abend wird. Du weißt, ich fahre nicht gerne bei Dunkelheit.« An der Tür wandte sie sich noch einmal um. »Eines wollte ich dir noch erzählen, Edith. Du erinnerst dich doch an Gisela, meine Schwester?«

»Natürlich, sehr gut sogar. Hast du etwas von ihr gehört? Wie geht es ihr?«

Seit Gisela kurz nach Kriegsende zurück nach Deutschland gegangen war, hatte Ilse kaum von ihr gesprochen, und Edith hatte vermutet, dass der Kontakt zwischen den Schwestern abgebrochen wäre.

Begleitet von einem Seufzer, zuckte Edith mit den Schultern.

»Gisela ist nach Israel gegangen und lebt nun dort in einem Kibbuz. Sie hat mir geschrieben und mich beschworen, ich dürfe meine Abstammung und Vergangenheit nicht vergessen und ich möge zu ihr kommen. Sie hat auch nach all den Jahren nicht verstanden, dass ich mich weder als Deutsche noch als Jüdin fühle. Mein Mann und mein Sohn sind Engländer, ich bin auch Engländerin, und unsere Familie gehört der anglikanischen Kirche an. Ich bin mit dem Leben, so wie es jetzt ist, nicht nur zufrieden, sondern auch sehr, sehr glücklich. Irgendwann muss man mit der Vergangenheit abschließen, und für mich ist sie gestorben und tot.«

»Die Vergangenheit ist tot …«, wiederholte Edith nachdenklich. Sie trat zu Ilse, umarmte sie und küsste sie leicht auf die Wange. »Du bist deinen Weg gegangen, so wie Gisela den ihren gegangen ist. Ihr habt beide die für euch richtige Entscheidung getroffen. Bitte, fahr vorsichtig und grüß deine Familie herzlich von mir.«

Ilse versprach es, und Edith machte sich an die Vorbereitungen für den Abend.

Vollständig konnte Edith die Vergangenheit jedoch nicht aus ihrem Leben ausblenden. Anfang der sechziger Jahre wurden *Beckford-Schuhe* ein geschätzter Markenartikel in England. Als Edith ein paar Stiefel aus weichem und bequemem Leder in einem Geschäft entdeckte und sie kaufte, war es ihr, als würde sie das Tragen der Schuhe mit Frank verbinden. Er hatte sein Versprechen gehalten und sich nie wieder bei Edith gemeldet. Sie ihrerseits hatte auch keinen Versuch unternommen, mit Frank in Kontakt zu treten. In den letzten Jahren war Edith noch zweimal eine Beziehung mit Männern eingegangen. Beide hatte sie zwar gemocht, aber nicht geliebt, und die Beziehungen waren nach einem Jahr beziehungsweise nach acht Monaten wieder zerbrochen. Die Männer waren mit Ediths Selbständigkeit nicht zurechtgekommen und hatten von ihr gefordert, das Lokal aufzugeben. Und Edith konnte sich ihrerseits nicht öffnen und ihnen die Liebe, die sie verdient hätten, entgegenbringen. Also entschloss sie sich, künftig allein zu bleiben. Das Schicksal hatte offenbar für sie nicht bestimmt, an der Seite eines Mannes glücklich zu werden. Tief im Inneren spürte Edith, dass sie die intensive Liebe, die sie einst für Samuel Pencarron empfunden hatte, nie wieder erleben würde. Mit Frank hatte sie eine starke sexuelle Anziehungskraft verbunden, und sie war in ihn auch verliebt gewesen, aber es war anders als mit Samuel. Selbst heute, da sie wusste, wie kalt und unfreundlich Samuel geworden war, konnte sie ihn nicht verachten oder gar hassen. In ihrer Erinnerung blieb er immer der Samuel Pencarron, den sie geliebt hatte. Jemand hatte einmal gesagt, im Leben eines Menschen gebe es nur ein Mal die richtige, wahre Liebe. Stimmte das, so war für Edith diese Liebe Samuel gewesen.

Dennoch war Edith bestürzt und sehr traurig, als sie im Jahr 1965 in einer Zeitung las, dass Frank Beckford, der Inhaber der inzwischen weltweit bekannten *Beckford-Schuh*-Kette, bei einem Absturz seines Privatjets in den Rocky Mountains ums Leben gekommen war. Er hinterließ eine Ehefrau und zwei halbwüchsige Söhne. Er hatte also geheiratet und war offenbar glücklich geworden. Stundenlang schloss sich Edith in ihr Zimmer ein und weinte wegen Franks Tod. Jetzt gab es niemanden mehr, der von Ediths schwerer Schuld und Blameys Leiche im Keller wusste.

Ein Jahr später erlebte Edith eine herbe Enttäuschung. Blanche, die ihr Studium nach drei Jahren in Paris in Rom fortgesetzt und mit Auszeichnung abgeschlossen hatte, erhielt eine Anstellung in der Filiale eines britischen Wirtschaftsunternehmens in Valletta auf der Insel Malta. Dort lernte sie Vince Lyneham kennen, einen Diplomaten, der am Anfang einer erfolgversprechenden Karriere stand. Blanche verliebte sich Hals über Kopf in den jungen Mann, und Edith erfuhr am Telefon, dass Blanche schwanger war und in drei Wochen heiraten würde.

»Ich nehme nicht an, dass du zur Hochzeit kommen wirst?« Die Spitze in Blanches Frage war nicht zu überhören. »Du bist ja nicht einmal zur Abschlussfeier nach Rom gekommen, obwohl die Eltern aller Studenten dabei waren. Bestimmt kannst du auch dieses Mal deine Kneipe nicht allein lassen.«

Es war ein unerfreuliches Gespräch gewesen, in dem Blanche deutlich ihrer Enttäuschung Luft machte. Edith verstand Blanches Verbitterung zwar, aber nach wie vor besaß sie keinen Pass. Nachdem die Ausstellung der Papiere für Blanche problemlos funktioniert hatte, konnte Edith sich nicht mehr dazu aufraffen, ein zweites Mal das Risiko einzugehen, auch für sich selbst einen Pass zu beantragen. Für ihr Leben in England benötigte sie keinen, allerdings war es ihr auf diese Weise nicht möglich, das Land zu verlassen. Und jetzt wollte Blanche heiraten! Ausgerechnet einen Diplomaten – denselben Beruf, den ihr Vater und ihr Onkel ausgeübt hatten. Was für eine Ironie des Schicksals.

Edith setzte sich hin und schrieb Blanche einen langen, ausführlichen Brief, versuchte jedoch nicht, sie von der Heirat abzuhalten. Blanche war nicht nur volljährig, sondern sie setzte grundsätzlich alles durch, was sie wollte. Edith hätte sich zwar gewünscht, ihren künftigen Schwiegersohn vor der Hochzeit kennenzulernen, aber so musste sie sich eben mit den Fotos, die Blanche ihr schickte, begnügen. Vince Lyneham war zweifelsohne ein attraktiver Mann, und als die kleine Alayne geboren wurde, schrieb Blanche ihr sogar öfter und ohne bitteren Unterton. Es dauerte allerdings weitere zwei Jahre, bis Edith Blanche wiedersah und auch Vince kennenlernte, als das Ehepaar für einen kurzen Besuch nach England kam. Alayne hatten sie derweil in der Obhut ihres Kindermädchens auf Zypern gelassen, wo die Familie inzwischen lebte.

»Der lange Flug wäre für das Kind zu anstrengend«, sagte Blanche und hielt Edith ihre perfekt geschminkte Wange für einen Kuss hin.

Blanche hatte sich verändert. Offenbar verdiente Vince gut, denn ihre Kleidung entsprach nicht nur dem neuesten Chic, sondern stammte auch von namhaften Modedesignern. Vince Lyneham war ein eher zurückhaltender, aber freundlicher Mann, der Blanche regelrecht anbetete und sie auf Händen trug. Er schien mit der Tatsache, dass seine Schwiegermutter ein Lokal betrieb, weniger Probleme als Blanche zu haben.

Sieben Jahre später nahm Vince einen Posten in Australien an, und er und Blanche brachten ihre Tochter Alayne zu Edith nach England. Edith schenkte Alayne ihre ganze Liebe, als wäre sie wirklich ihre Enkelin. Die schwere Schuld würde sie zwar für den Rest ihres Lebens belasten, aber sie würde versuchen, an Alayne das gutzumachen, was sie Blanche angetan hatte.

Von Samuel Pencarron hörte Edith niemals wieder etwas.

26. Kapitel

Gloucestershire, England, April 2007

Piep … Piep … Piep …

In das gleichmäßige Geräusch des EKGs mischte sich das fröhliche Zwitschern einer Amsel, die sich in dem Baum vor dem Fenster der Intensivstation niedergelassen hatte und ausgiebig ihr schwarzes Gefieder putzte. In unregelmäßigen Abständen pumpte sich Ediths Blutdruckmessgerät auf. Automatisch glitt Alaynes Blick auf die elektronische Anzeige über dem Krankenbett.

Blutdruck 138 zu 86, Puls 76 …

Die Werte waren für eine Frau in Ediths Alter außerordentlich gut und normal, besonders wenn man bedachte, was in den letzten Stunden geschehen war.

Edith lehnte mit halb geschlossenen Lidern in den Kissen, und Blanche brach als Erste das Schweigen: »Ich brauche jetzt eine Zigarette. Alayne, vorhin sah ich ein Päckchen in deiner Handtasche, bitte gib es mir.«

»Mama, du hast vor über zwanzig Jahren mit dem Rauchen aufgehört!«

»Ich denke, heute ist ein guter Tag, um wieder damit anzufangen.« Blanche streckte die Hand aus, und Alayne nahm das angebrochene Päckchen aus ihrer Tasche und gab es ihrer Mutter, die daraufhin aufstand und zur Tür ging.

»Mama, wo willst du hin? Du kannst jetzt doch nicht einfach gehen!«

»Lass sie, Alayne«, sagte Edith leise und seufzte kurz, als die Tür hinter Blanche ins Schloss fiel. »Sie muss jetzt allein sein.«

Mit einem ungewöhnlich klaren Blick sah Edith Alayne an, ihre Lippen verzogen sich zu einem um Verzeihung bittenden Lächeln.

»Was ist mit dir, mein Kind? Verachtest du mich jetzt?«

»Verachten?« Alayne musste nicht überlegen und schüttelte heftig den Kopf. »Das ist nicht das Wort, das mir jetzt einfällt, Edith …« Sie stutzte kurz und sagte dann: »Du heißt ja gar nicht Edith, sondern Edwina. Edwina Goldsworthy … es ist ein schöner Name.«

»Bitte, sage ihn noch mal«, bat die Großmutter. »Es ist so lange her, dass mich jemand bei diesem Namen genannt hat.«

Alayne erfüllte ihr den Wunsch. In ihrem Kopf wirbelten die Gedanken über Ediths Lebensbeichte wild durcheinander. Ihre beziehungsweise Edwinas Geschichte klang unglaublich, doch Alayne zweifelte an keinem ihrer Worte.

»Das Skelett ist also dieser Richard Blamey«, sagte sie nach einiger Zeit. »All die Jahre hat niemand bemerkt, dass es im Keller des Lokals ein Grab gab. Auch ich nicht …« Ein Schauer lief über Alaynes Rücken, und sie schüttelte sich. »Was geschah eigentlich, als Blameys Auto gefunden wurde? Hat man bei dir nachgefragt?«

Edith schüttelte den Kopf.

»Ich hielt mich bei Lady Bedingfield auf, als zwei Polizeibeamten ins Crown Inn kamen und Ilse ein Foto von Blamey zeigten. Sie konnte natürlich mit reinem Gewissen bestätigen, den Mann nie zuvor gesehen zu haben, und die Beamten gaben sich mit der Aussage zufrieden, das Lokal wäre zu dem besagten Zeitpunkt, als Blamey spurlos verschwand, geschlossen gewesen. Jahre später habe ich über die Telefonvermittlung versucht herauszufinden, ob es Verwandte von ihm in Cornwall gibt, aber es war keine Familie Blamey eingetragen.«

»Ich verstehe, dass die Sache dann irgendwann für dich erledigt war«, ergänzte Alayne verständnisvoll.

Edwina streckte die Hand nach ihr aus.

»Es tut mir so leid, Kind, aber ab dem Zeitpunkt, als deine Eltern dich zu mir brachten, schien die Vergangenheit für mich in so weite Ferne gerückt, dass ich dachte, ich hätte all das nur geträumt, und es wäre niemals geschehen. Aber es hat sich gezeigt, dass man von der Vergangenheit irgendwann eingeholt wird.«

Mit der anderen Hand griff Edwina unter ihr Kopfkissen, und Alayne erkannte erstaunt ein kleines, silberfarbenes Diktiergerät, das Edith nun abschaltete.

»Woher hast du denn das?«, fragte Alayne erstaunt, und Edwina lachte.

»Die junge Schwester Eve war so freundlich, mir ein solches Ding zu besorgen. Es hat einen … wie sagt man … Mikrochip, und Eve hat mir gezeigt, wie man es bedient. Ich habe mir erlaubt, mein Geständnis aufzunehmen. Diese Aufzeichnung kannst du der Polizei übergeben, dann muss ich nicht alles ein zweites Mal erzählen.«

»Ich werde die Polizei auf keinen Fall einschalten«, begehrte Alayne auf. »Es ist so lange her, da …«

»Sie werden wegen Blamey keine Ruhe geben«, unterbrach Edwina. »Es ist schon in Ordnung, kein irdischer Richter wird mich mehr zur Rechenschaft ziehen können.«

Alayne nahm das Diktiergerät und steckte es in ihre Tasche, dann lehnte sie sich seufzend zurück.

»Was für eine Geschichte, und ich dachte, ich hätte Probleme.«

»Mit Michael, nicht wahr?« Edwina kannte sie so gut, dass sie gleich die richtige Schlussfolgerung zog, und Alayne nickte.

»Er hat eine Affäre. Er sagt zwar, es wäre vorbei, aber die andere Frau ist Marilyn Preston.«

»Deine Chefin?«

»Und, wie ich bis vor kurzem dachte, auch meine Freundin«, ergänzte Alayne. »Eigentlich bin ich von ihr mehr enttäuscht als von Michael. Sie wusste doch, dass Michael verheiratet ist. Wie konnte sie sich nur mit ihm einlassen und eine Ehe zerstören?« Kaum hatte Alayne den Satz ausgesprochen, schaute sie Edwina verlegen an. »Oh, verzeih, aber ich wollte nicht …«

Edwina nickte.

»Du meinst, weil ich während des Krieges mit Frank Beckford eine Beziehung hatte, obwohl ich wusste, dass er verheiratet ist. Du hast recht, Alayne, es war schändlich, aber manchmal kann man einfach nicht anders. Trotzdem gibt es nichts, was meine Schuld schmälern würde.« Sie deutete auf die Wasserflasche auf dem Nachttisch. »Würdest du mir bitte ein Glas einschenken? Das Erzählen hat mich durstig gemacht.«

Während Alayne Edwinas Bitte nachkam, schoss ihr ein anderer Gedanke durch den Kopf.

»Dieser alte Mann … Samuel Pencarron, der die Hunde auf mich gehetzt hat, ist also Mutters Onkel und mein Großonkel.« Sie schüttelte amüsiert den Kopf. »Was für eine erbauliche Vorstellung.«

Es erstaunte Alayne, wie wenig sie über Edwinas Geständnis

erschüttert war. Die Frau, die sie erzogen hatte und seit über dreißig Jahren die wichtigste Person in ihrem Leben war, hatte schwere Schuld auf sich geladen und mehrere Straftaten begangen. Und Edith … Edwina war nicht ihre Großmutter! Sie waren nicht blutsverwandt miteinander, und dennoch empfand Alayne ein tiefes Gefühl von Liebe für die alte Frau, das sich durch deren Lebensbeichte noch verstärkt hatte. Doch was wird in Blanche vor sich gehen? Sie, Alayne, war durch die damalige Entführung nicht unmittelbar betroffen, aber Blanches Leben wäre völlig anders verlaufen, hätten Edwina und Jowna das Kind nicht geraubt. Sie hätte Vince Lyneham vielleicht niemals kennengelernt und geheiratet und sie, Alayne …

»Wahrscheinlich würde es mich heute gar nicht geben«, führte Alayne ihre Gedanken zu Ende.

Edwina verstand und nickte.

»Auf keinen Fall hätten wir uns jemals getroffen.«

Spontan beugte sich Alayne über das Bett und küsste Edwina zärtlich auf die faltige Wange.

»Das wage ich mir gar nicht vorzustellen, denn dann hätte ein wichtiger Teil in meinem Leben gefehlt.«

Edwinas Augen wurden feucht, und verlegen drehte sie den Kopf zur Seite. Die beiden Frauen schwiegen ein Weilchen, dann flüsterte Edwina: »Bevor du meine Aufzeichnung der Polizei übergibst, habe ich noch eine Bitte, mein Kind.«

»Ich weiß wirklich nicht, ob ich …«

»Du musst die Polizei informieren«, unterbrach Edwina bestimmt. »Aber vorher möchte ich zu Samuel nach Cornwall.«

»Das ist unmöglich!«

Hätte Edwina verlangt, noch heute einen Flug ins All buchen zu wollen, hätte Alayne nicht entsetzter sein können, aber Edwina fuhr beharrlich fort: »Die letzten Jahrzehnte habe ich die Existenz von Samuel Pencarron aus meinen Gedanken gestrichen. Irgendwann glaubte ich, er wäre gestorben, aber er lebt und scheint noch in guter gesundheitlicher und geistiger Verfassung zu sein.« Edwinas Hand klammerte sich an den Haltegriff über dem Bett, und sie zog sich mit einer erstaunlichen Kraft in die Höhe. »Ich *muss* Samuel wiedersehen und es ihm selbst sagen. Das bin ich ihm schuldig.«

»Es ist eine weite Reise, und du bist krank, Edwina.«

»Ich werde nicht mehr lange leben, Alayne. Nein, verschließe nicht die Augen vor der Tatsache, dass ich euch bald für immer verlassen werde. Ausnahmsweise bin ich einmal mit den Ärzten einer Meinung. Gerade deswegen muss ich mit Samuel sprechen. So, wie ich wusste, dass jetzt der Zeitpunkt gekommen war, dir und Blanche die Wahrheit zu erzählen.«

Wenn sich Edwina etwas in den Kopf gesetzt hatte, dann würde sie es auch durchsetzen – darin war sie Blanche gar nicht so unähnlich. Alayne verstand ihre Beweggründe sehr gut.

»Wir müssen mit den Ärzten sprechen«, sagte sie dennoch.

Edwina nickte und tastete nach der Klingel.

»Das machen wir am besten gleich, aber egal, was die Halbgötter in Weiß sagen werden: Ich bitte dich, Alayne, bring mich nach Cornwall, und zwar so schnell wie möglich. Ich habe nicht mehr viel Zeit.«

Alayne machte einen letzten Versuch, Edwina von der Idee abzubringen.

»Samuel Pencarron wird uns nicht empfangen. Er wollte mich nicht anhören und hat die Hunde auf mich gehetzt, als ich mit ihm sprechen wollte.«

Entschlossen schob Edwina das Kinn vor und sagte bestimmt:

»Er wird mich empfangen, wenn er meinen Namen hört. Da bin ich ganz sicher.«
Alayne wusste, es gab nichts, das Edwina vom Gegenteil überzeugen konnte, und sie begab sich auf die Suche nach einem Arzt, um die Einzelheiten zu besprechen.

»Es ist eine schwachsinnige Idee!«
Blanche starrte verärgert durch die Windschutzscheibe auf die Straße, auf der sie nur langsam vorankamen. Alayne wunderte sich über die derbe Ausdrucksweise ihrer Mutter, die sonst nicht ihre Art war.
»Es ist Ediths ... äh ... Edwinas vielleicht letzter Wunsch, Mutter. Die Ärzte haben gesagt, dass sie jeden Tag sterben kann, auch wenn sie ruhig im Bett liegen bleibt. Und das würde sie am wenigsten wollen, du kennst doch deine Mutter.«
»Sie ist nicht meine Mutter!« Blanches Fingerspitzen trommelten nervös auf der Konsole. »Dieser dumme Stau! Warum haben sich heute eigentlich alle Leute dazu entschlossen, in den Westen zu fahren?«
»Weil heute Samstag ist, Montag Bank Holiday, und der Wetterbericht ein sonniges verlängertes Wochenende gemeldet hat.«
Seit sie die M 5 bei Exeter verlassen und auf die A 30, die zweispurige Straße, die durch Devon nach Cornwall westwärts führte, eingebogen waren, ging es nur noch im Schritttempo voran. Stoßstange reihte sich an Stoßstange, viele Autos zogen Wohn- oder Bootsanhänger und waren dadurch noch langsamer. Alayne hatte den Krankenwagen, mit dem Edwina fuhr, aus den Augen verloren, aber spätestens in St. Agnes würde man sich wieder treffen.

An dem Tag, als Edwina ihnen die Geschichte ihres Lebens erzählt hatte, hatte Blanche sich geweigert, auch nur ein Wort mit ihrer Mutter zu sprechen. Alayne gegenüber blieb sie ebenfalls verschlossen, reagierte allerdings sehr aufgebracht, als sie hörte, dass Edwina Samuel Pencarron aufsuchen wollte, und lehnte es zuerst ab, sie nach Cornwall zu begleiten.
»Samuel ist dein Onkel, Mutter!« Alayne konnte Blanches abweisende Haltung nicht verstehen. »Interessiert es dich denn gar nicht, deinen einzigen lebenden Verwandten kennenzulernen und das Haus zu sehen, in dem du geboren wurdest?«
»Die Frau, von der ich mein ganzes Leben lang annahm, sie wäre meine Mutter, hat mir die Möglichkeit genommen, *meine Eltern* kennenzulernen«, entgegnete Blanche aufgebracht. »Man riss mich aus meiner Umgebung, fort von den Menschen, die mich liebten, und ich musste in einer Welt aufwachsen, die nicht die meine war. Erwartest du wirklich von mir, dass ich dafür Verständnis zeige, Alayne?«
»Sie hat dich wie eine eigene Tochter geliebt.«
»Das mag sein, dennoch habe ich mein ganzes Leben lang gespürt, dass etwas nicht richtig war.« Blanche seufzte tief und verschränkte die Hände ineinander. »Damals, als Frank Beckford Edwina verließ und sie so krank wurde, da habe ich mir schreckliche Vorwürfe gemacht. Ich musste davon ausgehen, dass Edwina sich von Frank getrennt hatte, weil ich eifersüchtig war und sie nicht mit ihm teilen wollte. Ich musste mit ansehen, wie unglücklich sie war, und dachte, ich wäre daran schuld. Mein Gott, Alayne, ich war erst vierzehn Jahre alt! Auch wenn ich gerne die große Dame spielte, in meiner Seele war ich noch ein Kind. Und dann schickte mich Mutter … Edwina … in die Schweiz. Weißt du, was ich da glauben musste? Sie wollte mich

nicht mehr bei sich haben, weil ich ihr Glück zerstört habe. Ich war davon überzeugt, sie konnte meine Anwesenheit nicht mehr ertragen.«

Alayne warf der Mutter zwar einen mitfühlenden Seitenblick zu, sagte aber bestimmt: »Soweit ich Edwina verstanden habe, war es dein langgehegter Wunsch, ein Internat in der Schweiz zu besuchen, und du warst darüber glücklich.«

»Natürlich wollte ich eine gute Schule besuchen, aber Edwina hatte es lange Zeit abgelehnt. Ausgerechnet dann, als ich davon ausgehen musste, ich hätte Frank vertrieben, erfüllt sie mir diesen Wunsch. Welch ein Zufall!« Blanche lachte bitter auf. »Jahrelang schlug ich mich mit Schuldgefühlen herum und hatte vor jedem Wiedersehen mit Edwina Angst, sie könnte mir vorhalten, Frank aus ihrem Leben vertrieben zu haben. Ich überlegte sogar, Frank in den Staaten auf eigene Faust ausfindig zu machen und ihn zu bitten, zurückzukommen. Damals gab es aber noch kein Internet, und ich wusste weder seine Adresse noch seine Telefonnummer. Edwina musste alle Hinweise vernichtet haben, denn in meinen nächsten Ferien habe ich das ganze Haus erfolglos durchsucht. Sie sprach auch niemals wieder von ihm, und ich fragte nicht. Erst als ich deinen Vater kennenlernte, Alayne, und wir begannen, in der Welt herumzureisen und mal hier und mal dort zu leben, wich das Gefühl von Schuld. Dabei war nicht ich es, die eine schwere Schuld auf sich geladen hatte, sondern Edwina. Meine *Mutter* … die geraubt, gestohlen, gelogen und sogar einen Toten beseitigt hat. Jahrelang habe ich mit einer Leiche im Haus gelebt und nichts bemerkt.«

»Ich auch, Mama«, erwiderte Alayne leise. »Ich verstehe, dass du Edwina nicht verzeihen kannst, aber sie war trotzdem immer für dich da. So wie auch für mich. Sie wird sterben, Mama! Wir müssen alles tun, damit sie in Frieden gehen kann.«

Blanche schwieg und starrte wieder auf die Straße. Sie hatte Antoine, ihren zweiten Mann, angerufen und gesagt, sie müsse einige Zeit in England bleiben, ihm aber die wahre Geschichte verschwiegen. Am liebsten wäre sie in den nächsten Flieger gestiegen und zu ihm in den Süden geflogen, aber sie wusste, es wäre nur eine Flucht vor den Tatsachen, denen sie sich stellen musste. Trotz allem, was Edwina ihr angetan hatte, war es ihre Pflicht, bis zu ihrem Ende bei ihr zu bleiben. Es stimmte auch nicht ganz, dass es Blanche nicht interessierte, Pencarron Manor zu sehen. In ihre Erwartung mischte sich jedoch auch Angst vor der Konfrontation mit der Vergangenheit, obwohl sie sich an diese nicht erinnern konnte. Um sich von ihren zwiespältigen Gedanken abzulenken, fragte Blanche:

»Was ist eigentlich nun mit dir und Michael?« Alayne hatte ihr am Vortag kurz von der Affäre ihres Mannes erzählt. »Willst du wirklich die Scheidung?«

Alayne zuckte mit den Schultern.

»Das kann ich jetzt nicht entscheiden. Auf jeden Fall brauche ich Abstand. Edwina hat recht, wenn sie sagt, dass sich nur dann ein Dritter in eine Beziehung drängen kann, wenn in dieser ohnehin schon der Wurm drin ist. Aus unserer Ehe war seit Jahren das gewisse Prickeln verschwunden, eigentlich verband Michael und mich nur noch Carren, sonst hatten wir uns kaum etwas zu sagen.«

»Liebst du ihn noch?«

Alayne war über diese direkte Frage überrascht. Ihre Mutter hatte sich sonst nie sonderlich für ihre Gefühle interessiert. Sie musste über die Antwort nicht lange nachdenken.

»Nein, ich glaube nicht. Nach so vielen Jahren ist da natürlich eine gewisse Verbundenheit vorhanden. Ich bin an Michael gewöhnt, er ist ein Teil meines Lebens. Aber Liebe?« Sie schüttelte den Kopf. »Unsere Liebe ist irgendwann irgendwo verlorengegangen. Das ist traurig, und weder Michael noch ich haben es bemerkt. Allerdings habe ich mir stets den Respekt für Michael bewahrt und hätte es ihm sofort gesagt, wenn ein anderer Mann in mein Leben getreten wäre. Es hat mich mehr getroffen, dass er mich ausgerechnet mit Marilyn, der Frau, von der ich dachte, sie wäre meine Freundin, betrogen hat, als die Tatsache an sich, dass er fremdgegangen ist. Ich denke nicht, dass ich Michael verzeihen kann. Ob ich ihm überhaupt verzeihen *will.*«

Sanft legte Blanche eine Hand auf Alaynes Unterarm.

»Lass dir Zeit, mein Kind, und überstürze nichts.«

Alayne nickte und stieß einen tiefen Seufzer aus.

»Weißt du, Mama, im Augenblick ist meine Ehe völlig in den Hintergrund getreten und zweitrangig geworden. Was sind meine Probleme im Vergleich zu dem, was Edwina durchgemacht hat? Ich weiß nur noch nicht, wie wir Samuel Pencarron dazu bringen sollen, uns überhaupt zu empfangen und Edwina anzuhören.«

»Nach dem, was du von deiner Begegnung mit dem Lord erzählt hast, muss er ja ausgesprochen höflich und gastfreundlich sein. Auf die zwei entzückenden Hunde bin ich besonders gespannt.«

Alayne war froh, dass Blanche ihren Humor wiedergefunden hatte, und stimmte in ihr Lachen ein.

Hinter der Stadt Launceston, von wo aus Hauptverkehrsstraßen an die Badeorte der Nord- und Südküste Cornwalls führten, lichtete sich der Verkehr, und sie kamen nun zügiger voran.

Bald hatten sie den Krankenwagen eingeholt, und bei Einbruch der Dämmerung erreichten sie St. Agnes. Übers Internet hatte Alayne ein Hotel etwas außerhalb der kleinen Stadt gebucht, das über behindertengerechte Zimmer im Erdgeschoss verfügte. Das Hotel war von einer Mauer umgeben, und vor dem Eingang befand sich ein mit bunten Frühlingsblumen bewachsenes Rondell. Vorsichtig hoben die Sanitäter Edwina von der Trage und setzten sie in einen Rollstuhl. Die alte Frau hatte die meiste Zeit während der Fahrt geschlafen, doch jetzt blickten ihre Augen wach und interessiert in die Runde.

»Hier war früher kein Hotel«, murmelte sie, »sondern nur Obstwiesen, auf denen Jowna und ich im Spätsommer Äpfel und Pflaumen stibitzt haben.«

Ihre Zimmer waren freundlich und hell eingerichtet, und die Fenster gingen auf einen Innenhof, in dem sich sogar ein Schwimmbecken befand. Zum Schwimmen war es allerdings noch zu kalt, daher entschloss sich Alayne nach dem Abendessen zu einem Spaziergang. Durch das lange Sitzen im Auto war ihr Rücken verspannt. Blanche bot sich an, Edwina, die viel Ruhe brauchte, zu Bett zu bringen, und morgen wollten sie gemeinsam überlegen, wie sie in Kontakt zu Samuel Pencarron treten konnten.

Schon bei den ersten Schritten in Richtung St. Agnes nahm Alayne die klare und würzige Luft wahr und atmete tief ein und aus. Obwohl Cheltenham auch eher ländlich war, roch es nirgendwo sonst in England so wie hier in Cornwall. Wie schon bei ihrem ersten Besuch hatte Alayne das Gefühl, alle Sorgen und Probleme würden von ihr abfallen, und sie fühlte sich leicht und beschwingt. Die Straßenlaternen tauchten die kleine Ortschaft in ein sanftes Licht, aus einzelnen Kaminen stieg Rauch auf, und an einer Ecke stand eine Gruppe Jugendlicher, die sich gegenseitig die neuesten Hits von ihren Mobiltelefonen vorspielten. Als Alayne das St. Agnes Hotel, in dem sie bei ihrem ersten Aufenthalt gewohnt hatte, erreichte, betrat sie entschlossen die Bar. Sie lächelte, denn es hatte sich nichts verändert: An der Bar saß Oliver Kirby, ein noch fast volles Pint vor sich auf dem Tresen. Er blickte sich um, und seine Augen weiteten sich erstaunt, als er Alayne erkannte. Sofort rutschte er vom Barhocker und kam ihr mit ausgestreckten Händen entgegen.

»Ich wusste, ich würde Sie wiedersehen, hatte aber nicht gehofft, dass es so bald sein würde, Alayne.«

»Gingen Sie etwa davon aus, dass ich wieder nach St. Agnes komme?« Alayne schüttelte verwundert den Kopf, fühlte sich aber geschmeichelt über seine ehrliche Freude.

»Wer einmal in Cornwall war, kommt immer wieder«, stellte Kirby nüchtern fest. »Möchten Sie sich zu mir setzen? Ich würde mich gerne revanchieren und Sie zu einem Glas einladen.«

Offenbar war Kirby heute noch nicht lange in der Bar, denn sein Blick war ungetrübt, und auch seine Stimme ließ nicht auf übermäßigen Alkoholkonsum schließen. Darum nahm Alayne seine Einladung an. Über sich selbst überrascht, dass sie sich freute, Oliver zu treffen, setzte sie sich neben ihn an die Bar und bestellte beim Schankmädchen – der freundliche Wirt war heute Abend offenbar nicht da – einen trockenen Weißwein. Eine zwanglose Plauderei mit Oliver Kirby würde sie vielleicht ein wenig von den Gedanken, die sie immer noch nicht ordnen konnte, ablenken.

»Ich hoffe, Sie haben Ihre Angelegenheiten regeln können, die Sie letzte Woche zwangen, derart überstürzt abzureisen.«

Alayne sah Oliver interessiert an. Seine gewählte Ausdrucksweise zeigte, dass er tatsächlich kaum Alkohol getrunken hatte. Unwillkürlich entstand vor ihren Augen ein anderes Bild von Oliver – das eines erfolgreichen Chirurgen. Er bemerkte ihren Blick, deutete auf sein Glas und fuhr verlegen lächelnd fort: »Das ist mein erstes Bier heute. Ehrlich! Ich habe nämlich beschlossen, dieses Limit künftig nicht mehr zu überschreiten und es eines Tages ganz zu lassen.«

Alayne hob abwehrend die Hände.

»Das geht mich nichts an, Mr. Kirby.«

»Bitte, sagen Sie Oliver zu mir, ich nenne Sie ja auch Alayne. Das ist übrigens ein außergewöhnlicher und sehr schöner Name.«

Alayne stutzte über den Klang seiner Stimme. Bildete sie es sich ein, oder begann Oliver, mit ihr zu flirten? Meine Güte, sie war vierzig Jahre alt, und es war Jahrzehnte her, dass ein Mann mit ihr geflirtet hatte. Unwillkürlich verdüsterte sich ihr Gesichtsausdruck, als sie sagte: »Ich glaube, ich sollte jetzt besser gehen.«

»Nein, bitte warten Sie. Ich wollte Ihnen nicht zu nahe treten, verzeihen Sie, aber ich freue mich wirklich, Sie wiederzusehen. Als Sie vor ein paar Tagen hier waren, wirkten Sie so … nun ja … Sie wirkten auf mich ein wenig verloren. Bitte, verstehen Sie mich nicht falsch, ich möchte mich nicht in Ihre Angelegenheiten mischen. Ihre Gründe, Pencarron Manor aufzusuchen, gehen mich wirklich nichts an, aber bitte, Alayne, Sie müssen mir glauben, wenn ich sage, dass ich mir ein wenig Sorgen um Sie mache.«

»Sorgen? Um mich?« Alayne war wirklich überrascht. Wie lange war es her, dass sich jemand um sie gesorgt hatte. Jetzt saß sie hier mit einem Fremden, den sie zweimal zuvor gesprochen hatte, und der Mann schien zu erkennen, dass ihr Leben völlig aus den Fugen geraten war. Alayne wusste, sie hätte jetzt aufstehen und gehen sollen, aber gerade weil Oliver Kirby ein Fremder war, fühlte sie sich in seiner Gegenwart wohl, und es kam ihr so vor, als würden sie sich schon lange kennen, darum sagte sie aufrichtig: »Es ist tatsächlich so, dass mich eine Sache beschäftigt, die mit dieser Stadt zu tun hat.«

»Ich hoffe nur, Sie möchten dem alten Griesgram von Pencarron nicht wieder einen Besuch abstatten.« Oliver hatte die Worte leicht und mit einem Lächeln gesagt, aber Alayne zuckte zusammen und antwortete ehrlich: »Das genau habe ich, beziehungsweise das haben wir, vor. Sie müssen wissen, mich begleiten meine Mutter und meine Großmutter, und es ist sehr wichtig, persönlich mit Lord Pencarron zu sprechen. Wir wissen noch nicht, wie wir das anstellen sollen, aber irgendetwas wird uns schon einfallen. Da meine Großmutter gehbehindert ist, sind wir im Bluebell Hotel abgestiegen. Ich habe die Hoffnung, dass Lord Pencarron wohl kaum seine Hunde auf eine alte Frau hetzen wird, die im Rollstuhl sitzt.«

Alayne bemühte sich, unbekümmert zu klingen, aber Oliver hörte in ihrer Stimme einen sorgenvollen Unterton heraus.

»Wissen Sie, dass die Gartenanlagen von Pencarron ab diesem Monat jeden Sonntagnachmittag für Besucher geöffnet sind?«

Alayne nickte und erinnerte sich, so etwas im Internet über Pencarron Manor gelesen zu haben.

»Wobei ich mir nicht vorstellen kann, wer Gefallen daran findet, sich durch diesen Urwald zu schlagen.«

»Da gibt es genügend Leute, die Eintritt bezahlen. Die Rosen- und Terrassengärten sollen wirklich sehenswert sein. Eine private Organisation aus Truro kümmert sich darum, aber ich denke, der Lord lässt sich nicht blicken. Immerhin kommen Sie so sicher auf das Grundstück.«

Alayne hob ihr Glas und prostete Oliver zu.
»Danke für den Hinweis, wir werden es morgen versuchen.«
Alayne dachte daran, was Oliver wohl sagen würde, wenn er wüsste, dass Gweniver Pencarron, das Kind, von dem alle dachten, es wäre tot, ihre Mutter war. Vorerst würde sie darüber natürlich kein Wort verlauten lassen. Alles hing von dem Gespräch mit Samuel Pencarron ab. Danach würden die Menschen hier wohl ohnehin die Wahrheit erfahren.
»Darf ich Sie noch zu einem Glas einladen?« Oliver riss sie aus den Gedanken, aber Alayne lehnte ab.
»Ich muss jetzt wirklich gehen und nach meiner Großmutter schauen. Und, Oliver« – spontan legte sie ihre Hand auf die seine –, »belassen Sie es bei dem einen Bier heute Abend. Alkohol ist keine Lösung. Er betäubt nur kurzzeitig unsere Probleme, lösen müssen wir sie ganz allein. Sie tragen keine Schuld am Tod Ihrer Frau.«
Oliver zuckte zusammen und fragte heiser: »Sie wissen es?«
Alayne nickte.
»Der Wirt hat mir von dem schrecklichen Unfall erzählt.«
Ein Schatten fiel zuerst über Olivers Gesicht, doch dann lächelte er traurig.
»Wirte sind schlimmer als alte Klatschweiber. Aber Sie haben recht.« Er rutschte vom Barhocker. »Wenn Sie erlauben, begleite ich Sie zum Hotel, dann gehe ich nach Hause.«
Alayne wusste, sie hätte das Angebot ablehnen müssen, aber irgendetwas in ihr drängte sie, Olivers Begleitung anzunehmen. Dabei war sie in keiner Weise für ihn oder dafür, ob er trank oder nicht, verantwortlich. Dennoch hängte sie sich bei ihm ein, als er ihr seinen Arm anbot, und genoss den Spaziergang durch den milden Abend. Vor dem Hotel verabschiedete sich

Oliver und drückte fest ihre Hand. Alayne sah ihm noch nach, bis er in der Dunkelheit verschwunden war. Insgeheim musste sie sich eingestehen, dass er ein attraktiver Mann war, bei dem der Alkohol noch keine allzu deutlichen Spuren hinterlassen hatte.

»Was soll das, Alayne?«, schimpfte sie sich selbst. »Du hast wahrlich andere Probleme, als einen Flirt mit einem nahezu Unbekannten anzufangen, der zudem als Alkoholiker stadtbekannt ist.«

Dennoch tat Olivers Interesse an ihr Alayne gut.

Der Sonntag machte seinem Namen alle Ehre. Edwina, die im Vergleich zu Alayne, die kaum ein Auge zugetan hatte, fest und lange geschlafen hatte und deren Augen lebhaft blitzten, atmete tief durch.

»Der Frühling in Cornwall kommt früher als sonst irgendwo in England. Riecht ihr, wie würzig die Luft ist? Wie rein und klar, als ob es keine Industrie und Autoabgase geben würde. Ich hatte beinahe vergessen, wie schön es hier ist.«

Alayne stimmte ihr lächelnd zu, während Blanche keinen Sinn für die Schönheiten der Natur hatte. Sie war an diesem Vormittag ungewöhnlich blass und hatte ebenfalls schlecht geschlafen. Entgegen ihrer Aussage, sie würde sich weder für Pencarron Manor noch für ihren Onkel interessieren, wirkte sie fahrig und nervös. Während Alayne und Edwina sich am reichhaltigen Frühstücksbüfett bedienten und es sich schmecken ließen, trank Blanche nur zwei Tassen Kaffee und kaute eine halbe Stunde auf einer Scheibe Toast herum. Trotz aller Anspannung war sie auch heute perfekt frisiert, und ihr dezentes Make-up vermittelte den Eindruck jugendlicher Frische.

»Wann öffnen die Gartenanlagen?«, fragte sie schließlich, ungeduldig auf ihre Rolex am Handgelenk blickend.

»Um zwölf Uhr«, antwortete Alayne. »Schau, hier ist ein Prospekt.«

Neben der Hotelrezeption befand sich ein Ständer, in dem jede Menge Handzettel von allen touristischen Sehenswürdigkeiten Cornwalls steckten. Gestern Abend hatte Alayne auch ein Faltblatt über Pencarron Manor entdeckt, das sie jetzt der Mutter zuschob. Darin waren allerdings nur ein Foto vom Herrenhaus mit dem Vermerk *Für die Öffentlichkeit nicht zugänglich* und zwei Bilder der Terrassengärten abgebildet.

Blanche warf einen kurzen Blick darauf, erhob sich und meinte ungeduldig: »Wir sollten dann mal fahren, obwohl ich nach wie vor nicht weiß, was ihr euch von dem Besuch versprecht. Ich hole nur noch kurz meine Handtasche aus dem Zimmer.«

Alayne wollte etwas erwidern, aber Edwina sah sie liebevoll an.

»Lass sie, Alayne, ich kenne meine Tochter, denn das wird Blanche immer für mich sein. Sie ist sehr nervös, und das ist ihre Art, es sich nicht anmerken zu lassen.«

Alayne stimmte ihr zu, dann fuhr sie Edwina in den Hof und half ihr auf den Beifahrersitz. Die Sanitäter hatten ihr erklärt, wie sie den Faltrollstuhl zusammenklappen und im Kofferraum verstauen konnte. Alayne schloss gerade die Klappe, als Blanche aus der Tür trat.

»Ist es wirklich notwendig, dass ich euch begleite? Ich habe vorhin Antoine erreicht, die Jacht liegt im Hafen von Catania auf Sizilien. Er hat versprochen, den nächsten Flug nach London zu nehmen und dann weiter nach Newquay. Er wird heute Abend hier eintreffen.«

Alayne erschrak ein wenig. Sie trat zu ihrer Mutter und flüsterte ihr so leise zu, dass Edwina davon nichts hörte: »Hast du deinem Mann gesagt, warum wir hier sind? Hast du ihm etwa Edwinas Geschichte erzählt?«

Empört trat Blanche einen Schritt zurück.

»Natürlich nicht! So etwas bespricht man nicht am Telefon. Ich bat Antoine lediglich zu kommen, da es meiner … Mutter schlechtginge und ich mich besser fühlen würde, wenn er bei mir ist. Es war keine Frage, dass er sich sofort auf den Weg macht.« Sie zögerte und sah Alayne ernst an. »Ob ich Antoine überhaupt die Wahrheit sagen werde, kann ich im Augenblick nicht entscheiden. Es wäre allerdings besser, bevor sich die Presse daraufstürzt und es in allen Zeitungen stehen wird. Außerdem ist er mein Mann …«

Alayne verstand. Sie kannte ihren Stiefvater nicht besonders gut, da Blanche seit der Hochzeit meistens in Frankreich gelebt hatte, schätzte Antoine aber als einen verständnisvollen und weitsichtigen Mann.

»Ich bezweifle, dass die Presse nach so langer Zeit noch Interesse an der damaligen Entführung hat«, sagte sie nachdenklich. »Zusätzlich hege ich die Hoffnung, Lord Pencarron dazu bewegen zu können, die Sache auf sich beruhen zu lassen.«

Blanche runzelte zweifelnd die Stirn.

»Wahrscheinlich werden wir ihn gar nicht zu Gesicht bekommen und noch weniger mit ihm sprechen können«, sagte sie und stieg in den Fond. »Ich hoffe nur, eine Begegnung mit den Hunden bleibt uns erspart.«

Alayne teilte ihre Bedenken, aber sie mussten es zumindest versuchen.

Zwei junge Studentinnen verkauften am Haupteingang von Pencarron Manor die Eintrittskarten, und Alayne erstand noch einen kleinen, farbigen Gartenführer.

»Ist der Lord anwesend?«, fragte sie die jungen Leute, die sie erstaunt musterten.

Die Blonde erwiderte freundlich: »Es tut mir leid, aber das Herrenhaus ist rein privat und nicht für Besucher geöffnet. Lord Pencarron lebt sehr zurückgezogen und möchte nicht gestört werden.«

»Die Gärten sind jedoch sehr schön«, fuhr die Rothaarige fort und lächelte Edwina freundlich zu. »Zum größten Teil naturbelassen und ursprünglich, und für Rollstühle gut zugänglich. Es wird Ihnen gefallen.«

Edwina nickte geistesabwesend. Während Alayne den Rollstuhl über die von Bäumen gesäumte Auffahrt schob, beobachtete sie, wie sich Edwinas Finger immer wieder schlossen und öffneten. Mit jedem Meter, mit dem sich die drei Frauen dem Haus näherten, wurde Edwina nervöser.

»Wird es dir auch nicht zu viel?« Besorgt beugte sich Alayne über die alte Frau. »Vielleicht sollten wir doch nicht …«

»Nein! Ich muss es zu Ende bringen.« Resolut straffte Edwina die Schultern. »Es ist nur ein eigenartiges Gefühl, nach so langer Zeit wieder hier zu sein. Obwohl ich alt und krank bin und in diesem Ding hier sitzen muss, scheint es mir, als wäre nur wenig Zeit vergangen, als ich das letzte Mal hier entlanggelaufen bin.«

Pencarron Manor kam in Sicht. Ein Hinweisschild führte die Touristen nach rechts ums Haus herum in die Gärten, während der Weg aufs Haus zu mit einer Kette und dem Schild *Privat – kein Zutritt* versehen war.

»Schieb mich um die Absperrung herum«, forderte Edwina.
»Ich weiß nicht ...« Alayne zögerte, die Erinnerung an die Hunde und das Gewehr in den Händen des Lords ließ sie schauern.
»Mach, was Mutter möchte!«
Erstaunt blickte Alayne Blanche an, die mit unbeweglicher Miene das Haus anstarrte, dann ignorierte sie die Absperrung. Der Garten war derzeit nicht gut besucht, so wurden sie von niemandem beobachtet, als sie sich dem Haus näherten. Immer wieder blickte Alayne sich um, in der Erwartung, jederzeit den beiden schwarzbraunen Bestien gegenüberzustehen. Edwina las ihre Gedanken und kicherte.
»Samuel kann es nicht wagen, die Hunde frei herumlaufen zu lassen, wenn Besucher im Park sind. Wir brauchen also keine Angst zu haben.«
Alayne war Edwina dankbar, dass sie von *wir* sprach, denn sie hatte den Eindruck, dass sowohl ihre Großmutter wie auch Blanche plötzlich die Ruhe selbst waren. Auf Edwinas Anweisung hin umrundeten sie das Haus auf der östlichen Seite, dort deutete sie auf eine schwellenlose Tür an der Rückseite des Hauptgebäudes.
»Sieh nach, ob sie offen ist.« Tatsächlich war die Tür nicht verschlossen und ließ sich problemlos öffnen. Dahinter lag ein schmaler, dunkler Gang. Edwina nickte und murmelte: »Der Hintereingang war früher auch nie verschlossen. Von hier aus kommt man in den Wirtschaftstrakt, aber auch in die vordere Halle und den Salon. Worauf warten wir noch? Wenn Samuel zu Hause ist, wird er irgendwo in diesem Haus zu finden sein.«
Alaynes Einwand »Das können wir doch nicht machen ...«

wurde von Edwina und Blanche ignoriert, die den Rollstuhl bereits in den fensterlosen Gang geschoben hatte.
Alayne blieb nichts anderes übrig, als den beiden Frauen, ein flaues Gefühl im Magen, zu folgen.

27. Kapitel

Zielsicher dirigierte Edwina Blanche durch die Gänge des Erdgeschosses.

»Da hinten befanden sich die Küche und die Wirtschaftsräume«, erklärte sie, »und hier ist der Gang, der ins große Esszimmer und in den Salon führt. Links vorn gelangt man in die innere Halle, in der früher die Besucher empfangen wurden.«

Durch die kleinen Fenster fiel nur wenig Licht, und die Luft roch muffig und abgestanden. Die Flure waren nicht direkt schmutzig, man sah jedoch, dass sich seit Jahren niemand mehr um das Haus kümmerte, denn über allem lag ein Hauch von Verwahrlosung.

»Schauen wir mal in den Salon …«

Als Blanche einen Flügel der kunstvoll geschnitzten Holztür öffnete und Alayne hinter der Mutter und Edwina den Raum betrat, überzog eine Gänsehaut ihre Arme. Sie fühlte sich wie in einem Gruselkabinett. Solche Zimmer sah man sonst nur in Horrorfilmen. Die Möbel waren teilweise mit weißen Laken abgedeckt, eine dicke Staubschicht lag auf allem, und in den Ecken hingen Spinnweben. Die Vorhänge waren zugezogen, und das Dämmerlicht ließ den einst prächtigen Raum gespenstisch wirken. Alayne hätte sich nicht gewundert, wenn aus einer Ecke plötzlich ein kopfloser Geist erschienen oder eine Ratte über den Boden gehuscht wäre.

»Du meine Güte, hier ist ja seit Jahren nichts mehr gemacht worden! Der schöne Raum!« Edwina sah sich entsetzt um, während Blanche die Vorhänge öffnete.
Im hellen Tageslicht sah der Salon noch schlimmer aus. Die Bezüge der Stühle waren ausgebleicht und zerschlissen, der große, mit goldenen Ranken eingefasste Spiegel über dem Kamin beinahe blind.
»Also, hier hält sich der Lord sicher nicht mehr auf«, stellte Blanche fest. Sie trat zu dem im Erker stehenden Flügel, auf dem rund ein Dutzend Bilderrahmen standen. Blanche nahm eine Fotografie in die Hand, blies den Staub ab und wandte sich dann mit ernstem Blick an Edwina.
»Sind sie das?«
Alayne wusste sofort, wen Blanche meinte, und auch Edwina nickte.
»Ja, mein Kind, das sind deine Eltern … Henry und Sarah Pencarron.«
Die Schwarzweißfotografie zeigte Blanches Eltern an ihrem Hochzeitstag. Sarah trug ein aufwendig gearbeitetes weißes Kleid und Henry einen eleganten Cut. Beide blickten ernst und ohne zu lächeln in die Kamera. Alayne erkannte sofort die große Ähnlichkeit ihrer Mutter mit Sarah Pencarron, aber deren Augen schienen auf dem Foto kalt wie Eis zu sein. Blanche stellte das Foto zurück und griff nach einem anderen. Ihre Mundwinkel zuckten. Auf dem zweiten Foto saß Sarah Pencarron auf einem Sofa, auf ihrem Schoß ein Baby in einem bestickten Taufkleid. Henry stand hinter den beiden und hatte eine Hand auf Sarahs Schulter gelegt. Auf dieser Fotografie lächelte er stolz, und auch Sarah sah etwas freundlicher aus.
»Das bin ich, nicht wahr?« Sanft legte Alayne ihre Hand auf

Blanches Arm. Sie konnte sich nicht erinnern, die Mutter jemals derart ergriffen gesehen zu haben. »Also, ich war ein schönes Kind. Kein Wunder, dass ihr mich entführt habt«, bemerkte sie betont humorvoll, aber der Scherz diente dazu, ihre heftigen Gefühle zu überspielen.
»Du bist immer noch eine schöne Frau«, bemerkte Edwina leise.
»Ich störe diese kleine Versammlung nur ungern, aber Sie verschwinden sofort aus meinem Haus!«
Eine dröhnende zornige Stimme von der Tür her ließ Alayne erschrocken herumfahren. Niemand hatte bemerkt, wie Samuel Pencarron eingetreten war und jetzt wie ein Racheengel, ein Gewehr im Anschlag, mitten im Zimmer stand. Wenigstens waren die Hunde nirgends zu sehen, dachte Alayne und hob sicherheitshalber langsam die Hände.
»Verzeihen Sie unser Eindringen, Mylord. Es ist unentschuldbar, aber wir sahen keine andere Möglichkeit, um mit Ihnen zu sprechen.«
»Sie kenne ich doch!« Der Lauf hob sich ein Stück und zielte nun direkt auf Alaynes Brust. »Sie haben bereits vor ein paar Tagen unerlaubt mein Grundstück betreten, und jetzt begehen Sie Hausfriedensbruch. Am besten, ich rufe gleich die Polizei.« Seine dunklen Augen sprühten vor Zorn, und Blanche war erstaunt, wie kraftvoll seine Stimme immer noch war.
»Jetzt regen Sie sich mal nicht auf«, sagte sie ungewöhnlich ruhig und trat Samuel entschlossen und mutig entgegen. »Und nehmen Sie das Gewehr runter, wir wollen doch nur mit Ihnen reden …«
»Sarah! Mein Gott!« Jegliche Farbe wich aus Samuels Gesicht. Das Gewehr entglitt seinen Händen und fiel polternd zu Boden.

Schnell sprang Alayne einen Schritt zur Seite, falls die Waffe entsichert war und losgehen würde.
»Es ist nicht Sarah, es ist Gweniver.« Edwinas Stimme zitterte vor Erregung, als sie ihren Rollstuhl langsam zu Samuel drehte. »Ich bringe dir deine Nichte zurück, Samuel, und bitte dich, mich anzuhören. Ich bin es … Edwina Goldsworthy. An den Namen kannst du dich sicher noch erinnern, oder?«
Alayne befürchtete, der alte Mann würde einen Herzanfall bekommen, als er seinen Blick Edwina zuwandte. Er blinzelte mehrmals, erkannte Edwina aber nicht, während diese ihrerseits überrascht war, wie wenig sich Samuel trotz des schütteren Haares und der zahlreichen Falten im Gesicht verändert hatte.
»Wenn das ein übler Scherz sein soll, so sage ich es jetzt zum letzten Mal im Guten: Verlassen Sie auf der Stelle mein Haus, oder ich rufe die Polizei.«
»Bitte, Samuel, warte!« Edwina beugte sich so weit vor, dass sie mit einer Hand Samuels Unterarm berühren konnte. »Es ist sehr viel Zeit vergangen, und ich habe außer meinem Wort keinen Beweis, aber ich *bin* Edwina Goldsworthy.« Sie stockte und fuhr dann leise fort: »Ich hatte nicht erwartet, dass du mich erkennst, aber ich bitte dich von ganzem Herzen, gib mir die Gelegenheit, alles zu erklären.«
Samuel Pencarrons Stirn glättete sich ein wenig, aber er musterte immer noch grimmig die drei Frauen. Dann trat er einen Schritt zurück und kam zu dem Entschluss, dass von den Eindringlingen wohl keine Gefahr ausging, dennoch war seine Stimme voller Zweifel, als er sagte: »Also gut, ich höre. Und Sie da« – sein ausgestreckter Zeigefinger wies auf Blanche –, »erklären mir, wer Sie sind und warum Sie aussehen, wie meine tote

Schwägerin ausgesehen hätte, wenn sie in Ihr Alter gekommen wäre.«
Blanche war völlig ruhig. Das also war ihr Onkel, der Bruder ihres Vaters, und – von Alayne und deren Tochter abgesehen – ihr einziger lebender Verwandter.
»Mylord, das alles scheint auf den ersten Blick sehr verwirrend zu sein. Wir hatten kein Recht, hier einfach einzudringen, es schien uns jedoch die einzige Möglichkeit zu sein, persönlich mit Ihnen sprechen zu können. Meine Tochter Alayne« – Blanche wies mit einer Kopfbewegung zu Alayne – »hat bereits versucht, mit Ihnen in Kontakt zu treten, aber Sie wollten sie nicht anhören. Glauben Sie mir, ich bin Ihre Nichte Gweniver, auch wenn mich nie jemand bei diesem Namen genannt hat. Und die Frau, die mein ganzes Leben lang meine Mutter war, ist Edwina Goldsworthy ... die Frau, der Sie einst Liebe vorgespielt haben.«
»Das kann nicht sein ... das ist ein Traum ...« Samuel wischte sich verwirrt über die Stirn. »Ich sagte dem Arzt gleich, dass ich den neuen Medikamenten nicht traue ...« Langsam ging er auf Edwina zu. »Edwina ...? Man sagte mir, du bist tot. Gestorben vor langer, langer Zeit im Londoner Bombenhagel.«
Edwina hielt seinem Blick stand und erwiderte ruhig:
»Es ist kein Traum, Samuel, und ich bitte dich: Hör mich an, bevor du mich aus dem Haus wirfst. Dann kannst du immer noch die Polizei rufen, wozu du alles Recht der Welt hast.«
Alayne und Blanche schienen vergessen, Samuel Pencarron sah nur noch Edwina, und er begann Ähnlichkeiten mit der Frau, die er einst heiraten wollte, zu erkennen.
»Du könntest tatsächlich Edwina sein. Da ist etwas in deinen Augen, das mich an sie erinnert.«

Er beugte sich vor, streckte eine Hand aus und berührte sacht ihre Wange, als wolle er sich vergewissern, dass kein Geist vor ihm saß. Unter der Berührung schloss Edwina kurz die Augen und seufzte, dann sagte sie: »Ich bin es, Samuel, aber das Leben hat mich nicht nur äußerlich verändert. Du hast einmal gesagt, dass du nichts mehr mit mir zu tun haben willst und mich nie wiedersehen möchtest, trotzdem ...«

»Was redest du da?«, unterbrach Samuel, seine Zweifel waren beseitigt. »Das habe ich niemals! Im Gegenteil, du hast mich verlassen und bist einfach verschwunden.«

»Das ist nicht wahr! Du hast geleugnet, der Vater meines Kindes zu sein ...«

»Was für ein Kind? Ich weiß nichts von einem Kind!«

Alayne hatte stumm dem Wortwechsel gelauscht, jetzt trat sie zwischen Samuel und Edwina und sagte bestimmt:

»Mylord, offenbar gab es sehr viele Missverständnisse. Bitte, geben Sie uns die Möglichkeit, Ihnen alles zu erklären.«

Samuel starrte sie fassungslos an, dann wischte er sich über die Augen, als wolle er das Gespenst der Vergangenheit vertreiben. Seine Stimme klang unsicher, als er sagte: »Ich mag zwar alt sein, aber mein Kopf ist immer noch gesund, und ich erinnere mich genau, dass die Frau, die ich liebte und heiraten wollte, ohne ein Wort der Erklärung einfach nach London verschwunden und dort im Krieg umgekommen ist.«

Alaynes Angst vor dem Mann schwand mit seinen Worten.

»Mylord, mein Name ist Alayne Sanderson, und Edwina Goldsworthy ist meine Großmutter, und Blanche – ich meine Gweniver – ist meine Mutter. Somit ist Edwina eigentlich nicht meine Großmutter.« Sie seufzte. »Das hört sich alles sehr verwirrend an, darum muss Edwina von vorn beginnen.«

Samuel wandte sich an Blanche und musterte sie von oben bis unten.

»Im ersten Moment dachte ich wirklich, Sarah wäre zurückgekommen. Sie sehen ihr verdammt ähnlich.« Sein Blick wandte sich wieder Edwina zu. »Zuerst erklärst du mir aber, was die Sache mit dem Kind zu bedeuten hat.«

Edwina verschränkte ihre Hände im Schoß und starrte zu Boden, als sie leise sagte: »Bald nachdem du damals nach Paris gegangen bist, bemerkte ich, dass ich schwanger war. Dein Bruder Henry hat dich darüber informiert, aber du schriebst ihm einen Brief, in dem stand, dass du die Vaterschaft leugnest und mich nie wiedersehen willst.«

Samuels rechte Hand umklammerte so fest die Lehne eines neben ihm stehenden Stuhls, dass seine Knöchel weiß hervortraten.

»So einen Brief habe ich niemals geschrieben, ebenso wenig wie ich jemals erfuhr, dass du ein Kind erwartest. Im Gegenteil, mein Bruder schrieb mir, dass du nicht länger auf mich warten wolltest und einen anderen Mann geheiratet hast.«

»Davon ist kein Wort wahr!«

Samuel nickte ernst.

»Das habe ich erfahren, als Henry und Sarah starben und ich nach Cornwall zurückkam. Man sagte mir, dass du nicht verheiratet bist. Es gab auch Gerüchte über eine Schwangerschaft, aber niemand sprach so richtig darüber. Du und deine Schwester … ihr wart verschwunden, und weil man euch wegen der Entführung Gwenivers befragen wollte, konnte die Polizei eure Spur bis nach London verfolgen. Dann erhielt ich die Nachricht, dass beide Schwestern Goldsworthy im Bombenhagel umgekommen sind.«

»Jowna ist tatsächlich gestorben.« Tränen lösten sich aus Edwinas Augen. »Dann hast du mich nie verlassen? Dann war alles umsonst gewesen …«
Samuel trat zu ihr und legte eine Hand auf ihre Schulter.
»Was ist mit dem Kind? Mit unserem Kind?«
»An dem Tag, als Henry mir den Brief, der angeblich von dir war, zu lesen gab, habe ich es verloren.«
»Sag ruhig, dass dieser Henry versucht hat, dich zu töten«, unterbrach Alayne erregt. »Ja, es stimmt, Lord Pencarron. Offenbar hat Ihr Bruder alles darangesetzt, Ihre Beziehung zu Edwina zu zerstören, und sicherheitshalber dachte er, wenn er Edwina beseitigt, dann besteht keine Gefahr, dass seine Intrigen irgendwann einmal aufgedeckt werden können.«
»Mein Gott, das ist ja schlimmer als in einem Krimi!« Samuel war entsetzt, aber plötzlich fügte sich alles wie in einem Mosaik zusammen. »Siebzig Jahre lang habe ich dich nicht vergessen, Edwina. Sieben Jahrzehnte, in denen ich versuchte, dich für das, was du mir angetan hast, zu verachten, aber ich konnte es nicht. Und jetzt, wenn ich dich vor mir sehe, weiß ich, dass ich nie aufgehört habe, dich zu lieben.«
Edwina schüttelte fassungslos den Kopf.
»Du sprichst von Liebe? Nach so vielen Jahren? Gefühle verändern sich im Laufe der Zeit …«
»Liebe nicht!«, unterbrach Samuel bestimmt. »Sie ist wie ein Fluss – sie endet nie.« Er barg das Gesicht in seinen Händen, und nur undeutlich verstand Edwina seine nächsten Worte. »Ich habe dich im Stich gelassen, als du mich am nötigsten brauchtest.«
»Du hast es nicht gewusst, Samuel.«
Er hob den Kopf und sah sie verzweifelt an.

»Ich hätte es spüren müssen. Wie konnte ich nur an dir und deiner Liebe zweifeln?«

Ein gequälter Ausdruck trat in Edwinas Augen, als sie sagte: »Jahre später trafen wir uns wieder …« Sie schluckte bei der Erinnerung und brauchte einen Moment, bevor sie fortfahren konnte. »Es war in Bedingfield House. Erinnerst du dich an die Jagdgesellschaft, bei der du eine der anwesenden Damen brüskiert hast?«

Seine Augen weiteten sich fassungslos.

»Dann warst du es also tatsächlich. Die Frau … die Bekannte von Lady Marjorie … und ich dachte, du würdest Edwina zwar ähnlich sehen, da ich aber glauben musste, du wärst tot, habe ich mich mit deiner Erklärung zufriedengegeben.« Samuel schloss für einen Moment die Augen und stöhnte. »Warum hast du dich nicht zu erkennen gegeben? Warum habe ich nicht intensiver nachgefragt? Mein Gott, wir haben so viel Zeit verloren.«

»Samuel, du kennst nicht die ganze Geschichte.« Edith sah ihn eindringlich an. »Damals konnte ich nicht sagen, wer ich bin. Nicht dir und auch sonst niemandem. Zudem musste ich glauben, für dich nur eine flüchtige Affäre gewesen zu sein. So klein und unbedeutend, dass du ein paar Jahre später mein Gesicht vergessen hast.«

»Aber so war es nicht … Ich habe dich niemals vergessen … Und wenn ich dir bei Lady Bedingfield richtig in die Augen gesehen hätte, hätte ich merken müssen, wer vor mir steht, aber für mich warst du nur ein Gast, der nicht zu unserem Kreis gehört.«

Samuels Worte klangen sachlich wie eine Feststellung, und Edwina nickte verständnisvoll, wenngleich ihre Stimme ein wenig bitter klang.

»Ein Gast, dem du von der ersten Minute an ablehnend gegenübergestanden bist.«

»Es tut mir leid ... Edwina ...« Samuel zögerte noch immer, ihren Namen auszusprechen. »Auch wenn du damals glauben musstest, ich hätte dich im Stich gelassen, verstehe ich deine Geheimniskrämerei immer noch nicht. Es hätte sich doch alles aufklären können ...«

»Wenn du alles weißt, wirst du mich verachten, wenn nicht sogar hassen«, fiel ihm Edwina ins Wort.

»Niemals, meine Liebe, denn es kann nichts geben, das du getan haben magst, das meine Gefühle für dich ändern würde. Es ist so lange her ... und doch scheint es mir, als wären nur Tage vergangen, seit wir uns getrennt haben.«

Sie fassten sich bei den Händen und sahen einander schweigend an.

Alayne stockte der Atem. Zum ersten Mal sah sie in Edwina nicht eine alte Frau, sondern das junge Mädchen, das auch sie einst gewesen war. Für Kinder waren Großmütter immer alt, so war es auch Alayne ergangen, als sie damals zu Edwina nach England gekommen war. Darüber vergaß man leicht, dass auch sie einmal jung, hübsch und faltenlos gewesen waren. Trotz des weißen, dünnen Haars und der Falten in Edwinas Gesicht sah sie jetzt so unbeschreiblich jung und glücklich aus, dass es Alayne vor Rührung die Tränen in die Augen trieb. Auch Samuel Pencarron war plötzlich nicht mehr der alte Griesgram, den sie vor ein paar Tagen getroffen hatte, sondern sie konnte sich gut vorstellen, wie attraktiv er in jungen Jahren gewesen sein musste. Aber noch etwas anderes erschütterte Alayne. Die Liebe der beiden zueinander war niemals gestorben. Unwillkürlich fragte sie sich, wie es wohl wäre, würden sie und Michael unfreiwillig

Jahrzehnte getrennt. Würden sie sich dann auch noch lieben, so als wäre die Zeit stehengeblieben? Nein – die Antwort konnte sich Alayne, ohne zu zögern, geben. Die Erkenntnis tat nicht weh, im Gegenteil, Alayne sah plötzlich klar – für sie und Michael würde es keine Zukunft mehr geben. Im Grunde hatten sie sich schon längst getrennt, auch wenn sie weiter Tisch und auch manchmal noch das Bett geteilt hatten. Sie hatten sich geliebt, sicher, aber während bei manchen Menschen sich das Verliebtsein der Jugend in eine tiefe, reife Liebe wandelt, waren ihre Gefühle irgendwann verlorengegangen und ihre Beziehung zur Gewohnheit geworden. Es war ein Riss entstanden, für den Michaels Beziehung zu Marilyn nicht verantwortlich zu machen war. Durch seinen Betrug war aber eine unüberwindliche Kluft entstanden.

Alayne spürte Blanches Arm um ihre Schultern.

»Vielleicht sollten wir die beiden allein lassen?«

Es war ungewöhnlich, dass ihre Mutter so viel Feingefühl zeigte, und Alayne nickte. Samuel wandte sich den beiden Frauen zu.

»Gweniver … verzeih, dass ich dich bisher kaum beachtet habe, aber die Begegnung mit Edwina …« Er stockte, denn ihm fehlten offenbar die Worte.

Blanche zuckte bei der Anrede mit ihrem Taufnamen zusammen und erwiderte leise: »Es ist auch für mich etwas viel … Onkel … Ich glaube, ich brauche frische Luft. Kommst du mit, Alayne?«

Alayne nickte, und Samuel sah die beiden Frauen bittend an.

»Ich möchte, dass Edwina bei mir bleibt. Wenigstens bis morgen.«

»Das ist unmöglich …«, begann Blanche, aber Edwina unterbrach sie: »Ich möchte das auch, und ich glaube, ich bin alt genug, diese Entscheidung selbst zu treffen.«

»Wie soll das gehen? Mit dem Rollstuhl und dann in dieser Umgebung?« Alayne sah sich abschätzend in dem Salon um.

»Ich verstehe, dass du dir Sorgen um deine Großmutter machst, aber dazu besteht kein Grund. Ich bewohne zwei ordentliche und saubere Zimmer im ersten Stock, und da ich auch nicht mehr der Jüngste bin, wurde bereits vor zwölf Jahren ein Lift eingebaut, weil das Treppensteigen doch etwas mühsam geworden ist. Ich weiß, was über mich gesprochen wird und dass mir der Ruf vorauseilt, ein egozentrischer Eremit zu sein, aber keine Sorge, eine nette, ältere Dame kommt jeden Abend, bereitet das Essen zu und versorgt den Haushalt. Ich bin sicher, es wird für sie eine Freude sein, heute Abend für zwei Personen zu kochen.«

»Aber deine Medikamente …«, Alayne machte einen erneuten Versuch, doch Edwina klopfte nur leicht auf ihre im Schoß liegende Handtasche.

»Die habe ich alle bei mir.« Sie lächelte und wirkte unendlich glücklich. »Bitte, lasst uns allein. Ich habe Samuel viel zu erzählen.«

»Komm, Mama, sie hat recht.« Alayne nahm Blanches Arm und zog sie zur Tür. Zu Edwina gewandt, sagte sie: »Wir kommen dann morgen Vormittag wieder, ja?«

Blanche und sie verließen das Haus auf demselben Weg, den sie gekommen waren. Inzwischen waren die Gärten für Besucher geschlossen, aber eine kleine Pforte stand noch offen, durch die sie das Grundstück verließen. Schweigend fuhren sie nach St. Agnes zurück. Als sie im Hotel ankamen, erhob sich in der Lobby ein großer grauhaariger Mann und eilte auf Blanche zu.

»Antoine!« Blanche vergaß ihre kühle Zurückhaltung und warf

sich, ungeachtet der Menschen in der Halle, in die Arme ihres Mannes.

»Ma chère!« Mit einem Finger hob Antoine Blanches Kinn und sah sie besorgt an. »Was ist geschehen?«

»Es ist alles so … verwirrend …« Blanche sah sich nach Alayne um und sagte beinahe entschuldigend: »Du verstehst, dass ich es meinem Mann erzählen muss, ja?«

»Erzählen? Was erzählen?«

Antoines Englisch war fehlerfrei, aber mit einem deutlichen französischen Akzent. »Blanche, was ist mit deiner Mutter? Ist sie gestorben? Und warum seid ihr hier in Cornwall?«

»Später, mein Lieber, du wirst alles erfahren.«

Antoine begrüßte Alayne mit einer Umarmung und drei Küsschen auf die Wangen. Auch wenn sie sich nur selten getroffen hatten, mochte Alayne den freundlichen Franzosen, hatte aber nie einen Stiefvater in ihm gesehen. Für sie war es wichtig gewesen, dass ihre Mutter mit Antoine glücklich war, wenngleich dies bedeutete, dass Blanche in Frankreich lebte und nur noch selten nach England kam.

»Es geht … meiner Großmutter … den Umständen entsprechend gut. Ich lass euch jetzt allein.«

»Danke, mein Kind«, erwiderte Blanche, und zu ihrem Mann gewandt, sagte sie: »Ich habe schrecklichen Hunger. Lass uns im Restaurant fragen, ob es schon Abendessen gibt.«

Es gab Alayne einen Stich ins Herz, zu sehen, wie liebevoll Antoine einen Arm um die Schultern ihrer Mutter legte und sie gemeinsam ins Hotelrestaurant gingen. In diesem Moment wünschte sie sich auch eine Schulter zum Anlehnen, jemanden, der da war und mit dem sie über all die Neuigkeiten, die binnen weniger Tage ihr Leben auf den Kopf gestellt hatten, sprechen konnte. Carren war weit weg, und keinesfalls würde sie ihre Tochter am Telefon damit belasten. Und Michael … Alayne schüttelte den Kopf. Michael war für sie weiter entfernt als Carren. Plötzlich verspürte Alayne den Drang nach Bewegung und frischer Luft. Sie musste hier raus und laufen, vielleicht würde es ihr dann gelingen, etwas Klarheit in ihre wirren Gedanken zu bringen.

Der sonnige Nachmittag war in einen milden Abend übergegangen, als Alayne eine kleine Bucht zwischen den Stränden Chapel Porth und Trevaunance Cove erreichte. Bis zu dreißig Metern ragten hinter ihr die Klippen in die Höhe, auf denen die Ruinen der Maschinenhäuser der Zinnminen standen, die Cornwall einst Reichtum gebracht hatten, nun aber nur noch Touristen anlockten. Ein schmaler Streifen von goldenem Sand schlängelte sich an den schwarzen Felsen entlang. Spontan zog Alayne Schuhe und Strümpfe aus und krempelte die Hosenbeine ihrer Jeans hoch. Das Wasser war eiskalt, und Alayne stieß einen Schrei aus, aber es erfrischte sie. Sie lachte leise vor sich hin, als sie an ihre erste Begegnung mit Samuel Pencarron dachte und daran, wie anders sich der alte Mann heute gezeigt hatte. Er konnte ja nicht immer so böse gewesen sein, denn sonst hätte sich Edith … Edwina nie in ihn verliebt. Irgendwie konnte sich Alayne nicht vorstellen, dass Samuel Edwina wegen der Entführung anzeigen würde. Es würde ohnehin nichts mehr ändern, und welches Gericht würde eine fast neunzigjährige Frau zu einer Gefängnisstrafe verurteilen, wenn die Tat nicht sogar schon verjährt wäre. Es blieb aber immer noch der Fall Richard Blamey. Die Ermittler würden sicher nicht lockerlassen, und Alayne wusste, es gab keine andere Möglichkeit, als die Wahrheit zu gestehen.

Als ihr kalt wurde, trocknete sie ihre Füße mit einem Taschentuch ab, zog ihre Schuhe und Strümpfe an, kletterte auf einen etwa zwei Meter hohen abgeflachten Felsen und streckte sich darauf aus. Die Sonne wärmte noch, und sie wollte sich lediglich ein paar Minuten entspannen, bevor sie sich auf den Rückweg in die Stadt machte …

Ein Schwall eiskaltes Wasser weckte Alayne, und sie fuhr erschrocken in die Höhe.

»Verdammt!«

Panisch blickte Alayne sich um. Der Felsen, auf dem sie saß, war vollständig von Wasser umgeben, das auf die Klippen zurollte und den Strand unter sich begraben hatte. Die letzte, fast schlaflose Nacht hatte ihren Tribut gefordert, und so hatte Alayne nicht bemerkt, wie die Flut hereingekommen war. Sie musste mindestens zwei Stunden geschlafen haben, denn am Horizont war nur noch ein schwacher Streifen Licht zu erkennen. Die Gischt der nächsten Welle spritzte über den Felsen und durchnässte Alayne. Sie musste hier weg, aber den schmalen Weg, über den sie von den Klippen zu dem Strand herabgestiegen war, konnte sie nicht mehr ausmachen. Längst war jeder Zugang zu der kleinen Bucht von der Flut überschwemmt. Nicht einmal wenn sie eine gute Schwimmerin wäre – was sie aber nicht war –, hätte sie die rettenden Klippen erreichen können, denn das Wasser war eiskalt und umtoste strudelnd die Felsen. Immer wieder hatte Alayne in den Zeitungen von leichtsinnigen Schwimmern und Wanderern gelesen, die an Cornwalls Küsten von der Flut überrascht worden waren. Und nicht immer konnten diese Personen gerettet werden …

Hektisch kramte Alayne in der Jackentasche nach ihrem Handy und wählte die Notrufnummer 999, aber die Leitung war tot.

Entsetzt musste sie feststellen, dass die hohen Felswände um sie herum das Funksignal abschirmten und sie keinen Empfang hatte.
»Ganz ruhig, Alayne, versuch, ganz ruhig zu bleiben«, sagte sie zu sich selbst. Sie würde eine SMS an das Handy ihrer Mutter schicken, vielleicht drang ja doch irgendwann ein Funksignal durch. Alaynes Finger zitterten jedoch vor Kälte und Angst so heftig, dass das Handy ihren Händen entglitt und im Wasser versank.
»Nein!«, schrie sie, und dann rief sie, so laut sie konnte: »Hilfe! Hört mich denn keiner? Ich bin hier unten!«
Nur schemenhaft konnte sie den Rand der Klippen erkennen, aber auf ihr Rufen erfolgte keine Antwort. Obwohl der Weg dort oben bei Wanderern beliebt war – es war Sonntagabend und fast dunkel, und sie konnte nicht damit rechnen, dass jetzt noch jemand unterwegs war. Die Flut stieg weiter, das Wasser überflutete bereits den Felsen, und Alayne war bis auf die Knochen durchnässt. Wie lange würde es dauern, bis man sie vermisste? Vor knapp vier Stunden hatte sie sich von ihrer Mutter und Antoine getrennt, aber die beiden würden ganz gewiss nicht überprüfen, ob sie in ihrem Hotelzimmer war, schließlich war sie erwachsen. Tatsache war, dass niemand vor dem Morgen ihr Fehlen bemerken würde, und dann würden die Fluten ihren Körper schon längst ins offene Meer getragen haben. Ein Schluchzen entrang sich Alaynes Kehle, und zum ersten Mal in ihrem Leben hatte sie Todesangst. Erneut überlegte sie, wie groß ihre Chancen waren, durch das tosende Meer zu schwimmen, kam aber zu dem Ergebnis, dass das ihren sicheren Tod bedeuten würde. Die Brandung donnerte an die Felsen, und die Gischt spritzte meterhoch. Ihr Körper würde unweigerlich ge-

gen die Klippen geworfen und zertrümmert werden. Sie musste jedoch etwas tun, konnte doch nicht hier sitzen bleiben und abwarten, bis sie ertrank!

»Bleiben Sie, um Gottes willen, wo Sie sind!« Alayne glaubte, sich die Stimme einzubilden, doch dann hörte sie erneut ein paar Satzfetzen: »Felsen … sicher … Flut nicht höher steigen … abwarten …«

Da oben war tatsächlich jemand! Erleichtert rief Alayne, so laut sie konnte: »Wer ist da? Helfen Sie mir bitte!«

»Alayne, bleiben Sie ganz ruhig, ich bin es … Oliver Kirby.« Alayne konnte nun die Stimme gut hören. »Sie sind nicht in akuter Gefahr, das Wasser wird bald wieder zurückgehen.«

»Oliver? Wie kommen Sie hierher?« Suchend blickte Alayne sich um, da erkannte sie das Aufblitzen einer Taschenlampe am Klippenrand direkt über ihr.

»Ja, ich bin es, und ich versichere Ihnen: Die Flut hat ihren Höchststand erreicht und wird nicht weiter steigen. Ich kenne die Gezeiten an diesem Küstenabschnitt. Sie haben sich zwar ein ungemütliches Plätzchen ausgesucht, und Sie werden noch eine Weile vollgespritzt, aber das Wasser wird bald wieder abfließen. In ungefähr zwei bis drei Stunden sind der Strand und auch der Weg nach oben wieder frei.«

Alayne hatte zwar nur die Hälfte der Worte verstehen können, aber die Gewissheit, in dieser Situation nicht allein zu sein, beruhigte sie, bis eine neue Welle über sie hinwegschwappte und sie beinahe von dem Felsen riss. Gerade noch gelang es ihr, sich festzuhalten. Als sie keuchend wieder Luft bekam, rief sie: »Rufen Sie jemanden zu Hilfe! Die Polizei oder die Seerettung, oder wer immer hier zuständig ist.«

»Das hätte keinen Sinn. Mit einem Boot kann man bei dieser

Brandung nicht bis an die Felsen heranfahren, auch eine Hubschrauberrettung ist an dieser Stelle und bei Dunkelheit sinnlos. Aber warten Sie, ich kann ein Stück hinunterklettern, dann können wir besser miteinander sprechen und brauchen uns nicht mehr so anzuschreien.«

Alayne hörte, wie sich kleine Steinchen von der Klippenwand lösten.

»Passen Sie auf, Oliver!«

»Darauf können Sie Gift nehmen.« Sie hörte ein Ächzen und Stöhnen, dann erklang wieder seine Stimme, dieses Mal deutlich näher und gut verständlich: »So, hier ist ein guter Platz, um abzuwarten, bis die Ebbe einsetzt.«

»Aber ich kann doch nicht hier sitzen bleiben …«

»Doch, Sie können, Alayne!« Oliver Kirbys Stimme klang ruhig, und Alayne sah wieder das Licht der Taschenlampe, nun etwa auf halber Höhe in der Klippenwand. »Sie haben keine andere Wahl. Jeden Versuch zu schwimmen würden Sie mit Ihrem Leben bezahlen. Ich bitte Sie, vertrauen Sie mir!« Trotz ihrer Angst erkannte Alayne im letzten Satz einen bitteren Unterton in Olivers Stimme, und prompt fuhr er fort: »Ich weiß, es ist schwer, einem Menschen, der sein Leben in den Sand gesetzt hat und dessen bester Freund der Alkohol ist, Vertrauen zu schenken. Einem Menschen, der das Leben seiner Frau und seines Kindes nicht hat retten können …«

»Das dürfen Sie nicht sagen.« Obwohl Alayne immer noch Angst hatte, war sie erleichtert, Oliver in ihrer Nähe zu wissen, und sie vertraute ihm. »Sie tragen keine Schuld am Tod Ihrer Frau, Oliver. Es war ein furchtbarer Unfall. Ich bin sicher, Sie haben alles getan, was in Ihrer Macht stand.«

»Es war zu wenig«, erwiderte er resigniert. »Wozu habe ich jahrelang studiert und Dutzenden das Leben gerettet, wenn ich bei den wichtigsten Menschen in meinem Leben versagt habe? Deshalb werde ich jetzt hier bei Ihnen bleiben, auch wenn ich Ihnen im Augenblick nicht helfen kann.«

»Sie helfen mir, indem Sie da sind«, sagte Alayne schlicht und merkte, wie die Angst von ihr wich. »Wie haben Sie mich eigentlich gefunden?«

Er lachte, und wieder klang es bitter.

»Ich hatte Ihnen doch gesagt, dass ich nicht mehr trinken will, und tatsächlich habe ich keinen Tropfen Alkohol im Haus. Um die innere Unruhe zu betäuben, habe ich einen Spaziergang an die Klippen gemacht. Ich wählte diesen Weg, weil ich weiß, dass um diese Uhrzeit niemand hierherkommt, denn ich wollte allein sein. Die Leute sind jetzt alle zu Hause im Kreis ihrer Familie oder sitzen im Pub mit ihren Freunden. So gesehen ist es Glück, dass das Bedürfnis nach Alkohol mich umtreibt, denn sonst hätte ich Sie nie gefunden. Ich werde Sie nicht im Stich lassen, wie ich meine Frau im Stich gelassen habe, als sie mich am nötigsten brauchte …«

»Wie war ihr Name?«

»Joanne … Sie hieß Joanne …«

»Möchten Sie mir von ihr erzählen?«, fragte Alayne, nicht aus Höflichkeit, sondern aus wirklichem Interesse, mehr über Oliver und sein Schicksal zu erfahren.

»Warum nicht?«, antwortete er. »Wir können uns damit die Zeit, bis Sie aus Ihrer misslichen Lage befreit werden können, vertreiben.«

In der nächsten Stunde erfuhr Alayne, dass Oliver seit seiner Kindheit davon geträumt hatte, Arzt zu werden. Während des Studiums hatte er sich entschieden, als Chirurg zu arbeiten, und er machte schnell Karriere. Er habe begnadete Hände, hieß es, und Oliver wagte so manche Operation, die seine Kollegen für aussichtslos gehalten hatten, und rettete viele Leben. Als dann die furchtbare Unfallserie auf der A 30 passierte, arbeitete er bis zum Umfallen, aber bei seiner Frau war er machtlos gewesen.

»Wissen Sie, wie es ist, wenn der Mensch, den Sie mehr lieben als sich selbst, unter Ihren Händen stirbt?« Ein erneutes bitteres Lachen klang an Alaynes Ohren. »Nein, woher sollten Sie das wissen? Sie ist einfach gegangen, das Leben verließ ihren Körper mit jedem Tropfen Blut, den sie verlor. Glauben Sie mir, Alayne, ich habe alles getan. In jenem Moment wusste ich nicht, dass es meine Frau war, die unter dem grünen Tuch vor mir auf dem Tisch lag. Meine Kollegen haben mir nichts davon gesagt, aus gutem Grund, wie ich heute weiß. Ebenso wenig wusste ich, dass mein Sohn bereits tot war. Auch das erfuhr ich erst später.«

»Sie haben Ihr Menschenmöglichstes getan, Oliver, und tragen keine Schuld am Tod Ihrer Frau.«

Obwohl Alayne ihn nicht sehen konnte, schien sie förmlich zu spüren, wie er den Kopf schüttelte, als er antwortete: »Mehrere Gutachten kamen zu demselben Ergebnis. Auch wenn es aus medizinischer Sicht stimmen mag – ich weiß, ich habe versagt. Danach habe ich mir geschworen, nie wieder ein Skalpell in die Hand zu nehmen. Ich verkaufte unser Haus an der Küste, denn ich konnte es nicht ertragen, auch nur einen Tag länger in den Räumen zu sein, in denen ich mit Joanne und unserem Sohn glücklich war. Der Verkauf brachte so viel ein, dass ich mir keine Sorgen um mein Auskommen machen muss. Und ich brauche nicht viel, denn was sind schon materielle Werte gegen den Verlust, den ich erlitten habe?«

»Bei allem Verständnis, aber Ihre Worte klingen sehr nach Selbstmitleid«, bemerkte Alayne. »Und Sie ertränken Ihre Schuldgefühle im Alkohol. Finden Sie nicht, dass das feige ist? Wenn nicht sogar armselig?«

Oliver war über ihre offenen Worte nicht beleidigt, denn er wusste, dass sie recht hatte.

Später konnte Alayne nicht mehr sagen, wie es kam, dass sie ihm zuerst von ihren Problemen mit Michael und später sogar die Geschichte ihrer Großmutter erzählte. Wahrscheinlich war es die irrwitzige Situation, in der sie sich befand, aber auch die in der letzten Stunde entstandene ungewöhnliche Nähe zu einem für sie bisher fremden Mann. Alayne spürte, sie konnte Oliver vertrauen. Er würde mit der Geschichte nicht sofort zu einem Boulevardblatt laufen und sie meistbietend verkaufen. Obwohl es keiner von beiden versprach, wussten sie beide, dass alles, was in dieser Nacht zwischen ihnen gesprochen worden war, unter dem Siegel der Verschwiegenheit stand.

»Wow, was für eine Geschichte!« Oliver war sichtlich beeindruckt. »Die kleine Gweniver Pencarron ist also gar nicht tot, sondern sie ist Ihre Mutter.« Alayne hörte ihn kichern. »Folglich sind Sie, Alayne, ja auch eine Pencarron, und ich sollte Sie von nun an wohl besser mit Lady ansprechen.«

Alayne stimmte in sein Lachen ein, und plötzlich wurde ihr zum ersten Mal, seit Edwina ihr Leben erzählt hatte, bewusst, dass in ihren Adern tatsächlich das Blut eines alten Adelsgeschlechts floss.

Kurz vor Mitternacht war das Wasser so weit zurückgeflossen, dass ein Stück Sandstrand und auch der Weg zu den Klippen sichtbar wurde. Glücklicherweise war der Himmel wolkenlos, und der Halbmond spendete ein wenig Licht, so dass Alayne vorsichtig von dem Felsen herunterklettern konnte, ohne sich zu verletzen. Auf halbem Weg kam Oliver ihr entgegen, und es war ganz selbstverständlich, dass sie sich in seine Arme flüchtete. Er hielt sie fest, und Alaynes Wunsch, eine starke Schulter zum Anlehnen zu haben, ging in Erfüllung, und es fühlte sich gut an.

»Sie sind völlig durchnässt«, stellte Oliver fest. »Mein Haus ist ganz in der Nähe, und ich glaube, ein heißer Tee würde uns beiden jetzt guttun.«

Alayne nickte und stützte sich dankbar auf Olivers Arm. Von den Klippen aus folgten sie einem schmalen, leicht ansteigenden Pfad neben einem Bachlauf, der links und rechts von übermannshohen Büschen gesäumt wurde. Olivers Cottage war klein und aus Stein gebaut und stand ganz allein in dem Tal.

»Ziemlich einsam hier, nicht wahr?«, sagte Oliver und grinste. »Für mich gerade recht. Das Haus wurde erst vor rund zwanzig Jahren an das Stromnetz und die Kanalisation angeschlossen und als Ferienhaus vermietet. Aber offenbar suchten nur wenige Touristen eine solch absolute Ruhe, und ich konnte das Cottage günstig kaufen.«

Er stieß die unverschlossene Tür auf und schaltete die Deckenleuchte ein. Als Alayne an ihm vorbei eintrat und erkannte, dass das Cottage aus nur einem Raum mit einer schmalen Küchenzeile bestand, beschlich sie ein Verdacht.

»Wissen Sie, seit wann das Haus hier steht?«

Oliver zuckte mit den Schultern.

»Genau weiß ich es nicht, aber sicher schon über hundert Jahre.«

Alayne schüttelte ungläubig den Kopf, aber Edwinas Beschreibung der Kate, in der sich Jowna mit dem Kind versteckt gehal-

ten hatte, deckte sich mit Olivers kleinem Haus. Offenbar war sie jetzt genau an dem Ort, an dem sich vor vielen Jahren das Schicksal ihrer Mutter entschieden hatte.
Oliver deutete auf eine Tür.
»In dem Anbau ist das Bad. Ich rate Ihnen, eine heiße Dusche zu nehmen. Frische Handtücher sind im Wandschrank, und Sie können gerne meinen Bademantel überziehen, bis Ihre Sachen getrocknet sind. Ich mache derweil Tee.«
Zwanzig Minuten später nahm Alayne dankbar eine Tasse Tee entgegen. Oliver grinste leicht verlegen.
»Leider müssen wir auf einen Schuss Whisky verzichten, obwohl es Ihnen guttun würde, aber Sie wissen ja …«
Alayne lächelte und nippte an dem Tee. Trotz des Erlebnisses der letzten Stunden und ihrer großen Angst war sie völlig entspannt und kein bisschen müde. Sie dachte nicht darüber nach, was sie tat, als sie dicht vor Oliver trat, ihm seine Tasse aus der Hand nahm und ihn sanft küsste. Wie selbstverständlich schlossen sich seine Arme um ihren Körper, und sie schmiegten sich in einer leidenschaftlichen Umarmung aneinander. Nach einem zweiten, langen und intensiven Kuss öffnete Alayne ihren Bademantel, und Oliver schob sie zu der aufgeklappten Schlafcouch. Mit einer Hand löschte er das Licht, und in der Dunkelheit der Nacht fanden ihre Körper wie selbstverständlich zueinander.

28. Kapitel

Alayne war aufgestanden und hatte sich angezogen, während Oliver noch schlief. Kurz überlegte sie, ihm einen Zettel mit einer Nachricht zu hinterlassen, entschied sich dann aber dagegen. Sie wusste, er würde es verstehen. Ebenso wie sie wusste, dass das, was letzte Nacht geschehen war, richtig und gut gewesen war. Alayne hatte kein schlechtes Gewissen oder gar Skrupel, ihren Ehemann betrogen zu haben. Nein, Michael gegenüber empfand sie keine Verpflichtung mehr. Auch, dass sie Oliver kaum kannte, spielte keine Rolle. Die Stunden am Meer hatten ein ungewöhnliches Vertrauensverhältnis zwischen ihnen geschaffen, das manche Paare ihr ganzes Leben lang nicht erreichten. Während Alayne durch den erwachenden Morgen nach St. Agnes ging, überlegte sie, ob sie sich in Oliver verliebt hatte. Vielleicht ein wenig, außerdem war Oliver ein guter Liebhaber. Er war da gewesen, als sie dringend jemanden gebraucht hatte. Ob sie sich wiedersehen würden – das würde die Zeit zeigen. Alayne wusste nicht, wie Oliver über ihre gemeinsame Nacht dachte, was er empfand und ob er sie überhaupt wiedersehen wollte. In den letzten Wochen war ihr Leben derart aus den Fugen geraten, dass sie sich jetzt nicht mit einer neuen Beziehung auseinandersetzen wollte.

In ihrem Hotelzimmer machte Alayne sich frisch und zog sich um. Als sie das Restaurant betrat, saßen ihre Mutter und Antoine bereits beim Frühstück. Keiner der beiden hatte bemerkt, dass Alayne die Nacht nicht im Hotel verbracht hatte, und Alayne schwieg über ihre Erlebnisse.

»Du bist nicht böse, dass Alayne und ich allein nach Pencarron fahren möchten?« Um Verständnis bittend, legte Blanche eine Hand auf die ihres Mannes, und Antoine nickte.

»Naturellement, chéri«, sagte er, und zu Alayne gewandt: »Ich verstehe, dass ihr jetzt sehr viel klären müsst. Ihr wisst aber, ich bin jederzeit für euch zu erreichen, wenn ihr mich braucht.«

Blanche hauchte ihm einen Kuss auf die Wange und stand auf. »Dann lass uns fahren, Alayne. Ich hoffe nur, dass Edith … äh Edwina … die Nacht gut überstanden hat.«

Beide Flügel des schmiedeeisernen Tors waren geöffnet, und Alayne konnte ungehindert bis vors Haus fahren. Überrascht sahen sie, dass dort bereits ein dunkelgrüner Rover parkte, und als Alayne ihren Wagen daneben abstellte, sprach Blanche das aus, was sie bereits den ganzen Morgen über beschäftigt hatte.

»Alayne, glaubst du, dass Mutter und Samuel … also, ich meine, dass die beiden …« Sie brach ab und errötete.

»Miteinander geschlafen haben?«, vollendete Alayne den Satz, und Blanche nickte verlegen. »Warum nicht? Auch alte Menschen haben noch Sex, wenngleich die Jugend gerne dazu neigt, ihnen das abzusprechen. Du und Antoine – ihr sitzt sicher auch nicht jeden Abend nur auf dem Sofa und haltet Händchen, oder?«

»Alayne!« Blanche war sichtlich empört, fiel dann aber in Alaynes Lachen ein. »Du hast ja recht, aber Edwinas Gesundheitszustand ist nicht stabil. Ich hoffe nur, sie hat sich nicht verausgabt.«

»Wir wissen ja auch gar nicht, ob Samuel überhaupt noch in der Lage dazu ist.« Alayne wusste, es war ein respektloses Gespräch, aber auf diese Art entlud sich für beide Frauen die große Anspannung, unter der sie standen. Außerdem hatte es zwischen Tochter und Mutter seit Jahrzehnten kein Gespräch in einem solch lockeren Ton mehr gegeben.

Die Tür des Haupteingangs öffnete sich, und ein ungewöhnlich munterer Samuel Pencarron, dem man sein hohes Alter nicht ansah, empfing die beiden Frauen mit einem freundlichen Lächeln.

»Guten Morgen, meine Damen, ich hoffe, ihr hattet eine angenehme Nacht.« Alayne grinste innerlich und dachte: Wenn du wüsstest! »Edwina und ich sind gerade beim Frühstück. Bitte, folgt mir nach oben.«

Sie durchquerten die Empfangshalle, dann eine kleinere Halle, von der aus eine geschwungene Treppe mit einem kunstvoll geschnitzten Geländer nach oben führte. Direkt daneben befand sich ein kleiner Lift, in den Samuel trat, während Blanche und Alayne die Stufen hinaufgingen. An den Wänden hingen Porträts von längst verstorbenen Pencarrons. Am oberen Treppenabsatz öffnete Samuel eine Tür, und Alayne war über die Wärme und Gemütlichkeit des kleinen Raums überrascht. Hier war alles peinlich sauber, das Mobiliar modern und geschmackvoll, und im Kamin brannte ein Feuer. Am Tisch saß Edwina und biss genüsslich in eine mit Honig bestrichene Scheibe Toast. Auch sie sah frisch, ausgeruht und gesund aus. Alayne zwinkerte ihrer Mutter verschwörerisch zu und murmelte: »Egal, was passiert ist, es hat beiden auf jeden Fall gutgetan.«

Blanche unterdrückte ein Kichern und konzentrierte sich auf

den Herrn im dunkelblauen Anzug, der ebenfalls am Frühstückstisch saß und sich bei ihrem Eintreten erhoben hatte.
Samuel stellte sie einander vor.
»Blanche … ich meine Gweniver und Alayne, das ist Robert Colwyn, ein alter Freund und mein Anwalt.«
Alayne zuckte zusammen und rief: »Anwalt? Mylord, ich hätte nicht gedacht, dass Sie gleich heute mit einem Anwalt kommen. Haben Sie etwa Angst, dass meine Großmutter Ihnen entwischen könnte?«
Samuel stutzte und runzelte die Stirn, dann begann er zu verstehen.
»Aber nein, meine Liebe, es ist nicht so, wie du denkst. Ihr werdet gleich erfahren, warum ich Robert zu unserem Gespräch hinzugebeten habe. Und sag nicht immer Mylord zu mir, ich bin schließlich dein Großonkel Samuel.«
Da der Anwalt bei diesen Worten keine Regung zeigte, ging Alayne davon aus, dass er bereits über alles informiert war. Samuel hatte offenbar keine Zeit verloren und ihn am frühen Morgen nach Pencarron Manor bestellt. Trotz Samuels Erklärung blieb sie skeptisch. Würde vielleicht bald auch die Polizei hier auftauchen, um Edwina zu verhaften? Was hatte der alte Lord vor?
Sie und Blanche sollten es gleich erfahren, aber erst sahen sie sich genötigt, eine Tasse Tee zu trinken. Dabei plauderte man zwanglos über das Wetter, das weiterhin frühlingshafte Temperaturen versprach, dann kam Samuel endlich zur Sache.
»Es ist leider nicht zu leugnen, dass ich weit über neunzig Jahre alt bin, obwohl ich mich noch gar nicht so alt fühle.« Bei diesen Worten errötete Edwina und sah beinahe verlegen zu Boden. »Auch die Ärzte verdienen an mir nicht viel, denn außer ein

paar altersbedingten Zipperlein fühle ich mich kerngesund. Trotzdem wäre es vermessen, anzunehmen, dass ich noch viele Jahre auf dieser Welt bleiben darf. Wie ihr wisst, leben keine weiteren Pencarrons mehr, so wird der Name mit meinem Tod aussterben. Das ist zwar bedauerlich, aber das Schicksal von vielen alten Familien in diesem Land. Mein lieber Freund und Vertrauter Robert drängt mich schon lange dazu, eine Entscheidung zu treffen, was mit Pencarron Manor und dem Besitz nach meinem Tod geschehen soll. Ich gebe zu, diesem Thema bisher immer aus dem Weg gegangen zu sein. Soll ich es der Kirche vermachen? Oder besser dem National Trust, der dann ein Museum aus meinem Heim macht, oder einer anderen Stiftung?«
Er machte eine Pause und schüttelte den Kopf.
In Alayne stieg eine vage Ahnung auf, in welche Richtung sich das Treffen entwickeln würde, und sie schluckte den Kloß in ihrem Hals hinunter. Aus den Augenwinkeln beobachtete sie ihre Mutter, die mit regungslosem Gesicht Samuels Monolog folgte. Sie war eine Pencarron und die rechtmäßige Erbin …
»Und somit ist es nur recht und billig, wenn Pencarron Manor mit allem, was dazugehört, nach meinem Tod, dir, liebe Gweniver, gehört. So, wie es bereits seit vielen Jahren hätte sein sollen«, vollendete Samuel seine Ausführungen.
Im Gegensatz zu Alayne schien Blanche diese Nachricht wirklich zu überraschen. Ihre Augen weiteten sich, und sie sprang auf.
»Das ist völlig unmöglich!«, rief sie aufgeregt.
»Beruhige dich, mein Kind«, sagte Edwina sanft, und Alayne schmunzelte bei der Anrede für ihre beinahe siebzigjährige Mutter. »Wenn auch spät, so kommst du endlich zu dem Recht, das dir seit deiner Geburt zusteht.«

»Die Umstände sind natürlich etwas kompliziert«, mischte sich Robert Colwyn ein. »Ihre Papiere weisen Sie als eine andere Person als Gweniver Pencarron aus, aber ich bin sicher, wir werden einen Weg finden, damit alles seine Richtigkeit hat, ohne die ganze Sache an die große Glocke hängen zu müssen.«

Unsicher sah Blanche von einem zum anderen.

»Was geschieht mit meiner Mutter … mit Edwina?«

Der Anwalt lächelte sie beruhigend an.

»Wegen Miss Goldsworthy brauchen Sie sich keine Sorgen zu machen, denn niemand wird Anklage erheben.«

Blanche trat zum Fenster, schob die Gardine zur Seite und starrte hinaus. Der Raum lag auf der Rückseite des Hauses, und Blanche blickte über den verwilderten Park. Die Bäume trugen bereits ihr erstes, zartes Grün, und vereinzelt leuchteten Frühlingsblumen in bunten Farben wie Tupfen auf dem Rasen. Langsam drehte sich Blanche wieder um und sagte ruhig: »Pencarron Manor war nie mein Zuhause. Ich habe keine Erinnerung an das Haus und die Menschen, die hier gelebt haben. Onkel Samuel, halte mich nicht für undankbar, und ich bin sicher, du meinst es nur gut, aber ich möchte das Erbe nicht haben. Ich war nie eine Pencarron, und die meiste Zeit meines Lebens habe ich nicht in England gelebt. Ich habe keine Bindung zu dem Land, mein Platz ist an der Seite meines Mannes in Frankreich.«

Einige Minuten herrschte betroffenes Schweigen, das Alayne mit den Worten: »Mama, du bist die Letzte der Pencarrons!« brach.

»Das stimmt nicht, Mrs. Sanderson«, wandte der Anwalt ein. »Sie sind die Tochter von Gweniver und somit die Nächste in der gesetzlichen Erbfolge. Ich hörte, Sie haben ebenfalls eine Tochter.«

»Damit stirbt zwar der Name Pencarron aus, nicht aber die Menschen, die das Blut der Familie in sich tragen.« Deutlich war der Stolz in Samuels Stimme zu hören. Er trat vor Alayne und legte beide Hände auf ihre Schultern. »Ich kann deine Mutter verstehen, wenn sie nicht in England leben möchte, aber du kannst das Erbe nicht ausschlagen, denn du hast eine Verpflichtung deiner Tochter und deren Kindern gegenüber, wenn sie denn welche bekommen wird.«
»Ich?« Alayne schnappte nach Luft. »Was soll ich denn mit so einem Haus anfangen? Außerdem – du hast es schon gesagt, Onkel – bist du noch gesund und wirst noch viele Jahre leben.«
»Jahre, die ich gerne dazu verwenden würde, dir die Geschichte und das Leben deiner Ahnen nahezubringen und dir zu zeigen, wie man mit einem solchen Besitz, der manchmal eine ganz schöne Belastung sein kann, umgeht. Sei Edwina nicht böse, aber sie hat mir von deinen Eheproblemen erzählt. Wäre es nicht gut für dich, zumindest für eine Weile hier bei mir auf Pencarron Manor zu wohnen? Ich glaube, wir beide werden uns gut verstehen, und unsere erste Begegnung vergessen wir einfach.« Samuel zwinkerte Alayne belustigt zu.
Alayne wusste nicht, was sie sagen sollte. Unsicher sah sie zu Blanche, die wie befreit lächelte.
»Kind, das ist eine ganz hervorragende Idee! Du liebst doch alte Häuser und Kunstgegenstände.«
Alayne ging vor Edwina, die im Rollstuhl saß, auf die Knie und legte ihren Kopf in deren Schoß. Sanft legte sich die Hand der alten Frau auf ihr Haar.
»Pencarron ist bei dir in guten Händen. Somit kann wenigstens ein kleiner Teil meiner großen Schuld getilgt werden.«

»Ich muss darüber nachdenken«, murmelte Alayne. »Bitte, gib mir Zeit, Onkel, ja?«

Samuel nickte verständnisvoll.

»Ich würde jetzt gerne sagen, so viel du willst, aber ich weiß nicht, wie viel Zeit mir noch bleibt. Ich kann dir versichern, dass du mich für den Rest meiner Tage sehr glücklich machen würdest, wenn du dich entscheidest, den Familienbesitz zu übernehmen.«

Alayne stand wieder auf, blickte ernst von einem zum anderen und wandte sich dann an Robert Colwyn.

»Hat Sie mein Onkel auch über diesen Richard Blamey informiert?«

Der Anwalt nickte.

»Eine unangenehme Sache, aber hierzu habe ich mich bereits mit Miss Goldsworthy beraten. Sie wird aussagen, dass Blamey sie bereits in jungen Jahren bedrängt hat, was ja den Tatsachen entspricht, und dann versucht hat, sie in ihrem Lokal zu vergewaltigen, was ja auch nicht völlig aus der Luft gegriffen ist. Bevor es jedoch dazu kommen konnte, erlitt er einen Herzinfarkt und starb. Miss Goldsworthy war mit der Situation völlig überfordert und geriet in Panik. Sie scheute den Skandal und rief deswegen nicht die Polizei, sondern ließ die Leiche verschwinden.«

»Und das wird man glauben?«, wandte Blanche skeptisch ein.

»Ich bin eine alte Frau«, sagte Edwina mit einem verschmitzten Lächeln. »Man wird mir zugestehen, dass ich mich an so manches nicht mehr richtig erinnern kann, und es ist unwahrscheinlich, dass man mich anklagen wird. Und wenn … ich fürchte mich nicht davor, denn ich muss nur meinem Schöpfer Rede und Antwort stehen. Und das wird nicht mehr lange auf sich warten lassen.«

Alayne hätte ihr gerne widersprochen, aber in den letzten Wochen war Edwina dem Tod zweimal von der Schippe gesprungen. Auch wenn sie jetzt agil und gesund wirkte, so wusste Alayne, dass der äußere Eindruck täuschte. Es könnte jederzeit zu einem dritten Schlaganfall kommen, und dann wäre es vorbei. Dennoch bereute sie es nicht, Edwinas Wunsch, nach Cornwall zu fahren, erfüllt zu haben, denn Edwina wirkte unsäglich glücklich.

Samuel holte aus der Vitrine eine Karaffe Sherry und schenkte fünf Gläser voll.

»Das ist ein Grund zum Anstoßen, auch wenn es noch Vormittag ist, oder meint ihr nicht?«

Die Gläser stießen klirrend aneinander, und in diesem Augenblick fiel Alaynes Entscheidung. Ja, sie würde das Erbe annehmen. Sie hatte keine Ahnung, was sie eines Tages mit einem Besitz wie Pencarron Manor machen sollte, aber sie hoffte, bis dahin noch einige Jahre Zeit zu haben. Was hielt sie denn noch in Cheltenham? Ihre Tochter war am anderen Ende der Welt, Edwina würde den Rest ihres Lebens hier verbringen, und Michael … Sie lächelte. Es würde ihr guttun, zu Michael auch eine räumliche Distanz zu haben. Neue Aufgaben warteten hier auf sie. Als Erstes würde sie veranlassen, dass der Park in Ordnung gebracht würde, und den wunderschönen Salon im Erdgeschoss würde sie eigenhändig putzen und schrubben, bis er in altem Glanz erstrahlte. Sicher gab es noch mehr Räume, die es nötig hatten, gründlich renoviert zu werden, und dann …

»Träumst du, Alayne?« Edwinas Stimme riss sie aus ihren Gedanken. »Ich bin müde und würde mich gerne hinlegen. Würdet ihr, du und Blanche, mich bitte in mein Zimmer bringen?«

Samuel hatte für Edwina einen Raum auf demselben Stockwerk

herrichten lassen. Er war zwar sparsam möbliert, aber die Bettwäsche war blütenweiß und verströmte einen leichten Rosenduft.
Alayne und Blanche halfen Edwina ins Bett. Ihre Wangen waren gerötet, und ihre Augen glänzten, als sie nach Blanches Hand griff.
»Kannst du mir irgendwann verzeihen?«, fragte sie flehend.
Blanche zögerte keinen Moment mit der Antwort.
»Es gibt nichts, was zu verzeihen wäre … Mutter. Wenn ich mein Leben noch mal leben könnte, so würde ich mir wünschen, dass es genau so verläuft. Du warst mir die beste Mutter, die ein Mensch auf Erden haben kann. Wenn wir von Vergebung sprechen, dann muss ich mich eher bei dir entschuldigen, dass ich nicht immer die Tochter war, die du verdient hast.«
Edwinas Augen wurden feucht, und ein leichter Schleier legte sich über ihre Pupillen.
»Alayne … Gweniver …« Zum ersten Mal sprach sie Blanche mit ihrem Taufnamen an. Die beiden Frauen saßen links und rechts auf der Bettkante und hielten Edwinas Hände, als diese flüsterte: »Ich bin so müde und möchte schlafen. Nur noch schlafen, jetzt, wo alles gut ist …«
Es war nicht spektakulär. Es war auch nicht schrecklich oder quälend. Edwina schlief einfach ein, hörte auf zu atmen, und dann hörte ihr Herz für immer auf zu schlagen.

Zur Beerdigung kam Carren von Los Angeles nach England. Alayne hatte ihr versichert, dass dies nicht nötig wäre.
»Edith weiß, dass du in Gedanken bei ihr bist«, hatte sie ihrer Tochter am Telefon gesagt, aber Carren hatte darauf bestanden, zu kommen. Allerdings konnte Bradley sie wegen einer wichti-

gen Klausur nicht begleiten. Stattdessen kam Michael. Aufrichtige Betroffenheit spiegelte sich in seinem Gesicht, als er Alaynes Hände nahm und sein Beileid aussprach.

»Ich bin für dich da, wenn du jemanden brauchst. Ich weiß ja, was Edith für dich bedeutet hat. Und alles andere … es tut mir entsetzlich leid, und ich hoffe, du kannst mir eines Tages verzeihen.«

Alayne sah Michael an, als wäre er ein Fremder. Da war sie also – die Schulter zum Anlehnen, die sie jahrelang schmerzlich vermisst hatte, aber Alayne verspürte nicht den Wunsch, in Michaels Arme zu flüchten.

Da es bis zur Beerdigung – Edwina Goldsworthy wurde auf dem Familienfriedhof auf dem Gelände von Pencarron Manor beigesetzt – noch Zeit war, bat Alayne ihre Tochter, sie zu einem Spaziergang zu begleiten. Sie spürte, Carren brannten tausend Fragen auf der Zunge, aber heute würde sie ihr nicht alles erzählen. Nicht, warum ihre Urgroßmutter, die sie immer Edith genannt hatte, nun plötzlich einen anderen Namen hatte und warum ein alter Mann mit dem Titel eines Lords herzzerreißend weinte. Alayne hatte ihre Tochter nie angelogen, und auch jetzt würde sie offen und ehrlich zu ihr sein. Zuerst jedoch wollte Carren wissen, wie es um die Ehe ihrer Eltern stand.

»Dad hat mich in Heathrow abgeholt, und wir sind gemeinsam nach Cornwall gefahren. Er hat mir alles erzählt.«

»So, hat er das?« Alayne schaute scheinbar desinteressiert zu Boden. »Auch, dass er seine kleine Affäre, wie er es nennt, mit der Frau hatte, die vorgab, meine Freundin zu sein?«

»Diese Marilyn ist wirklich ein Biest!«, ereiferte sich Carren. »Dad tut es aufrichtig leid, und ich glaube ihm, dass es ein ein-

maliger Ausrutscher war. Er wünscht sich, du würdest ihm verzeihen und ihm eine zweite Chance geben.«
Alayne blieb stehen und sah ihre Tochter ernst an.
»Sprichst du in seinem Namen, oder sind das auch deine Wünsche?«
Carren lächelte, aber eine leichte Bitterkeit schwang in ihrer Stimme, als sie sagte: »Ich werde dir nicht sagen, wie du dich entscheiden sollst, Ma. Glaubst du etwa, ich hätte nicht schon vor Jahren bemerkt, dass du und Dad nur noch nebeneinander herlebt? Dass eure Liebe längst abgekühlt und einer alltäglichen Routine gewichen ist?«
»Aber du warst doch noch ein Kind …«
»Ein Kind bin ich in deinen Augen heute noch«, unterbrach Carren. »So, wie du für Blanche ein Kind bist und diese für Edith immer ihr Kind war. Eltern neigen dazu, ihre Augen zu verschließen und nicht zu erkennen, dass Kinder älter werden. Als Teenie bekommt man schon ganz genau mit, ob sich die Eltern noch lieben.« Carren grinste und fügte hinzu: »Und ob sie noch Sex miteinander haben.«
Alayne schnappte empört nach Luft. Ihr lag schon eine scharfe Zurechtweisung auf der Zunge, dann jedoch stimmte sie in Carrens Lachen ein. Kurz darauf schlug sie sich die Hand vor den Mund.
»In drei Stunden wird Edith beigesetzt, und wir lachen hier einfach so …«
»Das ist okay, Ma, Omimi hätte es nicht anders gewollt.« Carren hakte sich bei Alayne unter. »Gibt es eigentlich einen anderen Mann in deinem Leben?«
Alayne zögerte mit der Antwort. Zu behaupten, es gebe niemanden, an den sie dachte, wäre eine glatte Lüge, denn in den

letzten Tagen hatte sie häufig an Oliver Kirby denken müssen. Seit ihrer gemeinsamen Nacht hatte er sich nicht bei ihr gemeldet, andererseits waren sie und Blanche noch am Tag von Edwinas Tod nach Pencarron Manor gezogen und hatten im Hotel keine Adresse hinterlassen. Die Beerdigung würde in aller Stille stattfinden, so konnte es durchaus sein, dass Oliver nicht wusste, wo sie überhaupt war.

Alayne erzählte Carren von Oliver. Dass sie ihn kaum kannte und dass er wegen eines Schicksalsschlags zu viel trank.

»Liebst du ihn?«, fragte Carren schließlich und interpretierte Alaynes Schweigen richtig. »Egal, wie du dich entscheidest, ich liebe euch beide. Wenn ich mir vorstelle, Bradley würde mich betrügen …« Carren schüttelte sich. »Ich glaube nicht, dass ich ihm verzeihen könnte, aber es ist dein Leben, Ma, und ich bin sicher, du wirst das Richtige tun.«

»Das Richtige …«, murmelte Alayne und gab sich einen Ruck. »Vorerst werde ich sowieso auf Pencarron Manor bleiben. Du musst nämlich wissen, dass ich das Haus eines Tages erben werde …«

In der nächsten Stunde erzählte Alayne in groben Zügen von Edwinas Erlebnissen und ihrer Verbindung zu Samuel Pencarron. Carrens Augen wurden immer größer, und es verschlug ihr regelrecht die Sprache, was noch nie geschehen war, wie Alayne schmunzelnd dachte.

Es war eine schlichte, aber ergreifende Trauerfeier und Beerdigung. Mit einer weißen Rose, die sie auf den Sarg warf, verabschiedete sich Alayne von der Frau, die ihre Großmutter gewesen war. Blanche stützte sich auf den Arm ihres Mannes, während Alayne stumm an Michael vorbeiging, allein den

Friedhof verließ und zu ihrem Auto lief. Sie wollte sich nicht mit Michael auseinandersetzen, der sie mit fragenden Blicken taxierte. Alayne fuhr zum Parkplatz an der Chapel Porth Bucht und stieg den steilen Küstenpfad zu den Ruinen der Zinnminen empor.

Sie erkannte Oliver Kirby schon von weitem. Er saß auf einem Mauerrest und sah Alayne entgegen.

»Du weißt es?«

Oliver nickte.

»Es hat sich in der Stadt herumgesprochen, als die Beerdigung organisiert wurde. Ich habe deine Großmutter nie kennengelernt, aber sie muss eine faszinierende Frau gewesen sein.«

»Lord Pencarron wird mir den Besitz hinterlassen, wenn auch er diese Welt verlässt.«

Oliver war nicht überrascht, denn es war ihm gleichgültig, dass Alayne eine vermögende Erbin war. Etwas anderes bedrückte ihn, und er brauchte einige Zeit, bis er es in Worte fassen konnte.

»Nach unserer Nacht … Zuerst dachte ich, ich hätte meine Frau verraten, aber dann wusste ich plötzlich, dass dem nicht so war. Das mit uns war irgendwie anders und hat nichts mit Joanne zu tun.«

Alayne verstand und war Oliver dankbar, dass er weder von Liebe noch von einer gemeinsamen Zukunft sprach. Aber er war hier an ihrer Seite, und das fühlte sich gut an. Auch war er völlig nüchtern, und instinktiv wusste Alayne, dass er auf dem richtigen Weg war, dem Alkohol für immer zu entsagen.

Andererseits – zwanzig Jahre Ehe warf man nicht einfach so fort, aber sie liebte Michael nicht mehr.

Sie nahm Olivers Hand und drückte sie.

Er verstand.

Worte waren nicht nötig, und Alayne genoss den Augenblick.

Morgen war ein neuer Tag, und übermorgen der nächste.

Die Zeit würde zeigen, wohin das Leben sie trieb.

Ob zu Oliver oder doch zurück zu Michael.

Oder zu keinem von beiden …